Wolfgang Hohlbein

Enwor 9 + 10

Das vergessene Heer
Die verbotenen Inseln

Zwei Romane in einem Band!

blanvalet

Umwelthinweis:
Alle bedruckten Materialien dieses Taschenbuches
sind chlorfrei und umweltschonend.

1. Auflage
Taschenbuchausgabe April 2007 bei Blanvalet,
einem Unternehmen der Verlagsgruppe Random House GmbH, München.

Umschlaggestaltung: Design Team München
Umschlagillustration: Agt. Schlück/Mark G. Harrison
und Tertia Ebert (Collage)
Druck und Einband: GGP Media GmbH, Pößneck
Printed in Germany
ISBN 978-3-442-24441-6

www.blanvalet-verlag.de

Das vergessene Heer

Es war kein körperlicher Schmerz, der das Erwachen begleitete und zu einer Qual machte, sein erster klarer Eindruck war vielmehr der einer tiefen Verbitterung und Leere, die aber fast schlimmer als körperliche Pein war.

Herr...

Er hatte es gewußt. Großer Gott, er hatte es gewußt, fast vom ersten Tag an, aber er hatte es einfach *vergessen!* Vergessen oder nicht wahrhaben wollen, weil das Eingeständnis dessen, was Trashs letzte Worte wirklich bedeutet hatten, zu entsetzlich gewesen wäre.

Sie sind wieder da, Satai! Sie sind wieder da!

Erst nach diesen Gedanken kamen die körperlichen Empfindungen, als wäre sein Geist ein wenig zu früh aus der Bewußtlosigkeit erwacht: die harte, kalte Unterlage, auf die man ihn gebettet hatte, ein Luftzug, der über seine nackte Brust strich und eine Spur zu kühl war, um angenehm zu sein, ein leichter, aber penetranter Schmerz in seiner linken Armbeuge. Stimmen, die gedämpft und in einer Sprache miteinander redeten, die er nicht verstand. Gerüche, allesamt fremdartig und beunruhigend.

Sie sind wieder da, Satai!

Ein goldenes Gesicht, das Quorrl und doch nicht Quorrl, Mensch und doch nicht Mensch, eine Mischung aus beidem und doch etwas völlig Fremdes, Unheimliches war, und...

Skar drängte die Bilder mit aller Macht beiseite und versuchte sich auf seine Umgebung zu konzentrieren, aber es gelang ihm nicht. Seine Erinnerungen waren außer Rand und Band geraten und tobten wie eine Schar bissiger Ratten in seinem Kopf herum. Es fiel ihm schwer, zwischen Realität und Traum zu unterscheiden, die Bilder, die aus der Vergangenheit in seinem Kopf aufstiegen, von denen zu trennen, die er wirklich gesehen hatte.

Sie sind wieder da.

Herr!

Beides waren Worte gewesen, die ein Quorrl gesprochen hatte, und er hatte ihre Bedeutung beide Male zu spät erkannt.

Schritte näherten sich, und dann spürte er ganz deutlich, daß jemand neben ihm stand. Er versuchte erneut, sich auf das Hier und Jetzt zu konzentrieren und Trashs Stimme und den Anblick des goldenen Gesichts dorthin zu verbannen, wo sie hergekommen waren, und diesmal gelang es ihm; vielleicht, weil er spürte, daß die Gestalt neben ihm sein Erwachen bemerkt hatte. Vorsichtig hob er die Lider und schloß sie sofort wieder, denn das Licht stach in seine Augen. Er konnte nicht sagen, wer neben ihn getreten war; nur, daß es kein Mensch war. Der Schatten war zu groß und zu breitschultrig dafür. Aber etwas anderes hatte er erkannt: sie waren nicht mehr in der Wüste. Er befand sich in einem großen, sehr hohen Raum mit schwarzen Wänden aus Metall oder Stein, und das grelle Licht war von einer Art, die er noch nie gesehen hatte: heller als das der Sonne, aber weiß und kalt und irgendwie falsch. Wie lange war er bewußtlos gewesen?

Nicht sehr lange, flüsterten seine Gedanken. Die Erinnerungen kamen allmählich wieder. Er war nach einer Stunde erwacht, aber nur kurz, und nicht völlig, so daß er seine Umgebung nur wie in einem Fiebertraum wahrgenommen hatte. Sie hatten nicht zugelassen, daß er wirklich wach wurde, sondern ihn in einen tiefen, zum ersten Mal seit Wochen traumlosen Schlaf versetzt. Aber er spürte, daß nicht sehr viel Zeit vergangen war. Wenige Stunden, eine Nacht im Höchstfall. Zu dem Stechen und Brennen in seiner Armbeuge gesellte sich ein dumpfes Pochen in seinem Nacken, das bald schmerzhaft und dann quälend werden würde, um dann in unerträgliche Kopfschmerzen überzugehen. Skar war oft genug niedergeschlagen worden, um Erfahrung in *dieser* Art des Erwachens zu haben. Er begriff, daß er sein Leben nur purem Glück und seiner überdurchschnittlichen Konstitution zu verdanken hatte. Er war zäh. Einen normalen Mann hätte Titchs Schlag getötet.

»Ich weiß, daß du wach bist.«

Skar öffnete ein zweites Mal die Augen und blickte in Titchs Gesicht. Der Quorrl trug wieder die wuchtige goldene Rüstung, die ihn größer und vor allem schwerfälliger erscheinen ließ, als er war. Er lächelte, aber seine Augen waren hart und kalt wie polierter Stahl. Angst stand darin und noch etwas, das Skar nicht richtig einordnen konnte, das aber tiefer ging als bloße Furcht. Unendlich viel tiefer.

»Was willst du?« fragte Skar. Das Sprechen fiel ihm schwer. Auf seiner Zunge lag ein bitterer, fremdartiger Geschmack. Sie fühlte sich taub an. Er versuchte sich auf seinem Lager in die Höhe zu stemmen und bemerkte erst nach zwei vergeblichen Anläufen, daß er es nicht konnte: er war an Händen und Füßen gebunden; mit weichen, aber sehr widerstandsfähigen Fesseln aus Leder, die ihm nur wenige Zoll Bewegungsfreiheit gewährten.

Titch beugte sich vor und riß die Bänder kurzerhand entzwei; ohne sichtliche Anstrengung und mit beiden Händen. Skar bemerkte, daß die Wunde in seiner Rechten aufgehört hatte zu bluten. Fragend sah er den Quorrl an.

»Sie verstehen viel davon, Wunden zu heilen«, sagte Titch, der seinen Blick bemerkt und richtig gedeutet hatte.

»Und noch mehr davon, sie zuzufügen.«

Titch erstarrte für einen Moment mitten in der Bewegung. Sein Blick wirkte gequält. Dann drehte er sich abrupt um, beugte sich über Skars Beine und zerriß auch die Bänder, die seine Fußgelenke hielten. Unsicher stemmte Skar sich auf dem Rand der Liege hoch, stützte die Ellbogen auf den Knien auf und verbarg das Gesicht zwischen den Händen. Er wartete darauf, daß ihm übel oder schwindelig wurde, wie so oft in letzter Zeit, aber keines von beidem geschah. Das verzehrende Feuer in seinem Inneren war erloschen.

Nur das Flüstern war noch da; und das furchtbare Wissen,

die Wahrheit die ganze Zeit über gewußt zu haben. *Sie sind wieder da, Satai!*

»Ich hielt es nicht für eine gute Idee«, sagte Titch unvermittelt. »Aber Ennart bestand darauf.«

»Worauf?« Skar nahm die Hände herunter. Die Wand hinter dem Quorrl war schwarz, und sie bestand tatsächlich aus Metall, wie er im ersten Moment angenommen hatte. Titchs Bewegungen spiegelten sich darin wider wie in einem riesigen, matten Spiegel, als der Quorrl die Hand hob und eine zugleich erklärende wie unwillige Geste machte.

»Bei dir zu sein, wenn du erwachst. Du mußt ... mich hassen.«

Was für Unsinn, dachte Skar. Er verstand Titchs Beweggründe vielleicht besser als der Quorrl selbst. Wäre Titch ein Mensch gewesen, dann wäre er jetzt vielleicht aufgestanden und hätte ihm einfach die Hand auf die Schulter gelegt, in einer einfachen, aber erklärenden Geste. Aber Titch *war* kein Mensch, und so blieb er einfach sitzen und sah schweigend zu dem Quorrl hoch.

»Er ... er glaubt, es wäre besser, wenn *ich* dir alles erkläre«, fuhr der Quorrl fort, stockend, ohne Skars Blick standhalten zu können, und mit einer Stimme, die seine Qual deutlich machte. Seine Hände spielten nervös an den Schuppen seiner goldenen Rüstung.

»Das brauchst du nicht«, sagte Skar leise. Er lächelte bitter. »Du hättest mich nicht einmal niederzuschlagen brauchen, weißt du das eigentlich?«

»Ich mußte es«, murmelte Titch. »Ich ... konnte nicht anders. Ennart ist ... sie sind ...«

»Die *Alten*«, unterbrach ihn Skar. Titchs Augen weiteten sich erschrocken, und Skar fuhr mit leiser, kraftlos klingender Stimme fort: »Ich weiß es, Titch. Du bist deinem Gott begegnet, als er den Helm abnahm. Ich hätte nicht anders gehandelt, an deiner Stelle. Niemand hätte das.« Und trotzdem tat es weh, in dem Moment, in dem er es aussprach, zehnmal mehr als zuvor. Titch hatte nicht anders gekonnt. Sein Verrat war kein Verrat gewesen.

Aber Skar hatte trotzdem das Gefühl, den letzten Freund verloren zu haben, der ihm noch geblieben war.

»Du ... weißt?« murmelte Titch überrascht.

»Schon seit langer Zeit«, antwortete Skar. »Dein Vater ... Trash ... er hat es mir gesagt, ehe er starb. Ich habe nur nicht verstanden, was er gemeint hat. Vielleicht wollte ich es auch nicht verstehen.«

»Er hat es ... gewußt?« murmelte Titch fassungslos.

»Ja. Ich ... glaube es wenigstens. Ich habe nicht verstanden, was er gemeint hat, aber jetzt ...« Er stand auf, blickte einen Moment lang an Titch vorbei auf die spiegelnde Wand aus Metall und schüttelte müde den Kopf. »Sie sind wieder da«, murmelte er. »Das waren seine letzten Worte.«

Titch starrte ihn an. Vielleicht spürte er, daß Skar nicht die Wahrheit sprach, daß es da noch etwas gab, was er ihm verschwieg. Trash hatte noch etwas gesagt. Aber er sprach ihn nicht darauf an, und Skar seinerseits fühlte, daß jetzt nicht der Moment war, dem Quorrl auch den Rest zu erzählen. Vielleicht hatte er den einzig möglichen Augenblick dafür längst verpaßt.

Er sah sich suchend um und entdeckte seine Kleider auf einem Schemel neben dem Bett, sauber gewaschen und zusammengefaltet. Ohne ein weiteres Wort zog er sich an. Dabei fiel ihm ein breites, silbernes Band aus einem anschmiegsamen Material auf, das sich um sein linkes Handgelenk spannte und bisher unter der Fessel verborgen gewesen war, so daß er es gar nicht bemerkt hatte. Er fühlte es nicht, und als er die Muskeln anspannte, machte es die Bewegung mit wie eine zweite, silberne Haut. Er streckte die Hand danach aus und zog sie wieder zurück, ohne es zu berühren. Irgend etwas sagte ihm, daß es sinnlos war, es abreißen zu wollen. Achselzuckend griff er nach seinem Umhang und streifte ihn ganz gewohnheitsmäßig über, obwohl es hier drinnen behaglich warm war.

»Was geschieht jetzt?« fragte er.

Titch starrte ihn an. Skar wartete darauf, daß der Quorrl ihn nun fragte, was er damit gemeint hatte, ihn auf Trashs letzte Worte ansprach, aber er tat es nicht, sondern senkte nach ein paar Augenblicken den Blick und fuhr fort, an seiner Rüstung herumzuzerren. »Er will dich sehen. Mit dir reden.«

»Worüber?«

»Es ist vorbei, Skar«, sagte Titch gequält. Er hob die Hände, breitete sie in einer hilflosen Geste vor dem Körper aus und trat einen halben Schritt auf Skar zu. Seine Augen waren weit und dunkel vor Furcht. »Du kannst nicht gegen Götter kämpfen.«

»Es sind nicht meine Götter«, antwortete Skar. Etwas leiser und in fast beschwörendem Ton fügte er hinzu: »Und auch nicht deine, Titch. Sie sind sterbliche Wesen wie du und ich. Er hat geblutet, als ich ihn verletzt habe«, erinnerte er. Aber er spürte auch schon, während er diese Worte aussprach, wie sinnlos sie waren. Titch mochte vielleicht sogar wissen, daß er recht hatte, aber das nutzte nichts. Der Quorrl war ein hochintelligentes und sehr empfindsames Wesen trotz seines raubtierhaften Äußeren, aber er blieb ein Quorrl. Ein Quorrl, der seinem Gott ins Gesicht geblickt hatte, als Ennart den Helm abnahm. Skar wußte, daß er ihn verloren hatte.

»Bring mich zu ihm.«

»Warte.« Titch hob die Hand, als Skar an ihm vorbeigehen wollte. »Da sind ... ein paar Dinge, die du wissen solltest, ehe du ihm gegenübertrittst.«

»So?« Skar schluckte die scharfe Bemerkung hinunter, die ihm auf der Zunge lag. Für ihn war Ennart kein Gott und würde es nie sein, sondern eher das Gegenteil. Aber er gewann nichts, wenn er Titch quälte.

»Der Zauberpriester«, fuhr der Quorrl fort, noch immer, ohne ihn direkt anzusehen, »der mit dir gesprochen hat ...«

»Ian.«

»Ian, ja. Er hat dich nicht belogen. Sie wollen dir helfen. Sie haben dich gesucht, nicht um dich zu töten, sondern weil du ... krank bist. Weil du sterben wirst, wenn nichts geschieht.«

Skar glaubte ihm sogar, wie er auch Ian am vergangenen Abend geglaubt hatte. Sie brauchten ihn, aus welchem Grund auch immer. Skar war nicht so unrealistisch, sich im Ernst einzubilden, er hätte all die Zeit gegen eine Macht bestehen können, die sich nichts weniger vorgenommen hatte, als eine ganze Welt zu erobern. Nicht, wenn sie nicht aus irgendeinem Grunde Rücksicht auf sein Leben nehmen mußte.

»Sicher«, antwortete er. »Und weiter?« Sein Ton wurde verletzend, ohne daß er es wollte. »Willst du mir vielleicht als nächstes erzählen, daß alles nur ein Mißverständnis war? Daß sie in Wirklichkeit gar nicht unsere Feinde sind?« Er schnitt Titch mit einer ärgerlichen Handbewegung das Wort ab, als der antworten wollte, und deutete abermals zur Tür. Diesmal versuchte der Quorrl nicht, ihn zurückzuhalten.

Der Korridor, auf den sie hinaustraten, war auf seine Weise genauso gespenstisch wie das leere Zimmer, in dem er erwacht war. Auch seine Wände bestanden aus schwarzem spiegelndem Stahl, und auch hier herrschte das gleiche grelle Licht, das aus dem Nichts zu kommen schien, aber überall war, so daß es keine Schatten gab. Es war warm, aber wie bei seinem Erwachen spürte Skar einen raschen, eisigen Lufthauch, als wäre irgendwo ein Fenster geöffnet worden. Dabei gab es, so weit er sehen konnte, weder Fenster noch Türen. Der Gang war einfach ein rechteckiger Schacht aus schwarzem Metall, der endlos zu sein schien.

Titch machte eine Geste nach links, und sie gingen los. Ihre Umgebung kam Skar mit jedem Schritt unheimlicher vor. Der metallene Boden unter seinen Füßen zitterte, aber es war kein regelmäßiges Beben, sondern ein dumpfes, arhythmisches Pochen, das ihn auf unheimliche Weise an das Schlagen eines gewaltigen Herzens erinnerte. In das monotone Klacken ihrer Schritte mischten sich Geräusche, die direkt aus den Wänden zu kommen schienen und für Skar allesamt fremd und unidentifizierbar blieben. Er hatte das sehr sichere Gefühl, beobachtet zu werden, obwohl sie allein waren.

Nach vielleicht zwei Dutzend Schritten blieb Titch stehen und berührte eine Stelle an der Wand vor sich. In dem scheinbar massiven Metall erschien ein Spalt, der sich rasch zu einer Tür erweiterte, die völlig lautlos vor ihnen aufglitt. Dahinter lag eine winzige, kaum zwei Schritte im Quadrat messende Kammer. Skar sah Titch fragend an. Titch machte eine knappe Handbewegung auf die Tür. Als er nicht reagierte, zuckte er mit den Schultern und trat mit einem einzigen Schritt hindurch. Skar folgte ihm zögernd.

Die Tür schloß sich so lautlos hinter ihm, wie sie aufgegangen war. Skar hörte ein leises, sehr helles Zischen, und plötzlich hatte er das Gefühl, sich zu bewegen. Mehr neugierig als erschrocken sah er sich um und berührte schließlich mit spitzen Fingern die Wand. Sie war kalt wie Eis und so hart, wie ihr Anblick vermuten ließ. Wenn sie sich bewegten, dachte er verwirrt, dann mußte es dieses ganze Zimmer sein, das nach oben glitt.

Seine Vermutung wurde wenige Augenblicke später zur Gewißheit, als sich die Tür abermals öffnete und Titch ihn mit einer Geste aufforderte, die Kammer zu verlassen. Sie befanden sich nicht mehr in dem Gang, in dem sie das kleine Zimmer betreten hatten. Dieser hier war breiter, und es gab zahlreiche, wenn auch ausnahmslos geschlossene Türen an beiden Seiten. Durch eine Öffnung am Ende des Korridors fiel Tageslicht herein, das gegen den grellen weißen Glanz der Luft trüb und fast armselig wirkte.

Trotzdem atmete Skar fast erleichtert auf, als sie nach einigen Augenblicken ein großes, an drei Seiten von Fenstern gesäumtes Zimmer betraten, das nicht von dem unheimlichen kalten Schein, sondern von normalem Sonnenlicht erhellt wurde. Der Raum war leer. Unter einem der großen Fenster stand ein gewaltiger Tisch aus dem gleichen, mattschwarzen Metall, aus dem dieses ganze Gebäude zu bestehen schien, aber die Stühle davor waren ganz normale Stühle aus Holz, schon ein wenig abgewetzt und schäbig, und an den Wänden hingen Bilder und kleine bunte

Stickereien, die offensichtlich alle von derselben Hand gefertigt waren. Es gab ein hölzernes Regal neben der Tür, auf dem Krüge aus Ton und ein paar Zinnbecher standen, und auf dem Tisch lag sogar ein kleines Deckchen. Jemand hatte versucht, dem Raum etwas von seiner gespenstischen Kälte zu nehmen, und wenn es ihm auch nicht ganz gelungen war, so erleichterte Skar doch allein der Gedanke, daß er es *versucht* hatte.

Fragend sah er Titch an. Der Quorrl und er waren allein.

»Er wird ... gleich kommen«, sagte Titch unsicher. Er wich seinem Blick noch immer aus, aber er hatte sich nicht gut genug in der Gewalt, um völlig zu verbergen, wie peinigend es für ihn war, mit ihm zu reden.

»Ich verstehe«, sagte Skar spöttisch. »Er ist ein vielbeschäftigter Mann, der nicht viel Zeit für einen armseligen Satai wie mich erübrigen kann, nicht wahr?« Er schüttelte den Kopf, maß den Raum mit einem weiteren, sehr viel aufmerksameren Blick, ohne indes mehr Einzelheiten als zuvor zu erkennen, und trat schließlich an eines der deckenhohen Fenster heran. Es war nicht offen, wie er geglaubt hatte. In der Füllung befand sich Glas, das allerdings so klar war, daß er es nicht einmal sah, als er unmittelbar davor stand, sondern nur fühlte. Neugierig beugte er sich vor, so weit es der unsichtbare Widerstand zuließ.

Skar wußte sofort, wo er war, obwohl er den Turm niemals wirklich gesehen hatte. Unter ihm breitete sich ein quadratischer, an drei Seiten von stählernen, sicherlich hundertfünfzig Fuß hohen Wänden umschlossener Innenhof aus. Winzige Gestalten bewegten sich darauf, aber sie waren zu klein, um sie zu erkennen, und das Fenster verschluckte jedes Geräusch. Das emsige Treiben unter ihm war stumm. Die Bewegungen der Menschen und Tiere im Hof verliefen in absolutem Schweigen, und es war eine Art von Stille, die Skar sich fürchten ließ, denn es nahm der Bewegung dort unten gleichzeitig auch etwas von ihrem Leben. So, wie die titanischen Flanken des Turmes alles Licht aufsaugten, so daß man sie selbst aus unmittelbarer Nähe gar nicht richtig *sehen* konnte, sondern vielmehr durch die Abwesenheit alles Sichtbaren erahnte, so schien auch etwas alle Geräusche zu verschlucken. Es war eine Stille, die Skar an den unheimlichen Zauber erinnerte, dem er im Lager der *Errish* begegnet war. Und es war der Turm aus seinen Träumen. Die Quelle des tödlichen Flüsterns, das ganz Enwor in Brand gesetzt hatte.

Er hörte Titchs Schritte hinter sich und suchte ganz automatisch nach einer Spiegelung in der Fensterscheibe, sah aber nur den stahlblauen Himmel über dem Tal. Kopfschüttelnd drehte er sich herum.

Es war nicht mehr Titch, der hinter ihm stand.

Der Quorrl befand sich noch im Zimmer, aber er war zur Tür zurückgewichen und hatte seinen Platz einer Gestalt geräumt, die selbst ihn um mehr als Haupteslänge überragte. Anders als am Abend zuvor trug das Wesen nicht mehr die bizarre Rüstung, sondern ein einfaches, vollkommen schmuckloses Gewand aus schwarzem und blauem Stoff, das den größten Teil seines Körpers verhüllte und nur Kopf und Arme freiließ. Aber dieses schlichte Gewand nahm der Erscheinung nichts; im Gegenteil. Obwohl Skar geglaubt hatte, auf den Anblick vorbereitet zu sein, erschütterte er ihn fast noch mehr als beim ersten Mal, denn er war Ennart jetzt näher, und er sah ihn im hellen Tageslicht, nicht im flackernden Schein eines erlöschenden Feuers.

Der Gott der Quorrl war über acht Fuß groß und so muskulös, daß selbst Titch neben ihm wie ein Kind wirkte, dabei aber so perfekt proportioniert, daß er nicht wie ein Riese aussah. Alles an ihm war perfekt, eine vollkommene Harmonie von Kraft und Schönheit, die es selbst Skar für Sekunden unmöglich machte, irgend etwas anderes zu tun, als einfach dazustehen und dieses Wesen zu bewundern. Ennarts Gesicht war eindeutig das eines Quorrl, aber es hatte einen edlen und trotz seiner Kraft fast sanften Zug, dem auch das fürchterliche Raubtiergebiß hinter seinen Lippen nichts anzuhaben vermochte. Seine Augen waren groß und dunkel und ohne sichtbare Pupillen, wie die Titchs, aber sie waren gleichzeitig ... andes. Weiser? Skar weigerte sich einen Moment, das Wort zu benutzen, aber es gab keinen anderen Ausdruck, der gepaßt hätte. Er suchte vergeblich nach der abgrundtiefen Bosheit, die er erwartet hatte. Was er spürte, war die Nähe eines Wesens, das unendlich alt und unendlich mächtig war und das ihn durch seine bloße Anwesenheit zu lähmen drohte, so wie beim ersten Mal. Ennart war ein Geschöpf, das nicht Macht symbolisierte, sondern Macht *war.*

Länger als eine Minute stand er einfach da und starrte das Wesen mit der goldenen Haut an, unfähig, etwas zu sagen, sich zu bewegen oder auch nur einen klaren Gedanken zu fassen. Ennart rührte sich nicht, sondern blieb reglos stehen, wie um ihm Gelegenheit zu geben, ihn in aller Ruhe zu mustern. Aber es war etwas sonderbar Störendes in dieser Reglosigkeit; vielleicht etwas in seinem Blick. Seine Geduld erinnerte Skar an die eines Menschen, der sich nicht rührt, um das Vertrauen eines eingeschüchterten Tieres zu gewinnen.

Schließlich hob Ennart die Hand und machte eine Bewegung in Titchs Richtung, bei der er Skar jedoch nicht aus den Augen ließ. Skar begriff erst jetzt, daß er ihn ebenso interessiert gemustert hatte wie er selbst umgekehrt ihn. »Laß uns allein, Titch.«

Der Quorrl entfernte sich rückwärts aus dem Raum, aber Ennart schwieg weiter, bis sich die Tür hinter ihm geschlossen hatte. Dann verzogen sich seine Lippen zu einem milden, aber gleichzeitig auch ein ganz kleines bißchen überheblich wirkenden Lächeln. »Wie fühlst du dich, Skar?«

»Danke«, antwortete Skar kalt. »Es geht mir gut.«

»Ich frage nicht aus Höflichkeit«, sagte Ennart. »Es freut mich wirklich, dich unverletzt zu sehen. Aber du bist krank. Wir haben deine Schmerzen besiegt und deinem Körper geholfen, die Schwäche zu überwinden. Aber das ist nicht mehr als eine Täuschung. Es wird noch lange dauern, bis das Gift aus deinem Körper verschwunden ist.«

»Lange genug, mich hier festzuhalten, bis ihr gewonnen habt?«

fragte Skar höhnisch.

Ennart seufzte. Skars Spott schien ihn mehr zu betrüben als zornig zu machen. »Das haben wir bereits«, antwortete er. »Schon vor langer Zeit. Du kannst uns nicht aufhalten.«

»Dann frage ich mich, warum ihr euch so große Mühe gemacht habt, mich zu fangen«, sagte Skar.

»Weil du unsere Pläne störst«, antwortete Ennart unverblümt, aber noch immer in freundlichem Ton. »Und weil wir dich brauchen. Nicht notwendig, um zum Ziel zu kommen, aber es wäre einfacher mit dir als ohne dich, und sehr viel leichter als *gegen* dich.« Er machte eine einladende Geste auf einen der Stühle, die Skar ignorierte.

»Und jetzt bist du gekommen, um mich zu überzeugen, wie?« fragte Skar.

Ennart schüttelte den Kopf. »Keineswegs. Ich bin kein Narr, Skar. Und ich kenne dich zu gut, um versuchen zu wollen, dich zu irgend etwas zu *zwingen*. Ich weiß, daß das unmöglich ist.«

»Warum bist du dann hier?« schnappte Skar. Er spürte, daß er die Auseinandersetzung bereits verloren hatte, noch ehe sie richtig begann. Ennarts bloßes Dasein drängte ihn in die Defensive. Aber er versuchte vergeblich, Zorn zu empfinden. Alles, was er fühlte, war Hilflosigkeit.

»Um mit dir zu reden«, sagte Ennart. »Deine Fragen zu beantworten. Dir die Wahrheit zu sagen. Dir zu erzählen, wer du wirklich bist. Vielleicht ist es danach gar nicht mehr nötig, dich überzeugen zu wollen.«

»Dann tu es«, sagte Skar. »Fang an.«

Ennart wiederholte seine einladende Handbewegung. Skar ignorierte sie auch dieses Mal. Der Goldene blickte ihn einen Moment lang stirnrunzelnd an, eher amüsiert über seinen Stolz als wirklich zornig, dann ging er an ihm vorbei zum Tisch und setzte sich behutsam auf einen der hölzernen Stühle. Obgleich Skar stehenblieb, befanden sich ihre Gesichter jetzt auf gleicher Höhe.

»Den größten Teil der Wahrheit kennst du bereits«, sagte Ennart. »Du weißt mehr über die Geschichte dieser Welt als irgendein anderer Mensch, Ian und ein paar seiner Brüder vielleicht ausgenommen. Es ist einfacher, wenn du fragst und ich antworte.«

»Was habt ihr mit Kiina gemacht?« fragte Skar.

»Nichts. Sie lebt und ist unverletzt. Du kannst sie sehen, wann immer du willst.«

»Das meine ich nicht. Ihr habt sie ...« Er suchte vergeblich nach Worten. »Ihr habt sie verzaubert«, stieß er schließlich hervor. »Ihr habt sie zu einer Puppe gemacht, genau wie die *Errish.*«

Ennart lächelte. »Wenn du es so nennen willst ... ja. Wir haben sie für eine Weile ihres freien Willens beraubt, so wie Anschi und ihre Schwestern. Aber es geschah zu ihrem eigenen Schutz.«

Die Freimütigkeit, mit der Ennart dies zugab, machte Skar rasend, aber wieder war es ihm unmöglich, seinem Zorn Ausdruck zu verleihen. Er brodelte irgendwo dicht unterhalb der Ebene seines Bewußtseins, auf der er ihm zugänglich gewesen wäre. »Wer bist du?« fragte er. »*Was* bist du?«

»Wofür hältst du mich?« fragte Ennart anstelle einer direkten Antwort. »Wer willst du, daß ich für dich bin?«

»Wie wäre es mit jemandem, der Fragen einfach beantwortet, statt den Geheimnisvollen zu spielen und in Rätseln zu sprechen?« gab Skar mühsam beherrscht zurück.

Ennart lächelte auf eine Art, die Skar verriet, daß er sehr zufrieden mit seiner Antwort war. Er fühlte sich mehr und mehr wie ein Spielzeug, das der Goldene nach Belieben hin und her schob; auf einem Spielbrett, das nichts weniger als eine ganze Welt war. Aber der Zorn, den dieser Gedanke hervorrufen sollte, kam nicht. Er fühlte sich mehr und mehr hilflos; verloren auf eine Art, die dem Wort eine völlig neue Bedeutung gab. Aber bevor er seinen Gefühlen Ausdruck verleihen konnte, hob Ennart die Hand und fuhr fort: »Du weißt es, Skar. Unser Volk nannte sich Ssirhaa; lange, bevor ihr kamt. Aber das ist nur ein Name.

Er ist längst in Vergessenheit geraten. Niemand erinnert sich mehr daran. In euren Legenden nennt ihr uns die *Alten*, so wie wir euch die *Sternengeborenen*. Auch wir haben überlebt, nicht nur ihr.«

Ssirhaa... Skar versuchte vergeblich etwas Vertrautes in diesem Wort zu entdecken. Es mußte wohl so sein, wie Ennart behauptete: der Name seines Volkes war untergegangen wie die Welt, in der es gelebt hatte. Vielleicht hatte er ihn sich auch erst in dem Moment ausgedacht, in dem er ihn aussprach – welche Rolle spielte das schon?

»Überlebt? Wo?«

Ennart beantwortete auch diese Frage, aber er tat es erst nach geraumer Zeit und mit einem neuerlichen, fast spöttischen Lächeln. »Du kannst nicht aus deiner Haut, wie? Wäre ich dein Feind und du mein Gefangener, wäre es ziemlich töricht, diese Frage zu beantworten, denn immerhin bestünde die Möglichkeit, daß du mir entkommst und unserem Volk Schaden zufügst. Aber du bist nicht mein Feind. Unser Volk lebt, ja. Wir sind nur wenige, aber wir waren niemals viele. Die die Ewigkeit überstanden haben, leben in einem Land, das kein Mensch jemals betreten hat.«

»Im Land der Toten«, vermutete Skar.

»Titch nennt es so, ja. Es liegt weit im Norden, noch jenseits der Länder, die die Quorrl bewohnen.«

»Im Norden?«

»Was du denkst, ist richtig«, sagte Ennart. »Du warst ihm einmal sehr nahe. Vielleicht näher als je ein anderer vor dir. Es ist die Heimat der *Dronte*. Und anderer, noch erstaunlicherer Lebewesen.« Er lächelte flüchtig. »Du siehst, ich gehe kein Risiko ein, dir diese Information zu geben. Selbst wenn es dir gelänge, das Land zu erreichen, würde es dich töten. Kein menschliches Wesen kann dort überleben und kein Quorrl.«

»Und ihr?«

»Es tötet selbst uns«, sagte Ennart. »Nur in unserer Festung sind wir sicher. Ein Ort, den du dir nicht einmal vorzustellen vermagst. Er hat uns beschützt, all die endlosen Jahre lang. Aber er war auch unser Gefängnis. Wir haben gewartet.«

»Ich weiß«, sagte Skar bitter. »Auf einen Narren wie mich.«

»Auf einen *Mann* wie dich«, verbesserte ihn Ennart ruhig. »Warum bist du so bitter, Skar? Wir sind nicht deine Feinde. Und die, auf deren Seite du zu stehen glaubst, sind nicht deine Freunde.«

»Das hast du jetzt schon ein paarmal gesagt«, antwortete Skar. »Aber dadurch wird es nicht überzeugender, weißt du?« Ennart reagierte nicht auf seinen scharfen Ton, und Skar fügte noch zorniger hinzu: »Was erwartest du? Daß ich mich auf eure Seite stelle und *gegen* sie kämpfe?«

»Gegen wen?« fragte Ennart lauernd. »Sprich das Wort aus. Tu es!«

Skar starrte ihn an. Er spürte, daß ihre Unterhaltung längst keine pure Konversation mehr war. Was er für eine geschickte Einleitung Ennarts gehalten hatte, harmloses Geplauder, um die Spannung zwischen ihnen abzubauen, war eine Falle gewesen, in die er längst hineingetappt war. »Gegen die Menschen«, sagte er.

»Aber du bist keiner.«

Skar schloß für Sekunden die Augen. Ennart hatte recht. Er wußte es seit Wochen, und gespürt hatte er es vielleicht schon seit Jahren, vielleicht von dem Moment seiner Geburt an. Aber es aus dem Munde des Ssirhaa zu hören, tat weh. Mehr, als er geglaubt hatte.

»Du glaubst, du gehörst zu ihnen«, fuhr Ennart fort, mit einer Stimme, die leise und fast sanft und trotzdem so erbarmungslos wie schneidender Stahl war. »Du siehst aus wie sie, du bist als einer von ihnen geboren und erzogen worden, und du fühlst wie sie. Aber du bist es nicht, Skar. Du warst es niemals. Und tief in deinem Innern hast du es immer gewußt. Du bist so wenig Mensch wie Titch oder ich.«

»Und was … bin ich dann?« flüsterte Skar. Seine Stimme zitterte. Er wollte schreien, aber nicht einmal diese Erleichterung blieb ihm. Er wußte, daß Ennart die Wahrheit sprach. »Zu welchem Volk gehöre ich, Ennart? Zu euch?«

»Nein.« Der Ssirhaa stand auf, trat ans Fenster und blickte über die Mauer hinweg nach Norden. Er sah Skar nicht an, als er weitersprach. »Es wäre verlockend, dir das zu erzählen«, gestand er. »Ich gebe zu, mit dem Gedanken gespielt zu haben, für eine kurze Weile. Aber ich glaube nicht, daß man einen Mann wie dich lange belügen kann.« Er drehte sich wieder herum, sah Skar an und wartete sichtlich auf eine Reaktion. Als sie nicht kam, ging er zu seinem Stuhl zurück und ließ sich wieder darauf niedersinken.

»Vela hat dir die Geschichte der *Alten* erzählt, und die deine«, sagte er. »Sie hat dir die Wahrheit gesagt oder das, was sie dafür hielt. Aber sie wußte nicht alles.«

»Sie hat in eurem Auftrag gehandelt«, vermutete Skar.

»Ohne es zu wissen, ja«, gestand Ennart. »Und sie war nicht die erste. So wenig, wie du der erste warst, der nach Combat ging, um das Siegel zu brechen. Aber du warst der erste, dem es gelang. Oh, wir haben es oft versucht, immer und immer wieder. Wir schickten die Besten der Besten, aber keinem gelang es, den Stein der Macht von seinem Platz zu entfernen.«

»Wieso mir?« fragte Skar. Er schrie fast. *Wieso hatte ausgerechnet* er *es sein müssen, der die Dämonen aus ihrem jahrhunderttausendelangen Schlaf erweckte?*

»Weil du *du* bist«, antwortete Ennart. »Weil du bist, *was* du bist. Nicht irgendein Abenteurer. Nicht irgendein Krieger oder nur ein tapferer Mann. Du bist der *Wächter*, Skar. Der einzige, den es gibt. Nicht du hast das Siegel gebrochen, sondern die Macht, die du trägst.«

Die Macht … Skar hätte am liebsten aufgeschrieen. Für ihn war es keine Macht, für ihn war es ein Fluch, der sein ganzes Leben bestimmt und am Ende zerstört hatte. Ob Ennart wußte, daß er einen Körper bekommen hatte?

»Es war deine Hand, die den Stein von seinem Platz entfernte«, fuhr Ennart fort. »Aber sie wäre verbrannt, wie alle anderen zuvor, hättest du nicht das Recht dazu gehabt, es zu tun.«

»Was bin ich?« murmelte Skar.

»Ich weiß es nicht«, gestand Ennart. »Nicht wirklich. Vielleicht halb Mensch, halb Ssirhaa, vielleicht auch etwas völlig anderes. Es hat lange gedauert, bis wir überhaupt begriffen, daß es jemanden wie dich gab, Skar. Und noch länger, dich zu finden, denn sie waren klug. Sie haben dafür gesorgt, daß auch der Wächter selbst nichts von seiner wahren Natur ahnte. Tausende von Generationen mögen vergangen sein, in denen es Männer wie dich gab. Männer, die ihr Leben lang nicht einmal ahnten, wer sie waren, und vor allem *was*.«

»Der Wächter.« Skar seufzte. »Wenn ich das wirklich bin, Ennart, dann habe ich versagt.«

»Nein«, widersprach der Goldene. »Das hast du nicht. Vela hat dir erzählt, daß sie versuchten, ein Wesen zu schaffen, das Teil beider Welten war, und das war die Wahrheit. Aber es war nie seine Aufgabe, zwischen beiden Völkern zu vermitteln.«

»Sondern?«

»Den Gegner kennenzulernen«, sagte Ennart. »Seine Stärken und Schwächen zu ergründen und einen Weg zu finden, ihn zu schlagen. Es ist gelungen. Unser Volk wurde geschlagen.«

»Dann verstehe ich um so weniger, warum du dir die Mühe machst, mit mir zu reden«, sagte Skar. »Denn wenn es so ist, dann muß ich dein Todfeind sein.«

»Weil Zeit vergangen ist«, antwortete Ennart. »Unendlich viel Zeit. Enwor hat sich weiterentwickelt, Skar, denn auch eine Welt altert, wie die Wesen, die auf ihr leben. Wie sie trägt sie Narben davon, und wie sie kann man sie verwunden und töten. Aber wie sie kann sie lernen. Die *Sternengeborenen* obsiegten am Schluß, aber um einen Preis, den sie sich nicht einmal vorzustellen vermochten. Wir wurden geschlagen, aber auch sie gingen unter. Es waren nicht unsere Waffen, die sie vernichteten, sondern ihre eigene Kreatur. Das Wesen, das du kennengelernt hast. Es zerstörte unsere Länder, es vernichtete unsere Armeen und verheerte unsere Städte, eine nach der anderen. Aber es gelang ihnen nicht mehr, es zu bändigen. Als keine Ssirhaa mehr da waren, die es töten konnte, da wandte es sich gegen seine Schöpfer und vernichtete auch sie. Als letztes Mittel schließlich, als schon alles zerstört war und Enwor die Hölle, in der wir heute leben, da schritt der Wächter selbst ein und bannte das Ungeheuer, das er erschaffen hatte. Nur er konnte es, denn er war ein Teil von ihm.«

Es dauerte Sekunden, bis Skar wirklich begriff, was Ennart da gerade gesagt hatte. »Und ihr habt es … ihr habt es wieder erweckt?« murmelte er fassungslos. »Ihr habt all das gewußt und es trotzdem erweckt?«

»Nur einen kleinen Teil«, sagte Ennart mit einer beschwichtigenden Handbewegung. »Es steht in unserer Macht, es zu vernichten, sobald es seinen Dienst getan hat.«

»Das haben die, die es erschufen, mit ziemlicher Sicherheit auch gedacht«, sagte Skar zornig.

»Aber sie wußten nicht, was wir wissen«, widersprach Ennart. »Sie erschufen eine Waffe, aber ihnen blieb keine Zeit, sie zu studieren, ehe sie sie einsetzten. Sie waren in der Situation des ersten Menschen, der das Feuer entdeckte, ohne sich über die Gefahr im klaren zu sein, die es mit sich bringt.«

»Aber ihr kennt sie«, sagte Skar höhnisch.

Ennart nickte. »Wir sind keine Narren«, sagte er sanft. »Oh, ich weiß, unser Wissen ist nichts gegen das ihre, und doch hatten wir etwas, was ihnen fehlte: Zeit. Wir haben die Kreatur, die ihr die *Sternenbestie* nennt, gründlich studiert. Jahrhundertelang. Wir kennen ihre wahre Natur, und wir wissen, was sie falsch machten, damals. Wir werden die Fehler der *Sternengeborenen* nicht wiederholen.«

»Da bin ich sicher«, schnappte Skar. »Ihr werdet eigene machen.«

Seine Worte amüsierten Ennart, aber der Blick des Ssirhaa blieb ernst. »Vielleicht«, räumte er ein. »Doch selbst wenn es so ist ... ich sagte bereits, es ist Zeit vergangen. Unendlich viel Zeit. Mehr, als wir alle uns vorzustellen vermögen. Mehr als eine Million Jahre, Skar.«

Er schwieg einen Moment, um der Zahl das Gewicht zu verleihen, das ihr gebührte, aber Skar war nicht einmal mehr beeindruckt. Vielleicht war er einfach über das Stadium hinaus, in dem ihn noch irgend etwas erschüttern konnte.

»Auch die Kreatur hat sich verändert in dieser Zeit«, fuhr Ennart schließlich fort. »Sie ist nicht mehr, was sie war. Sie ist noch immer wild und furchtbar, aber sie ist sterblich geworden. Du selbst hast einen Teil von ihr getötet, erinnere dich.«

»Du bist wahnsinnig, Ennart«, flüsterte Skar.

»Warum?« fragte Ennart lauernd. »Weil ich Augen habe, zu sehen? Weil ich die Wahrheit ausspreche?«

»Welche Wahrheit?«

»Es gibt nur eine! Und die lautet, daß Enwor eine Hölle ist, für Menschen *und* für Quorrl. Wie viele Kriege habt ihr geführt, allein in der kurzen Spanne deines Lebens? An wie vielen Feldzügen hast du teilgenommen? Wie viele Sommer hast du erlebt, in denen die Menschen verhungerten, weil die Dürre ihre Felder verbrannte? Wie viele Winter, in denen sie erfroren, weil sie nichts hatten, sich gegen die Kälte zu schützen? Wie viele Städte hast du gesehen, die geschleift wurden, nur weil irgendein König mehr Macht wollte, oder ein wenig mehr Land?«

»Und ihr wollt das alles ändern?« fragte Skar höhnisch. »Ihr führt diesen Krieg also nur aus reiner Menschenfreundlichkeit? Verzeih, daß ich mich so in euch getäuscht habe.« Er deutete eine spöttische Verbeugung an.

In Ennarts Augen blitzte es zornig auf. Zum ersten Mal schien es Skar gelungen zu sein, seinen Gleichmut zu erschüttern. »Ich weiß nicht, was dieses Wort bedeutet«, sagte er kalt, »denn ich bin kein Mensch, vergiß das niemals. Was wir wollen?« Er sprang auf und deutete zum Fenster. »Das da, Satai. Wir wollen wiederhaben, was uns gehörte, ehe ihr kamt. Unsere Welt, die ihr uns gestohlen habt!«

»So, wie ich es sehe, seid ihr auf dem besten Wege dazu, sie euch zu nehmen«, sagte Skar.

»Aber wir wollen sie so wiederhaben, wie sie war«, fuhr Ennart erregt fort. »Keine Hölle, in der sich das Leben nicht mehr lohnt. Wir werden uns Enwor nehmen, das ist wahr, aber nicht nur aus Eroberungslust. Wir werden Enwor wieder zu dem machen, was es war.«

»Oh«, sagte Skar spöttisch. »Mehr nicht?«

»Mehr nicht«, bestätigte Ennart ungerührt. »Keiner von uns wird den Tag erleben, das weiß ich. Es wird lange dauern, unendlich lange. Doch der Tag wird kommen, an dem Enwor wieder ein Paradies ist, keine verbrannte Wüste.«

»Dann gib mir eine Schaufel«, sagte Skar. »Ich fange an zu graben.«

»Ich meine, was ich sage, Skar«, widersprach Ennart, plötzlich wieder ruhig. »Die Macht der *Sternengeborenen* war unvorstellbar. Sie haben mehr getan, als Städte zu bauen. Sie haben diese ganze Welt *verändert*. Sie schufen Enwors Gesicht neu, vielleicht nach dem Vorbild ihrer Heimat, die irgendwo jenseits der Sterne liegt. Dieser Kontinent hier wurde von ihnen *gebaut*. Und wir werden ihr Wissen wiederentdecken und dazu nutzen, die Wunden zu heilen, die unsere beiden Völker der Welt schlugen.«

»Und warum stürzt ihr eine ganze Welt ins Chaos, wenn ihr so mächtig seid?« fragte Skar. »Ich glaube dir kein Wort, Ennart.« Er hob die Stimme, als Ennart ihn unterbrechen wollte. »Und selbst wenn du die Wahrheit sprichst, dann ist es nur das, was du glauben willst, nicht was ihr wirklich tut. Niemand kann die Vergangenheit verändern. Was geschehen ist, ist geschehen. Nicht einmal eure Macht reicht aus, die Zeit zurückzudrehen.«

»Du hast recht«, sagte Ennart. Er war jetzt wieder sehr ruhig. So schnell er die Beherrschung verloren hatte, so rasch gewann er sie wieder zurück. »Auch wir kennen nur noch wenige Geheimnisse der *Alten.*« Er machte eine weit ausholende Geste, die das Zimmer und den ganzen Turm einschloß. »Was du hier siehst, Satai, ist alles, was geblieben ist. Du wirst Wunder über Wunder erleben, und doch ist all dies nichts gegen die Welt, wie sie war, ehe dein Volk und das meine sich gegenseitig vernichteten.« Plötzlich war es *seine* Stimme, die bitter wurde. »Es sind ... Trümmer. Ihr Vermächtnis, das noch immer da ist, nach all dieser Zeit, und noch immer mächtig genug, die Welt zu erschüttern. Wir haben gelernt, einige ihrer Maschinen zu benutzen, und wir haben einen Schatten ihres alten Wissens zurückgewonnen. Aber im Grunde wissen wir nichts. Wir kratzen die alten Reste eines Zeitalters zusammen und versuchen, eine neue Welt daraus zu bauen.«

»Indem ihr die alte zerstört?«

»Wenn wir das wollten, hätten wir es längst getan«, sagte Ennart ruhig. »Die Waffe, die Elay zerstörte, hätte auch Ikne treffen können, oder irgendeine andere Stadt. Sie kann es noch. Aber das wollen wir nicht. Der Wahnsinn muß ein Ende haben. Was dir grausam erscheinen mag, ist notwendig. Auch das Messer eines Arztes fügt Schmerzen zu, wenn es schneidet.«

»Aber es schneidet nur die Krankheit aus dem Körper, nicht das Leben«, widersprach Skar. »Ist es das, als was du uns siehst? Als Krankheit? Als Geschwür, das man wegschneiden muß?«

»Bitte, Skar.« Ennarts Blick flatterte, und Skar spürte, daß es ihm gelungen war, ihm weh zu tun. Er wußte nicht einmal, ob er mit seinen Worten der Wahrheit auch nur nahe gekommen war, aber das spielte auch keine Rolle. Was zählte war, daß es ihm gelungen war, Ennart weh zu tun, ihm einen wenn auch noch so kleinen Teil des Leids zurückzuzahlen, das er und seine Rassegenossen ihm zugefügt hatten.

»Und die Quorrl?« fuhr er fort. »Was ist mit ihnen? Was ist mit Titch und seinen Brüdern? Sie sind eure Nachkommen! Ihr vernichtet auch sie!«

»Das sind sie nicht«, sagte Ennart traurig. »Sie sind das, wofür ihr sie haltet. Tiere.« Er machte eine müde Geste auf die Tür, durch die Titch verschwunden war. »Sie waren unsere Antwort auf die *Sternengeborenen.* Kreaturen, die geschaffen wurden, um zu kämpfen. Nicht mehr.« Er lachte bitter, als er Skars Erstaunen bemerkte. »Wir haben unseren Schwertern das Laufen beigebracht, das ist alles.«

»Du willst damit sagen, sie wurden ... erschaffen?«

Ennart nickte. »Ja. Aber sie haben versagt. Nur wenige überlebten, und sie flohen in die Wälder im Norden. Die Quorrl sind ihre Nachkommen.«

»Das ist nicht wahr!« widersprach Skar. »Titch ist ...«

»Titch«, unterbrach ihn Ennart, »ist nicht irgendein Quorrl. Er ist ... etwas Besonderes. So wie sein Vater.«

»Ein besonders intelligentes Tier, wie?«

Ennart ignorierte den bitteren Hohn in Skars Stimme. »Wenn du so willst, ja. Vielleicht sind Männer wie er die Zukunft seines Volkes. Auch an den Quorrl ist die Zeit nicht spurlos vorübergegangen.« Er atmete tief und hörbar ein, starrte einen Moment ins Leere und machte dann eine abgehackte, bestimmende Handbewegung.

»Genug jetzt. Wir werden noch viel Zeit miteinander verbringen, aber ich wollte, daß du die Wahrheit kennst, ehe du dich entscheidest.«

»Wozu? Ob ich gegen euch kämpfe oder mit euch? Du bist verrückt, alter Mann.«

»Ob du als Gefangener oder als Gast bei uns bleibst«, sagte Ennart ruhig. »Denn nur diese Wahl bleibt dir. Dieser Raum hier wird dein neues Zuhause sein, Skar. Für wenige Wochen, bis alles vorüber ist, oder für die Ewigkeit. Die Wahl liegt bei dir.«

»Warum tötet ihr mich nicht einfach?« fragte Skar.

»Warum sollten wir?« Ennart lächelte verzeihend. Er hatte sich jetzt wieder vollkommen unter Kontrolle. Vor Skar stand wieder das sanfte, beinahe gottgleiche Wesen, als das er den Ssirhaa das erste Mal gesehen hatte. Und trotzdem wußte er jetzt, daß dieser Eindruck falsch war, eine Maske, hinter der sich nichts anderes als ein böser alter Mann verbarg. Skar wußte plötzlich mit unerschütterlicher Sicherheit, daß Ennart wahnsinnig war. Er war kein Gott, sondern nur ein alter Mann, der von vergangener Größe träumte und einfach nicht wahrhaben wollte, daß er so wenig in diese Welt gehörte wie Skar. Vielleicht war alles, was er erzählt hatte, wahr, vielleicht alles erlogen; es spielte keine Rolle. Wichtig war, daß Ennart dabei war, die ganze Welt in Brand zu setzen. Und daß er über die Macht verfügte, es auch zu tun.

»Du hast deine Aufgabe erfüllt«, fuhr Ennert fort, als Skar keine Anstalten machte, auf seine Frage zu antworten. »Es wäre sinnlos, dich zu töten.«

»Wenn ich die *Sternenbestie* erwecken konnte«, sagte Skar zornig, »dann kann ich sie auch wieder vernichten.«

»Kaum.« Ennart lachte leise. »Jetzt überschätzt du dich, Satai. Du hast das Siegel gebrochen, aber Zerstören ist immer leicht. Wir brauchten Hunderte von Jahren, um die Natur jenes Wesens zu ergründen – wie willst du es in den wenigen Wochen schaffen, die dir noch bleiben? Dir fehlt das Wissen, das mit denen unterging, die dich erschufen. Und selbst wenn …« Er machte eine bedauernde Geste auf Skars linken Arm. »Du kannst diesen Turm nicht verlassen.«

Skars Blick folgte Ennarts Bewegung. Der Ssirhaa hatte auf das silberne Band gedeutet, das sich um sein linkes Handgelenk spannte. »Was ist das?«

»Etwas, das dein Leben rettet, es aber auch zerstören kann«, antwortete Ennart geheimnisvoll. »Titch hat dir die Geschichte des Sternenfeuers erzählt?« Skar nickte, und Ennart fuhr fort: »Sie ist wahr. Der Staub, den du in der Stadt der *Errish* eingeatmet hast, ist tödlich. Wir können dich heilen, und wir werden es tun, aber es wird lange dauern. Monate, wenn nicht Jahre. Bis es soweit ist, schützt dich dieser Reifen.« In seiner Stimme schwang hörbarer Stolz mit, während Skar den Arm hob und das harmlos aussehende Band aus metallenem Gewebe näher betrachtete.

»Er reinigt dein Blut«, fuhr Ennart fort, »und neutralisiert das Gift, so lange du ihn trägst. Aber er kann dich auch töten.«

»Wenn du es willst«, vermutete Skar.

»Nicht, so lange du nicht versuchst, den Turm zu verlassen. Tätest du es, so würde sich seine Wirkung ins Gegenteil verkehren, und du stirbst binnen weniger Stunden.« Er breitete die Arme aus. »Du siehst, es besteht kein Grund für mich, dich zu töten. Nicht, solange du hier bist. Und später wird es keinen Grund mehr für dich geben, uns zu bekämpfen.«

Er stand auf und wandte sich zur Tür, blieb aber noch einmal stehen, ehe er das Zimmer verließ. »Willst du das Mädchen sehen?«

Kiina? Natürlich wollte er sie sehen. Er hatte sich nach nichts so sehr gesehnt wie danach, Kiina noch einmal wiederzusehen, in den Momenten, in denen er geglaubt hatte, sterben zu müssen. Trotzdem zögerte er.

»Wenn sie ... wenn sie wieder sie selbst ist«, sagte er. »Sonst nicht. Ich habe keine Lust, mit einer Puppe zu sprechen.«

»Dann wird Titch dich zu ihr bringen«, sagte Ennart. »Folge mir.«

Kiinas Quartier lag auf dem gleichen Korridor wie das Skars, aber an seinem entgegengesetzten Ende, und zwischen ihm und Skars Zimmer befanden sich nicht weniger als drei massive Wände aus Metall, die zwar lautlos auseinanderglitten, wenn Ennart sich ihnen näherte, in Skar aber jeden Gedanken an einen gewaltsamen Ausbruchsversuch zunichte machten. Sie waren weiter allein. Vorhin, als er aus dem Fenster geblickt hatte, hatte er gesehen, daß der Turm vor Leben schier überquoll; auf dem rechteckigen Hof bewegten sich Hunderte von Menschen und Quorrl und Tieren. Aber hier oben herrschte eine gespenstische Stille. Es verwunderte ihn ein wenig, daß ein Mann wie Ennart keine Leibwache hatte, bis er sich ins Gedächtnis zurückrief, daß der Ssirhaa nicht nur mächtig, sondern auch ungeheuer *stark* war. Und augenscheinlich so gut wie unverletzlich. Die Wunde, die Skar selbst ihm am vergangenen Abend beigebracht hatte, war nicht nur geheilt, sondern so spurlos verschwunden, als hätte es sie niemals gegeben.

Kiina schlief, als sie das Zimmer betraten, das so groß und hell war wie das Skars, aber nicht so leer. Neben Kiinas Bett stand eine verwirrende Anordnung sonderbarer Gerätschaften und Dinge, deren bloßer Anblick Skar einen eisigen Schauer über den Rücken laufen ließ; gefährlich aussehende Dinge, von deren Seiten sich dünne gerippte Schläuche wie Schlangen aus Metall unter Kiinas Decke wanden. Einige endeten in dünnen Nadeln, die tief in ihr Fleisch gestochen worden waren.

Das Mädchen war nicht allein. Ein schlanker, dunkelhaariger Mann stand halb über sie gebeugt da, als sie eintraten. Die Tür hatte sich lautlos geöffnet, aber er schien ihr Eintreten zu spüren, denn er drehte sich mit einem Ruck um.

Es war Ian. Auf seinem Gesicht spiegelten sich Ehrfurcht beim Anblick des Ssirhaa, aber auch Schrecken und dann purer Haß, als er Skar erkannte. Trotzdem sagte er kein Wort, sondern trat nur mit einem demütigen Senken des Hauptes zurück und machte Ennart Platz.

»Wie geht es ihr?« fragte der Ssirhaa, während Skar rasch auf die andere Seite der schmalen Liege eilte und neben ihr niederkniete. Er hörte Ians Antwort nicht, sondern starrte nur Kiina an. Ihr Anblick war ein Schock für ihn. Er hatte gewußt, daß sie krank war, aber jetzt sah sie aus wie eine Tote. Ihr Gesicht war grau und von Geschwüren und kleinen nässenden Wunden entstellt, die Lippen gerissen und voller Eiter. Mehr als alles andere erinnerte ihr Anblick ihn an den der sterbenden *Margoi*. Er streckte die Hand nach ihr aus, wagte es aber nicht, sie zu berühren. Er hatte Angst, sie aufzuwecken.

»Sie wird leben.«

Es dauerte einen Moment, bis Skar registrierte, daß Ians Worte nicht mehr dem Ssirhaa galten, sondern ihm. Mit einem Ruck sah er auf und starrte den Zauberpriester an. Ians Augen flammten noch immer vor Zorn, aber Skar spürte auch, daß er die Wahrheit sagte. Er würde es nicht wagen, ihn im Beisein Ennarts zu belügen.

»So?« fragte er bitter. Er machte eine Handbewegung auf Kiinas zerstörtes Gesicht und das Gewirr aus metallenen Schläuchen und Nadeln.

»Nicht so.« Ian schüttelte den Kopf und machte eine flatternde Handbewegung auf die Ansammlung erschreckender Geräte und Apparaturen neben Kiinas Lager. »Das alles ist nötig, um ihr Leben zu retten. Und es wird auch nötig sein, um *dein* Leben zu retten.« Er wiederholte seine unwillige Geste, als Skar den linken Arm mit dem blitzenden Silberband hob.

»Das ist nur ein Provisorium«, sagte er. »Es hält das Gift auf, aber es entfernt es nicht aus deinem Körper. Ihr seid spät gekommen. Fast zu spät. Aber wir können euch retten. Das Mädchen wird wieder so gesund, wie es war. Und so schön.« Er versuchte zu lächeln, aber der Haß in seinem Blick machte eine Grimasse daraus. »Wer ist sie?« fragte er. »Deine Geliebte? Oder deine Tochter?«

»Keines von beidem«, antwortete Skar. »Einfach nur ein Mädchen, das mir sein Leben anvertraut hat.«

»Dann gib ihm einen guten Rat, wenn es erwacht«, sagte Ian böse. »Wenn es so etwas das nächste Mal tut, soll es sich den Mann vorher genauer ansehen.«

»Ian!« Ennarts Stimme war scharf, und der Zauberpriester fuhr wie unter einem Hieb zusammen. Unsicher sah er zu dem Ssirhaa auf.

»Verzeiht, Herr.« Er seufzte, biß sich auf die Lippen und wandte sich mit einer fragenden Geste wieder zu Kiina um. »Soll ich sie aufwecken? Wenn du mit ihr sprechen möchtest ...«

Skar schüttelte den Kopf. Er wollte nicht, daß Kiina sich so sah.

»Dann wird Titch dich jetzt in dein Zimmer zurückbringen«, bestimmte Ennart. »Ich muß dich um etwas Geduld bitten.« Er wandte sich an Ian. »Wie lange wird es dauern, bis die Maschinen frei sind?«

Ian überlegte. »Zwei Tage«, sagte er nach einer Weile. »Vielleicht auch drei.«

Ennart nickte. »Du hast es gehört«, fuhr er fort, wieder an Skar gewandt. Er deutete auf Skars Armband. »Bis dahin wirst du damit Vorlieb nehmen müssen. Aber du brauchst keine Furcht zu haben. Es schützt dich.«

Angst? Skar hätte fast gelacht. Es war leicht, aus Ennarts und Ians Worten zu schließen, daß er der nächste sein würde, der auf diesem Bett lag und an diese entsetzlichen Maschinen angeschlossen sein würde. Wenn er Angst hatte, dann *davor*, nicht vor dem Gift in seinem Blut. Kiinas Anblick erinnerte ihn an das Opfer einer Spinne, das sich in einem gigantischen silbernen Netz verfangen hatte. Er schauderte.

»Du brauchst dich nicht zu fürchten«, sagte Ennart. »Ich weiß, daß es dir wie Zauberei vorkommen muß, oder wie Schwarze Magie. Aber es ist nichts von beidem. Ian ist der beste Arzt, den es gibt. Vielleicht auf ganz Enwor.«

»Er haßt mich«, sagte Skar. Er blickte weder Ennart noch Ian an, aber er sah aus den Augenwinkeln, wie der Zauberpriester bei seinen Worten zusammenfuhr und Ennart rasch und besänftigend die Hand hob.

»Du hast seinen Bruder getötet.«

Jetzt sah Skar doch auf. Ians Augen waren wie schwarze Flammen, die ihn verbrennen wollten. Der Gedanke, diesem Mann sein Leben anzuvertrauen, war schlichtweg absurd. »Brol war dein Bruder?«

»Er ist unter meinen Händen verblutet«, sagte Ian.

»Das tut mir leid.«

»So?« Ian machte ein abfälliges Geräusch. »Das braucht es nicht. Und du brauchst auch keine Angst zu haben, daß ich mich an dir räche. Nicht jetzt.«

Ennart unterbrach ihre Unterhaltung, ehe sie vollends zum Streit geraten konnte, indem er Skar abermals mit einer Geste aufforderte, den Raum zu verlassen. Skar gehorchte, wenn auch erst nach kurzem Zögern. Er fürchtete Ian nicht, aber er war sich darüber im klaren, daß seine letzten beiden Worte ein Versprechen gewesen waren, das er irgendwann einmal einlösen würde. Und er war ein Feind, den er nicht unterschätzen durfte.

Sie verließen den Raum. Ennart begleitete sie ein Stück weit den Korridor hinab, dann trat er in eine jener sonderbaren beweglichen Kammern, und Skar ging allein mit Titch weiter. Auch der Quorrl wollte sich umwenden und ihn allein lassen, als er sein Quartier erreicht hatte, aber Skar rief ihn noch einmal zurück.

»Hast du alles gehört?« fragte er.

Titch nickte. Sein Gesicht war wie eine Maske ohne Leben. Er sah Skar nicht an. »Ich war dabei.«

Skar machte eine unwillige Handbewegung. »Das meine ich nicht. Ich rede von unserem Gespräch hier. Du hast gehört, was Ennart gesagt hat?«

Skar wußte, daß es so war. Der Quorrl hatte draußen auf dem Gang gewartet, aber die Tür war offen gewesen, und sie hatten nicht leise gesprochen. Er mußte jedes Wort verstanden haben. Trotzdem vergingen Sekunden, ehe er nickte.

»Es hat wohl nicht viel Sinn, wenn ich dich frage, auf welcher Seite du stehst«, vermutete Skar.

Er hatte kaum damit gerechnet, daß Titch überhaupt antworten würde, aber er tat es, mit leiser, bitterer Stimme, in der Qual und unendliche Verzweiflung mitschwangen. »Sie sind unsere Götter, Skar.«

»Götter?« Skar lachte leise. »Wenn du alles verstanden hast, dann hast du doch auch gehört, was er über euch denkt. *Tiere*. Mehr seid ihr nicht für ihn.«

»Wie für euch?«

»Unsinn«, widersprach Skar. »Du bist –«

»Ich rede nicht davon, was *ich* bin«, unterbrach ihn Titch. »Vielleicht machst du es dir zu einfach. Du redest von mir, und du redest von den Quorrl, aber du meinst nicht dasselbe.«

»Du bist längst kein Quorrl mehr, Titch«, sagte Skar. »Du ...«

»Doch, das bin ich!« Titch schrie plötzlich. »Ich war es immer, und ich werde es immer sein, Satai! Du machst es dir leicht. Du machst mich zum Menschen, damit du nicht zugeben mußt, daß wir nicht die primitiven Bestien sind, als die ihr uns so gerne bezeichnet. Für dich bin ich kein Quorrl, das stimmt. Aber nur, damit du die Wahrheit nicht eingestehen mußt.«

Skar starrte ihn an. Er war ... erschüttert. Er begriff plötzlich, daß Titch mit jedem Wort recht hatte.

»Vielleicht ist es so, wie Ennart gesagt hat«, fuhr Titch fort. »Ja, wir sind Tiere! Dinge, die man benutzen kann, wie man will. Und? Sie haben uns erschaffen, Skar!«

»Aber das gibt ihnen nicht das Recht –«

»Es gibt ihnen jedes Recht«, fauchte Titch. »Sie sind unsere *Schöpfer*, begreifst du das nicht? Unsere *Götter!* Habt ihr *Götter*, Satai?«

»Natürlich«, antwortete Skar automatisch.

»Nein«, widersprach Titch. »Das habt ihr nicht. Ihr glaubt, sie zu haben. Ihr blickt in den Himmel und bevölkert ihn mit Wesen, die eurer Einbildung entspringen. Ihr habt euch eure Götter *erdacht*, Mensch. *Unsere* Götter sind wirklich. Ennart ist einer von ihnen.«

»Aber er ist wahnsinnig!« sagte Skar. »Er wird Enwor vernichten!«

»Er wird die Welt vernichten, die ihr erschaffen habt, ja«, antwortete Titch ungerührt. »Er hat das Recht dazu. Sie gehört ihm.«

»Das Recht? Das Recht, unsere beiden Völker auszulöschen?«

»Wenn er will, ja«, sagte Titch hart. »Aber er wird es nicht tun. Warum sollte er? Um über eine Welt der Toten zu herrschen?

Über einen leeren Planeten? Du hast mich gefragt, ob ich zugehört habe, und das habe ich. Ich habe gehört, und ich habe verstanden. Jedes Wort, Skar. Die Zukunft gehört uns. Eure Zeit ist abgelaufen, auch wenn du es nicht wahrhaben willst. Vielleicht waren wir Tiere, und vielleicht sind wir es noch. Aber irgendwann einmal werden wir es sein, die das Schicksal dieser Welt bestimmen.«

Skar sagte nichts mehr. Aber er glaubte plötzlich noch einmal Trashs letzte Worte zu hören, so deutlich, als stünde der Quorrl hinter ihm und wiederholte sie. *Sie sind wieder da!*

Aber das war nicht alles, was er gesagt hatte. Er hatte noch etwas hinzugefügt, etwas, das er auch Titch nicht gesagt hatte, vielleicht nie mehr sagen würde, denn er spürte, daß es bereits zu spät dazu war. *Sie sind wieder da, Satai. Und sie werden uns alle töten, erst uns und dann euch.*

Sie hatten sich gefragt, wo die Drachen waren, die diesem Tal seinen Namen und dem ganzen östlichen Teil dieses Kontinents seinen Ruf verliehen hatten. Jetzt sah er sie: nördlich des Turmes, vielleicht hundert Fuß tief, eine Meile breit und sich in schwer zu schätzender Entfernung zu einem unregelmäßigen Oval verbreiternd, erstreckte sich eine offensichtlich künstlich angelegte Felsenschlucht, und da waren sie. Hunderte. Hunderte und Hunderte und Hunderte der riesigen geschuppten Bestien, eingepfercht in einer Koppel. Manchmal, vor allem nachts und wenn der Wind günstig stand, konnte Skar sie hören: ein dumpfes, unruhiges Grollen und Knurren, das niemals ganz aufhörte, manchmal aber fast so etwas wie eine Melodie zu bilden schien, wie ein fremder, schwermütiger Rhythmus, den er mit seinen groben menschlichen Sinnen nicht zu erfassen vermochte, der aber auch in ihm eine Saite zum Klingen brachte.

Skar stand oft hier oben und sah zu den Drachen hinab. Abgesehen vom Flüstern des Windes, der sich an den stählernen Flanken des Turmes brach, war ihr Grollen der einzige Laut, der in sein Gefängnis drang. Obgleich der Turm gar kein Turm war, sondern ein gewaltiges Geviert aus schwarzen stählernen Wänden, hatte Skar für sich beschlossen, ihn weiter als *Turm* zu sehen; obgleich dieser Turm also von Menschen und Quorrl (und auch einigen anderen Lebewesen, die er nie zuvor zu Gesicht bekommen hatte) schier überzuquellen schien, war es hier oben absolut still. Hatte er noch während seines Gespräches mit Ennart geglaubt, es wären einfach die Fenster aus unsichtbarem Glas, die jedes Geräusch verschluckten, so hatte er bald danach begriffen, daß es mehr war. Ein weiteres Wunder dieses Turmes, das von der ungeheuren Macht seiner Erbauer kündete.

Zwei Tage waren seit dem ersten und bis zum Moment auch einzigen Gespräch mit Ennart verstrichen, und der dritte neigte sich seinem Ende entgegen. Er hatte den Ssirhaa nicht wiedergesehen, so wenig wie Titch, und er hatte den allergrößten Teil dieser Zeit hier draußen verbracht, auf einem kleinen, von einem nur hüfthohen schmiedeeisernen Gitter umschlossenen Balkon vor einem der drei Fenster. Obwohl es hier draußen merklich kühler als in seinem Quartier war, ging er fast nur hinein, wenn er es mußte. Drinnen hatte er das Gefühl, nicht mehr richtig atmen zu können. Hier draußen ...

Nun, hier konnte er sich wenigstens einreden, frei zu sein. Und in gewissem Sinne war er es auch. Jenseits des Balkongitters war nichts mehr, nur fünfhundert Fuß Tiefe und ein sekundenlanger, rasend schneller Fall, dem die Erlösung folgen würde, wenn er das wollte. Manchmal fragte er sich, ob Ennart ihm diesen Ausweg absichtlich offengelassen hatte, und wenn ja, warum: ob aus Grausamkeit oder Achtung.

Dabei war er keineswegs in seinem Zimmer eingesperrt. Er war ein Gefangener, aber er wurde behandelt wie ein Fürst. Vor der Tür seines Zimmers – die kein Schloß hatte! – standen Tag und Nacht zwei Männer, die ihm jeden Wunsch erfüllten. Wenn er um etwas bat und es nicht bekam, dann höchstens, weil es in der Stahlfestung nicht existierte. Der einzige Wunsch, den Ian ihm abgeschlagen hatte, war der nach einem Pferd und achtundvierzig Stunden Vorsprung gewesen. Im Turm durfte er sich frei bewegen, so lange und wohin er wollte. Aber es war eine Freiheit, die an den schwarzen Stahlwänden des Turmes endete, denn anders als bei Ennart oder Titch glitten sie nicht von selbst auseinander, wenn er sich einer der verborgenen Türen näherte. Ein paarmal war er zu Kiina gegangen, aber ihr Anblick hatte ihn jedesmal aufs Neue erschreckt, obwohl Ian die Wahrheit gesagt zu haben schien: ihr Zustand besserte sich sichtlich. Ihr Gesicht war noch immer von Krankheit und Siechtum gezeichnet, aber es war keine Totenfratze mehr, die ihm entgegengrinste, wenn er sich über ihr Lager beugte. Was ihn viel mehr erschreckte war, was sie mit ihr taten, denn er verstand es nicht. Und der Gedanke daran, daß nach Kiina auch er auf diesem Bett liegen sollte, gefangen im Netz einer stählernen Spinne, die sein Blut trank.

Aber sein eigenes Schicksal war nicht der Grund für seine Sorge. Skar hatte längst mit dem Leben abgeschlossen, und irgendwoher nahm er die zwar unbegründete, aber unerschütterliche Gewißheit, daß dieser Kampf so oder so mit seinem Tod enden würde. Was ihn beschäftigte, war vielmehr das, was außerhalb dieses Tales geschah. Wenn die Rechnung stimmte, die er für sich angestellt hatte, dann stand Del mit seinem Heer jetzt am Besh, noch zweihundert Meilen und mithin mindestens fünf Tagesmärsche von Ikne entfernt. Aber vielleicht war auch schon alles zu spät; die Schlacht, die er mit allen Mitteln hatte verhindern wollen, längst entschieden. Del mochte schneller vorangekommen sein, als sie angenommen hatten. Das Wetter mochte ihn begünstigt haben, der Widerstand geringer gewesen sein als erwartet ... es gab tausend Wenn und Aber, die zwischen einem Plan und seiner Ausführung lagen. Er hatte Ian auch danach gefragt, aber der Zauberpriester hatte nur mit den Schultern gezuckt, und die Männer vor der Tür wechselten fast täglich und schienen wirklich nicht zu wissen, was außerhalb dieses Tales vorging. Manchmal glaubte er zu spüren, daß es schon zu spät war. Vielleicht war es schon zu spät gewesen, als es begonnen hatte.

Der Wind trug den zornigen Schrei eines Drachen heran, und Skar schrak abrupt aus seinen Gedanken. Einer der grauen Schatten bewegte sich auf den Ausgang der Schlucht zu. Skar wußte, daß er ihn nicht erreichen würde. Das Tal lief in einer geröllübersäten Böschung aus, die selbst für einen der großen Drachen zu ersteigen war, aber keines der Tiere tat es. Skar hatte mehrmals beobachtet, wie einer der Drachen aus seinem Gefängnis auszubrechen versuchte, und jeder Anlauf hatte gleich geendet. Auch dieses Tier stürmte wütend los, aber schon nach wenigen Dutzend Schritten erlahmten seine Bewegungen wieder, wurden langsamer, verloren ihre zornige Kraft und wurden schließlich zu einem fast unschlüssig wirkenden Schlendern. Ehe der Drache noch die Hälfte der Böschung erstiegen hatte, blieb er ganz stehen. Der Kopf auf dem langen schlangenartigen Hals bewegte sich verwirrt hin und her, und schließlich machte die Riesenechse kehrt und trottete zu ihren Artgenossen zurück. Anfangs hatte Skar geglaubt, daß es dort unten so etwas wie eine unsichtbare Mauer geben müsse, aber je länger er das Verhalten der Tiere beobachtete, desto mehr gelangte er zu der Überzeugung, daß es etwas anderes war. Vor dem Ausgang der Felsenschlucht *war* etwas, aber es war kein faßbarer Widerstand. Die Tiere benahmen sich, als lösche etwas ihren Willen aus, das Tal überhaupt zu verlassen.

Skar hatte dieser Beobachtung anfangs kaum Bedeutung zugemessen. Sie war nichts gegen all die anderen Wunder, die er in den letzten beiden Tagen erlebt hatte. Aber je länger er die Drachen beobachtete, desto wichtiger erschienen sie ihm. Es mußte einen Grund dafür gegeben haben, daß sie die Drachen zusammengetrieben und in dieses Tal gesperrt hatten. Sie hatten bewiesen, daß sie in der Lage waren, das geistige Band zwischen Drachen und *Errish* zu unterbrechen und selbst diese gigantischen Tiere unter ihren Willen zu zwingen. Wenn sie es nicht taten, sondern den Großteil der Drachen einsperrten, dann bedeutete das, daß auch ihrer Macht Grenzen gesetzt waren. Und dieser Gedanke beruhigte Skar.

Er glaubte nicht, daß ihm dies in irgendeiner Form helfen würde. Er hatte verloren, endgültig und total. Selbst die Stimme seines Dunklen Bruders schwieg. Der *Daij-Djan*, so schien es, war fort, ebenso ausgesperrt wie das Flüstern in seinen Träumen, das ihn fast in den Wahnsinn getrieben hatte. Der Turm mochte die Quelle des bösen Flüsterns sein, aber er schien seine Bewohner auch gleichzeitig davor zu schützen.

Er wollte sich schon umdrehen und auf sein Zimmer zurückgehen, als ihm eine Bewegung über dem nördlichen Rand des Tales auffiel; ein rasches Flattern hoch oben in der Luft, das nach Augenblicken zu einem Schatten wurde, der sich nach wenigen weiteren Sekunden wieder teilte, bis Skar einen Trupp von insgesamt sechs Daktylen erkennen konnte, die sich in direkter Linie und sehr schnellem Flug auf den Turm zubewegten. Anschi und ihre Mädchen, die von ihrer täglichen Patrouille zurückkehrten. Skar hatte sie gestern beobachtet, und den Tag zuvor. Sie flogen immer zur gleichen Zeit fort und kehrten erst spät am Nachmittag zurück. Er fragte sich, was sie suchten, jetzt, wo Titch und er in der Gewalt der Zauberpriester waren.

Die Daktylen kamen rasch näher, und Skar konnte jetzt die schlanken, in bestickte schwarze Mäntel gehüllten Gestalten auf ihren Rücken erkennen. Reglos blieb er auf dem kleinen Balkon stehen, bis die riesigen Flugechsen in kleiner werdenden Spiralen in den Hof der Festung hinabtauchten und damit aus seinem Blickwinkel verschwanden, dann drehte er sich um und ging in sein Zimmer zurück. Er merkte erst jetzt, wie kalt es draußen gewesen war, und auf seinen nackten Oberarmen erschien nachträglich eine Gänsehaut, obgleich hier drinnen eine behagliche Temperatur herrschte. Ein weiteres Wunder dieses Alptraumturmes: ganz gleich, wie kalt es draußen war, es war immer warm hier drinnen, obwohl nirgendwo ein Feuer brannte. Es war auch immer hell, obwohl es keine Fackeln oder sonstige Lichtquellen gab. Die Luft selbst schien in einem milden, gelben Licht zu strahlen.

Etwas geschah.

Skar konnte nicht sagen, was. Er sah nichts, hörte nichts, fühlte nichts ... und doch: für den Bruchteil einer Sekunde glaubte er, eine Erschütterung zu spüren, etwas wie ein Wanken des Bodens unter seinen Füßen, ohne daß er sich auch nur um den Bruchteil eines Millimeters bewegte. Es war wie ... ein Beben, nicht der Dinge, sondern der Realität. Als wären zwei Welten aufeinandergeprallt, hätten sich für einen unendlich kurzen Moment berührt und glitten nun wieder auseinander.

Skar taumelte. Für die Dauer eines Atemzuges wurde ihm schwindlig, und plötzlich war es ihm, als würde ein unsichtbarer Schleier von seinen Gedanken gehoben, eine erstickende Decke, die die ganze Zeit über dagewesen war, ohne daß er sie auch nur bemerkt hatte.

Verwirrt hob er die Hände ans Gesicht, fuhr sich über die Augen und sah sich um. Nichts hatte sich verändert. Der Raum war so kalt und unwohnlich wie immer, jeder Gegenstand an seinem Platz, und doch ...

Es war, als sähe er ihn das erste Mal.

Das erste Mal so, wie er wirklich war.

Draußen auf dem Gang polterte etwas, und aus dem Hof klang das schrille, unwillige Kreischen einer Daktyle herauf. Skar hörte eine Stimme, ohne die Worte zu verstehen, die sie sagte. Er wollte sich zur Tür wenden, hielt dann aber mitten in der Bewegung inne, als die Stimme ein zweites Mal und näher erscholl.

Und plötzlich wußte er.

Von einer Sekunde auf die andere sah er alles ganz deutlich vor sich, so klar und logisch, daß er eine weitere Sekunde damit verschwendete, sich verblüfft zu fragen, wieso er nicht schon vor Wochen darauf gekommen war. Plötzlich wußte er, wer Ennart wirklich war, was er wirklich wollte und warum. Alles war ganz klar und logisch, alle Widersprüche mit einem Male erklärt, alle offenen Fragen beantwortet; einschließlich der, wieso es so lange gedauert hatte, bis er endlich begriff.

Etwas hatte ihn am Denken gehindert. Die gleiche Macht, die die Seelen jeder denkenden Kreatur Enwors vergiftete, hatte auch sein Bewußtsein getrübt. Nicht so sehr, daß es ihm aufgefallen wäre, sondern behutsam, wie ein schleichendes, heimtückisches Gift, das seine Gedanken immer nur dann unterbrach, wenn sie sich in eine ganz bestimmte Richtung bewegten …

Del! dachte Skar entsetzt. Großer Gott! Del und das gesamte Heer würden …

Der Gedanke entglitt ihm. Etwas wie ein unsichtbarer, stählerner Besen schien durch seinen Schädel zu fahren und sein Bewußtsein umzustülpen. Plötzlich war wieder nichts als Chaos in seinen Gedanken, alle Teile des Mosaiks noch immer da, aber wieder in heilloser Unordnung. Das Bild, das er für den Bruchteil einer Sekunde in aller Deutlichkeit gesehen hatte, zerbarst wie eine Glasscheibe in Millionen Teile, und dann glaubte er zum zweiten Mal etwas wie ein Erdbeben der Schöpfung selbst zu fühlen. Der Schleier war wieder da. Skar konnte fühlen, wie sich ein ganz bestimmter Aspekt seines Bewußtseins trübte, ohne daß er in der Lage war, etwas dagegen zu tun. Was immer geschehen war, sie hatten es rückgängig gemacht, kaum daß sie ihren Fehler bemerkt hatten.

Verwirrt sah er sich um. Es war wieder still. Aber die Betonung lag auf dem Wort wieder. Er hatte den Schrei der Daktyle nicht vergessen. Auch das magische Schweigen des Turmes war fort gewesen, so wie das unsichtbare Spinnennetz in seinem Kopf, das ihn am Denken hinderte. Für Augenblicke, da war er sicher, hatte die gesamte ungeheuerliche Maschinerie dieses Turmes versagt. Und diese Erkenntnis war ungeheuer wichtig. Er hielt sie fest wie einen Schatz. Mit einem Ruck drehte er sich um und eilte zur Tür.

Im nächsten Moment taumelte er zwei Schritte zurück und sank mit einem Schmerzlaut auf die Knie, denn die Tür wurde so hart aufgestoßen, daß sie ihm vermutlich alle Knochen im Leib zerschmettert hätte, hätte sie ihn voll getroffen und nicht nur gestreift. Unter der Öffnung erschien eine taumelnde Gestalt: einer der beiden Männer, die draußen bereitgestanden hatten, um seine Wünsche zu erfüllen. Sein Gesicht war eine Grimasse der Qual, und sein Mund hatte sich zu einem Schrei geöffnet, ohne daß auch nur der geringste Laut über seine Lippen kam. Sein Wams war rot. Etwas hatte seine Kehle zerfetzt.

Skar fand kaum Zeit, seinen Schrecken zu überwinden, denn hinter dem Sterbenden wuchs plötzlich eine riesenhafte, breitschultrige Gestalt mit einem Gesicht aus Schuppen und Panzerplatten in die Höhe. Von ihrer rechten Hand tropfte Blut.

Skar ließ sich einfach zur Seite fallen, als der Quorrl mit einem Wutschrei auf ihn losstürmte, wobei er den sterbenden Zauberpriester einfach beiseite schleuderte. Er entging dem Fausthieb des Giganten nur um Haaresbreite, rollte sich blitzschnell zur Seite und versuchte auf die Füße zu kommen, aber er hatte die Schnelligkeit seines Gegners unterschätzt. Der Quorrl tobte vor Zorn, aber es war nicht jene Art von Zorn, die ihn blind gemacht hätte. Noch ehe Skar sich halb erhoben hatte, war er heran, packte ihn und schleuderte ihn quer durch den Raum. Skar prallte mit furchtbarer Wucht gegen die Wand neben dem Balkon, sank halb benommen zu Boden und kämpfte mit aller Macht gegen die Bewußtlosigkeit an, die seine Gedanken zu verschlingen drohte. Er hörte die Schritte des Quorrl und sah den Giganten als verzerrten Schatten auf sich zustampfen. Er wollte die Fäuste heben, um sich wenigstens zu wehren, aber seine Arme schienen plötzlich Zentner zu wiegen. Der Angriff war so vollkommen überraschend gekommen, daß er nicht die Spur einer Chance gehabt hatte.

Draußen auf dem Gang erscholl ein gellender Schrei. Waffen klirrten, und eine weitere schuppengepanzerte Gestalt erschien unter der Tür.

Wahrscheinlich war es das Auftauchen dieses zweiten Quorrl, das Skar das Leben rettete, denn der Reptilienkrieger rief seinem Kameraden etwas zu, woraufhin dieser mitten in der Bewegung innehielt und sich zu ihm herumdrehte, um ihm zu antworten. Und so kurz diese Frist war, sie reichte.

Es war, als rastete irgendwo tief in Skar etwas mit einem spürbaren Ruck ein, und plötzlich war die Kraft da, die er all die Zeit über so schmerzlich vermißt hatte. Die unsichtbaren Tonnengewichte an seinen Gliedern waren fort, der grausame Schmerz in seinem Rücken erlosch, nicht abgeschaltet, aber in einem Winkel seiner Wahrnehmungen zurückgedrängt, in dem er ihn nicht mehr behinderte. Von einer Sekunde auf die andere war Skar nur noch Satai.

Mit einem Ruck stemmte er sich in die Höhe und hob die Hände; die linke zur Faust geballt und gegen die Hüfte gepreßt, die andere lose und halb geöffnet vor der Brust kreisend. Jeder Muskel in seinem Körper war bis zum Zerreißen angespannt.

Der Quorrl registrierte die Bewegung und griff übergangslos wieder an, aber Skar reagierte plötzlich mit einer Schnelligkeit, die er nicht erwartet hatte. Der Quorrl schlug nach seinem Gesicht, aber Skar drehte blitzschnell den Kopf zur Seite, so daß seine Faust gegen die Wand krachte. Der Quorrl schrie vor Schmerz, und Skar gewann einen weiteren, kostbaren Sekundenbruchteil. Seine Handkante traf den Kehlkopf des Quorrl mit aller Macht; ein Hieb, der einen Menschen auf der Stelle getötet hätte und selbst diesen Giganten aufstöhnen ließ.

Er beging nicht den Fehler, den Quorrl wirklich angreifen zu wollen. Der Schuppenkrieger wog mindestens doppelt so viel wie er und bestand nur aus Muskeln und stahlharten Panzerplatten. Selbst wenn Skar bewaffnet gewesen wäre, wäre der Ausgang dieses Kampfes höchst ungewiß gewesen. Aber er hatte seinen Gegner erschüttert und damit die winzige Frist gewonnen, die er brauchte. Skar tauchte blitzschnell unter den Armen des

Quorrl hindurch, brachte zwei, drei Schritte Distanz zwischen sich und seinen riesenhaften Gegner und fuhr herum.

Der Quorrl stand noch immer neben dem Fenster und preßte seine Hand gegen die Kehle. Er atmete röchelnd. Blut lief über seine Schuppenhaut. Seine Hand mußte gebrochen sein, und das Atmen bereitete ihm sichtliche Mühe. Der zweite Quorrl war unter der Tür stehengeblieben und rührte sich nicht, nur sein Blick folgte mißtrauisch jeder Bewegung Skars. Wenn sie ihn gemeinsam angriffen, dachte er, dann war er verloren.

Aber das geschah nicht. Nach einer Sekunde drehte sich der zweite Quorrl wortlos herum und verschwand wieder auf dem Gang, offensichtlich vollkommen davon überzeugt, daß sein Kamerad allein mit Skar fertig werden würde.

Skar teilte diese Überzeugung sogar. Er hatte mehr als einmal gegen Quorrl gekämpft, und er hatte mehr als einen von ihnen getötet, aber da war er bewaffnet gewesen oder hatte zumindest *Platz* gehabt, um den einzigen Vorteil auszuspielen, den ein Mensch einem Quorrl gegenüber hatte: seine Schnelligkeit. Jetzt hatte er nichts als seine leeren Hände und ein Zimmer, das zwar groß war, aber nicht groß genug, um seinem Gegner davonzulaufen. Und selbst wenn es ihm gelang: draußen auf dem Gang wartete mindestens ein weiterer Quorrl auf ihn; dem Lärm nach zu schließen, den er hörte, sogar mehrere.

Skar hatte keine Angst. Dazu war er viel zu angespannt, sowohl körperlich als auch geistig. Sein Blick glitt über die riesige Gestalt des Quorrl, suchte nach einer Blöße, einem noch so winzigen Anzeichen von Schwäche oder Unaufmerksamkeit und fand keines. »Was soll das?« fragte er, nur um Zeit zu gewinnen. »Wieso greift ihr mich an? Ich gehöre zu euch!«

Der Quorrl antwortete nicht. Skar bezweifelte sogar, daß er seine Worte überhaupt verstanden hatte; vielleicht nicht einmal gehört. Der Quorrl war ... nicht normal, dachte Skar alarmiert. Nicht im Sinne von verrückt, sondern ... verändert. Was ihm gegenüberstand, war kein denkendes Wesen mehr. Die Wildheit in den Augen des Quorrl war die einer reißenden Bestie. Der Quorrl schien nur noch aus Haß zu bestehen. Sie sind Tiere, hatte Ennart gesagt.

Mit wiegenden, vorsichtigen Schritten kam der Quorrl näher. Er bewegte sich langsam, aber jeder Muskel in seinem gewaltigen Körper war angespannt, und seine Augen waren trotz der lodernden Mordlust darin hellwach und erschreckend klar. Seine Hände – sowohl die gesunde als auch die gebrochene – waren zu Krallen geöffnet und vor die Brust erhoben; die Beine des Quorrl waren gespreizt und leicht eingeknickt. Er hob die Füße kaum vom Boden, sondern schlitterte mehr auf Skar zu, als er ging. Reißende Bestie oder nicht: Skar begriff, daß der Quorrl die Kampftechnik, deren Verteidigungshaltung er eingenommen hatte, sehr wohl kannte und wahrscheinlich auch darauf zu reagieren wußte. Bedrückt dachte er an einen seiner Lieblingssätze zurück, die er Del immer und immer wieder eingebleut hatte: Wenn zwei Männer die gleiche Art zu kämpfen beherrschen und gleich gut sind, dann gewinnt am Schluß einfach der, der stärker ist oder die größere Ausdauer hat. Und er war nicht einmal sicher, ob dieser Quorrl wußte, was das Wort Erschöpfung bedeutete ...

Hastig wich er zwei, drei Schritte vor dem graugrünen Giganten zurück, prallte mit dem Rücken gegen die Wand und sah sich gehetzt um. Er saß in der Falle. Der Quorrl hatte ihn in eine Ecke des Zimmers getrieben, aus der es kein Entkommen mehr gab. Wenn er nach rechts auswich, würde er direkt in die tödlichen Klauen des Riesen laufen, und in der anderen Richtung war nur das Fenster und der kleine Balkon, der ...

Skar faßte keinen bewußten Plan, aber sein Unterbewußtsein wußte plötzlich ganz genau, was zu tun war, und es übernahm kurzerhand die Kontrolle über seine Handlungen. Er bewegte sich blitzschnell, und auf eine Art, die jeden Gegner überrascht hätte: ein angedeuteter Schritt nach links, den der Quorrl als Trick durchschaute und auch durchschauen sollte, eine blitzschnelle Bewegung nach rechts und eine blitzschnelle Drehung, die ihn mitten aus der Bewegung heraus abermals nach links und aus der Reichweite der fürchterlichen Krallen seines Gegners brachte.

Der Quorrl brüllte vor Zorn, als seine Hände ins Leere griffen, und kämpfte für eine halbe Sekunde um sein Gleichgewicht. Skar war mit einem Satz bei der Tür, stürmte auf den Balkon hinaus und warf sich zur Seite. Seine weit ausgestreckten Hände packten das dünne Ziergitter, während sein Körper einen grotesken Dreiviertel-Salto in der Luft schlug und dann mit entsetzlicher Wucht gegen die Außenwand des Turmes prallte. Seine linke Hand glitt von dem dünnen Metall ab. Für einen schrecklichen Moment hing er nur an einer Hand über dem Abgrund, dann fanden seine Finger wieder Halt und drohten ein zweites Mal abzugleiten, als der gesamte Turm unter der Wucht zu erzittern schien, mit der der Quorrl gegen die Balkonbrüstung prallte. Der Quorrl brüllte vor Schrecken und Schmerz, wurde vom Schwung seines eigenen ungestümen Ansturmes weitergerissen und kippte mit hilflos rudernden Armen nach vorne. Er schrie. Seine Hände griffen verzweifelt um sich, bekamen für einen Sekundenbruchteil das Metallgitter zu fassen und glitten wieder ab. Mit einem gellenden Schrei stürzte der Quorrl an Skar vorbei in die Tiefe.

Auch Skar kämpfte verzweifelt um seinen Halt. Seine Schultern schmerzten unerträglich, und der furchtbare Ruck, mit dem er seinen Sturz abgefangen hatte, hatte etwas in seinem Rücken verzerrt; er konnte den rechten Arm nur unter Schmerzen bewegen. Seine Fußspitzen glitten scharrend über die glatte Außenwand des Turmes und suchten nach Halt, ohne ihn zu finden. Der Abgrund schien an seinen Beinen zu zerren wie mit unsichtbaren Schlangenarmen. Der Druck auf seine Schultern wurde unerträglich. Noch ein paar Sekunden, und er würde dem Quorrl auf seinem Weg in die Tiefe Gesellschaft leisten.

Mit zusammengebissenen Zähnen arbeitete Skar sich Hand über Hand in die Höhe, zog in einer letzten, verzweifelten Kraftanstrengung die Knie an den Körper und versuchte den Fuß über die Balkonbrüstung zu schwingen.

Seine Kraft reichte nicht. Sein Fuß glitt ab, und Skar kämpfte ein zweites Mal mit verzweifelter Anstrengung darum, nicht vom eigenen Körpergewicht in die Tiefe gerissen zu werden. Der Schmerz in seinem Rücken wurde stärker. Er mußte ernsthaft verletzt sein. Es gelang ihm nicht länger, das Stechen und Wühlen zu ignorieren, und er spürte voller Entsetzen, wie es langsam in eine betäubende Schwere überging, die seine Schulter lähmte, dann seinen Oberarm.

Als die Lähmung seine Hand erreichte und seine Finger endgültig abzurutschen drohten, packte eine gewaltige Kralle nach seinem Arm. Skar wurde brutal nach oben gerissen. Seine Brust schrammte schmerzhaft über das Balkongitter, und dann legte sich eine zweite, entsetzlich starke Hand um seine Kehle und drückte zu. Das schuppige Gesicht des Quorrl starrte ihn an, die Lippen zu einem tödlichen Raubtiergrinsen gebleckt. Der Druck auf Skars Hals wurde unerträglich. Noch eine Sekunde, und der Quorrl würde ihm einfach den Kehlkopf zerquetschen.

Und in diesem Augenblick erkannte Skar den Quorrl.

»Titch!« keuchte er ungläubig.

Er wußte nicht, woher er den Atem nahm, dieses Wort zu flüstern, aber es gelang ihm, und Titch hörte es. Für eine winzige, endlose Sekunde erstarrte der Quorrl. Der Druck seiner Hand ließ nicht nach, aber er steigerte sich auch nicht noch mehr. Titch stand einfach reglos da, wie gelähmt, Skar an einem Arm und dem Hals gepackt haltend wie ein Spielzeug.

Skar wehrte sich verzweifelt mit dem bißchen Kraft, das er noch hatte. Er versuchte nach dem Quorrl zu treten, traf aber nur das eiserne Gitter, das sich noch immer zwischen ihm und Titch befand. Seine freie Hand schlug nach Titchs Gesicht, aber in seinen Hieben war keine Gewalt mehr, und Titchs Augen befanden sich nicht in Reichweite seiner tastenden Finger.

Titch stöhnte; ein tiefer, grollender Laut, der nicht aus seiner Kehle kam, sondern tief aus seiner Brust. In die flackernde

Mordlust in seinem Blick mischte sich Entsetzen; Schmerz, der weit über körperliche Pein hinausging. Er wankte, riß Skar mit einem jähen Ruck noch weiter in die Höhe und ließ ihn unvermittelt los.

Skar stürzte schwer auf den metallenen Boden des Balkons und blieb liegen. Sein Herz raste. Titchs Hand schien noch immer an seinem Hals zu sein. Er konnte nicht atmen, und in seinen Lungen war ein stacheliger Ball aus Feuer, der ihn vor Schmerz hätte aufschreien lassen, hätte er die Luft dazu gehabt. Mit letzter Kraft wälzte er sich auf den Rücken und konzentrierte all seinen Willen darauf, zu atmen, eine simple Tätigkeit, die plötzlich unendlich schwer geworden war.

Es gelang ihm. Flüssiges Feuer rann seine Kehle hinab und verbündete sich mit dem Schmerz in seinen Lungen, aber plötzlich bekam er wieder Luft. Tränen des Schmerzes in den Augen, richtete Skar sich auf, schlug beide Hände gegen den Hals und atmete keuchend und so schnell, daß ihm schwindlig wurde. In seinem Kopf drehte sich alles. Schwäche überflutete ihn wie eine warme, schmeichelnde Woge. Aber er durfte der Verlockung nicht nachgeben. Wenn er die Augen schloß und sich gestattete, das Bewußtsein zu verlieren, würde er nie wieder erwachen. Mit aller Macht zwang sich Skar, den Kopf zu heben.

Als er die Augen öffnete, stand Titch über ihm, breitbeinig, noch immer halb gelähmt vor Schrecken und Entsetzen, aber in veränderter Haltung: seine rechte Hand war zur Faust geballt und zum tödlichen Schlag erhoben. Seine Augen waren weit. *»Du!«* flüsterte er. *»DU!«*

Der Klang dieses einzelnen Wortes ließ Skar erschauern, denn es lag ein Haß darin, wie er ihn niemals zuvor in der Stimme eines lebenden Wesens gehört hatte.

»Titch!« würgte Skar hervor. »Ich bin es! Skar! *Titch!*«

Titchs Blick flackerte. Sein Mund öffnete sich zu einem hellen, fast winselnden Stöhnen – und plötzlich fuhr er herum, schrie wie unter unerträglichem Schmerz auf und schlug die Faust mit aller Gewalt gegen die Wand. Seine Knöchel platzten auf. Blut lief über seine Hand und besudelte Titchs Lippen, als er zurücktaumelte und die Faust gegen den Mund preßte.

Skar versuchte auf die Beine zu kommen, aber seine Beine knickten einfach unter ihm weg. Mühsam kroch er auf den Quorrl zu, hob den Arm und versuchte nach ihm zu greifen, aber Titch wich mit einem neuerlichen Schrei vor ihm zurück, preßte sich gegen die Wand und begann zu wimmern.

»Nein!« stöhnte er. »Geh ... weg, Skar. Flieh! Flieh, oder ich muß dich töten!«

»Das wirst du ... nicht tun«, krächzte Skar. Er wollte den Quorrl anschreien, aber er konnte es nicht: sein Hals war ein einziger, pulsierender Schmerz. Alles, was er zustande brachte, war ein heiseres Flüstern. »Kämpfe dagegen. Du kannst es, Titch. Es ist dasselbe, was ... sie mit mir getan haben, und allen anderen. Aber jetzt trifft es euch. Es ist ... nicht dein ... Wille.«

Der Quorrl schlug die Hände vor das Gesicht und begann zu schluchzen. Langsam sank er an der Wand entlang zu Boden und legte den Kopf auf die Knie. Seine Krallen fuhren mit scharrenden Geräuschen über den Stahl des Turmes.

»Geh, Skar«, keuchte er. »Ich will es nicht, aber etwas ... zwingt mich.«

»Kämpfe dagegen!« sagte Skar beschwörend. »Du kannst es. Es ist dieser verdammte Turm, Titch. Die gleiche Macht, die mich zwingen wollte, dich zu töten! Ich habe sie besiegt, und du kannst es auch!«

Der Quorrl krümmte sich wie unter Schlägen. Sein ganzer Körper bebte, und seine Augen schienen aus den Höhlen zu quellen, als er Skar ansah. Speichel quoll über seine Lippen und vermischte sich mit dem Blut auf seinem Kinn. Er sah nun wirklich aus wie ein Ungeheuer; ein Raubtier, das soeben sein Opfer gerissen hatte.

»Kämpfe dagegen an!« sagte Skar noch einmal. »Du kannst es. Wenn ich es gekonnt habe, dann kannst du es auch. *Titch!*«

Titch schrie wie unter Schmerzen, bäumte sich auf – und löschte Skars Bewußtsein mit einem einzigen, furchtbaren Fausthieb aus.

Es war alles vorbei, als er erwachte. Der Turm war wieder vom wispernden Pulsschlag seines metallenen Herzens erfüllt, und in seinem Kopf war wieder das graue Gespinst, das einen kleinen, aber ungemein wichtigen Teil seines Gedächtnisses verhüllte. Aber es gab einen Unterschied, und der war immens: er *wußte* jetzt, daß es da war. Er wußte, daß es Fragen gab und die dazu passenden Antworten, und daß er beides kannte. Das Wissen war da, verborgen, aber da. Irgendwie würde es ihm gelingen, es zutage zu fördern.

Skar öffnete behutsam die Augen und blinzelte in das grelle, schattenlose Licht des Turmes. Gestalten bewegten sich um ihn herum, redeten miteinander und taten etwas mit ihm. Sein Kopf tat ein wenig weh – nicht sehr, gerade genug, ihn daran zu erinnern, *warum* er das Bewußtsein verloren hatte – und in seinem Mund war der Geschmack von Blut. Vorsichtig versuchte er sich aufzusetzen und stellte zu seiner eigenen Überraschung fest, daß es leichter ging, als er erwartet hatte.

In seiner linken Armbeuge war ein dünner, stechender Schmerz. Skar sah an sich herab und gewahrte einen durchsichtigen, biegsamen Schlauch, der sich über seinen Arm ringelte und in einer dünnen Nadel endete, die in seiner Vene stak. Angewidert riß er beides ab und warf es zu Boden. Die Belohnung waren ein weitaus heftigerer, brennender Schmerz in seinem Arm und ein unwilliger Ausruf einer der Gestalten, die mit ihm im Zimmer waren. Skar sah auf und blickte in ein Gesicht, das er im ersten Moment für das Ians hielt, bis ihm auffiel, daß es älter war und die Augen darin nicht so voller Haß und Zorn wie die Ians.

»Was tust du da?« herrschte ihn der Zauberpriester an. »Wie zum Teufel sollen wir ...«

»Laß ihn, Cal«, unterbrach ihn eine Stimme. »Es ist gut. Ich mache das schon.«

Obwohl er die Stimme erkannt hatte, war er ein wenig überrascht, Anschi zu sehen. Mit einem Lächeln trat sie neben den Zauberpriester und machte eine rasche, besänftigende Bewegung. »Bitte laß uns allein.«

Cal zögerte. Aus irgendeinem Grund schien er Respekt vor Anschi zu empfinden, aber zugleich maß er Skar mit einem Blick, der ihm klarmachte, daß er ihn für gefährlich hielt und daß ihm der Gedanke nicht gefiel, die *Errish* mit ihm allein zu lassen. Aber schließlich zuckte er nur mit den Schultern und verließ den Raum.

»Bleib sitzen«, sagte Anschi, als Skar sich erheben wollte. Sie drehte sich zu einem kleinen Tischchen um, nahm eine blitzende Schale aus Metall und einige saubere Tücher an sich und kam auf ihn zu. Mit einem schnellen, harten Griff nahm sie seine linke Hand, drehte sie so herum, daß sie seine Armbeuge sehen konnte, und runzelte mißbilligend die Stirn. Wo die dünne Nadel gesessen hatte, quoll ein einziger Blutstropfen aus Skars Haut. Es tat sehr weh.

Was Anschi anschließend mit ihm tat, auch. Sie tupfte das Blut von seinem Arm, träufelte einige Tropfen einer farblosen, durchdringend riechenden Flüssigkeit auf seine Haut, die im ersten Moment wohltuend kühlten, dann aber wie Säure brannten, und legte ihm abschließend einen dünnen Verband an, der es ihm fast unmöglich machte, den Arm zu krümmen. Dann stand sie auf, betastete mit geübten Bewegungen seinen Rücken und murmelte ein paar Worte, die er nicht verstand und die vermutlich auch nicht ihm galten. Ihre Berührung fachte den Schmerz in seinem Rücken zu neuer Wut an, statt ihn zu mildern, aber Skar ließ alles mit zusammengebissenen Zähnen und ohne einen Laut über sich ergehen. Sie hatte ihm schon einmal bewiesen, daß sie vielleicht nicht besonders zartfühlend, aber nichtsdestotrotz eine gute Heilerin war.

Als sie fertig war, trat sie einen Schritt zurück und begutachtete ihn mit schräggehaltenem Kopf. »Deine Quorrl-Freunde haben dich ganz schön zugerichtet«, sagte sie. »Hast du Schmerzen?«

»Würde es dich zufriedenstellen, wenn ich *ja* sage?« gab Skar zurück.

Anschi ignorierte seine Antwort. Nach einem kurzen Moment des Nachdenkens nahm sie ein weißes Tuch vom Tisch und band es zu einer Schlinge, die sie ihm über die Schulter hing. Skar wollte protestieren, als sie seinen Arm ergriff und kurzerhand hineinlegte, aber Anschi berührte nur kurz eine Stelle unterhalb seines Schulterblattes, und er stöhnte vor Schmerz auf. Anschi blickte ihn fragend an, und Skar zwängte sich ein gepreßtes *»Danke«* ab.

»Wofür?« Die *Errish* trat abermals einen Schritt zurück und maß ihn mit einem langen, kopfschüttelnden Blick. »Du hast Glück, daß du noch lebst, weißt du das?«

Etwas war an dieser Frage nicht so harmlos, wie es klingen sollte, das spürte Skar. Er fragte sich, wieviel Anschi von dem wußte, was *wirklich* geschehen war. Und auf welcher Seite sie stand. Er zuckte nur mit den Achseln.

Anschi wirkte enttäuscht, hatte sich aber gut genug in der Gewalt, keine weitere Frage zu stellen, sondern sich für die nächsten Sekunden damit zu beschäftigen, so zu tun, als sortiere sie ihre Utensilien auf dem kleinen Tisch neben Skars Lager. Sie war eine gute Schauspielerin; aber nicht gut genug, Skar täuschen zu können. Er war plötzlich sicher, daß sie nicht hier war, um sich um sein Wohlergehen zu kümmern; abgesehen von allem anderen hätten Ian und seine Maschinen das wahrscheinlich ungleich besser gekonnt als sie. Sie war eine *Heilerin*, Ian ein *Arzt*. Und Skar begann allmählich zu begreifen, daß das ein größerer Unterschied war, als er bisher auch nur geahnt hatte.

»Was ist passiert?« fragte er.

Anschi zuckte mit den Schultern und fuhr fort, Tücher und Instrumente von einer silbernen Schale in eine andere silberne

Schale und zurück zu sortieren. »Ich weiß es nicht genau«, sagte sie. »Ein paar der Quorrl haben einfach durchgedreht, denke ich. Wundert dich das?« Sie hielt für einen Moment in ihrer unsinnigen Tätigkeit inne und sah ihn abschätzend an, ehe sie ihre eigene Frage beantwortete. »Ja, sicherlich wundert dich das. Du schätzt diese Tiere ja höher ein als menschliches Leben, nicht wahr?«

Skar überhörte die Beleidigung, nicht nur willentlich, sondern *wirklich*. Anschi log; und nicht einmal besonders gut. Es waren nicht nur *ein paar Quorrl* gewesen. Irgend etwas Gewaltiges, Grundsätzliches, das diesen ganzen Turm betroffen hatte, nicht nur die Quorrl. Er fragte sich, warum sie ihn belog, und noch dazu so offensichtlich.

»Ist Kiina unverletzt?«

»Natürlich«, antwortete Anschi. »Es geht ihr sogar besser als je zuvor.« Sie lächelte spöttisch. »Du liegst in ihrem Bett.«

Skar fuhr hoch, was Anschis Lächeln noch ein wenig breiter und abfälliger werden ließ. »Wo ist sie?«

»In einem anderen Zimmer. Du kannst sie sprechen – später. Im Augenblick schläft sie.« Anschi machte eine unwillige Handbewegung auf die Liege, von der Skar so abrupt aufgesprungen war. »Du kannst gleich hierbleiben«, fuhr sie fort. »Ian brennt darauf, dich in die Finger zu bekommen ...«

»Das kann ich mir denken«, knurrte Skar.

»... um dir die gleiche Behandlung zuteil werden zu lassen wie ihr«, fuhr Anschi unbeeindruckt fort. »Sie ist wieder vollkommen gesund.«

Skar antwortete nicht, aber sein Blick schien eine sehr beredte Sprache zu sprechen, denn Anschi seufzte tief und irgendwie resignierend, fuhr sich mit gespreizten Fingern durch das Haar und machte eine müde Geste auf seinen linken Arm und das silberne Band um sein Gelenk. »Wie lange willst du das Ding noch tragen?«

»Glaubst du, daß es auf ein paar Stunden mehr oder weniger

ankommt?«

»Es spielt keine große Rolle, was *ich* glaube. *Du* scheinst immer noch nicht zu glauben, daß du hier unter Freunden bist.« Sie seufzte wieder. Während sie sprach, hatte ihre Stimme jenen leicht singenden, halb resignierten Tonfall angeschlagen, in dem man mit einem störrischen Kind spricht. Sie wartete Skars Antwort auch gar nicht ab, sondern drehte sich zur Tür und machte eine einladende Geste.

»Du kannst mit Kiina reden, wenn du Angst hast, daß wir dich vergiften wollen«, sagte sie spöttisch. »Oder vielleicht *verzaubern.*«

»Sagtest du nicht gerade, daß sie schläft?«

»Wir wecken sie auf.«

Skars Mißtrauen war keineswegs beseitigt; und wie auch? Er hatte erlebt, wie mühelos Ennart und seine Zauberpriester den Willen eines Menschen zu brechen vermochten. Schließlich war auch Anschi nicht sie selbst; nichts an ihrer Stimme, ihren Bewegungen und Gesten und ihrem Blick erinnerte an einen Menschen, der nicht Herr seines Willens war, und doch war die junge *Errish* nicht mehr als eine Marionette, die Ennart zu ihm geschickt hatte, um …

Ja, was eigentlich? Er wußte es nicht, und noch bevor er sein vages Mißtrauen in einen Gedanken oder gar eine Frage kleiden konnte, wandte Anschi sich endgültig um und verließ den Raum. Skar folgte ihr über den Eisenkorridor bis zu einer weiteren, gleichförmigen Tür, hinter der sich ein überraschend heller Raum befand. Kiinas Zimmer, das drei Fenster hatte wie sein eigenes. Draußen über dem Hof schien die Sonne; noch oder schon wieder. Entweder, er war nur wenige Augenblicke bewußtlos gewesen, oder die ganze Nacht, dachte er erschrocken. Vielleicht *mehr* als nur eine Nacht.

Kiina schlief, wie Anschi behauptet hatte, aber sie lag nicht im Bett, sondern saß in einem hochlehnigen, geschnitzten Stuhl direkt vor dem größten der drei Fenster, so daß der Sonnenschein direkt auf ihr Gesicht fiel und Skar für einige Sekunden Gelegenheit bekam, sie in aller Ruhe zu betrachten. Ihre Züge waren entspannt und wirkten sehr friedlich. Sie sah noch immer ein wenig krank aus, aber wirklich nur noch ein *wenig* – ihre Haut war blaß, und unter den Augen und auf den Wangen lagen angedeutete Schatten, die ihr etwas sonderbar Verwundbares und gleichzeitig Reizvolles gaben. Wie fast immer in letzter Zeit, wenn Skar sie ansah, überkam ihn ein rasches, heftiges Gefühl von Zuneigung, eine Wärme und Verbundenheit, die ein bißchen wie Liebe war, aber von einer Art, wie er sie nie zuvor kennengelernt hatte. Eine Zärtlichkeit völlig neuer, ihn selbst verwirrender Weise. Das schlafende Mädchen hatte etwas an sich, das es schutzbedürftig machte. Skar verspürte plötzlich den Wunsch, die Hand auszustrecken und Kiinas Wange zu streicheln. Er war zornig auf sie gewesen, weil sie ihm die Verantwortung für ihr Leben aufgebürdet hatte, ohne ihn zu fragen, ob er das überhaupt wollte, aber jetzt begriff er, wie lächerlich er sich verhalten hatte. Sie verlangte nicht nur, sie gab auch. So schwer es sein mochte, für das Leben eines anderen zu bürgen, so wichtig war es auch, denn es gab dem eigenen Leben einen Sinn.

Anschi zerstörte den Zauber des Augenblicks, indem sie neben Kiina trat und sie unsanft an der Schulter rüttelte, bis sie die Augen aufschlug. Das Mädchen blinzelte, hob verwirrt die Hand ans Gesicht und sah erst die *Errish,* dann Skar an. Für eine halbe Sekunde blieb ihr Blick leer, dann erkannte sie Skar und lächelte.

»Wie fühlst du dich?« fragte er leise.

»Gut«, antwortete Kiina automatisch. »Müde. Was ist ... wo –« Sie stockte, als ihre Erinnerungen schlagartig zurückkehrten, blickte Anschi mit neuem Schrecken an und stand mit einem Ruck auf.

Um aus der gleichen Bewegung heraus in Anschis Arme zu stürzen, die gedankenschnell vortrat und sie auffing. Skar war ihr sogar näher, aber Anschi schien die Bewegung vorausgeahnt zu haben.

Eine halbe Sekunde lang blieb Kiina reglos und zitternd stehen, wie ein Kind an die Brust des kaum älteren Mädchens gepreßt. Dann riß sie sich los, wich mit einem Schritt an Skars Seite zurück und funkelte Anschi zornig an.

»Faß mich nicht an!« sagte sie. »Rühr mich nie wieder an, du verdammte Hexe!«

»Wie du willst.« Die *Errish* zuckte scheinbar gleichmütig mit den Schultern. »Das nächste Mal lasse ich dich fallen – einverstanden?«

»Du –«

»Kiina!« Skar ergriff das Mädchen bei den Schultern und drehte es mit sanfter Gewalt herum, allein um den Blickkontakt zwischen ihr und der *Errish* zu unterbrechen. Ihre Zeit war zu kostbar, um sie mit etwas so Sinnlosem wie einem Streit zwischen Anschi und ihr zu vergeuden. »Sie kann nichts dafür«, sagte er sanft, aber so eindringlich, wie er konnte, ohne theatralisch zu werden.

»Bist du da so sicher?« fragte Anschi.

Skar sah sie über Kiinas Schulter hinweg scharf an. Aber er schluckte die ärgerliche Bemerkung herunter, die ihm auf der Zunge lag. »Würdest du uns einen Moment allein lassen?« bat er.

»Nein«, sagte Anschi freundlich.

Kiina sog hörbar die Luft ein, und auch Skar verspürte erneut Zorn, den er diesmal kaum noch zu beherrschen vermochte.

»Wir werden *sie* jetzt wieder allein lassen«, fuhr Anschi mit einer Kopfbewegung auf Kiina fort. »Sie braucht Ruhe, Skar.« Mit einem gezwungenen Lächeln wandte sie sich an Kiina. »Du wirst sehen, Kleines: wenn du erst einmal vierundzwanzig Stunden geschlafen hast, sieht alles ganz anders aus.«

»Ich glaube, ich habe eine Woche geschlafen«, murmelte Kiina.

»Nicht ganz«, antwortete Anschi. »Und es war auch kein Schlaf. Du warst ...« Sie zögerte, suchte nach Worten und zuckte mit den Schultern. »Du warst beinahe tot«, sagte sie schließlich. »Eine interessante Erfahrung, wie ich vermute. Irgendwann mußt du mir davon erzählen.«

Zu Skars Überraschung blieb Kiina ganz ruhig. Nur die Wahl ihrer Worte paßte nicht zu dem Ton, in dem sie sprach. »Sicher. Ganz kurz, bevor ich dich umbringe, du Miststück.«

Anschi lachte, ging aber nicht weiter auf das Geplänkel ein, sondern wiederholte ihre auffordernde Geste, sich wieder zu setzen. Und Skar gab ihr sogar recht. Kiina war verwirrt. Auch zornig, aber vor allem verwirrt. Anders als Skar hatte sie von den Ereignissen der letzten Tage ja nichts mitbekommen. Es mußte ihr schwerfallen, sich in dieser völlig fremden Umgebung zurechtzufinden. Und sie war noch sehr schwach. Selbst durch den Stoff ihres Kleides hindurch konnte Skar spüren, wie sie zitterte. Ihr Pulsschlag ging sehr schnell.

Aber er hielt sie noch einmal zurück, als sie sich setzen wollte. Sein Blick suchte den ihren, forschte nach etwas Fremdem darin, jenem Ausdruck leichter Benommenheit, den er in Anschis Augen gesehen hatte. Er fand nichts. *Wenn* sie etwas mit Kiinas Geist gemacht hatten, dann etwas, was er nicht zu erkennen vermochte.

»Anschi hat recht«, sagte er bedauernd. »Ruh dich aus. Wir haben später Zeit genug, miteinander zu reden.« Er bugsierte Kiina mit sanfter Gewalt auf ihren Sitz zurück und richtete sich wieder auf. Das Mädchen erschlaffte, als ginge von dem Stuhl eine betäubende Wirkung aus, aber die Furcht wich nicht aus ihrem Blick.

»Was ist mit uns passiert, Skar?« fragte sie. »Wo sind wir hier?«

»Später«, sagte Anschi, ehe er selbst Gelegenheit fand, zu antworten. »Wir hätten gar nicht herkommen sollen«, fügte sie, an Skar gewandt, hinzu. »Du siehst doch, wie schwach sie noch ist.« Sie ergriff ihn einfach beim Arm, schubste ihn zum Ausgang und wartete ungeduldig, bis er den Raum verlassen hatte. Skar warf noch einen Blick über die Schulter zurück, kurz bevor die Tür sich schloß. Kiina schien bereits wieder eingeschlafen zu sein.

»Bist du jetzt zufrieden?« fragte Anschi ärgerlich, als sie wieder in dem Zimmer waren, in dem er erwacht war. »Du hast gesehen, daß wir nichts mit ihr getan haben. Außer der Kleinigkeit, ihr Leben zu retten, heißt das.«

Nein, Skar war ganz und gar nicht zufrieden. Im Gegenteil. Kiinas Anblick hätte ihn erleichtern sollen, aber er tat es nicht, sondern schürte seine Beunruhigung eher. Daß Ennart scheinbar ehrlich zu ihm war, machte alles nur noch schlimmer. Ein Gegner, der es nicht einmal mehr nötig hatte, zu lügen, war eine erschrekkende Vorstellung.

»Was ist gestern passiert?« fragte er.

»Nichts«, antwortete Anschi, eine Spur zu schnell und ohne ihn anzusehen. »Ein unbedeutender Zwischenfall. Er wird sich nicht wiederholen. Die Quorrl sind nicht mehr da.«

»Ist das ein anderes Wort für *tot,* oder heißt es –«

»Es heißt, *nicht mehr hier*«, unterbrach ihn Anschi gereizt. »Wir haben deinen schuppigen Freunden nichts getan, wenn es das ist, was dich beunruhigt.«

»Wir?«

Anschis Augen blitzten auf. »Verdammt, ich habe keine Lust, mich mit dir um *Worte* zu streiten«, fauchte sie. »Ich bin für deine Gesundheit verantwortlich, nicht für dein Seelenheil, du Retter der unschuldig Verfolgten! Deine Quorrl-Freunde leben und erfreuen sich besserer Gesundheit als einige der Männer, über die sie hergefallen sind. Reicht dir das?«

»Nein«, antwortete Skar. »Was ist passiert? Wo ist Titch? Was habt ihr mit ihm gemacht?«

»Titch?« Anschi wiederholte den Namen des Quorrl auf eine Weise, als müsse sie erst darüber nachdenken, was er überhaupt bedeutete. Sie wollte Zeit gewinnen. Skar spürte, daß etwas geschehen war, was er nicht wissen durfte. Das ungute Gefühl, mit dem er erwacht war, steigerte sich zu Sorge um den Quorrl. Warnungslos trat er einen Schritt auf Anschi zu, packte sie an der Schulter und riß sie so grob herum, daß sie vor Schmerz und Schrecken einen leisen Schrei ausstieß. Ganz instinktiv versuchte sie nach ihm zu schlagen und keuchte ein zweites Mal vor Schmerz, als Skar den Hieb mit dem Unterarm abblockte, ohne ihre Schulter loszulassen.

»Was habt ihr mit ihm gemacht?« herrschte er sie an. »Antworte!« Er holte aus, nicht um sie wirklich zu schlagen, wohl aber, um damit zu drohen, aber Anschi kam nicht dazu, zu antworten, denn in diesem Moment wurde die Tür hinter ihr aufgestoßen, und Ian und zwei weitere Zauberpriester betraten den Raum. Aus Ians rechter Faust ragte der wuchtige Lauf eines *Schläfers*, der sich drohend auf Skar richtete.

»Laß sie los.«

Skar gehorchte. Er war nicht einmal besonders überrascht, den Zauberpriester wie auf ein Stichwort auftauchen zu sehen. Sie waren belauscht worden. In diesem Turm hatten die Wände nicht nur im übertragenen Sinne Ohren.

Anschi wich rasch ein paar Schritte vor ihm zurück und massierte ihre schmerzende Schulter, während Ian und seine beiden Begleiter sehr vorsichtig näher kamen. Auch die beiden anderen Zauberpriester trugen Waffen, deren Läufe sich jetzt drohend auf ihn richteten.

Skar lachte leise. »Sehr beeindruckend«, sagte er höhnisch. »Wirklich, Ian, du beginnst mir richtig angst zu machen.«

In Ians Augen blitzte es wütend auf, und Skar fügte in gespielt erschrockenem Tonfall hinzu: »Ich meine es ernst, Ian. Dummköpfe haben mir schon immer angst gemacht. Sie neigen dazu, zu früh zuzuschlagen, weil sie Angst haben, ich könnte sie mit dem bösen Blick belegen oder so etwas.«

Ian holte aus, um ihm den Lauf der Waffe ins Gesicht zu schlagen, erstarrte aber dann mitten in der Bewegung und ließ den *Schläfer* schließlich sinken. In seinem Gesicht arbeitete es. Hätte er gekonnt, wie er wollte, hätte er ihn in diesem Moment getötet, das spürte Skar.

Aber der gefährliche Moment ging vorüber, ohne daß etwas geschah. Nach einer Sekunde ließ der Zauberpriester den *Schläfer* vollends sinken und gab auch seinen beiden Begleitern ein Zeichen, die Waffen fortzustecken.

»Komm mit«, befahl er. »Ennart will dich sehen.«

»Wo ist Titch?« beharrte Skar. Eine innere Stimme riet ihm dringend, den Bogen nicht zu überspannen, aber er ignorierte sie. Er war sich der Gefahr völlig bewußt, Ian doch noch zu einer Unbedachtsamkeit zu provozieren, aber er durfte nicht nachgeben. Ian war sein Feind, der jedes Zeichen von Schwäche gnadenlos ausnutzen würde.

»Du scheinst verdammte Sehnsucht nach einem Quorrl zu haben, der dich um ein Haar totgeschlagen hätte.«

»Titch hat mir das Leben gerettet, du Idiot«, sagte Skar kalt.

Ian schlug ihm mit der flachen Hand über den Mund. Es tat weh, denn der Zauberpriester schlug mit aller Gewalt zu, und er war alles andere als ein Schwächling, aber Skar zuckte nicht einmal mit der Wimper. Er spürte, wie seine Unterlippe aufplatzte und Blut über sein Kinn lief, aber er lächelte nur. Ians Gesicht flammte jähzornig auf, aber er schlug nicht noch einmal zu. Seine Hände zitterten.

»Wo ist Titch?« beharrte Skar.

»Das wissen wir nicht«, sagte einer der beiden anderen Zauberpriester. Er sprach hastig, und er sah Ian dabei an, nicht Skar. Trotzdem spürte Skar, daß es die Wahrheit war. Mit einem fragenden Blick wandte er sich an den grauhaarigen Mann.

»Die Quorrl wurden fortgebracht. Alle. Ich weiß nicht, wohin.«

Ian starrte den Zauberpriester fast haßerfüllt an, schwieg aber.

»Er sagt die Wahrheit, Skar«, mischte sich Anschi ein. »Es hat ... ein paar Tote gegeben, nicht nur unter den Quorrl. Ennart hielt es für besser, sie wegzuschicken. Sie sind unberechenbar.«

Oder ein bißchen zu gut, fügte Skar in Gedanken hinzu. Aber das sprach er lieber nicht aus. Er glaubte plötzlich zu wissen, was hier geschehen war. Und es machte ihm angst.

Die Spuren der Kämpfe waren unübersehbar, obwohl Ennarts Männer sich alle Mühe gegeben hatten, sie zu beseitigen. Auf dem Weg nach unten sah Skar weder Tote noch Verwundete, aber er war zu lange Krieger gewesen, um die Zeichen nicht zu lesen, die sie übersehen hatten: ein kleiner Stoffetzen hier, die Reste eines nicht völlig entfernten Blutfleckes da, das Stück einer zerbrochenen Waffe in einem Winkel, eine graugrüne, gesplitterte Schuppe im Spalt einer Tür ... *Ein paar Quorrl, die durchgedreht hatten?* Lächerlich. In diesem Turm hatte eine Schlacht getobt. Und wenn er Ians Nervosität und die Tatsache in Betracht zog, daß er und seine Brüder bis an die Zähne bewaffnet waren, dann schien ihr Ausgang keineswegs hundertprozentig festgestanden zu haben.

Er hatte damit gerechnet, Ennart in einer Art Thronsaal vorzufinden, aber der Ssirhaa überraschte ihn abermals. Sein Quartier war kaum größer als Skars und um keinen Deut bequemer oder gar luxuriöser eingerichtet. Alles war ein wenig größer und stabiler als in seiner Unterkunft, wie es bei einem Wesen von mindestens fünfhundert Pfund Gewicht und acht Fuß Körpergröße zu erwarten war, aber er sah keine Pracht und keinerlei magische Gerätschaften oder Maschinen. Wie in seinem eigenen Quartier war der größte Teil der Einrichtung eher primitiv; Stühle und Truhen, die in einem x-beliebigen Haus in Ikne oder Denwar vielleicht prunkvoll gewirkt hätten, im Inneren dieses Turmes aber schäbig, allenfalls deplaciert aussahen. Jemand hatte versucht, zwei Welten zu einer zu machen, aber die Teile paßten nicht zusammen.

»Wir verschwenden das bißchen Wissen, das wir errungen haben, nicht dazu, Luxus zu schaffen«, sagte Ennart in seine Gedanken hinein.

Skar sah überrascht auf. Er war sicher, nichts gesagt zu haben.

Der Ssirhaa lächelte. »Keine Sorge. Ich lese nicht in deinen Gedanken. Aber deine Überraschung war unübersehbar.« Er seufzte. »Es wäre noch karger, hätten die *Ehrwürdigen Frauen* von Elay diesen Ort nicht ein wenig wohnlich hergerichtet.«

Skar sah überrascht zu Anschi auf, aber die *Errish* wich auch seinem Blick aus.

»Oh, sie kannten ihn«, fuhr Ennart in leicht belustigtem Ton fort. »Natürlich wußten sie nichts von seiner wahren Bedeutung und der Macht, die in ihm schlummert. Für sie war es nur eine Ruine. Ein heiliger Ort. Das hier ist das Tal der Drachen, vergiß das nicht. Die Heimat der *Errish*. Die *Margoi* selbst kam oft hierher, um zu meditieren. Das Zimmer, das ich dir zugewiesen habe, gehörte einst ihr.«

»Ich weiß die Ehre zu schätzen«, sagte Skar spöttisch. »Warum erweist du mir nicht noch einen Dienst und gibst mir auch ihren Schlüssel zum Tor?«

Ennart schüttelte tadelnd den Kopf und überging den Einwurf. Statt zu antworten, machte er eine Geste auf einen Stuhl. Diesmal war Skar nicht zu stolz, die Einladung anzunehmen. Allerdings kam er sich lächerlich vor, als er Platz nahm. Der Stuhl war für Ennart gemacht und so hoch, daß er mehr darauf*kletterte*, als er sich setzte.

Ennart schickte Ian und seine beiden Begleiter hinaus, schüttelte aber rasch den Kopf, als auch Anschi sich entfernen wollte. Die *Errish* blieb neben der Tür stehen und senkte den Blick. Skar sah ihr deutlich an, wie unbehaglich sie sich in der Nähe des Ssirhaa fühlte.

»Es freut mich, dich unverletzt zu sehen«, sagte Ennart, als Ian und die beiden Zauberpriester gegangen waren. »Du mußt durstig sein. Trink.« Er reichte Skar einen Zinnbecher, der süßlich riechenden Wein enthielt und auf einer Seite eine daumentiefe Beule aufwies. Skar trank einen winzigen Schluck, spürte plötzlich, wie durstig er war und leerte den Rest in einem Zug. Ennart lächelte amüsiert, machte aber keine Anstalten, seinen Becher neu zu füllen, sondern ließ sich auf einen der anderen Stühle sinken.

Für Sekunden wurde es auf eine unangenehme Weise still. Skar hatte dem Ssirhaa hundert Fragen stellen wollen, aber sein Kopf war mit einem Male wie leergefegt, wie jedes Mal, wenn er ihm gegenüberstand. Die uralte Technik dieses Turmes mochte versagen, aber die Macht des Ssirhaa war von anderer, dauerhafterer Art. Und trotz aller Fremdartigkeit war etwas an ihr, das er ... kannte? Plötzlich war er sicher, daß es nicht das erste Mal war, daß er einem Wesen wie Ennart begegnete, einem Wesen, das nach Belieben ...

Der Gedanke entglitt ihm und gesellte sich zu dem Wust von verlorenem Wissen hinter dem Spinnennetz in seinem Bewußtsein. Sein Zorn auf Ennart stieg, aber schon in der nächsten Sekunde hatte er beinahe vergessen, warum er überhaupt zornig war.

»Hast du über das nachgedacht, was ich dir vor zwei Tagen sagte?« begann Ennart schließlich.

Kein Wort über das, was geschehen war, dachte Skar verblüfft. Kein Wort über die Quorrl und Titch. *Für was für einen Narren hielt ihn Ennart?*

»Das habe ich«, antwortete er mühsam beherrscht. »Ich glaube, du kennst die Antwort.«

»Vielleicht möchte ich sie trotzdem hören. Aus deinem Mund.«

»Nein«, antwortete Skar. »Die Antwort lautet: Nein. Jetzt erst recht.«

»Jetzt?«

»Nach dem, was du mit den Quorrl getan hast«, sagte Skar. »Was war das? Ein Versehen? Oder ein Test, der besser gelungen ist, als du gedacht hast?«

»Etwas von beidem«, gestand Ennart ungerührt. »Ein unglückseliger Zwischenfall, der sich nicht wiederholen wird.«

»Nicht, bis es soweit ist, nicht wahr?« sagte Skar. »Bis ihr sie nicht mehr braucht.«

Seltsamerweise schienen seine Worte Ennart eher traurig als wütend zu stimmen. Für die Dauer von zwei, drei endlosen Atemzügen sah er Skar nur an, dann stand er auf und hob die

Hand. »Komm.«

Skar kletterte von seinem Stuhl herunter, und auch Anschi schloß sich ihnen wieder an, als sie das Zimmer durch eine andere Tür verließen. Ein kurzer, unbeleuchteter Korridor nahm sie auf, der nach einem knappen Dutzend Schritten vor einer halbrunden Tür endete, an der Ennart sich sekundenlang zu schaffen machte, ehe sie sich teilte und die beiden Hälften mit einem hörbaren Zischen in die Wände zurückwichen.

Dahinter lag ...

Es war wie ein Schlag.

Hinter der Tür stand der *Daij-Djan*, die Sternenbestie, riesig, schwarz, spinnengliedrig und ohne Gesicht, die fürchterlichen Klauen drohend ausgestreckt, um jeden zu packen und zu zerreißen, der diese Tür durchschreiten sollte. Skar prallte mit einem Schrei zurück, suchte instinktiv nach einer Waffe und bemerkte erst dann, daß die Bestie nicht lebendig war.

Sie hatte auch nie gelebt.

Das Ungeheuer, das schwarz und drohend über Ennart aufragte, war eine Statue aus Stein oder Metall, doppelt so groß wie ihr Vorbild, so daß sie selbst Ennart noch überragte, und so perfekt gearbeitet, daß sie selbst jetzt noch etwas Lebendiges zu haben schien, als Skar ihre wahre Natur erkannt hatte.

Der Ssirhaa sah Skar amüsiert an und lächelte, aber er wirkte nicht ganz überzeugend. Skars Erschrecken irritierte ihn sichtlich. Aber er ersparte sich jeden Kommentar, sondern machte nur eine einladende Geste und berührte gleichzeitig wie zufällig mit der anderen Hand die gigantische Metallskulptur; wohl, um Skar damit noch einmal zu beweisen, daß sie harmlos war.

Mit klopfendem Herzen trat Skar an Anschi und Ennart vorüber und sah sich um. Ein körperloser, eisiger Hauch schien seine Seele zu streifen, als er begriff, daß diese Kammer nicht *irgendein* Raum war, sondern das Herz des flüsternden Turmes, das Zentrum seiner zerstörerischen finsteren Macht, und der Ennarts.

Der Raum war nicht sehr groß und hatte die Form einer Halbkugel. Anders als der Rest dieses alptraumhaften Klotzes aus Stahl bestanden seine Wände und die gewölbte Decke aus zyklopischen schwarzen Steinquadern, die nur roh bearbeitet und ohne Mörtel aufeinandergesetzt waren. Die Luft roch nach Staub und unglaublichem Alter, und als Skar einen weiteren Schritt machte und abermals stehenblieb, glaubte er zu fühlen, wie die ungezählten Jahrzehntausende sich gleich einer erdrükkenden Last auf ihn herabsenkten. Dieser Ort war alt. Unvorstellbar *alt*. Älter als dieser Turm, der über ihm errichtet worden war. Älter als Ennart und sein Volk. Vielleicht so alt wie diese Welt.

Und es war ein Tempel. Das Sanktuarium einer untergegangenen Welt, die alt gewesen war, ehe Menschen auf diesem Planeten erschienen, oder Ssirhaa. Vielleicht der einzige *wirkliche* Tempel, den es auf dieser Welt gab, denn die Götter, die hier verehrt worden waren, waren wirklich. Es hatte sie gegeben, und es gab sie noch. Etwas war hier. Nicht greif- oder sichtbar, aber so deutlich zu spüren, daß Skar sich innerlich krümmte. Die Macht dieser vergangenen Wesen war noch immer fühlbar, durchwob jedes Molekül in diesem Raum mit unsichtbaren Linien pulsierender Energie, einer Präsenz, die so intensiv war, daß sie fast weh tat. *Spürte Ennart es denn nicht?*

Skar sah den Ssirhaa an, aber in den riesigen Augen des Quorrl-Gottes stand nur Triumph geschrieben; und jener lauernde, verborgene Ausdruck, den Skar schon einmal darin bemerkt hatte. Plötzlich begriff er, daß der Ssirhaa die Anwesenheit des fremden Bewußtseins nicht fühlte; nie etwas von ihr gewußt hatte, weil sie sich vor ihm verschloß. Und er begriff noch etwas: der Ssirhaa hatte seinen ersten, wirklichen Fehler begangen, als er ihn hierher brachte.

»Was ... ist ... das?« flüsterte er. Seine Stimme bebte vor Ehrfurcht. Etwas ... tastete nach seinem Bewußtsein, griff wie mit eisigen Spinnenfingern in seine Gedanken und zog sich wieder zurück, zu rasch, als daß Skar mehr als den flüchtigen Eindruck einer unendlichen Fremdartigkeit gewinnen konnte. Er fror plötzlich.

Anstelle einer Antwort hob Ennart die Hand und deutete auf einen nur kniehohen, schwarzen Block aus Basalt, der sich in der Mitte des kuppelförmigen Raumes erhob. Auf der Oberseite dieses sonderbaren Altarsteines stand ein Zylinder aus Metall, aus dem ein schwaches, düsterrotes Glühen drang. Skar hatte den flüchtigen Eindruck von Bewegung, die sich seinem Blick auf unheimliche Weise immer wieder zu entziehen schien.

Er zögerte. Sein Blick glitt über die Wände aus schwarzem Stein, die titanische Statue des *Daij-Djan* und wieder über den Altar, aber es kostete ihn alle Kraft, auch nur einen einzigen Schritt zu tun. Das Pulsieren unsichtbarer Energie schien stärker zu werden. Er glaubte ein Flüstern zu hören, ein Locken, das gleichzeitig Warnung war, Furcht und Haß, Sehnsucht und Zorn, alles zugleich und doch nichts von alledem ...

»Geh«, sagte Ennart leise. Seine Stimme schien vom Schwarz der Wände aufgesogen zu werden, hatte kein Echo, keinen Nachhall. Skar machte einen halben Schritt zur Seite. Ennarts Lippen bewegten sich wieder, aber diesmal hörte er keinen Laut. Erst, als der Ssirhaa den Kopf ein wenig drehte und wieder genau in seine Richtung sprach, verstand er die dritte Aufforderung, sich dem Altar zu nähern. Er erinnerte sich, etwas Ähnliches schon einmal erlebt zu haben, vor zahllosen Jahren, auf der Eisinsel des Dronte. Damals war er mit Del in einer Eishöhle gewesen, die ihre Stimmen auf die gleiche, angstmachende Weise gefressen hatte wie der schwarze Basalt dieses Tempels. Hatte er auch damals die Nähe dieses uralten Bewußtseins verspürt? Er wußte es nicht mehr.

Zögernd bewegte er sich weiter, wobei er es fast krampfhaft vermied, den Altar anzusehen. Statt dessen tastete sein Blick abermals über die Wände, und er sah jetzt, daß das, was er für unbearbeiteten Stein gehalten hatte, das genaue Gegenteil war:

In den Basalt waren Bilder und Schriftzeichen eingemeißelt, Hieroglyphen einer vergessenen Sprache und Szenen aus einer vergangenen Welt, die einen so unverständlich und sinnlos wie die anderen erschreckend und fremd. Er sah ... Dinge, die Lebewesen sein konnten oder auch nicht, Landschaften, die Gebirge darstellen mochten oder unvorstellbare Kreaturen, Linien, die auf unmögliche Weise gekrümmt und gewunden waren, Schriftzeichen, die sich zu *bewegen* schienen, wenn er nur lange genug hinsah, Bilder, die ihn mit lähmendem Schrecken erfüllten, obgleich er nicht einmal zu sagen vermochte, was sie darstellten. Zeichen, deren bloßes Betrachten ihn mit Unbehagen erfüllte, Bilder, die seinen Augen weh taten ...

Skar begann zu zittern. Sein Herz jagte. Kalter Schweiß bedeckte seine Handflächen und begann sein Gesicht hinunterzulaufen. Jeder Schritt fiel ihm schwerer als der vorhergehende, und gleichzeitig war es ihm unmöglich, stehenzubleiben, jeder Blick, den er auf die fürchterlichen Steinreliefs warf, war peinigender als der vorherige, und gleichzeitig war er gebannt von der morbiden Faszination der Bilder.

Die *Alten* ... Ennart wußte es nicht, weil irgend etwas verhinderte, daß er die Wahrheit erkannte, so wie *er* dafür sorgte, daß es Skar unmöglich war, seine Pläne wirklich zu durchschauen, aber das hier waren sie. Dies hier waren ihre wirklichen Bilder. *Sie* waren die wirklichen Herren dieser Welt gewesen, lange, bevor die Ssirhaa kamen, und nach ihnen die *Sternengeborenen*. Sie waren immer dagewesen, und sie würden immer da sein, denn sie waren so unsterblich wie die Zeit. Sie existierten noch, irgendwo, vielleicht in den Abgründen einer anderen Dimension gefangen, vielleicht außerhalb der Wirklichkeit, in einer Welt, von der diese entsetzlichen Bilder und Schriftzeichen nur Schatten einzufangen vermochten. Und es war nicht das erste Mal, daß Skar auf Zeugen ihrer vergangenen Macht traf. Er hatte diese entsetzliche, gedankenverdrehende Architektur schon einmal gesehen, in den Katakomben unter Urcoun, der Ruinenstadt im

Herzen der Nonakesh, und dann später noch einmal, in den Höhlen tief unter Elay. Aber das waren Ruinen gewesen. Dies hier ... *lebte*. Existierte auf eine furchtbare Weise, die mit *Leben* vielleicht nicht einmal etwas zu tun hatte, aber sie waren auch nicht tot, sondern etwas dazwischen, eine dritte Form von Sein oder Nichtsein, die seinem menschlichen Begreifen verschlossen bleiben mußte.

Verstört und bis auf den Grund seiner Seele erschüttert blickte er zu Ennart zurück. Ennart sagte irgend etwas, aber dieser unheimliche Ort verschluckte seine Worte; Skar deutete nur die begleitende Geste. Die Haut des Ssirhaa war silbern geworden, und sein Gewand wirkte mit einem Male grau. Erschrocken sah Skar zu Anschi hinüber und stellte fest, daß auch sie sich verändert hatte, ehe er an sich selbst hinabblickte und die gleiche, beunruhigende Feststellung machte: Es gab keine Farben in diesem Raum, nur Schwarz und Weiß und alle nur denkbaren Abstufungen dazwischen.

Und das pulsierende Purpurrot des Altars.

Gegen seinen Willen suchte sein Blick den metallenen Zylinder. Er war ihm jetzt nahe genug, um zu erkennen, daß er hohl war. Hohl, aber nicht leer. Das düstere Purpur erfüllte ihn wie pulsierendes flüssiges Licht, und auf seinem Grund lag etwas, was auf den ersten Blick wie ein gewaltiger blutroter Edelstein aussah, seine Form aber unablässig zu verändern schien, so daß es Skar unmöglich war, es *wirklich* zu erkennen.

Es war keine Maschine, aber es war auch nichts Lebendes, sondern irgend etwas dazwischen, ein dreifach faustgroßer Ball aus Kristall oder Licht oder beidem, in dem Bewegung war, ein Huschen wie von einem kleinen mißgestalteten Körper, der seine Form ebenso unablässig veränderte wie der Kristall. An der Bewegung war etwas Drängendes, Forderndes. Skar mußte plötzlich an ein Ei denken, das Ei eines Drachen, in dem eine unbeschreibliche Brut darauf wartete hervorzubrechen. Es war ihm unmöglich, den Blutkristall länger zu betrachten. Sein Anblick begann ihm körperlichen Schmerz zu bereiten.

»Spürst du es?« fragte Ennart. Seine Worte streiften Skar nur; er erriet sie mehr, als er sie verstand. »Seine Macht. Die ungeheure *Kraft*, die er birgt?« Er kam näher, blieb aber nach ein paar Schritten abrupt wieder stehen, als hindere ihn eine unsichtbare Macht daran, weiter zu gehen.

»Die Macht unserer Vorfahren«, fuhr er fort. »Es ist die Kraft der Schöpfung selbst, Skar. Nichts wird uns mehr aufhalten, wenn wir erst gelernt haben, sie wirklich zu nutzen. Wir werden eine neue Welt errichten, mit der Macht von Göttern!«

»Du bist ... wahnsinnig«, flüsterte Skar. »Du wirst die Welt zerstören, wenn du das hier auch nur anrührst!«

»Vielleicht«, antwortete Ennart. »Aber wir werden sie neu und hundertmal besser aufbauen! Hilf uns! Hilf uns, Skar, diese Kraft zu verstehen, und wir werden eine Welt erschaffen, in der unsere beiden Völker überleben können! Hilf uns!«

Und plötzlich war die gleiche Stimme auch in ihm, dasselbe, suggestive Flüstern. *Hilf uns. Hilf uns, Satai! Du hast die Macht dazu! Du bist der einzige, der es kann! Du kannst alles beenden. Den Krieg. Den Haß. Sogar den Tod!*

Er wußte nicht, ob es Ennart war, der seine Gedanken zu beeinflussen versuchte, oder die Stimme dieses *Dings*, aber er spürte, wie sein Widerstand schmolz. Die Versuchung war groß. Unbeschreiblich groß. Er konnte es tun. Er hatte die Macht dazu. Er konnte ein Gott sein, wenn er wollte. Nein, nicht *ein* Gott. Er konnte *Gott* sein, Herrscher über Leben und Tod, Herr einer ganzen Welt, vielleicht des Universums. Und er konnte diese Macht nutzen, nicht um Böses zu tun, nicht um zu herrschen und zu erobern, sondern um alles Leid zu besiegen, den Krieg, den Hunger und die Krankheiten, die Kälte und den Zorn, den Tod und das Alter, den ...

Hinter Anschi bewegte sich ein Schatten, und Skar erstarrte.

Der Umriß des riesigen steinernen *Daij-Djan* schien zu flakkern, wie das Bild einer *Laterna magica*, vor deren Lichtquelle eine Motte flatterte, teilte sich, verschmolz wieder zu einer Einheit, teilte sich erneut –

und dann gab es zwei, die riesige, steinerne Statue, und das Geschöpf, nach derem Vorbild sie erschaffen worden war, der *Daij-Djan* selbst, sein Dunkler Bruder, der zurückgekehrt war und mit einem lautlosen Schritt von seinem Sockel heruntertrat, wie ein Körper, der sich aus seinem eigenen Schatten löste. Lautlos, unsichtbar für Anschi und den Ssirhaa, trat er hinter Ennart, starrte Skar aus seinem schrecklichen Nicht-Gesicht heraus an und hob den Arm, die Klaue zu dem einzigen Zweck gekrümmt, zu dem sie geschaffen war.

Soll ich ihn für dich töten, Bruder? wisperte seine Stimme in Skars Gedanken; leise, fast verloren unter dem Flüstern des Versuchers, und doch auf sanfte Weise ebenso mächtig wie sie, vielleicht mächtiger, denn sie war ein Teil von Skar selbst. *Es ist nicht schade um ihn. Er ist ein Narr, der nicht einmal ahnt, mit welchen Mächten er sich eingelassen hat. Und er ist nicht der, der zu sein er vorgibt.*

Ich weiß, antwortete Skar, auf die gleiche, lautlose Art, die selbst Ennart verborgen blieb.

Soll ich es tun? Du kannst seinen Platz einnehmen. Du kannst alles beenden. Hier und jetzt.

Ja, das konnte er. Aber zugleich wußte er, was geschehen würde, wenn er es zuließ. Enwor würde untergehen, wenn er den Tod an diesen Ort brachte.

»Nein«, sagte er mit fester Stimme. »Niemals.«

Du bist ein Narr, antwortete sein Dunkler Bruder. Seine Stimme klang bedauernd und fast gar nicht mehr höhnisch. *Du glaubst noch immer, es verhindern zu können. Aber du wirst mich rufen. Bald.*

»Niemals«, wiederholte Skar. »Hörst du?! *NIEMALS!*«

Bald, Bruder, flüsterte der *Daij-Djan*.

Bald.

Es war wie das Erwachen aus einem bösen Traum. Skar erinnerte sich kaum, wie er den Weg zurück bewältigte; das letzte Stück führte ihn der Ssirhaa wie ein kleines Kind an der Hand. Er war unfähig, sich zu bewegen oder irgend etwas aus eigener Kraft heraus zu tun. Die Ausstrahlung des Blutkristalls hatte etwas in ihm gelähmt. Nur als sie die Statue des *Daij-Djan* passierten, mußte Skar all seine Willenskraft aufbieten, um nicht aufzuschreien und sich loszureißen. Obwohl er wußte, daß es nichts als toter Stein war, der schwarz und mörderisch über ihnen aufragte, die dürren Arme wie zu einem blasphemischen Gebet erhoben und ausgestreckt, hatte er das unheimliche Gefühl, von etwas hinter dem glatten Gesicht der Bestie belauert zu werden. Augen, die nicht da waren, starrten ihm nach.

Ennart blieb unter der Tür stehen und machte eine ungeduldige Geste zu Anschi, weiter zu gehen, hielt Skar aber zurück. »Du kennst dieses Wesen.«

Es war keine Frage. Skars Reaktion auf die Statue war zu deutlich, um sie zu übersehen, selbst für einen weniger aufmerksamen Beobachter, als der Ssirhaa es war.

»Ich ... nein. Es war ... ein Irrtum. Eine Verwechslung«, sagte Skar. Er sprach stockend, unsicher, mit einer Stimme, die vor Furcht bebte. Er verfluchte sich innerlich selbst, sich nicht besser in der Gewalt zu haben. Aber er war ... erschüttert. Ein Teil seiner Seele hatte weißglühendes Eisen berührt. Verwirrt und erschüttert zugleich sah er Ennart an. Ob der Ssirhaa ahnte, wie nahe er dem Tod gewesen war?

»Belüg mich nicht«, sagte Ennart ärgerlich. »Du *kennst* dieses Ding. Was ist es?«

»Ich dachte, du wolltest *mir* etwas zeigen«, antwortete Skar. Er riß sich los, trat mit einem Schritt, der so schnell war, daß er mehr an eine Flucht erinnerte als an alles andere, unter der Tür hindurch und wartete, daß der Ssirhaa ihm folgte. Ennart zögerte. Sein Blick wanderte zwischen der riesigen schwarzen Statue, dem Altar und ihm hin und her, und Skar hätte in diesem

Moment seine rechte Hand dafür gegeben, zu wissen, was hinter der Stirn des Goldenen vorging. Ennart mußte schon blind sein, um nicht zu sehen, wie sehr ihn dieser Raum und das, was er enthielt, erschütterte. Aber er schien auch zu begreifen, daß es die Statue des *Daij-Djan* war, die Skar lähmte. Nach einem Augenblick drehte er sich mit einer abrupten Bewegung herum, trat neben Skar und berührte die Wand.

»Also?« Ennarts Stimme war befehlend, in seinem Blick keine Spur von Geduld oder Freundlichkeit mehr. Trotzdem sagte Skar kein Wort, sondern ging mit erzwungen ruhigen Schritten weiter, bis sie zurück in Ennarts Gemach waren.

»Ich ... bin einem ähnlichen Wesen begegnet«, sagte er ausweichend. »Es ist lange her.«

»Wo? Wann?« Ennarts Stimme war scharf wie ein Peitschenhieb. Skar spürte die Erregung des Ssirhaa. Auch für ihn mußte der Steinkoloß mehr sein als eine tote Statue. Ob er ahnte, dachte Skar, wie nahe er dem Tod gewesen war, dort drinnen? Kaum.

Er zuckte mit den Schultern und bediente sich selbst aus Ennarts Weinkrug, um Zeit zu gewinnen. Seine Hände zitterten leicht, als er den Becher ansetzte. »Vor zwanzig Jahren«, antwortete er, nachdem er getrunken hatte. »Im Norden. Auf der Eisinsel des *Dronte*.«

»Dem *Daij-Djan*?« Ennarts Stimme machte deutlich, wie schwer es ihm fiel, Skars Worten Glauben zu schenken. »Und er lebte?«

»Ja«, sagte Skar. »Nein. Ich ... weiß es nicht.« Er hob hilflos die Schultern, setzte den Becher an und senkte ihn rasch wieder, ohne getrunken zu haben. Ennarts Atem ging schneller. Der Ssirhaa war aufs Höchste erregt.

»Ich habe es nur einen kurzen Moment lang gesehen«, log Skar. »Vielleicht war es auch nur eine Statue, wie die da drinnen. Ich weiß es wirklich nicht. Es ging alles so schnell, damals. Und es ist sehr lange her.«

Er sah Ennart so ruhig in die Augen, wie er konnte, aber das

Mißtrauen des Ssirhaa war keineswegs beseitigt. Im Gegenteil.

Und plötzlich fiel es Skar wie Schuppen von den Augen. Titch. Titch hatte es ihm gesagt, so, wie sein Vater ihm die Wahrheit über die Ssirhaa gesagt hatte. *Unsere Götter sind wirklich, Skar.* Wie hatte er nur so blind sein können? Wie hatte er sich jemals auch nur für eine Sekunde einbilden können, daß der *Daij-Djan* auf der Seite Ennarts und der Zauberpriester stand?

»Was hast du gesehen?« fragte Ennart. »Was war es?« Er schrie fast, aber seine Erregung überraschte Skar plötzlich nicht mehr.

Es gibt ein Wort in eurer Sprache dafür, hatte Titch gesagt. *Er ist für uns das, was für euch der Teufel ist.*

Und wenn Ennart ein Gott war, dann war das *Ding* dort drinnen das Abbild seines Erzfeindes ...

»Nicht viel«, antwortete er, langsam, vorsichtig, so, als müsse er sich zwingen, die Bilder aus der Vergangenheit heraufzubeschwören, in Wahrheit, um Zeit zu gewinnen. Ennart hatte einen Fehler begangen, ihn in den Tempel zu führen, aber er mußte sich jedes Wort genauestens überlegen, wollte er nicht einen ebensoschweren Fehler machen.

»Es ging alles so schnell«, fuhr er fort. »Es war plötzlich da, und dann ...«

»Dann?«

»Der *Dronte* hat es verbrannt«, sagte Skar achselzuckend. »Es hat einige von unseren Leuten getötet, ehe der *Dronte* es angriff. Wie gesagt, es ging sehr schnell.«

»Verbrannt?« Ennarts Augen wurden schmal. »Du lügst! Niemand kann den *Daij-Djan* töten.«

»Er konnte es. Vielleicht hat er es auch nur vertrieben. Auf jeden Fall war es fort, als die Flammen erloschen.« Er nippte an seinem Wein und tat so, als blicke er nachdenklich auf den Rest der hellroten Flüssigkeit in seinem Becher. In Wahrheit beobachtete er Ennart aufmerksam aus den Augenwinkeln. Er hatte nie gerne gelogen, nicht einmal so sehr aus angeborener Ehrlichkeit, sondern aus der Erfahrung heraus, daß Lügen selten lange Bestand hatten und sich meistens gegen den kehrten, der sie aufbrachte. Aber seine Version der Geschehnisse hielt sich dicht genug an der Wahrheit, um Ennart vielleicht zu überzeugen, selbst wenn er wußte, was damals wirklich geschehen war.

»Und danach nicht wieder?« fragte der Ssirhaa lauernd. Hatte Titch ihm erzählt, was in der Burg geschehen war?

Skar zuckte abermals mit den Schultern, füllte umständlich seinen Becher neu und stellte ihn zurück auf den Tisch, ohne zu trinken. »Wovor hast du Angst, Ennart?« fragte er.

»Angst?«

»Das *Ding* dort drinnen.« Skar deutete auf die geschlossene Tür hinter dem Ssirhaa. »Du hast mehr Angst davor als ich.«

»Unsinn.«

»Sie sind eure Feinde«, fuhr Skar fort. »Tausendmal mehr als wir es je waren. *Sie* sind es, die ihr wirklich fürchtet.«

Ennart schwieg, aber Skar wußte, daß er die Wahrheit getroffen hatte. Der Ssirhaa starrte ihn an, und zum zweiten Mal erkannte Skar, daß er seine Selbstsicherheit erschüttert hatte. Das Wesen mit der goldenen Haut war kein Gott, so wenig wie er. Es spielte ihn nur. Und das nicht einmal besonders gut.

»Wir haben sie besiegt«, sagte Ennart schließlich. »Lange, bevor es euch gab.«

»Besiegt?« Skar lachte so abfällig und höhnisch, wie er nur konnte. »O nein, Ennart. Ihr habt sie vertrieben. Eingesperrt. Aber nicht besiegt.«

»Wir haben sie geschlagen«, beharrte Ennart. »Es ist gleich, wie. Sie sind besiegt, für alle Zeiten.«

»Und trotzdem hast du vor Angst gezittert, als du gemerkt hast, daß ich den *Daij-Djan* kenne«, sagte Skar. »Du bist wahnsinnig, Ennart! Du willst, daß ich diese Macht dort drinnen entfessele? Vielleicht kann ich es sogar. Aber weißt du, was geschehen wird, wenn ich es tue?« Ennart wollte antworten, aber Skar sprach schnell und lauter und in einem Ton weiter, der selbst den Ssirhaa verstummen ließ. »Du hast Angst vor einer Statue, du Narr, und du willst, daß ich das Wesen zum Leben erwecke, *nach dessen Vorbild sie erschaffen wurde?*«

Ennart machte eine wütende Handbewegung. »Was für ein Unsinn. Die Macht dort drinnen ist uralt. Millionen von Jahren. Aber die Wesen, denen sie diente, existieren nicht mehr. Es sind nur ... Reste. Wie dieser Turm hier, den unsere Vorfahren erbaut haben. Er existiert. Sie nicht mehr.«

Skar lachte. »Der *Daij-Djan* existiert sehr wohl, Ennart.« *Du sprichst mit ihm.*

»Du hast ihn also doch gesehen?« Ennarts Stimme wurde lauernd.

»Vor nicht einmal allzu langer Zeit«, bestätigte Skar. *Um präzise zu sein, vor ein paar Augenblicken,* fügte er in Gedanken hinzu. *Dort drinnen, direkt hinter dir.* Er sprach es nicht aus, aber er sah den Ennart scharf an. Wenn der Ssirhaa seine Gedanken las, dann mußte er sich spätestens jetzt verraten. Aber auf dem goldenen Gesicht regte sich nichts.

»Du lügst«, behauptete er.

»Wenn du meinst.« Skar zuckte in gespieltem Gleichmut mit den Achseln. »Warum fragst du nicht Titch, wenn du mir nicht glaubst?«

»Titch?«

»Er war dabei«, bestätigte Skar. »Er hat ihn so deutlich gesehen wie ich.« Er machte eine auffordernde Handbewegung zur Tür. »Ruf ihn. Falls er noch lebt, heißt das.«

Ennart wandte sich mit einer herrischen Geste an Anschi. »Laß den Quorrl zu mir bringen. Sofort.«

»Aber Herr«, wandte Anschi ein. »Sie sind –«

»Sofort habe ich gesagt!« unterbrach sie Ennart zornig. »Es ist mir gleich, wo sie sind. Bring ihn hierher, auf der Stelle! Und du –« Er wandte sich mit einer kaum weniger zornigen, befehlenden Bewegung an Skar, »– solltest dir überlegen, ob du mir nicht vielleicht doch etwas verschwiegen hast, Satai.«

»Sicher«, antwortete Skar ungerührt. »Es gibt da ein paar

Frauengeschichten, die –«

Ennart trat auf ihn zu. Er tat nichts, ballte weder die Faust, noch hob er den Arm, aber allein dieser eine Schritt war so drohend, daß Skar mitten im Wort verstummte. Er hatte keine Angst, aber er hatte auch wenig Lust, erschlagen zu werden, nur wegen einer dummen Bemerkung. Es war plötzlich sehr wichtig geworden, daß er lebte. Viel wichtiger, als Ennart ahnte.

»Du hast zwei Stunden Zeit«, sagte der Ssirhaa kalt. »So lange wird die *Errish* brauchen, um deinen Freund hierher zu bringen. Und danach wirst du mir alles sagen, was du über den *Daij-Djan* und die *Alten* weißt. *Alles,* verstehst du?«

»Und wenn nicht?« fragte Skar spöttisch. »Was willst du tun, alter Mann? Mich foltern?«

»Nein«, antwortete Ennart kalt. »Nicht dich. Das Mädchen.«

Skar befand sich in einem Zustand tiefster Erschütterung, als Ian und seine Männer ihn in sein Zimmer zurückbrachten. Die Ruhe während der Unterhaltung mit Ennart war nur gespielt gewesen. In ihm brodelte es. Alles hatte sich geändert, von einer Sekunde auf die andere; jetzt, wo er wußte, *welche* Mächte Ennart und seine Brüder heraufzubeschwören versuchten. Es ging plötzlich nicht mehr um die Macht auf Enwor, sondern um mehr. Unendlich viel mehr. Dort unten, in dem schwarzen Tempel unter den Grundmauern des Turmes, hatte er begriffen, daß selbst Ennart und die mit ihm verbündeten Zauberpriester aus dem Süden nichts als Marionetten waren, ahnungs- und willenlose Sklaven einer Macht, von deren Existenz sie nicht einmal etwas ahnten. Und er *mußte* sie aufhalten, ganz egal, wie. Und sei es um den Preis seiner eigenen Niederlage.

Vorerst beschränkten sich seine Aktivitäten allerdings darauf, ruhelos wie ein gefangenes Raubtier im Käfig in seinem Zimmer auf und ab zu gehen und sich selbst, das Schicksal und vor allem den Ssirhaa lautlos zu verfluchen. Er war verzweifelt genug, einen gewaltsamen Ausbruch zu riskieren, aber Ennart schien die Wirkung vorausgeahnt zu haben, die der Anblick des Tempels auf ihn gehabt hatte. Die Tür wurde zum ersten Mal, seit er hier heraufgebracht worden war, hinter ihm geschlossen, und alles Klopfen und Rufen half nichts: Er war nun auch äußerlich ein Gefangener.

Es vergingen mehr als zwei Stunden, ehe der Ssirhaa zu ihm kam. Die Sonne hatte den Zenit längst überschritten, als sich die Tür seines Gefängnisses wieder öffnete und Ennart eintrat. Anders als bisher kam der Ssirhaa diesmal nicht allein, sondern in Begleitung Ians und dreier weiterer Zauberpriester, die mit drohend erhobenen *Schläfern* unter der Tür stehenblieben. Er schien zu ahnen, daß Skar verzweifelt genug war, selbst einen direkten Angriff auf ihn in Betracht zu ziehen. Hinter dem Ssirhaa und seiner Wache betraten Anschi und Titch den Raum.

Skar erschrak, als er den Quorrl sah. Titch war nicht gebunden, aber er war ein Gefangener. Er bewegte sich wie in unsichtbaren Ketten, und sein Blick irrte unstet und wild durch den Raum, verharrte nur einen Sekundenbruchteil auf Skars Gesicht und huschte weiter. Skar hatte das Gefühl, einem Wesen gegenüberzustehen, das nur noch aus Angst bestand.

»Es gibt da einiges, was du mir bisher verschwiegen hast«, begann Ennart übergangslos. Er *hatte* mit Titch gesprochen. Und zweifellos hatte er alles erfahren, was der Quorrl wußte. Skar fragte sich nur, wieviel es war.

»Dann sind wir ja wieder quitt«, antwortete er störrisch. »Für jemanden, der mir sein Wort gegeben hat, mich nicht zu belügen, hast du mir eine Menge verschwiegen.«

Ian setzte zu einem zornigen Schritt in seine Richtung an, aber der Ssirhaa hielt ihn mit einer nur angedeuteten Geste zurück. »Etwas verschweigen und lügen ist nicht dasselbe«, sagte er.

»Für mich schon.«

Ennart seufzte. »Ich bin nicht gekommen, um zu streiten«, sagte er.

Skar suchte Titchs Blick. Der Quorrl wich ihm noch immer

aus, aber Skar erkannte jetzt, daß er verletzt war. Nicht schlimm – keine seiner Wunden war so, daß sie ihn auch nur behindert hätte. Aber in ihrer Vielzahl sprachen sie eine beredte Sprache. Der Quorrl hatte die Nacht nicht in einem Kerker oder in Ketten verbracht, wie er halbwegs angenommen hatte, sondern auf der Flucht. Sein goldener Schuppenpanzer war verbeult und voller Staub und Schmutz, und die Haut dort, wo sie nicht von zerkratztem Gold geschützt war, voller Schrammen und kleiner, mehr oder weniger harmloser Wunden. Die Schwertscheide an seinem Gürtel war leer, wies aber deutliche Schrammen und Scharten auf, als hätte er versucht, sie anstelle der Waffe zur Verteidigung zu benutzen, die sie enthalten sollte.

»Was habt ihr mit ihm gemacht?« fragte er zornig.

»Das spielt keine Rolle«, schnappte Ennart. »Wir –«

»Du erfährst kein Wort von mir«, unterbrach ihn Skar. »Nicht, solange ihr Titch nicht freilaßt.«

»Ihn freilassen?« Ennart lachte leise. »Aber wie kann ich das? Er ist kein Gefangener.« Mit einer spöttischen Bewegung drehte er sich zu Titch um und winkte ihm, an seine Seite zu treten. Der Quorrl gehorchte. Seine Bewegungen hatten nichts mehr von der kraftvollen Eleganz, die Skar immer so an ihm bewundert hatte. Sie wirkten hölzern. Wie die einer Puppe. Für einen Moment war er überzeugt, daß Ennart nun auch Titchs Willen gebrochen hatte, wie den Anschis und der anderen *Errish*. Aber die Augen des Quorrl waren klar. Titch *war* ein gebrochener Mann; aber es war nicht der Ssirhaa, der dafür verantwortlich war.

Skars Zorn steigerte sich zu rasender Wut. Wütend trat er auf den Ssirhaa zu und ballte die Faust. Ian hob drohend seinen *Schläfer*, aber Skar ignorierte die Waffe einfach. »Du ... verdammtes ... Ungeheuer«, flüsterte er. »Du –«

»Glaubst du, daß es uns in irgendeiner Form weiterhilft, wenn du mich beschimpfst?« unterbrach ihn Ennart kalt. »Wenn ja, dann laß deinen Gefühlen nur freien Lauf. Wenn nein, dann verschwendest du meine Zeit, Satai. Und ich glaube, daß sie kostbarer ist, als ich bisher angenommen habe.«

Skar beachtete ihn gar nicht mehr, sondern trat einen weiteren Schritt auf den Quorrl zu und berührte seinen Arm. Titch fuhr unter seiner Berührung zusammen. Für einen Moment kreuzten sich ihre Blicke, aber alles, was Skar in den Augen des Quorrl las, war ein abgrundtiefes Entsetzen. Dann fiel ihm der Geruch auf, der Titch anhaftete: ein scharfer, beunruhigender Geruch, dem er nicht das erste Mal begegnete.

»Drachen ...«, murmelte er, fassungslos und zornig zugleich. Er fuhr herum und funkelte Ennart an. »Ihr ... habt sie zu den Drachen gesperrt?!«

»Wo sie hingehören, ja«, antwortete Ian an Ennarts Stelle. Sein Gesicht verzerrte sich zu einer Grimasse, in der sich Haß und Abscheu die Waage hielten. »Bestien zu Bestien.«

»Genug«, sagte Ennart ruhig. Ian verstummte. »Du hattest Zeit genug, über das nachzudenken, was ich dir gesagt habe, Satai. Ich habe deine Bedingung erfüllt. Titch lebt, und er ist hier. Und ich habe mit ihm geredet. Es hat also wenig Sinn, wenn du versuchst, mich zu belügen.«

Skar trat einen halben Schritt zurück und tat so, als starre er nachdenklich ins Leere, während er in Wahrheit versuchte, eine Blöße in Ennarts oder Ians Deckung zu sehen; eine Schwäche, die es ihm erlauben mochte, sie anzugreifen und zu überwältigen. Er fand keine; es gab keine. Ennart selbst war der beste Schutz, den der Ssirhaa sich wünschen konnte. Ein Wesen wie ihn mit bloßen Händen anzugreifen, war Selbstmord. Auch für einen Mann wie Skar.

»Der *Daij-Djan* ist dir nicht so unbekannt, wie du mich glauben machen wolltest«, fuhr Ennart fort, als er keine Anstalten machte zu reden. »Im Gegenteil, ich glaube, du weißt mehr über ihn als ich selbst.«

»Titch hat dir erzählt, was geschehen ist, oder?«

»Das hat er. Aber das ist nicht alles, Skar.« Der Ssirhaa legte den Kopf auf die Seite und sah ihn halb abschätzend, halb lauernd an. »Ich glaube, ich habe dich unterschätzt, Satai«, sagte er. »Trotz allem.«

»Das ist schon mehr als einem passiert«, sagte Skar. Wieder suchte sein Blick den Titchs, und wieder gewahrte er einen Ausdruck unsäglichen Schmerzes in den Augen des riesigen Quorrl. Aber da war noch mehr. Etwas, das vor Augenblicken noch nicht dagewesen war. Etwas ... geschah mit dem Quorrl.

»Ich glaube«, fuhr Ennart mit zornbebender Stimme fort, »daß du das Wesen, das du nur einmal gesehen zu haben behauptest, in Wahrheit sehr gut kennst. Was hattest du vor? Ihn hierher zu bringen, damit er sich gegen uns wendet?«

Ennart kam der Wahrheit damit für Skars Geschmack beunruhigend nahe, aber er hatte sich gut genug in der Gewalt, sich auch jetzt noch nichts von seinen Gefühlen anmerken zu lassen. »Wenn es das wäre, was ich vorhatte, Ennart«, sagte er, »hätte ich es längst getan.« *Er ist nämlich schon hier. Er wartet, Ennart. Auf dich. Auf alle anderen hier. Auf Enwor.*

Und plötzlich war die Verlockung da, stärker und unwiderstehlicher als zuvor. Der *Daij-Djan* war zu klug, sich als flüsternder Versucher in seinen Gedanken zu melden, aber mit einem Male war es Skar selbst, der die Bestie entfesseln *wollte*, dieses eine Wort, den einen Gedanken zu denken, der die Bestie endgültig und ein für allemal entfesseln würde. Es würde sein eigenes Ende bedeuten, etwas, das mehr und tausendfach schlimmer als der Tod war, aber das spielte keine Rolle. Er spürte, noch während er den Gedanken dachte, daß er den Kampf auch diesmal noch gewinnen würde. Aber wie oft noch?

»Wer bist du, Skar?« fragte Ennart. »Was willst du wirklich? Du hattest niemals vor, auf mein Angebot einzugehen.«

»Und du hast das niemals wirklich geglaubt«, erwiderte Skar.

»Nein«, sagte Ennart. »Im Grunde nicht. Ich glaube, ich wäre enttäuscht gewesen, hättest du dein Volk verraten. Aber ich war dir diese Chance schuldig. Und mir selbst. Jetzt ...« Er brach ab, blickte einen Moment lang nachdenklich zu Boden und fuhr mit leiser, beinahe bedauernd klingender Stimme fort: »Du läßt mir keine andere Wahl mehr, Satai.«

Er machte eine Bewegung mit der Linken. Anschi und zwei der Zauberpriester wandten sich lautlos um und verließen das Zimmer.

»Bereiten sie meine Hinrichtung vor?« fragte Skar spöttisch.

»Keineswegs«, antwortete Ennart. »Ich brauche dich, Skar. Ich habe dir das Herz des Turmes nicht aus Langeweile gezeigt oder um dir eine Freude zu bereiten.«

»Sondern weil du dabei warst, dir die Finger zu verbrennen, nicht wahr? Du experimentierst mit Kräften, die du nicht verstehst. Du bist ein Narr, Ennart. Du hältst dich für einen Gott, aber du bist nichts als ein verrückter alter Mann, der auf einem Pulverfaß sitzt und es mit einer brennenden Fackel öffnen will.«

»Ein interessanter Vergleich.« Ennart zuckte mit den Schultern und lächelte. »Und wer weiß – vielleicht stimmt er sogar. Warum zeigst du mir nicht, wie ich es öffnen kann?«

»Warum sollte ich?« erwiderte Skar. »Vielleicht finde ich es amüsanter, einfach dazusitzen und zuzusehen, wie du dich selbst umbringst. Und alle anderen hier dazu.«

»Du übertreibst.«

»So? Dann verrate mir, was gestern geschehen ist.« Skar hielt Titch bei diesen Worten scharf im Auge, aber der Quorrl reagierte nicht. Trotzdem spürte er, daß er aufmerksam zuhörte.

Ennarts Miene verfinsterte sich. »Nichts«, sagte er. »Ein unbedeutender Zwischenfall ...«

»... der sich nicht wiederholen wird, ich weiß«, unterbrach ihn Skar. »Das habe ich jetzt schon dreimal gehört, glaube ich. Aber eine Lüge wird nicht zur Wahrheit, wenn man sie nur oft genug wiederholt.«

»Manchmal schon.«

»Es ist euch entglitten«, behauptete Skar. »Der Haß, den dieser Turm ausstrahlt und der ganz Enwor vergiftet, hat sich selbständig gemacht. Früher, als du wolltest. Die Quorrl sind noch nicht an der Reihe, nicht wahr?« Hinter Ennart hob Titch mit einem Ruck den Kopf und starrte ihn an. Seine Augen wurden groß.

»Das ist es doch, was ihr vorhabt, oder?« fuhr Skar fort. Ennart schwieg. »Es spielt gar keine Rolle, wer diesen Krieg gewinnt, wir oder ihr. Wichtig ist nur, daß er geführt wird. Daß genug Menschen, Quorrl und andere Wesen *getötet* werden. Das allein zählt.«

Ennarts Augen wurden schmal. Zu Skars eigenem Erstaunen schwieg der Ssirhaa noch immer, aber es fiel ihm immer schwerer, weiter zu reden. Etwas ... hinderte ihn, den Gedanken weiter zu denken. Er spürte, daß es ganz einfach war, nur noch ein einziger, konsequenter Schritt bis zu seinem logischen Ende, aber da war plötzlich wieder das graue Spinngewebe in seinem Kopf, die unsichtbare Macht, die ihn daran hinderte, es zu tun. Und doch gab ihm irgend etwas die Kraft, zu reden. Nicht zu denken, nur zu reden, die Worte in dem Moment zu formen, in dem er sie aussprach. »Ihr wart es, die ... die Quorrl geschickt haben, um Dels Armee zu unterstützen«, flüsterte er. Der Druck hinter seiner Stirn wurde schlimmer, erreichte die Grenzen des Erträglichen und nahm weiter zu. Skar hatte das Gefühl, sein Schädel müsse platzen, aber gleichzeitig war es ihm auch unmöglich, aufzuhören.

»Es ... es ist die einzige Erklärung«, stöhnte er. »Ihr habt eure ... eure eigenen Krieger gegen ... gegen eure Verbündeten gehetzt.« Wie durch einen Vorhang aus wogender Schwärze sah er, wie Titch sich hinter Ennart zu voller Größe aufrichtete. Das Gesicht des Quorrl verzerrte sich. Etwas ... zerbrach in Titch, als er begriff, daß Skar die Wahrheit sagte. Und was sie bedeutete.

»Was für ein Unsinn«, sagte Ennart. Er gab sich alle Mühe, seine Stimme so sanft und überlegen klingen zu lassen wie immer, aber es gelang ihm nicht ganz. »Warum sollten wir das wohl tun?«

»Ihr ... ihr wollt Enwor gar nicht erobern«, stöhnte Skar. »Das wolltet ihr niemals. Ihr ... ihr wollt es zerstören. Ihr wollt unsere Welt nicht. Ihr wollt eure eigene bauen. Aber dazu muß die alte erst vernichtet werden. Erst unsere, und dann eure.«

Die beiden letzten Worte galten nicht mehr Ennart, sondern Titch, der neben den Ssirhaa getreten war und abwechselnd ihn und Skar voller fassungslosem Entsetzen anstarrte.

»Was dir und deinen Brüdern gestern geschehen ist, ist dasselbe, was sie uns antun, Titch«, fuhr er fort. Er machte eine weit ausholende, zornige Handbewegung. Seine Stimme wurde beschwörend. »Es ist dieser Turm. Der Haß, der unsere Gedanken vergiftet und uns dazu zwingt, diesen Krieg zu führen. Begreif doch, Titch! Sie werden nicht aufhören zu kämpfen, egal ob Del siegt oder nicht! Sie werden sich gegenseitig umbringen, bis keiner mehr da ist, gegen den sie kämpfen können.«

»Und wenn es so wäre?« fragte Ennart.

»Und danach sind die Quorrl an der Reihe«, fuhr Skar fort, noch immer an Titch gewandt. Er wußte, daß der Quorrl die Wahrheit schon längst erkannt hatte. Sie war der Grund des namenlosen Entsetzens, das Skar in seinem Blick gelesen hatte, vorhin, aber auch gestern, als Titch ihn um ein Haar getötet hätte. »Erst uns, und dann euch, Titch. Sie müssen uns nicht einmal töten. Sie brauchen nur zuzusehen, wie wir es selbst tun!«

Er konnte regelrecht sehen, wie sich etwas in dem Quorrl krümmte. Titchs Lippen zitterten, aber er brachte keinen Ton hervor, sondern starrte nur abwechselnd Skar und den Ssirhaa an. Es war nicht nur ein Verrat. Ennart war nicht nur Titchs Herr. Er war sein *Gott*.

Ein Gott, der zur Erde herabgestiegen war, um seine eigenen Kinder zu vernichten.

Titch stöhnte. »Ist das ... ist das wahr, Herr?«

»Es ist zumindest ein interessanter Gedanke, über den nachzudenken sich lohnt«, antwortete Ennart kalt. Lächelnd wandte er sich wieder an Skar. »Und wer weiß – vielleicht stimmt es sogar.

Aber selbst wenn ... was willst du dagegen tun?«

»Töte ihn, Titch!« sagte Skar.

Titch stöhnte wie unter Schmerzen. Seine Hände zuckten, wurden zu Klauen. Die beiden Zauberpriester hinter Ennart hoben ihre Waffe und wichen hastig ein Stück von dem Quorrl zurück, und auch Skar spannte sich.

Nur Ennart bewegte sich nicht. Reglos und mit einem milden Lächeln stand er da, so völlig von seiner Macht überzeugt, daß er Titch nicht einmal ansah.

Der Quorrl stöhnte erneut. Seine Hände hoben sich, streckten sich nach Ennarts Hals aus, verharrten für die Dauer von drei, vier endlosen Herzschlägen dicht vor seiner Kehle und sanken wieder herab. Mit einem erstickten Keuchen taumelte der Quorrl zurück, prallte gegen die Wand und sank wimmernd in die Knie.

»War es das, was du wissen wolltest?« fragte Ennart ruhig. »Du wolltest meine Macht testen. Du hast es getan. Ich bin froh, daß ich nicht der einzige bin, der seinen Gegner unterschätzt hat, Satai.« Er streckte den Arm aus, ergriff Skars unverletzte rechte Hand und drückte so fest zu, daß Skar vor Schmerz aufstöhnte. »Aber jetzt ist es endgültig genug, kleiner Mann!« fuhr er fort, mit einer Stimme, die wie aus Eis war. »Du hast erfahren, was du wissen wolltest; du brauchst dir also nicht vorzuwerfen, daß du es nicht wenigstens versucht hast. Und nun wirst du tun, was ich von dir verlangt habe, oder das Mädchen stirbt.«

»Niemals!« Skar keuchte vor Schmerz. Wenn Ennart noch um eine Winzigkeit fester zudrückte, würde er ihm die Hand brechen. »Titch!« stöhnte er. »Er ist kein Gott! Er ist nichts als ein böser alter Mann, der –« Er schrie vor Schmerz auf und fiel auf die Knie, als Ennart seine Hand unbarmherzig zusammenpreßte. Seine Berührung war kalt wie Eis, und etwas war ... *falsch* daran. Aber der Schmerz war einfach zu schlimm, als daß er den Gedanken zu Ende verfolgen konnte.

»Wie du willst.« Ennart ließ seine Hand los und versetzte ihm einen Stoß, der ihn vollends zu Boden schleuderte. »Titch!«

Der Quorrl hob den Blick. Seine Augen waren verschleiert, und seine Lippen und Hände zitterten noch immer. Aber nach einer Sekunde erhob er sich gehorsam und trat mit demütig gesenktem Haupt auf den Ssirhaa zu.

»Geh zu dem Mädchen«, befahl Ennart. »Und nimm deinen Freund mit. Er soll zusehen, wie sie leidet. Vielleicht hilft ihm das, seine Meinung zu ändern.«

»Herr . . .«, begann Titch. »Ihr –«

»Hast du verstanden?« herrschte ihn Ennart an. Titch krümmte sich wie unter einem Hieb und widersprach nicht noch einmal. Aber als er sich zu Skar umdrehen und ihn am Arm ergreifen wollte, hielt Ennart ihn mit einer raschen Bewegung zurück.

»Das ist deine letzte Chance, Satai«, sagte er. »Ich weiß, wieviel dir an dem Mädchen liegt. Willst du wirklich, daß sie vor deinen Augen gefoltert wird?«

»Was versprichst du dir davon, Ennart?« fragte Skar. »Willst du mir nur deine Macht beweisen, oder glaubst du wirklich, du könntest mich zwingen? Wer sagt dir, daß ich die Kräfte dieses Ortes nicht entfessele, um *dich* zu vernichten?«

»Das kannst du nicht«, antwortete der Ssirhaa. »Auch du bist nichts als ein Werkzeug, Satai. Ein unwilliges Werkzeug, aber trotzdem nicht mehr.«

»Wie die Quorrl.«

»Wie die Quorrl«, bestätigte Ennart.

Es war sein Todesurteil.

Titch bewegte sich so schnell, daß nicht einmal Skar wirklich sah, was er tat, obwohl er es den Bruchteil einer Sekunde vorher in seinen Augen las.

Der Quorrl stieß einen gellenden Schrei aus, versetzte Ennart einen Stoß, der ihn quer durch den Raum und gegen die Wand taumeln ließ und wirbelte herum, ein verschwommener Schatten aus blitzendem Gold und grüngrauen Schuppen, dessen Bewegungen einzeln nicht mehr wahrzunehmen waren, sondern zu einem einzigen, rasend schnellen Huschen wurden, mit dem er die beiden Zauberpriester ansprang. Einer der Männer war tot, ehe er überhaupt begriff, was geschah: Titchs Faust traf seinen Schädel mit entsetzlicher Wucht und zerschmetterte ihn. Der andere versuchte seine Waffe in die Höhe zu reißen, aber auch seine Reaktion war viel zu langsam. Der Quorrl packte ihn, brach seinen Arm, so daß er die Waffe fallen ließ, riß ihn wie ein Kind in die Höhe und brach ihm das Genick. Der ganze Kampf war so schnell vorüber, daß die beiden Männer tot am Boden lagen, noch bevor Ennart sich wieder aufgerichtet und von seiner Überraschung erholt hatte.

Skar bückte sich hastig nach dem *Schläfer*, den einer der Zauberpriester fallen gelassen hatte, und richtete die Waffe auf den Ssirhaa. Ennarts Gesicht verzerrte sich zu einer Grimasse aus Haß und Wut, aber er erstarrte mitten im Schritt; vielleicht war er gegen die Wirkung der Zauberwaffen doch nicht ganz so gefeit, wie er Skar vor Tagen draußen in der Wüste hatte glauben machen wollen.

Auch Titch beugte sich herab, um die zweite Waffe aufzuheben. Aber er behielt sie nur einen Moment in der Hand, ehe er sie mit einer angewiderten Geste von sich schleuderte und sich zu dem Ssirhaa umwandte. Seine Miene war starr; das ausdruckslose Raubtiergesicht eines Quorrl, der seinen Feund musterte.

»Das nutzt euch nichts, ihr Narren«, sagte Ennart abfällig. Mit einer betont langsamen Bewegung richtete er sich zu seiner vollen Größe von mehr als acht Fuß auf, löste die Spange seines Umhanges und ließ das Kleidungsstück achtlos von den Schultern gleiten. Darunter trug er nichts als schuppige Haut von der Farbe geschmolzenen Goldes. Langsam stand er auf und breitete die Arme aus. Unter seiner geschuppten Goldhaut spannten sich Muskeln wie dicke, knotige Stricke. Seine Augen blitzten kampflustig.

»Du willst kämpfen, Satai?« fragte er. »Dann komm!«

Skar hob drohend die Waffe, wich um die gleiche Distanz

zurück, um die Ennart sich ihm genähert hatte, und versuchte umständlich, den linken Arm aus der Schlinge zu nehmen. Ennart beobachtete ihn aufmerksam, machte aber keinen Versuch, den Moment für einen überraschenden Angriff zu nutzen. Er war sich seiner Überlegenheit hundertprozentig bewußt.

»Halt!« sagte Titch scharf. »Er gehört mir!«

Ennart lachte, ein leiser, böser Laut, der ihm auch das allerletzte bißchen Göttlichkeit nahm. Auf seinem Gesicht vermischte sich Mordlust mit Verachtung, als er seine Aufmerksamkeit dem Quorrl zuwandte.

»Dir? Ich bin dein *Gott*, du Narr! Du wagst es, dich gegen mich zu stellen?«

Titch antwortete nicht. Er griff an.

Seine Bewegung schien selbst für den Ssirhaa zu schnell zu kommen, denn die Arme des Goldenen griffen ins Leere, als der Quorrl ihn ansprang. Ennart taumelte und prallte gegen die Wand, als Titch ihn durch die pure Wucht seines Ansturmes aus dem Gleichgewicht riß. Der Ssirhaa brüllte vor Zorn und Schmerz, riß beide Arme in die Höhe und ließ die Fäuste mit fürchterlicher Gewalt auf die Schultern des Quorrl krachen. Aber Titchs Umklammerung lockerte sich nicht; im Gegenteil. Mit aller Gewalt drückte er zu, legte die ganze, ungeheuerliche Kraft seines Quorrl-Körpers in diese eine Bewegung, bis Ennarts Rippen zu knirschen begannen und sich sein Gesicht plötzlich vor Schmerz verzerrte, nicht mehr vor Wut. Wieder ließ er seine Fäuste auf Titchs Schultern krachen, und wieder und wieder, mit Hieben, die irgend etwas in Titchs Körper zerbrechen mußten, denn Skar sah, wie sich der Quorrl jedesmal mehr vor Schmerz krümmte. Aber er ließ den Ssirhaa trotzdem nicht los.

Skar hob unsicher seine Waffe, aber er wagte es nicht, abzudrücken. Die Gefahr, auch Titch zu treffen, war zu groß. Sekundenlang stand er hilflos da und sah dem stummen Ringen der beiden ungleichen Gegner zu, dann schleuderte er den *Schläfer* mit einer zornigen Bewegung von sich, eilte zu einem der toten

Zauberpriester und zog dessen Schwert aus dem Gürtel. Es war eine schwere, schlecht ausbalancierte Waffe, deren Schneide niemals scharf gewesen war, aber es war eine Waffe, die er kannte, und der nichts von der verderblichen Magie einer untergegangenen Wahrheit anhaftete.

Als er sich wieder umwandte, war es Ennart gelungen, einen Arm zwischen seinen Körper und den Titchs zu schieben. Das Gesicht des Ssirhaa war zu einer gequälten Grimasse geworden. Aus seinem Mundwinkel lief Blut, und Titchs Griff schnürte ihm den Atem ab. Aber wenn er schon kein Gott *war*, so hatte er doch dessen Körper – und dessen Kraft. Langsam, aber unaufhaltsam, schob er Titch von sich fort, bekam schließlich auch den anderen Arm frei und schmetterte dem Quorrl die geballte Faust ins Gesicht. Titch wurde zurückgeschleudert, taumelte drei, vier Schritte mit hilflos rudernden Armen rückwärts und stürzte schwer zu Boden.

Und Skar stieß Ennart das Schwert in die Seite.

Es war nicht sein *Tschekal*, das er führte. Die Klinge dieser Waffe bestand nicht aus Sternenstahl, sondern aus schartigem Eisen, das den Körper des Ssirhaa nicht durchbohrte, sondern an seinen Schuppen abglitt und nur ein tiefe, aber nicht tödliche Fleischwunde zurückließ. Ennart kreischte wie ein verwundeter Drache, torkelte zur Seite und schlug Skar noch in der gleichen Bewegung die Waffe aus der Hand. Das Schwert flog davon, prallte gegen die Wand und zerbrach, und auch Skar taumelte zurück. Sein rechter Arm war gelähmt, unterhalb des Ellbogens, wo ihn Ennarts Faust getroffen hatte.

Der Ssirhaa kam zugleich mit ihm wieder auf die Füße. Auch er taumelte. Die linke Hand hatte er auf die Wunde in seiner Seite gepreßt, aus der Blut in dicken, pulsierenden Strömen floß. Skar begriff, daß die Verletzung schlimmer war, als er angenommen hatte; wahrscheinlich schwer genug, Ennart zu töten.

Aber nicht schnell genug.

Skar sah sich verzweifelt nach einer anderen Waffe um. Es gab keine. Sein Schwert war zerbrochen, und Ennart stand zwischen ihm und dem Leichnam des zweiten Zauberpriesters, so daß er keine Chance hatte, sich dessen Schwert zu bemächtigen. Ganz davon abgesehen, daß der Ssirhaa ihm nicht die Zeit dazu gelassen hätte. Schritt für Schritt wich er vor dem näher kommenden Ssirhaa zurück, bis sein tastender Fuß gegen den Tisch stieß. Sein Blick fixierte Ennarts geballte Faust. Ein einziger Schlag dieser Riesenhand würde ihn töten.

Er versuchte, sich zur Ruhe zu zwingen, innerlich wieder zum Satai zu werden, nicht mehr Mensch, sondern nur noch Krieger zu sein, der Angst und Schmerz in Kraft und Überlegenheit zu verwandeln wußte, aber es gelang ihm nicht völlig. Trotz allem lähmte ihn Ennarts Nähe noch immer. Es war, als ginge von dem Ssirhaa etwas aus, das seine Konzentration unterbrach, der uralten Satai-Disziplin, nach der er erzogen war, entgegenwirkte wie ein geistiges Gift. Es war … verwirrend. Verwirrend und erschreckend. Und er hatte etwas Ähnliches schon einmal erlebt. Er wußte nur nicht mehr, wann.

Der Ssirhaa schlug zu. Skar sah den Hieb kommen, wich zum Schein zur Seite aus und warf sich blitzschnell nach hinten. Sein gekrümmter Rücken rollte über den Tisch ab, seine Füße kamen hoch und trafen Ennarts Gesicht mit fürchterlicher Wucht, dann stürzte er auf der anderen Seite des Tisches zu Boden, während der Fausthieb des Ssirhaa die zollstarke Tischplatte zermalmte wie dünnes Papier. Blitzschnell war Skar wieder auf den Beinen, griff noch im Aufspringen nach einem Tischbein und schmetterte es dem Ssirhaa gegen die Kehle. Ennart wankte. Sein Gesicht war voller Blut, und seine rechte Seite hatte sich rot gefärbt. Er hinkte, und er schien Mühe zu haben, den rechten Arm zu heben.

Aber er war auch mit nur einer Hand ein mörderischer Gegner. Seine Faust verfehlte Skars Gesicht, aber er packte ihn an der Schulter, riß ihn herum und versetzte ihm einen Stoß, der ihn zu Boden schleuderte und hilflos quer durch den gesamten Raum schlittern ließ, ehe er mit einem betäubenden Schlag gegen die

Wand prallte. Ennart knurrte wie ein gereizter Tiger, war mit zwei, drei gewaltigen Schritten über ihm und riß ihn brutal in die Höhe.

Skar wehrte sich ganz instinktiv. Mit einem blitzartigen Hochreißen des Armes versuchte er Ennarts Faust beiseite zu fegen, aber es war, als schlüge er gegen Stahl. Der Ssirhaa wankte nicht einmal, stieß ihn aber gleichzeitig noch einmal und so heftig gegen die Wand, daß er fast das Bewußtsein verlor.

Ein gellender Schrei erklang. Ennart taumelte, von einem golden und grün gefleckten Schatten getroffen und zur Seite gerissen, und plötzlich war Skar frei. Er sank an der Wand entlang in die Knie, kämpfte sich mit verzweifelter Kraft wieder in die Höhe und blinzelte den Schleier aus Schmerz und Blut weg, der vor seinen Augen wogte.

Es war nur eine winzige Atempause, die Titch ihm verschafft hatte. Ennart hatte den Quorrl abermals zu Boden geschleudert. Titch versuchte wieder aufzuspringen, aber Ennart war blitzschnell hinter ihm, ballte die gesunde Hand zur Faust und schlug sie ihm mit entsetzlicher Kraft in den Nacken. Titch stöhnte. Er verlor nicht das Bewußtsein, aber seine Arme knickten plötzlich unter dem Gewicht seines eigenen Körpers ein. Er stürzte abermals, schlug schwer mit dem Gesicht auf dem Metallboden auf und blieb stöhnend liegen. Eine Sekunde lang blieb der Ssirhaa breitbeinig und mit erhobener Faust über ihm stehen, aber der tödliche Hieb, mit dem Skar rechnete, kam nicht.

Statt dessen richtete sich der Ssirhaa wieder auf, drehte sich herum und kam mit langsamen, wiegenden Schritten auf Skar zu. Die Wunde in seiner Seite blutete noch immer. Der Strom aus pulsierendem Rot war sogar heftiger geworden; der Ssirhaa zog eine breite, unterbrochene Blutspur hinter sich her. Er würde sterben, dachte Skar. Aber nicht, bevor er ihn und Titch getötet hatte.

Langsam, den Rücken fest gegen die Wand gepreßt, wich er vor dem näher kommenden Ssirhaa zurück. Wenn er sich nur konzentrieren könnte! Wenn da nur dieses ... Etwas nicht wäre, das ihn daran hinderte, zu kämpfen wie ein Satai, jene fast unerschöpflichen Quellen verborgener Kraft anzuzapfen, die tief in jedem Menschen schlummerten, und die das Geheimnis der Unbesiegbarkeit der Satai waren. Aber er konnte es nicht, so sehr er es auch versuchte. Etwas ging selbst jetzt noch von Ennart aus, das ihn lähmte, ihn zu einem ganz normalen Menschen machte, der hilflos war gegen diesen goldenen Koloß.

Der Ssirhaa folgte ihm im gleichen Tempo, in dem er vor ihm zurückwich. Er hätte ihn mit einem einzigen schnellen Schritt erreichen können, aber er schien es plötzlich gar nicht mehr eilig zu haben; so als zögere er den Augenblick, in dem er Skar töten würde, absichtlich hinaus. Es waren nur noch Sekunden, die ihm blieben; zwei, allerhöchstens drei Schritte, bis Ennart ihn in die Ecke gedrängt hatte, aus der es kein Entkommen mehr gab.

Sein Fuß stieß gegen etwas Hartes. Metall klirrte, und als Skar für den Bruchteil einer Sekunde den Blick senkte, sah er den zersplitterten Stumpf des Schwertes, das Ennart ihm aus der Hand geschlagen hatte.

Der Ssirhaa lächelte böse. *Heb es auf*, sagte sein Blick. *Warum bückst du dich nicht und versuchst es?* Und für einen ganz kurzen Moment war Skar sogar versucht, es zu tun. Vielleicht hätte er eine Chance gehabt, wäre er im Vollbesitz seiner Kräfte gewesen. Vielleicht wäre es den übermenschlich schnellen Bewegungen eines Satai möglich gewesen, sich zu bücken, das Schwert zu ergreifen und sich zur Seite zu werfen, ehe ihn der tödliche Hieb traf, aber er *war* kein Satai in diesem Moment, und der Ssirhaa schien dies ganz genau zu wissen. Der Anblick der Waffe, die zum Greifen nahe und doch unerreichbar weit vor Skars Füßen lag, schien ihn zu amüsieren. In dem Blut und Schmerz auf seinem goldenen Gesicht erschien ein böses, abgrundtief böses Lächeln. Es war kein Zufall, daß er sich nicht seiner gewohnten Kräfte bedienen konnte, dachte Skar erschrocken. Es war auch nichts an dem Ssirhaa. Es war etwas, was er *tat*.

Und dann geschah etwas Entsetzliches. Für einen kurzen Moment, zu kurz, um sicher zu sein, ob er es wirklich gesehen hatte oder ob ihm seine Nerven einfach einen Streich spielten, schien Ennarts Gesicht zu *zerfließen*. Die goldenen Schuppen flirrten und wogten wie ein Spiegelbild auf klarem Wasser, und darunter glaubte Skar ein zweites Gesicht zu sehen, ein Antlitz wie das eines Menschen, aber nicht ganz, schmal, grausam, mit Augen, in denen sich nichts als Zorn und das Feuer eines Hasses wiederspiegelten, das seit Millionen Jahren brannte.

Das Trugbild erlosch so schnell, wie es gekommen war. Aber das böse Glühen in Ennarts Augen war heller geworden, sein Lächeln triumphierend, als hätte er Skar im letzten Moment seines Lebens zeigen wollen, gegen wen er *wirklich* kämpfte, wer der Feind war, der eine ganze Welt zum Narren hielt. Er lachte gellend, hob die Faust und schlug zu.

Bruder! dachte Skar.

Neben dem Ssirhaa erschien ein Schatten. Ennart registrierte die Bewegung aus dem Augenwinkel, führte seinen Schlag nicht zu Ende und fuhr herum, um statt Skar Titch niederzuschlagen.

Aber es war nicht Titch.

Vor ihm stand der *Daij-Djan*. Und diesmal konnte der Ssirhaa ihn *sehen*!

Ennart erstarrte. Sein Mund öffnete sich wie zu einem Schrei, aber er gab keinen Laut von sich. Seine Augen schienen vor Entsetzen aus den Höhlen zu quellen, als er auf das kleine, tödliche Insekten-Ding vor sich herabstarrte, und auf seinen Zügen erschien ein Ausdruck so abgrundtiefen Grauens, wie Skar ihn niemals zuvor bei einem lebenden Wesen erblickt hatte. Der *Daij-Djan* hob eine seiner tödlichen Klauen.

Skar ließ sich fallen, packte den Griff des zersplitterten Schwertes und schrie, so laut er konnte: *»NEIN! TU ES NICHT!«*

Die Bewegung des *Daij-Djan* brach ab. Seine Kralle verharrte Millimeter vor Ennarts Kehle, und die glatte Fläche seines Gesichtes wandte sich Skar zu; fragend, verwirrt, aber auch zornig, als er begriff, daß er betrogen worden war. Und auch Ennart drehte erschrocken den Kopf und sah auf ihn herab.

Skar packte den Schwertgriff mit beiden Händen, sprang auf und rammte dem Ssirhaa die Waffe bis ans Heft in den Leib.

Ennart keuchte vor Schmerz. Er taumelte zurück, schlug Skars Hände in einem blinden Reflex zur Seite und umklammerte den Schwertgriff, der aus seinem Unterleib ragte. Schreiend vor Schmerz brach er in die Knie, riß mit einer letzten, gewaltigen Kraftanstrengung die Waffe aus der furchtbaren Wunde und starb. Er war tot, noch bevor er zur Seite kippte.

Langsam drehte sich Skar herum. Der *Daij-Djan* stand noch immer da, schweigend, zornig, ein schwarzes Bündel aus Horn und loderndem Haß, das um seine Beute geprellt worden war.

Skars Blick suchte Titch. Der Quorrl lag nur wenige Schritte entfernt. Er lebte, war aber offensichtlich ohne Bewußtsein. Gut. Hastig wandte er sich wieder an den *Daij-Djan*. »Geh«, sagte er.

Gehen, Bruder? Selbst das lautlose Flüstern in seinen Gedanken klang wütend. *Du hast mich gerufen. Ich habe dir gesagt, was geschieht, wenn du dies tust. Du gehörst mir.*

»Nein, du Bastard«, antwortete Skar. »Noch nicht. Vielleicht, wenn du für mich tötest. Wenn du es tust, weil ich es will. Aber das hast du nicht.«

Du hast mich betrogen, Bruder, wisperte der *Daij-Djan*. *Aber das wird dir nichts nutzen. Und es wird dir nicht noch einmal gelingen.*

»Wir werden sehen.«

Du wirst dafür bezahlen. Niemand betrügt den Tod zweimal. Der Schatten verschwand, so lautlos und schnell, wie er gekommen war.

»Kannst du aufstehen?«

Skar mußte die Frage zweimal stellen, ehe Titch überhaupt darauf reagierte. Der Quorrl versuchte es, aber sein rechtes Bein knickte unter dem Gewicht seines Körpers weg. Er fiel so schwer auf das Knie zurück, daß er vor Schmerz aufstöhnte.

Skar unterdrückte den Impuls, die Hände auszustrecken, um ihm zu helfen. Der Quorrl war viel zu schwer, als daß er ihn hochheben könnte; und er befand sich in einem Zustand, in dem er vollkommen unberechenbar und wahrscheinlich gefährlich war, auch für ihn. Reglos sah er zu, wie Titch erneut versuchte, auf die Beine zu kommen und sich schließlich an den Überresten des zerbrochenen Tisches in die Höhe zog. Er wankte, aber er stand aus eigener Kraft. Sein Blick irrte wild durch den Raum, huschte hierhin und dorthin, huschte über Skars Gesicht und blieb schließlich an Ennarts Leichnam hängen.

»Du hast ihn ... getötet«, murmelte er.

Skar war nicht einmal sicher, daß es so gewesen war. Der Ssirhaa lag mit dem Gesicht nach unten da, aber er hatte den Ausdruck tödlichen Entsetzens nicht vergessen, der sich in die Züge des Quorrl-Gottes eingegraben hatte, als er starb. Vielleicht war es nicht einmal seine Klinge gewesen, die ihn getötet hatte, sondern der bloße Anblick des *Daij-Djan*.

Einen Moment lang überlegte er ernsthaft, Titch zu erzählen, was *wirklich* passiert war, verscheuchte diesen Gedanken dann aber wieder. Irgendwann einmal würde er es tun. Vielleicht.

»Wirst du gehen können?« fragte er.

»Gehen?« Titchs Blick flackerte. Etwas wie Wahnsinn starrte Skar an, als er in seine Augen sah. »Aber wohin denn?« Seine Hände öffneten und schlossen sich in unablässigen, kraftvollen Bewegungen. Er zitterte am ganzen Leib. Der Quorrl stand kurz vor dem Zusammenbruch, nicht nur körperlich.

Skar deutete auf den toten Ssirhaa, dann zum Fenster. »Zuerst einmal raus hier, egal wohin. Ehe sie merken, was passiert ist.«

Titch hörte seine Worte gar nicht. Seine Hände bewegten sich noch immer, und das Zittern seiner Glieder war stärker geworden. »Er ... war kein Gott«, flüsterte er. Er starrte Skar an. Sein Blick war wie ein stummer Schrei. »Sie ... sie haben uns belogen, Skar. Sie haben uns all die Zeit über belogen. Sie ... sie wollen uns vernichten, so wie euch.«

Skar sah fast ängstlich zur Tür. Titch war nur wenige Augenblicke bewußtlos gewesen, aber jede Sekunde war unendlich kostbar. Bisher schien niemand gemerkt zu haben, was geschehen war, aber irgendwann würde Ian oder einer seiner Brüder zurückkehren. Wenn sie überhaupt eine Chance hatten, diesen Turm lebendig zu verlassen, dann nur, solange niemand von Ennarts Tod und ihrer Flucht wußte.

»Sie sind nicht unsere Götter«, stammelte Titch.

»Ich fürchte, wir werden niemals Gelegenheit haben, das herauszufinden, wenn wir noch lange hier herumstehen«, antwortete Skar nervös. Er sah den Quorrl abschätzend an, kam zu dem Ergebnis, daß Titch im Moment wohl eher eine Gefahr als eine Hilfe darstellte, und wandte sich mit einer entschlossenen Bewegung zur Tür.

»Du wartest hier auf mich«, sagte er. »Ich hole Kiina.«

»Warte, Satai.« Titch streckte die Hand nach ihm aus. Trotz seiner ungeheuren Größe und Kraft wirkte die Bewegung hilflos, flehend. Skar blieb stehen. In Titchs Blick rangen noch immer Wahnsinn und Schmerz miteinander, aber er war trotzdem klarer als noch vor Augenblicken. »Du ... du hast keine Chance, allein«, sagte er. »Sie werden dich töten.« Er ließ den Arm sinken, richtete sich vollends auf und fuhr sich mit dem Handrücken durch das Gesicht. An seinen Fingern klebte Blut, als er die Hand wieder senkte, und er humpelte sichtbar. Aber Titch war schon in erbärmlicher Verfassung gewesen, als sie ihn hergebracht hatten. Vielleicht würde sein Zustand zumindest einem flüchtigen Beobachter nicht sofort auffallen.

»Weißt du, wo das Mädchen ist?«

Skar nickte, und Titch machte eine auffordernde Handbewegung zur Tür. Dicht hintereinander traten sie auf den still daliegenden Gang hinaus, wobei Titch eine seiner riesigen Pranken schwer auf Skars Schultern legte und ihn mehr vor sich herschob, als er ihn führte. Wer immer ihnen zufällig begegnen mochte, mußte ihn für einen Gefangenen Titchs halten. Skar bewunderte insgeheim die Umsicht und Kaltblütigkeit des Quorrl, doch ihm wurde auch fast im gleichen Augenblick klar, daß es in Wahrheit das genaue Gegenteil war: Titch mußte Höllenqualen erleiden. Seine Ruhe war in Wirklichkeit nichts als ein verzweifelter Versuch, sich an Äußerlichkeiten zu klammern, zu *tun*, statt zu *denken*.

Sie erreichten Kiinas Zimmer, ohne einem anderen Menschen zu begegnen. Der Turm schien ausgestorben zu sein. Die unheimliche Stille, die hier oben herrschte, erschien Skar doppelt bedrohlich und furchteinflößend. Und ein kleines bißchen alarmierte sie ihn auch. Er konnte sich nicht vorstellen, daß niemand Ennarts Tod bemerkt haben sollte. Der Ssirhaa war viel mehr als nur der Beherrscher dieses Turms gewesen. Sie hatten nicht sehr viel Zeit.

Auch die Tür von Kiinas Zimmer teilte sich vor ihnen und glitt wie von Geisterhand bewegt auf, als sie sich ihr näherten. Der dahinterliegende Raum war von hellem Sonnenlicht durchflutet, das Skar im ersten Augenblick blendete. Er erkannte nur Schatten, von denen zwei übergroß und fast mißgestaltet wirkten: Ian und der zweite Zauberpriester. Er blinzelte, hob instinktiv die Hand über die Augen und stolperte mit einem ungeschickten Schritt durch die Tür, als Titch ihm einen Stoß versetzte. Obwohl sich seine Augen noch immer nicht völlig auf das ungewohnte Licht eingestellt hatten, erkannte er, daß sich außer den beiden Zauberpriestern nur Anschi und Kiina im Zimmer aufhielten.

Es ging alles unglaublich schnell; und beinahe *zu* leicht. Skar erkannte Ian in einem der unförmigen Schatten, taumelte in einem perfekt geschauspielertem Stolpern auf ihn zu und griff scheinbar blindlings um sich, wie um sein Gleichgewicht wiederzufinden. Ian schien im letzten Augenblick etwas zu spüren, denn aus dem Haß auf seinem Gesicht wurde Schrecken, und er versuchte sogar noch, die Waffe zu heben. Aber seine Bewegung war viel zu langsam. Skar packte sein Gelenk, verdrehte es mit einem einzigen kraftvollen Ruck und schlug dem Zauberpriester die Handkante gegen den Adamsapfel, als er die Waffe fallen ließ. Hinter ihm erscholl ein gurgelnder, abgehackter Schrei, als Titch sich auf den zweiten Zauberpriester warf und ihn blitzschnell ausschaltete. Die beiden Männer lagen reglos am Boden, noch ehe sich die Tür mit einem leisen Zischen hinter Titch wieder schloß.

Skar fuhr herum und blieb mitten in der Bewegung stehen, als er sah, daß Anschi zum Fenster zurückgewichen war und ihr Schwert gezogen hatte. Ein leises Gefühl von Verärgerung machte sich in ihm breit. Es war seine eigene Waffe, die die *Errish* trug. Sein *Tschekal.* Er trat einen weiteren Schritt auf Anschi zu und streckte fordernd die Hand aus. Die *Errish* packte den Schwertgriff mit beiden Händen, spreizte die Beine und hob die Waffe ein wenig höher. Ihr Gesicht verriet keine Angst, nur Konzentration.

»Versuch es nicht«, sagte Skar.

Anschi fuhr sich nervös mit der Zungenspitze über die Lippen und versuchte zur Seite auszuweichen und gleichzeitig Skar und Titch im Auge zu behalten. Ihre Finger spielten nervös am Griff des *Tschekal.* Sie hielt die Waffe mit aller Kraft, erkannte Skar. Ihre Armmuskeln waren bis zum Zerreißen angespannt, was sie im Ernstfall den Sieg kosten würde. Das Satai-Schwert war viel zu leicht, um es wie einen zentnerschweren Bihänder zu führen.

Aber er hatte nicht vor, mit Anschi zu kämpfen.

»Tu es nicht«, sagte er noch einmal. »Selbst wenn du einen von uns besiegen würdest, würde der andere dich töten.« Er machte einen weiteren Schritt auf die *Errish* zu und blieb wieder stehen. Abermals streckte er fordernd die Hand aus.

Anschis Bewegungen wurden fahriger. Sie machte einen Schritt nach links, blieb wieder stehen, als Titch sich hinter Skar in die gleiche Richtung bewegte und ihr den Weg abschnitt, und sah sich mit kleinen, nervösen Gesten um. Dann senkte sie mit einem

Ruck die Arme, warf Skar das Schwert vor die Füße und richtete sich auf.

»Warum sollte ich dir die Genugtuung bereiten, mich zu besiegen? Ihr kommt sowieso nicht weit, ihr Narren.«

Skar bückte sich nach seinem *Tschekal*, schob es in den Gürtel und wandte sich zu Kiina um. Das Mädchen hatte sich nicht gerührt, seit sie hereingekommen waren. Sie saß in dem Stuhl unter dem Fenster, in dem Skar sie auch das letzte Mal gesehen hatte, und in ihren Augen war die gleiche Leere wie am Morgen. Sie war wach, und ihr Blick folgte Skar, als er auf sie zutrat, aber es war nicht der Blick eines Menschen, der wirklich begriff, was um ihn herum vorging.

Skar beugte sich über sie, nahm ihr Gesicht in beide Hände und zwang sie, ihm direkt in die Augen zu sehen. Auf Kiinas Gesicht erschien ein mattes, teilnahmsloses Lächeln. »Skar?« fragte sie. »Du bist zurück?«

Wütend richtete sich Skar wieder auf und fuhr zu Anschi herum. »Was habt ihr mit ihr gemacht?« fragte er.

Anschi schürzte herausfordernd die Lippen. »Nichts«, sagte sie. »Sie ... schläft, das ist alles.«

»Dann weck sie auf. Sofort.«

»Tu es doch selbst, du großer Held!« sagte Anschi trotzig. »Du ...«

Skar war mit einem einzigen Schritt bei ihr, riß sie herum und verdrehte ihren Arm. »Weck sie auf«, sagte er noch einmal, »oder ich breche dir den Arm!«

Anschi keuchte und schlug wild mit der freien Hand um sich, aber Skar ließ ihren Arm nicht los, sondern verstärkte im Gegenteil den Druck auf ihr Ellbogengelenk noch mehr, bis die *Errish* vor Schmerz stöhnte und ihren Widerstand aufgab. Skar versetzte ihr einen Stoß, der sie vor Kiinas Stuhl auf die Knie fallen ließ, und hob drohend die Hand. »Weck sie auf!«

Zwei, drei Sekunden lang blieb die *Errish* einfach reglos auf den Knien hocken und starrte haßerfüllt zu ihm hoch, dann erlosch ihr Widerstand. Sie stand umständlich auf, trat an ein kleines Tischchen neben dem Fenster und nahm eine silberne Ampulle von der Größe ihres Zeigefingers zur Hand. Sie öffnete sie, schwenkte das Röhrchen ein paarmal unter Kiinas Gesicht hin und her und verschraubte den Deckel sorgfältig wieder, als Kiina unruhig den Kopf zu bewegen begann.

»Ein Riechfläschchen?« fragte Skar überrascht.

»Was hast du erwartet?« Anschi machte ein abfälliges Geräusch. »Einen Zauberspruch?«

Skar schluckte die ärgerliche Antwort herunter, die ihm auf der Zunge lag, und beugte sich statt dessen abermals über Kiina. Die Augen des Mädchens waren noch immer verschleiert, aber ihr Blick begann sich zu klären. Und mit dem Erkennen kehrte die Angst in ihre Augen zurück.

»Skar«, murmelte sie verstört. »Was ist ...«

»Nicht jetzt«, unterbrach sie Skar. »Wir müssen verschwinden, Kiina. Wir fliehen.«

»Fliehen?«

»Fliehen?« wiederholte auch Anschi überrascht. »Du mußt verrückt geworden sein, Satai. Du kommst nicht einmal aus diesem Zimmer heraus, geschweige denn aus dem Turm.«

Skar beachtete sie nicht. Vorsichtig ergriff er Kiinas Hand, half ihr, sich aus dem Sessel zu erheben und überzeugte sich davon, daß sie aus eigener Kraft stehen konnte, ehe er sie losließ.

Auf dem Boden regte sich Ian stöhnend. Titch knurrte drohend und machte einen Schritt in seine Richtung, aber Skar winkte rasch ab, kniete selbst neben dem Zauberpriester nieder und drehte ihn grob auf den Rücken. Ian versuchte instinktiv, seine Hände beiseite zu schlagen, aber seine Bewegungen waren schwach und ziellos. Er atmete keuchend und ungleichmäßig, und Skar begriff erschrocken, daß er ihn um ein Haar getötet hätte. Er hatte das nicht gewollt. Sie wollten fliehen, kein Blutbad anrichten. Und außerdem brauchten sie Ian.

»Sucht alles zusammen, was wir gebrauchen können«, sagte

er, an Titch und Kiina gewandt. »Warme Kleider, Decken ... und vor allem Wasser. Beeilt euch.«

»Ihr seid ja wahnsinnig, ihr beiden«, sagte Anschi. »Ihr glaubt doch nicht wirklich, daß ihr hier herauskommt?!«

Skar ignorierte auch diesen Einwurf. Er beugte sich tiefer über Ian, zog ihn an der Schulter in die Höhe und schlug ihm leicht mit der flachen Hand ins Gesicht. Der Zauberpriester stöhnte, versuchte abermals die Hände zu heben und öffnete die Augen.

»Verstehst du mich?« fragte Skar.

Ian antwortete nicht, aber in den Schmerz auf seinem Gesicht mischte sich Haß. Er war wach, und er hatte ihn erkannt.

»Hör mir gut zu«, sagte Skar. »Ich habe nicht viel Zeit, mit dir zu diskutieren, Ian. Du wirst uns jetzt sagen, wie wir hier herauskommen. Dafür lasse ich dich am Leben. Wenn nicht, stirbst du.«

Ian versuchte zu antworten, aber seine Stimme versagte ihm den Dienst; über die Lippen des Zauberpriesters kam nur ein ersticktes Röcheln. Skar stand auf, zerrte Ian mit einer ungeduldigen Bewegung in die Höhe und warf ihn in den Stuhl, in dem Kiina gesessen hatte.

»Wenn du nicht reden kannst, dann wirst du uns führen«, sagte Skar. »Und falls du vorhast, uns in eine Falle zu locken, dann vergiß das lieber. Wahrscheinlich würde es dir sogar gelingen, aber ich verspreche dir, daß wir noch Zeit finden, dich umzubringen.«

»Dann ... tu es ... doch«, röchelte Ian. Er hustete qualvoll, krümmte sich wie unter Schmerzen und schlug beide Hände gegen den Leib. Skar riß seinen Arm zurück, ehe seine Finger einen der zahllosen Knöpfe und Schalter auf seinem Gürtel berühren konnten.

»Versuch das nicht noch einmal«, sagte er drohend.

Tatsächlich ließ sich Ian gegen die Lehne des Sessels fallen und legte gehorsam die Hände auf die Armstützen. Aber seine Augen funkelten trotzig, als er zu Skar hochsah. »Bring ... mich doch … um, du … Narr!« keuchte er. »Du erfährst nichts von mir.«

»Überlaß ihn mir«, verlangte Titch. »Ich bringe ihn zum Reden.«

Ians Gesicht verzerrte sich vor Angst. Trotzdem, dachte Skar, würde er nicht reden. Er hatte Angst vor dem, was Titch ihm antun könnte, aber sein Haß auf den Quorrl und ihn, Skar, war größer als seine Furcht. Resignierend schüttete er den Kopf. »Nein. Er wird nicht reden. Und wir haben auch gar keine Zeit, ihn zu verhören. Fessele ihn. Aber gründlich.«

»Ich weiß nicht, wie ihr es geschafft habt, die Wachen zu übertölpeln«, sagte Ian haßerfüllt. »Aber Ennart wird euch vernichten!«

»Das dürfte ihm ziemlich schwerfallen«, antwortete Skar. »Er ist tot.«

»Tot?« Ian versuchte zu lachen, aber seine Gesichtszüge entgleisten. Seine Hände schlossen sich so fest um die Armlehnen, daß das Holz knirschte. »Das ist nicht wahr!«

»Glaube es oder laß es sein«, sagte Skar achselzuckend. Er trat zurück, um Titch Platz zu machen, der mit den Streifen eines in Fetzen gerissenen Bettlakens kam, um Ian an den Stuhl zu binden. Während er es tat, drehte sich Skar wieder zu Kiina und Anschi um, um die *Errish* im Auge zu behalten. Kiinas Gesicht spiegelte auch jetzt nichts weiter als Verwirrung, aber auf Anschis Zügen hatte sich der gleiche Ausdruck ungläubigen Entsetzens breitgemacht wie auf denen des Zauberpriesters.

»Tot?« flüsterte sie. »Ihr habt ihn … getötet? Aber das ist unmöglich!«

»Nichts ist unmöglich«, antwortete Skar. Er beobachtete Anschi scharf, während er sprach. Die *Errish* war so erschrocken wie Ian, aber in die Fassungslosigkeit in ihrem Blick mischte sich noch etwas … *Erleichterung?* dachte Skar verwirrt.

Vielleicht. Etwas von ihr, ein kleiner, aber ungebrochener Teil der *Errish*, war noch immer sie selbst. Ian und seine Brüder hatten vielleicht ihren Willen gebrochen, aber es war ihnen nicht gelungen, sie ganz zu einer Puppe zu machen.

»Du wirst uns hier herausbringen«, sagte er.

»Das kann sie gar nicht«, sagte Ian hämisch. »So wenig wie ihr oder ich. Nur Ennart selbst kann das Tor öffnen.«

»Er ... er sagt die Wahrheit, Skar«, sagte Anschi unsicher. »Es gibt nur ein einziges Tor, unten auf der Nordseite der Festung. Nachdem die Quorrl uns angegriffen hatten, ließ Ennart es schließen. Und nur er selbst wußte, wie es wieder zu öffnen war.« Skar spürte, daß sie die Wahrheit sprach. Sie war gar nicht in der Verfassung, überzeugend zu lügen.

»Eure Flucht ist zu Ende, ihr Narren«, sagte Ian triumphierend. »Und wenn ihr Ennart wirklich getötet habt, dann werdet ihr euch wünschen, niemals geboren zu sein, das schwöre ich euch.« Er lachte böse. »Einen famosen Fluchtplan habt ihr euch ausgedacht, wirklich.«

Titch versetzte ihm einen Schlag mit der flachen Hand, der ihn halb bewußtlos im Stuhl zusammensacken ließ. Skar runzelte mißbilligend die Stirn, sagte aber nichts. Er war schon froh, daß Titch den Zauberpriester nicht kurzerhand erschlagen hatte. Und er war der Verzweiflung nahe, auch wenn er sich alle Mühe gab, das Kiina und Titch gegenüber nicht erkennen zu lassen. Ian hatte recht gehabt. Sie hatten nicht nur einen *schlechten* Fluchtplan, sie hatten *überhaupt* keinen Plan. Alles war viel zu schnell gegangen, als daß er bisher Zeit gehabt hätte, auch nur einen klaren Gedanken zu fassen. Was nutzte es ihnen, den Ssirhaa besiegt zu haben, wenn sie keine Möglichkeit fanden, aus diesem verdammten Turm zu entkommen? Seine Wände waren hundertfünfzig Fuß hoch und glatt wie poliertes Glas. Sie müßten schon fliegen können, um ...

»Die Daktylen«, sagte er aufgeregt. »Wo sind Sie, Anschi?«

Die *Errish* schwieg verbissen. Skar trat drohend auf sie zu und hob die Hand. Anschi fuhr zusammen, als hätte er sie bereits geschlagen, und wich vorsichtshalber einen Schritt zurück. Ihr

Blick glitt unstet zwischen Skar und Ian hin und her, und Skar konnte regelrecht sehen, wie es hinter ihrer Stirn arbeitete. Der suggestive Bann des Zauberpriesters war noch immer stark, aber sie hatte auch Angst. »Sie nutzen euch nichts«, sagte sie schließlich. »Die Startplattform wird bewacht. Niemand kann sie ohne Ennarts Erlaubnis betreten.«

»Die haben wir«, sagte Skar ruhig. Er zog sein *Tschekal* eine Handspanne weit aus der Scheide, so daß Anschi den blitzenden Stahl sehen konnte. »Siehst du? Und wenn es deine Schwestern sind, die die Tiere bewachen, dann solltest du sie davon überzeugen, uns gehen zu lassen. Es sei denn, dir liegt nicht viel an ihrem Leben.«

»Selbst wenn ich es täte!« widersprach Anschi erregt. »Ihr könnt sie nicht fliegen.«

»*Ich* kann es«, sagte Kiina.

Skar sah sie zweifelnd an. Er wußte, daß Kiina zumindest einen Teil der geheimen Kräfte der *Errish* beherrschte. Sie hatte einen Drachen geritten, als sie zu ihrem Heer gestoßen war, und auch wenn ihre Fähigkeiten lange nicht an die Anschis heranreichen mochten, würden sie sicher ausreichen, einen so primitiven Intellekt wie den einer Daktyle zu lenken. Unter normalen Umständen.

Aber die Umstände waren nicht normal. Kiina war krank und am Ende ihrer Kräfte, und sie würden die Daktylen nicht einfach nur *reiten* müssen. Skar war nicht so naiv, sich einzubilden, daß man sie nicht verfolgen würde. Was ihnen bevorstand, war eine verzweifelte Jagd, bei der sie das Wild waren.

»Bist du sicher?« fragte er.

Kiina lächelte schwach. Sie schüttelte den Kopf. »Nein.«

»Und du?« Skar wandte sich mit einem fragenden Blick an Titch. »Kannst du eine Daktyle reiten?«

»Wenn sie mein Gewicht tragen kann.«

»Ein Tier für drei Reiter?« Anschi machte ein abfälliges Geräusch. »Selbst wenn dieses dumme Kind das Unmögliche schafft und eine Daktyle lenkt, wird sie unter eurem Gewicht einfach vom Himmel fallen.«

»Wieso *ein* Tier, Anschi?« fragte Skar. »Wir werden zu zweit sein. Du wirst die zweite Daktyle reiten. Zusammen mit Titch.«

Anschi erbleichte noch ein bißchen mehr und starrte den Quorrl an.

Titch grinste. Und diesmal gab er sich sogar Mühe, wie ein Ungeheuer auszusehen.

Etwas hatte sich verändert. Skar spürte es im gleichen Moment, in dem sie auf den Gang hinaustraten, ohne sagen zu können, *worin* diese Veränderung bestand. Der stählerne Korridor war so still und schwarz wie immer, das magische Schweigen des Turmes allumfassend, aber etwas ... war anders geworden.

»Was machst du?« fragte Titch alarmiert, als er stehenblieb und sich umsah.

Skar antwortete nicht gleich. Es dauerte einen Moment, bis er begriff, worin diese unheimliche Veränderung bestand, die er fühlte. Es war nichts, was plötzlich *da* war, sondern das genaue Gegenteil: etwas *fehlte*. Etwas, von dem er vor einer Sekunde noch nicht einmal gewußt hatte, daß es existierte, und das er unmöglich in Worte fassen konnte. Es war, als spüre er erst jetzt, daß dieser Turm mehr als ein Gebäude gewesen war, daß er außer der zerfallenden Technik der *Alten* noch etwas viel Düstereres, Bedrohlicheres beherbergt hatte. Es war keine Gefahr, die er spürte, sondern fast so etwas wie Erleichterung.

Er sah die drei anderen der Reihe nach an. Titch und Kiina wirkten nur verwirrt, der Quorrl ein wenig alarmiert und vor allem müde, aber auf Anschis Zügen spiegelte sich die gleiche bange Furcht, die auch er spürte. Ihre Hände zitterten.

»Was ist los mit dir?« fragte Titch noch einmal.

»Nichts«, antwortete Skar ausweichend. »Es ist ... nichts. Ich habe mich getäuscht.«

Titch runzelte zweifelnd die Stirn, und auch Kiina sah nicht besonders überzeugt aus. Trotzdem widersprach keiner von ihnen, als sie weitergingen. Nach ein paar Schritten blieb Titch wieder stehen und berührte eine scheinbar x-beliebige Stelle an der Wand. Das schwarze Metall teilte sich, und dahinter kam eine jener beweglichen Kammern zum Vorschein, die die Stelle von Treppen in diesem Alptraumturm einnahmen. Der Quorrl wandte sich mit einem fragenden Blick an Anschi.

»Nach ... unten«, sagte Anschi zögernd. »Die Daktylen sind direkt unter uns. Nur ein Stockwerk.«

»Wie viele Wachen gibt es?«

»Woher soll ich das wissen?« fauchte Anschi. »*Ich* bin hier nicht gefangen, weißt du? Du und dein Quorrl-Freund habt doch –«

Es geschah völlig warnungslos, genau wie am Tag zuvor, und genau wie da war es kein *wirkliches* Beben, sondern etwas wie ein Erzittern in der Wirklichkeit selbst, etwas, das laut- und bewegungslos war und Skar und den anderen trotzdem ein Gefühl vermittelte, als würde der gesamte Turm wie unter einem Hammerschlag erzittern. Und gleichzeitig war es anders, vollkommen anders; hatte er gestern etwas wie ein verzweifeltes Ringen einander ebenbürtiger Kräfte verspürt, so war es jetzt wie eine lautlose Explosion auf rein geistiger Ebene, ein rasches, krampfhaftes Zucken in der Realität, als hätten sich zwei Welten berührt und jede einen Teil der anderen dabei zerstört, wie Feuer und Wasser, die aufeinandertrafen und sich zu kochendem Dampf vereinigten. Skar taumelte zurück, stürzte halbwegs durch die Tür, die Titch geöffnet hatte, und fand im letzten Augenblick am Rahmen Halt. Auch der Quorrl und Kiina wankten, während Anschi mit einem spitzen Schrei auf die Knie herabsank und das Gesicht zwischen den Händen verbarg.

Es ging unglaublich schnell; eine Sekunde, vielleicht zwei, und doch war es ein Augenblick, der kein Ende zu nehmen schien. Skar glaubte etwas wie einen Schrei in seinen Gedanken zu hören, den Schrei einer Stimme, die gleichzeitig befreit wie gequält klang. Er fand sein Gleichgewicht wieder und wollte zu den anderen gehen, aber er konnte es nicht. Seine Augen vermittelten ihm andere Eindrücke als sein Gleichgewichtssinn: er spürte, daß der Turm fest und unverrückbar wie seit Jahrtausenden dastand, aber was er *sah*, das war ein Gang, dessen Wände zuckten und brodelten wie geschmolzener Teer und der sich peitschend hin und her wand, als hätte sich der stählerne Korridor in eine riesige Schlange verwandelt. Aus den Schatten griffen *Dinge* nach ihnen, die sich seine menschlichen Sinne zu erkennen weigerten, und in seinem Kopf war noch immer dieses entsetzliche, lautlose Brüllen, in dem sich Triumph und abgrundtiefe Qual zu etwas Neuem, Furchtbarem verbanden.

Und dann war es vorbei, ganz plötzlich und endgültig.

Die Stimme erlosch. Der Gang hörte auf, sich vor seinen Augen zu drehen und zu winden wie ein lebendiges Wesen. Stille schlug wie eine Woge über ihnen zusammen. Aber nur für einen Moment. Dann hörte Skar, zum ersten Mal seit er in diesem Turm aufgewacht war, Geräusche. Laute, die nicht in seiner unmittelbaren Nähe entstanden: ein dumpfes, rhythmisches Pochen, das aus dem Boden und den Wänden gleichzeitig zu dringen schien, Schreie, Stimmen, das Geräusch entfernter, rennender Schritte. Irgendwo brüllte ein Drache.

»Was ist jetzt los?« knurrte Titch.

»Ennarts Magie«, murmelte Skar. »Sie erlischt. Sie...« Er sprach nicht weiter, als er begriff, was das, was er gerade gesagt hatte, wirklich bedeutete.

»Magie?« Titch schüttelte heftig den Kopf. »Das hier hat nichts mit Magie zu tun.«

»Nenn es wie du willst«, antwortete Skar. »Aber was immer es war, es ist nicht mehr da.« *Und das namenlose* Ding *unter ihnen war frei.* Er sprach den Gedanken nicht laut aus, aber er wußte, daß es so war. Was immer der Ssirhaa getan hatte, um das entsetzliche Erbe der *Alten* zu manipulieren: die geistigen Fesseln, mit denen er es gebunden hatte, waren erloschen. *Es war frei.*

Mit klopfendem Herzen wandte er sich zu Anschi um. Die *Errish* hatte die Hände heruntergenommen und starrte ihn an, und in ihrem Blick war nichts als Entsetzen. Ennarts geistige Fessel war auch von ihr abgefallen, aber sie mußte die Wahrheit im gleichen Augenblick erkannt haben wie Skar. Sie war mit ihm unten gewesen. Sie hatte *gesehen*, was der Tempel barg.

Ihre Blicke begegneten sich, und Skar war endgültig davon überzeugt, daß Anschi wieder sie selbst war. Die *Errish* wollte etwas sagen, aber Skar signalisierte ihr mit einem raschen Kopfschütteln, zu schweigen; eine Bewegung, die Titch auffallen mochte, deren wahre Bedeutung er aber unmöglich erraten konnte. Rasch streckte er die Hand aus, half Anschi auf die Füße und deutete mit einer Kopfbewegung auf die Tür. »Los!«

Titch beäugte ihn und die *Errish* mißtrauisch, sagte aber kein Wort, sondern trat als letzter hinter ihnen in die Kammer und schloß die Tür. Es wurde quälend eng. Die Kammer war für zwei Personen gebaut, nicht für drei Menschen und einen sieben Fuß großen Quorrl. Aber die gespenstische Fahrt dauerte nur Augenblicke, ehe sich die Tür wieder öffnete und sie auf einen weiteren Korridor hinaustraten, der sich nicht im Geringsten von dem über ihnen unterschied. Die Schreie und der Lärm waren hier lauter. Aus einer offenstehenden Tür zehn Schritte neben ihnen drang flackernder Feuerschein.

Anschi deutete nach links. »Dort. Der große Raum hinter der letzten Tür. Kommt!« Sie lief los, blieb nach zwei Schritten wieder stehen und sah verwirrt zu Skar zurück, der sich nicht bewegt hatte. Auch Titch und Kiina sahen ihn irritiert an. Der Quorrl machte eine hilflose, fragende Handbewegung.

Beinahe widerwillig setzte sich Skar in Bewegung. Sie erreichten die Tür, auf die Anschi gedeutet hatte, völlig unbehelligt, aber das Lärmen und Schreien wurde lauter. Manchmal lief ein schwaches, aber lang anhaltendes Zittern durch den Boden.

Die *Errish* machte eine Geste, zurückzubleiben. Gehorsam

preßten sie sich gegen die Wand beiderseits der Tür, aber Titchs Vertrauen zu Anschi schien nicht halb so weit zu reichen wie das Skars: die Tür war noch nicht zur Hälfte aufgeglitten, als er mit einem Schritt neben sie trat und ihr die Hand auf die Schulter legte. Anschi fuhr zusammen und starrte den riesigen Quorrl zornig an, verbiß sich aber jeden Kommentar.

Hintereinander betraten sie einen riesigen, gewölbten Raum. Skar sah sich staunend um. Es war nicht mehr zu erkennen, welchem Zweck die Halle einmal gedient haben mochte. Sie war groß wie der Palast eines Königs, von halbrunder Form und völlig leer. Die nördliche Wand fehlte, so daß der Blick ungehindert bis zu den Bergen reichte. Im ersten Moment vermutete Skar, daß sie mit jenem unsichtbarem Glas verschlossen sein konnte, das er auch in seinem und Ennarts Zimmer gesehen hatte; aber dann spürte er den Wind, der von draußen hereinwehte. Er trug Schreie mit sich.

Ein halbes Dutzend Daktylen hockte auf dem spiegelnden schwarzen Boden. Eines der Tiere sah träge hoch, als es das Geräusch ihrer Schritte hörte, die anderen nahmen keine Notiz von ihnen und schienen zu dösen. Es war kein Mensch zu sehen.

»Wo sind die Wachen?« murmelte Titch. Er sah sich mißtrauisch um, ohne Anschis Schulter loszulassen, und fauchte noch einmal: »Wo sind sie?«

»Ich habe keine Ahnung!« Anschi versuchte sich vergeblich loszureißen. Skar gab dem Quorrl ein Zeichen, etwas weniger grob zu sein, ging in respektvollem Abstand um die Daktylen herum und trat an die Öffnung in der Wand. Behutsam ließ er sich auf die Knie sinken und beugte sich vor.

Im ersten Moment schwindelte ihn, als er in die Tiefe sah. Der Innenhof des Turmes schien Meilen unter ihnen zu liegen; ein winziges Rechteck voller noch winzigerer, hin und her hastender Gestalten.

Und da war noch etwas …

Das Ding war da. Die Kreatur aus dem Tempel war frei, und er spürte ihre Anwesenheit wie die Bewegung riesiger unsichtbarer Schattenarme, die gierig über den Hof tasteten ...

Er sah auf, als Titch neben ihn trat. Seine Gefühle mußten sich deutlich auf seinem Gesicht abzeichnen, denn der Quorrl erschrak sichtlich, als er in sein Gesicht blickte, und beugte sich hastig vor.

»Was, zum Teufel, geht da vor?« knurrte Titch, nachdem er ebenfalls einen Blick in die Tiefe geworfen hatte.

Skar richtete sich auf und trat hastig ein paar Schritte von der Wand zurück. »Ich fürchte, wir haben ein bißchen mehr getan, als den Ssirhaa zu erschlagen«, murmelte er. »Dieses ganze verdammte Ding bricht zusammen.«

Mit einer fragenden Geste wandte er sich an Anschi. »Welches Tier ist das Kräftigste?«

Die *Errish* deutete ohne zu zögern auf die Daktyle, die bei ihrem Eintreten aufgesehen hatte. Die Echse beobachtete sie auch jetzt noch.

»Gut«, sagte Skar. »Titch, du und Anschi werdet dieses Tier nehmen. Ich ... komme nach, sobald ich kann.«

»Nach?« Titch verstand nicht gleich. »Was soll das heißen?«

Skar dachte an die unsichtbare Bewegung unten im Hof und schauderte. Er hatte Angst. Aber er hatte keine Wahl. »Ich muß ... noch einmal zurück«, sagte er zögernd. *Es war frei. Es war frei, und es würde über diese Welt herfallen wie ein ausgehungertes Raubtier über seine Beute.* Er hatte entsetzliche Angst, aber er konnte noch nicht gehen.

»Zurück?« ächzte Titch. »Bist du von Sinnen? Sie werden dich ...«

»Sie werden genug damit zu tun haben, zu begreifen, was überhaupt passiert ist«, unterbrach ihn Skar. »Verschwindet. In dem Durcheinander habt ihr eine gute Chance. Nehmt diese Daktyle und flieht in die Berge. Wir treffen uns dort.«

»Ich gehe nicht ohne dich«, sagte Kiina erschrocken. Skar setzte zu einer scharfen Antwort an. Aber dann blickte er in

Kiinas Gesicht und begriff, daß Worte nichts nutzen würden.

»Titch.«

Kiina fuhr herum, aber ihre Bewegung war nicht schnell genug. Der Quorrl packte sie, hob sie wie ein Kind in die Höhe und hielt sie mühelos fest. Kiina kreischte vor Zorn und strampelte wild mit den Beinen, aber Titch schien ihre Tritte nicht einmal zu spüren.

»Nimm sie mit«, sagte Skar. »Versteckt euch irgendwo, und sorge dafür, daß sie still ist. Wenn ich bis zum Abend nicht bei euch bin, dann flieht ohne mich.« *Wenn es dann noch etwas gab, wohin zu fliehen sich lohnt,* dachte er.

»Niemals!« schrie Kiina hysterisch. »Laß mich los, du Ungeheuer.«

Titch ignorierte sie. »Ich hoffe, du weißt, was du tust«, sagte er leise. »Ich habe meine Seele für dich geopfert, Satai.«

»Ich weiß«, antwortete Skar ernst. »Um so wichtiger ist es, daß du tust, was ich sage. Oder willst du, daß dein Opfer umsonst war?« Er wollte sich umdrehen und gehen, aber diesmal war es Anschi, die *ihn* zurückhielt.

»Ich begleite dich«, sagte sie.

Skar widersprach nicht. Er war im Gegenteil froh, daß Anschi ihm dieses Angebot machte. Er hatte es nicht gewagt, sie darum zu bitten. Trotzdem zögerte er einen Moment.

»Es wird ... dich umbringen«, sagte er.

»Vielleicht«, widersprach Anschi. »Vielleicht auch nicht. Ich begleite dich, basta. Du findest ohne mich ja nicht einmal den Weg nach unten.«

»Du traust ihr?« fragte Titch überrascht.

Skar nickte nur. Sie hatten keine Zeit für lange Erklärungen.

Es war überraschend leicht, die Etage zu erreichen, in der Ennarts Gemach lag. Sie begegneten ein paar Menschen auf dem Weg nach unten, aber niemand nahm Notiz von ihnen. Vielleicht war es die Gegenwart der *Errish*, die ihn schützte, vielleicht war es auch einfach so, daß kaum jemand ihn kannte; er hatte sein Gemach ja nur ein einziges Mal verlassen, um zu Ennart zu gehen. Der Lärm und die Schreie nahmen zu, je näher sie dem Hof kamen, und als Skar im Vorüberhasten einen Blick aus dem Fenster warf, sah er, daß sich der Bereich vor dem Tor in einen Hexenkessel verwandelt hatte: Menschen und Tiere rannten scheinbar kopf- und ziellos durcheinander, und an mehreren Stellen war Feuer ausgebrochen. Der mechanische Herzschlag des Turmes klang jetzt anders: unregelmäßiger und mühsamer, manchmal unterbrochen von einem düsteren, mahlenden Knirschen und Poltern oder dem Grollen weit entfernter, aber mächtiger Explosionen. Der Ssirhaa mußte viel mehr Teil dieser uralten Maschinerie gewesen sein, als Skar bisher angenommen hatte. Es war sein Geist gewesen, der sie zum Leben erweckt hatte. Und sie starb mit ihm.

»Bei allen Göttern«, flüsterte Anschi. »Was geschieht hier?«

»Diese verdammten Narren«, murmelte Skar. Plötzlich empfand er nichts als Haß auf den Toten. »Sie haben dieses ... dieses *Ding* zum Leben erweckt und wußten nicht einmal, was sie taten! Es wird sie alle vernichten. Und uns dazu.«

Sie eilten weiter. Es wurde wärmer, sehr schnell und auf sehr unangenehme Art. Die Luft, die ihnen entgegenschlug, roch nach Feuer, und sie hörten das Prasseln der Flammen, noch ehe sie den Feuerschein sahen. Skar blieb abermals stehen. Er wußte nicht genau, wo sie sich befanden. Anschi hatte ihn auf einem anderen Weg heruntergeführt als Ennart gestern. Aber er fühlte, daß es jetzt nicht mehr sehr weit sein konnte.

»Wo?« fragte er einfach.

Anschi deutete nach vorn und machte gleichzeitig eine Bewegung nach rechts. »Der dritte Gang. Aber du –«

»Du wartest hier auf mich«, unterbrach sie Skar. »Ich gehe allein.«

»Warten?« Anschi lachte unecht und schüttelte heftig den Kopf. »Ich werde ganz bestimmt nicht allein hier in diesem Turm zurückbleiben.«

Skar wollte einfach losgehen, aber Anschi hielt ihn am Arm zurück. Er schüttelte ihre Hand ab, aber er hatte die Hartnäckigkeit der *Errish* unterschätzt. Mit zwei raschen Schritten trat sie an ihm vorbei und verstellte ihm den Weg.

»Es wird dich töten«, sagte sie.

»Das wird es auch tun, wenn du dabei bist.« Er wollte Anschi einfach beiseiteschieben, aber sie klammerte sich mit erstaunlicher Kraft an seinen Arm, so daß er wohl oder übel abermals stehenbleiben mußte.

»Sei vernünftig«, sagte er. »Ich habe dich nicht mitgenommen, damit du dich umbringst, sondern nur, um mir den Weg zu zeigen.«

»Du findest ohne mich nicht zurück«, behauptete Anschi. Sie machte eine Geste in die Richtung, aus der der Feuerschein kam. Es war spürbar wärmer geworden. Die Luft wurde stickig, und in das Prasseln der Flammen mischten sich Schreie. Sonderbarerweise sahen sie noch immer keinen Menschen. »Es ist zu gefährlich, den Aufzug zu benutzen. Aber es gibt eine Treppe. Ich kann sie dir zeigen.«

Skar resignierte. Er spürte, wie wenig Sinn es hatte, weiter auf Anschi einzureden. Und zugleich war er fast erleichtert bei dem Gedanken, nicht allein gehen zu müssen. »Also gut«, sagte er. »Aber bleib immer dicht bei mir. Und ...« Er zögerte. »Falls mir etwas zustößt, und du davonkommst«, fuhr er fort, ohne die *Errish* dabei anzusehen, »dann versuche dich zu Del durchzuschlagen. Er ist vielleicht der letzte, der euch noch retten kann, wenn er erfährt, was hier passiert ist.« Er ging weiter, ehe Anschi auch nur Gelegenheit zu einem weiteren Wort fand.

Es wurde immer heißer. In der Luft schienen unsichtbare Flammen zu sein, so daß selbst das Atmen zur Qual wurde, und der Boden unter ihren Füßen glühte. Manchmal durchlief ein Zittern die metallenen Platten.

Dann fanden sie den ersten Toten.

Es war ein Mann aus Ians Volk, ein Zauberpriester aus dem Süden, aber Skar erkannte ihn nur am Schnitt seiner Kleidung. Sein Körper war verbrannt. Skar blieb stehen, starrte erschüttert auf den schwarz gewordenen Leichnam herab und streckte die Hand nach ihm aus, wagte es aber nicht, ihn zu berühren. Ein Gefühl eisigen Entsetzens breitete sich in ihm aus. Er hatte plötzlich das Gefühl, zu wissen, wieso ihnen bisher niemand begegnet war.

»Ihr Götter!« stöhnte Anschi. »Was –«

»Vielleicht nur ein Unfall«, unterbrach sie Skar. Die Lüge klang selbst in seinen eigenen Ohren dünn, aber er fuhr trotzdem mit einer weit ausholenden Geste fort: »Dieser ganze Trümmerhaufen kann jeden Moment in sich zusammenbrechen.« Das Sprechen bereitete ihm Mühe, und es war ganz und gar nicht nur die Hitze, die ihm die Kehle zuschnürte.

»Ein Grund mehr, sich zu beeilen«, sagte Anschi unsicher. Sie machte einen Schritt, blieb stehen, bückte sich mit sichtlichem Widerwillen und zog das Schwert des Toten aus seinem Gürtel. »Vielleicht können wir das Schlimmste noch verhindern.«

Skar sah auf den Leichnam des Zauberpriesters herab und fragte sich, was in aller Welt Anschi hier noch *verhindern* wollte. Aber er sagte kein Wort, sondern folgte der *Errish*, als sie weiterging.

Den zusammengebrochenen Teil des Ganges zu passieren, erwies sich fast als unmöglich, denn die Wände glühten, und die Luft, die ihnen entgegenfauchte, war heiß wie der Atem eines Drachen. Nach einem Dutzend Schritte fanden sie den zweiten Toten. Er war auf die gleiche gräßliche Weise ums Leben gekommen wie der erste. Skar zwang sich, ihn nicht anzusehen, aber er bemerkte dennoch, daß der Teil seiner sonderbaren Rüstung, der aus Metall bestand, nicht einfach verkohlt war. Er war *geschmolzen*. Skar unterdrückte ein Husten, wandte sich angeekelt ab und ging rasch weiter.

Ohne Anschis Führung wäre er verloren gewesen, denn er war

viel zu aufgeregt, um sich noch auf den richtigen Weg zu besinnen. Aber Anschi eilte mit weit ausgreifenden Schritten vor ihm her, eine gehetzte Gestalt, die im unheimlichen roten Glühen des Feuers selbst zu flackern schien wie ein blutiges Schemen. Sie fanden keine Leichen mehr, und Skars Furcht begann sich schon ein bißchen zu legen, als er weit vor Anschi ein grelles Licht gewahrte; Feuerschein, aber viel heller als das wabernde Licht, das sie umgab.

Die *Errish* ging langsamer. Der Gestank von brennendem Fleisch schlug ihnen entgegen, als sie sich der Kammer des Ssirhaa näherten, und Skar wußte schon, was sie erwartete, ehe er es sah.

Was er nicht wußte war, wie schlimm es sein würde.

Die Männer mußten sich vor dem unheimlichen Angreifer hierher zurückgezogen haben, und ihre Stellung und zerbrochene, nutzlose Waffen bewiesen, wie verbissen sie ihr Leben verteidigt hatten. Ennarts Zimmer war ein Chaos; die wenigen Möbel verbrannt und zu Asche zerfallen. In die Wände waren die gezackten schwarzen Brandspuren von Scannern eingegraben, mit denen die Verteidiger sich gewehrt haben mußten, gegen ein Wesen, das nicht zu töten war, ganz einfach, weil es nicht lebte. Eines der Fenster war getroffen worden und zu einer bizarren Struktur aus trüb gewordenem Glas zerlaufen.

Und doch hatte das Entsetzen seinen Höhepunkt noch nicht erreicht. Anschi deutete mit der Spitze ihres Schwertes auf den Eingang, vor dem sich die Männer zu ihrem letzten Gefecht versammelt hatten, und Skar schloß für einen Moment die Augen, sammelte jedes bißchen Kraft, das noch in ihm war, um sich gegen den letzten, allergrößten Schrecken zu wappnen.

Und trotzdem schrie er auf, als er hinter der *Errish* in den Tempelraum trat.

Die Kammer war so zerstört, wie es ein von Menschenhand geschaffener Raum nur sein konnte. Boden, Decke und Wände waren geborsten; handbreite Spalten und ein Spinnennetz feinerer Sprünge und Risse hatte den massiven Fels wie eine Kuppel aus Glas bersten lassen, und in der Luft hing noch immer ein Hauch der ungeheuren Hitze, die den schwarzen Basalt der Wände gesprengt hatte. Die kunstvollen Bilder und Schriftzeichen waren zerstört, und die Statue des *Daij-Djan* von ihrem Sockel gestürzt und wie von Hammerschlägen zermalmt.

Aber von alledem sah Skar kaum etwas. Sein Blick hing wie gebannt an dem schwarzen Altarstein in der Mitte der Kuppel.

Er war zerborsten, der meterhohe Metallzylinder, der daraufgestanden hatte, umgestürzt.

Skars Blick saugte sich daran fest. Sein Herz schien auszusetzen. Für Augenblicke weigerte sich sein Verstand einfach, zu glauben, was seine Augen sahen. Was er längst wußte.

Das pulsierende Purpurlicht war erloschen. Auf dem Grund des umgestürzten Zylinders lagen glitzernde Splitter, manche fein wie gemahlenes Glas, manche groß und scharfzackig wie Dolche. Der Blutkristall war zerbrochen.

Das Gefängnis war leer! *Der Dämon war frei!!*

Skar trat mit zitternden Händen und Knien näher an den zerborstenen Altar heran. Was er für einen massiven Steinquader gehalten hatte, war nur eine dünne Platte gewesen, unter der ein gewaltiges, halbrundes Loch in der Erde gähnte, ein Schacht, der tief in die Erde hineinführte und der aus dem gewachsenen Felsen herausgeschmolzen war. Flüssiges Gestein war wie Wachs an seinen Rändern heruntergelaufen und zu bizarren Formen erstarrt, und die Hitze war selbst jetzt noch so groß, daß es Skar nicht möglich war, sich ihm weiter als auf fünf, sechs Schritte zu nähern. Skar versuchte vergeblich, sich die Gewalten vorzustellen, die fähig waren, so etwas anzurichten.

»Mein Gott!« flüsterte Anschi hinter ihm. Ihre Stimme zitterte. Sie klang, als würde sie gleich brechen. »Es … es ist frei! Diese Wahnsinnigen haben es entkommen lassen!«

»Ja«, sagte Skar leise. »Und es ist meine Schuld. Ich habe Ennart gezeigt, was es wirklich ist, Anschi.«

»Red keinen Unsinn«, schnappte Anschi, eine Spur zu laut und eine Spur zu heftig, um wirklich überzeugend zu klingen. »Wenn es überhaupt irgend jemandes Schuld ist, dann höchstens die jener Narren selbst! Und sie haben dafür bezahlt.« Sie deutete mit der Spitze ihres Schwertes auf eine reglose Gestalt, die kaum einen Schritt vor Skar auf dem Boden lag, ohne daß er sie bisher auch nur bemerkt hätte.

Widerstrebend senkte er den Blick, sah einen Moment auf das geschwärzte Etwas herab, das einmal ein Mensch gewesen war, und schloß stöhnend die Augen.

Der Zauberpriester war bis zur Unkenntlichkeit verbrannt, als wäre das, was den Felsen geschmolzen und aus seinem Altar gebrochen war, direkt über ihn hinweggewalzt. Skar erkannte ihn überhaupt nur an einem Fetzen seines schwarzen Gewandes, der als einziges nicht zu schwarzer Schlacke zusammengeschmort war. Er, und (und das war vielleicht das Entsetzlichste überhaupt) seine Hände.

Sie waren vollkommen unversehrt, und sie umklammerten noch immer die Waffe, mit der er sich vergeblich gegen seinen Mörder zu wehren versucht hatte. Ob der Mann noch begriffen haben mochte, wie gräßlich der Irrtum war, dem er erlag? Skar wußte es nicht, aber allein dieser Gedanke reichte aus, die Erinnerung an das in ihm aufsteigen zu lassen, was er gespürt hatte, als er das erste Mal hier stand. Selbst bei der bloßen Erinnerung an die Kälte und Fremdartigkeit dieses unendlich alten, unendlich bösen Ortes durchfuhr ihn ein eisiger Schauer.

Anschi berührte ihn an der Schulter und deutete auf einen Punkt hinter ihm. Skar wandte sich mühsam um und sah erst jetzt, daß auch die jenseitige Wand des Tempels verschwunden war, niedergebrochen, zerschmolzen und wie von der Faust eines Gottes zu Staub zerschlagen, als wäre das Ungeheuer einfach weitergerannt, nachdem es den Zauberpriester und seine Kameraden draußen in Ennarts Kammer getötet hatte. Dahinter loderte rotes Licht, in dem Staub tanzte, und verschwommen die

Wände und Nischen eines weiteren Ganges sichtbar waren. Sie bestanden aus Stein und führten in sanfter Neigung abwärts. Der Tempel mußte größer gewesen sein, als selbst Ennart geahnt hatte.

Ohne daß einer von ihnen auch nur ein Wort sprach, wandten sie sich um und verließen die Kammer auf diesem Wege. Sie mußten aufpassen, denn der Fels war auch hier noch immer so heiß, daß sie sich mit Sicherheit schwere Verbrennungen zugefügt hätten, hätten sie ihn auch nur flüchtig berührt, und kaum hatte Skar sich hinter Anschi durch das runde Loch hindurchgebückt, da blieb die *Errish* auch schon wieder stehen und stieß abermals erschrocken die Luft aus.

Vor ihnen war die Spur des Dämons.

Aber es waren nicht die Fußabdrücke eines lebenden Wesens, ganz gleich welches. Es war eine Spur aus Feuer. Eine Reihe kleiner, in regelmäßigen Abständen verlaufender Tümpel aus Flammen, wo der Boden zu weißlodernder Lava geschmolzen war unter der Glut dessen, was über ihn hinwegschritt! Schnurgerade zog sie sich vor Anschi und Skar dahin und verschwand in schwer zu schätzender Entfernung hinter einer Biegung des Ganges.

Skars Hände begannen zu zittern. Er hatte das Gefühl, daß ihn von einer Sekunde zur anderen alle Kraft verließ, jedes bißchen Mut, das er jemals besessen hatte. Sie wollten dem Etwas folgen, das diese Fußabdrücke hinterlassen hatte?! dachte er hysterisch. Lächerlich! Das war ... einfach lächerlich!

Dann dachte er an den toten Zauberpriester hinter ihnen, an den geschmolzenen Fels und die entsetzliche innere Kälte, die er in der Nähe des Ungeheuers gespürt hatte, und an die ahnungslose Welt mit ihren ahnungslosen Menschen, die über ihnen war, und plötzlich kam ihm seine Angst schäbig und feige vor. Er wußte nicht, ob es überhaupt jemanden gab, der in der Lage war, den Dämon aufzuhalten, und schon gar nicht, ob er dieser Jemand war, aber wenn es auch nur den Hauch einer Chance gab, daß er es war, dann mußte er es versuchen.

»Wohin mag dieser Gang führen?« fragte Anschi. Sie flüsterte nur, aber die Wände warfen ihre Worte als tausendfach gebrochenes, verzerrtes Echo zurück, als wäre da außer ihnen und dem Feuer noch etwas, das sie auffing und wiederholte.

Skar zuckte mit den Schultern. »Ich weiß es nicht«, antwortete er. »Und ich glaube, auch Ennart hätte es nicht gewußt.« Vielleicht hatten nicht einmal die, die diesen Turm gebaut hatten, etwas von der Existenz dieses Ganges geahnt.

Langsam folgten sie der Spur des Ungeheuers. Skar fragte sich vergeblich, wie sie den Dämon aufhalten wollten, sollte es ihnen wirklich gelingen, ihn einzuholen und zu stellen, aber er zögerte nicht einmal im Schritt, während er langsam vor Anschi herging.

Der Tunnel zog sich scheinbar endlos dahin, und es zeigte sich, daß sie sich tatsächlich in einem Teil der Katakomben befanden, der zu dem unterirdischen Tempel gehörte; auch hier waren die Wände mit Bildern und Schriftzeichen übersät, deren bloßes Betrachten ihm Unbehagen bereitete. In unregelmäßigen Abständen waren Nischen in den schwarzen Fels eingelassen, manche leer, andere halb eingestürzt und mit Schutt und Trümmern gefüllt, in wieder anderen standen wuchtige, meterhohe Marmorsäulen, die kleine, bizarr anmutende Statuen trugen. Viele davon ähnelten Menschen oder Tiergestalten, andere trugen schreckliche Kreaturen, die Skar nur flüchtig betrachtete, ehe er entsetzt und angewidert wegsah. Er versuchte sich vergeblich einzureden, daß es sich nur um bloße Phantasiegeschöpfe handeln konnte.

Wie schon beim ersten Mal, als er mit Ennart hier unten gewesen war, kam sein Zeitgefühl durcheinander. Er konnte nicht mehr sagen, ob sie seit zehn Minuten oder seit zehn Stunden durch die von rotem Licht erfüllten Gänge liefen, als der Stollen plötzlich vor ihnen endete. Es gab keine Abzweigungen oder Türen, sondern nur eine glatte Wand aus glasiertem schwarzem Stein. Die feurige Spur des Dämons endete vor einem ausgezackten, doppelt mannshohen Loch im Fels, dessen Ränder hier und da noch immer in düsterem Rot glühten. Sie mußten ihm jetzt sehr nahe sein.

Anschi blieb stehen. »Vorsichtig jetzt«, flüsterte sie. »Er kann nicht mehr weit sein. Ich ... spüre etwas.«

Skar nickte. Seine Linke glitt zum Gürtel und tastete hilfesuchend nach dem Schwert, obwohl er wußte, wie wenig ihm die Waffe nutzen würde, gegen die Kreatur, die Ennart erweckt hatte. Er fühlte, daß Anschi recht hatte, denn er spürte dasselbe wie sie:

Die Nähe des Dämons.

Es war das gleiche Gefühl grauenerregender Kälte und entsetzlicher Bosheit, das er gestern gehabt hatte, als er den Kristall betrachtete; das Gefühl, etwas ungeheuer Altem und unglaublich Gnadenlosem gegenüberzustehen, einem Etwas, dessen bloße Nähe ausreichte, ihn sich klein und hilflos wie einen Wurm fühlen zu lassen, gegen das selbst das *Etwas* in ihm klein und lächerlich war. Er hatte Angst. Als er weiterging, rührte sich Anschi nicht.

Skar bemerkte ihr Zögern, drehte sich herum und sah sie ernst an. »Wir können nicht mehr zurück«, sagte er einfach. Keine Beschwörungen, keine Bitte. Kein Befehl. Nur diese fünf Worte. Und doch bewirkten sie mehr, als alle Beschwörungen und alles Flehen es gekonnt hätte, denn sie waren die Wahrheit. Sie konnten nicht zurück, selbst wenn sie es gewollt hätten. Wenn sie es auch nur versuchten, das wußte Skar, dann würde der Dämon sie auf der Stelle töten.

Sie gingen weiter. Es erwies sich als fast unmöglich, die Lücke im Felsen zu durchqueren, denn der Stein glühte noch immer, und Skar zog sich ein halbes Dutzend zwar harmloser, aber sehr schmerzhafter Verbrennungen an Armen und Beinen zu, während er mit zusammengebissenen Zähnen hinter Anschi herlief.

Er hatte instinktiv erwartet, auf eine Fortsetzung der Katakomben zu stoßen, aber nachdem sie die Felswand durchschritten hatten, fanden sie sich unvermittelt in einem niedrigen, aus grauem Stein gemauerten Gewölbe wieder: älter als der Turm, aber längst nicht so alt wie der Tempel der *Alten*. Einem Keller, vielleicht sogar einem Verlies, das ganz gewiß nicht Teil des uralten Labyrinths war. Vor ihnen erstreckte sich die flammende Spur des Ungeheuers, aber sie glühte längst nicht mehr so grell wie drüben im Nischengang, und in einiger Entfernung begannen sich die Fußabdrücke sogar zu verlieren; waren keine kochenden Seen aus brennender Lava mehr, sondern nur noch rote, schließlich mattleuchtende Stapfer auf dem feuchten Boden. Sie führten zu einer Treppe, deren Stufen sich in grauer Ungewißheit verloren.

Obwohl sie jetzt nicht mehr mit der Glut der Hölle in den Fels eingebrannt war, verloren sie die Spur des Dämons nicht, denn wo seine Füße den Boden berührt hatten, dampfte er noch: sie folgten der Treppe, die gute zwei Dutzend Stufen weit in die Höhe führte, durchquerten einen weiteren, anscheinend vollkommen leeren Raum und fanden sich plötzlich unter einer niedrigen Kuppel wieder, die sich gänzlich von der unterschied, die sie gerade durchquert hatten. Ihre Wände bestanden aus graubraunem Fels, der aber kaum mehr zu sehen war, denn sie war mit geradezu verschwenderischer Pracht ausgestattet – wohin Skar auch blickte, sah er goldenen und silbernen Zierrat, Schmuck und Teller und Krüge aus edlen Metallen, Kerzenständer und tausend andere Dinge, alle aus den alleredelsten Materialien gefertigt. Hunderte von Kerzen tauchten den Raum in fast taghelles Licht. In der Mitte des kleinen Raumes stand eine Art steinerner Altar, aus einem einzigen, gewaltigen Felsbrocken herausgemeißelt. Aber auch er war kaum als solcher zu erkennen, denn er war über und über mit bestickten Decken und Gold und Silber und allen nur denkbaren Opfergaben übersät. Auf der anderen Seite der Kammer sah Skar die Stufen einer steinernen Treppe, die zu einer nur halb geschlossenen Tür aus mattem Stahl hinaufführten. Dort oben mußte wieder jener Bereich des Turmes beginnen, den Ennart und seine Zauberpriester beherrscht hatten.

Anschi erschrak bis ins Mark, als sie all diese Pracht erblickte. Trotz des unnatürlichen Lichtes, das dieses Meer von Kerzen schuf, sah Skar, wie sie erbleichte. Ihre Augen wurden dunkel vor Furcht.

»Was hast du, Anschi?« fragte er alarmiert. »Du kennst diesen Raum also doch?«

Anschi nickte. Die Bewegung wirkte so abgehackt, als koste sie ihr unendliche Kraft.

»Der ... Gebetsraum«, stammelte sie. »Das hier ist ... der Gebetsraum der *Margoi*. Hierhin zog sie sich zurück, um zu meditieren und ... mit den Göttern zu sprechen. Und zu den Drachen!«

Skar sah die *Errish* verständnislos an.

»Den Drachen?«

»Ja, begreifst du denn immer noch nicht?« Plötzlich sprang sie auf Skar zu, packte ihn bei den Schultern und schüttelte ihn wild. »Er will zu ihnen!« schrie sie. *»Er will sie, nicht uns!«*

Ihre Worte trafen Skar wie ein Schlag ins Gesicht. Er hatte niemals darüber nachgedacht, und im Grunde war es ihm sogar herzlich egal, woher die Macht der *Margoi* kam, aber wenn Anschis Worte der Wahrheit entsprachen, dann ...

Ja, dachte er schaudernd, dann konnte das durchaus das Ende der Welt sein.

Sie konnten die Zauberpriester besiegen. Sie konnten die Quorrl schlagen, und sie konnten vielleicht sogar die Ssirhaa besiegen, aber die Drachen ...

Skar weigerte sich einfach, den Gedanken zu Ende zu denken. Sie konnten Krieg gegen denkende Wesen führen und ihn vielleicht gewinnen, auch wenn sie gegen Zauberei und uralte Magie antreten mußten. Die Drachen würden wie eine neue Sintflut aus Feuer und Tod über Enwor hereinbrechen und sie einfach davonfegen.

Verzweifelt rannten sie los, die ausgetretenen Stufen hinauf, einen weiteren, von zahllosen Kerzen erhellten Gang entlang, dann wieder eine Treppe ... das stählerne Labyrinth des Turmes erwies sich dem des Dämons als beinahe ebenbürtig, nicht in seiner Größe, wohl aber in seiner Kompliziertheit. Hätten sie nicht ab und zu eine dampfende Stelle auf dem Boden, ein Stück verschmorten Teppichs oder einen Hauch von Hitze und Schwefelgestanks gespürt, sie hätten die Spur des Ungeheuers zweifellos binnen weniger Augenblicke verloren. Aber auch so irrten sie mehr als zehn Minuten durch das Gewirr von Treppen, Gängen, Katakomben und Kellern, und Anschis Verzweiflung stieg im gleichen Maße, in dem Skars Mut sank. Abermals fragte er sich, wie um alles in der Welt sie das Ungeheuer aufhalten wollten, selbst wenn es ihnen wirklich gelang, es einzuholen, und abermals fand er keine Antwort. Die Macht seines Dunklen Bruders würde ihm nicht helfen. Sie reichte nicht aus.

Dann stürmten sie durch eine schmale Tür – und fanden sich unvermittelt in einer gewaltigen, rechteckigen Halle aus schwarzem Metall wieder. Skar blieb abrupt stehen und sah sich um. Er hatte dieses ungeheuerliche Bauwerk bisher nur von außen gesehen und aus der verzerrenden Perspektive seines Fensters heraus, aber jetzt, als er in ihm stand, unter dem titanischen Dach, das sich wie ein stählerner Himmel über ihnen spannte, kam es ihm noch viel, viel größer vor. Er fühlte sich erschüttert, allein durch den bloßen Anblick, winzig und hilflos und schwach. Sie wollten gegen ein Volk kämpfen, das *dies hier* erschaffen hatte? Lächerlich.

Sie waren nicht allein. Die Katastrophe hatte Ians Brüder in Scharen hierhergetrieben; es mußten Hunderte sein, die kopflos durcheinanderrannten. Aber auch ebenso viele, die auf den metallenen Fliesen auf die Knie gefallen waren und ... beteten? dachte Skar verblüfft. Nein, das war es nicht. Sie hockten da, nach vorne gebeugt und zum Teil mit erhobenen Händen, aber ihre Gesichter waren starr, wie in Trance versunken. Es war etwas

Ähnliches wie das, was die Mädchen getan hatten, in jener schrecklichen Nacht an der Küste. Sie versuchten das Ungeheuer zu bannen, dachte er. Aber er wußte auch, daß sie es nicht schaffen würden. Es war leichter, ein Feuer zu legen, als es zu löschen.

Plötzlich fuhr Anschi zusammen, prallte zurück und zerrte ihn hastig in den Schatten der Tür. »Ian!« flüsterte sie.

Skar sah verwirrt in die Richtung, in die ihr ausgestreckter Arm deutete – und sog ebenfalls erschrocken die Luft ein. Zwischen den Zauberpriestern bewegte sich eine hochgewachsene, schlanke Gestalt mit schütterem hellem Haar.

»Wie, zum Teufel, ist er so schnell da rausgekommen?« flüsterte Anschi verstört.

Vielleicht ist er es gar nicht, dachte Skar. Aufmerksam musterte er den Zauberer. Es *war* Ian. Sein Gesicht war unverkennbar, seine Bewegungen, seine Art, die Worte mit kleinen, befehlenden Gesten zu unterstreichen – es gab keinen Zweifel. Und doch war es unmöglich …

Er signalisierte der *Errish* mit Gesten, weiterzugehen. Schnell, aber ohne zu rennen, bewegten sie sich durch die Halle, wobei ihnen der Umstand zugute kam, daß die Spur des Dämons dicht an der Rückwand entlangführte und unter den Zauberpriestern eine solche Verwirrung herrschte, daß niemand von ihnen Notiz zu nehmen schien.

Trotzdem ertappte sich Skar ein paarmal dabei, wie er über die Schulter zu Ian zurücksah. Wenn schon nicht die anderen, so würde *er* sie ganz bestimmt erkennen. Skar verstand ohnehin nicht, warum er nicht längst Alarm ausgelöst und zumindest einen Teil seiner Männer zur Jagd auf die entflohenen Gefangenen abgestellt hatte.

Anschi blieb plötzlich stehen. »Er will nicht zu …«, flüsterte sie. Sonderbarerweise klang ihre Stimme ganz und gar nicht erleichtert, sondern eher noch entsetzter. »Er will … großer Gott, ich glaube, er will …«

Skar erfuhr nicht, wohin der Dämon Anschis Meinung nach gegangen war. Die *Errish* schrie auf, riß ihr Schwert in die Höhe und rannte los, wobei es ihr völlig gleich zu sein schien, ob Skar ihr folgte oder nicht – ebenso, wie es sie nicht zu kümmern schien, daß Ians Kopf mit einem Ruck in die Höhe flog und eine Mischung aus Schrecken und jäh aufflammendem Zorn auf seinen Zügen erschien.

Skar beobachtete den Zauberpriester einen Herzschlag lang, ehe er Anschi folgte. Ian fuhr in die Höhe, wie von der Tarantel gestochen, machte aber keinen Versuch, Anschi und ihm zu folgen, sondern wirbelte im Gegenteil auf der Stelle herum und rannte auf den Ausgang zu. Er hatte aus seinem ersten Zusammentreffen mit ihnen gelernt, dachte Skar bedrückt. Aber er würde wiederkommen, in wenigen Augenblicken. Und wahrscheinlich würde er eine ganze Armee mitbringen.

Er zögerte jetzt nicht länger, sondern jagte hinter Anschi her, so schnell er nur konnte. Trotzdem hatte die *Errish* die Halle fast durchquert, bis es Skar gelang, sie einzuholen. Eine weitere, sehr schmale Seitentür tauchte vor ihnen auf. Anschi machte sich nicht die Mühe, den Riegel zu öffnen, sondern rammte sie einfach mit der Schulter auf und hetzte weiter, ohne auch nur im Schritt innezuhalten. Skar war jetzt sicher, daß es ganz und gar nicht das erste Mal war, daß die junge *Errish* sich in diesem Turm aufhielt.

Es ging wieder in die Tiefe. Ein Dutzend Stufen führte zu einem kleinen, vollkommen leeren Gewölbekeller herab, dann durch einen neuerlichen Gang, und schließlich befanden sie sich wieder in einem Keller, wo Anschi stehenblieb und sich gehetzt umsah. Der Raum war rund und hatte eine kuppelförmige Decke, und er war leer bis auf eine sonderbare Anordnung in seiner Mitte, deren Bedeutung Skar im ersten Moment nicht klar wurde:

Es war ein Kreis aus silbernen, halb mannshohen Kerzenständern, in dessen Zentrum sich ein tonnenschwerer Block aus schwarzem Basalt erhob, so sorgsam poliert, daß seine Oberfläche wie Perlmutt schimmerte. Auf diesem Block stand eine Schale aus strahlend weißem Marmor, in der eine Kugel von der Größe eines Kinderkopfes lag. Sie bestand aus Bronze und war ebenso sorgsam poliert wie der Altarstein. Das Licht der Kerzen spiegelte sich wie der Schein zahlloser winziger Sterne auf ihrer Oberfläche und ließ Skar blinzeln.

»Was ist das?« fragte Skar. Nervös sah er zur Tür. Sie hatten bestenfalls noch Minuten, bis Ian mit seinen Männern hier auftauchen würde. Und der Raum hatte keinen zweiten Ausgang!

»Der Nabel der Welt«, antwortete Anschi ernsthaft. »Wenn er ihn zerstört ...« Sie sprach nicht weiter, aber das war auch nicht nötig. Skar starrte die so harmlos aussehende Kugel in ihrer Marmorschale an und fragte sich verzweifelt, ob Anschi die Wahrheit gesprochen hatte, oder ob diese Relique nur ein weiteres, von Menschen geschaffenes Symbol war. Aber irgendwie hatte er gar keine große Lust, es herauszufinden ...

»Er ist hier«, keuchte Anschi. »Ich spüre es.«

Skar wollte antworten, aber in diesem Moment hörte er ein Geräusch hinter sich, fuhr herum – und erstarrte.

Vor ihnen stand der Dämon.

Anschi hatte recht gehabt. Er war hier, und er hatte auf sie gewartet.

Ein Gigant, mehr als zweieinhalb Meter hoch, mit der Gestalt eines Menschen und einem häßlichen, in zwei absurd großen Hörnern endendem Schädel. Skar sah keine Spur des berüchtigten Klumpfußes, auch keinen peitschenden Schwanz oder Flügel, nichts von all den Scheußlichkeiten, mit denen die Menschen die Satansgestalt im nachhinein ausgestattet hatten, aber was er sah, das war entsetzlicher als alles, was er je erblickt hatte.

Der Dämon hatte keinen wirklichen Körper, sondern schien nur aus einer Masse tobender, höllisch heißer Funken zu bestehen, eine kochende Wolke aus flammender Bewegung, die Hitze und Furcht verströmte wie ein Vulkan Lava und Asche. Obwohl er in der brodelnden Funkenmasse seines Gesichtes weder Mund noch Augen ausmachen konnte, spürte er den Blick des Entsetzlichen wie eine weißglühende Hand. Das Ungeheuer starrte ihn an. Und es war ein Blick, der bis in die verborgendsten Tiefen seiner Seele hinabreichte.

Dann bewegte sich das Ungeheuer. Seine Hand streckte sich aus, hinterließ eine rauchende Spur auf dem schwarzen Basalt des Steinaltars und streifte die Bronzekugel.

Ein ungeheures Dröhnen ließ den Boden erzittern. Staub und kleine Steine regneten von der Decke, die silbernen Kerzenhalter tanzten, und über ihren Köpfen erscholl ein Krachen und Bersten und Poltern, als stürze der gesamte Turm zusammen. Der Boden zuckte wie ein lebendes Wesen, das sich in Krämpfen wand.

Wieder war es Anschi, die ihre Erstarrung als erste überwand. Plötzlich schrie sie auf, so gellend und schrill, als hätte man ihr einen weißglühenden Dolch in den Leib gestoßen, riß ihr Schwert mit beiden Händen in die Höhe und sprang mit einem gewaltigen Satz vor, wobei sie zwei der Kerzenständer umwarf. Noch ehe Skar wirklich begriff, was sie tat, flankte sie über den Altarstein hinweg, stand plötzlich unmittelbar vor dem Dämon und schlug mit aller Gewalt zu. Ihre Klinge schnitt pfeifend durch die Luft, traf den Feuerkörper des Entsetzlichen und glitt durch ihn hindurch, ohne irgendwelchen Schaden anzurichten.

Dann schlug der Dämon zu. Es war nur seine ungeheure Größe, die die Bewegung langsam erscheinen ließ; in Wirklichkeit griff seine Flammenklaue in Gedankenschnelle nach Anschis Schwert und entrang ihr die Waffe. Die Klinge flammte in greller Weißglut auf. Geschmolzenes Metall tropfte zu Boden, und Anschi torkelte mit einem gurgelnden Laut zurück. Das Ungeheuer hatte sie nur gestreift, aber dort, wo seine Finger den bestickten schwarzen Mantel berührt hatten, war das Leinen zu Asche zerfallen. Anschi schrie vor Schmerz, brach in die Knie und krümmte sich. Ihr Gesicht war eine Grimasse aus Pein und Furcht, als sich der Dämon mit einer fast gemächlichen, aber unglaublich kraftvollen Bewegung umwandte und auf sie zustapfte.

Skar schrie entsetzt auf, als er sah, wie sich die Flammenhände des Entsetzlichen nach der knieenden *Errish* ausstreckten. Er dachte nicht mehr, und er hatte auch keine Angst mehr. Er sah nur die grauenhaften Hände des Ungeheuers sich Anschis Gesicht nähern, und für den Bruchteil einer Sekunde glaubte er noch einmal das Bild des verbrannten Zauberpriesters zu sehen.

»NEIN!« schrie er mit überschnappender Stimme. »Tu es nicht! Laß sie! NIMM MICH!«

Und sprang.

Sein Satz war wesentlich weniger elegant als der Anschis, aber ebenso kraftvoll. Mit einem einzigen, verzweifelten Schritt durchquerte er den durchbrochenen Kreis, den die Kerzenhalter bildeten, und warf sich mit weit ausgebreiteten Armen zwischen Anschi und das Ungeheuer.

Und lernte die Hölle kennen.

Das Ungeheuer füllte die Welt vor ihm aus, machte sie zu einem Chaos aus durcheinanderwirbelnden Funken und Glut und Hitze, Hitze, Hitze … Er wollte schreien, aber die Laute wurden zu flüssigem Feuer in seiner Kehle. Lava floß durch seine Adern, und jeder einzelne Nerv in seinem Körper schien in weißer Glut aufzuflammen. Der Funkenleib des Ungeheuers hüllte ihn ein, umschloß ihn wie ein Mantel aus tanzender Glut, durchdrang seinen Körper –

und zog sich zurück.

Im ersten Moment begriff Skar es gar nicht. Wie Anschi war er auf die Knie herabgefallen und wimmerte vor Schmerz und Angst, die linke Hand auf den Boden gestützt, der glühend heiß geworden war, die andere in einer abwehrenden Geste erhoben. Irgendwie begriff er, daß er noch lebte, und er wunderte sich auch darüber, aber das stärkste Gefühl in ihm war die Angst, ein Entsetzen, das tiefer war als alles, was er sich vorgestellt hatte, ein ungeheures Grauen, und es war nicht die Angst vor dem Tod oder dem Schmerz, der ihm vorausgehen mochte, sondern nur die Angst vor *ihm*, dem Ding vor ihm, das so entsetzlich fremd war, so anders als alles, daß Panik die einzig mögliche Reaktion auf sein Dasein war. Plötzlich begriff er, warum die Menschen die Dämonen gefürchtet hatten, wenn es wirklich ein Dämon war, dem er gegenüberstand: es war nicht die Angst vor dem, was sie tun konnten, nicht die Angst vor dem Tod und der Verheerung, die sie brachten, sondern die bloße Angst vor ihrem *Dasein*. Sie waren Teil einer anderen, entsetzlichen Welt, die zu fremd und bizarr war, als daß ein Mensch sie ertragen konnte.

Aber wieso lebte er dann noch?

Stöhnend hob Skar die Hand, wischte sich die Tränen aus den Augen und sah auf. Der Dämon war fort.

Wo er gestanden hatte, rauchte der Boden, und in der Luft hing noch sein Schwefelgestank und ein Hauch entsetzlicher Hitze, aber der tobende Funkenleib war verschwunden, so spurlos, als wäre er niemals dagewesen. Sie hatten gewonnen.

Die Erkenntnis sickerte nur langsam in sein Bewußtsein, als wäre der Gedanke einfach zu bizarr, um ihn zu akzeptieren. Sie hatten gewonnen. Sie hatten den Dämon vertrieben!

»Wir ... wir haben es geschafft, Anschi«, stammelte er ungläubig. »Es ist fort!« *Aber war es das wirklich? Oder hatte es statt der* Errish *nur ein anderes, viel lohnenderes Opfer gefunden, das –*

Skar weigerte sich, den Gedanken zu Ende zu denken. Es war nicht in ihm. Es war fort, irgendwo, vielleicht zurückgeschreckt vor dem Etwas, das es in seiner Seele entdeckt haben mochte, vielleicht einfach nur weg. Es *mußte* einfach so sein.

»Es ist fort, Anschi«, sagte er noch einmal, fast als wäre es nötig, es laut auszusprechen, um es zur Wahrheit werden zu lassen. Ein leises Stöhnen antwortete ihm. Skar zuckte zusammen, fuhr herum und hob erschrocken die Hand vor den Mund, als er Anschi erblickte.

Die *Errish* war vollends zu Boden gestürzt. Ihr Gesicht war verzerrt, und ihr verbrannter Mantel färbte sich allmählich dunkel und rot.

»Du bist verletzt!« keuchte Skar. Hastig beugte er sich vor und wollte Anschi in die Höhe ziehen, aber die *Errish* schob seine Hand beiseite.

»Es ... geht schon«, stöhnte sie. Ihr Gesicht war grau vor Schmerz. »Es tut weh, aber ... ich werde es überleben.« Sie sah Skar an, und ein neuer, nicht zu deutender Ausdruck trat in ihre Augen. »Du ... bist wahnsinnig«, murmelte sie. »Um ein Haar hätte er dich ... umgebracht!«

»So wie dich«, antwortete Skar ruhig.

»Das war etwas anderes«, widersprach Anschi. »Ich ... großer Gott, du ... du hast ihn besiegt! Wie hast du das gemacht?«

Skar zuckte verwirrt die Achseln. »Ich weiß es nicht«, sagte er, und das war die Wahrheit. Er hatte es einfach getan. Und er hatte gewußt, daß er ihm nichts antun würde. Wenigstens jetzt nicht.

»Aber ich glaube, du bist mir ein paar Antworten schuldig«, sagte er. »Was ist das hier alles? Dieser Turm, dieser Raum, dieses ...« Er deutete hilflos auf die Marmorschale. Wie hatte Anschi sie genannt? *Den Nabel der Welt?*

»Du kennst das alles hier«, behauptete er.

Anschi schüttelte ein paarmal den Kopf, dann stemmte sie sich mühsam in die Höhe, wobei sie sich mit der linken Hand auf den Altarstein abstützte. Aber sie stand aus eigener Kraft. Ihre Verletzung schien tatsächlich nicht so schlimm zu sein, wie Skar im ersten Augenblick angenommen hatte. »Du hast mir das Leben gerettet«, sagte sie ernst.

Skar nickte. »Dazu sind Freunde da, oder? Aber das ist keine Antwort auf meine Fragen.«

»Ich weiß«, sagte Anschi. »Später, Skar. Nicht jetzt.« Sie deutete zur Tür. »Sie werden gleich hier sein.«

»Jetzt«, beharrte Skar. Anschi hatte recht, hundertmal recht. Ian hatte sie und die *Errish* erkannt, und er war gewiß nicht davongestürzt, um vor ihnen zu fliehen. Jeder Augenblick, den sie hier unten verbrachten, konnte über ihr Leben entscheiden. Aber er kannte Anschi mittlerweile viel zu gut, um nicht zu wissen, daß sie ihm niemals antworten würde, wenn nicht jetzt und hier. Mit einer zornigen Bewegung riß er sie zurück, als sie aufstehen und an ihm vorbeigehen wollte.

»Jetzt!« sagte er noch einmal. »Was ist hier los? Was bedeutet dieser Turm? Dieses ... Wesen?«

Anschi riß sich los, machte aber keinen weiteren Versuch, die Kammer zu verlassen. Statt dessen tat sie etwas, was Skar im ersten Augenblick verblüffte: Sie bückte sich nach den umgeworfenen Kerzenständern, stellte sie wieder auf und zündete sorgfältig die erloschenen Kerzen wieder an.

»Was es ist?« Sie zuckte mit den Schultern, ohne ihn anzusehen. »Ich weiß es nicht, Skar. Ich bin nicht die *Margoi*, sondern nur eine kleine Schülerin. Ich war nicht einmal besonders weit, als es geschah.«

»Aber du warst schon einmal hier.«

»Sicher. Dies ist der Turm der Drachen. Der Ort, an dem wir ihnen am nächsten sein können. Wir alle kommen hierher, früher oder später.«

»Auch ...«

Er sprach nicht weiter, aber Anschi erriet seine Frage. Sie drehte sich jetzt doch zu ihm herum.

»Auch Kiina?« Sie schüttelte den Kopf, als er nickte, und lächelte traurig. »Nein. Ich weiß, daß dir viel an dem Mädchen liegt. Du liebst sie, nicht wahr?«

Skar nickte.

»Aber sie war niemals hier. Sie wußte von der Existenz dieses Ortes, aber für sie war er nur eine Ruine. Ein leeres Schloß, in das sich die *Margoi* zurückzog, um zu meditieren. Sie ist keine von uns.«

»Sie ist die Tochter eurer Königin!«

»Sie ist ein Bastard«, antwortete Anschi, aber sie tat es mit einem Lächeln, das aus dem Begriff eher eine Liebkosung als ein

Schimpfwort machte. »Ein Kind, das nie geboren werden durfte. Vielleicht hast du recht, und es ist etwas Besonderes an ihr, aber es ist nicht unsere Macht, die sie geerbt hat.«

»Sie hat einen Drachen geritten, als ich sie das erste Mal sah.«

Anschi machte eine wegwerfende Handbewegung. »Das ist leicht, Satai. Jeder kann es lernen, selbst du. Aber einen Drachen zu reiten und ihn zu beherrschen ist nicht dasselbe. Sie wußte nichts von diesem Ort und seiner wirklichen Bedeutung.« Sie schloß die Augen, stützte sich schwer auf den Rand der weißen Marmorschale und streckte die Hände aus, bis ihre gespreizten Finger wenige Millimeter über der Oberfläche der polierten Bronzekugel verharrten. Aus irgendeinem Grund wagte sie es nicht, sie zu berühren.

»Und was ist ihre wahre Bedeutung?«

»Ich weiß es nicht«, gestand Anschi. »Niemand wußte es, bisher. Nicht einmal die *Margoi*. Ein Ort großer Macht. Der Ort, an dem es uns am leichtesten fiel, unsere Gedanken mit denen der Drachen zu verschmelzen. Ein magischer Ort. Glaubten wir.«

»Und jetzt glaubst du das nicht mehr?«

Anschi öffnete die Augen. Sie hatte sich weit genug in der Gewalt, sogar zu lächeln, aber ihr Blick war wie ein stummer Schrei. »Ich ... ich weiß nicht mehr, was ich noch glauben kann«, flüsterte sie. »Ich dachte, es wäre so. Wir ... wir alle dachten, es wäre *unsere* Kraft, die die Drachen lenkt. Vielleicht war es nur dieser Turm. Diese ... *Maschinen*.«

Skar begriff, was sie meinte. Und im gleichen Moment begriff er auch den Schmerz, den er in ihren Augen las. Vielleicht hatte sie recht, und was die *Errish* über fünfzigtausend Generationen hinweg für eine magische Begabung gehalten hatten, war nichts weiter als das Wirken der gleichen Kraft gewesen, die sich Ennart zunutze gemacht hatte, um die Gedanken der Menschen mit Haß zu vergiften. Wenn es so war, dann mußte für Anschi eine Welt zusammenbrechen, in diesem Moment.

Plötzlich lachte sie, leise und bitter und so lange, bis ihr Lachen in ein halblautes Schluchzen überging. Skar wollte zu ihr gehen und sie tröstend an der Schulter berühren, aber Anschi wich vor seiner Berührung zurück.

»Es ist alles gelogen, Skar. Die Geschichte dieser ganzen Welt ist auf Lügen aufgebaut, und sie besteht aus nichts als Lügen. Vielleicht ist es richtig, wenn sie untergeht.«

»Aber nicht so«, widersprach Skar. »Wenn dieses ...« Er suchte nach Worten, fand keine und machte eine hilflose Handbewegung. »Wenn dieses *Etwas* hier gewinnt, Anschi, dann wird hinterher niemand mehr da sein, um die Wahrheit zu sagen.«

»Welche Wahrheit?« Anschis Augen flammten zornig. »Daß wir den Quorrl ihre Welt gestohlen haben? Daß unsere Macht nichts anderes ist als die schäbigen Trümmer *ihrer* Zivilisation?«

»Und wenn? Es ist *eine Million Jahre* her, Anschi. Wir sind längst nicht mehr die, die wir einst waren. So wenig wie die Quorrl. Titch hat das erkannt. Und du kannst es auch. Vielleicht ist alles wahr, was Ennart erzählt hat, und ja, verdammt, vielleicht sind die *Errish* keine Zauberinnen, sondern nur Frauen, die gelernt haben, die alten Kräfte zu nutzen. Und? Das ist für mich nur ein Grund mehr, diese verdammten Ssirhaa zu besiegen! Laß diese Welt zum Teufel gehen! Wir bauen eine neue auf!«

Zu seiner Überraschung lächelte Anschi. »Jetzt klingst du wie Ennart, weißt du das?«

»Vielleicht ist Größenwahn ansteckend«, sagte Skar lächelnd. Aber er wußte sehr wohl, daß Anschi recht hatte. Vielleicht war dies einer der Gründe gewesen, aus denen es ihm so schwergefallen war, den Ssirhaa zu hassen oder auch nur zu verachten: Im Grunde verfolgten sie die gleichen Ziele. Skar hatte Enwor niemals geliebt. Es war seine Heimat, aber es war keine Welt, die man lieben konnte, sondern nur hassen, und allenfalls fürchten. Aber er hatte sie niemals zerstören wollen, nur verändern.

»Komm«, sagte er mit einer Geste zur Tür. »Vielleicht holen wir Titch und Kiina noch ein.«

Der Weg zurück zur Kammer der Daktylen glich einem Alptraum. Es war nicht so, daß sie angegriffen oder verfolgt wurden, aber das Innere des Turms war ein einziges Chaos. Das gigantische Gebäude starb, aber es war kein leichter Tod, und mit jedem Schritt hatte Skar mehr das Gefühl, sich im Leib eines riesigen, lebenden Wesens zu befinden, das sich in Todeskrämpfen wand. Überall war Feuer ausgebrochen. Ein paar Korridore, durch die Anschi ihn führte, waren zusammengestürzt oder glühten wie das Innere eines gigantischen Ofens, und mehr als einmal stießen sie auf die Leichen von Zauberpriestern, manche in ihre unheimlichen schwarzen Rüstungen gehüllt, ohne daß sie ihnen hätten Schutz bieten können. Sie brauchten fast fünfmal so lange, um den Weg zurück zu bewältigen, und aus Skars Vermutung wurde beinahe Gewißheit. Ennart hatte den Turm aus einem Schlaf geweckt, der ihn eine Million Jahre lang vor dem Verfall bewahrt hatte, aber er hatte ihn damit auch umgebracht; vielleicht, ohne es selbst auch nur zu ahnen. Vielleicht würde es Ian und seinen Brüdern sogar gelingen, den endgültigen Zusammenbruch noch einmal abzuwenden, aber die unheimliche Macht, die dieser Turm einst besessen hatte, war vergangen. Endgültig.

Als sie die letzte Treppe hinaufstürmten und sich der Halle mit den Daktylen näherten, stießen sie auf einen weiteren toten Zauberpriester. Aber der Mann war nicht verbrannt oder von einem niederstürzenden Trümmerstück erschlagen worden – jemand hatte ihm die Kehle durchgeschnitten. Skar blieb stehen, betrachtete den Toten einen Moment lang alarmiert und sah Anschi fragend an. Sie deutete seinen Blick richtig und nickte.

»Ich bin nicht die einzige *Errish*, die nicht mehr unter Ennarts Einfluß steht«, sagte sie.

Skar schwieg. Er empfand keinerlei Triumph beim Anblick des Toten. Der Sieg bereitete ihm schon lange keine Zufriedenheit mehr. Nicht einmal mehr Erleichterung. Jeder Tote in diesem Kampf war ein Toter zuviel, denn er stärkte nur ihre wahren Feinde. Trotzdem zog er sein Schwert und bedeutete Anschi mit

Gesten, zurückzubleiben, als sie sich der Tür näherten.

Die Halle hatte sich verändert. Vor der offenen nördlichen Wand zogen dichte Rauchschwaden vorbei, und der Himmel über dem Turm glühte rot im Widerschein der Flammen, die in seinem Hof tobten. Der Teil der gegenüberliegenden Wand, den Skar sehen konnte, war von rechteckigen roten Feuernestern übersät; Fenstern, hinter denen Flammen loderten. Skar fragte sich, was in einem Gebäude, das ganz und gar aus Stahl bestand, *brennen* konnte, aber er fand keine Antwort.

Nur noch drei der großen Drachenvögel hielten sich in der Kammer auf. Direkt hinter der Tür lagen die Leichen eines halben Dutzend Zauberpriester, niedergestreckt von Scannerschüssen oder Messerstichen, und unter ihnen gewahrte Skar auch die reglose Gestalt einer *Errish*. Zwei weitere Schwestern Anschis standen hoch aufgerichtet hinter den Toten. Die Waffen in ihren Händen waren drohend auf Skar gerichtet.

Anschi stieß einen abgehackten, befehlenden Laut aus, schob Skar einfach beiseite und lief zu den *Errish* hinüber. Die Waffen der beiden Mädchen blieben unverrückbar auf Skar gerichtet, während Anschi mit hastiger, schneller Stimme und in einem unverständlichen Dialekt auf sie einredete, aber er konnte sehen, wie sich das Mißtrauen in ihrem Blick legte und vorsichtiger Erleichterung Platz machte.

»Wo sind die anderen?« fragte er, als Anschi zu ihm zurückkam.

»Fort«, antwortete die *Errish*. »Zusammen mit Kiina und dem Quorrl. Diese drei haben auf uns gewartet.«

»Woher wußten sie, wo wir waren?«

»Von Kiina«, antwortete Anschi mit einem raschen, fast mütterlichen Lächeln. »Hast du wirklich geglaubt, daß sie ohne dich geht? Sie hat der Daktyle einfach befohlen, den Quorrl abzuwerfen, und dann so lange auf ihn eingeschlagen, bis er aufgegeben hat.«

Trotz des Ernstes ihrer Lage mußte Skar lächeln. Er hätte sich denken können, daß Kiina sich nicht befehlen lassen würde, was sie zu tun hatte. Schon gar nicht von ihm.

»So brauchen wir sie wenigstens nicht zu suchen«, fuhr Anschi fort. »Sie sind in einer Höhle in den Bergen, die ich kenne.« Sie machte eine fragende Geste auf die Daktylen. »Willst du mit mir reiten?«

Skar warf einen mißtrauischen Blick auf die riesigen Flugreptilien. Er war schon mehrmals auf einer Daktyle geritten, aber es war ein Erlebnis, das jedesmal gleich unangenehm war. Ein Flug in fünftausend Fuß Höhe, noch dazu auf dem Rücken einer Bestie, die wenig Hemmungen hatte, eine kleine Pause einzulegen, um ihren Reiter zu verspeisen, war etwas, woran er sich nie gewöhnen würde.

»Sicher«, sagte er. »Wir –«

Der Rest seiner Antwort ging in einem zornigen Schrei unter, der von der Tür her erscholl. Skar sah erschrocken auf und gewahrte eine große, in mattes Schwarz gekleidete Gestalt mit schütterem blonden Haar, und hinter ihr die Schatten von zwei, drei weiteren Männern.

Ian brüllte wie von Sinnen, als er Anschi und ihn gewahrte, und riß sein Schwert in die Höhe.

»Nicht, Ian!« schrie Skar. »Laß dir erklären –«

Aber der Zauberpriester hörte seine Worte gar nicht. Mit einem zornigen Schrei sprang er auf ihn zu, hob sein Schwert und ließ die Klinge mit aller Gewalt niedersausen.

Und plötzlich ging alles so schnell, daß es Skar hinterher wie ein Alptraum vorkam: Er sah das gewaltige Schwert des Zauberpriesters auf sich herabfahren, und er begriff zweierlei gleichzeitig: daß er viel zu langsam war, um dem Schlag noch ausweichen zu können, und daß ihn der Hieb vom Kopf bis zum Gürtel spalten mußte, denn der Zauberpriester schlug mit jener übermenschlichen Gewalt zu, die nur absoluter Zorn oder reine Todesangst bewirken konnte.

Und im gleichen Bruchteil einer Sekunde fühlte er sich an der

Schulter gepackt und herumgerissen. Er wußte, was Anschi tat, aber er war unfähig, darauf zu reagieren.

Die *Errish* warf sich mit weit ausgebreiteten Armen zwischen ihn und Ian und fing den Schwertstreich mit ihrem eigenen Leben ab.

Skar vergaß das Geräusch nie mehr, mit dem Ians Schwert ihre Brust durchbohrte. Anschi keuchte, umklammerte mit beiden Händen die Klinge des anderen, stand einen Moment vollkommen reglos und brach dann ohne einen Laut in die Knie.

Irgend etwas in Skar zerbrach. Er spürte, wie sich Hände nach ihm ausstreckten und ihn zu halten versuchten, sehr viele, sehr starke Hände, aber er schüttelte sie einfach ab. Ein Faustschlag traf seinen Nacken. Er spürte ihn nicht einmal. Mit einem Satz war er bei Ian und schlug ihm die gefalteten Fäuste in den Leib. Der Zauberpriester gurgelte, krümmte sich vor Schmerz und kippte lautlos zur Seite, als Skars Handkante seinen Hals traf. Sein Schwert fiel mit einem hellen Scheppern zu Boden und rutschte davon.

Fast im gleichen Moment flammte der Scanner einer der beiden *Errish* auf und verwandelte den Mann unter der Tür in ein zerberstendes Schemen aus Licht und Hitze.

Skar ließ den beiden anderen keine Chance. Mit einer wütenden Bewegung zerrte er Ian wieder in die Höhe, warf ihn gegen einen der Krieger und schlug ihn vollends nieder, ehe dieser noch begriff, was geschah. Der andere versuchte seine Waffe zu ziehen, aber seine Bewegung war viel zu langsam; Skar packte seinen Arm, verdrehte ihn und schlug dem Mann dic Handkante in den Nacken, als er sich vor Schmerz krümmte. Dann war er wieder über Ian, riß ihn ein zweites Mal in die Höhe und schmetterte ihn gegen die Wand. Seine Faust traf Ians Gesicht mit der Kraft eines Hammerschlages und brach etwas darin. Blut schoß aus Ians Nase und Mund. Ian keuchte vor Schmerz, versuchte die Hände zu heben und gleichzeitig nach ihm zu treten, aber Skar bemerkte beides kaum. So, wie er vor Augenblicken unfähig gewesen war, sich zu bewegen, konnte er plötzlich nicht mehr aufhören. Es war wie der Einfluß seines Dunklen Bruders, der ihn zwang, zu kämpfen und zu töten, bis nichts mehr zu bekämpfen und zu töten da war, und gleichzeitig war es schlimmer, ein Blutrausch, der ihn packte, eine völlig neue, schreckliche Art von Haß, der aus ihm selbst kam, nicht aus den flüsternden fremden Gedanken des Turmes.

Wahrscheinlich hätte Skar Ian getötet, hätte er in diesem Moment nicht ein qualvolles Stöhnen hinter sich gehört.

Er fuhr herum, sah, wie sich Anschi mit schmerzverzerrtem Gesicht aufzurichten versuchte, und war mit einem Satz bei ihr. Hinter ihm brach Ian vollends zusammen und blieb wimmernd liegen, und eine der beiden *Errish* kniete neben Anschi nieder und streckte die Arme nach ihr aus. Skar schlug ihre Hand beiseite und fing Anschi auf, als sie nach vorne kippte.

»Anschi!« schrie er. »Du –«

Er sprach nicht weiter, als er die entsetzliche Wunde sah, die in Anschis Brust klaffte. Plötzlich wußte er, daß sie sterben würde. Jetzt.

»Verschwinde, Skar«, flüsterte Anschi mit brechender Stimme. »Sie ... kommen zurück. Sie werden dich töten, wenn sie dich finden.«

Vorsichtig kniete Skar vollends neben ihr nieder, nahm sie sanft in die Arme und sah ihr ins Gesicht. Aller Schmerz war mit einem Male aus Anschis Zügen verschwunden, und alles, was er noch in ihren Augen las, war ein Ausdruck tiefen, verzeihenden Friedens. Er wollte schreien, aber er konnte es nicht. Er war dem Tod so oft begegnet, aber er war ihm nie so ungerecht, so ... *überflüssig* vorgekommen wie jetzt.

»Da ist noch etwas, Skar«, begann Anschi.

»Nicht«, sagte er. »Sprich nicht. Wir bringen dich weg hier. Du schaffst es.« Er sah auf, blickte die beiden jungen *Errish* neben sich fast flehend an, aber die Antwort, auf die er wartete, kam nicht. Nach einer Sekunde sahen sie beide weg.

»Der … Ring«, flüsterte Anschi. »Ennarts … Sklavenring. Er hat … die Wahrheit gesagt.«

Es dauerte einen Moment, bis Skar überhaupt begriff, wovon sie sprach. Dann hob er den linken Arm und betrachtete das schmale silbrige Band, das sich um sein Gelenk spannte. Er hatte sich bereits so an sein Dasein gewöhnt, daß er es schon gar nicht mehr bewußt zur Kenntnis nahm.

»Ich wollte es dir … später … sagen«, fuhr Anschi fort. Das Sprechen fiel ihr immer schwerer. Ein dünner Blutfaden lief aus ihrem Mundwinkel und das Kinn hinab. Skar streckte behutsam die Hand aus und wischte ihn fort.

»Er … schützt dich, so lange … du ihn … trägst«, stöhnte Anschi. »Aber das Gift ist noch … noch immer in deinem … Körper. Du wirst … sterben, wenn du … ihn entfernst …«

»Ich weiß«, sagte Skar.

Anschi schüttelte schwach den Kopf. »Nein, du weißt … nichts. Du stirbst auch, wenn … du ihn trägst. Geh zu … den Quorrl. Geh dorthin, wo … wo Miri war. Das Wasser der Quorrl … kann dich … retten.«

Skar legte sanft die Hand auf ihre Lippen, aber Anschi schob sie beiseite. Ihre Augen begannen zu brechen. »Siehst du, Satai«, flüsterte sie. »Du hast mir … das Leben … gerettet . Aber jetzt habe ich … meine Schulden … bezahlt.«

Das waren ihre letzten Worte, ehe sie in Skars Armen starb.

Die peitschenden Schwingen der Daktylen trugen sie nach Norden, weiter auf ihrem unterbrochenen Weg ins Land der Quorrl und der Toten. Sie blieben nicht zusammen; nach nur wenigen Augenblicken löste sich einer der Drachenvögel aus ihrer kleinen Formation und kippte nach Westen und gleichzeitig in die Tiefe ab, und ohne daß Skar sich nach der *Errish* umdrehte, wußte er, wohin sie flog: ihr Ziel war ein schmaler, tief eingeschnittener Felsspalt unweit des Turmes, vor dem es nun keine unsichtbare Barriere mehr gab. Er wußte nicht, ob es den Drachen gelingen würde, den Turm zu zerstören. Er wußte nur, daß er das Mädchen wahrscheinlich nie mehr wiedersehen würde, und er sollte recht behalten.

Die Festung blieb rasch hinter ihnen zurück, aber Skar nahm kaum Notiz von dem riesigen Turm, obwohl er ihn jetzt das erste Mal von außen und in voller Größe sah, und vielleicht zum letzten Mal. Dichte Rauchschwaden umgaben den schwarzen Würfel aus Stahl, und als sie sich weiter entfernt hatten, sah er, daß seine Flanken von kleinen und großen roten Pusteln übersät waren, wie von feurigem Ausschlag. Der Anblick erinnerte ihn auf entsetzliche Weise an den Flammenleib des Dämons, dem sie in seinen Kellern begegnet waren. Aber auch an Anschi.

Der Tod der *Errish* ging ihm nahe; viel näher, als er erwartet hatte. Nach allem hätte Anschi vielleicht nicht sein Feind, aber doch alles andere als jemand für ihn sein müssen, der ihm nahe stand. Trotzdem fühlte er sich wie gelähmt, auf eine Art betäubt, die tief ging und sehr schmerzhaft war. Vielleicht war es die Tatsache, daß sie sich geopfert hatte, um sein Leben zu retten, vielleicht waren es auch ihre letzten Worte gewesen: *Ich habe meine Schulden bezahlt.*

Und wann und vor allem: *womit* würde er *seine* Schulden bezahlen? Mit seinem Leben? Lächerlich. *Ein* Menschenleben reichte längst nicht mehr, um wettzumachen, was er so vielen schuldete.

Der Flug in die Berge, die das Tal der Drachen wie eine allseits geschlossene Mauer umgaben, dauerte den ganzen Tag. Sie rasteten einmal, um den Daktylen eine Pause zu gönnen und sich selbst ein wenig zu stärken. Skar wechselte in dieser Zeit kein Wort mit der *Errish*, die die zweite Daktyle flog. Sie saßen dicht nebeneinander, enger, als nötig gewesen wäre, und nach einer Weile lehnte sich das Mädchen an seine Schulter. Er spürte, wie es lautlos zu weinen begann, aber er sagte auch dann noch nichts, sondern legte einfach nur den Arm um ihre Schulter und wartete, bis sie sich beruhigt hatte und ihm mit Gesten zu verstehen gab, daß es Zeit war, wieder aufzubrechen. Er war nicht sicher, ob es nur die Trauer um Anschi und ihre Schwester war, die das Mädchen hatte weinen lassen. Vielleicht war Anschi nicht die einzige gewesen, die begriffen hatte, daß auch die Geschichte der *Ehrwürdigen Frauen* Enwors nichts als eine einzige, große Lüge war.

Als sie wieder auf die Rücken der beiden gewaltigen Flugechsen kletterten, begann Skars linker Arm zu schmerzen.

Mit dem letzten Licht des Tages erreichten sie den Treffpunkt, der nicht aus einer Höhle bestand, wie Anschi gesagt hatte, sondern aus den zerfallenen Resten einer uralten Festung, deren abbröckelnde Mauern selbst am hellen Tag zwischen den millenienalten Kraterwänden so gut wie unsichtbar sein mußten. Skar bemerkte keinerlei Anzeichen von Leben oder gar einer Falle; kein Feuer, keinen Laut, keine Bewegung; aber plötzlich wurden sie von zwei weiteren Daktylen flankiert, die wie aus dem Nichts rechts und links ihrer Reittiere auftauchten, und ein dritter Drachenvogel kam ihnen entgegen, als sich ihre Daktylen mit schwerfälligen Bewegungen auf den Turm der alten Festung herabzuschrauben begannen.

Skar sprang aus dem Sattel, kaum daß das Tier aufgesetzt hatte und ein paar ungeschickte Schritte gehoppelt war. Automatisch sah er sich nach Titch um, konnte ihn aber nirgends entdecken. Die Gestalten von vier, fünf *Errish* hoben sich als flache Schatten auf der zerborstenen Turmplattform ab, das war alles.

Er brauchte nichts zu sagen. Eines der Mädchen hob den Arm und winkte ihm, ihr zu folgen, während sich die anderen um ihre Tiere kümmerten oder mit seiner Begleiterin sprachen.

Skar ging schneller los als nötig. Mochte die *Errish* ihren Schwestern erzählen, was in Ennarts Turm geschehen war. Er wollte nicht reden. Er hatte zu viele schlechte Nachrichten überbracht, als daß er noch Gefallen daran fand.

Eine halb zerfallene, geländerlose Treppe führte im Innern des Turmes in die Tiefe. Das Mädchen geleitete ihn durch ein halbes

Dutzend leerer, mit nichts als Steinen und dem Staub von Jahrtausenden gefüllter Räume und Korridore, bedeutete ihm, den Kopf einzuziehen und vorsichtig zu sein, und bückte sich unter einem niedrigen Türsturz hindurch. Erst als sie den Arm hob, bemerkte Skar den schwarzen Vorhang, der die Öffnung verschloß.

Der Raum dahinter war groß und so verfallen und staubig wie der Rest der Ruine. Aber in einer Ecke brannte ein Feuer, vor dem Skar die beiden ungleichen Silhouetten Kiinas und Titchs erkannte. Ein Stück daneben, weiter von ihnen und der Wärme des Feuers weggerückt, als notwendig erschien, kauerten die Schatten zweier *Errish*. Bis auf das Mädchen, dessen Leichnam er im Raum der Daktylen gesehen hatte, schien fast allen die Flucht aus dem Turm gelungen zu sein.

Skar bedankte sich mit einem stummen Kopfnicken bei seiner Führerin, ging zum Feuer und ließ sich Titch und Kiina gegenüber zu Boden sinken. Fröstelnd streckte er die Hände über den prasselnden Flammen aus. Er spürte erst jetzt, wie kalt es auf dem Rücken der Daktyle gewesen war. In seinen Fingern war kaum noch Gefühl.

Kiina sah ihn mit einer Mischung aus Freude und Überraschung an, sagte aber kein Wort, während der Quorrl nur weiter blicklos in die Flammen starrte. Skar sah ein halbes Dutzend hastig angelegter, aber frischer Verbände auf seinen Armen und Beinen. Der Gedanke, daß er die Hilfe der *Errish* angenommen hatte, überraschte ihn ein wenig.

»Wie lange seid ihr schon hier?« fragte er, als weder Kiina noch der Quorrl Anstalten machten, von sich aus zu sprechen.

Titch reagierte überhaupt nicht, während Kiina nur in einer sonderbar matten Bewegung die Schultern hob. »Nicht lange. Eine Stunde. Eher weniger.« Sie seufzte. Im flackernden Schein der Flammen sah ihr Gesicht plötzlich wieder so krank und eingefallen aus wie das letzte Mal, als sie zusammen an einem Feuer gesessen hatten. »Wo ist Anschi?«

»Tot«, murmelte Skar. Es fiel ihm überraschend leicht, das

Wort auszusprechen. Aber eigentlich bedeutete es auch nichts. Es drückte nicht annähernd das aus, was er dabei empfand. Auch Kiina reagierte nicht darauf, und das wiederum war etwas, was Skar sehr erleichterte. Er wußte, daß sie Anschi gehaßt hatte – sie *mußte* es einfach, nach dem, was *sie* erlebt und erfahren hatte. Aber sie wirkte weder zufrieden noch erleichtert, sondern nur teilnahmslos, als hätte sie seine Worte gar nicht gehört.

»Was ist passiert?« fragte Titch plötzlich. Er sah nicht einmal auf. Sein Blick blieb weiter starr in die Flammen gerichtet. Seine rechte Hand zupfte in einer unbewußten Bewegung an einem der frischen Verbände um sein Bein.

Ich wollte, ich wüßte es, dachte Skar. *Bei Gott, Titch, ich wollte, ich wüßte es.* Laut sagte er: »Der Turm brennt. Ich weiß nicht, ob sie ihn löschen können.« Er zuckte mit den Achseln, um seine Worte zu bekräftigen, und betrachtete nachdenklich seinen linken Arm. Er tat immer noch weh. Während des Rittes war er so angespannt gewesen, daß er den Schmerz kaum bemerkt hatte, aber jetzt war es, als stächen Millionen winziger feiner Nadeln in seine Haut. Der Schmerz war nicht sehr schlimm, aber von jener penetranten Art, die es einem unmöglich machte, ihn zu ignorieren.

»Aber selbst wenn es ihnen gelingt«, fuhr er nach einer Pause fort, »haben sie nichts mehr als eine Ruine. Es war Ennart, dessen Macht wir gespürt haben. Nicht die des Turmes.« Was nur die halbe Wahrheit war. Aber Skar hatte sich längst entschieden, weder Kiina noch dem Quorrl etwas von dem zu erzählen, was in den Katakomben unterhalb des Turmes geschehen war, und wie es ihm gelungen war, die Kreatur zu besiegen, die Ennart in seinem Wohnsitz heraufbeschworen hatte. Er wußte auf beide Fragen keine Antwort.

»Anschi ist tot, sagst du?« fragte Titch, als hätte er Skars Worte erst jetzt richtig verstanden. »Was ist geschehen?«

»Ian hat sie erschlagen«, antwortete Skar knapp. Sein rüder Ton überraschte ihn selbst, und wenn auch Titch nicht darauf reagierte, so sah doch Kiina verwundert auf.

»Ian?«

»Er muß sich irgendwie befreit haben«, sagte Skar. »Ich will nicht darüber reden.«

Kiina schien das zu akzeptieren, während er bei Titch nicht einmal sicher war, ob er seine Antwort verstanden hatte. Skar beugte sich vor, warf einen Holzscheit in die Flammen und betrachtete abwechselnd seinen prickelnden linken Arm und den Quorrl. Keines von beiden gefiel ihm. Um seinen Arm würde er sich später kümmern – da war etwas, im Hintergrund seiner Gedanken, aber nicht sehr weit, was damit zu tun hatte, damit und mit Anschi. Der Anblick des Quorrl bereitete ihm Sorge. Ihre Flucht aus dem Turm und der stundenlange Flug hierher mußte auch Titch bis an die Grenzen seiner Leistungsfähigkeit erschöpft haben, aber das war nicht alles. Titch wirkte … leer. Nicht einfach nur erschöpft, sondern ausgebrannt, eine Hülle aus Fleisch und Blut und Knochen, der die Seele abhanden gekommen war.

Was hast du erwartet? flüsterten seine Gedanken. *Er hat seinen Gott getötet.*

»Ist mit dir … alles in Ordnung?« fragte er zögernd.

Zum ersten Mal, seit Skar hereingekommen war, sah der Quorrl auf. Seine Lippen verzogen sich zu einem bitteren, harten Lächeln. »Natürlich«, antwortete er. »Sollte es nicht?«

»Ennart war –«

»Ich weiß, wer Ennart war«, unterbrach ihn Titch, so laut und herrisch – fast drohend, daß die beiden *Errish* auf der anderen Seite des Feuers überrascht aufsahen. Skar verstand. Der Quorrl wollte nicht darüber reden. Und er akzeptierte es ebenso, wie Titch die Tatsache respektierte, daß er nicht über Anschis Tod sprechen wollte. Fast nur, um überhaupt etwas zu sagen und das Schweigen nicht quälend werden zu lassen, wechselte er abrupt das Thema.

»Was geschieht jetzt?«

»Was sollte deiner Meinung nach geschehen?«

Skar spürte, daß es besser gewesen wäre, zu schweigen. Sie waren alle erschöpft und auf die eine oder andere Weise der Verzweiflung nahe. Es war nicht der Zeitpunkt, *Pläne* machen zu wollen, die über ihr bloßes Überleben hinausgingen. Alles, was dabei herauskommen konnte, war ein Streit zwischen Titch und ihm. Aber er konnte auch nicht einfach schweigen und den Quorrl seinem Schmerz überlassen.

Er machte eine Kopfbewegung in die Richtung, in der er hinter den zerfallenen Mauern des Turmes das Tal vermutete. »Was dort passiert ist, ändert nichts. Ich will noch immer in den Norden.«

»So?« sagte Titch böse. »Wozu? Noch ein paar Götter erschlagen?«

»Nein. Nur Betrüger, die sich dafür ausgeben.«

Zu seinem Erstaunen reagierte Titch ganz anders auf seine Worte, als er erwartet hatte. Statt zornig zu werden, lächelte der Quorrl plötzlich. »Du täuschst dich, Satai. Sie sind keine Betrüger. Er *war* ein Gott.«

»Ein sonderbarer Gott, der verblutet, wenn man ihn durchbohrt«, mischte sich Kiina ein. Skar warf ihr einen gleichermaßen erschrockenen wie warnenden Blick zu, aber Titch reagierte auch diesmal nicht zornig, sondern nur mit einem milden, fast mitleidigen Lächeln.

»Sie sind Wesen aus Fleisch und Blut, das ist richtig, Menschenkind«, sagte er. »Und? Glaubst du, er wäre deshalb weniger Gott?«

»Götter sterben nicht«, beharrte Kiina.

»Eure Götter vielleicht«, erwiderte Titch. »Weil sie niemals gelebt haben. Weil es sie nicht gibt.«

»Dann geh doch zu ihnen, du ... du Fischgesicht!« fauchte Kiina. Zornig stand sie auf, fuhr herum und stürmte aus dem Raum. Ihr plötzlicher Wutausbruch überraschte Skar nicht einmal. Sie waren alle zu erschöpft und müde, um noch die Kraft für andere als extreme Gefühle zu haben.

Titch sah dem Mädchen kopfschüttelnd nach, aber er lächelte noch immer, als er sich wieder zu Skar herumdrehte. »Manchmal beneide ich sie«, flüsterte er.

»Kiina?«

»Die Menschen. Euch. Eure Welt ist so ... so einfach. So klar.«

»Ich kenne eine Menge Männer und Frauen, die anderer Meinung sind«, wandte Skar vorsichtig ein. Aber er verstand, was der Quorrl meinte, und Titch schien das ebenfalls zu spüren und sparte sich die Mühe, seine Worte zu erklären.

Skar drehte den Kopf und sah zum Eingang. Der Vorhang bewegte sich, aber es war nur ein Windzug. Wie er Kiina kannte, würde sie mindestens zehn Minuten lang durch die Ruine toben und Steine und Mauerwerk mit Fußtritten traktieren, ehe ihr Stolz es ihr gestattete, wieder zurückzukommen. Mehr Zeit, als er brauchte.

Trotzdem senkte er die Stimme fast zu einem Flüstern, als er weitersprach. »Es gibt noch einen Grund, aus dem ich in euer Land muß, Titch.«

Der Quorrl starrte ihn an, schwieg.

»Kiina«, sagte Skar. »Ian und seine ... Maschinen haben sich um sie gekümmert, aber sie ist noch immer krank.«

»So wie du.«

Skar tat so, als hätte er den Einwurf gar nicht gehört. »Das Gift«, fuhr er fort, »das sie in Elay eingeatmet hat, ist noch immer in ihrem Körper.« *Und in seinem. Sein linker Arm tat jetzt* weh; *er mußte sich beherrschen, um die Hand still zu halten, damit Titch nichts davon merkte.* »Sie wird sterben, vielleicht nicht mehr innerhalb weniger Tage, aber in ein paar Monaten.«

»Ich weiß«, antwortete Titch ungerührt. »Hast du schon vergessen, wer dir die Legende vom Sternenfeuer erzählt hat, Satai?«

»Und das Wasser des Lebens«, fügte Skar hinzu. »Verdammt, Titch, ich bitte nicht für mich. Ich bin ein alter Mann. Es spielt keine Rolle, ob ich heute sterbe oder in fünf Jahren. Aber Kiina ist jung.«

»Du bittest nicht für dich«, wiederholte Titch seine Worte. »Wie edel. Was bringt euch Menschen eigentlich dazu, zu glauben, eine Bitte wäre weniger als eine Bitte, wenn ihr sie für *andere* stellt?« Er schnitt Skar mit einer fast zornigen Bewegung das Wort ab, als er antworten wollte. »Was bringt *dich* dazu, Satai, zu glauben, ich würde *dein* Leben opfern, um *ihres* zu retten?«

»Nichts«, gestand Skar. »Du hast recht. Entschuldige. Es war dumm. Wirst du uns helfen?«

»Vielleicht«, knurrte Titch. »Wenn ich es kann. Wenn es dich nicht umbringt. Wenn wir jemals so weit kommen. Der Weg zum Sturz von Ninga ist weit. Sehr weit, vor allem für einen Menschen.« Er drehte sich mit einer abrupten Bewegung zur Seite und machte auf diese Weise deutlich, daß er nicht weitersprechen wollte; schon gar nicht über dieses Thema.

»Wir sollten schlafen«, sagte Skar. »Vielleicht können wir alle morgen früh ein wenig klarer denken.« Er stand auf, reckte sich ausgiebig über dem Feuer und massierte dabei seinen schmerzenden Arm, ohne daß der Quorrl es bemerkte. *Es wird dich töten, wenn du versuchst, es zu entfernen. Aber es wird dich auch töten, wenn du es nicht tust.* Er hatte Anschi nicht gefragt, wieviel Zeit ihm blieb, aber er hatte plötzlich das Gefühl, daß es weniger sein mochte, als er bisher angenommen hatte. Sehr viel weniger.

»Ich gehe und hole Kiina zurück, ehe sie sich eine Lungenentzündung einhandelt«, sagte er in bewußt lockerem Ton. »Wir reden morgen früh weiter.«

Titch antwortete nicht, sondern rollte sich da, wo er lag, zu einem schuppigen Ball zusammen und schloß demonstrativ die Augen. Skar hatte es plötzlich sehr eilig, den Raum zu verlassen.

Er fand Kiina auf der alten Wehrmauer, mit fröstelnd um den Oberkörper geschlungenen Armen gegen die Brüstung gelehnt und den Blick starr nach Süden gerichtet, in den schwarzen Schlund, in den die Nacht das Tal der Drachen verwandelt hatte. Er gab sich keine Mühe, leise zu sein, und Kiina mußte ihn hören, aber sie drehte sich weder zu ihm um, noch reagierte sie, als er sich neben ihr gegen das zerborstene Gemäuer lehnte.

Im ersten Moment glaubte er, weit im Süden einen hellen Funken zu sehen, aber der Feuerschein war nicht wirklich; sie waren viel zu weit vom Turm entfernt, um die Flammen erkennen zu können.

Was er jedoch spürte, war etwas anderes: Das unheimliche Flüstern und Drängen in seinen Gedanken war erloschen. Der Turm hatte aufgehört, die Seelen der Menschen zu vergiften. Und nicht nur hier.

»Sie werden uns verfolgen«, sagte Kiina plötzlich.

»Ich weiß.« Skar lächelte aufmunternd, obwohl sie es nicht sah. »Hast du Angst?«

»Nein.«

»Ich schon«, sagte er. »Aber wir werden ihnen entkommen, keine Sorge.« Er dachte an die riesigen Echsen, auf denen Ian und seine Brüder geritten waren, als sie ihnen das erste Mal begegneten, aber der Gedanke beunruhigte ihn nur einen Augenblick. Hier in den Bergen waren sie vor diesen Titanen sicher.

»Titch hat mir alles erzählt«, sagte Kiina plötzlich. Skar sah sie an und bemerkte, daß sie nicht mehr ins Tal hinabstarrte, sondern den Blick in den Himmel gehoben hatte.

»Ob sie noch da sind?«

»Sie?«

»Die *Sternengeborenen*«, sagte Kiina. »Unsere Vorfahren. Sie sind von dort gekommen, nicht? Von dort oben.«

»Ja«, antwortete Skar.

»Aber es sind nur Lichtpunkte.« Sie hob den Arm, spreizte die Finger und bewegte die Hand, als versuche sie nach den Myriaden von Sternen zu greifen, die über ihnen am Himmel funkelten. »Sie müssen unendlich weit entfernt sein, wenn wirklich jede eine Welt ist, so groß wie Enwor. Ich frage mich manchmal, ob sie noch da sind.«

»Kaum«, murmelte Skar. »Es ist ...« Er machte eine hilflose Bewegung. »Es ist zu lange her. Selbst für sie.«

»Woher willst du das wissen?« Die Schärfe in Kiinas Stimme überraschte ihn. »Was ist eine Million Jahre für sie? Vielleicht haben sie so lange gebraucht, um hierher zu kommen. Es gibt sie bestimmt noch, irgendwo dort oben.«

»Selbst wenn – sie werden nicht wiederkommen«, antwortete Skar sanft. »Götter kommen selten dann, wenn man sie ruft, weißt du?« *Und vielleicht sollten wir beten, daß sie es auch diesmal nicht tun,* fügte er in Gedanken hinzu.

»Das spielt keine Rolle«, widersprach Kiina. »Ich weiß, daß sie noch da sind.«

Skar widersprach ihr nicht mehr. Warum sollte er ihr nicht das gleiche Recht zubilligen wie Titch? Er hoffte nur, daß sie nicht eines Tages die gleiche Enttäuschung erleben und feststellen würde, daß ihre Götter keine Götter, sondern das Gegenteil waren.

Für gut zehn Minuten schwiegen sie beide, dann fragte Kiina plötzlich: »Habt ihr euch entschieden?«

»Was meinst du?«

»Das weißt du ganz genau«, antwortete Kiina, in einem Ton, der ihn verwirrt aufblicken ließ. Sie starrte weiter ins Leere, aber auf ihrem Gesicht kämpften jetzt Wut und Hilflosigkeit miteinander. »Der Quorrl und du! Was habt ihr jetzt vor? Mich auf eine Daktyle zu binden und zu Del zu schicken, jetzt, wo alles vorbei ist? Oder willst du mich immer noch bei irgendeiner freundlichen Familie in Pflege geben wie eine Katze?«

Skar war so überrascht, daß er im ersten Moment nicht einmal antworten konnte. Plötzlich begriff er Kiinas sonderbare Gereiztheit. Er *hatte* vorgehabt, sie zurückzulassen, in Elay, und später, als sie die Stadt zerstört vorfanden, irgendwo, vielleicht bei den *Errish*. Von alledem, was passiert war, hatte Kiina ja kaum etwas gemerkt. Die vergangene Woche existierte für sie praktisch nicht, denn sie hatte sie schlafend verbracht.

»Keineswegs«, antwortete er.

»So?« Kiinas Augen funkelten zornig. »Was plant Ihr dann mit mir, großer Satai?« fragte sie spitz.

»Zuerst einmal, dir Respekt beizubringen«, antwortete Skar spöttisch. »Und danach wirst du mich begleiten.« Er deutete nach Norden.

Kiina schwieg erstaunt. Sie glaubte ihm nicht völlig, das sah er ihr an. Aber er hatte sie auch noch nie belogen.

»Du meinst, ich ... ich komme mit?«

»Ins Land der Quorrl«, bestätigte Skar. »Und mit sehr viel Glück auch wieder zurück. Falls wir es überleben, heißt das.« Er seufzte tief und bemühte sich, ein möglichst resigniertes Gesicht zu machen.

»Nicht, daß mir die Vorstellung gefällt«, fuhr er fort, als Kiina nicht antwortete, sondern ihn nur weiter fassungslos anstarrte. »Aber wir brauchen dich.«

»Wozu?« fragte Kiina mißtrauisch.

»Es ist ein weiter Weg bis ins Land der Quorrl«, antwortete Skar. Er brachte es nicht fertig, Kiina die Wahrheit zu sagen, und diese Lüge war so gut wie jede andere. »Es sind mehr als zweitausend Meilen, allein bis zu seinen Grenzen. Und die Götter und ein paar Quorrl allein wissen, wo dieser Sturz von Ninga ist, und *was* er ist.«

Kiina sah ihn verständnislos an, und Skar fiel erst jetzt wieder ein, daß sie nicht mehr dabeigewesen war, als Titch diesen Namen erwähnte. »Der Ort, an dem das heilige Wasser der Quorrl ist«, fügte er erklärend hinzu. Er kam der Wahrheit damit viel näher, als ihm recht war, aber Kiina erriet nicht, worauf er wirklich hinauswollte.

»Wir werden fliegen müssen«, fuhr er hastig fort, ehe sie Gelegenheit fand, etwa über seine Worte nachzudenken. »Und leider sind weder Titch noch ich in der Lage, mit diesen Ungeheuern umzugehen. Du kannst es.«

»Das können die *Errish* auch«, antwortete Kiina mißtrauisch.

»Aber sicher«, fügte Skar hinzu. »Das Beste wird überhaupt sein, wir marschieren mit einer ganzen Armee auf das Allerheiligste der Quorrl zu, nicht wahr? Sie werden nicht besonders begeistert darüber sein, aber diese zehn oder zwölf Mädchen hier werden sie schon in die Flucht schlagen.« Er lachte, um den verletzenden Spott seiner Worte nachträglich in einen Scherz zu verwandeln, und streckte die Hand nach Kiina aus.

Sie versuchte nicht, sich seiner Umarmung zu entziehen, sondern lehnte sich im Gegenteil eng an seine Schulter. Sie standen noch lange da, ohne ein einziges Wort zu sprechen. Skar war entsetzlich müde, aber er bewegte sich nicht, bis Kiina nach einer halben Stunde oder mehr seinen Arm von ihrer Schulter löste und in die Ruine zurückging.

Sie schliefen in der gleichen Haltung ein, in der sie draußen an der Mauer gestanden hatten: eng aneinandergekuschelt und den Arm über den anderen gelegt, und zum ersten Mal seit Monaten, vielleicht zum ersten Mal überhaupt, seit er erwacht war und sein zweites Leben begonnen hatte, hatte Skar das Gefühl, glücklich zu sein. Vielleicht, dachte er, war es nur diese eine Nacht, die ihnen noch blieb, vielleicht das allerletzte Mal, daß er in den Armen eines Menschen einschlief, der ihn nicht fürchtete, und der nichts von ihm fordern würde, was er nicht freiwillig und gerne zu geben bereit war.

Mit diesen trotz allem sonderbar beruhigenden Gedanken schlief er ein.

Aber nicht einmal diese eine, einzige Nacht wurde ihm geschenkt.

Es war Kiinas Stimme, die ihn weckte. Er hatte das Gefühl, gerade erst eingeschlafen zu sein; seine Lider waren schwer wie Blei, und das Rütteln, mit dem Kiina ihn aufzuwecken versuchte, schüttelte irgend etwas in seinem Kopf durcheinander, so daß er im ersten Moment Mühe hatte, seine Bewegungen zu koordinieren.

»Dein Arm, Skar.«

Die Worte drangen nicht wirklich an sein Bewußtsein, aber

sie rührten an etwas, das tiefer lag, und das ihn alarmierte. »Wach auf, Skar! Dein Arm!«

Er öffnete die Augen und blinzelte verständnislos. Er lag neben dem Feuer, das wieder zu heller Glut angefacht worden war, und Kiina war nicht die einzige, die neben ihm kniete. Über ihre Schulter lugte das Fischgesicht Titchs wie eine grüngraue schuppige Grimasse, und auf der anderen Seite des Feuers standen mindestens drei *Errish*, die ihn mit einem Erschrecken ansahen, das Skar im ersten Moment nicht verstand. Erst dann fiel ihm wieder ein, was Kiina gerufen hatte: *Dein Arm.*

Er setzte sich auf, blickte verständnislos an sich herab –

und fuhr zusammen.

Es war nicht sein Arm. Kiina hatte das falsche Wort benutzt. Es war seine linke Hand.

Sie war zur Kralle geworden; verkrümmt und hart und gichtig wie die eines uralten Greises, jeder Muskel bis zum Zerreißen gespannt, so daß die Sehnen wie Stricke durch die Haut schimmerten und seine Knöchel zu kleinen weißen, blutleeren Narben geworden zu sein schienen.

Und seine Finger waren von den Kuppen bis hinauf zum ersten Glied schwarz geworden.

Zwei, drei Sekunden lang starrte Skar diese Hand einfach an, wie etwas, das gar nicht zu ihm gehörte, und für die gleiche Zeit weigerte er sich einfach zu glauben, was er sah. *Es wird dich auch töten, wenn du es trägst.*

»Großer Gott, was ist das?« flüsterte Kiina.

Skar hob vorsichtig die rechte Hand, berührte die Kuppen seiner verwelkten Finger und wartete auf einen Schmerz oder irgendein Gefühl. Aber da war nichts. Das quälende Stechen war erloschen und hatte einer fast wohltuenden Taubheit Platz gemacht. Nur direkt unter dem silbernen Band, das er um das Gelenk trug, prickelte die Haut ein wenig.

Eine schmale Hand legte sich auf Kiinas Schulter und schob sie mit sanfter Gewalt beiseite. Skar protestierte nicht, als eine der *Errish* neben ihm niederkniete, behutsam seine Hand nahm und sie untersuchte. Aber er behielt das Gesicht des Mädchens dabei scharf im Auge, und es hätte ihres bedauernden Kopfschüttelns nicht bedurft, um ihm zu sagen, daß sie ihm nicht helfen konnte.

Trotzdem tat sie, was in ihrer Macht stand, und obwohl Skar ganz genau wußte, wie sinnlos es war, protestierte er nicht dagegen; ganz einfach, weil er vor Schrecken wie gelähmt war.

»Tut das weh?« Die *Errish* zwickte mit den Fingernägeln seinen Daumen. Skar *spürte* die Berührung nicht einmal.

Sie zögerte, sah ihm einen Herzschlag lang mit einer Mischung aus Schrecken und Besorgnis in die Augen und griff noch einmal zu, und sehr viel fester. Skar sah, welche Überwindung es sie kostete, das verschrumpelte schwarze Fleisch seiner Finger zu berühren. Hätte seine Hand noch gelebt, hätte ihr Griff Blut zum Vorschein gebracht. Aber er fühlte auch diese Berührung nicht.

»Das ist ... sonderbar«, murmelte das Mädchen. »Ich habe so etwas noch nie gesehen. Aber ich verstehe auch nicht viel von der Heilkunst«, fügte sie mit einem verlegenen Lächeln hinzu. »Habt Ihr irgend etwas berührt, was ...« Sie suchte nach Worten. »... was vielleicht giftig war?«

Skar zog seine Hand zurück, preßte den Arm eng gegen den Leib und schüttelte den Kopf. »Laß es gut sein«, sagte er. »Du kannst mir nicht helfen. Ich fürchte, ich weiß, was das ist.«

»Was?« fragte Kiina. Sie schrie fast. Ihre Stimme bebte, und im allerersten Moment glaubte Skar, es wäre dasselbe Entsetzen, das er in den Augen der jungen *Errish* gelesen hatte, beim Anblick seiner Hand. Dann begriff er, daß es das genaue Gegenteil war: kein Abscheu, sondern Angst.

Um ihn.

Seltsamerweise machte ihn die Vorstellung verlegen. Er sah weg und versuchte den Gedanken zu verscheuchen, aber er ertappte sich dabei, seine verkrümmten Finger mit der anderen

Hand zu bedecken, als er aufstand.

»Was ist das, Skar?« beharrte Kiina. »Es ... es sieht entsetzlich aus.«

Und es wird bald noch schlimmer aussehen, dachte er schaudernd. Er empfand nicht einmal Furcht, sondern nur Zorn und Verbitterung. Er hatte gewußt, daß etwas in dieser Art passieren würde; nicht was, nicht wann, aber *daß* etwas passieren würde. Schließlich hatten weder Ennart noch Anschi versäumt, ihm mehr als nur einmal zu erklären, daß Ians Wunderreifen nicht nur Leben bewahrte, sondern auch *zerstörte*. Aber es war einfach unfair, daß es so schnell geschah. Sie ließen ihm nicht einmal Zeit, Atem zu schöpfen.

»Was ist das, Skar?« fragte Kiina ein drittesmal. »Was geschieht mit dir?«

Skar antwortete auch diesmal nicht, sondern trat mit einem gespielt optimistischen Lächeln auf sie zu. Kiina blieb stehen, aber die beiden *Errish* hinter ihr hatten sich nicht gut genug in der Gewalt, nicht einen halben Schritt zurückzuweichen.

»Ihr braucht keine Angst zu haben«, sagte er. »Es steckt nicht an.«

Eines der Mädchen senkte verlegen den Blick, während das andere wenigstens versuchte, sich zu einem Lächeln durchzuringen. *Sie sind Kinder,* dachte Skar bitter. In den letzten Tagen hatte er es fast vergessen, aber plötzlich kam ihm wieder zu Bewußtsein, wie verzweifelt ihre Situation trotz allem war. Die *Errish* ritten auf Drachen und geboten über das Feuer der Sterne, aber keines dieser Mädchen war älter als Kiina; die meisten sogar wesentlich jünger. Großer Gott – sie fochten einen Kampf, bei dem nichts weniger als ihre ganze Welt auf dem Spiel stand, und alles, was er hatte, war ein Dutzend *Kinder!*

Er ging an den beiden *Errish* vorbei und hielt seine Hand über das Feuer. Er spürte nicht einmal die Hitze der Flammen, obwohl sie nahezu seine Finger berührten, aber im grellen Licht sah er, daß die Grenze schwarz gewordenen Fleisches weitergewandert war; nicht viel, nur ein paar Millimeter, aber sie *war* weitergekrochen. Er versuchte in Gedanken die Zeit zu überschlagen, die ihm noch blieb, bis seine ganze Hand schwarz und tot war, dann sein Arm ...

»Ians Band?«

Skar nickte, zog den Arm aber hastig zurück, als Titch sich neben ihn schob und nach seiner Hand greifen wollte. »Ja«, antwortete er. »Ich fürchte.«

Titch sah ihn ernst an, aber ohne ein Spur von Mitgefühl. »Deshalb haben sie sich also so wenig angestrengt, uns einzuholen«, sagte er.

»Was soll das heißen?« fragte Kiina. Sie versuchte, sich zwischen den Quorrl und Skar zu schieben und funkelte Titch wütend an, als er keine Anstalten machte, den Weg freizugeben.

»Das soll heißen, daß Ian es nicht für nötig hielt, Skar zu töten«, antwortete Titch ungerührt. »Er stirbt sowieso. Dieses Ding da bringt ihn um.«

Kiinas Augen wurden groß. »Ist das ... wahr?« flüsterte sie.

»Vielleicht«, antwortete Skar. Er versuchte, Titch einen warnenden Blick zuzuwerfen, aber es gelang ihm nicht; der Quorrl sah nur abwechselnd Kiina und den silbernen Ring an Skars Gelenk an.

»Was ist das für ein Ding?« fragte Kiina erregt. »Warum reißt du es nicht einfach ab?«

»Ich fürchte, das geht nicht«, sagte Skar zögernd. »Es ist ... Ian hat behauptet, es würde mich vor dem Gift schützen, das wir beide in Elay eingeatmet haben. Vielleicht stimmt das sogar. Aber es sieht so aus, als hätte es noch eine andere Wirkung.«

»Schneid es ab!« verlangte Kiina noch einmal. »Reiß es herunter, Skar, ehe es noch schlimmer wird!«

Es wird dich töten, wenn du versuchst, es zu entfernen.

Aber welche Wahl hatte er schon? Er konnte es versuchen und dabei sterben, oder tatenlos stehenbleiben und warten, bis er bei lebendigem Leib verfault war. In längstens einer Stunde. Zögernd streckte er die Hand aus und berührte das silberfarbene Gewebe. Es war hart wie Stahl, obgleich es so weich und geschmeidig wie anschmiegsames Leder aussah.

Skar nahm all seinen Mut zusammen, packte entschlossen zu und riß mit aller Kraft an dem Band.

Ein entsetzlicher Schmerz explodierte in seinem linken Arm. Skar schrie auf, taumelte und wäre vornüber ins Feuer gestürzt, hätte Titch ihn nicht blitzschnell gepackt und zurückgerissen. Trotz des kräftigen Griffs des Quorrl fiel er auf die Knie, krümmte sich stöhnend und preßte die Hand gegen den Leib. Sein Arm schien bis zur Schulter in Flammen zu stehen.

Es dauerte Minuten, bis der Schmerz so weit nachließ, daß er aufhörte zu stöhnen und sich mühsam wieder aufrichten konnte. Sein Arm war taub. Als er versuchte, ihn zu bewegen, konnte er es nicht. Seine Hand war jetzt voller Blut, das unter dem Band hervorgequollen war.

Helfende Hände unterstützten ihn, als er vom Feuer wegtaumelte und sich stöhnend auf einen Stein sinken ließ. Alles drehte sich um ihn. In seinem Mund war der Geschmack von Blut, und wenn er den Kopf zu heftig bewegte, wurde ihm schwindlig.

»Nicht«, flüsterte er, als auch Kiina neben ihm niederkniete und nach seinem Arm greifen wollte. »Es … geht schon … wieder.« Er atmete gezwungen tief ein und aus und versuchte vergeblich, den pulsierenden Schmerz in seiner Schulter zu ignorieren.

Kiinas Gesicht war grau vor Schrecken. Sie machte eine hilflose Bewegung, starrte Titch und die beiden *Errish* sekundenlang fast flehend an und wandte sich dann wieder an ihn. »Mein Gott, Skar, was …«

»Es ist schon gut«, unterbrach sie Skar. Mit dem letzten bißchen Kraft, das ihm geblieben war, zwang er sich, den Kopf zu heben und sie anzusehen. Er versuchte zu lächeln, aber er spürte selbst, daß es bei einem Versuch blieb. *Es wird dich töten, wenn du versuchst, es zu entfernen.*

»Nein, es ist *nicht* gut!« widersprach Kiina. »Es ist schlimmer geworden. Sieh doch!«

Fast gegen seinen Willen sah Skar wieder auf seine Hand hinab. Kiina hatte recht. Es *war* schlimmer geworden, *viel* schlimmer. Als ob sein Versuch, Ians Todesgeschenk abzureißen, es zu neuer Wut anstachelte, hatte die Linie verwelkten Fleisches seine Hand erreicht, als hätte er die Fingerspitzen in schwarze Tinte getaucht, die nun unaufhaltsam in seiner Haut emporkroch.

»Du mußt es abreißen, Skar!« stammelte Kiina. Ihr Kopf flog mit einem Ruck in den Nacken, als sie die *Errish* anstarrte. »Helft ihm doch! *Tut doch irgend etwas!*«

»Beruhige dich, Kiina«, sagte Skar. »Gib mir ein paar Minuten. Ich kriege dieses verdammte Ding schon herunter. Aber es tut entsetzlich weh. Ich ... brauche ein wenig Zeit, um Kraft zu sammeln.« Es gelang ihm sogar, überzeugend zu klingen, wenigstens für seine eigenen Ohren. Aber als er in Titchs Gesicht blickte, erkannte er, daß zumindest der Quorrl die Wahrheit wußte. Der Schmerz war unvorstellbar gewesen; das Schlimmste, was Skar jemals erlebt hatte. Viel zu schlimm, um es noch einmal zu versuchen. Vielleicht würde es ihm sogar gelingen, ihn zu ertragen, denn er war ein Satai, der seinen Körper hundertprozentig beherrschte. Aber das nutzte nichts. Selbst wenn er den Schmerz ertrug – er würde ihn einfach umbringen. Und der Quorrl wußte es.

Er gab Titch einen Wink mit den Augen, auf Kiina zu achten, und stand mühsam auf. Kiina streckte erschrocken die Hände nach ihm aus und ließ die Arme wieder sinken, als er fast unmerklich den Kopf schüttelte und sich an die jungen *Errish* wandte. »Habt ihr eine Anführerin?«

Als keines der Mädchen reagierte, deutete er mit der unverletzten Hand auf das, das seine Hand begutachtet hatte. »Du. Wie ist dein Name?«

»Jella, Herr.«

»Jella. Gut. Hör mir zu, Jella. Wenn mir ... etwas zustoßen

sollte, dann wird Titch das Kommando übernehmen. Ihr werdet ihm gehorchen.«

»Was soll das heißen?« fragte Kiina. Skar ignorierte sie.

»Wie viele seid ihr?« fragte er.

»Neun«, antwortete Jella. »Aber ich weiß nicht, ob ...«

»Wir brauchen zwei eurer Daktylen«, unterbrach sie Skar. »Eine für Titch, eine zweite für Kiina und mich. Du wirst die kräftigsten Tiere heraussuchen, denn wir haben einen sehr weiten Weg vor uns.«

»Ihr wollt allein weiterreiten?« Der Schrecken in Jellas Stimme war unüberhörbar. Skar verfluchte sich innerlich dafür, nicht schon am Abend mit den *Errish* gesprochen zu haben. Aber er hatte geglaubt, daß ihnen wenigstens eine winzige Atempause blieb.

»Wir müssen es«, antwortete er. »Es wäre euer Tod, wenn ihr versuchen würdet, uns in Titchs Land zu begleiten. Und ich habe eine andere Aufgabe für dich. Du kennst den Weg nach Ikne?«

Das Mädchen nickte nervös.

»Wie lange braucht ihr dorthin?«

»Zwei ... vielleicht drei Tage«, antwortete Jella zögernd. »Nicht mehr.« Sie hatte Angst. Vielleicht hatte sie begriffen, was er mit seinen Worten *wirklich* sagen wollte, vielleicht hatte sie auch einfach Angst, allein zurückzubleiben. Trotz allem, das begriff Skar plötzlich, waren es der Quorrl und er gewesen, die diesen Kindern wenigstens die Illusion von Sicherheit gegeben hatten.

»Ihr müßt es in zwei Tagen schaffen«, sagte er. »Fliegt nach Ikne. Alle. Versucht nicht, irgend etwas Dummes zu tun oder euch gar in Kämpfe mit den Zauberpriestern einzulassen. Ihr müßt das Heer erreichen, bevor es die Stadt angreift. Fragt nach Del, dem Kriegsherrn der Satai. Erzähle ihm, was geschehen ist, und richte ihm folgendes von mir aus: Die Schlacht darf nicht stattfinden. Er darf die Stadt nicht angreifen, ganz gleich, was geschieht. Sage ihm, Skar hätte dich geschickt, und er solle sich daran erinnern, was in Drasks Burg geschehen ist, als es zum Kampf kam. Hast du das verstanden?«

Jella nickte. »Ja. Ich werde zu Del gehen und ihm Eure Worte ausrichten.«

»Es ist wichtig«, sagte Skar in hastigem, fast beschwörendem Ton. »Viel wichtiger, als du dir vorstellen kannst, Kind.«

»Ich werde es tun«, versicherte Jella noch einmal.

Skar sah seine Hand an. Die kriechende Linie hatte seine Knöchel erreicht und spaltete sie in eine Hälfte bleichen weißen Lebens und eine andere, größer werdende aus schwarzem Tod. Sein Arm hatte aufgehört zu bluten. Der Schmerz war zu einem qualvollen, aber erträglichen Pochen geworden, aber er war noch da. Er wußte, daß er nicht den Mut hatte, ihn noch einmal herauszufordern.

Langsam, mit Bewegungen, von denen er selbst spürte, wie erzwungen und mühsam sie waren, drehte er sich zu Titch um. Der Quorrl stand hinter Kiina, unauffällig, aber so, daß er nur die Hand auszustrecken brauchte, um sie festzuhalten. Kiina schien es nicht einmal zu merken. Sie starrte Skar an, mit weit aufgerissenen dunklen Augen und fassungslos über das, was sie gehört hatte.

»Du ... du glaubst, daß ... daß du stirbst?« stammelte sie.

»Nein«, log Skar. »Aber es kann sein, daß ich eine Weile außer Gefecht gesetzt werde.« Er lachte leise und hob den Arm, so daß sich der Feuerschein auf dem silbernen Band brach. »Dieses kleine Biest hier hat scharfe Zähne.«

»Lüg nicht!« schrie Kiina. Ihre Augen füllten sich mit Tränen, aber der Ausdruck auf ihrem Gesicht war mehr der von Zorn als von Schmerz. »Du stirbst! Du kannst es nicht entfernen. Es ... es tötet dich, wenn du es versuchst!«

»Unsinn«, sagte Skar barsch. »Ich habe noch nicht vor, zu sterben.« Rüde drehte er sich zu Jella um und deutete auf den schmalen Lederstreifen, der ihr Haar zusammenhielt. »Gib mit dein Haarband«, verlangte er.

Die *Errish* erbleichte, und Kiina schrie auf, als sie begriff, was er vorhatte. Skar drehte sich nicht zu ihr um, aber er hörte, wie Titch sie packte und festhielt, während Jella die Arme über den Kopf hob und mit zitternden Fingern den Knoten löste, der den dünnen Lederriemen zusammenhielt. Skar nahm ihn entgegen, band ihn fest um seinen linken Arm, zwei Finger breit über den tötenden Silberring, und versuchte ungeschickt, mit der rechten Hand und den Zähnen einen Knoten hinzubinden. Jella sah ihm einen Moment dabei zu, ehe sie mit einem Kopfschütteln seine Hand beiseite schob und den Arm abband; nicht sehr sanft, aber mit einer Geschicklichkeit, die ihre Worte Lügen strafte, nichts von der Heilkunst zu verstehen. Skars Unterarm färbte sich da, wo er noch nicht von der tödlichen Fäulnis befallen war, weiß. Seine Haut begann zu prickeln.

»Warte«, sagte sie, als er zurücktreten wollte. Ohne Kiina zu beachten, die aufgehört hatte zu schreien, sich aber noch immer aus Leibeskräften in Titchs Griff wand, zog sie das Schwert des Quorrl aus der Scheide und legte die Waffe ins Feuer. Skar sah, wie die Klinge schwarz wurde und sich dann binnen weniger Augenblicke rot zu färben begann. Plötzlich hatte er Angst.

»Ich habe nichts, was ich dir gegen die Schmerzen geben könnte«, sagte sie. »Höchstens …« Sie streckte die Hand aus und berührte sanft eine Stelle in seinem Nacken, aber Skar schüttelte den Kopf, als sie ihn fragend ansah. Vielleicht waren es seine letzten Sekunden. Er wollte sie nicht verschenken, gleich, wie qualvoll sie sein mochten.

Er sah noch einmal Titch an, und obwohl er kein Wort sagte, verstand der Quorrl die stumme Bitte in seinem Blick, und beantwortete sie mit einem Nicken. Er würde Kiina mit sich nehmen, so oder so.

Skar trat zurück, zog das *Tschekal* aus der Scheide und streckte den linken Arm aus, so weit er konnte. Jella bückte sich zum Feuer, umwickelte den Griff von Titchs Schwert mit einem Zipfel ihres Mantels und hob die Waffe aus den Flammen. Die Klinge glühte in mattem Rot.

Kiina schrie auf, als hätte er ihr die Klinge in den Leib gestoßen, als er das Schwert hob.

Alptraumgeplagte Fieberträume wechselten sich mit kurzen Perioden ab, in denen er wach war, aber niemals völlig. Wie er später erfuhr, hatte es doch noch etwas gegeben, was die junge *Errish* für ihn tun konnte: ein betäubendes Pulver, das Kiina in sein Wasser mengte und ihm die schlimmsten Schmerzen ersparte, es ihm allerdings auch verwehrte, während der nächsten drei Tage *wirklich* aufzuwachen, so daß er sich an den Weg in den Norden nur verschwommen erinnerte.

Im Grunde war alles, worauf er sich wirklich besann, ein beständiger, pochender Schmerz in seiner gesamten linken Körperhälfte, der mal mehr, mal weniger schlimm war, allerdings niemals völlig erlosch, nicht einmal wenn er schlief, und das Gefühl, zu schweben, was nun allerdings einen höchst realen Grund hatte: Gegen seinen ausdrücklichen Willen hatten Titch und Kiina beschlossen, für zwei, drei Tage in der verfallenen Festung am Rande des Tales zu bleiben, bis er das Schlimmste überstanden hatte. Aber schon am nächsten Morgen meldete die zur Wache abgestellte *Errish* das Herannahen einer großen Anzahl Berittener, die von einer jener gigantischen Tyrannenechsen begleitet wurden, wie Skar und Titch sie in der Nähe Elays gesehen hatten. Offensichtlich verließ sich Ian nicht ganz so auf die tödliche Wirkung des Silberbandes, wie sie gehofft hatten, so daß sie gezwungen waren, ihre Flucht in aller Hast fortzusetzen. Jella und ihre Mädchen wandten sich nach Westen, wie er befohlen hatte, während Titch und Kiina den fiebernden Skar auf dem Rücken der größten Daktyle festbanden und ihren unterbrochenen Flug in den Norden fortsetzten.

Einen schwächeren Mann als Skar hätte die Reise umgebracht, denn obwohl Jella die Wunde sofort ausgebrannt hatte, hatte er sehr viel Blut verloren, und dazu kam das Gift, das noch immer in seinem Körper wühlte; nicht mehr so grausam und schnell wie vor ihrem unfreiwilligen Aufenthalt im Turm der Zauberpriester, aber unerbittlich. Später erzählte ihm Kiina, daß er geschrien und um sich geschlagen hätte wie ein Rasender, so daß es selbst Titch manchmal schwergefallen war, ihn zu bändigen. Skar spürte, daß er dem Tod diesmal sehr nahe gewesen war; näher als jemals zuvor. Aber an all dies entsann er sich nur nebelhaft, als er am vierten Morgen nach ihrer Abreise das erste Mal *wirklich* erwachte.

Er war allein, und er fror, das waren die ersten Eindrücke, die er hatte, und beide waren sehr intensiv. Der Schmerz in seinem linken Arm war noch da, aber viel schlimmer war der Biß der Kälte, die sich wie eisiges Glas an seine Haut schmiegte. Es war nicht mehr völlig dunkel, aber auch noch nicht richtig hell, und aus irgendeinem Grund wußte er, daß es die Dämmerung des Morgens war, nicht der Sonnenuntergang. *Wo war er?* Skar setzte sich auf, mit vorsichtigen, kleinen Bewegungen, ohne den linken Arm zu belasten und jederzeit auf wütenden Schmerz gefaßt. Aber er kam nicht. Das Pochen in seiner linken Seite ließ nicht nach, aber es wurde auch nicht schlimmer. Er unterdrückte den Impuls, die Decke beiseite zu schlagen und seinen Arm zu betrachten. Er wußte, was er sehen würde, und er hatte Angst davor. Obwohl die letzten drei Tage für ihn praktisch nicht existierten, erinnerte er sich an alles, was vorher geschehen war. Er glaubte, Kiinas Schrei noch immer zu hören.

Dann begriff er, daß er *tatsächlich* etwas hörte. Es *war* ein Schrei, aber nicht der eines Menschen, sondern das mißtönende Krächzen eines Vogels – eines sehr großen Vogels, der Stimme nach zu urteilen –, der aber beruhigend weit entfernt war. Neugierig sah er sich um.

Er befand sich nicht in einem Gebäude, sondern lag auf moosbewachsenem, sehr kaltem Waldboden, und das Dach über ihm bestand nicht aus Stein oder Stroh, sondern aus den tiefhängenden Ästen der sonderbar dickstämmigen, geschuppten Nadelbäume, die ihn umgaben. Sein Blick reichte nicht sehr weit. Die kleine Lichtung, auf der sie ihr Lager aufgeschlagen hatten, war auf allen Seiten von dornigem Gestrüpp umschlossen, so dicht, daß selbst ein weniger aufmerksamer Beobachter als Skar sofort begriffen hätte, daß irgend jemand kräftig dabei nachgeholfen hatte, den Lagerplatz im Unterholz zu tarnen. Nur eine Armeslänge neben ihm befand sich ein zweites, verlassenes Nachtlager aus Decken und Fellen, und auf der anderen Seite der Lichtung gewahrte er den Abdruck eines gewaltigen Körpers im Moos. Keine Feuerstelle, trotz der bitteren Kälte. Titch hatte es nicht gewagt, Feuer zu machen ... Aber wo war er? Und vor allem – wo war Kiina?

In Skars Neugier mischte sich eine schwache Spur von Besorgnis. Er wußte nicht, wo er war. Er hatte Bäume und Büsche wie diese hier nie zuvor gesehen, aber die klirrende Kälte und die sonderbare Vegetation verrieten ihm, daß sie sich sehr weit im Norden befinden mußten. Nahe der Grenzen des Quorrl-Landes. Vielleicht schon *hinter* ihnen. Irgendwo in der grauen Dämmerung vor ihm knackte etwas. Skar setzte sich weiter auf, spannte sich unwillkürlich und erkannte Kiina in dem Schatten, der gebückt und fluchend aus der Mauer aus Dornen hervortrat, die die Lichtung umgab. Sie blieb mitten im Schritt stehen, als sie sah, daß er wach war, und obwohl er in dem schlechten Licht ihr Gesicht nicht erkennen konnte, spürte er ihr Erschrecken. Er versuchte zu lächeln, sagte sich, daß sie es wahrscheinlich ebensowenig sehen würde wie er umgekehrt ihre Reaktion, und wartete, bis sie ihren Schrecken überwunden hatte.

»Du bist ... wach.« Mehr noch als das spürbare Stocken ließ ihn die Banalität der Worte begreifen, wie überrascht Kiina war, ihn nicht mehr schlafend vorzufinden. Sie war jetzt nahe genug, daß er ihr Gesicht erkennen konnte, aber der Ausdruck darauf war nicht der von Erleichterung. Im Gegenteil. Sie wirkte erschrocken, bestürzt, verängstigt – das alles und noch mehr, so daß er sich unwillkürlich fragte, was geschehen sein mochte, während er mit dem Tod gerungen hatte.

»Wo ist Titch?« fragte er, ohne auf ihre Bemerkung einzugehen.

Kiina machte eine vage Geste hinter sich. »Er... wollte sich ein wenig umsehen. Aber er kommt gleich zurück.« Sie lächelte nervös, trat unsicher von einem Fuß auf den anderen und gab sich einen sichtbaren Ruck. »Wie fühlst du dich?«

»Gut«, antwortete Skar. Es war nicht einmal gelogen. Er hatte Schmerzen und war ein Krüppel und fror erbärmlich, aber er hatte trotzdem das intensive Gefühl, einen Kampf *gewonnen* zu haben, nicht verloren. »Wie lange war ich –«

»Drei Tage«, unterbrach ihn Kiina. »Wir sind in Cant.«

»Cant?«

»Das Land der Quorrl. Sie selbst nennen es so. Wußtest du das nicht?«

Skar verneinte. Kiinas Lächeln wurde noch unsicherer und nervöser. Sie konnte nicht mehr still stehen, sondern begann sich unruhig hin und her zu bewegen. Ihr Blick glitt fast hilfesuchend über die Barriere aus Dornen und Zweigen hinter ihm. Aber der Grund ihrer Befangenheit war nicht irgend etwas, was *geschehen* war während seiner Bewußtlosigkeit, sondern er selbst. Die Furcht, die er spürte, war die, einem Sterbenden auf dem Totenbett gegenüberzutreten oder einem geliebten Menschen sagen zu müssen, daß er nur noch wenige Tage zu leben hatte. Jenes völlig unbegründete, aber quälende Gefühl der Mitschuld dem Schmerz anderer gegenüber, das Skar zu gut kannte, um nicht plötzlich seinerseits Mitleid mit Kiina zu empfinden. Es war nicht jedermanns Sache, schlechte Nachrichten zu überbringen. Er konnte das beurteilen. Er hatte es oft genug tun müssen.

»Setz dich zu mir«, bat er.

Kiina zögerte. Skar sah ihr an, daß sie am liebsten herumgefahren und einfach davongerannt wäre. Aber natürlich tat sie es nicht, sondern trat – in etwas größerer Distanz, als nötig gewesen wäre – um sein Lager herum und ließ sich mit angezogenen Knien auf ihre eigenen Decken sinken. Sie sah übermüdet aus, und sehr erschöpft. Die dunklen Ringe unter ihren Augen waren wieder da. Skar versuchte, ihren Blick einzufangen, aber sie wich ihm aus und griff nervös nach ihrer Decke, um sie sich fröstelnd über die Schulter zu hängen. Es war so kalt, daß ihr Atem dampfte.

»Ich fühle mich wirklich gut«, sagte Skar leise und so überzeugend, wie er konnte. Er streckte die Hand aus und versuchte ihre Wange zu streicheln. »Es gibt keinen Grund, traurig zu sein.«

Seine Taktik war falsch. Kiina rückte fast erschrocken weiter von ihm weg und vergrub sich noch mehr in ihre Decke. Wenn sie sich auch oft genug noch wie ein Kind benahm, so spürte sie doch genau, wenn er versuchte, sie auch so zu behandeln, und es machte sie noch immer zornig. Er wünschte sich, Titch käme zurück.

»Warum erzählst du mir nicht, was passiert ist?« fragte er, müde, grundlos enttäuscht und nur, um überhaupt etwas zu sagen.

»Du erinnerst dich nicht?« fragte Kiina. »Deine Hand. Du hast –«

»*Davon* rede ich nicht«, unterbrach sie Skar. »Ich habe es selbst getan, weißt du? So leicht vergißt man das nicht. Ich meinte das, was *danach* geschehen ist. Wie sind wir hierher gekommen, und wo, verdammt nochmal, sind wir überhaupt?«

»Du bist . . .« Kiinas Stimme brach. Plötzlich und vollkommen unvermittelt begann sie zu weinen. »O Skar, es tut mir so leid«, schluchzte sie.

Sein erster Impuls war, die Hand auszustrecken und sie an sich zu ziehen, um sie zu trösten. Aber er gab ihm nicht nach, sondern sah Kiina nur reglos und fast abfällig an. »Deine Tränen ändern auch nichts«, sagte er ruhig. »Ich habe eine Hand verloren – und? Ich habe noch eine. Hier, siehst du?« Er spreizte die Finger der Rechten vor ihrem Gesicht, ballte sie zur Faust und machte eine ärgerliche Bewegung damit, als sie antworten wollte. »Reiß dich zusammen. Ich habe schon Schlimmeres überlebt, und ich werde auch das überleben, glaub mir.«

»Aber du –«

»– bist ein Krüppel?« fiel ihr Skar ins Wort. »War es das, was du dich nicht zu sagen traust? Sprich es ruhig aus. Es ist die Wahrheit. Und? Ich lebe. Wäre ich dir als unversehrter Leichnam lieber gewesen?« Aus dem Schmerz in Kiinas Blick wurde Verwirrung und fast sofort Zorn. Ihre Tränen versiegten so schnell, wie sie gekommen waren. »Natürlich nicht«, antwortete sie scharf. »Ich ... ich dachte nur, es geht dir ein wenig näher.«

»Ich werde eine Menge Arbeit sparen«, sagte Skar achselzukkend. »Beim Händewaschen und Nägelschneiden zum Beispiel.«

Ein rauhes Lachen hinter Skars Rücken hielt Kiina davon ab, zu antworten. Er drehte sich um und erkannte Titch, der so lautlos näher gekommen war, daß nicht einmal Skar ihn gehört hatte. Kiina stand mit einer wütenden Bewegung auf, drehte sich um und verschwand mit weit ausgreifenden Schritten.

Der Quorrl kam näher, blickte ihr stirnrunzelnd nach und sah dann mit schräggehaltenem Kopf auf Skar herab. »Was hast du mit ihr gemacht?«

»Nichts«, antwortete Skar ausweichend. »Es ist mir nur lieber, wenn sie zornig auf mich ist, statt um mich zu weinen.«

Titch seufzte. »Du scheinst dich ernsthaft auf dem Weg der Besserung zu befinden«, sagte er. »Zumindest deine Holzhammerpsychologie ist wieder ganz die alte.«

»Manchmal funktioniert sie«, erklärte Skar ungerührt. »Außer bei dir. Im Seelenleben von Fischen kenne ich mich nicht so gut aus.«

»Kröten, wenn schon.« Titch ließ sich neben ihm in die Hocke sinken, griff mit spitzen Fingern nach Skars Decke und hob sie an. Das spöttische Funkeln in seinen Augen erlosch, als sich sein Blick auf Skars linken Arm richtete. »Großen, Satai-fressenden Kröten. Hast du Schmerzen?«

»Etwas«, gestand Skar. »Ich habe schon Schlimmeres ertragen.« Er sah immer noch nicht unter die Decke. Er wollte es, aber er konnte es nicht.

»Ich weiß«, sagte Titch in leicht unwilligem Ton. »Ich habe euch zugehört.«

»Die ganze Zeit?«

Titch nickte. »Sicher. Hast du gedacht, ich lasse sie allein hier im Wald herumspazieren?«

»Was ist so gefährlich daran?«

Titch ließ die Decke sinken. »Nichts«, sagte er gelassen. »Was wäre gefährlich für einen Quorrl, in einem *eurer* Wälder herumzulaufen?«

»Dann haben wir es geschafft? Wir sind in Cant?«

»Geschafft?« Titch machte eine Kopfbewegung, die sowohl ein Nicken als auch das Gegenteil sein konnte. Vielleicht beides. »Wir haben die Grenze überschritten, aber das ist auch alles. Du bist ungeduldig, Satai. Jeder andere an deiner Stelle wäre froh, noch am Leben zu sein.«

»Jeder andere an meiner Stelle«, antwortete Skar ernsthaft, »hätte dir längst den Schädel eingeschlagen, um sich deine gutgemeinten Bemerkungen nicht mehr länger anhören zu müssen.«

Er rechnete mit einer gleichartigen Antwort, aber Titch schien genug davon zu haben, weiter herumzualbern. »Glaubst du, du kannst reiten?« fragte er mit einer Kopfbewegung auf Skars Arm. »Damit?«

»Sicher. Wo sind die Daktylen?«

»Fort. Wir haben sie weggeschickt, schon gestern abend. Es wäre zu gefährlich gewesen, sie zu behalten. Ich bin ohnehin nicht ganz sicher, daß man uns nicht gesehen hat. Das ist auch der Grund, aus dem wir nicht lange hier bleiben sollten. Ich hätte dich geweckt, wenn du nicht von selbst aufgewacht wärst.«

»Wo sind wir?« fragte Skar noch einmal.

»Gut hundert Meilen jenseits der Grenze«, antwortete Titch. »Es gibt ein Dorf in der Nähe, aber das Gebiet ist trotzdem dünn besiedelt. Ich habe Freunde dort, die uns verstecken werden, bis du wieder kräftig genug für den Rest des Weges bist.«

»Das bin ich«, widersprach Skar.

Titch lächelte nur. »Nein, das bist du nicht«, antwortete er. »Du *fühlst* dich vielleicht kräftig, aber das bist du ganz und gar nicht. Jedes Kind könnte dich zu Boden werfen. Und der Rest der Strecke ist ungleich beschwerlicher als der Ritt auf einer Daktyle.«

»Wie weit ist es noch?«

»Das Problem ist nicht die Entfernung«, antwortete Titch, ohne *wirklich* zu antworten. »Der Sturz von Ninga ist ein heiliger Ort. Kein Mensch hat ihn je gesehen, geschweige denn betreten. Sie würden uns beide in Stücke reißen, wenn wir auch nur *versuchten,* uns ihm offen zu nähern.«

»Aber uns bleibt nicht mehr viel Zeit, und –«

Titch erstickte Skars Protest mit einer rüden Handbewegung. »Mehr Zeit, als wir brauchen«, behauptete er.

»Was soll das heißen?« fragte Skar. »Hast du Nachricht von Del?«

»Nein. Aber es ist drei Tage her, daß die *Errish* aufgebrochen sind, um ihm deine Warnung zu überbringen. Die Entscheidung ist längst gefallen, so oder so. Es gibt nichts mehr, was du noch daran ändern könntest.«

Skar wollte auffahren, sah den Quorrl aber dann nur einen Moment lang mit einer Mischung aus Ärger und Neugier an und senkte schließlich den Blick. Wie so oft hatte Titch recht, auch wenn seine Argumentation simpel und zumindest in Skars Ohren fast fatalistisch klang. Aber es war so: Das Schicksal Enwors entschied sich nicht hier, sondern auf der anderen Seite des Kontinents, und es gab nichts mehr, was er noch daran ändern konnte. Das einzige, was sich hier und jetzt entscheiden würde, war sein und Kiinas Schicksal.

Er bewegte sich unruhig, wartete darauf, daß Titch etwas sagte und schob schließlich behutsam die Decke beiseite, als der Quorrl beharrlich schwieg. Sein Herz begann zu klopfen, als er den Blick auf seinen linken Arm senkte.

Es sah weniger schlimm aus, als er erwartet hatte. Wo seine linke Hand sein sollte, befand sich ein zwar ungeschickt angelegter, aber sehr sauberer Verband. Es tat nicht einmal mehr sehr weh, und – es war verrückt, aber: er hatte nicht einmal das Gefühl, daß ihm etwas fehlte. Seine Finger waren nicht mehr da, aber er spürte sie, glaubte sogar ihre Bewegung zu fühlen, als er seinen Nerven den Befehl gab, sie zu krümmen.

»Du weißt, daß du trotzdem nur eine Gnadenfrist hast«, sagte Titch leise.

»Wie lange?«

Der Quorrl zuckte mit den Schultern. »Eine Woche. Einen Monat. Ein Jahr... wer weiß?« Er räusperte sich gekünstelt, stand mit einem Ruck auf und streckte ihm die Hand entgegen. Skar griff danach, erhob sich weit weniger elegant und flüssig und zog fröstelnd die Decke enger um die Schultern, als er den eisigen Biß der Nachtkälte spürte. Die Temperaturen konnten kaum über dem Gefrierpunkt liegen. Es hätte ihn nicht erstaunt, wenn er noch Schnee auf den Baumwipfeln gesehen hätte.

»Ist es hier immer so kalt?« fragte er, während er sich nach seinem Mantel bückte und hineinschlüpfte.

»Nein«, antwortete Titch. »Die Winter sind länger als bei euch, aber es wird jetzt bald Frühling. Sei froh, daß es noch so ist. In der Dunkelheit haben wir eine bessere Chance, das Dorf ungesehen zu erreichen.«

Es war das zweite Mal, daß Titch eine Bemerkung machte, die sich Sklar nicht erklären konnte, und diesmal überging er sie nicht. »Worauf willst du hinaus?« fragte er. »Werden wir verfolgt?«

»Nicht direkt«, antwortete Titch. »Es gibt Patrouillen. Sehr viel mehr als früher. Vorhin, als ich beim Dorf war, habe ich Krieger gesehen, die die Straße bewachen. Ich weiß nicht, warum. Aber es ist besser, vorsichtig zu sein. Je mehr Augen uns sehen, desto mehr neugierige Fragen werden gestellt.«

Aber das war nicht die ganze Wahrheit. Skar spürte es. Titch war kein guter Lügner, vielleicht, weil er trotz allem noch nicht weit genug Mensch geworden war, um Übung darin zu haben. Aber er spürte auch, daß der Quorrl nicht weiter über das Thema reden wollte, und beließ es dabei.

Er schloß seinen Mantel, so geschickt oder ungeschickt er es mit einer Hand konnte, und warf sich nach kurzem Zögern auch noch die Decke als zusätzlichen Schutz vor der Kälte über die Schultern. Als er fertig war, kehrte Kiina zurück, wie auf ein Stichwort. Wahrscheinlich hatte sie schmollend in den Büschen gestanden und ihn und Titch beobachtet. Skar fragte sich einen Moment, ob sie ihre Unterhaltung belauscht hatte. Aber er glaubte es nicht. Sie hatten sehr leise gesprochen.

Kiina wich seinem Blick aus. Als sie aufbrachen, hielt sie sich mehr in Titchs Nähe als in seiner, aber das war etwas, was Skar eher begrüßte. Er hoffte, daß das Mädchen und Titch sich in den letzten drei Tagen ein wenig näher gekommen waren, nicht nur, weil dies alles viel leichter machen würde. Es war nie gut, Freunde zu haben, die untereinander verfeindet waren. Und bei Titch und Kiina hatte es ihn immer besonders geschmerzt. Vielleicht, weil sie ihm beide so nahe standen.

Er merkte schon nach ein paar Schritten, wie recht Titch mit seiner Prophezeiung gehabt hatte, was seine Verfassung anging. Nach seinem Erwachen hatte er sich ausgeruht und erstaunlich frisch gefühlt, aber das war nur eine Illusion gewesen, die kaum so lange hielt, bis er sich hinter Titch durch das Dornengestrüpp gezwängt hatte, das ihr Lager umgab. Das Gehen fiel ihm schwer; während der vergangenen Tage mußten ihm seine Muskeln abhanden gekommen sein. Seine Knie zitterten, und jeder Schritt schien ihn ein ganz kleines bißchen mehr anzustrengen als der vorhergehende. Nach den ersten hundert Schritten hoffte er nichts sehnlicher, als daß das Dorf, von dem Titch gesprochen hatte, wirklich so nahe lag, wie der Quorrl behauptete, und nach den zweiten hundert Schritten begann er zu bezweifeln, daß er es bis dorthin schaffen würde; ganz gleich, wie nahe es war.

Zumindest in diesem Punkt täuschte er sich nicht. Der Weg zum Dorf der Quorrl hinunter betrug weniger als drei Meilen, aber die letzten beiden trug ihn Titch wie ein Kind auf den Armen.

Der Weg wurde tatsächlich bewacht. Was Titch in einem Anflug von Größenwahn als *Straße* bezeichnet hatte, war zwar in Wahrheit nichts als ein schlammiger Pfad, der sich in vollkommen willkürlichen Kehren und Windungen den Hang hinaufschlängelte, an dessen Fuß die winzige Ortschaft stand, aber sie konnten selbst im blassen Licht der Morgendämmerung die Anzahl massiger Gestalten erkennen, die beiderseits des Tores lagerte.

Sie hatten etwa zweihundert Schritte vor der Palisadenwand Halt gemacht, die das Dorf umgab. Der Wald hörte hier wie abgeschnitten auf, und nicht nur *hier*: das Dorf der Quorrl erhob sich im Zentrum einer nahezu kreisrunden Lichtung, die zu kahl und zu rund war, um natürlichen Ursprungs zu sein. Und so klein es war – Skar schätzte seine Einwohnerzahl auf weniger als hundert – es war eine Festung. Die Palisadenwand war gut doppelt mannshoch und wurde von vier klobigen, mit spitzen Dächern gedeckten Wachtürmen überragt, und selbst die Häuser, die er von seinem erhöhten Standort aus erkennen konnte, erinnerten an lauter kleine Burgen: gedrungene Würfel aus wuchtigen Balken mit winzigen Fenstern und schweren Türen, die selbst dem Ansturm eines wütenden Quorrl standhalten mußten.

»Gibt es ein zweites Tor?« fragte er im Flüsterton.

Titch schüttelte den Kopf. Der Quorrl war neben ihm und Kiina stehengeblieben, wie sie von den letzten Bäumen des Waldes und der Dämmerung getarnt. Aber beides würde sie nicht mehr schützen, wenn sie versuchten, sich dem Dorf zu nähern. Skar fragte sich vergeblich, wie sie die gut dreihundert Schritte vollkommen deckungslosen Geländes überwinden sollten.

»Nein«, antwortete Titch mit einiger Verspätung. »Aber auf der anderen Seite der Palisadenwand liegt ein Findling. Als Kinder haben wir ihn benutzt, wenn wir uns aus der Stadt schleichen wollten.«

»Als Kind?«

»Ich wurde hier geboren«, sagte Titch. Er machte eine unwillige Geste, als Skar etwas sagen wollte. »Still jetzt. Ich überlege, wie ich sie ablenken kann.«

»Vielleicht, wenn wir hierbleiben, bis es wieder dunkel ist?« schlug Kiina unsicher vor.

Titch blickte erst sie, dann Skar auf eine sehr bezeichnende Art an und schüttelte den Kopf. »Nein. Es wird gerade erst Tag. Zehn oder elf Stunden ohne Essen und Feuer haltet ihr beide nicht aus.«

Kiina wollte protestieren, aber Skar brachte sie mit einem zornigen Blick zum Verstummen. Im Gegensatz zu Kiina *kannte* er seine Grenzen. Und die waren eindeutig erreicht.

»Was sind das für Krieger?« fragte er.

Titch zuckte abermals die Schultern. »Das weiß ich nicht. Noch nicht. Frag mich in einer Stunde noch einmal. Vielleicht kann ich es dir dann sagen.«

»Was hast du vor?«

Titch deutete auf die flachen schwarzen Silhouetten der Quorrl vor dem Tor, dann auf die Stadt. »Ich lenke sie ab. Ihr zwei schleicht euch auf die andere Seite und versucht über die Wand zu steigen; dort, wo der Felsen ist, den ich euch beschrieben habe. Direkt auf der anderen Seite findet ihr einen Vorratsschuppen. An seiner Rückseite sind ein paar lose Bretter. Kriecht hindurch und wartet auf mich.«

Kiina nickte nur, aber Skar war mit Titchs knappen Anweisungen ganz und gar nicht zufrieden. »Wie lange ist es her, daß du dort gespielt hast?« fragte er.

»Lange«, antwortete Titch. »Zwanzig Jahre. Aber keine Sorge. Das Versteck ist noch da. Kinder ändern sich nicht.«

»Aber die Erwachsenen könnten es entdeckt haben«, wandte Kiina ein.

Titch lächelte schwach. »Das brauchen sie nicht. Sie kannten es auch damals schon. Und jetzt geht. Ich warte eine halbe Stunde hier. Zeit genug für euch.« Er machte eine auffordernde Handbewegung und sah Skar prüfend an. »Wirst du es schaffen?«

»Habe ich eine Wahl?« antwortete Skar.

»Nein«, sagte Titch. »Viel Glück.«

Kiina wollte etwas sagen, aber Skar ergriff sie einfach bei der Hand und zog sie ein Stück in den Wald hinein. Kiina machte eine ärgerliche Bewegung und entriß ihm ihre Hand. Er versuchte nicht, sie festzuhalten, aber er spürte, daß er auch nicht die Kraft dazu gehabt hätte.

»Was soll das?« fauchte Kiina. »Hör endlich auf, mich wie ein Kind zu behandeln!«

»Dann hör auf, dich so zu benehmen«, gab Skar ungerührt zurück. Kiina funkelte ihn zornig an, aber er drehte sich einfach um und ging weiter, noch ehe sie Gelegenheit fand, zu widersprechen. Einen Moment lang sah es so aus, als wollte sie zu Titch zurückgehen oder einfach stehenbleiben, dann murmelte sie etwas, was Skar nicht verstand, ballte die Fäuste und stürmte mit zornig gesenktem Kopf hinter ihm her.

Sie hielten sich dicht am Waldrand; gerade weit genug von ihm entfernt, um vom Dorf aus nicht gesehen zu werden, sollte jemand zufällig in ihre Richtung blicken. Die halbe Stunde, von der Titch gesprochen hatte, erwies sich als gerade ausreichend, denn der Weg war vielleicht nicht übermäßig weit, aber beschwerlich. Die Bäume standen auf dieser Seite viel dichter als auf der anderen, und auch das Unterholz war dichter. Skar blieb mehr als einmal in drahtigem Gestrüpp stecken, dessen nadelspitze Dornen selbst durch seine dicken Hosen stachen, und ein paarmal mußten sie umkehren und große Umwege in Kauf nehmen, um überhaupt weiter zu kommen. Skar schätzte, daß ihre Frist nahezu abgelaufen war, als sie die Stadt zur Hälfte umrundet hatten und der Felsen unter ihnen lag, von dem Titch gesprochen hatte; nicht mehr als ein verwaschener heller Fleck in der

Dämmerung, aber er war da.

Kiina wollte sofort weitergehen, aber Skar hielt sie mit einem Kopfschütteln zurück. Dem Impuls, nach ihrer Hand zu greifen und sie festzuhalten, unterdrückte er im letzten Augenblick.

»Warte«, flüsterte er. Kiina sah ihn fragend an, und Skar deutete mit einer Kopfbewegung auf den Weg, der vom Stadttor aus den Hang hinaufführte. Er verschmolz mit dem in der Dunkelheit schwarz aussehendem Gras, ehe er den Wald erreichte, aber Kiina begriff, was er meinte. Sie nickte, zog sich wieder ein Stück in den Wald zurück und ließ sich auf die Knie sinken. Ihr Atem ging schnell. Der Weg hatte sie so sehr erschöpft wie ihn. Aber er widerstand auch diesmal der Versuchung, zu ihr zu gehen und ihr ein paar aufmunternde Worte zu sagen.

Statt dessen blickte er sich aufmerksam um; und eigentlich zum ersten Mal, seit sie ihr provisorisches Lager verlassen hatten. Vorhin, als Titch ihn durch den Wald getragen hatte, hatte er nicht viel erkennen können, aber es wurde allmählich hell, und durch die dürren Baumwipfel fiel genug Helligkeit, ihn jetzt mehr als Schemen erkennen zu lassen. Der Wald war sehr dicht, selbst hier, nahe am Rand, und er wirkte irgendwie ... *falsch?*

Skar wußte nicht, ob es das richtige Wort war, aber ihm fiel keine passendere Bezeichnung für das sonderbare Gefühl ein, das ihm beim Betrachten des Quorrl-Waldes einfiel. Die Bäume waren ausnahmslos groß und wuchtig, wütend wirkende, knorrige Gewächse, keiner dünner als drei, vier Fuß und keiner kleiner als fünfzig. Sie hatten keine Rinde, sondern einen Schuppenpanzer, der an den der Quorrl erinnerte, und sehr wenige, dicke Äste, die es ihnen unmöglich machten, selbst in der Blütezeit so etwas wie ein geschlossenes Blätterdach zu bilden. Büsche und Unterholz wirkten wie aus Draht geflochten, und selbst das Moos war *hart.* Aber es war nicht allein die Feindseligkeit der Vegetation, die ihn beunruhigte. Sie waren weit im Norden, in einem Land, in dem acht oder neun Monate Winter herrschte und in dem er keine Vielfalt oder gar Schönheit von Leben erwarten durfte wie in den fruchtbaren Ebenen von Besh – Ikne oder Malab.

Was er spürte, war vielmehr die Armut dieser sonderbaren Welt. Es dauerte eine Weile, bis er es sah, oder vielmehr *nicht* sah: Es gab die Bäume mit ihrer glitzernden Schuppenhaut, das drahtige Gebüsch und den blauschwarzen Flickenteppich des Mooses, sonst nichts. Nur diese drei Arten von Leben. Kein Pilz, der seinen Hut vorwitzig aus dem Boden reckte, kein Parasitengewächs, das sich in einem Spalt der Baumschuppen festgekrallt hätte, kein Farn, keine Blumen, keine Schimmelgewächse, kein verwelktes Blatt auf dem Boden, keine Spinnweben, die sich zwischen den Büschen spannten. Dieser ganze Wald wirkte auf ihn, als wäre er *gemacht* worden, nicht gewachsen, und das von jemandem, der entweder nicht besonders talentiert oder in großer Eile gewesen war. Er fragte sich, ob es überall in Cant so aussah wie hier. Wenn ja, so verstand er Titchs Zorn plötzlich sehr viel besser. Welche anderen denkenden Geschöpfe als Quorrl sollte ein Land hervorbringen, das von der Natur so betrogen worden war wie dieses?

Kiina deutete mit der Hand, und Skar schrak abrupt aus seinen Gedanken hoch und blickte konzentriert nach Süden. Es war noch immer nicht richtig hell – die Dämmerung schien hier sehr viel länger zu dauern, als er es gewöhnt war –, aber nach ein paar Augenblicken erkannte er, worauf ihn Kiina hatte aufmerksam machen wollen: vor dem gegenüberliegenden Waldrand rührte sich etwas. Titch. Der Quorrl hatte seinen goldenen Panzer abgelegt, so daß er nicht viel mehr als ein schwarzer Fleck auf schwarzem Untergrund war, nur an seiner Bewegung zu erkennen, und er schien sich nicht sonderlich zu beeilen.

»Warte noch«, flüsterte er, als Kiina sich erhob. Aufmerksam beobachtete er Titch, der allmählich von einem gestaltlosen Etwas zu einem sich bewegenden Schatten mit Armen und Beinen wurde, dann die Stadt. Sie konnten das Tor von hier aus nicht sehen, aber nach ein paar Sekunden erschienen zwei massige

Gestalten auf dem Weg, die Titch entgegeneilten.

»Jetzt«, befahl er. »Beeil dich. Warte nicht auf mich.«

Sie huschten los. Der Weg, dreihundert Schritte über vollkommen leeres Gelände, schien kein Ende zu nehmen, obgleich Skar so schnell rannte, daß selbst Kiina Mühe hatte, mit ihm Schritt zu halten. Er konnte spüren, wie seine Kräfte mit jeder Sekunde nachließen, und er rechnete jeden Augenblick damit, einen Schatten zu sehen, der auf ihn zustürmte, einen Schrei hören, oder einfach das Surren eines Pfeiles, der ihn einen Sekundenbruchteil später treffen würde.

Aber die Götter – oder vielleicht auch nur die Gleichgültigkeit eines willkürlichen Schicksals – meinten es ausnahmsweise einmal gut mit ihnen. Sie überwanden den Sicherheitsstreifen um die Stadt unbehelligt. Die beiden Quorrl hatten Titch noch nicht einmal erreicht, als sich Skar schweratmend in die Deckung des Felsbrockens sinken ließ, der die Palisadenwand durchbrach. Sie hatten es noch nicht geschafft. Der Findling war wirklich so groß, wie Titch behauptet hatte: seine verwitterte Spitze schob sich bis auf eine halbe Armeslänge an die Krone der Palisadenwand heran, und seine Flanken waren, obgleich von einer Million Quorrl-Hände und -Füße glattpoliert, doch rissig genug, ihn selbst mit einer Hand zu ersteigen. Aber sie würden für jeden deutlich sichtbar sein, während sie es taten. Für die Quorrl dort oben bei Titch, auf halber Höhe des Hanges, ganz besonders gut.

»Worauf wartest du?« fragte Kiina, die neben ihm auf ein Knie herabgesunken war. Sie atmete so schwer und schnell wie er, wirkte aber trotzdem eher ungeduldig als erschöpft.

»Daß sie verschwinden«, antwortete Skar mit einer Geste auf die Quorrl. Die beiden Krieger hatten Titch mittlerweile erreicht und waren stehengeblieben. Sie schienen mit Titch zu diskutieren, wenn nicht zu streiten. Skar fragte sich besorgt, was der wirkliche Grund für Titchs Nervosität gewesen war. Es war nicht nur der Umstand, daß *sie* sich in seiner Begleitung befanden, das hatte er deutlich gespürt.

Er gestikulierte Kiina, weiter in Deckung zu gehen, preßte sich so eng gegen die Felsbrocken, wie er nur konnte, und beobachtete, was weiter geschah. Es war heller geworden, aber noch immer nicht hell genug, um Einzelheiten zu erkennen. Nach einer Weile drehten sich die beiden Quorrl um und nahmen Titch in die Mitte. Ob sie ihn dabei festhielten oder einfach nur begleiteten, konnte er nicht erkennen.

Er wartete, bis die Quorrl aus seinem Blickfeld verschwunden waren, zählte in Gedanken langsam bis fünfzig und richtete sich auf. Wieder fühlte er Schwäche wie eine bleierne Last an seinen Gliedern zerren. Als er den Arm hob und mit den Fingern nach einem Halt im Stein tastete, wurde ihm schwindlig. Wahrscheinlich war es einzig das Wissen, daß dieser Fels das letzte Hindernis auf ihrem Weg war, das ihm die Kraft gab, sich überhaupt noch weiter zu schleppen.

Er mußte feststellen, daß das Überklettern eines auch nur mittelschweren Hindernisses mit einer Hand gar nicht so leicht war; um nicht zu sagen, eine Tortur. Zweimal griff er automatisch mit der linken Hand zu und verlor fast den Halt, ehe ihm einfiel, daß sie nicht mehr da war, und als er endlich oben war und versuchte, über die Palisade zu spähen, stieß er mit seinem Armstumpf so heftig gegen einen Balken, daß er um ein Haar vor Schmerz aufgebrüllt hätte. Kalter Schweiß bedeckte seine Stirn, als er es zum zweiten Mal versuchte.

Im ersten Moment erkannte er nichts. Der Himmel über ihm begann sich allmählich hell zu färben, aber die Stadt lag da wie ein Schacht aus Dunkelheit, scheinbar bodenlos. Erst nach Sekunden begannen sich die Umrisse seltsam kubischer, wuchtiger Bauwerke aus der Schwärze zu schälen, das streng geometrische Rechteckmuster der wenigen schmalen Gassen und die knorrigen schwarzen Schatten von Dingen, die er nicht zu identifizieren vermochte. Behutsam schob er sich ein Stück weiter vor und sah an der Wand hinab. Sie war nicht besonders hoch – zehn, zwölf Fuß, eine Distanz, die er normalerweise ohne zu darüber nachdenken übersprungen hätte. Aber seine Kraft reichte nicht mehr für einen *Sprung*. Es würde ein Sturz werden.

»Willst du hier Wurzeln schlagen?«

Kiina war unbemerkt hinter ihm auf den Felsen geklettert, und für einen Moment verspürte Skar einen absurden Neid auf ihre Jugend und Kraft, als er sah, daß ihr Atem kaum schneller ging. Ärgerlich und mehr vom Trotz als klarer Überlegung getrieben, richtete er sich halb auf, federte kurz in den Knien ein und sprang in die Tiefe.

Die Strafe folgte unverzüglich. Er kam schlecht auf, fiel und versuchte den Sturz in eine Rolle vorwärts zu verwandeln, was ihm aber nur zum Teil gelang. Er stürzte, schrammte sich auf dem rauhen Boden die Haut vom rechten Unterarm und einem Teil der Wange und verbiß sich nur deshalb einen Schmerzlaut, weil Kiina ihm ohne zu zögern folgte; auf die gleiche Weise wie er, nur wesentlich leiser und geschmeidiger. Mit einem Schritt war sie bei ihm, half ihm auf die Füße und sah ihn fragend an.

Skar schüttelte den Kopf, um anzudeuten, daß ihm nichts passiert sei, entzog Kiina seine Hand und sah sich seinerseits aufmerksam um. Es war noch dunkler hier, als es vom Felsen aus den Anschein gehabt hatte. Kaum eine Armeslänge vor ihm ragte die Wand eines jener sonderbar würfelförmigen Gebäude in die Höhe, schwarz und konturlos in der Finsternis und scheinbar so gewaltig wie ein Berg. Skar streckte die Hand aus und fühlte rauhen, kaum bearbeiteten Stein. Titch hatte von losen Brettern gesprochen.

»Hier, Skar.«

Kiina war in der Dunkelheit verschwunden, aber es fiel ihm nicht schwer, die Richtung auszumachen, aus der ihre Stimme kam. Vorsichtig bewegte er sich darauf zu, erkannte einen kauernden Schatten und hörte fast im gleichen Moment ein gedämpftes Knarren. In der schwarzen Wand hinter Kiina tat sich ein dreiekkiger Spalt in noch tieferem Schwarz auf.

Er hatte kein gutes Gefühl, als er gebückt hinter Kiina in den

Schuppen kroch. Sicher, es war alles so, wie Titch vorhergesagt hatte: der Felsen war da, der Schuppen und sogar der geheime Eingang zu dem Kinderversteck, aber es waren *zwanzig* Jahre vergangen, seit Titch und seine Freunde sie für ihre Spiele benutzt hatten. Die Götter allein mochten wissen, wozu all dies *heute* diente. Vielleicht kamen sie geradewegs unter dem Bett des quorrlschen Äquivalents eines Bürgermeisters heraus. Oder in seiner Vorratskammer.

Im Moment jedenfalls sah er nichts als eine Schwärze, die so tief war, daß er fast meinte, sie anfassen zu können. Ein unangenehmer, nicht einzuordnender Geruch hing in der Luft und machte ihm das Atmen schwer, und seine tastende Hand stieß fast unmittelbar auf Widerstand: eine zweite, hölzerne Wand, die den winzigen Raum auf weniger als eine Armeslänge einengte. Er hatte niemals unter Platzangst gelitten, aber als Kiina sich nach wenigen Sekunden umständlich in ihrem winzigen Versteck umdrehte und das lose Brett wieder an seinen Platz schob, hatte er plötzlich das Gefühl, überhaupt nicht mehr atmen zu können. Sein Herz jagte. Er spürte Kiinas Nähe, den Stoff ihres Mantels und ihr seidiges Haar, das seine Wange kitzelte, und beides war ihm auf seltsame Art unangenehm. Er mußte sich beherrschen, um nicht trotz der Enge zu versuchen, von ihr fortzurücken. Seine Hand wurde feucht vor Schweiß.

Er hörte Kiina neben sich in der Dunkelheit hantieren, dann klapperte etwas. »Hier ist etwas«, sagte sie. »Ich kann es nicht genau ertasten, aber ... ja. Es ist eine Lampe. Hast du Feuersteine?«

»Nein«, antwortete Skar. Seine Stimme klang krächzend. Er versuchte, diesen Eindruck auf die sonderbare Akustik des winzigen Verschlages zu schieben, aber er konnte nicht einmal sich selbst belügen. Er hatte Angst, ganz plötzlich. Er war halb wahnsinnig vor Angst. Und er wußte nicht einmal, warum.

Kiina seufzte. »Natürlich nicht«, sagte sie. »Was für eine dumme Frage. Warte.« Wieder tat sie etwas, was er nur hörte und nicht sehen konnte, aber nach Augenblicken glomm ein winziges rotes Flämmchen zwischen ihren Fingern auf, sprang auf den Docht der groben Öllampe über, die sie gefunden hatte, und wuchs zu einem bleichen, flackernden Licht. Skar erkannte, daß der Verschlag wirklich so winzig war, wie er geglaubt hatte. Jetzt, als er seine Wände *sehen* konnte, kam er ihm sogar noch kleiner vor.

Das Mädchen schob die Lampe so weit von sich fort, wie es ging, und rutschte gleichzeitig näher an Skar heran, schon, damit die Flamme nicht auf ihren Mantel oder ihr Haar übergriff. Sie sah zu ihm auf, und er versuchte sich wenigstens einzureden, daß der im blassen Licht der Lampe nur zu erahnende Ausdruck auf ihrem Gesicht ein Lächeln sein sollte. Er fragte sie nicht, wie sie das Feuer gemacht hatte, aber Kiina sagte es ihm trotzdem.

»Ein alter Trick der *Errish*«, sagte sie. »Du wärst erstaunt, wenn du wüßtest, wie einfach er ist.«

Sie sagte das nicht einfach nur so dahin. Sie hatte genau die gleichen Worte schon einmal gesagt, vor Monaten, die ihm wie Jahre vorkamen, auf der anderen Seite der Welt und in einem anderen Leben, und sie erfüllten ihn mit einer seltsam melancholischen Traurigkeit. Und genau wie damals waren sie sich nahe, so nahe, wie sich zwei Menschen nur sein können.

Zögernd streckte er die Hand nach ihr aus, berührte ihre Schulter, ihr Haar, ließ seine zitternden Fingerspitzen über ihre Wange gleiten, ihre Augen... Ein Gefühl tiefer Zärtlichkeit durchströmte ihn, eine Liebe, die vom ersten Tag an zwischen ihnen gewesen war und die nichts glich, was er jemals erlebt hatte. Es war nichts Körperliches. Er würde sie niemals berühren, und er wußte auch, daß sie es nicht zulassen würde, sollte er es versuchen. Und doch war er bereit, sein Leben für sie zu geben, ohne zu zögern. Früher, unendlich viel früher einmal, war es zwischen Del und ihm ähnlich gewesen. Aber das war lange her. Zu lange, als daß er sich noch wirklich daran erinnerte; in einem Leben, in dem er noch Achtung vor sich selbst gehabt hatte, als er noch wußte, warum er überhaupt lebte, in dem er noch Freunde gehabt hatte. Heute war sein einziger Freund ein fischgesichtiger Quorrl, und der einzige Grund, aus dem er noch lebte der, daß der Moment für seinen Tod noch nicht gekommen war. Er hatte noch immer Angst, aber er begriff plötzlich ihren Grund. Es war nicht die Angst vor *irgend etwas*, sondern Furcht vor dem Leben selbst, dem nächsten Moment und dem Schrekken, den er bringen mochte.

Kiina schien zu spüren, wie es in ihm aussah, denn sie nahm plötzlich seine Hand und schob sie mit sanfter Gewalt von sich fort, ohne ihn wirklich *wegzustoßen*, und sah sich mit einem übertrieben gekünstelten Räuspern in dem kleinen Verschlag um. Es gab allerdings nicht furchtbar viel, was sie entdecken konnte: der Raum hatte die Form eines schmalen Rechteckes und war fast vollkommen leer, von der Lampe und einem zerbrochenen Spielzeug abgesehen, das sehr alt sein mußte, denn seine ursprüngliche Form war von Schimmel und Moder zerfressen und fast unkenntlich. Der Boden bestand aus Stein, der viel glatter war als der der Straße draußen, aber auch härter.

»Titchs Freunde müssen verdammt klein gewesen sein, wenn sie in diesem Loch gespielt haben«, sagte sie lächelnd. Sie streckte die Hand aus, tastete behutsam über die innere Wand und zog die Finger fast erschrocken wieder zurück, als sich eines der Bretter bewegte.

Skar hielt sie zurück, als sie erneut ansetzte und auch hier als erste unter dem losen Brett hindurchkriechen wollte. »Warte«, sagte er. »Gib einem alten Mann eine Chance, wenigstens ab und zu den Beschützer zu spielen.«

Kiina seufzte. Eingepfercht, wie sie in dem winzigen Verschlag dasaßen, wäre es sehr viel einfacher gewesen, wenn sie vorausgegangen wäre. Aber sie schien zu ahnen, daß Skars Worte nicht ganz so scherzhaft gemeint waren, wie sie sich anhörten, denn sie protestierte nicht, sondern preßte sich noch enger gegen die Wand, als Skar umständlich über sie hinwegkletterte und die

Schultern durch die Öffnung zu zwängen begann.

Der Raum, in den er gelangte, war ebenso dunkel wie der winzige Verschlag, aber der bleiche Lichtschein, der ihm durch die Öffnung hindurch folgte, zeigte ihm wenigstens, daß er sehr viel größer war. Skar kroch ein paar Schritte weit, schloß die Augen und blieb reglos lauschend sitzen, bis er sicher war, allein zu sein. Dann richtete er sich auf, legte die rechte Hand auf das Schwert im Gürtel und flüsterte Kiina zu, nachzukommen.

Es wurde hell, denn sie brachte die Lampe mit sich. Das winzige Ölflämmchen loderte hell auf, als frischer Sauerstoff an den Docht gelangte, und Skar konnte Schemen ihrer Umgebung erkennen. Sie befanden sich in einem großen, annähernd rechtekkigem Raum, der das gesamte Innere des Gebäudes einnehmen mußte. An zwei der drei Wände stapelten sich Säcke und Ballen unbekannten Inhalts, und beiderseits der Tür, die der Rückwand genau gegenüberlag, waren mannslange, dicke Rundhölzer zu gewaltigen Bündeln zusammengebunden und aufeinandergestapelt. Es gab keine Fenster.

»Titch hat die Wahrheit gesagt«, murmelte Kiina, nachdem sie sich einmal im Kreis gedreht und dabei ihre Lampe geschwenkt hatte, um sich umzusehen. »Ein Lager.«

»Und offensichtlich eines, das lange Zeit nicht mehr betreten worden ist«, fügte Skar hinzu. Die Luft war hier etwas besser, aber sie roch noch immer trocken und alt und kratzte beim Atmen im Hals. Überall lag Staub.

Kiina zuckte mit den Schultern, stellte die Lampe auf den Boden und bewegte sich auf Zehenspitzen zur Tür. Ehe Skar Gelegenheit fand, sie zurückzuhalten, hatte sie die Hand nach dem Griff ausgestreckt und zog daran. Die Tür rührte sich nicht.

»Und jetzt?« fragte Kiina enttäuscht, als sie sich zu ihm herumdrehte.

»Jetzt«, antwortete Skar, »tun wir genau das, was Titch gesagt hat. Wir warten auf ihn.«

»Oder ein Dutzend Quorrl-Bälger, das hereinkommt, um zu

spielen«, sagte Kiina stirnrunzelnd.

Skar schwieg dazu. Auch er hatte sich aufmerksam umgesehen, und da waren ein, zwei Sachen, die doch nicht ganz zu dem paßten, was Titch erzählt hatte. Der Staub auf dem Boden, in dem nicht die geringste Spur war, oder der Umstand, daß es nicht das mindeste bißchen Schmutz in dem kleinen Verschlag jenseits der doppelten Rückwand gab, und nur ein einziges, vor mindestens zehn Jahren zerbrochenes Spielzeug.

Wortlos trat er neben Kiina, schob sie sanft zur Seite und betrachtete die Tür. Sie war noch massiver, als es von weitem den Anschein gehabt hatte, viel zu stark jedenfalls, um sie mit Gewalt zu öffnen, selbst wenn sie Werkzeug gehabt hätten und keine Rücksicht auf Lärm nehmen müßten. Aber sie war nicht sehr gut gearbeitet. Wie alles, was von den Quorrl stammte, war sie zweckmäßig und stark, aber grob; zwischen Blatt und Rahmen war ein fast fingerbreiter Spalt, durch den er bequem nach draußen sehen konnte.

»Mach das Licht aus«, sagte er.

»Warum?«

»Weil es draußen noch immer nicht richtig hell ist«, antwortete Skar ungeduldig. »Sie werden den Lichtschein sehen, wenn jemand zufällig vorbeikommt.«

»Und wer sollte das sein?« fragte Kiina spöttisch, beeilte sich aber trotzdem, seiner Anweisung zu folgen und die Flamme auszublasen. »Dort draußen ist niemand. Und schon gar keiner, der irgend etwas *zufällig* tut.«

Skar sah sich ärgerlich nach ihr um, ehe er wieder nach draußen blickte. Kiinas Worte kamen der Wahrheit näher, als ihm lieb war. Die schmale Straße, die er durch den Türspalt hindurch zum Teil überblicken konnte, war vollkommen leer. Und obwohl es noch immer nicht hell genug war, um viele Einzelheiten zu erkennen, kam sie ihm auf die gleiche, unheimliche Weise verlassen und leer vor wie dieses Lagerhaus. In keinem der Häuser brannte Licht. Nirgends ein Laut. Er begann sich zu fragen, ob in dieser Stadt überhaupt jemand lebte.

»Auf jeden Fall kommen wir hier heraus«, sagte er nach einer Weile. Kiina sah ihn fragend an, und Skar deutete erklärend auf den wuchtigen Riegel, der von außen vor der Tür lag. Ihn durch den Türspalt hindurch mit einem Messer anzuheben oder nötigenfalls mit seinem *Tschekal* zu zerschlagen, war kein Problem.

»Dann sollten wir es tun«, schlug Kiina vor.

»Und einem Quorrl in die Arme laufen, der gerade seinen Nachttopf ausleert?« Skar schüttelte entschieden den Kopf. »Ganz bestimmt nicht. Wir warten hier, bis Titch kommt.«

»Und wenn er *nicht* kommt?«

Skar wußte, was Kiina meinte. Sie hatte so deutlich wie er gesehen, wie die beiden Quorrl Titch in die Mitte genommen hatten. Einen Moment lang sah er sie nur an, dann zuckte er mit den Schultern, drehte sich demonstrativ von der Tür weg und ließ sich vor einem der Säckestapel zu Boden sinken. Er war müde, aber nicht sehr; und ein wenig mutlos. Sein Armstumpf tat weh.

Sekundenlang blieb Kiina einfach in der Dunkelheit stehen und starrte ihn an, ehe sie sich mit einer eindeutig verärgerten Bewegung herumdrehte und seinen Platz an der Tür einnahm.

Skar schloß die Augen, obgleich er wußte, daß es ein Fehler war. Er würde einschlafen, wenn er nicht sehr, sehr aufpaßte, und allein dieses Achtgeben verlangte schon mehr Willenskraft von ihm, als er im Moment noch aufbringen konnte.

Trotzdem gestattete er sich den Luxus, die betäubende Schwere in seinen Gliedern als angenehm zu empfinden und sich und seine Gedanken einfach treiben zu lassen. Mit Ausnahme jener einen, viel zu kurzen Nacht in der Bergfestung hatte er noch keine Gelegenheit gefunden, wirklich über alles nachzudenken; und da war er noch viel zu betäubt und erschlagen von dem Erlebten gewesen, um seine Tragweite auch nur annähernd zu begreifen.

Er war sich auch nicht sicher, ob er es jetzt tat. Er war sich nicht einmal sicher, ob er alles, woran er sich zu erinnern glaubte, auch *wirklich* erlebt hatte. Der Dämon unter dem Turm, jenes schreckliche Geschenk der Vergangenheit – war das alles wirklich? Oder nur ein weiterer Schachzug in diesem schier endlosen Spiel aus Lügen und Täuschungen, in dem er selbst mitspielte, ohne zu wissen, auf welcher Seite er stand?

Er wußte es nicht. Er *hatte* etwas gesehen, aber es kam ihm jetzt, mit dem Abstand einiger Tage und dem Gefühl des *wiedereinmal-überlebt-zu-haben*, bizarr und irreal vor. Vielleicht war der Dämon nicht das gewesen, was er zu sehen glaubte. Vielleicht hatte er die gehörnte Scheußlichkeit nur erblickt, weil sie genau das war, was er zu sehen erwartete.

Der Gedanke beruhigte ihn nicht. Im Gegenteil. Er verstärkte auf grundlose, aber jeden Zweifel ausschließende Art nur seine Überzeugung, daß Titch und er *irgend etwas* geweckt hatten, als sie Ennart töteten. Und es war noch da. Er hatte es nicht besiegt, nicht einmal vertrieben. Es war noch da, und es durchstreifte vielleicht gerade jetzt die Welt dort draußen auf der Suche nach einem neuen Opfer oder vielleicht auch ihm, und es –

»Skar!«

Kiinas Ausruf riß ihn abrupt in die Wirklichkeit zurück. Er öffnete die Augen, begriff, daß er eingeschlafen war und Minuten vergangen sein mußten, und sprang auf, ohne kostbare Zeit damit zu verschwenden, zu erschrecken. Mit zwei, drei raschen Schritten war er neben Kiina und spähte durch den Türspalt.

Es war mittlerweile vollends hell geworden, aber die Straße lag so ausgestorben und leer da wie zuvor. Fragend und alarmiert zugleich sah er Kiina an.

»Titch«, antwortete das Mädchen. »Sie haben ihn weggeführt. Zwei Quorrl.« Sie deutete eine Kopfbewegung zum Ende der Straße an. Ihr Gesicht war sehr besorgt.

»Und?«

»Er war in Ketten«, sagte Kiina.

»Bist du sicher?«

»Völlig«, antwortete Kiina, und allein der Umstand, daß sie nicht die Gelegenheit zu einer schnippischen Antwort nutzte, überzeugte Skar endgültig davon, daß sie die Wahrheit sprach.

»Wohin sind sie gegangen?« fragte er. »Nach rechts oder links?«

»Links.« Kiina trat einen halben Schritt zurück und zog ihr Schwert aus dem Gürtel.

»Was hast du vor?« fragte Skar.

»Ihn befreien«, antwortete Kiina entschlossen. »Was denn sonst?«

Skar unterdrückte ein Lächeln. Noch vor einer Woche hätte Kiinas Antwort *zu fliehen* gelautet, und zwar mit derselben Selbstverständlichkeit. Aber er hob sich seine Zufriedenheit für später auf und schüttelte den Kopf. »Du bleibst hier«, befahl er. »*Ich* gehe.«

»Du?« Es kostete Kiina sichtliche Mühe, nicht verächtlich die Lippen zu schürzen oder eine abfällige Bemerkung zu machen, aber irgend etwas mußte in seinem Blick sein, was ihr klar machte, daß Widerspruch in diesem Moment nicht sinnvoll war. Nach einer Sekunde zog sie die Hand zurück und zuckte verärgert mit den Schultern. »Soll ich dir versprechen, hier auf dich zu warten?« fragte sie.

»Dieses Versprechen würdest du sowieso nicht halten, oder?« fragte Skar.

»Kaum.«

»Du bleibst hier«, sagte Skar. »Behalte die Straße im Auge, bis ich verschwunden bin, dann kommst du mir nach. Aber vorsichtig. Ich brauche jemanden, der meinen Rücken deckt, niemanden, der Heldentaten vollbringt. Hast du das verstanden?«

Sie nickte wortlos, aber vielleicht war es gerade die knappe Art ihrer Antwort, die ihn davon überzeugte, daß sie tun würde, was er verlangte. Auch sie hatte sich verändert, begriff er plötzlich. Sie hatte angefangen, ein Gespür für Gefahr zu entwickeln.

Er drehte sich zur Tür und spähte noch einmal auf die Straße hinaus. Sie lag noch immer still da. Die drei Türen, die er sehen konnte, waren geschlossen, und in den Häusern rührte sich nichts. Er hörte auch keinen Laut. Die Stadt schien ausgestorben zu sein. Trotzdem erfüllte ihn der Gedanke, dort hinausgehen zu sollen, mit allem anderen als Zuversicht. Es war eine winzige Stadt, aber es war eine Stadt der *Quorrl*, die ihn in Stücke reißen würden, noch ehe er Gelegenheit fand, irgend etwas zu erklären.

Behutsam schob er die Klinge seines Schwertes unter den Riegel und versuchte ihn anzuheben. Er bewegte sich leichter, als er erwartet hatte. Aber nur im ersten Moment. Dann verkantete er sich, mit einem Ruck, der Skar klar machte, daß er sich nie wieder bewegen würde. Mit einem bedauernden Seufzer zog er das Schwert zurück, schob es oberhalb des Riegels erneut durch den Türspalt und ließ die Klinge mit aller Gewalt niedersausen. Der rasiermesserscharfe Stahl seines Satai-Schwertes zerschnitt das morsche Holz fast ohne spürbaren Widerstand. Aber es gab einen peitschenden Knall, der in Skars Ohren wie ein Kanonenschuß klang und endlos zwischen den Häusern der schmalen Gasse widerzuhallen schien.

Trotzdem zögerte er keine Sekunde mehr, sondern sprengte die Tür mit der Schulter vollends auf, sprang mit einem Satz auf die Straße hinaus und sah sich blitzschnell nach beiden Seiten um.

Nichts.

Die Häuser lagen verlassen und still wie große steinerne Gräber da, eine monotone Reihe würfelförmiger schwarzer Klötze, hinter deren Türen und Fenstern sich kein Leben regte. Skar war jetzt nahezu davon überzeugt, daß es in dieser Stadt keine Quorrl mehr gab. Und das schon seit langer Zeit.

Er wandte sich nach links, huschte geduckt die Straße hinunter und preßte sich dicht vor der Wegkreuzung gegen die Wand. Er lauschte. Aber er hörte auch jetzt nichts außer dem Heulen des Windes und dem Hämmern seines eigenen Herzens. Unendlich vorsichtig schob er sich weiter, spähte um die Ecke und atmete erleichtert auf, als er auch diese Straße leer sah. Er zögerte noch einen Moment, um sich herumzudrehen und konnte mit einem Winken zu Kiina signalisieren, daß alles in Ordnung war, dann packte er sein Schwert fester und lief mit schnellen Schritten weiter.

Die Straße endete nach einem Dutzend Schritte vor der hölzernen Palisadenwand der Stadt. Der Weg führte auch hier in beide Richtungen. Skar wandte sich wahllos nach links, begriff nach ein paar Schritten, daß er in eine Sackgasse lief, und machte wieder kehrt.

Um ein Haar wäre er in Titch und seine beiden Bewacher hineingelaufen. Die Quorrl waren wieder von der Hauptstraße abgebogen, dann aber aus irgendeinem Grunde stehengeblieben, so daß Skar fast im vollen Lauf gegen einen der Schuppenkrieger prallte und erst im letzten Moment zum Stehen kam.

Was ihn rettete, das waren allein die Überraschung der Quorrl – und Titch. Die beiden Krieger starrten ihn für die Dauer eines halben Atemzugs total überrascht an und rissen dann in einer nahezu synchronen Bewegung ihre Schwerter aus den Gürteln, aber Titch reagierte noch schneller. Mit einem wütenden Knurren warf er sich gegen den Quorrl zu seiner Rechten und riß ihn allein durch die ungestüme Wucht seines Anpralles zu Boden, so daß Skar wenige, kostbare Sekunden gewann, in denen er es nur mit einem der vierhundert Pfund schweren Kolosse zu tun hatte.

Sein Schwert bewegte sich in einer komplizierten, kreiselnden Bewegung auf den Quorrl zu, stach nach seiner freien, linken Hand und durchbohrte sie. Der Quorrl schrie vor Schmerz und Wut auf und taumelte zur Seite. Skar setzte ihm nach, duckte sich blitzschnell, als der Quorrl wütend nach ihm hieb, und stach nach seinen Beinen. Das *Tschekal* traf die rechte Fessel des Schuppenkriegers und durchtrennte seine Sehne. Der Riese wankte, versuchte vergeblich sein Gleichgewicht zu halten und kippte in einer grotesk langsamen Bewegung nach hinten. Skar setzte ihm nach und schlug ihm die flache Seite seines Schwertes gegen den

Schädel. Der Quorrl keuchte vor Schmerz, versuchte sich noch einmal aufzurichten und verlor mitten in der Bewegung das Bewußtsein.

Als Skar herumfuhr, saß er gerade noch, wie sich der zweite Quorrl fluchend unter Titchs Körper hervorarbeitete, wobei er zwei-, dreimal hintereinander wuchtig mit dem Schwertknauf nach Titchs Schläfe hieb.

Skar ließ ihm nicht die geringste Chance. Er verschwendete keine Zeit darauf, *fair* zu kämpfen; mit nur einer Hand und geschwächt, wie er war, konnte er sich einen Luxus wie *Ritterlichkeit* nicht leisten. Mit einem Satz war er bei ihm, versetzte dem Koloß einen Tritt gegen die Seite, der ihn abermals zu Boden fallen ließ, und stieß ihm die Klinge in die Brust. Der Quorrl starb ohne einen Laut.

Schweratmend ließ Skar das Schwert fallen, wankte zu Titch hinüber und sank neben ihm auf die Knie. Der Quorrl hatte trotz der furchtbaren Hiebe gegen seinen Schädel das Bewußtsein nicht verloren, wirkte aber benommen und schien ihn im ersten Augenblick nicht einmal zu erkennen, als Skar ihn mühsam auf den Rücken drehte. Sein Gesicht war voller Blut.

»Alles in ... in Ordnung?« sagte Skar mühsam. Sein Atem ging schnell und stoßweise, und sein Puls jagte. Der kurze Kampf hatte ihn vollkommen erschöpft.

Titch nickte, verzog das Gesicht zu einer schmerzlichen Grimasse und versuchte das Blut wegzublinzeln, das ihm in die Augen lief. Skar nahm einen Zipfel seines Mantels und wischte die Stirn des Quorrl sauber.

»Danke«, grunzte Titch. »Aber es wäre einfacher, wenn du mich losbinden würdest, meinst du nicht?«

Skar blickte ihn einen Moment lang betroffen an, ehe er sich fast hastig bückte und die Ketten löste, die Titchs Handgelenke zusammenhielten. Der Quorrl schleuderte seine Fesseln mit einem wütenden Laut davon, stand wortlos auf und bückte sich nach dem *Tschekal*, das zwei Schritte neben ihm auf der Straße lag. Noch ehe Skar wirklich begriff, was er vorhatte, hob er die Waffe auf, ging zu dem bewußtlosen Quorrl hinüber – und schnitt ihm mit einem einzigen, wütenden Hieb die Kehle durch.

»Was, zum Teufel, –?!«

Titch fuhr mit einem Knurren herum. Sein Gesicht war zu einer Grimasse aus Blut und Haß geworden, und seine Augen schienen zu brennen. Drohend richtete er die Schwertspitze auf Skar. »Sag nichts, Mensch!« grollte er. »Was immer du sagen willst, behalte es für dich!«

Skar schwieg. Was Titch getan hatte, entsetzte ihn, aber er kannte den Quorrl auch gut genug, um zu wissen, daß es nicht grundlos geschehen war. Und wenn Titch nicht über diese Gründe sprechen wollte, so war das seine Sache.

»Sie sind alle tot, Skar.«

Skar drehte sich erschrocken herum. Er hatte Kiinas Annäherung nicht einmal bemerkt, aber sie war ihm bis auf zwei Schritte nahe gekommen. Das Schwert, das sie in der rechten Hand trug, zitterte. Sie war sehr blaß.

»Sie ... sie sind alle tot«, sagte sie noch einmal. »Ich war in einem der Häuser. Sie sind von außen verschlossen, aber sie sind voller ... voller toter Quorrl.«

»Tot?«

»Sie haben sie umgebracht«, flüsterte Titch. »Alle. Sie haben ... die ganze Stadt ausgelöscht.«

Skar war nicht einmal sehr überrascht. Er hatte gewußt, daß es in dieser Stadt kein Leben mehr gab, schon lange vor Titchs Worten. Aber er fühlte sich betroffen; viel stärker, als er erwartet hatte; sogar stärker als zuvor, bei anderen Gelegenheiten, als er durch Städte und Dörfer gekommen war, deren *menschliche* Bewohner man umgebracht hatte. Er war verwirrt.

Automatisch griff er zu, als Titch sich endlich zu ihm herumdrehte und ihm das Schwert zurückgab. Er schob die Waffe fast überhastet in ihre Scheide zurück und verzichtete sogar darauf, das Blut abzuwischen, das noch an der Klinge klebte. Titchs

Gesicht war voller Zorn und Haß, aber er wich seinem Blick aus.

»Warum?« fragte Skar.

»Weil sie ...« Titch stockte, blickte ihn für einen kurzen Moment nun doch an und sah dann hastig wieder weg. »Ich weiß es nicht«, antwortete er. Es war eine Lüge. Skar spürte es, und Titch gab sich nicht einmal sonderliche Mühe, überzeugend zu wirken. Erneut fiel Skar ein, wie unsicher und ... ja, und fast *ängstlich* der Quorrl auf ihn gewirkt hatte, vorhin, ehe sie sich der Stadt näherten.

»Es muß einen Grund geben«, sagte Kiina überzeugt. »Nicht einmal Quorrl löschen ein ganzes Dorf ohne Grund aus.«

Skar warf ihr einen warnenden Blick zu, aber Titch reagierte ganz anders, als er erwartet hatte: statt zornig zu werden, drehte er sich nur langsam zu dem Mädchen um, sah sie einen Herzschlag lang mit undeutbarem Ausdruck an und nickte schließlich. »Vor dem Tor sind noch drei«, sagte er. »Vielleicht fragen wir sie.«

»Warum nicht?« Kiina zuckte die Schultern. »Wir –«

»Wir«, fiel ihr Skar ins Wort, etwas lauter und mit eindeutig warnender Betonung, »werden gar nichts tun. Titch und ich gehen. *Du* bleibst hier.«

»Wer sagt das?« fragte Kiina trotzig.

Skar hatte plötzlich Lust, ihr eine schallende Ohrfeige zu versetzen. »Es ist zu gefährlich«, sagte er mit mühsamer Beherrschung. »Es sind Krieger, Kiina. Diese beiden hier haben wir überrascht.«

»Und?« schnappte Kiina. »Warum sollte uns das bei den anderen nicht auch gelingen?«

Wahrscheinlich hätten sie sich noch weiter gestritten; Kiina war viel zu starrköpfig, um nachzugeben, und Skar zu müde; außerdem machte es ihn wütend, daß sie auch diesmal wieder seinen Befehl mißachtete und auf eigene Faust eines der Häuser durchsucht hatte. Aber Titch beendete die sinnlose Diskussion, ganz einfach, indem er sich zu einem der toten Krieger herabbeugte und dessen Waffe an sich nahm. Ohne ein Worte drehte er sich herum und ging mit schnellen Schritten den Weg zurück den sie gekommen waren, so daß sie ihm folgen mußten, ob sie wollten oder nicht.

Skar zog das Schwert, als sie sich dem Tor näherten. Es gab keine Möglichkeit, sich in irgendeinem toten Winkel zu halten; das Tor war so breit wie die Straße, und auf den letzten zwanzig Schritten gab es keinerlei Abzweigungen. Aber sie hatten Glück. Vor dem Tor rührte sich nichts, doch sie sahen den Widerschein des heruntergebrannten Feuers, an dem sich die Quorrl während der Nacht aufgewärmt haben mußten. Skar fragte sich, warum sie unter freiem Himmel übernachtet hatten, statt in einem der leerstehenden Häuser Schutz zu suchen.

Titch zögerte keine Sekunde, sondern ging im Gegenteil plötzlich schneller. Skar hörte einen überraschten Schrei auf der anderen Seite des Palisadenzaunes, dann riß Titch das erbeutete Schwert in die Höhe und wandte sich mit einem Sprung nach links, und aus dem Schrei wurde das entsetzliche Geräusch reißenden Stahls, der durch Fleisch und Knochen schnitt.

Es war vorbei, ehe Skar und Kiina hinter Titch durch das Tor stürmten. Zwei der drei Quorrl lagen tot am Boden, der dritte krümmte sich stöhnend und preßte beide Hände auf eine lange, heftig blutende Schnittwunde in seinem Leib.

Titch versetzte ihm einen Tritt, der ihn halb in die Höhe riß und gegen die Palisadenwand schleuderte. Der Quorrl kreischte vor Schmerz und versuchte gleichzeitig sein Gesischt zu decken und die Hand auf die Wunde in seinen Schuppen zu pressen, aber Titch riß ihn abermals in die Höhe und schlug mit aller Kraft auf ihn ein.

»Titch!« schrie Skar. »Hör auf!«

Titch hörte seine Wort gar nicht, sondern fuhr fort, wie besessen auf den Quorrl einzuschlagen. Skar versuchte ihn zurückzureißen, aber es war, als zerre er an einem Felsen; es gelang ihm nicht nur nicht, Titchs Arm zurückzuhalten, sondern er wurde im Gegenteil mitgerissen, als die Faust des Quorrl abermals mit voller Kraft im Gesicht des verwundeten Kriegers landete. Skar verlor ebenfalls das Gleichgewicht, prallte ungeschickt gegen die Palisade und wäre fast gestürzt.

»Titch – hör auf!« rief Kiina beschwörend. »Wir brauchen ihn noch! Bring ihn noch nicht um!«

Diesmal reagierte der Quorrl. Er riß den Verletzten zwar noch einmal in die Höhe, um ihn mit voller Wucht gegen die Palisadenwand zu werfen, aber seine geballte Faust verharrte plötzlich. Jeder einzelne Muskel in seinem gewaltigen Körper war gespannt; es sah aus, als zerre er mit aller Kraft an unsichtbaren Ketten, die ihn gleichzeitig in zwei verschiedene Richtungen zu ziehen versuchten. Aber dann ließ er die Faust wieder sinken und beschränkte sich darauf, den Quorrl festzuhalten, als er zusammenzubrechen drohte.

Skar warf Kiina einen dankbaren Blick zu – den diese mit einem spöttischen Lächeln quittierte – und wich vorsichtshalber ein paar Schritte vor dem tobenden Quorrl zurück. In Titchs Gesicht mischten sich Mordlust und Verzweiflung zu etwas, das Skar sich plötzlich vor dem Quorrl fürchten ließ. Er spürte, daß Titch ihn töten würde, wenn er versuchte, sich zwischen ihn und seinen Gefangenen zu stellen.

»Töte ihn nicht, Titch«, sagte Kiina noch einmal. Sie sprach schnell, hastig und mit schriller, beschwörender Stimme, aber aus irgendeinem Grund hörte Titch mehr auf sie als auf Skar. »Wir brauchen ihn. Frag ihn, was hier passiert ist. Frag ihn, warum sie das getan haben und wer ihnen den Befehl dazu gegeben hat.«

Titch blickte sie einen Moment lang aus brennenden Augen an, ehe er wieder zu dem Quorrl herumfuhr. Er sagte ein einzelnes, scharf klingendes Wort in einem Quorrl-Dialekt, den Skar nicht verstand. Die Antwort des Kriegers bestand nur aus einem störrischen Kopfschütteln.

Titch schlug ihn, nicht mit der geballten Faust, wohl aber mit aller Kraft, so daß der Kopf des Quorrl wuchtig gegen die Wand flog. Der Krieger stöhnte, aber das trotzige Funkeln in seinen Augen blieb. Titch schlug ihn wieder, und mit noch mehr Kraft. Die Wange des Quorrl platzte auf. Blut lief über seine dunkelgrünen Schuppen.

»Bring ihn nicht um, Titch«, sagte Skar warnend.

Titch funkelte ihn an. »O doch, das werde ich«, antwortete er. »Das werde ich sogar ganz bestimmt. Es liegt nur bei ihm, ob ich es schnell oder langsam tue. *Sehr* langsam«, fügte er mit einem drohenden Blick auf den wimmernden Gefangenen hinzu.

Der Quorrl starrte abwechselnd ihn und Skar an, und Skar war sehr sicher, daß er ihre Sprache verstand.

»Wenn du ihn folterst, bist du nicht besser als sie«, sagte er.

»Und?« Titch lachte schrill. »Wer hat gesagt, daß ich das will? Er ist ein Quorrl, ich bin ein Quorrl. Wir sind doch nur Tiere. Aber er wird antworten, keine Sorge. Die Frage ist nur, wie lange es dauert.«

»Titch, du –«

»Warum«, fiel ihm der Quorrl zornig ins Wort, »gehst du nicht zurück in die Stadt und suchst nach einem Quartier für die Nacht?«

Skar setzte dazu an, zu widersprechen. Aber dann sah er das warnende Funkeln in Titchs Augen und schwieg. Ohne ein weiteres Wort wandten Kiina und er sich um und ging in die tote Stadt hinein.

Es verging mehr als eine Stunde, bis Titch zu ihnen zurückkam. Seine Hände waren voller Blut, das nicht das seine war, und sein Gesicht starr. Skar widerstand der Versuchung, ihn sofort zu fragen, was er erfahren hatte, und zu seiner Überraschung schwieg auch Kiina (die im übrigen während der gesamten Zeit kein einziges Wort mit Skar geredet hatte). Sie stand einfach wortlos auf, nahm einen Krug mit Wasser von einem Regal und schenkte eine hölzerne Schale voll, die sie Titch hinstellte. Der Quorrl blickte sie eine Sekunde lang verwirrt an, ehe er begriff und die Hände in das Wasser tauchte, um das Blut abzuwaschen.

Skar sah ihm mit wachsender Ungeduld zu, aber er beherrschte sich weiter. Es war besser, den Quorrl reden zu lassen, als ihn zu fragen.

»Bist du hungrig?« fragte Kiina. Sie hatten ausreichend Vorräte in dem Haus gefunden, das nur wenige Schritte vom Tor entfernt lag; gerade weit genug, daß sie die Schreie des Quorrl nicht hören konnten. So arm die Ortschaft gewesen war, schienen ihre Bewohner keinen Hunger gelitten zu haben: die Vorratskammern waren voll, und der Speiseplan der Quorrl schien nicht halb so eintönig gewesen zu sein, wie der Anblick ihres öden Landes vermuten ließ.

Titch schüttelte den Kopf, nickte aber nach einer Sekunde doch und ließ sich erschöpft am Tisch nieder, während Kiina ging, um Brot und kaltes Fleisch zu holen.

Sie brachte drei Teller mit als sie zurückkam, und sie verbrachten die nächste Viertelstunde damit, schweigend zu essen. Skar war sehr hungrig, und die ersten Bissen, die er herunterschlang, schürten diesen Hunger eher, als ihn zu befriedigen. Er mußte sich beherrschen, um nicht Brot und Fleisch in sich hineinzustopfen, ohne auf Benehmen und Anstand zu achten. Sein Blick suchte immer wieder Titchs Hände. Der Quorrl hatte das Blut seines Rassegenossen vollständig abgewaschen, aber Skar glaubte es trotzdem noch zu sehen. Er verscheuchte den Gedanken.

»Sie gehörten zur Tempelwache«, sagte Titch unvermittelt.

Skar sah von seinem Teller auf und beherrschte sich im letzten Moment, Titch zu fragen, von welchem Tempel er redete. Der Quorrl starrte ins Leere. Er hatte längst aufgehört zu essen, aber seine Raubtierzähne mahlten immer noch. »Sie sind vor zwei Tagen gekommen. Einen Tag, nachdem wir …«

»Den Ssirhaa getötet haben«, fügte Skar hinzu, als Titch nicht weitersprach.

»Das kann ein Zufall sein«, vermutete Kiina.

»Ja. Oder auch nicht.« Skar ließ das Stück Brot sinken, an

dem er gekaut hatte, und sah Titch gleichermaßen aufmerksam wie fordernd an. Er hatte plötzlich keine Lust mehr, Rücksicht zu nehmen. Zwischen Kiina und Titch war seit seinem Erwachen am frühen Morgen eine Vertrautheit, die ihn freuen sollte, aber das Gegenteil bewirkte. Die beiden waren noch lange nicht zu Freunden geworden, aber es war etwas zwischen ihnen, das Skar ausschloß. Er war eifersüchtig.

»Zu welcher Tempelwache?« fragte er. »Und warum haben sie das hier getan? Was haben die Leute in diesem Dorf verbrochen, daß sie so hart bestraft wurden?«

»Und von wem?« fügte Kiina hinzu.

»Getan?« Titch schloß für Sekunden die Augen. Seine Hände schlossen sich so fest um die Tischkante, daß das zollstarke Holz knirschte. Es waren nicht *irgendwelche* Quorrl, die in diesem Dorf erschlagen worden waren, erinnerte sich Skar. Es war Titchs Familie gewesen. Seine Freunde.

»Getan? Sie haben ...« Er brach abermals ab, suchte sichtbar nach den richtigen Worten und fuhr mit einem bitteren Lächeln und direkt an Skar gewandt fort: »Sie waren menschlich, Satai. Sie haben Flüchtlingen Unterschlupf gewährt. Männer, die sie hätten ausliefern müssen. Männern wie mir.«

Skar verstand nicht gleich. Titch war der letzte Überlebende der kleinen Quorrl-Armee, mit der sie aufgebrochen waren. Alle anderen waren bei der Schlacht gegen den *Dronte* getötet worden; oder später von Anschis Drachenreiterinnen.

»Ich bin nicht der einzige Überlebende des Heeres«, antwortete Titch. »Es gibt ... einige, die den Befehl mißachtet haben und zurückgekommen sind.«

»Welchen Befehl?« fragte Kiina verwirrt.

Titch blickte sie an; schwieg.

»Zu sterben«, sagte Skar leise.

Kiina erschrak nicht einmal – und wie auch? Sie wußte es ja nicht. Vielleicht waren Skar und Del die einzigen Menschen auf diesem ganzen Planeten, die wußten, daß die Quorrl ihnen ein

Heer von Toten geschickt hatten. Er sah Titch an, und der Quorrl gab ihm mit einem kaum angedeuteten Kopfnicken die Erlaubnis, weiter zu sprechen.

»Die Quorrl hatten den Befehl, zu sterben«, wiederholte er, leise, mit mühsam beherrschter Stimme und einem Gefühl des Mitschuldig-Seins, das er selbst nicht ganz verstand.

»Zu sterben? Du meinst, sie ...« Kiina sog hörbar die Luft ein und starrte erst Skar, dann den Quorrl voller Unglauben an. »Ihr solltet ... *Selbstmord* begehen?«

»Nein«, antwortete Titch. »Das falsche Wort, Mensch. Wir sind schon tot. Kein Krieger, der die Kampfesweihe empfangen hat, darf das Land seiner Geburt wieder betreten. Das war immer so, und es wird immer so sein.«

»Aber das ist doch verrückt!« protestierte Kiina. »Das ist doch völliger Wahnsinn!«

»Wieso?« fragte Titch ruhig. »Ist es vernünftiger, Männer in ihre Heimat zurückzulassen, die das Töten gelernt haben?«

Sie waren nicht die ersten! dachte Skar verblüfft. Anders als Kiina hatte er von dem furchtbaren Todesbefehl des Quorrl-Heeres gewußt, fast vom ersten Tag an, aber er hatte angenommen, es wäre eine Ausnahme, dieser Befehl wäre – warum auch immer – zum ersten Mal erteilt worden. Was Titch jetzt erzählte, überraschte auch ihn.

»Dann gibt es keine Krieger bei euch?« fragte Kiina, die offenbar schneller als Skar begriff, was Titchs Worte wirklich bedeuteten.

»Keine, die gekämpft hätten«, bestätigte Titch. »Und es ist gut so.«

Skar starrte den Quorrl an. Was Titch erzählte, war nicht nur eine Überraschung. Es stellte das ganze Bild in Frage, das Skar – und nebenbei jeder einzelne Mensch auf Enwor – von den Quorrl hatte. Quorrl, das bedeutete Kampf, Gewalt, Haß und Angst; ein Volk von furchteinflößenden Ungeheuern, bei denen selbst die Kinder schon Kämpfen und Töten lernten, ein Volk von reißenden Bestien, die wie Tiere lebten und handelten und deren bloßer Name Schrecken und Panik verbreitete.

Aber vielleicht stimmte dieses Bild nicht, dachte er. Vielleicht war es nur das, was die Menschen außerhalb von Cant glaubten, und vielleicht sogar, weil sie es glauben *sollten*. Er begriff plötzlich, daß Titch Kiina und ihm mehr als eine bloße Information gegeben hatte. Er hatte ihnen ein Geheimnis verraten, vielleicht das größte und bestgehütete Geheimnis seines Volkes.

»Aber einige sind zurückgekommen«, murmelte er, nur, um das quälend werdende Schweigen zu durchbrechen. »Du bist nicht der einzige, der seinen Schwur gebrochen hat.«

»Das habe ich nicht«, fuhr ihn Titch an. »Du hast mich gezwungen, es –«

»Das war kein Vorwurf«, unterbrach ihn Skar. »Im Gegenteil, Titch. Begreifst du denn nicht, daß du nichts Falsches getan hast? Du bist nicht der einzige, der die Sinnlosigkeit dieses Befehles eingesehen hat.«

»Er ist nicht sinnlos, Satai. Er hat es unserem Volk ermöglicht, zu überleben, all die Zeit.«

»Indem ihr euch opfert?« Skar lachte böse. »Kiina hat recht. Das ist verrückt.«

»In deinen Augen vielleicht«, antwortete Titch. »Ihr tut es nicht, ich weiß. Ihr lehrt euren Männern und Frauen das Kämpfen, aber ihr lehrt sie nicht, zu sterben.«

»Der Sinn eines Kampfes ist im allgemeinen, ihn zu überleben«, sagte Skar vorsichtig.

»Ist er das? Hat Kämpfen überhaupt jemals einen Sinn gehabt?«

Skar seufzte. »Bitte, Titch, ich ... ich habe jetzt nicht den Nerv, eine philosophische Diskussion zu führen.«

»Ich auch nicht«, antwortete Titch ernst. »Der Sinn des Kampfes ist der Kampf, mehr nicht. Es ist der Sinn eines Schwertes, zu schneiden. Der Sinn eines Pfeiles, zu töten. Und der einzige Daseinszweck eines Kriegers, zu kämpfen.«

Der Fehler in diesen Gedanken war so offensichtlich, daß Skar sich fragte, worauf Titch hinauswollte, denn auch der Quorrl mußte ihn erkennen, noch ehe er die Worte ganz ausgesprochen hatte. »Es gibt einen Unterschied«, sagte er. »Ein Schwert kann sich sein Schicksal nicht aussuchen. Es wird *gemacht.*«

»Wir auch«, antwortete Titch bitter.

Skar wollte widersprechen, aber plötzlich erinnerte er sich an etwas, was Titch vor langer Zeit einmal zu ihm gesagt hatte, ohne daß er die wahre Bedeutung seiner Worte damals begriff: *Wir werden als Krieger gezeugt*. Natürlich hatte er nicht gewußt, wie diese Worte *wirklich* gemeint gewesen waren. Er weigerte sich selbst jetzt noch, sie zu glauben.

»Die Männer draußen vor dem Tor«, wandte Kiina ein. »Sie *hatten* Waffen, Titch.«

»Die Tempelgarde«, knurrte Titch. Skar vermochte nicht zu sagen, ob das Zittern in seiner Stimme Zorn oder Entsetzen war oder beides, aber Titchs Hände versuchten schon wieder, die Tischplatte zu zerbrechen. »Sie sind die einzigen, denen es erlaubt ist, Waffen zu tragen. Aber sie verlassen die Heilige Insel nie.«

»Bis jetzt nicht.«

Kiina warf Skar einen fast beschwörenden Blick zu. Skar hätte gerne mehr über die Kultur der Quorrl erfahren; mehr über dieses Geheimnis, das ihre gesamte Geschichte bestimmen mußte. Aber er spürte auch, daß er schon fast zu viel für den Augenblick gehört hatte. Titch wirkte äußerlich beherrscht, aber das war er nicht. Der riesige Quorrl stand kurz vor dem Zusammenbruch, sowohl seelisch als auch körperlich. Skar wollte bei keinem von beidem dabei sein. Kiina hatte recht, das Gespräch vorsichtig wieder auf ihr ursprüngliches Thema zurückzulenken. Sie konnten nicht so tun, als wäre nichts weiter geschehen, aber sie konnten zumindest über ein etwas weniger schmerzhaftes Thema reden.

»Warum haben sie diese Heilige Insel verlassen?« fragte er, als

Titch keine Anstalten machte, auf Kiinas nur halb ausgesprochene Frage zu antworten. »Nur wegen ein paar Deserteuren?«

Titch schüttelte müde den Kopf. »Es sind nicht nur *ein paar*«, sagte er. »Es hat immer einige gegeben, die versucht haben, zurückzukehren. Eine Handvoll. Ein paar Dutzend. Diesmal ... der Krieger wußte nichts Genaues, aber es müssen Tausende sein.«

»Tausende?« Kiina riß überrascht die Augen auf.

»Das Heer hat sich von Dels Truppen getrennt«, berichtete Titch. »Der Mann, dem ich meine Nachfolge anvertraute, führte sie in die Berge, zu einem Ort, an dem die Todeszeremonie würdig abgehalten werden konnte. Aber viele sind desertiert, noch ehe sie ihn erreichten. Viele verweigerten den Befehl. Vielleicht hat der Krieger gelogen, aber er behauptet, daß es zu Kämpfen kam. Kämpfen zwischen denen, die sterben wollten, und denen, die sich weigerten.«

Skar entsann sich plötzlich einer ähnlichen Situation; vor wenig mehr als einem Monat, in Drasks Trutzburg. Damals war es *Titch* gewesen, der seine eigenen Krieger getötet hatte, aus einem viel nichtigeren Grund als dem, einen *Schwur* gebrochen zu haben. Aber er begriff auch fast im gleichen Moment, wie unfair dieser Vergleich war. Der Titch von damals hatte nichts mit dem Quorrl gemein, der ihm heute gegenübersaß.

»Das ist absurd«, murmelte Kiina.

»Absurd?« Titch schüttelte heftig den Kopf. »Nein. Es ist ... fürchterlich. Du begreifst nicht, was wirklich geschehen ist, Menschenjunges. Quorrl haben gegen Quorrl gekämpft; Brüder gegen Brüder, Väter gegen Söhne. *Das* ist absurd. Sie hatten recht, die Überlebenden zu jagen und zu töten. Kein Quorrl, der das Blut eines Quorrl vergossen hat, darf dieses Land wieder betreten.«

»Hatten sie auch ein Recht, die Leute hier umzubringen?« fragte Skar leise.

»Nein«, antwortete Titch. »Und das ist auch der Grund, aus

dem *ich* sie umgebracht habe. Obwohl ich viel eher dich hätte töten sollen.«

»So?«

»Es ist eure Erfindung«, sagte Titch. »Wie nennt ihr es doch gleich? Ein *Exempel?* Ich glaube, das ist das Wort. Dieses Dorf ist nicht das einzige, dessen Bewohner den Heimgekehrten Unterschlupf gewährte. Sie haben es ausgelöscht, um die anderen zu warnen.«

»Und warum gerade dieses?« fragte Kiina.

»Weil es *mein* Dorf ist«, antwortete Titch leise. »Ich wurde hier geboren. Sie wußten, daß ich hierher zurückkehren würde.« Er lächelte bitter. »Ich bin ein bekannter Mann, Menschenkind. In meinem Volk fast so bekannt wie dein Freund Skar. Welches Beispiel wäre wohl abschreckender als das, ausgerechnet *mein* Dorf auszulöschen?«

»Und was willst du jetzt tun?« fragte Skar.

Titch starrte ihn an. »Was soll ich tun, deiner Meinung nach?«

»Es gibt zwei Möglichkeiten – du kannst hierbleiben und dir selbst leid tun, bis sie kommen und dich holen, oder du kannst versuchen, die Schuldigen an diesem Massaker zu finden und zu bestrafen.«

Titchs Antwort bestand aus einem dünnen, unendlich bitteren Lächeln. »Bestrafen«, murmelte er. »Rache! Macht sie die Toten wieder lebendig?«

»Nein«, antwortete Kiina an Skars Stelle. »Aber sie hilft den Lebenden, besser damit fertig zu werden. Auch meine Heimatstadt wurde vernichtet. Ich habe keine Sekunde lang daran gedacht, aufzugeben.«

Skar signalisierte ihr mit Blicken, den Bogen nicht zu überspannen, aber Titch reagierte ganz anders, als er erwartet hatte. Für lange, lange Zeit, fast eine Minute, starrte er Kiina nur ausdruckslos an, aber dann änderte sich etwas in seinem Blick, und plötzlich hob er die Hand und berührte unendlich sanft das Gesicht des Mädchens. Ein flüchtiges Lächeln huschte über seine groben

Züge. Er sagte kein Wort, sondern verharrte eine weitere halbe Minute in dieser Haltung, stand dann plötzlich auf und trat ans Fenster, um hinauszublicken. Kiina sah Skar fragend an, aber er antwortete nur mit einem Achselzucken. Er verstand so wenig wie sie, was das sonderbare Verhalten des Quorrl zu bedeuten hatte.

»Warum nicht?« sagte Titch nach einer Weile, ganz leise und eher zu sich selbst als an Skar oder Kiina gewandt. »Wenn schon alles sinnlos geworden ist, warum dann nicht auch noch das?« Er atmete tief und hörbar ein, drehte sich wieder herum, sah erst Kiina, dann Skar nachdenklich an und verwandelte sich jählings wieder von einem gebrochenen Mann in den kraftstrotzenden, Stärke und Zuversicht ausstrahlenden Krieger, als den Skar ihn kennengelernt hatte.

»Kannst du reiten?« fragte er.

»Das hast du mich schon einmal gefragt. Hast du *diesmal* ein Pferd?«

»Fünf Stück«, antwortete Titch. »Wahrscheinlich sogar mehr. Sie sind nicht zu Fuß gekommen. Und sie brauchten Tiere, um die Gefangenen abzutransportieren. Ich weiß nicht, wo sie sind, aber die Stadt ist nicht sehr groß. Wir werden sie finden.«

Sie verließen die Stadt noch in der gleichen Stunde. Während der nächsten beiden Tage und Nächte ritten sie weiter nach Norden, aber auch zurück in den Osten. Sie hatten nicht nur fünf, sondern ein ganzes Dutzend Pferde gefunden, die sie allesamt mitnahmen, so daß sie die Tiere oft wechseln konnten und nur Pausen einzulegen brauchten, wenn *sie* erschöpft waren. Skar schätzte, daß sie an die zweihundertfünfzig Meilen zurücklegten, ohne etwas anderes als monotone, scheinbar endlose Wälder und noch eintönigere, noch endlosere Ebenen aus karstartigem Gestein und dürren graugrünen Dornenbüschen zu sehen. Von Titch hatte er erfahren, daß es zahlreiche Gruppen wie die gab, auf die sie am ersten Tag gestoßen waren; kleinere und größere Einheiten schwerbewaffneter Soldaten, die auf der Suche nach heimkehrenden Kriegern die verstreut daliegenden Dörfer und Ortschaften bewachten oder die Wälder durchstreiften, so daß sie große Umwege in Kauf nahmen, um Straßen und Ansiedlungen aus dem Weg zu gehen. Trotzdem wurden sie zweimal fast überrascht: das erste Mal tauchte die Spitze eines Reitertrupps so überraschend vor ihnen auf, daß sie buchstäblich erst im allerletzten Moment in den Wald zurückweichen konnten, das andere Mal sahen sie in der Nacht ein Feuer zu spät; Titch war gezwungen, einen der Posten zu erschlagen und sich für Stunden von ihnen zu trennen, um eine falsche Spur zu legen, denn es war sicher, daß sie verfolgt wurden.

In der dritten Nacht bekam Skar wieder Fieber. Seine Verletzung hatte ihm bisher erstaunlich wenig zu schaffen gemacht, die Wunde heilte gut und schmerzte fast gar nicht mehr, aber der rasende Flug hierher und der unmittelbar anschließende Gewaltritt waren für ihn zu viel. Den Weg hierher hatte er mit Kraftreserven bewältigt, die er eigentlich nicht antasten durfte; dem geheimen Reservoir an Lebenskraft, das tief in jedem Menschen schlummerte, das ein Satai aber ungleich besser zu nutzen verstand. Aber auch diese Reserven waren irgendwann einmal aufgebraucht, und dieser Moment schien jetzt erreicht zu sein.

Bis zum Morgen war das Fieber so weit gestiegen, daß er zu phantasieren begann. Er stürzte zweimal vom Pferd, bis Titch ihn kurzerhand am Sattel festband. Er verlor ein paarmal das Bewußtsein, und im Laufe des Tages begannen sich seine Sinne so weit zu verwirren, daß er kaum noch etwas von dem registrierte, was um ihn herum und mit ihm geschah. Irgendwann hörte der Wald auf, und dann waren Stimmen da und Bewegung und große geschuppte Schatten, die sie umgaben. Und dann nichts mehr.

Irgendwie begriff er, daß man ihn vom Pferd hob und wegtrug; es waren sehr starke Hände, die ihn hielten, viel stärker als die Kiinas, stärker sogar noch als die Titchs, und irgendwann im

Verlauf der folgenden Nacht registrierte er auch noch, daß er wieder in einem Zimmer war, nicht mehr auf einem Lager unter freiem Himmel. Etwas war falsch an diesem Raum, und an den Gestalten, die ihn umgaben und sich um ihn sorgten, aber sein Vermögen, klar zu denken, reichte nicht mehr aus, zu ergründen, *was* so falsch und bedrohlich an diesen Eindrücken war.

Als er erwachte, war es wieder Morgen. Durch ein schmales, sehr hohes Fenster direkt neben seinem Bett fiel staubdurchwobenes Sonnenlicht auf sein Lager, und sein linker Arm tat entsetzlich weh; jemand machte sich daran zu schaffen. Er begriff instinktiv, daß es der Schmerz gewesen war, der ihn weckte, und er versuchte ebenso instinktiv, den Arm wegzuziehen. Er konnte es nicht. Der Schmerz wurde noch schlimmer, als eine harte, horngepanzerte Hand nach seinem Armstumpf griff und ihn festhielt. Ein dumpfes Dröhnen war hinter seiner Hand.

Skar wandte stöhnend den Kopf und blickte in ein Gesicht, das er im allerersten Moment für das Titchs hielt, bis ihm die Unterschiede auffielen: es war ein wenig schmaler, sehr viel älter und von einer Unzahl kleiner weißer Narben und Linien zerfurcht, die ihm etwas Maskenhaftes gaben. Die Knochenwülste über den Augen waren kleiner, und das spitze Gebiß unter den rissigen Lippen wies große Löcher auf. Der Quorrl mußte sehr alt sein.

»Wer bist du?« fragte Skar.

In den pupillenlosen dunklen Augen war kein Verstehen. Der Quorrl versuchte zu lächeln und machte gleichzeitig mit der freien Hand ein Zeichen, ruhig liegen zu bleiben. Skar gehorchte, schon wegen der Schmerzen, die ihm der unbarmherzige Griff des Reptilienwesens bereitete. Er ließ sich zurücksinken, drehte den Kopf noch ein wenig weiter und sah mit einer Mischung aus Neugier und Entsetzen auf seinen Armstumpf herab.

Es war das erste Mal, daß er die Wunde wirklich sah, und der Anblick traf ihn härter, als er erwartet hatte. Wo bisher ein harmloser weißer Verband gewesen war, erblickte er nun schwarz verkohltes, narbiges Fleisch, in dem sich Entzündungsherde wie kleine blutige Münder eingenistet hatten. Der bloße Anblick steigerte den Schmerz fast ins Unerträgliche, und die Finger des Quorrl taten ein Übriges dazu, ihm die Tränen in die Augen zu treiben. Aber er biß die Zähne zusammen und ertrug alles stumm. Er wußte weder, wo er war, noch wer dieser Quorrl mit dem vernarbten Gesicht war, aber etwas sagte ihm, daß er nichts zu befürchten hatte. Und selbst wenn – er war nicht in der Lage, irgend etwas zu unterscheiden. Das Fieber hatte ihn weiter geschwächt. Er bezweifelte, daß er auch nur die Kraft gehabt hätte, aufzustehen; geschweige denn, davonzulaufen.

Es dauerte lange, bis der Quorrl aufhörte, sich an seinem Arm zu schaffen zu machen. Er untersuchte und reinigte die Wunde sehr gründlich – allerdings nicht besonders sanft – und trug am Schluß eine dicke, übelriechende graue Salbe auf, die im ersten Moment wohltuend kühlte und dann wie Feuer zu brennen begann. Schließlich bandagierte er Skars Arm neu; und so fest, daß es ihm schon wieder die Tränen in die Augen trieb.

Skar rechnete damit, daß er nun aufstehen und gehen würde, um jemanden zu holen, aber der alte Quorrl blieb noch eine geraume Weile an seinem Lager sitzen und betrachtete aufmerksam sein Gesicht.

»Du sehr tapfer bist«, sagte er plötzlich mit einer Stimme, die wie zerbrechendes Glas klang, und sehr langsam, fast schleppend, aber auch beinahe akzentfrei. »Für einen Menschenmann.«

»Du sprichst unsere Sprache?« antwortete Skar überrascht.

»Wenig«, antwortete der Quorrl. »Aber verstehen alles. Schmerzen?«

Skar wollte automatisch den Kopf schütteln, aber noch bevor er es tat, begriff er, wie albern das wäre. Der Quorrl war Arzt, oder zumindest einer, dessen Fähigkeiten denen der *Errish* nahe kamen. Er nickte.

»Willst ... Mittel gegen Schmerz?«

»Wenn du etwas hast.«

Der Quorrl überlegte eine Weile, rührte sich aber nicht. »Habe«, antwortete er schließlich. »Aber dann schlafen. Lang und tief schlafen. Titch sagt, du nicht willst.«

»Titch ist hier?« entfuhr es Skar.

Was für eine dumme Frage, antwortete der Blick der dunklen Quorrl-Augen. Laut sagte das Schuppenwesen: »Ja. Holen?«

»Und Kiina?«

»Menschenjunges?« Wieder nickte der Quorrl. Dann schüttelte er fast gleichzeitig den Kopf. »Menschenkind hier, aber nicht da. Später sehen. Keine Angst. Keine Gefahr. Freunde.«

Aus irgendeinem Grund glaubte Skar dem Quorrl. »Dann geh und hole Titch«, bat er. »Ich muß mit ihm reden.«

Der Quorrl stand auf – Skar sah jetzt, daß er sehr klein war für einen Quorrl, kaum größer als er selbst, und er sah auch, daß er sich gründlich getäuscht hatte: es war kein Quorrl, sondern eine Quorrl-Frau –, schlurfte zur Tür und blieb noch einmal stehen. Ihre Blicke wurden fragend. »Da etwas, ich nicht verstehe«, sagte sie. »Bin Heilerin. Lindere Wunden und Schmerz. Aber kann nicht richtig helfen.« Sie deutete auf Skars Armstumpf. »Nicht nur Wunde. Mehr in dir. Du ... krank?«

Skar antwortete nicht gleich. Die Worte der Quorrl weckten eine Erinnerung in ihm, die er nicht haben wollte. »Ja«, sagte er schließlich, leise und in einem Ton, der der Quorrl klar machen mußte, daß er nicht darüber reden wollte.

Aber sie blieb hartnäckig. »Wie krank?« fragte sie. »Mädchen auch krank. Nicht so schlimm wie du, aber gleich. Was? Gift? Fieber aus Sümpfen? Ich wissen, sonst nicht richtig helfen. Vielleicht sterben.«

»Ich weiß«, murmelte Skar. »Aber du kannst mir nicht helfen.« Er versuchte zu lächeln und richtete sich wieder auf seinem Lager auf. »Du hast genug für mich getan«, sagte er. »Jetzt geh und hole Titch – bitte.«

Ein menschlicher Arzt hätte vielleicht widersprochen, aber die Quorrl drehte sich einfach um und ließ Skar allein.

Allerdings nur für wenige Augenblicke. Titch erschien so schnell unter der Tür, daß Skar sicher war, er hatte draußen vor dem Zimmer gewartet. Der Quorrl trug jetzt wieder eine Rüstung – nicht das goldene Schuppenkleid, in dem Skar ihn kannte, sondern einen einfachen Lederharnisch mit dazu passendem Rock. Auf seinem Rücken war ein gewaltiger Schild festgeschnallt, und um seine Hüften wand sich ein Waffengurt, aus dem die Griffe von gleich zwei Schwertern ragten. In einem davon erkannte Skar sein *Tschekal.* Der dunkelgrüne Umhang, der seine Schultern verhüllte, wurde von einer fast faustgroßen goldenen Spange zusammengehalten, deren Form Skar an etwas erinnerte. Es dauerte einen Moment, bis ihm klar wurde, daß der Quorrl die Kleider eines der Krieger trug, auf die sie bei seinem Dorf gestoßen waren.

»Wie fühlst du dich?« fragte Titch anstelle einer Begrüßung.

Skar versuchte sich aufzusetzen, was sich als gar nicht so einfach erwies, mit nur einer Hand und matt wie er war. »Gut«, log er. »Aber wo sind wir? Was ist passiert, und wo ist Kiina?«

»Welche von diesen Fragen soll ich zuerst beantworten?« Titch zog sich einen Schemel heran und ließ sich darauf nieder.

»Alle drei.« Skar machte eine weit ausholende Bewegung mit der Hand. »Was ist das hier?«

»Ein Haus. Das Gut von ... Freunden«, antwortete Titch. Es gelang ihm nicht ganz, über das kaum merkliche Stocken in seiner Stimme hinwegzutäuschen. »Auf jeden Fall sind wir in Sicherheit. Scrat ist die beste Heilerin, die ich kenne. Vielleicht die beste überhaupt.«

»Das meine ich nicht«, antwortete Skar. Er sah den Quorrl scharf an, aber Titchs Gesicht hatte sich wieder in eine Maske verwandelt, auf der keinerlei Gefühle abzulesen waren. »Es muß ziemlich riskant sein, bei *Freunden* unterzuschlüpfen, nicht?«

Wenn Titch die sonderbare Art auffiel, in der Skar das Wort betonte, so überspielte er es meisterhaft. Er zuckte nur mit den Schultern. »Wir hatten keine Wahl. Du wärst gestorben, wenn niemand dir geholfen hätte. Du erinnerst dich nicht?«

Skar schüttelte den Kopf, aber es war seltsam – Titch schien fast erleichtert darüber zu sein. Skar war jetzt sicher, daß der Quorrl ihm etwas verschwieg.

»Wie fühlst du dich?« fragte Titch noch einmal.

Diesmal dauerte es eine Weile, bis Skar antwortete. »Es geht«, sagte er. »Mein Arm schmerzt, aber es ist zu ertragen. Das Fieber ist fort«, fügte er nach einer winzigen Pause hinzu.

»Gut.« Titch nickte. »Heute abend, spätestens morgen, wirst du einen klaren Kopf brauchen.«

»Und wozu?«

»Wir können nicht hierbleiben«, antwortete Titch. »Es war schon gefährlich genug, herzukommen. Die Palastgarde durchsucht jedes Haus. Es gibt einen Ort, an dem wir uns verbergen können, aber ich bin nicht sicher, ob wir dort willkommen sind. Die Leute, denen er gehört, sind nicht ...« Er zögerte, suchte sichtlich nach Worten und rettete sich in ein fast verlegenes Lächeln. »Nun, nicht unbedingt das, was du als meine *Freunde* bezeichnen würdest.«

Skar sah ihn fragend an, aber Titch schien der Meinung zu sein, daß er für den Moment genug gesagt hatte, dann wechselte er abrupt das Thema. »Es ist schlimmer, als ich dachte«, sagte er. »Sie müssen fast alle Krieger ausgeschickt haben. Jede Straße wird bewacht, und fast täglich kommen Karawanen mit Gefangenen vorbei.« Er stand auf, sah Skar fragend an und streckte die Hand aus. »Kannst du gehen? Nur ein paar Schritte?«

Skar war ganz und gar nicht sicher, aber er nickte tapfer, schwang die Beine vom Bett und wäre prompt auf die Nase gefallen, hätte Titch ihn nicht gedankenschnell aufgefangen. *Da ist noch mehr*, hallten Scrats Worte hinter seiner Stirn nach. *Etwas in dir. Du wirst sterben.*

Er verscheuchte den Gedanken, löste in einem Anflug von fast kindischem Trotz seine Hand aus Titchs Pranke und schleppte sich aus eigener Kraft durch das Zimmer. Titch runzelte vielsagend die Stirn, enthielt sich aber jeden Kommentars und folgte ihm schweigend.

Die Tür führte auf einen kurzen, fensterlosen Korridor hinaus, der wiederum in einem geräumigen Zimmer endete, das eine Art Mischung aus Wohn-, Schlaf- und Kochraum zu sein schien, denn es gab eine Anzahl sehr großer, strohgedeckter Betten und einfacher hölzerner Möbel, und unter einem sechseckigen Rauchloch unter der Decke eine offene Feuerstelle, in der im Moment allerdings keine Glut brannte. Die Tür nach draußen stand offen, und das Licht verriet Skar, daß es fast Mittag sein mußte. Er hatte länger geschlafen, als er angenommen hatte. Seltsam, daß er sich trotzdem noch immer müde und erschöpft fühlte.

Das Zimmer war nicht leer. Auf einem der Schemel hockte ein runzeliger Quorrl, der Titch und ihn stumm und mit dem leeren Blick eines uralten Greises ansah, und in einer Ecke neben der Tür spielten zwei Quorrl-Kinder mit buntbemalten Holzklötzchen. Der Greis reagierte nicht auf ihr Eintreten, aber die beiden Kinder sprangen hoch und eilten quietschend auf sie zu.

Skar wich unwillkürlich einen Schritt zrück, als die beiden häßlichen Kreaturen näher kamen. Er hatte niemals eine besondere Beziehung zu Kindern – gleich welcher Rasse – gehabt, aber diese beiden kleinen grünen Dinger mit ihren schlaffen Krötengesichtern und den übergroßen Händen und Füßen waren das mit Abstand Abstoßendste, was er seit langer Zeit gesehen hatte. Sie hatten keine Schuppen, wie Titch oder die anderen erwachsenen Quorrl, die Skar bisher gesehen hatte, sondern eine grüne, wabbelige Haut, die schleimig aussah und außerdem ein paar Nummern zu groß schien, so daß sie fast so runzelig wirkte wie die des alten Mannes auf dem Schemel. Ihre Gesichter waren so häßlich wie die von erwachsenen Quorrls, ohne jedoch die barbarische Kraft zu haben, die die Schuppenkrieger trotz allem stark und beeindruckend wirken ließ. Er mußte sich beherrschen, um nicht angeekelt das Gesicht zu verziehen, als sich einer der jungen Quorrl an Titch vorbeidrängte und neugierig die Hand nach ihm ausstreckte.

Titch verscheuchte ihn mit einer ärgerlichen Bemerkung, als hätte er Skars Gefühle erraten. Die kleine Kröte wich tatsächlich ein paar Schritte zurück, hörte aber nicht auf, Skar anzustarren, während das zweite Quorrl-Kind an Titchs Bein herumzerrte und dabei hohe, unangenehm quiekende Töne ausstieß.

Skar konnte sich gerade noch beherrschen, Titch nicht dankbar zuzunicken, als der Quorrl auch das zweite Kind wegjagte und ihn mit raschen Schritten zur Tür führte. Er fühlte sich nicht besonders wohl in seiner Haut; Titch mußte merken, welches Unbehagen ihm der Anblick der Jungen bereitete.

Aber der Quorrl verlor kein Wort darüber, sondern wartete stumm, bis Skar neben ihm auf den Hof hinausgetreten war. Dann deutete er nach rechts. »Cron erwartet uns. Du wirst mit ihm reden müssen.«

Skars Blick folgte der Geste des Quorrl. Das Haus, in dem er erwacht war, war nur eines von einer ganzen Anzahl, und nicht einmal das größte. Was Titch als *Gut* bezeichnet hatte, war beinahe schon eine kleine Stadt für sich, von einer doppelt mannshohen Palisadenwand umgeben und kaum weniger groß als das Dorf, in dem sie gewesen waren. Zur Linken erstreckte sich eine gewaltige, mehrfach unterteilte Koppel, in der sich im Moment nur ein knappes Dutzend Pferde aufhielten, die aber mit Leichtigkeit Hunderte von Tieren aufnehmen konnte, rechts und links davon lehnten sich große, aus Holz und Stein erbaute Gebäude an die Palisadenwand. Die Fenster waren allesamt klein und schießschartenähnlich, die Türen so massiv, wie er es auch schon im Dorf erlebt hatte. Die ganze Anlage machte auf ihn eher den Eindruck einer Festung als eines Gutshofes.

Auch das Gebäude, auf das sie nun zusteuerten, wirkte wie eine kleine Burg. Über seinem flachen, zwei Stockwerke über dem Boden befindlichen Dach reckte sich ein wuchtiger Turm mit steinernen Zinnen, und die Fenster waren so schmal, daß Skar kaum einen Arm hätte hindurchstrecken können. Der Anblick dieses Hofes – und jetzt, im nachhinein, auch der der Stadt, in die sie am ersten Morgen gekommen waren – wollte nicht so recht zu Titchs Worten passen, nach denen die Quorrl im Grunde ein friedliebendes Volk waren. Aber Skar verbiß sich auch diese Frage und beeilte sich, Titch zu folgen, der mit weit ausgreifenden Schritten den Hof überquerte. Erneut fiel Skar das dumpfe Grollen und Dröhnen auf, das er schon bei seinem Erwachen gehört hatte; ein Ton, der hier draußen lauter und deutlicher war, den er aber noch immer nicht richtig einordnen konnte. Es klang wie ferner Donner, zugleich aber auch ganz anders, das Geräusch eines Erdbebens, das Dröhnen eines Wasserfalles, von allem etwas und nichts. Er hätte Titch gerne danach gefragt, aber der Quorrl ging so schnell, daß er Mühe hatte, überhaupt mit ihm Schritt zu halten.

Der Eindruck, sich in einer Festung zu befinden, verstärkte sich noch, kaum daß sie das Hauptgebäude betreten hatten. Hinter der Tür – die aus zollstarkem, eisenhartem Holz bestand und zusätzlich mit breiten Streifen aus Metall verstärkt war – befand sich nur ein winziger Raum mit einer zweiten Tür aus daumendicken Eisenstäben, die zwar nicht verschlossen war, aber ganz den Eindruck machte, als müßte selbst einer von Anschis Drachen Mühe haben, sie aufzubrechen. Jedem anderen wäre diese Tür nur sonderbar vorgekommen, aber Skar sah sie mit den Augen eines Kriegers, und er brauchte nur eine halbe Sekunde, um zu begreifen, was diese Kammer *wirklich* war: eine tödliche Falle für jeden, der die Außentür mit Gewalt aufbrechen würde. Die Decke war niedrig, zumindest für Quorrl-Maßstäbe, und wies eine Anzahl kleiner, runder Löcher auf, über deren Bewandtnis Skar ganz bestimmte Vorstellungen hatte. Dieses Haus *war* eine Festung. Eine, die selbst Skar sich anzugreifen zweimal überlegt hätte. Mindestens.

»Wer ist dieser Cron?« fragte er, während er Titch durch den schmalen Korridor folgte, der sich der Kammer anschloß.

»Der Besitzer dieses Gutes«, antwortete Titch.

»Das meine ich nicht. Ist er ein Freund von dir?«

»Ein Freund?« Titch sprach das Wort auf eine Art aus, die Skar alarmiert zu ihm aufblicken ließ. »Vielleicht«, sagte er nach einer Weile.

»Vielleicht?«

»Jedenfalls hat er uns Unterschlupf gewährt und nicht sofort umgebracht.«

»Oder ausgeliefert«, fügte Skar hinzu. »Wir bringen ihn in Gefahr, dadurch, daß wir hier sind, nicht wahr?«

Titch zuckte mit den Schultern, blieb stehen und stieß mit der linken Hand eine Tür auf, die Skar nicht einmal bemerkt hatte. Das Licht hier drinnen war sehr schwach. Er merkte sich die Frage für später – er hatte nicht vor, Titch die Antwort zu schenken – und trat hinter dem Quorrl durch die Tür.

Cron saß auf einem Stuhl, der selbst für die Maßstäbe seines Volkes geradezu gigantisch war – aber er brauchte ihn auch. Er war der mit Abstand größte Quorrl, dem Skar jemals begegnet war. Selbst sitzend war er fast so groß wie Titch, der auch für einen Quorrl *groß* war. Im Stehen mußte er ihn um zwei Hauptеslängen überragen. Seine Schultern waren geradezu lächerlich breit, und seine Pranken schienen groß genug, den Brustkorb eines normal gewachsenen Menschen zu umspannen – jede für sich. Sein Gesicht war breit, brutal, selbst für einen Quorrl, und von einer breiten, gezackten Narbe verunstaltet, beinahe wie das Skars, nur daß das Schicksal mit Cron nicht ganz so gütig umgesprungen war wie mit Skar: die Narbe verlief über sein Kinn, spaltete seinen Mund und schickte einen gezackten Ausläufer durch den braunen Krater, der einmal sein linkes Auge gewesen sein mußte. Es sah aus, als hätte jemand versucht, sein Gesicht mit einer Axt zu spalten.

»Erschreckt dich, was du siehst?«

Crons Stimme war schrill, ein hysterisches Altmännerkeifen, das ganz und gar nicht zu seiner äußeren Erscheinung paßte, aber Skar begriff auch fast im gleichen Moment, daß es nicht seine wirkliche Stimme war: Die Narbe zog sich weiter über Crons Hals und verschwand im Kragen seines bestickten Gewandes. Wahrscheinlich waren auch seine Stimmbänder verletzt worden.

»Nein«, antwortete er ruhig. »Ich frage mich, wer das getan hat. Und vor allem, womit.«

»Ein Mensch«, antwortete Cron. »Aber keine Sorge. Es ist lange her. Er hat bezahlt. Du bist Skar?«

»Falls du nicht noch mehr verletzte Satai aufgenommen hast, ja«, antwortete Skar lächelnd.

Er registrierte Titchs warnenden Blick zu spät. In Crons einzigem Auge blitzte es wütend auf, und seine gewaltigen Pranken zuckten, fast als wolle er Skar packen und mit einer einzigen ärgerlichen Bewegung zermalmen. Er beherrschte sich, aber Skar mahnte sich innerlich zur Vorsicht. Cron schien nicht über viel Humor zu verfügen.

»Ich bin Skar, ja«, fügte er rasch hinzu. »Und du mußt Cron sein.«

»Ja. Du hast von mir gehört?«

Skar schüttelte den Kopf.

»Ich habe ihn sofort zu Euch gebracht«, sagte Titch. »Wie Ihr befohlen habt.«

Befohlen? Skar mußte sich beherrschen, um den Quorrl nicht abermals erstaunt anzublicken. Er hatte bisher geglaubt, daß es niemanden gab, von dem Titch *Befehle* entgegennahm. Wer immer dieser Cron war, er mußte über erstaunliche Macht verfügen.

»Was wollt ihr hier?« fragte Cron.

Skar verstand den Sinn der Frage nicht sofort. Hilfesuchend sah er Titch an, aber der Quorrl wich seinem Blick aus.

»Ich ... ich begreife nicht ganz, was Ihr meint, Cron«, sagte er vorsichtig. »Titch brachte mich her, weil ich verletzt wurde, und –«

»Das meine ich nicht.« Crons Zeigefinger – der fast so dick wie Skars Handgelenk war – stocherte drohend nach seinem

Gesicht. »Das Menschenmädchen und du – was wollt ihr in unserem Land? Hat euch niemand gesagt, daß es für Menschen verboten ist, hierher zu kommen?«

»Doch.« Skar sah wieder zu Titch auf, aber der Quorrl wich ihm noch immer aus. Aus welchem Grund auch immer – von Titch hatte er keinerlei Hilfe zu erwarten. Er beschloß, das einzige zu tun, was ihm vernünftig erschien, und so nahe an der Wahrheit zu bleiben, wie nötig. »Aber ich hatte keine große Wahl.«

»Als hier zu sterben?« Cron lachte. »Du weißt nicht, wovon du sprichst, Satai. Wenn du der Tempelgarde in die Fänge gerätst, wirst du dir wünschen, nie geboren zu sein.«

»Möglich«, antwortete Skar achselzuckend. »Aber ich hatte nicht vor, mich fangen zu lassen. Und was ich zu tun habe, ist wichtiger als mein Leben.«

»Papperlapapp!« Cron machte ein unflätiges Geräusch. »Nichts ist wichtiger als das Leben, Satai. Wenn du stirbst, dann kann auch die Welt zum Teufel gehen, denn du hast nicht mehr viel davon, wenn sie sich weiterdreht. Was ist es, was du so Wichtiges in Cant zu erledigen hast?« Er kicherte. »Die Welt retten?«

»Genau das«, antwortete Skar.

Er konnte regelrecht sehen, wie dem Quorrl das Lachen im Halse stecken blieb. Drei, vier Sekunden lang starrte er Skar irritiert an, dann wandte er sich mit einem Ruck an Titch und kreischte ein paar Worte mit seiner unangenehm fistelnden Stimme, die Skar nicht verstand. Titch antwortete sehr ruhig, aber auch in sehr bestimmten Ton darauf, und etwas Neues, für Skar nicht genau zu Deutendes trat in Crons Blick, als er sich wieder an ihn wandte.

»Du willst also ins Land der Toten, wie Titch erzählt hat«, sagte er. »Was willst du dort, außer selbst zu einem Toten werden?«

Plötzlich wurde Skar zornig. Er hatte das Gefühl, eine Farce zu erleben, in der nicht nur Cron, sondern auch Titch mitspielte. Und er war einfach zu müde, um Zeit damit zu verschwenden. »Verdammt, was soll das?« schnappte er. »Wenn Titch dir schon alles erzählt hat, was soll dann dieses Verhör? Er hat dir die Wahrheit gesagt, und du wirst auch von mir nichts anderes hören!«

»Vielleicht will ich ja belogen werden«, antwortete Cron. »Vielleicht gefällt mir ja die Wahrheit nicht. Wer weiß – vielleicht gehöre ich zu denen, die nicht begeistert von der Vorstellung sind, einem Menschen dabei zu helfen, unsere Heiligtümer zu entweihen.« Er beugte sich in seinem Sessel vor, einer lebenden Lawine aus Fleisch und Panzerplatten gleich, die Skar einfach zermalmen mußte, wenn sie sich auch noch eine Winzigkeit weiter bewegte. »Vielleicht sollte ich euch der Tempelgarde übergeben, oder besser noch, den Bastarden.«

»Bring uns einfach zu ihnen«, mischte sich Titch ein. »Mehr verlange ich nicht.«

Crons Kopf ruckte herum. »Du *verlangst?*« wiederholte er. »Was *verlangst* du, General? Du hast nichts mehr zu *verlangen*.«

»Cron, bitte«, sagte Titch. »Wir beide sind immer gut miteinander ausgekommen, und –«

»O ja«, unterbrach ihn Cron, in höhnischem, bewußt überheblichem Ton. »Du bist hierhergekommen, mit deinen Kriegern und deinen Waffen, und du hast mir erlaubt, gut mit dir auszukommen. Du hast meine Frauen genommen, meinen Wein und mein Vieh, und du hast mir großzügig erlaubt, mich dafür zu bedanken. Dafür schulde ich dir einiges, du hast recht.«

»Wenn du so denkst, hättest du uns gleich umbringen sollen.«

»Wer sagt, daß ich das nicht noch tue?« gab Cron unbeeindruckt zurück. Titch wollte antworten, aber Cron schnitt ihm mit einer unwilligen Geste das Wort ab und drehte sich wieder zu Skar herum. »Man sucht euch, Satai«, sagte er. »Dich, das Menschenmädchen und diesen *Krieger* –« Er deutete auf Titch. »– hier. Auf eure Köpfe steht eine Belohnung. Was sollte mich davon abhalten, sie zu verdienen? Ganz zu schweigen von der Tatsache, daß ich mein Leben riskiere, wenn ich euch nicht ausliefere.«

»Vielleicht die Tatsache, daß wir alle in Gefahr sind«, antwortete Skar. »Nicht nur du und ich, sondern mein Volk und deines. Alle Völker Enwors.«

»Mehr nicht?« sagte Cron spöttisch.

»Vielleicht schon«, antwortete Skar. Er dachte an den gehörnten Flammendämon, den er in den Kellern des flüsternden Turmes gesehen hatte, und die unglaubliche Bosheit und Kraft, die das *Ding* verströmt hatte, und plötzlich war er gar nicht mehr so sicher, daß ihm *eine* Welt genügen würde. Vielleicht würde er weitermachen, wenn er Enwor erobert hatte, eine weitere Welt, und noch eine und noch eine, bis das ganze Universum ihm gehörte und sich in einen finsteren Pfuhl verwandelt hatte.

Etwas von seinen Gefühlen mußte deutlich in seinen Worten mitgeklungen sein, denn Cron schwieg eine ganze Weile und sah ihn nur an, und auch wenn es schwer war, im Gesicht eines Quorrl zu lesen, so registrierte Skar doch die plötzliche Verunsicherung des Schuppenwesens.

»Große Worte, Satai«, sagte er schließlich. »Aber man hat mich gewarnt, daß du es verstehst, mit Worten umzugehen. Ich werde darüber nachdenken. Und darüber, was mit euch geschieht.«

»Wir haben nicht sehr viel Zeit«, sagte Skar.

Cron winkte ab. »Ihr habt so viel Zeit, wie *ich* bestimme«, sagte er. »Jetzt geht. Ich lasse dich rufen, wenn ich entschieden habe.«

Skar wollte noch etwas sagen, aber in diesem Moment fing er einen warnenden Blick Titchs auf, und als er in Crons vernarbtes Gesicht blickte, begriff er, daß es wirklich besser war, zu schweigen. Er verstand wenig von dem, was er in den letzten Minuten gehört und erlebt hatte, aber begriff immerhin, daß Cron kein Mann war, mit dem er *diskutieren* konnte. Auf diesem Hof mußte er ein unumschränkter Herrscher sein, jemand, der es nicht gewohnt war, daß man ihm widersprach, und der seine Macht genoß. Skar war Männern wie ihm oft genug begegnet, um zu wissen, wie gefährlich diese Kombination sein konnte.

Ohne ein weiteres Wort verließen sie das Zimmer und das Haus. Erst draußen auf dem Hof blieb Skar wieder stehen und wandte sich mit einer fragenden Geste an Titch. »Was, zum Teufel, war das?« fragte er.

»Cron«, antwortete Titch achselzuckend, und in einer Art, als wäre dies allein Antwort genug. »Cron ist . . . nun, Cron eben.«

»Eine erschöpfende Auskunft«, sagte Skar spöttisch. »Und *was* ist er – außer einem größenwahnsinnigen alten Narren?«

»Unterschätze ihn nicht«, sagte Titch. Er ging weiter, und Skar folgte ihm. »Er gefällt sich darin, den Choleriker und Dummkopf zu spielen, aber das ist er nicht. Wenn uns jemand helfen kann, dann er.«

»Wobei helfen?«

Titch machte eine Kopfbewegung nach Norden. »Du willst nach Ninga, oder?«

»Nein«, antwortete Skar ärgerlich. »*Du* willst dorthin.«

Titch überging die Bemerkung. »Es gibt keinen Weg für uns, den Sturz allein zu erreichen«, fuhr er fort. »Ich dachte, wir könnten es schaffen, aber es ist unmöglich. Das ganze Land ist in Aufruhr. Überall sind Krieger. Sie bewachen jede Straße. Und es führt nur ein Weg zum Sturz. Du hast gehört, was Cron erzählt hat: Sie wissen, daß wir kommen, und sie suchen uns.«

»Wieso?« fragte Skar. »Ich habe es niemandem erzählt.«

»Ennart wußte es«, sagte Titch seufzend. »Und wenn nicht er, so haben sie es auf andere Weise erfahren. Es spielt keine Rolle, wie. Sie wissen es, und das zwingt uns, unsere Pläne zu ändern.«

Unsere Pläne? dachte Skar matt. Er widersprach nicht, aber Titchs Worte führten ihm deutlicher denn je vor Augen, wie wenig *er* noch Einfluß auf sein eigenes Schicksal nehmen konnte. Es waren längst Titch – und selbst Kiina! – geworden, die die Entscheidungen fällten, die Dinge taten und Entwicklungen in die Wege leiteten, auf die er nur noch reagierte. Stärker als je zuvor hatte er das Gefühl, daß ihm sein Leben aus den Fingern glitt. Es hatte eine Zeit gegeben, da war er es gewesen, der sein Schicksal bestimmte, er ganz allein. Aber sie war lange her.

Bitterkeit überkam ihn. Er sagte nichts mehr, während sie über den Hof zurück zu dem Gebäude gingen, in dem er aufgewacht war, aber als Titch eine auffordernde Geste zur Tür machte, schüttelte er nur den Kopf und ließ sich mit angezogenen Knien auf die flache Treppe vor dem Haus sinken. Er wollte noch nicht hineingehen.

Titch schien nichts dagegen zu haben, aber er bedeutete ihm mit Gesten, ein wenig zur Seite zu rücken, wohl, damit er nicht einfach über den Haufen gerannt wurde, wenn jemand das Haus verließ, und Skar gehorchte. Eine Weile blieb der Quorrl einfach stehen, dann setzte er sich in der gleichen Haltung wie Skar auf die Treppe und starrte ins Leere. Skar spürte, daß da etwas war, was Titch wissen wollte, eine Frage, die ihm nicht erst seit ein paar Sekunden, sondern schon lange auf der Seele lag, und er glaubte sogar zu wissen, wie sie lautete. Aber der Quorrl schwieg, und nach einer Weile stand Skar wortlos auf und kehrte freiwillig in sein Gefängnis zurück.

Er verließ den winzigen Raum während der nächsten drei Tage nicht, und er bekam auch Titch und Kiina während dieser Zeit nicht zu Gesicht. Die nächsten achtundvierzig Stunden verbrachte er im Grunde mit nichts anderem als den zwei Tätigkeiten, in denen er in den letzten Wochen eine gewisse Übung erlangt hatte: Schmerzen und Fieber erleiden und gefangensein. Und langen, wenn auch manchmal recht mühsamen Gesprächen mit Scrat.

Die alte Quorrl erwies sich als überraschend redselig, aber auch fast ebenso neugierig. Für jede Frage, die er stellte, mußte er drei beantworten, und Scrats Wissensdurst schien unstillbar. Sie wollte alles über die Welt wissen, aus der er kam, und die

Menschen, die in ihr lebten: Was sie taten, wie und warum. Es gab keine Antwort, mit der sie wirklich zufrieden gewesen wäre. Auf der anderen Seite erfuhr Skar eine Menge über Cron und das Leben auf seinem Gut. Nach seinem eigenen ersten Eindruck war er überrascht, welch hohe Meinung Scrat von diesem riesigen Quorrl hatte. Was er nicht erfuhr, war, was in Cant vor sich ging. Nicht, weil Scrat es ihm nicht sagen wollte, sondern weil sie es einfach nicht wußte. Wie es aussah, hatte mit Ausnahme Crons selbst und einer Handvoll seiner engsten Vertrauten niemand auf diesem Gut jemals eine Reise unternommen, die weiter als zehn Meilen gewesen wäre.

Erst am Morgen des dritten Tages sah er Titch wieder. Er schlief noch, und vor dem Schießscharten-Fenster war noch Nacht, als der Quorrl lautstark in sein Zimmer gepoltert kam und ihn wenig sanft an der Schulter rüttelte, bis er müde und widerwillig die Augen öffnete.

»Was . . . ?!«

»Steh auf«, sagte Titch. »Rasch. Und nimm alles mit.«

In seiner Stimme war ein fast panischer Unterton, der Skar schlagartig vollends wach werden ließ. Ohne Zeit mit einer Frage zu verschwenden, stand er auf, sammelte seine Kleider ein und sah sich noch einmal aufmerksam um, ob er nichts vergessen hatte. Titch wartete reglos unter der Tür, aber es fiel ihm schwer, zu verbergen, wie ungeduldig er war. Etwas war passiert, dachte Skar. Der Quorrl hatte Angst.

Sie verließen die Hütte und überquerten den Hof, steuerten jedoch diesmal nicht Crons Wohnhaus an, sondern gingen in die entgegengesetzte Richtung, zu einem großen, würfelförmigen Gebäude, das als einziges hier auf dem Hof ganz aus Stein erbaut war und keine Fenster hatte. Auf halbem Wege begegnete ihnen eine Gruppe Quorrl, mit denen Titch einige hastige Worte in seiner Muttersprache wechselte. Skar verstand sie nicht, aber die Betonung und die raschen, nervösen Gesten, mit denen Titch sprach, verrieten ihm ihren Sinn sehr deutlich. »Krieger?« fragte er einfach, als sie weitergingen.

Titch warf einen hastigen Blick nach Norden, ehe er antwortete. »Ja. Aber sie kommen nicht unseretwegen.«

»Warum verstecken wir uns dann?«

Titch starrte ihn finster an. Seine Antwort bestand nur darin, daß er schneller ging, nicht aus einer Erklärung. Sie erreichten den würfelförmigen Bau. Titch hämmerte mehrmals lautstark mit der Faust gegen die Tür, und Skar konnte hören, wie drinnen ein schwerer Riegel zurückgezogen wurde. Metall klirrte, dann öffnete sich in der Tür ein schmaler Spalt aus gelbem Fackellicht, in dem die Silhouette eines riesenhaften Quorrl erschien. Skar wußte, daß sie Cron gegenüberstanden, obwohl er sein Gesicht nicht erkennen konnte, denn vor dem hellerleuchteten Hintergrund der Tür blieb der Quorrl ein flacher finsterer Schatten.

Dicht hinter Titch huschte er ins Haus und blieb wieder stehen, während Cron die Tür schloß und sorgsam den Riegel vorlegte. Neugierig sah er sich um. Der Raum war groß – allerdings nicht so groß, daß er die ganze Breite des Gebäudes eingenommen hätte – und fensterlos. Auf dem Boden lag schmutziges Stroh, und es stank fürchterlich nach Fäulnis und Exkrementen. Aber es war kein Quorrl-Geruch ...

Cron sagte ein einzelnes, herrisch klingendes Wort zu Titch und wandte sich um. Skar wollte ihm ganz instinktiv folgen, aber Titch hielt ihn mit einer groben Geste zurück. »Einen Augenblick, Satai.«

Skar sah den Quorrl verwirrt – aber auch ein bißchen alarmiert – an. Es kam selten vor, daß Titch ihn *Satai* nannte, und noch seltener war es etwas Angenehmes, was ihn zu dieser Wortwahl bewog.

Titchs Hand machte eine wedelnde Geste in die Richtung, in der Cron verschwunden war. »Du wirst etwas sehen, was kein Mensch sehen darf«, sagte er. »Ich weiß nicht, warum Cron es tut. Vielleicht hat er vor, dich zu töten, hinterher. Vielleicht glaubt er uns auch, aber es spielt keine Rolle.«

»Worauf willst du hinaus?« fragte Skar.

»Es wird dein Geheimnis bleiben«, fuhr Titch unbeirrt fort. »Wenn du von dem, was du hier erlebst, auch nur ein Wort verrätst, werde ich dich töten.«

»Ich werde schweigen«, antwortete Skar. »Egal, was es ist.«

»Dein Wort«, verlangte Titch.

»Mein Wort als Satai – oder dein Freund?«

»Dein Wort«, beharrte Titch. »Ich will dich nicht töten müssen, aber ich werde es tun, wenn du mich dazu zwingst. Du kennst schon zu viele Geheimnisse unseres Volkes.«

Skar antwortete nicht mehr, aber Titch wertete sein Schweigen als das, was es war. Fünf, zehn endlose schwere Herzschläge lang starrte er Skar durchdringend an, dann drehte er sich mit einem Ruck um und ging in die gleiche Richtung, in der Cron verschwunden war.

Erst, als sie den Raum zur Hälfte durchquert hatten, gewahrte Skar die schmale Tür, die sich in seiner Rückwand befand. Sie war so niedrig, daß selbst er sich bücken mußte, um nicht mit dem Kopf gegen den wuchtigen Sturz aus Felsgestein zu stoßen; Titch – oder gar Cron – mußten mehr hindurch*kriechen*, als sie gingen. Eine schmale, in engen Kehren in die Tiefe führende Treppe schloß sich an, die Titch vorsichtig hinunterbalancierte, wobei er beide Hände ausstreckte, um sich rechts und links an der Wand abzustützen. Der Gestank wurde stärker. Skar glaubte ein dumpfes Stöhnen zu hören, und das Klirren von Metall.

»Was ist das hier?« fragte er. Titch schwieg, aber es war auch eigentlich gar nicht nötig, daß er antwortete. Skar war oft genug in Gefängnissen und Kerkern gewesen, mal als Wärter, mal als Gefangener, um zu wissen, was ihn erwartete.

Und trotzdem schrie er überrascht auf, als er hinter Titch das Ende der Treppe erreichte und stehenblieb, denn *das* hatte er nicht erwartet:

Der Raum lag unter der Erde, wie zwei winzige, hoch unter der Decke angebrachte Fenster verrieten, und wurde von einem deckenhohen Gitter in zwei ungleiche Teile zerschnitten, einen, in dem sich Skar, Titch und auch Cron aufhielten, und einen anderen, größeren, in dem sich gut zwei Dutzend zerlumpter, schmutzstarrender Gestalten drängelten.

Menschliche Gestalten.

»Nein«, stammelte Skar. »Das ist –«

»Schweig!« Crons Brüllen ließ die Gefangenen auf der anderen Seite des Gitters abrupt verstummen. Skar schwieg tatsächlich, aber es war nicht die Reaktion auf Crons Befehl – den hörte er eigentlich gar nicht. Es war das Entsetzen, über das, was er *sah*.

Viele der Männer und Frauen waren schwer verletzt, und es war keiner unter ihnen, der nicht über und über mit schwärenden Wunden und Schorf bedeckt wäre. Skar sah die Spuren von Peitschenhieben und anderen Mißhandlungen, und einige der Gefangenen waren mit daumendicken Ketten an den Boden oder das Gitter gefesselt. Der Gestank war unerträglich, und nach einigen Augenblicken setzte das Stöhnen und Wehklagen wieder ein, das er oben auf der Treppe gehört hatte.

»Erschreckt dich, was du siehst?« Cron kicherte böse. »Das sollte es. Vergiß es nie, Satai, denn wenn du auch nur ein Wort davon verlauten läßt, dann teilst du ihr Schicksal.«

Skar ignorierte ihn einfach. Jetzt, als Cron vor ihm stand, sah er erst, wie groß der Quorrl *wirklich* war, ein Gigant von sicherlich achteinhalb Fuß, größer noch als Ennart, neben dem er sich wie ein Zwerg vorgekommen war. Aber er spürte keine Furcht. Nur Entsetzen über den schrecklichen Anblick, und das, was er bedeutete.

Cron blickte noch einen Moment böse grinsend auf ihn herab, dann klaubte er einen gewaltigen Schlüssel von seinem Gürtel und öffnete das Schloß in der Gittertür. Die Gefangenen begannen zu wimmern. Die, die sich bewegen konnten, wichen so weit von der Tür zurück, wie es der beengte Raum möglich machte, und die anderen begannen an ihren Ketten zu zerren.

Es dauerte einen Moment, bis Skar begriff, was Crons Tun

bedeutete. Entsetzt und ungläubig zugleich starrte er Titch an. »Ich soll ... dort hinein?« stammelte er.

»Nicht für lange, Skar«, sagte Titch hastig. »Aber es muß sein.«

»Niemals«, sagte Skar.

Cron lachte böse. »Es liegt bei dir, ob du freiwillig zu deinen Brüdern gehst oder nicht«, sagte er. »Gehen wirst du. Aber du solltest daran denken, daß es bei *mir* liegt, ob ich dich wieder herauslasse oder nicht.«

Die Drohung in seinen Worten war nicht zu überhören. Skar machte einen Schritt, blieb noch einmal stehen und sah zu Titch hoch. Der Quorrl wich seinem Blick aus.

»Bitte, Skar«, sagte er. »Sie werden gleich hier sein. Wenn sie dich irgendwo anders als *hier unten* finden, dann sterben wir alle.«

»Meint ihr nicht, daß sie hier ganz besonders aufmerksam nachsehen werden?« fragte Skar.

»Sicher«, antwortete Cron. »Aber sie suchen nach einem Satai, der den Göttern den Krieg erklärt hat. Nicht nach einem verkrüppelten Mann, der kaum genug Kraft hat zu stehen. Geh!«

Er unterstrich das letzte Wort mit einer herrischen, befehlenden Geste, und Skar trat widerstrebend durch die Gittertür. Cron verriegelte das Schloß hinter ihm wieder und wandte sich ohne ein weiteres Wort zum Gehen, aber Titch blieb noch einen Moment da. Auch er schwieg, aber in seinem Blick war etwas, was Skar schaudern ließ; ein stummes Flehen um Vergebung, als wäre das, was er hier sah, noch nicht einmal das Schlimmste. Drei, vier Sekunden lang blickten sie einander nur an, dann fuhr der Quorrl herum und rannte aus dem Keller.

Widerstrebend drehte sich Skar wieder herum und blickte in die Reihe ausgezehrter, schmutziger Gesichter, die ihm entgegenstarrte. Der Anblick erfüllte ihn mit Grauen, zugleich aber auch mit Ekel und Abscheu, obwohl es Männer und Frauen *seines* Volkes waren, denen er gegenüberstand. Der Gestank war ekelerregend. Auf dem Boden lag verfaultes Stroh, dazwischen Kot und Unrat. Ihm wurde übel. Er machte einen Schritt, blieb wieder stehen und sah sich hilflos um.

»Wer ... wer seid ihr?« fragte er. »Wie kommt ihr hierher, und wie –«

»Gib dir keine Mühe, Skar«, sagte eine Stimme neben ihm. »Sie können dir nicht antworten.«

Eine eisige Hand schien nach Skars Herzen zu greifen. Er fuhr herum, riß erschrocken die Augen auf und unterdrückte nur noch im letzten Moment einen Schrei, als er erkannte, wer da zu ihm gesprochen hatte.

»Kiina!«

Das Mädchen war so schmutzig und heruntergekommen wie die anderen Gefangenen, und es hockte mit angezogenen Knien in der äußersten Ecke des Verließes, so daß er es bisher nicht einmal gesehen hatte. Kiina blickte ihn an, aber sie machte keine Anstalten, aufzustehen und zu ihm zu kommen. Als er zu ihr ging, sah er, daß sie gefesselt war: ein daumenbreiter Metallring spannte sich um ihr rechtes Fußgelenk, der mit einer Kette an der Wand befestigt war.

Eine Hand griff nach ihm, als er sich auf Kiina zubewegte. Instinktiv schüttelte Skar sie ab und fuhr herum, als andere Finger sich in sein Haar zu krallen versuchten. Ein schmutziges, vom Wahnsinn gezeichnetes Gesicht tauchte vor ihm auf, Finger tasteten nach seinen Augen. Skar schlug sie beiseite und wich einen Schritt zurück, aber der Mann folgte ihm, die Hände wie Krallen nach seinem Gesicht ausgestreckt und kleine, quietschende Töne ausstoßend. Speichel lief über sein Kinn und zeichnete glitzernde Spuren in den eingetrockneten Schmutz darauf.

»Verschwinde«, sagte Skar. »Laß mich in Ruhe!«

Der Mann schien seine Worte nicht zu verstehen. Er kam weiter näher und versuchte abermals, Skars Gesicht zu berühren. Skar packte ihn, versetzte ihm einen Stoß, der ihn rückwärts taumeln und zusammen mit drei oder vier weiteren Gefangenen zu Boden fallen ließ, aber sofort waren andere heran, fünf, sechs, sieben Männer und Frauen, die in eindeutig drohender Haltung auf ihn zutraten. Aus dem Chor wimmernder Stimmen war ein drohender Singsang geworden. Und plötzlich bekam Skar Angst.

»Verschwindet«, sagte er drohend. »Kommt nicht näher.«

Niemand reagierte auf seine Worte. Skar wich einen weiteren Schritt zurück, spürte, daß er fast an der Wand angelangt war und spreizte die Beine. Drohend hob er die Arme und ballte die rechte Hand zur Faust.

Als der erste Mann heranstürmte, empfing ihn Skar mit einem Fußtritt in den Leib, der ihn mit einem gurgelnden Laut zusammenbrechen ließ. Einen zweiten ließ er einfach an sich vorbeistürmen und stellte ihm ein Bein, so daß er wuchtig gegen die Wand fiel und wimmernd liegenblieb. Und noch ehe die anderen Zeit fanden, sich zu so etwas wie einem koordinierten Angriff zu formieren, sprang Skar seinerseits auf sie zu. Er schlug einen Mann mit dem Ellbogen nieder, rammte einem zweiten das Knie in den Leib und ließ einen dritten Angreifer, der sich von hinten auf ihn zu werfen versuchte, wie ein lebendes Geschoß über seinen Rücken fliegen.

Skar war sich darüber im klaren, daß er keine sehr guten Aussichten hatte, diesen Kampf zu gewinnen. Er war stärker als sie, besser in Form und vor allem ein Kämpfer, kein halb verhungerter Mann, den Krankheit und Schmerz halb wahnsinnig gemacht hatte, aber sie waren *viele*. Zu viele für ihn. Wenn er diesen ungleichen Kampf gewinnen wollte, dann *schnell*.

Er täuschte einen Schritt zur Seite, wartete eine Zehntelsekunde, bis gleich drei der Angreifer seine Bewegung nachzuvollziehen versuchten, und drehte sich blitzschnell um seine Achse. Sein Fuß kam hoch und landete mit der ganzen furchtbaren Wucht der Drehung im Gesicht eines der Gefangenen. Skar hörte Knochen brechen. Der Mann fiel kreischend auf die Knie, verbarg das Gesicht in beiden Händen und spie Blut und Zähne auf den Boden. Skar sprang vor, stieß ihn mit dem Ellbogen vollends nieder und schlug einen zweiten Mann nieder, der ihn zu umgehen versuchte.

Aus den Augenwinkeln sah er einen Schatten auf sich zurasen. Instinktiv riß er den Arm hoch, blockte den Hieb mit dem Unterarm ab und schlug schnell und hart zurück.

Im nächsten Momemt fiel er auf die Knie und krümmte sich selbst vor Schmerz. Er hatte mit der Linken zugeschlagen, blitzschnell und ganz instinktiv, wie er es seit Jahrzehnten gewöhnt war, aber er *hatte* keine linke Hand mehr, sondern nur noch einen pochenden, kaum verheilten Stumpf, der auf die grobe Behandlung mit unerträglichen Schmerzen reagierte.

Skar schrie. Es war so schlimm, daß er fast das Bewußtsein verloren hätte und sich nur noch mit Mühe aufrecht hielt. Schatten umgaben ihn. Das Johlen der Menge wurde triumphierend. Finger krallten sich in sein Haar und rissen seinen Kopf zurück, und eine Handkante landete in einer ungeschickten Imitation seines eigenen Hiebes an seiner Kehle; sehr hart, aber schlecht gezielt. Der Schlag zerquetschte seinen Kehlkopf nicht, sondern sandte nur einen neuen Schauer schier unerträglicher Schmerzen durch seinen Hals. Er keuchte, riß sich mit aller Kraft los und taumelte irgendwie auf die Füße.

Er kämpfte wie ein Berserker. Es waren keine Satai-Techniken mehr, die er anwandte: er hieb und drosch und trat einfach wild um sich, halb wahnsinnig vor Schmerz und Angst, in einem Zustand dicht an der Grenze zur Bewußtlosigkeit, der ihn die Hiebe, die unentwegt auf ihn herunterprasselten, kaum mehr spüren ließ.

Und plötzlich war es vorbei. So schnell, wie sich die Gefangenen auf ihn gestürzt hatten, wichen sie wieder vor ihm zurück. In den weit aufgerissenen Augen des halben Dutzends Jammergestalten war nur noch Angst. Zwei Männer lagen reglos am Boden, zwei weitere krochen wimmernd und blutend davon. Skar hob die Arme.

»Nicht, Skar«, sagte Kiina. »Sie haben nur Angst. Laß sie.«

Und für Bruchteile von Sekunden war die Wut wieder da, der alte, unbezwingbare Wille zu töten, nur daß er diesmal nicht von außen auf ihn einströmte, sondern aus einem Bereich tief im Grunde seiner Seele kam, das Flüstern seines Dunklen Bruders, der nach Blut verlangte. Und er war stark. Stärker als je zuvor.

»Skar – nicht!«

Er machte einen weiteren Schritt, blieb stehen und drehte sich schwer atmend zu Kiina um, sah sie aber nur eine Sekunde lang an, ehe er seine Aufmerksamkeit wieder den Männern zuwandte. Sie waren weiter vor ihm zurückgewichen, und in ihren Augen stand jetzt der gleiche Ausdruck wie vorhin, als sie Cron gesehen hatten. Sie *hatten* Angst. Aber das bedeutete nicht, daß sie sich nicht sofort wieder auf ihn stürzen würden, wenn er auch nur eine Sekunde unaufmerksam war.

Sehr langsam, und ohne die Gefangenen dabei völlig aus dem Auge zu lassen, ließ er sich neben Kiina in die Hocke sinken und sah sie an.

»Großer Gott, Kind, was ist passiert?« fragte er. Er keuchte. Alles drehte sich um ihn. Sein Herz hämmerte schnell und schmerzhaft, und sein Arm tat unerträglich weh. Der frische Verband, den Scrat am vergangenen Abend angelegt hatte, begann sich rot zu färben. »Wieso bist du hier? Was haben sie dir getan?«

»Getan?« Kiina versuchte zu lächeln, aber unter all dem Schmutz und eingetrockneten Blut auf ihrem Gesicht wurde es eher eine Grimasse. »Sie haben mir nichts getan, Skar.«

»Das sehe ich!« sagte Skar wütend. »Ich bringe Cron um, wenn ich ihn in die Finger bekomme, das schwöre ich. Und Titch gleich dazu!«

»Sie haben mir nichts getan«, beharrte Kiina. »Sie haben mich nur gebunden, um mich zu schützen.« Kiinas Finger wanderten an ihrem Bein herab und glitten über das rostige Eisen des Fußrings. Die Haut darunter war aufgescheuert und blutig, und dem Schorf nach zu schließen, mußten die Wunden – so weit sie nicht unentwegt wieder aufgerissen wurden –, mehrere Tage alt sein.

»Zu schützen?« wiederholte Skar ungläubig.

»Den Gefesselten tun sie nichts«, antwortete Kiina mit einer Geste auf die Gestalten hinter Skar. »Frag mich nicht, warum, aber es ist so. Niemand hat mich angerührt, seit ich hier bin.«

»Du warst ... die ganze Zeit über hier unten?«

Kiina nickte. »Vom ersten Moment an.«

»Ich bringe Titch um!« schwor Skar, und in diesem Moment meinte er es ganz genau so, wie er es sagte. »Dieses verdammte Ungeheuer!«

»Du tust ihm Unrecht«, sagte Kiina. »Es war nicht seine Schuld.«

Skar lachte schrill, aber Kiina schüttelte abermals und mit aller Überzeugung, die sie aufbringen konnte, den Kopf. »Dieses Monstrum Cron hat mich hier eingesperrt«, sagte sie. »Titch wollte es nicht, aber er hat ihm gar keine Wahl gelassen. Er hätte auch dich hierherbringen lassen, wenn Titch nicht sein Leben für dich verpfändet hätte.«

Skar schwieg verwirrt. Er verstand immer weniger, was hier vorging. Kiina hätte verzweifelt sein müssen, zumindest zornig, aber sie schien im Gegenteil fast *dankbar.* Einen Moment lang fragte er sich ernsthaft, ob er dabei war, den Verstand zu verlieren. Verstört sah er sich in der winzigen, mit Leibern vollgestopften Zelle um und versuchte vergeblich, die zerlumpten, stinkenden Gestalten als menschliche Wesen zu akzeptieren. Es gelang ihm nicht. Wenn diese Kreaturen jemals Menschen gewesen waren, dann hatte Cron ihnen alle Menschlichkeit schon vor langer Zeit genommen.

»Was ist das hier?« flüsterte er.

»Crons Sklaven«, antwortete Kiina. »Ich weiß nicht, wer sie sind und woher sie kommen.«

Skar zögerte. Sekundenlang hockte er einfach reglos da und starrte in die Reihe stummer Gesichter, die ihm voller Angst entgegenblickten, dann deutete er mit der gesunden Hand auf einen Mann, dessen Blick ihm nicht ganz so trüb und verwirrt erschien wie der der anderen.

»Du«, sagte er. »Wer bist du? Woher kommst du?«

»Er kann dir nicht antworten, Skar«, sagte Kiina noch einmal. »Ich weiß nicht einmal, ob er dich versteht. Aber selbst wenn, kann er nicht sprechen. Sie haben ihnen die Zungen herausgerissen.«

Seltsam – aber Skar erschrak nicht einmal besonders. Nach allem war auch diese weitere Grausamkeit nurmehr ein Tropfen in dem Ozean aus Entsetzen, in dem er zu ertrinken drohte. Er fragte sich, ob Titch wirklich glaubte, daß er sein Wort halten und nicht über *das hier* erzählen würde. Wenn ja, war er ein Narr.

»Warum hat er es mir nicht gesagt?« murmelte er. Die Frage galt viel mehr ihm selbst als Kiina, aber sie antwortete trotzdem.

»Titch?« Sie lachte leise. »Hättest *du* es ihm gesagt, wenn es umgekehrt gewesen wäre?«

»Daß wir Sklaven halten?« Skar zuckte bewußt gleichgültig mit den Achseln. »Und? Ich kenne einige Männer, die sich Quorrl als Arbeitssklaven ...«

Er sprach nicht weiter, als er Kiinas Blick begegnete. Und er ahnte die Wahrheit, noch bevor das Mädchen sie aussprach. Im Innersten hatte er sie vom ersten Moment an geahnt. Keiner dieser Männer und Frauen war in der Verfassung, körperliche Arbeit zu leisten, nicht einmal die leichteste.

»Es sind keine Arbeitssklaven, Skar«, sagte Kiina ruhig. »Das hier ist Crons Vorratskammer.« Sie machte eine weit ausholende, zitternde Handbewegung. »Sie essen sie.«

Die Krieger kamen mit dem ersten Licht des neuen Tages. Die beiden winzigen Fenster unter der Decke wurden zu grauen rechteckigen Löchern in der Wand, als Skar den Hufschlag hörte, einen dumpfen, nur allmählich näherkommenden Klang, der aber von jenem machtvollen Dröhnen durchdrungen war, das das Nahen sehr vieler Reiter verriet. Er hätte viel darum gegeben, an der Wand hinaufklettern zu können, um die Ankunft der Krieger zu beobachten, aber nur mit einer Hand und schwach, wie er war, erwies sich das als unmöglich. Außerdem hatte er Titchs Warnung nicht vergessen. Seine Rolle als halb verhungerter Gefangener hätte enorm an Glaubwürdigkeit eingebüßt, hätte man ihn in drei Metern Höhe unter der Decke klebend vorgefunden.

Und er hatte auch gar nicht mehr die Energie dazu. Dieses Verlies und vor allem das, was es bedeutete, hatten ihn erschüttert. Kiinas Worte hatten ... alles zerstört. Er wußte nicht, ob er jemals wieder Vertrauen zu Titch würde haben können, ob er es jemals wieder über sich bringen würde, ihm in die Augen zu sehen. Er hatte versucht, den Quorrl zu hassen; zumindest Zorn auf ihn zu empfinden, aber nicht einmal das konnte er. Dabei waren es nicht einmal die bloßen Tatsachen selbst, die ihn so erschütterten. Kannibalismus war ihm nicht fremd; er war im Laufe seines Lebens auf mehr als ein Volk gestoßen, das Menschenfleisch aß, und unter ihnen waren auch *Menschen* gewesen. Was es so schlimm machte, was ihn nicht einfach nur erschütterte, sondern wirklich *weh* tat, war der Umstand, daß Titch es ihm nicht gesagt hatte.

Zumindest begriff er jetzt, warum die Quorrl auf Crons Hof so wenig Notiz von ihm genommen hatten. Der Anblick eines Menschen war nichts Besonderes für sie. Sein Geschmack wahrscheinlich auch nicht.

»Was sind das für Männer?« fragte Kiina, als der Hufschlag näher kam und den ganzen Hof über ihnen wie dröhnender Donner auszufüllen schien. Sie sah zum Fenster hoch. »Krieger, die uns suchen?«

Skar schüttelte langsam den Kopf. Er hatte über Titchs Worte nachgedacht, und trotz der Verbitterung, die er beim bloßen Gedanken an den Quorrl verspürte, glaubte er ihm. »Nein«, sagte er. »Jedenfalls nicht nur. Etwas geht hier vor.«

Kiina lachte rauh. »Was für eine tiefschürfende Erkenntnis, Satai.«

»Ich meine es ernst«, antwortete Skar. »Es ist nicht nur das hier. Irgend etwas ... geschieht in diesem Land. Etwas Entsetzliches.« Und es war längst nicht nur die Desertation von Titchs Kriegern. Er hatte dieses Land nie zuvor gesehen, bis vor wenigen Tagen nicht einmal seinen Namen gewußt, und doch spürte er, daß die furchtbare Veränderung, die von ganz Enwor Besitz ergriffen hatte, auch vor den Grenzen Cants nicht Halt gemacht hatte. Etwas geschah in diesem Land, und jede lebende Kreatur mußte es spüren.

»Titch hat Angst«, sagte Kiina leise. Skar sah sie fragend an. »Er hat Angst, seit wir Cant erreicht haben«, fügte sie hinzu.

»Hat er dir das gesagt?«

»Ich weiß es«, antwortete Kiina. »Ich spüre, wenn jemand Angst hat. Du hast auch Angst. Aber aus anderen Gründen als Titch.«

Skar antwortete nicht darauf. Sie hatten überhaupt wenig gesprochen in der letzten Stunde; was nicht zuletzt daran gelegen hatte, daß Kiina viel zu erschöpft gewesen war, um zu reden. Skar hatte sich neben sie gesetzt und die Gefangenen im Auge behalten, die in respektvollem Abstand zu Kiina und ihm auf dem Boden hockten, und sie hatte den Kopf an seine Schulter gelehnt und war in einen unruhigen, fiebernden Schlaf gesunken, aus dem sie immer wieder hochgeschreckt war.

»Was wirst du tun, wenn du hier heraus bist?« fragte Kiina plötzlich.

»Wir«, verbesserte Skar. »Es muß heißen – was werden *wir* tun, wenn *wir* hier heraus sind.«

»Wir?« Kiinas Lippen verzogen sich zu der schwachen Karikatur eines Lächelns. »Ich glaube nicht, daß ich es schaffe«, sagte sie. »Ich bin so ...«

»Müde?« schlug Skar vor. »Das ist kein Wunder, nach dem, was du mitgemacht hast. Cron wird dafür bezahlen.«

»Das ist es nicht«, antwortete Kiina. »Ich fühle mich schlecht, Skar. Nicht erst seit zwei Tagen. Ich weiß nicht, was es ist. Ich bin ... manchmal habe ich das Gefühl, innerlich zu brennen.«

»Der Weg hierher war sehr anstrengend«, sagte er. »Du bist kein Satai.« Er hätte ihr sagen können, was der *wirkliche* Grund für ihre Schwäche war, das verzehrende Feuer, das noch immer in ihr loderte und sie töten würde, wenn es ihnen nicht gelang, das Heilige Wasser der Quorrl zu erreichen. Aber er tat es nicht. Kiina mochte die Wahrheit ahnen, aber solange sie sie nicht wirklich *wußte*, bestand auch nicht die Gefahr, daß sie verzweifelte und einfach aufgab. Wer war er, ihr diese barmherzige Lüge zu verwehren?

»Du hast darauf bestanden, mich zu begleiten«, sagte er. »Jetzt bestehe ich darauf, daß du es auch weiter tust. Du kannst später sterben, wenn du unbedingt willst. Aber jetzt erlaube ich es nicht.«

Kiina lächelte pflichtschuldig. »Also gut«, sagte sie matt. »Was also werden *wir* tun, nachdem wir hier heraus sind – und Cron den Hals umgedreht haben?«

Skar machte eine Kopfbewegung zum Fenster hinauf. »Titch will noch immer nach Ninga – wo und was immer dieser Ort auch ist. Und ich habe eine Verabredung weiter im Norden.«

»Im Land der Toten.«

»Sie nennen es wohl so, ja.«

»Du willst sie immer noch ganz allein besiegen?«

»Ich habe sie auch ganz allein geholt«, antwortete er. Aber das war nicht die wirkliche Antwort. Er wollte sie nicht *besiegen*. Und er konnte es auch nicht. Niemand konnte die Kreatur der *Sternengeborenen besiegen*. Er wußte, daß dort im Norden, irgendwo noch jenseits der Grenze des Quorrl-Gebietes, die Entscheidung fallen würde, aber sie würde anders aussehen, als er sich jetzt schon vorzustellen vermochte. Ein Kampf? Er dachte an das flammende Ungeheuer, das Ennart in seinem Wahnsinn aus den Abgründen der Zeit heraufbeschworen hatte, und plötzlich war er fast sicher, daß es auf ihn wartete, im Norden, im Land der Toten. Der Dämon – und sein Dunkler Bruder. Der *Daij-Djan* war nicht besiegt, auch das begriff er plötzlich mit unerschütterlicher Gewißheit. Wie so vieles war auch dieser Gedanke nur ein Wunsch gewesen, die verzweifelte Hoffnung, wenigstens der schwarzen Chimäre entkommen zu sein. Aber er war noch da, tief verborgen in ihm, eingewoben in einen schwarzen Kokon aus Vergessen und Furcht, aber bereit für den Moment, an dem er endgültig hervorbrechen würde. Er hatte ihn einmal besiegt, ganz einfach, indem er ihn mit etwas konfrontierte, was ihm fremd war: der Lüge. Ein zweites Mal würde es ihm nicht gelingen, das wußte er.

»Das ist ... keine Antwort, Skar«, sagte Kiina. Irgend etwas an der Art, in der sie sprach, ließ Skar sich zu ihr herumdrehen, und als er in ihre Augen blickte, überlief ihn ein eisiger Schauer. Sie war blaß und schmutzig und sah *krank* aus, aber das Entsetzen in ihrem Blick hatte einen anderen Grund.

»Du wirst sterben«, sagte sie leise, als er nicht antwortete. »Du weißt das. Du ... du hast es die ganze Zeit über gewußt. Du gehst dorthin, um zu sterben.«

»Unsinn«, antwortete Skar. »Du sprichst in letzter Zeit ein bißchen zu viel vom Tod.«

»Du wirst sterben und mich allein lassen«, beharrte Kiina. »Ich weiß es. Was immer dich dort erwartet, es wird dich umbringen.«

Und das muß es auch, dachte er. *Denn wenn es das nicht tut, wird es mich in etwas verwandeln, was tausendmal schlimmer als der* Daij-Djan *ist.*

Er sprach diesen Gedanken nicht aus, und Kiina kam auch nicht mehr dazu, eine weitere Frage zu stellen, denn in diesem Moment wurde die Tür auf der anderen Seite des Gitters aufgestoßen, und eine Anzahl Quorrl betraten den Kerker. Unter den Gefangenen brach sofort Unruhe aus, so daß Skar die Schuppenkrieger im ersten Moment nicht richtig erkennen konnte, aber eine der grüngrauen Gestalten überragte die anderen um mehr als Haupteslänge. Cron. Skar hielt nach Titch Ausschau, konnte ihn aber in dem Durcheinander von schuppigen Leibern nicht entdecken, und er wagte es nicht, zu aufmerksam hinzusehen.

Eine Peitsche knallte. Die Gefangenen, die nicht gefesselt waren, wichen wie am Morgen angstvoll zur Wand zurück, als die Tür in der Gitterwand geöffnet wurde. Skar senkte hastig den Blick, zog die Knie an den Leib und bettete die Stirn darauf, als wäre er zu matt, um auch nur den Kopf zu heben, blinzelte aber aus den Augenwinkeln aufmerksam zur Tür hinüber.

Cron und zwei weitere Quorrl betraten die Zelle. Die beiden Männer neben Cron waren Krieger, riesige Gestalten in den mattschimmernden Rüstungen der Tempelgarde, mit Schwertern und kurzen, stachelschwänzigen Peitschen bewaffnet, mit deren Stielen sie die Gefangenen auf Abstand hielten. Skar versuchte, einen Blick auf Crons Gesicht zu erhaschen. Seine Züge waren so alt und häßlich, wie er sie in Erinnerung hatte, und sein einziges Auge loderte im Widerschein der Fackel wie ein Stück glühender Kohle. Und trotzdem war Skar sicher, so etwas wie Angst auf dem Gesicht des Quorrl zu erkennen.

Die drei schuppigen Riesen gingen bis zur Mitte des Verlieses und blieben stehen. Cron begann mit schneller, fistelnder Stimme auf einen der Krieger einzureden, aber Skars Aufmerksamkeit galt eher dem zweiten Quorrl. Der Krieger sah langsam in die Runde, und er tat es mit einer Aufmerksamkeit, die ein wenig über das zu erwartende Maß hinausging. Er suchte etwas. *Jemanden*. Titch hatte sich getäuscht. Es mochte noch einen anderen Grund geben, aus dem die Quorrl hier waren, aber sie waren *auch* gekommen, um nach Kiina und ihm zu suchen.

Einem Mädchen von zwanzig Jahren und einem Mann, der ihr Vater sein konnte, dachte er. Plötzlich hatte er das Gefühl, daß der Quorrl ihn einfach erkennen *mußte*. Er hätte nicht neben Kiina bleiben dürfen, sondern sich unter die anderen Gefangenen mischen müssen, spätestens, als die Quorrl kamen. Jetzt war es zu spät.

Der Quorrl kam näher, vielleicht durch Zufall, vielleicht nicht, aber Skar spürte, daß er irgend etwas *tun* mußte. Er konnte den

Blick der dunklen Fischaugen regelrecht spüren. Mühsam hob er den Kopf, sah dem Quorrl einen Moment lang direkt ins Gesicht und ließ sich dann wieder zusammensacken. Der Quorrl musterte ihn aufmerksam, *sehr* aufmerksam, ihn und Kiina. Wenn er Verdacht schöpfte, waren sie verloren. Vielleicht – nur vielleicht – konnte er diese beiden Quorrl und auch Cron besiegen, wenn er den Vorteil der Überraschung ausnutzte; aber draußen auf dem Hof mußten Dutzende von Kriegern sein.

»Schlag mich«, flüsterte er, ohne die Lippen zu bewegen. Kiina sah ihn verwirrt an. »Frag jetzt nicht, sondern schlag mich mit der Kette. So fest du kannst.«

Kiina verstand ganz offensichtlich kein Wort; und sie reagierte auch nicht. Skar hob den Kopf, musterte den Quorrl eine Sekunde lang mit leerem Blick und drehte sich dann zu Kiina um. Seine rechte Hand griff nach ihrer Brust und drückte hart und schmerzhaft zu, so daß sie ein überraschtes Keuchen ausstieß. Instinktiv versuchte sie ihn abzuschütteln, aber Skar hielt sie unbarmherzig fest und machte Anstalten, sich mit dem ganzen Körper auf sie zu werfen. Kiina wehrte sich immer noch nicht.

Ein Peitschenhieb traf seinen Rücken und warf ihn zu Boden. Skar schrie vor Schmerz, rollte herum und riß schützend die Arme über das Gesicht, als die Peitsche des Quorrl ein zweites Mal auf ihn herabsauste. Die dünnen, mit eisernen Stacheln besetzten Lederriemen rissen seine Haut auf. Blut lief über seine Unterarme und sein Gesicht. Er schrie abermals, krümmte sich vor Schmerz und verlor fast das Bewußtsein, als der Quorrl ihn in die Seite trat. Noch ein weiterer Hieb, und er würde entweder sterben oder aufspringen und sich wehren; was auf das gleiche hinauslief.

Aber er kam nicht. Der Quorrl wandte sich mit einem zornigen Grunzen um und ging zu seinem Kameraden zurück, während Kiina mit schreckgeweiteten Augen und erstarrt dasaß und abwechselnd ihn und den schuppigen Giganten anstarrte. Sie hatte nicht begriffen, was Skar getan hatte; und warum.

Durch einen Schleier aus Blut und Schmerz sah Skar zu Cron auf. Der Quorrl blickte kalt auf ihn herab, ohne die geringste Regung, ohne Mitleid oder Triumph. *Schlachtvieh*, dachte Skar. Er betrachtete ihn wie ein Stück Vieh, interessiert, aber ohne das allermindeste Gefühl. Seine rechte Hand grub sich in den Boden, so fest, daß Blut unter seinen Fingernägeln hervorquoll, aber dieser Schmerz war das einzige, was ihn noch davon abhielt, aufzuspringen und Cron die Faust ins Gesicht zu schlagen.

Er mußte wohl das Bewußtsein verloren haben, denn das nächste, was er registrierte, war Titchs Hand, die in seinem Nacken lag und seinen Kopf stützte, und einen Becher mit einer kalten, völlig geschmacklosen Flüssigkeit, der an seine Lippen gehalten wurde. Er trank, zuerst gierig und mit großen ungeschickten Schlucken, so daß das meiste wieder über seine tauben Lippen lief, dann etwas vorsichtiger. Erst dann öffnete er die Augen.

»Idiot«, sagte Titch kopfschüttelnd. »Was, zum Teufel, sollte das? Eine besonders originelle Art, Selbstmord zu begehen?«

Skar stemmte sich hoch und schüttelte seine Hand ab. Sofort wurde ihm schwindelig, aber sein Zorn auf den Quorrl war stark genug, daß er sich kein äußeres Zeichen von Schwäche erlaubte.

»Sprichst du nicht mehr mit jedem?« fragte Titch grollend, als er nicht antwortete, sondern sich mit zusammengebissenen Zähnen herumdrehte und an Kiinas Seite humpelte.

»Doch«, antwortete Skar. »Ich bin nur verblüfft, daß *du* mit *mir* sprichst. Ich unterhalte mich selten mit meinem Frühstück.«

Titch fuhr wie unter einem Schlag zusammen. Er wollte etwas sagen, fand aber offensichtlich nicht die richtigen Worte und wandte schließlich den Blick ab. In seinem Gesicht arbeitete es. Skar war sich darüber im klaren, daß er ungerecht war; und daß seine Worte dem Quorrl weh taten. Aber in diesem Moment genoß er beides.

»Er wollte mich nur schützen, Titch«, sagte Kiina. »Es war

meine Schuld. Wenn ich ... getan hätte, was er sagte, hätten sie ihn nicht geschlagen.«

Titch sah sie nachdenklich an. »Unsinn«, murmelte er. »Und es war sowieso umsonst.« Er kam näher, ohne seine Worte zu erklären, ließ sich vor Kiina in die Hocke sinken und zerbrach den Metallring an ihrem Fußgelenk ohne sichtliche Anstrengung. Kiina sah erstaunt zu ihm auf, machte aber keine Anstalten, sich zu erheben.

»Was soll das?« fragte Skar.

»Im Moment noch nichts«, erwiderte Titch. »Nur eine Vorsichtsmaßnahme – für den Fall, daß ihr schnell hier heraus müßt. Ich weiß noch nicht wie, aber ich werde einen Weg finden. Das Gebäude wird bewacht«, fügte er in bekümmertem Ton hinzu.

»Dann bring uns doch in die Küche«, sagte Skar bitter. »Sie werden doch nichts dagegen haben, daß du dir zwei saftige Braten heraussuchst, oder?«

»Ich habe daran gedacht«, antwortete Titch ungerührt. »Aber das Risiko ist zu groß. Wir müssen warten, bis es dunkel ist. Dann bringe ich euch hier heraus. Irgendwie.«

»Und die anderen?«

Titch seufzte. »Bitte, Skar. Du weißt, daß es unmöglich ist. Es sind fast fünfzig Krieger auf dem Hof. Ihr kämt keine zehn Schritte weit.«

»Sie sind also doch hier, um uns zu suchen.«

»Ja«, gestand Titch. »Aber das wußte ich nicht. Und sie sind auch nicht nur euretwegen hier.«

»Warum dann?«

»Es ist die Ehrenwache des Bestimmers«, antwortete Titch. »Bist du jetzt schlauer?«

Skar setzte zu einer Antwort an, aber Titch schnitt ihm mit einer zornigen Geste das Wort ab und stand wieder auf. »Ich muß gehen«, sagte er. »Ich hätte gar nicht kommen dürfen, aber als Cron mir erzählte, was geschehen ist, mußte ich nachsehen, wie es dir geht.«

»Wie edel«, sagte Skar sarkastisch. »Aber völlig überflüssig. Ich bin ganz in Ordnung.« Er kniff sich mit den Fingern in den linken Bizeps. »Siehst du? Festes, gesundes Fleisch. Die paar zerkratzten Stellen kann man abschneiden.«

»Du haßt mich«, sagte Titch leise.

»Hassen?« Skar schüttelte den Kopf. »Nein. Ich ... ich kann euch nicht einmal mehr verachten. Ennart hatte recht, weißt du das? Ihr seid Tiere. Ihr wart niemals etwas anderes.«

»Ich verstehe dich«, sagte Titch ruhig. »Du bist zornig, weil ich es dir nicht gesagt habe. Ich hatte Angst davor, Skar. Ich habe gehofft, daß du es nie erfährst. Ich hatte Angst, daß du genau so reagierst, wie du es jetzt tust.« Er schüttelte traurig den Kopf und machte eine Geste zu den anderen Gefangenen, die sich angstvoll vor ihm zurückgezogen hatten. »Glaubst du mir, wenn ich dir sage, daß ich niemals Menschenfleisch gegessen habe?«

»Natürlich nicht«, antwortete Skar bitter. »Du wußtest, daß du eines Tages auf mich treffen würdest, wie?«

»Nein. Ich habe es niemals getan, weil ich es ... so schrecklich finde wie du. Es ist entwürdigend. Und es gibt viele, die so denken wie ich.«

»Und das soll ich dir glauben?«

»Hast du jemals Quorrl-Fleisch gegessen?«

Skar starrte ihn an, und plötzlich kam er sich gemein und schäbig vor, Titch auf so niederträchtige Art verdächtigt zu haben. Er wollte sich entschuldigen, aber irgend etwas hinderte ihn daran, und er spürte auch, daß Titch es nicht erwartete.

»Genug jetzt«, sagte Titch in plötzlich verändertem Ton. »Ich muß fort. Sobald es dunkel wird, bringe ich euch hier heraus. Ihr unternehmt nichts, ganz egal, was passiert.«

»Auch nicht, wenn sie kommen, um uns zum Essen einzuladen?« fragte Skar freundlich. Er wollte es nicht. Er wußte, wie weh diese Worte dem Quorrl taten, aber etwas zwang ihn dazu, ihn zu verletzen und das Messer immer wieder in der Wunde herumzudrehen. Eine unhörbare Stimme flüsterte ihm zu, daß er auf dem besten Weg war, das letzte bißchen Vertrauen zwischen ihm und dem Quorrl zu zerstören, aber das war ihm gleich, in diesem Moment. Er wollte jemandem weh tun, ganz einfach, weil *ihm* weh getan worden war, und Titch kam ihm gerade recht. Um so mehr, als der Quorrl nicht in der Verfassung war, sich zu wehren.

Eine endlose Sekunde lang starrte Titch ihn einfach nur an. Dann drehte er sich mit einem Ruck herum und rannte aus dem Verlies.

Es wurde Mittag, Nachmittag und schließlich Abend. Eine Stunde vor Sonnenuntergang kamen zwei Quorrl und brachten einen hölzernen Bottich voller übelriechender Abfälle, auf die sich die Gefangenen voller Gier stürzten, kaum daß die Quorrl ihn abgesetzt hatten. Es kam zu Kämpfen unter den Männern und Frauen, und längst nicht alle bekamen zu essen. Einige wurden verletzt, und einer so schwer, daß er wahrscheinlich sterben würde.

Auch Skar hatte Hunger, aber er bewegte sich nicht von der Stelle. Allein der Gestank, der dem Bottich entströmte, drehte ihm schier den Magen herum, und schon die bloße Vorstellung, sich wie ein wütendes Tier auf das Essen zu stürzen und darum zu *kämpfen*, erfüllte ihn mit Grauen. Er betrachtete die schreckliche Szene in einem Zustand zwischen Entsetzen und Lähmung. Sein Vorsatz, Cron zu töten, für das, was hier geschah, war fester denn je. Und gleichzeitig fiel es ihm immer schwerer, diese verdreckten, hechelnden, wimmernden Kreaturen als *Menschen* zu akzeptieren. Er hatte Titch ein *Tier* genannt, aber diese zwei Dutzend Gestalten hier waren weniger als Tiere.

Die Sonne ging unter. Durch die beiden winzigen Fenster unter der Decke fiel jetzt der flackernde Schein zahlreicher Feuer, die auf dem Hof entzündet worden waren. Sie hörten Lärm: Gelächter, Stimmen, schrille, atonale Laute, die vielleicht Musik sein mochten, das Wiehern zahlreicher Pferde, und einmal das

Klirren von Waffen, das aber nicht von Kampflärm, sondern von Gelächter und anfeuernden Rufen untermalt wurde. Und eine halbe Stunde nach Sonnenuntergang kam Titch zurück.

Er war nicht allein. In seiner Begleitung befanden sich zwei weitere Quorrl aus Crons Gesinde und ein Krieger. Wie immer, wenn Quorrl das Verlies betraten, wichen die Gefangenen angstvoll vom Gitter zurück und preßten sich gegen die Wand. Aber etwas war anders, diesmal. Titch öffnete die Gittertür und betrat den Käfig zusammen mit den drei anderen Quorrl, blieb aber fast sofort wieder stehen und sah nachdenklich in die Runde. Schließlich deutete er auf einen hochgewachsenen, knochigen Mann, der sich in die entfernteste Ecke des Raumes gedrückt hatte. Die beiden Bediensteten neben ihm setzten sich in Bewegung. Der Mann schrie auf, begann zu wimmern und versuchte verzweifelt, an der Wand hinaufzuklettern. Die Angst gab ihm genug Kraft, daß er sogar einen, anderthalb Meter an Höhe gewann, ehe die Quorrl ihn erreichten und grob herunterzerrten. Er versuchte sich zu wehren, aber die Quorrl brachen seinen Widerstand mit brutalen Schlägen, die ihn halb bewußtlos in ihren Armen zusammensacken ließen.

»Was bedeutet das?« murmelte Kiina entsetzt. Sie hatte geflüstert, aber anscheinend trotzdem zu laut gesprochen, denn der Quorrl-Krieger wandte mit einem Ruck den Kopf und sah stirnrunzelnd in ihre und Skars Richtung. Skar machte eine hastige, verstohlene Geste mit der Hand, still zu sein. Menschliche Gefangene, die *sprachen*, waren sicher nicht dazu angetan, das Mißtrauen des Kriegers zu zerstreuen.

Außerdem wußte Kiina so gut wie er, was geschah. Titch war gekommen, um das Abendessen auszuwählen.

Erstaunlicherweise brach nicht einmal Panik unter den Gefangenen aus. Titch suchte drei weitere Opfer heraus, die seine Begleiter aus der Menge holten und mit kurzen Stricken zusammenbanden, aber niemand versuchte, etwas zu tun, zu fliehen, oder sich – wie Skar es getan hätte – auf die Quorrl zu stürzen, um lieber im Kampf zu sterben als *gegessen* zu werden. Diese Menschen hatten keinen Widerstandswillen mehr.

Schließlich wandte sich Titch mit einem zufriedenen Grunzen um, machte ein paar Schritte auf die Tür zu und blieb wieder stehen. Er drehte sich herum, sah stirnrunzelnd und mit schon fast übertrieben geschauspielerter Unschlüssigkeit zu Skar und Kiina hinüber und hob die Hand.

Kiina fuhr zusammen, war aber diesmal geistesgegenwärtig genug, keinen verräterischen Laut von sich zu geben. Die beiden Quorrl kamen auf sie zu, packten Kiina und Skar grob bei den Armen und zerrten sie in die Höhe. Skar wehrte sich, schon um nicht aufzufallen, aber nicht so sehr, daß die Quorrl einen Anlaß fanden, ihn niederzuschlagen. Wie die anderen Gefangenen wurden sie gebunden und mit groben Stößen aus dem Käfig bugsiert.

Das Gehen fiel Skar überraschend schwer. Er hatte Mühe, mit den anderen Gefangenen mitzuhalten und handelte sich mehr als einen derben Rippenstoß – einen davon von Titch höchstpersönlich – ein, als sie die Treppe hinaufgingen und das Gebäude durchquerten. Er hatte fast den ganzen Tag zusammengekauert neben Kiina gesessen, so daß seine Muskeln verkrampft und hart waren, aber die Bewegung half nicht; das Ziehen in seinen Gliedern wurde eher schlimmer, als sie das Gebäude verließen und den Hof in Richtung auf Crons Wohnhaus hin zu überqueren begannen. Er mußte all seine Kraft aufwenden, um überhaupt mit den anderen Schritt zu halten und nicht einfach auf der Stelle zusammenzubrechen. Die Zeit, die ihm noch blieb, war kürzer, als er geglaubt hatte.

Der Hof hatte sich seit dem Morgen völlig verändert. In der Koppel neben dem Tor befanden sich jetzt an die fünfzig Pferde, die großen, kräftigen Schlachtrosse, die die Quorrl zu reiten pflegten, ein Gutteil von ihnen noch aufgezäumt. Ein halbes Dutzend spitzer, runder Zelte von weißer Farbe war in scheinbarer Unordnung auf dem Innenhof des Gutes aufgeschlagen worden, und zwischen ihnen brannten Feuer, an denen Skar die

Silhouetten einer erschreckend großen Anzahl schuppiger Krieger erkannte. Niemand schien Notiz von ihnen zu nehmen, aber als sie das Haus fast erreicht hatten, flog ein Stein aus der Dunkelheit heran und traf einen der Gefangenen an der Schulter. Der Mann stieß einen gellenden Schrei aus und fiel auf die Knie herab, und Skar fing im letzten Moment einen warnenden Blick Titchs auf, ehe er herumfahren und etwas Unüberlegtes tun konnte. Selbst ein wütender Blick mochte schon zu viel sein, in ihrer Lage.

Sie betraten das Haus nicht durch den Haupteingang, wie vor zwei Tagen, sondern durch eine Tür auf der rückwärtigen Seite, die so niedrig war, daß sich selbst Skar hindurchbücken mußte. Dumpfes Stimmengemurmel und das flackernde gelbe Licht brennender Pechfackeln schlug ihnen entgegen, und als sie an einer offenstehenden Tür vorbeikamen, gewahrte Skar eine große Anzahl bewaffneter Krieger, die an einer langen, überreich gedeckten Tafel saßen und speisten. Dem Gelächter, Schreien und Lärm nach zu urteilen, den sie verursachten, schienen sie auch dem Wein schon reichlich zugesprochen zu haben.

Schließlich erreichten sie einen kleinen, vollkommen leeren Raum auf der Rückseite des Hauses. Titch versetzte Skar – der am Ende der kleinen Gruppe ging – einen rüden Stoß in den Rücken, der ihn haltlos gegen die Wand taumeln ließ, wandte sich an den Krieger, der ihn und die beiden anderen Quorrl begleitete, und machte eine komplizierte, unterwürfig wirkende Geste. Der Krieger antwortete nicht, drehte sich aber nach ein paar Sekunden plötzlich herum und verließ das Zimmer.

»Schnell jetzt«, sagte Titch, kaum daß sich die Tür hinter dem Quorrl geschlossen hatte. »Wir müssen weg, ehe er zurück ist.« Er gab Skar gar keine Gelegenheit, irgendwelche Einwände oder Fragen vorzubringen, sondern packte ihn und Kiina grob an den Armen und schob sie auf eine zweite Tür auf der anderen Seite der Kammer zu. Einer der anderen Gefangenen versuchte ihnen zu folgen, aber Titch stieß ihn einfach beiseite. Sie durchquerten einen langen, fast völlig dunklen Korridor, einen weiteren Raum und eine kurze, aus Balken roh zusammengezimmerte Treppe, ehe es Skar endlich gelang, sich aus Titchs Griff zu befreien und stehenzubleiben.

»Verdammt, wohin bringst du uns?« fragte er. »Was geht hier überhaupt vor? Die Männer dort unten –«

»Werden getötet«, unterbrach ihn Titch grob. »Du kannst sie nicht retten. Das einzige, was du kannst, ist mit ihnen zu sterben. Willst du das?« Er wartete Skars Antwort nicht ab, sondern stieß eine weitere Tür auf, trat rasch in den dahinterliegenden Raum und kehrte nach kaum einer Sekunde zurück.

»Alles in Ordnung«, sagte er. »Kommt herein, schnell.«

Der Raum, den sie betraten, war fast so dunkel wie der Korridor draußen, aber überraschend behaglich eingerichtet. Ein Bett, das selbst für Quorrl-Verhältnisse *groß* war, nahm den Großteil des vorhandenen Raumes ein, dazu gab es einen gewaltigen Schrank mit geschnitzten Türen und eine Anzahl allesamt etwas zu groß geratener Sitzmöbel. An den Wänden hingen Bilder, die aber in dem schlechten Licht nur als verwaschene Farbflecke zu erkennen waren.

»Crons Schlafgemach«, sagte Titch, als er Skars fragenden Blick bemerkte. »Ihr seid völlig sicher. Niemand wird hier nach einem Menschen suchen.«

»Dann suchen sie uns also doch«, sagte Kiina.

Titch schwieg eine Sekunde, dann nickte er. »Ja. Aber keine Sorge. Sie wissen, daß wir auf dem Weg nach Ninga sind, aber das ist auch alles. Cant ist groß. Und niemand weiß, wie ihr ausseht.«

»Und du?« fragte Skar.

Titch lächelte flüchtig. »Cron hat viele Bedienstete«, antwortete er. Er machte eine hastige Geste auf das Bett und wandte sich zur Tür. »Ruht euch aus. Ich werde dafür sorgen, daß ihr nicht gestört werdet. Versucht zu schlafen, das tut euch gut. Wir brechen auf, sobald die Krieger betrunken genug sind, um unaufmerksam zu werden.«

Er wollte gehen, aber Skar vertrat ihm mit einer raschen Bewegung den Weg. »Was soll das?« fragte er mißtrauisch. »Wieso brechen wir auf, und wohin? Gestern warst du noch der Meinung, daß wir hier in Sicherheit sind.«

»Das stimmte auch«, sagte Titch ungeduldig. Er versuchte an Skar vorbei zu gehen, aber es gelang ihm nicht. Und aus irgendeinem Grund verzichtete er darauf, ihn einfach aus dem Weg zu schieben, wie er es gekonnt hätte.

»Und jetzt stimmt es nicht mehr?« beharrte Skar. »Was ist passiert?«

»Nichts«, sagte Titch. »Nichts, was dich beunruhigen müßte.«

»Oh, ich verstehe«, sagte Skar zornig. »So, wie eure geheimen Eßgewohnheiten, wie? Sie haben mich auch nicht beunruhigt, so lange ich sie nicht kannte.«

Titch seufzte. »Bitte, Skar«, sagte er. »Mach es nicht schlimmer, als es ist. Es war schwer genug, Cron dazu zu überreden, uns zu verbergen. Wenn sie euch morgen früh noch hier finden, dann stirbt er genau wie wir. Und wir sind nicht so gut befreundet, daß er sein Leben für mich riskieren würde.« Er schnitt Skar mit einer wütenden Bewegung der Faust das Wort ab, als der abermals widersprechen wollte, und schob ihn jetzt doch aus dem Weg. »Ich bin in ein paar Stunden zurück«, sagte er. »Dann erkläre ich euch alles. Versucht zu schlafen oder tut, was ihr wollt, aber macht um Gottes willen keinen Lärm.«

Skar starrte die geschlossene Tür hinter dem Quorrl wütend an. Für einen Moment war er nahe daran, ihm einfach nachzulaufen; ganz gleich, was dann geschah. Und vielleicht hätte er es sogar getan, hätte Kiina ihn nicht in diesem Augenblick sanft an der Schulter berührt und wortlos den Kopf geschüttelt, als würde sie seine Gedanken lesen. So verließ er seinen Platz an der Tür und begann vorsichtig das Zimmer zu inspizieren; soweit dies in der herrschenden Dunkelheit möglich war.

Crons Schlafraum erwies sich als Enttäuschung. Es gab eine

zweite Tür, die aber verriegelt war, und ein schmales Fenster, vor dem ein hölzerner Laden hing, den Skar nicht zu öffnen wagte. Er fand weder Essen noch Wasser, noch etwas, das er als Waffe hätte benutzen können. Der Schrank und die beiden eisenbeschlagenen Truhen, die es gab, waren voller Kleider, grober Röcke und Hemden, aber auch überraschend kunstvoll bestickter Roben und Blusen, die Skar eher in einem Königshaus erwartet hätte als in der Kammer eines Quorrl.

Als er seine Inspektion beendet hatte, trat er ans Fenster. Durch die Ritzen in den Läden konnte er gut genug hinaussehen, um einen großen Teil des Hofes zu überblicken. Und diesmal nahm er sich mehr Zeit dazu als vorhin, auf dem Weg hierher. Er sah jetzt, daß längst nicht alle Quorrl, die neu angekommen waren, die Rüstungen der Tempelgarde trugen. Viele von ihnen waren in schwarze, mit dünnen Silberstickereien verzierte Gewänder gehüllt, die ihnen mehr von einem Priester als einem Krieger gaben und ihn auf bedrückende Weise an Anschi und ihre Drachenreiterinnen erinnerten.

Gerade, als er sich wieder umdrehen und zu Kiina zurückgehen wollte, fiel ihm eine Bewegung am Tor auf. Zwei der schwarzgekleideten Quorrl hatten ein Pferd aus der Koppel geholt, auf dessen Rücken sich ein sonderbares Gebilde aus Stangen und großen, goldbeschlagenen Kisten befand; Kopf und Hals des Pferdes waren unter einem dünnen Zierpanzer aus ziseliertem Goldblech verborgen, und an seinen Fesseln befanden sich lange, gebogene Metalldornen. Die Männer führten das Tier quer über den Hof direkt auf das Haupthaus zu, wobei ihnen die Quorrl-Krieger respektvoll Platz machten. Sie gerieten außer Sicht, ehe Skar erkennen konnte, was es wirklich mit diesem Tier auf sich hatte, aber er spürte, daß er etwas ungemein Wichtiges beobachtet hatte.

Kiina hatte Titchs Rat befolgt und sich auf das gewaltige Bett gelegt, als er vom Fenster zurücktrat. Im ersten Moment glaubte er, sie schliefe, denn sie lag völlig ruhig auf der Seite, den Arm angewinkelt und als Kissen unter den Kopf geschoben, und mit geschlossenen Augen. Wie schon ein paarmal überkam Skar ein warmes, sehr tiefes Gefühl von Zärtlichkeit, als er sie betrachtete. Aber es verging rasch. Er war zu müde und zu zornig, um irgend etwas anderes zu fühlen als Unruhe und Haß.

»Glaubst du, daß wir es schaffen?« fragte Kiina plötzlich.

Skar fuhr leicht zusammen. Er hatte nicht einmal bemerkt, daß sie die Augen geöffnet hatte und ihn ansah. »Ich weiß es nicht«, gestand er. »Es sind viele Krieger draußen.«

»Die Männer unten im Haus«, sagte Kiina nach einer Weile. »Die, die mit uns hergebracht worden sind. Sie ... sie werden sie töten, nicht?«

»Ich fürchte, das haben sie schon«, murmelte Skar.

»Um sie zu essen.« Kiina richtete sich auf, zögerte einen Moment und stand dann mit einer überraschend energischen Bewegung ganz auf. Aber sie kam nicht auf ihn zu, sondern ging an Skar vorbei zum Fenster, um auf den Hof hinabzusehen.

»Das ist entsetzlich«, flüsterte sie. »Sie sind ... Titch ist ein Ungeheuer, aber ich dachte, er wäre trotzdem dein Freund.«

»Das ist er auch.«

Kiina drehte sich um und starrte ihn an. »Aber sie essen *Menschen!*«

»Ich weiß«, sagte Skar. »Du selbst hast einen Drachen geritten. Wie viele deiner Schwestern sind von Drachen gefressen worden?«

»Das ist etwas anderes!« behauptete Kiina erregt.

Skar widersprach ihr nicht, aber er stimmte auch nicht zu, sondern trat wortlos neben sie ans Fenster und blickte wieder auf den Hof hinaus. Er fragte sich, warum er die Quorrl plötzlich verteidigte, aber es war, als könne er nicht mehr zurück, jetzt, wo er diese Rolle einmal übernommen hatte.

»Es ist nicht ihre Schuld«, sagte er leise. »Sie sind nicht von selbst so geworden, Kiina. Dieses Volk ist ...« Er stockte. Kiina wußte längst nicht alles, was *er* wußte. Sie hatte den größten Teil der Zeit, die sie im Turm gewesen waren, schlafend verbracht, und es hatte weder für Ennart noch für Anschi irgendeinen Grund gegeben, ihr die Geschichte der Quorrl zu erzählen, so wie ihm oder Titch.

»Was sind sie?« fragte Kiina, als er nicht weitersprach.

»Ich glaube, das wissen sie selbst nicht«, flüsterte Skar. »Ein Heer. Eine Waffe.« Er zitierte Ennarts Worte aus dem Gedächtnis, so gut er konnte: »Die Antwort der Ssirhaa auf die Kreatur der *Sternengeborenen*.« Er hob die Hand und deutete auf die Ansammlung von Zelten und großen schuppigen Gestalten unten auf dem Hof. »Die Ssirhaa haben sie erschaffen, verstehst du? Sie sind Krieger. Die perfektesten Kämpfer, die du dir vorstellen kannst. Zu nichts anderem erschaffen als zum Töten. Dieses ganze Volk ist nichts als ein gewaltiges, vergessenes Heer.«

Das nur darauf wartet, loszuschlagen und ganz Enwor niederzurennen, wisperte eine Stimme hinter seiner Stirn. Er wußte, daß das nicht wahr war, aber die Stimme seines Dunklen Bruders war verlockend, seine Lüge von einer Art, die sie selbst dann noch gefährlich sein ließ, wenn man sie erkannt hatte.

»Titch ist anders«, widersprach Kiina überzeugt.

Skar nickte. »Und nicht nur er. Sie haben sich verändert. Es ist viel Zeit vergangen.«

»Das klingt, als wolltest du sie verteidigen.«

»Vielleicht will ich es.« Er verbesserte sich: »Nein, nicht vielleicht. Es gibt noch immer Quorrl wie Cron oder diese Krieger da unten. Aber die meisten wollen keinen Krieg mehr. Wir werden Frieden mit ihnen schließen.«

»Frieden? Mit den Quorrl?«

»Hast du nicht selbst Titch gerade verteidigt?«

»Titch ist kein normaler Quorrl!« antwortete Kiina. »Er ist ...« Sie suchte nach Worten und hob nach ein paar Sekunden hilflos die Schultern. »Ich weiß es nicht. Aber er ist nicht wie die anderen Quorrl.«

Skar spürte, daß das Gespräch sich im Kreis drehte. Kiina war einfach nur müde und krank, und er selbst kaum in der Verfassung, mit ihr zu diskutieren. Ganz davon abgesehen, daß er sich nicht einmal über seine eigenen Gefühle im klaren war. Vielleicht hatte Titch recht, und sie sollten die Zeit nutzen, um ein wenig zu schlafen. Wenn sie flohen und – was nicht auszuschließen war – verfolgt würden, würden sie all ihre Kraft brauchen.

»Leg dich wieder hin«, sagte er. »Ruh dich aus. Ich werde Wache halten.«

Eine Stunde vor Morgengrauen. Skar fuhr aus dem Sessel hoch, in dem er eingeschlafen war. Er brauchte ein paar Sekunden, um in die Wirklichkeit zurückzufinden. Er erinnerte sich an einen krausen Traum ohne Handlung, in dem er halb wahnsinnig vor Angst gewesen war, ohne sich darauf zu besinnen, *was* ihm solche Furcht eingejagt hatte. Und der Geschmack von Blut. Automatisch hob er die Hand und betastete seine Lippen. Der Geschmack war immer noch da, und er fühlte klebrige warme Feuchtigkeit an den Fingerspitzen. Skar konnte selbst nicht sagen warum, aber er vermied es krampfhaft, seine Finger anzusehen, als er die Hand wieder senkte.

»Seid ihr soweit?« fragte Titch, als Skar seine Benommenheit endlich überwunden hatte und ihn fragend anblickte.

Skar nickte, trat an das gewaltige Bett heran, auf dem Kiinas schlafende Gestalt sonderbar verloren wirkte, und rüttelte sanft an ihrer Schulter. Sie erwachte sofort, aber wie Skar schien auch sie Mühe zu haben, den Schlaf ganz abzuschütteln.

»Was ist los?« murmelte sie. »Wo sind wir?«

Skar deutete auf Titch. »Wir müssen weg. Komm.«

Das Mächen stand auf und bückte sich nach seinem Umhang, aber Titch hielt sie mit einem raschen Kopfschütteln zurück. Skar sah erst jetzt, daß er ein eng zusammengerolltes Bündel unter dem linken Arm trug.

»Zieht das hier an«, sagte er, während er es auf dem Boden ausrollte und zwei schwere, aus grobem schwarzem Stoff gewobene Mäntel zutage förderte. Skar nahm eines der Kleidungsstücke auf und streifte es über, ohne viele Fragen zu stellen. Der Stoff scheuerte auf der Haut und war schwer wie Stein, und obwohl der Mantel sichtlich für einen kleingewachsenen Quorrl gefertigt war, kam er sich darin vor wie ein Kind, das in den Mantel eines Erwachsenen geschlüpft war. Als er versuchte, die Kapuze überzustreifen, fiel sie über seine Stirn und nahm ihm jede Sicht. Titch grinste schadenfroh, als Skar sich wieder befreit hatte.

»Damit kommen wir nie durch«, sagte Kiina, die die gleichen Probleme wie Skar hatte; eigentlich sogar mehr, denn sie war ein gutes Stück kleiner als er.

»Das müßt ihr auch nicht«, erwiderte Titch. »Aber einem flüchtigen Blick halten sie stand. Mehr ist nicht nötig. Cron hat Pferde für uns bereitstellen lassen.«

»Und wenn jemand ein wenig aufmerksamer hinsieht?« fragte Skar.

Titch schüttelte entschieden den Kopf. »Es ist dunkel. Die meisten Krieger schlafen. Niemand wird Notiz von euch nehmen. Und sobald wir erst einmal in den Wäldern sind, sieht uns sowieso niemand.« Er öffnete die Tür, lugte vorsichtig hinaus und hob die Hand. »Alles ruhig. Kommt.«

Sie verließen das Haus auf demselben Weg, auf dem sie es betreten hatten.

Das große, festungsähnliche Gebäude war vollkommen ruhig, und auch über dem Hof hatte sich eine fast unheimliche Stille ausgebreitet, in der das dumpfe Dröhnen aus dem Norden wie das Grollen eines näherkommenden Gewitters klang; halblaut, dumpf und ungemein düster, ein Dröhnen, als bebe die Erde. Skar und Kiina blieben im Schatten der Tür stehen, während Titch ein paar Schritte vorausging und sich sichernd nach allen Seiten umsah. Erst als er ihnen ein Zeichen gab, folgten sie ihm.

Skar fühlte sich nicht gut. Er versuchte sich einzureden, daß dies hier ein ganz normaler Kampf war, eine Situation, wie er sie in der einen oder anderen Form schon unzählige Male erlebt hatte, aber es gelang ihm nicht. Etwas war anders. Sie waren auf der Flucht, und es war auch nicht das erste Mal, daß er *dies* tat, aber etwas daran war ... falsch.

Er machte nur ein paar Schritte, ehe er wieder stehenblieb; halb im Schutze eines Zeltes, aber doch so, daß er aus mindestens zwei Richtungen deutlich zu sehen war. Unsicher sah er sich um. Das Gefühl, einen Fehler zu machen, wurde stärker.

»Was ist los?« fragte Titch unwillig. »Wartest du auf eine Ehrengarde?«

Skar ignorierte ihn. Er wußte, daß da noch etwas war; etwas, das er vergessen hatte. Titch. Titch hatte etwas gesagt, gesagt oder getan, was wichtig war. Aber er wußte einfach nicht, was. Er ...

Sein Blick streifte den wuchtigen Steinbau, in dessen Keller sich das Verlies befand. »Die Gefangenen«, sagte er. »Was ist mit ihnen?«

Titch runzelte übertrieben die Stirn. »Was soll damit sein?« fragte er. »Willst du sie mitnehmen?«

»Du hast gesagt, es wäre sinnlos, etwas für sie tun zu wollen«, beharrte Skar. »Was hast du damit gemeint?«

»Was, zum Teufel, soll ich damit gemeint haben?« fauchte Titch. »Sie sterben sowieso, ob jetzt oder in ein paar Tagen. Du kannst nichts für sie tun. Sie waren tot, im gleichen Moment, in dem sie die Grenzen dieses Landes überschritten, das weißt du verdammt nochmal so gut wie ich!« Er machte eine zornige Handbewegung, als Skar erneut widersprechen wollte. »Vielleicht diskutieren wir später darüber, wenn es Euer Gnaden genehm ist«, sagt er bissig. »Oder wenigstens an einem anderen Ort. Wenn sie uns hier draußen finden, dann bekommst du schneller heraus, was ich gemeint habe, als dir lieb sein dürfte. Und wir auch!«

»Er hat recht, Skar«, sagte Kiina. »Wir müssen weg!«

Unter allen anderen Umständen hätte Skar ihr zugestimmt und wäre weitergegangen. Aber etwas war anders. Titch verschwieg ihm etwas, das spürte er. Und es war wichtig, daß er es herausbekam.

»Ich gehe keinen Schritt mehr, ehe du nicht geantwortet hast«, sagte er stur; und in einem Ton, der klar machte, daß er diese Worte bitter ernst meinte.

Titch resignierte. »Also gut«, seufzte er. »Der Bestimmer ist nicht nur gekommen, um die Eier abzuholen. Er hat ... Befehle aus Ninga mitgebracht.«

»Befehle, die die Gefangenen betreffen?« vermutete Skar.

»Ja.« Titch nickte. »Sie sollen ... getötet werden. Und nicht nur hier. Der Befehl gilt überall. Alle menschlichen Gefangenen werden hingerichtet.«

Deinetwegen. Titch sprach dieses letzte Wort nicht aus, aber Skar hörte es so deutlich, als hätte er es getan. Es gab keine andere Erklärung.

Plötzlich erinnerte er sich wieder an die Blicke, mit denen der Krieger am Morgen die Gefangenen gemustert hatte. Die Quorrl wußten, daß sie hier waren. Aber sie wußten nicht, *wer* sie waren. Also töteten sie alle Menschen, deren sie habhaft werden konnten.

»Das ist –«

»Was immer es ist, es ist nun einmal so«, unterbrach ihn Titch. »Du kannst nichts dagegen tun. Sie wären sowieso gestorben. Vielleicht ist es so barmherziger.«

Natürlich sagte Titch dies nur, um ihn zu trösten; vielleicht ein wenig aufzumuntern. Wenn die Worte in Skars Ohren nicht zynisch klangen, so lag dies ganz allein an ihm, nicht an dem, was Titch sagte, oder wie. Und trotzdem mußte er sich plötzlich beherrschen, um nicht die Faust zu ballen und sie dem Quorrl ins Gesicht zu schlagen.

Vielleicht hätte er es sogar getan, aber aus dem Zelt, hinter dem sie standen, drang plötzlich ein unwilliges Knurren, gefolgt von dem Geräusch, mit dem sich ein schwerer Körper auf einem Lager herumdreht. Für Sekunden erstarrten sie alle zur Reglosigkeit und warteten auf Schritte oder einen alarmierenden Schrei.

Keines von beiden kam: aber Skar begriff, daß Titch zumindest in *einer* Hinsicht recht hatte: dies war wirklich nicht der richtige Ort, um zu *diskutieren*.

Sie warteten, bis in dem Zelt wieder Ruhe eingekehrt war, und gingen weiter. Skar konnte nicht sehr viel sehen. Wie Kiina hatte er die Kapuze des viel zu großen Mantels tief in die Stirn gezogen und hielt den Kopf gesenkt, so daß er nur den einen schmalen Bereich unmittelbar vor seinen Füßen einsehen konnte. Aber Titch führte sie zuverlässig.

Sie durchquerten das improvisierte Lager, in das die Krieger Crons Hof verwandelt hatte, näherten sich dem Tor und durchschritten es. Es gab tatsächlich einen Wächter, aber wie Titch prophezeit hatte, schlief er tief und fest, wobei er so laut schnarchte, daß sich Skar fragte, wieso der Lärm nicht längst das halbe Lager aufgeweckt hatte.

Er wollte stehenbleiben, als sie den Palisadenzaun hinter sich hatten, aber Titch machte eine rasche, warnende Bewegung und deutete auf eine Felsgruppe, die in der Nacht nur als Ansammlung formloser Finsternis zu erkennen war. Als sie näher kamen, hörte Skar das leise Schnauben eines Pferdes, und unmittelbar darauf trat eine große, in eine silberbestickte Toga gehüllte Gestalt aus der Dunkelheit.

»Ihr kommt spät!« begrüßte sie Cron. »Und ihr macht mehr Lärm als eine Herde wilder Banyas. Warum geht ihr nicht gleich zu den Kriegern und verabschiedet euch von ihnen?«

Titch überging die Bemerkung. »Sind die Pferde bereit?« fragte er.

Cron deutete in die Dunkelheit hinter sich. »Meine drei besten Tiere. Und Nahrung und Wasser für eine Woche.«

»Du scheinst ja plötzlich sehr um unser Wohlergehen bemüht zu sein«, sagte Skar spitz.

Titch blickte ihn erschrocken an, und auch Kiina runzelte verwirrt die Stirn. Aber Skar mußte sich beherrschen, um den Cron nicht auf der Stelle anzugreifen. Es war ihm gleich, ob Cron ihnen half oder nicht, und warum er es tat. Er konnte nur an eines denken: daran, daß er vor wenigen Stunden zusammen mit einem halben Dutzend Männern das unterirdische Verlies verlassen hatte; und daß das riesige schuppige Wesen, das vor ihm stand, höchstwahrscheinlich einen oder zwei dieser Männer *gegessen* hatte.

Cron überwand den Unmut schnell, den Skars Worte in ihm wachgerufen haben mußten. »Keineswegs, Satai«, sagte er. »Ich will nur sichergehen, daß ihr nicht zurückkommt.«

»Keine Sorge«, sagte Titch. »Das werden wir nicht – wenn du die Wahrheit gesagt hast. Wenn nicht, komme ich persönlich wieder und töte dich, das schwöre ich dir.« Er machte eine Handbewegung zu Kiina. »Bring die Pferde.«

Cron funkelte ihn an. Aber der Streit der beiden Quorrl ging nicht weiter, wie Skar erwartet hatte; Cron drehte sich einfach auf dem Absatz herum und verschwand so lautlos in der Nacht, wie er gekommen war, und Titch starrte ihm finster nach.

»Was ist das, zwischen euch beiden?« fragte Skar. »Eine alte Rechnung?«

»Nicht ganz«, antwortete Titch. »Oder vielleicht doch, ja. Aber wenn, dann ist es eine, die er mit allen Kriegern hat. Er haßt uns alle, und die Krieger am meisten. Er hat diesen Hof ganz allein aufgebaut, mit seinen bloßen Händen. Ihm wurde nichts geschenkt. Uns ...« Er zuckte mit den Schultern. »Ich habe dir erzählt, wie die Krieger unseres Volkes behandelt werden, ehe sie Cant verlassen.«

»Und deshalb ist er so verbittert?«

»Nicht nur«, antwortete Titch. »Es gibt Stimmen, die behaupten, Cron wäre in Wahrheit ein Bastard. Ich weiß nicht, ob es wahr ist, aber je länger ich ihn kenne, desto mehr glaube ich an dieses Gerücht.«

»Ein Bastard?« Es war das zweite Mal, daß Skar diesen Begriff aus Titchs Mund hörte. Und das zweite Mal, daß er ihn auf so sonderbare Art betonte. »Was soll das sein?«

»Du wirst sie kennenlernen«, antwortete Titch ausweichend. »Sie werden uns helfen, in den Tempel zu gelangen – wenn sie uns nicht vorher umbringen, heißt das.«

Skar kam nicht dazu, eine weitere Frage zu stellen, denn in diesem Moment kehrte Kiina mit den Pferden zurück. Es waren drei riesige, ungemein starke Tiere, die durch ihren stämmigen Körperbau kleiner wirkten, als sie waren. Hinter ihren Sätteln waren prall gefüllte Packtaschen festgeschnallt, und am Sattelzeug des größten Tieres entdeckte Skar einen ledernen Waffengurt, aus dem die Griffe von zwei Schwertern ragten. Eines davon gehörte ihm.

Sie stiegen in die Sättel, wobei Skar sich mit nur einer Hand so ungeschickt anstellte, daß Kiina ihm schließlich wortlos half, und wendeten die Tiere. Titch deutete auf einen schmalen Trampelpfad, der nur ein Dutzend Schritte vom Tor entfernt vom Hauptweg abzweigte und im Wald verschwand.

Aber Skar ritt nicht los. Er drehte sein Tier ganz im Gegenteil mit einemmal wieder um und sah noch einmal zu Crons Hof zurück. Die Männer und Frauen dort drüben würden sterben, wahrscheinlich noch bevor die Sonne aufging. Und es war seine Schuld.

»Es gibt nichts, was du für sie tun könntest.« Titchs Hand berührte fast sanft seinen verwundeten Arm. »Sie wären so oder so gestorben, Skar. Du weißt das.«

Skar streifte seinen Arm ab. »Ich weiß.« Er drehte sich im Sattel herum und machte eine Bewegung, als wolle er sein Pferd wenden, verhielt dann aber im letzten Augenblick noch einmal.

»Mein Schwert«, verlangte er. »Gib es mir zurück.«

Titch zögerte, und für einen winzigen Moment war Skar fast sicher, daß der Quorrl *wußte*, was er vorhatte. Aber dann beugte er sich schweigend zur Seite, löste die lederne Scheide mit dem

Tschekal von seinem Sattelgurt und reichte ihm die Waffe. Skar befestigte die Hülle ungeschickt an seinem Gürtel, zog das Schwert hervor und drehte die schmale, glitzernde Klinge in der Hand. Das Gefühl von Stärke und Unbesiegbarkeit, das ihn fast jedesmal überkam, wenn er die Klinge aus unzerstörbarem Stahl zog, blieb diesmal aus. Er fühlte sich nur elend.

»Was hast du vor?« fragte Titch. »Willst du ganz allein zurückreiten und sie befreien?« Der Quorrl versuchte zu lachen, aber es mißlang. Die Worte hatten scherzhaft klingen sollen, aber sie taten es nicht.

Skar sah ihn an, ergriff das Schwert fester und nickte. »Ganz genau das.«

Titchs Augen weiteten sich überrascht, aber er kam nicht einmal mehr dazu, etwas zu sagen. Er war ihm einfach zu nahe, als daß er noch irgend etwas tun konnte. Skar schlug ihm den rubinbesetzten Knauf des *Tschekal* mit solcher Wucht gegen die Stirn, daß er glaubte, den Schädel des Quorrl knirschen zu hören. Titch seufzte, sank im Sattel nach vorne und drohte vom Pferd zu stürzen. Skar ließ blitzschnell seine Waffe fallen, fing den Quorrl auf und stemmte sich mit aller Gewalt gegen sein Gewicht.

Seine Kraft reichte nicht. Er spürte, wie Titch weiter und weiter aus dem Sattel glitt und nun auch noch ihn zu Boden zu reißen drohte, und zu allem Überfluß begannen nun auch ihre Pferde unruhig zu tänzeln.

»Kiina! Hilf mir!« verlangte er.

Das Mädchen hatte fassungslos zugesehen, was er getan hatte, und es begriff offensichtlich auch jetzt noch nicht ganz, *warum* er es tat. Aber sie reagierte wenigstens. Mit einer Behendigkeit, die Skar ihr in ihrem Zustand kaum noch zugetraut hätte, lenkte sie ihr Pferd neben das des Quorrl und griff mit beiden Händen zu. Mit vereinten Kräften gelang es ihnen, den Quorrl im Sattel zu halten und in eine Lage zu bugsieren, in der er nicht sofort wieder zur Seite kippte.

»Binde ihn fest!« befahl Skar. »Rasch. Wir beide bekommen ihn nie wieder aufs Pferd, wenn er stürzt!«

»Aber was –?«

»Tu, was ich sage!« unterbrach sie Skar zornig.

Kiina fuhr wie unter einem Hieb zusammen. Aus der Verwirrung auf ihrem Gesicht wurden Zorn und Trotz, aber zu Skars Erleichterung nutzte sie den Moment nicht zu einem ihrer berüchtigten Auftritte, sondern löste gehorsam ein Seil vom Sattel ihres Pferdes und band den Quorrl auf dem Rücken seines Tieres fest, so gut sie konnte.

»Und jetzt verschwindet!« befahl Skar. »Nimm ihn mit und reite eine, zwei Meilen in den Wald hinein. Ich komme nach, sobald ich kann.«

»Warum hast du das getan?« murmelte Kiina verstört.

»Weil er mich niemals gehen lassen würde«, antwortete Skar. »Aber ich muß.«

»Du –« Kiinas Augen wurden groß, als sie endlich begriff. »Du willst *zurück?!*« ächzte sie. »Aber das ist Wahnsinn! Sie werden dich umbringen!«

»Vielleicht«, antwortete Skar ungerührt. »Aber ich bin es ihnen schuldig. Das mußt du verstehen.« Er wollte sich umwenden und einfach losreiten, und wäre Kiina nicht Kiina gewesen, hätte er es auch getan. Aber er wußte, daß er ihr eine Erklärung schuldig war; so, wie er es diesen Männern und Frauen dort drinnen im Lager schuldig war, daß er zurückkam.

»Verstehen?« sagte Kiina. »Was, Skar? Daß du ... alles wegwirfst, nur um einer *Geste* willen?«

»Es ist nicht nur eine Geste«, widersprach er. »Sie sterben unseretwegen. Du weißt, warum dieser Befehl gegeben wurde, alle Menschen zu töten.«

»Aber sie sterben so oder so!« widersprach Kiina verzweifelt. »Kein Mensch ist jemals lebend aus Cant zurückgekehrt!«

»Das ist etwas anderes«, sagte Skar ruhig. »Ich muß es tun, Kiina. Sie sterben, weil *wir* gekommen sind. Wenn ich jetzt gehe und sie ihrem Schicksal überlasse, was unterscheidet mich dann noch von Ian und seinen Brüdern?«

»Du ... du bist wahnsinnig, Skar«, stammelte Kiina.

»Ja«, antwortete er. »Das bin ich wohl.« Und damit riß er sein Pferd herum und sprengt los, direkt auf das offenstehende Tor im Palisadenzaun des Hofes zu.

Die verbotenen Inseln

Es war zu still. Als sie den Hof verlassen hatten, vor *(Minuten? Skar kam es vor, als wären es Stunden gewesen)* wenigen Augenblicken, da war es ruhig gewesen; das normale Schweigen, das nach dem Ende eines Tages auch von einem so großen Anwesen wie diesem Besitz ergriff, durchbrochen nur noch von den Geräuschen der Nacht und den kleinen unbewußten Lauten, die Mensch und Tier von sich gaben. Jetzt war es, als hielte die Zeit den Atem an. Es war nicht einfach nur leise, dachte Skar beunruhigt.

Es war still.

Absolut still.

Unsinn.

Er versuchte sich selbst zu beruhigen. Er war nervös – mit Recht –, er hatte Angst – mit noch größerem Recht –, und er mußte an den Verrat denken, den er an Titch begangen hatte. Er wußte, daß der Quorrl nicht tot war – er hatte hart zugeschlagen, aber nicht hart genug, um ihn wirklich ernsthaft zu verletzen oder gar umzubringen, und Titch würde ihn verstehen. Aber das änderte nichts. Titch hatte sein Leben riskiert und sein eigenes Volk verraten, um ihn zu retten. Vielleicht hätte der Quorrl, wäre es umgekehrt und *er* an Skars Stelle gewesen, ganz genau so reagiert, und vielleicht würde er ihn sogar verstehen und ihm verzeihen.

Die Krieger haben Befehle aus Ninga gebracht. Die menschlichen Gefangenen werden getötet. Alle.

Ja, er würde verstehen, daß Skar gar nicht anders gekonnt hatte, als zurückzukommen und die Gefangenen zu befreien. Aber Skar war nicht sicher, ob *er selbst* sich vergeben würde. Der Quorrl und er waren längst mehr als bloße Weg- und Kampfgefährten. Und Skars Vorrat an Freunden war zu weit zusammengeschmolzen, als daß er es sich leisten konnte, auch nur das kleinste bißchen davon zu riskieren.

Skar ritt langsamer, als er das Tor hinter sich hatte. Mit einer Gestik, die gerade weit genug übertrieben war, um ganz bestimmt bemerkt und richtig gedeutet zu werden, sah er sich um, wie suchend, ein Reisender, der spät in der Nacht und unangemeldet kam und sich bemühte, niemanden aufzuwecken, der aber auch nichts zu verheimlichen hatte.

Aber irgendwie spürte er auch gleichzeitig, daß er seine Schauspielkünste verschwendete. Das ungute Gefühl blieb, und verdammt – es *war* zu still! Skar lauschte auf das gedämpfte, aber *hörbare* Hufschlagen seines Pferdes, seine eigenen Atemzüge und die des Tieres, das leise Rascheln des Windes, der mit Stroh und trockenem Blattwerk spielt und mit einem sonderbar seidigen Geräusch über den Stoff des halben Dutzend kleiner Zelte strich, das auf dem Hof aufgestellt worden war. Das Knistern der heruntergebrannten Feuer, in deren Glut noch Zweige knackten. Das dumpfe Gewittergrollen Ningas, das wie der schwere Atem eines unsichtbaren riesigen Drachen von Norden her durch die Nacht heranwehte. All diese Geräusche waren da, und viele mehr, die er nicht bewußt wahrnahm, die aber da waren und den Pulsschlag der Nacht bildeten, hier in Cant wie überall sonst auf Enwor.

Und doch ...

Etwas war nicht richtig. Etwas war da, was nicht hierher gehörte; vielleicht war es auch gerade umgekehrt, und irgend etwas *fehlte*. Aber etwas warnte ihn. Nie zuvor im Leben hatte Skar deutlicher das Gefühl gehabt, in eine Falle zu laufen, als jetzt. Vielleicht auch nicht einmal unbedingt eine *Falle*. Vielleicht einfach an einen Ort, an dem er nicht sein sollte, oder zu ... irgend etwas, dem er nicht begegnen durfte.

Er hatte den Hof zur Hälfte überquert und näherte sich dem finsteren Steinquader, in dem Crons Gefangene auf den Tod warteten, als das Gefühl so übermächtig wurde, daß er innehielt.

Vorsichtig hob er den Kopf und spähte unter dem Rand seiner schwarzen Kapuze hindurch in die Runde, und für einen Moment glaubte er zu begreifen: es war kein sechster Sinn, der ihn warnte, keine mystischen Stimmen aus seinem Inneren, sondern nichts weniger Banales als seine jahrzehntelange Erfahrung als Krieger, das Wissen des Satai, der er trotz allem noch war, und der hartnäckig darauf beharrte, daß dieser Hof einfach ein wenig zu friedlich und still war; selbst wenn er Titchs Worten glaubte und unterstellte, daß die gut fünfzig Krieger, die den *Bestimmer* begleiteten, betrunken in ihren Zelten lagen und schliefen.

Sie können nicht alle betrunken sein, beharrte der Satai in ihm. *Die meisten, ja. Fast alle. Aber nicht* alle. *Du weißt, daß das unmöglich ist.*

Skar ritt langsam weiter, lenkte sein Pferd ein wenig zur Seite, jetzt mehr zu Crons Wohnhaus als dem Kerker hin, und stieg schließlich aus dem Sattel. Sein Blick tastete über das schmutzige Weiß der Zelte, die heruntergebrannten Feuerstellen und die schwarzen, von der Nacht zu formlosen finsteren Klumpen zusammengeschmolzenen Gestalten der Quorrl, während seine Hand gleichzeitig unter den Gürtel glitt und sich um den Griff des *Tschekal* schmiegte; eine Geste ohne wirkliche Bedeutung, denn im gleichen Moment, in dem er die Waffe brauchen würde, würde sie ihm nichts mehr nutzen. Er war ein Krieger. Ein Krüppel, ja, und krank, viel mehr, als er Kiina oder auch nur sich selber gegenüber einzugestehen bereit gewesen war, aber noch immer ein Krieger. Vielleicht der gefährlichste, mit Sicherheit der erfahrendste Satai, den der Krieger-Clan Enwors jemals hervorgebracht hatte. Trotzdem war der Gedanke, es mit fünfzig Quorrl aufnehmen zu wollen, nichts weniger als lächerlich. Seine einzige Chance war, das Gebäude ungesehen zu erreichen.

Und dann? fragte der Satai in ihm. *Was willst du dann tun, du alter Narr?*

Das *Hineinkommen* in Crons Kerker war nicht das Problem. Er machte sich nicht einmal Sorgen um eventuelle Wachen; er hatte den Vorteil der Überraschung auf seiner Seite, und er war auch mit nur einer Hand durchaus in der Lage, es mit einem oder zwei völlig ahnungslosen Quorrl aufzunehmen, die zudem wahrscheinlich ebenso betrunken waren wie alle anderen und schliefen.

Nein, die Probleme würden erst beginnen, wenn er versuchte,

den Hof wieder zu *verlassen*. Er war ja selbst dort unten gewesen, zwischen Crons Gefangenen, und hatte gesehen, was die Quorrl aus diesen Männern und Frauen gemacht hatten: wimmernde, kriechende ... *Etwasse* mit gebrochenem Willen und zerstörten Körpern, die vielleicht gar nicht mehr in der Lage waren, zu fliehen, schlimmer noch: es vielleicht gar nicht mehr *wollten.*

Es ist besser für sie, wenn sie sterben.

Vielleicht hatte Titch recht gehabt, und vielleicht war das, was er jetzt tat, grausamer als der Tod, den der *Bestimmer* aus Ninga für sie brachte.

Er verscheuchte das lästige Flüstern mit einer Handbewegung, als wische er unsichtbare Spinnweben aus der Luft vor seinem Gesicht. Es war zu spät. Er hätte gar nicht mehr umkehren können; selbst, wenn er es gewollt hätte. Er wußte nicht, ob er es diesen Männern und Frauen wirklich schuldig war, ihre Leben zu retten. Aber er war es sich selbst schuldig.

Skar senkte den Blick und ging schnell, aber ohne sichtbare Hast weiter, als ihm schmerzhaft zu Bewußtsein kam, daß er schon viel zu lange reglos hier stand; sicherlich zehn Sekunden und somit eine Ewigkeit für jeden Quorrl, der ihn beobachten und sich fragen sollte, wer der nächtliche Besucher wohl war; und vor allem, was er hier tat. Er ging weiter, sich immer im Schatten des zweistöckigen Gebäudes haltend und so lautlos, daß nicht einmal er selbst seine eigenen Schritte hörte.

Trotzdem wäre er um ein Haar entdeckt worden.

Es waren seine Instinkte, die ihn retteten, nicht seine Vorsicht. Irgend etwas warnte ihn, Geräusche oder Bewegungen, die er unbewußt wahrnahm, Bruchteile von Sekunden, ehe sein Denken sie verarbeiten und darauf reagieren konnte, und Skar huschte mit einem blitzschnellen Schritt zur Seite und kauerte sich in den Schatten der Treppe, die zum Eingang von Crons Haus hinaufführte, mit angehaltenem Atem und den Mantel so weit über das Gesicht und die Hände gezogen, daß kein Fleckchen verräterischer heller Haut sichtbar war.

Beinahe im gleichen Augenblick wurde die Tür über ihm so wuchtig aufgestoßen, daß sie krachend gegen die Wand flog, und die Gestalten zweier Quorrl traten aus dem Haus und gingen die Treppe hinab. Einer von ihnen war Cron, der andere der Mann, den Titch den *Bestimmer* genannt hatte, auch wenn Skar immer noch nicht wußte, was sich hinter dieser Bezeichnung verbarg. Er kannte sein Gesicht nicht – trotz allem sah auch für Skar noch immer ein Quorrl wie der andere aus, vor allem in der Dunkelheit – aber er erkannte den buntbestickten schweren Mantel wieder, den der Reptilienmann trug, und vor allem die herrische Gestik und den scharfen, keinen Widerspruch duldenden Klang seiner Stimme.

Skar konnte nicht verstehen, was die beiden Quorrl redeten, denn sie bedienten sich eines Idioms, dessen kein Mensch auf Enwor mächtig war, schon, weil er nicht über die entsprechenden Stimmwerkzeuge verfügt hätte. Aber auch ohne daß er die Worte verstand, begriff er fast unmittelbar, daß Cron und der *Bestimmer* nicht mitten in der Nacht hier herausgekommen waren, um zu plaudern. Sie stritten. Und es war mehr als eine kleine Meinungsverschiedenheit. Es war ein erbitterter Streit, der so laut ausgetragen wurde, daß Skar jeden Moment damit rechnete, eine oder mehrere der schlafenden Gestalten auf dem Hof sich aufsetzen und in ihre Richtung blicken zu sehen; was unausweichlich zu seiner Entdeckung geführt hätte. Er befand sich zwar im toten Winkel unter der Treppe, so daß Cron und der *Bestimmer* ihn nicht sehen konnten, aber durch die offenstehende Tür fiel helles Licht, das die Schatten vertrieb, in denen er Schutz gesucht hatte. Vom Hof aus war er so deutlich zu sehen, als stünde er im hellen Sonnenschein.

Nach Sekunden, die für Skar zu Ewigkeiten wurden, bewegten sich die beiden Quorrl weiter, ohne mit ihrem Streit innezuhalten. Cron gestikulierte heftig, und seine Stimme wurde schriller, fast hysterisch; eine Regung, die Skar bei diesem Koloß von Quorrl nicht für möglich gehalten hatte, während der *Bestimmer* äußerlich ruhig blieb. Nur seine Stimme war laut und befehlend, und die kleinen Bewegungen seiner Hände und seines Kopfes und der Rhythmus seiner Schritte verrieten Skar, daß er innerlich vor Wut kochte.

Skar folgte den beiden Quorrl, als sie sich von ihm entfernten; schon, weil es Selbstmord gewesen wäre, im hellen Licht, das aus der Tür fiel, sitzen zu bleiben, aber nicht nur deswegen. Er erinnerte sich gut an die Ehrfurcht, die er in Titchs Stimme gehört hatte, und das Flackern von Angst in den Blicken der anderen Quorrl, als sie den *Bestimmer* sahen. Wenn es etwas gab, bei dem Cron und dieser mächtige Quorrl so unterschiedlicher Meinung waren, daß Cron ihm offenen Widerstand entgegenbrachte, mochte das von Nutzen sein. Ganz davon abgesehen, daß die Richtung, in der die beiden Quorrl gingen, ohnehin die einzige war, in die er sich bewegen konnte, wollte er nicht gesehen werden.

Sie näherten sich den Ställen, betraten sie aber nicht, sondern blieben vor der nur angelehnten Tür stehen. Crons Gestikulieren und Deuten wurde stärker, eindeutig zorniger, und als Skar sich den beiden weiter näherte – schon fast *zu* weit, als gut war, aber seine Neugier war plötzlich stärker als seine Vorsicht – sah er, daß der Quorrl auf die beiden großen, geschnitzten Truhen deutete, die die Begleiter des *Bestimmers* mitgebracht hatten. Der *Bestimmer* antwortete, jetzt im gleichen, wütenden Tonfall wie Cron, fast schreiend, und machte eine drohende Bewegung, als Cron die Hand nach einer der Kisten ausstreckte. Skar fragte sich, was sie enthalten mochten. Was immer sich hinter der geheimnisvollen Bezeichnung *Bestimmer* verbergen mochte – ein Steuereintreiber oder das quorrlsche Äquivalent dazu war er ganz bestimmt nicht. Aber er hatte das sichere Gefühl, daß das, was er sah, wichtig war; ungemein wichtig. Und vielleicht nicht nur für Titch und Kiina und ihn.

Trotzdem zwang er sich, wieder daran zu denken, warum er überhaupt hierhergekommen war. Er hatte nicht mehr viel Zeit. Der Schlag, mit dem er Titch niedergestreckt hatte, war hart gewesen, aber der Quorrl hatte auch einen harten Schädel. Es würde nicht mehr lange dauern, und er würde aufwachen. Und Titch wäre nicht Titch, käme er nicht sofort hierher, um ihn aufzuhalten.

Behutsam kroch er ein Stück weit in den Schatten des Hauses

zurück, richtete sich auf und ging weiter, nachdem er einen letzten, sichernden Blick in die Runde geworfen hatte. Er war dem Kerker jetzt nahe, aber sein Herz begann trotzdem ein wenig schneller zu schlagen, als er gezwungen war, aus dem Schatten des Wohngebäudes herauszutreten und den Hof zu überqueren; eine Strecke von vielleicht zwanzig Schritten, die für ihn aber zur Ewigkeit wurde, denn er hatte jetzt überhaupt keine Deckung mehr. Und das Mondlicht war viel zu hell. Selbst der betrunkendste Krieger mußte erkennen, daß sich unter dem schwarzen Mantel kein Quorrl, sondern eine viel kleinere und schlankere Gestalt verbarg.

Obwohl die Nacht so kühl war, daß er seinen eigenen Atem als blassen Dunst vor seinem Gesicht erkennen konnte, war er in Schweiß gebadet, als er die Tür erreichte. Er hatte sich weit genug in der Gewalt, dem Impuls zu widerstehen, sich noch einmal umzudrehen und sichernd auf den Hof zu schauen; aber er warf einen raschen Blick zurück, als er das Gebäude betreten hatte und die Tür hinter sich zuschob. Was er sah, hätte ihn beunruhigen müssen, aber das Gegenteil war der Fall. Alles war ruhig. Cron und der andere Quorrl stritten noch immer, aber keine der schuppigen Riesengestalten hatte sich gerührt, alles war unverändert und still. Aber es war auf eine ungute Art still: eine Ruhe, in der kein Frieden war, sondern die unsichtbar dräuenden Schatten einer unsichtbaren Bedrohung.

Skar verscheuchte auch diesen Gedanken, schob die Tür vollends ins Schloß und drehte sich wieder um. Fast in der gleichen Bewegung schlug er Mantel und Kapuze zurück und zog das Schwert. Das fast unhörbare Sirren, mit dem die rasiermesserscharfe Klinge aus der Scheide glitt, und das vertraute Gewicht der Waffe verfehlten ihre Wirkung ebenso wie die Stille draußen auf dem Hof.

Er sah sich um – das Gebäude war so leer und ruhig, daß er es schon bei seinem ersten, flüchtigen Blick während des Eintretens gesehen hatte – aber auch die Stille war hier ... *falsch*. Eine einzelne, kleine Öllampe brannte, aber ihre Scheiben waren so verschmutzt, daß sie das Licht nur in schmalen, unregelmäßigen

Streifen durchließ, die wie gelbe Messer in die schwarze Masse schnitten, mit der die Nacht den großen Raum ausfüllte. Dazwischen nisteten Schatten. Und in diesen Schatten war –

Nichts! dachte Skar zornig. *Hör auf, dich selbst verrückt zu machen!*

Er ging weiter, und in einem kindischen Anflug von Trotz nicht durch die schmalen Streifen flackernder gelber Helligkeit, sondern mitten durch das hindurch, von dem sein Verstand behauptete, es wäre Dunkelheit, nichts als die Abwesenheit von Licht, und seine Seele wußte, daß es etwas anderes war. Schneller, als vielleicht gut war, erreichte er die schmale Tür am anderen Ende des Raumes, stieß sie auf und schob sie hastig wieder hinter sich zu. Erst danach fühlte er sich wieder einigermaßen sicher.

Wenigstens versuchte er sich das einzureden. Aber er war nie ein guter Lügner gewesen, auch – vielleicht gerade – sich selbst gegenüber nicht. Ein Teil von ihm, den er mit seinem Verstand nicht beherrschen konnte, hatte Angst. Panische Angst. Sein Atem ging schnell. Sein Herz raste, und in seinem Mund war der bittere Kupfergeschmack von Blut. Automatisch hob er die Hand und tastete über seine Lippen. Seine Zähne bluteten, wie so oft in letzter Zeit, und seine Hand zitterte, als hätte sie nicht mehr die Kraft, das Schwert zu halten.

Was war nur mit ihm los? Er gehörte nicht zu jenen Narren, die behaupteten, keine Angst zu kennen (und selten lange genug lebten, um diese Behauptung unter Beweis zu stellen), aber er hatte nie Furcht vor der *Dunkelheit* gehabt oder unter grundlosen Ängsten gelitten. Warum jetzt?

Vielleicht, weil dort draußen wirklich *etwas ist,* murmelte der Satai in ihm.

Es war möglich. Die Ssirhaa kämpften nicht nur mit Waffen, die er kannte; nicht einmal nur mit solchen, die er sich vorstellen konnte. Sie verfügten über Hilfsmittel, die es ihnen gestatteten –

die Quorrl dort draußen zu betäuben, damit er ungehindert hier eindringen und ihre Gefangenen befreien konnte, wobei sie dummerweise nur vergessen hatten, Cron und den Bestimmer mit einzuschläfern?

Lächerlich.

Es war unlogisch. Und außerdem – eine bessere Gelegenheit, seiner habhaft zu werden, konnten sich die Schuppenkrieger gar nicht mehr denken.

Plötzlich viel mehr verwirrt als ängstlich, drehte er sich wieder um und sah die Treppe hinunter. An ihrem unteren Ende war Licht; der flackernde Schein von Fackeln, vor dem sich Schatten bewegten. Er hörte Stimmen. Die Stimmen von Quorrl, von mindestens zwei Quorrl, vielleicht mehr.

Seltsamerweise half ihm das, wieder klarer zu denken. Zwei, vielleicht drei oder sogar vier Quorrl, das mochten mehr Gegner sein, als er in seinem momentanen Zustand bewältigen konnte, aber es waren *faßbare* Gegner, eine Gefahr, die sein Leben bedrohte, nicht seine Seele. Und gegen die er sich wehren konnte.

Er ergriff sein Schwert fester, überzeugte sich mit einer fast unbewußten Geste davon, daß sein Mantel zurückgeschlagen war und ihn nicht etwa behindern würde, und ging so leise wie möglich die Treppe hinunter.

Trotzdem war er nicht leise genug. Das hohe Gewölbe der Treppe fing das leise Tappen seiner Schritte und das Rascheln des Mantels auf und warf es als wisperndes, lang nachhallendes Echo zurück, und einer der Schatten wurde plötzlich größer und näherte sich der Treppe. Die Tür zum Verließ, die ohnehin nur halb geschlossen gewesen war, wurde weiter aufgerissen, und in dem plötzlich hell erleuchteten Rechteck erschien der massige Schatten eines Quorrl.

Skar überwand die letzten fünf oder sechs Stufen mit einem einzigen, kraftvollen Satz und stieß in der gleichen Bewegung zu. Der Quorrl starb, ohne zu begreifen, was ihn tötete, und ohne einen Laut.

Skar wich dem zusammenbrechenden Riesen mit einer blitzschnellen Drehung aus, stieß die Tür mit der Schulter vollkommen auf und sprang mit hoch erhobenem Schwert in den Kerker hinein. Er gewahrte eine Bewegung aus den Augenwinkeln, warf sich instinktiv nach links und vor, so daß aus seinem Lauf ein langgestreckter Sprung wurde, der in einer blitzartigen Rolle endete, und federte wieder auf die Füße. Seine Klinge riß eine tiefe, blutige Spur in die Kehle eines zweiten Quorrl, der wahrscheinlich ebensowenig wie sein Bruder draußen auf der Treppe begriff, was ihn umbrachte, und bohrte sich fast in der gleichen Bewegung tief in die Schulter des dritten und letzten Kriegers, der sich in dem Verließ aufhielt.

Der Quorrl brüllte vor Schmerz und Überraschung, besaß jedoch genug Geistesgegenwart, sich mit einem Satz aus der Reichweite von Skars Schwert zu bringen und seine eigene Waffe zu ziehen.

Skar ließ ihm nicht die geringste Chance. Sein *Tschekal* bewegte sich vor und nach unten, fügte dem Quorrl einen zweiten, nicht minder schmerzhaften Stich in den Oberschenkel zu und hob sich wieder, dann prallte die Klinge aus *Sternenstahl* gegen die Waffe seines Gegners und ließ sie wie Glas zerspringen.

Der Quorrl taumelte mit einem Schmerzlaut gegen die Wand und starrte aus ungläubig aufgerissenen Augen abwechselnd auf seinen blutenden Oberschenkel und den nutzlosen Stumpf des Schwertes in seinen Fäusten, und Skar hätte ihn in diesem Moment töten können, so schnell und beinahe spielerisch, wie er die beiden anderen Krieger niedergestreckt hatte.

Aber er tat es nicht.

Etwas geschah mit ihm, etwas Schreckliches und Düsteres, das ihn innerlich aufschreien ließ, aber es ging zu schnell und war einfach zu übermächtig, als daß er sich dagegen wehren konnte.

Seine Hand bewegte sich fast ohne sein Zutun und anders, völlig anders, als er wollte. Das *Tschekal* riß den Arm des Quorrl auf, eine entsetzliche, bis auf den Knochen klaffende Wunde, die von der Handwurzel des Kriegers bis fast zu seinem Hals hinauf reichte, zuckte aber im letzten Moment zurück, ehe die Klinge die Kehle des Quorrl berührte und ihn tötete, machte einen weiteren, blitzschnellen Schlenker, der ihre Schneide fast spielerisch das flache Schuppengesicht des Kriegers berühren ließ und eines seiner Augen auslöschte, und spaltete in der Rückwärtsbewegung die Schuppen auf seiner Brust.

Der Quorrl kreischte, brach in die Knie und krümmte sich vor Qual. Seine Hand griff in einer Bewegung, die mehr Reflex als Angriff war, nach Skars Fußgelenk und zerrte daran.

Skar schlug sie ihm ab.

Aus den Schreien des Kriegers wurde ein ersticktes Keuchen, dann ein Wimmern, aber Skar hörte immer noch nicht auf. Er konnte es nicht. Er versuchte es, kämpfte mit verzweifelter Macht gegen diesen fürchterlichen Blutrausch, der tief aus den schwärzesten Abgründen seiner Seele in ihm emporkroch, aber es war, als versuche er eine Sturmflut mit bloßen Händen aufzuhalten. Sein Schwert berührte den Rücken des Quorrl, seine Seite und wieder seinen Rücken und fügte ihm weitere furchtbare Wunden zu, ohne ihn zu töten, immer und immer und immer wieder, bis aus der Gestalt zu seinen Füßen ein zuckendes, wimmerndes Bündel wurde, in dem ein grausames Schicksal noch immer *Leben* sein ließ, Leben und Bewußtsein und unvorstellbare Qual.

Und etwas in Skar schrie auf und stürzte sich auf diesen Schmerz, griff wie mit unsichtbaren glühenden Flammenfingern nach der unvorstellbaren Pein dieses Wesens und labte sich daran, ein körperloser Vampir, der von Schmerz und Furcht lebte und Schmerz und Furcht war, die Chimäre, die all die Zeit über geduldig in seinem Innern gelauert hatte, eingesponnen wie eine Spinne in einen schwarzen Kokon aus Vergessen und trügerischer Sicherheit, aber bereit und lauernd und tödlich.

Skar riß mit einem erstickten Schrei das Schwert in die Höhe und taumelte zurück. Das Verließ begann vor seinen Augen zu verschwimmen, und für eine panikerfüllte halbe Sekunde glaubte er die Schatten sich zusammenballen und zu etwas Neuem, Finsteren werden zu sehen, einem kleinen gesichtslosen Ding aus Stacheln und Horn und reißenden Krallen, und für die gleiche Zeitspanne fühlte er, wie der Einfluß des *Daij-Djan* stärker wurde, auch noch den letzten Rest seines freien Willens hinwegzufegen drohte –

und erlosch.

Die Erleichterung war so gewaltig, daß Skar abermals taumelte und gestürzt wäre, hätten ihn nicht die Metallstäbe des Gitters hinter ihm aufgefangen. Stöhnend sank er in die Knie, blieb zwei, drei Sekunden lang mit geschlossenen Augen hocken und stemmte sich mühsam wieder in die Höhe. Er war so schwach, daß er das *Tschekal* als Krücke benutzen mußte, um sich überhaupt zu erheben.

Nein, flüsterte eine Stimme in seinem Kopf. *Nicht so.*

Als er die Augen öffnete, stand die *Sternenbestie* vor ihm.

Ihr Anblick erschreckte ihn nicht. Der *Daij-Djan* hatte sich verändert, auf eine Art, die Skar nicht in Worte zu fassen vermochte: er war noch immer das kleine schwarze Scheusal, als das er ihn kannte und haßte, ein tödliches *Ding* aus Horn und reißenden Klauen, und trotzdem ... anders. Finsterer. Drohender. *Präsenter.* Aus dem flüsternden Versucher, der trotz seiner mörderischen Kraft und des Todes, den er brachte, eigentlich niemals mehr als ein Schatten gewesen war, war ein *Etwas* geworden, die Idee, die der *Daij-Djan* war, hatte einen Körper bekommen.

Aber das war es nicht. Skar registrierte die unheimliche Veränderung, die mit dem *Daij-Djan* vonstatten gegangen war, sehr wohl, aber er verschwendete kaum mehr als einen flüchtigen Gedanken daran.

Er hatte keine Angst mehr vor ihm. Skar starrte die *Sternenbestie* an und wartete auf das kalte Entsetzen, das ihn jedesmal bei ihrem Blick ergriffen hatte. Aber es kam nicht.

Vielleicht zum allerersten Mal, seit er dem Ungeheuer aus den Abgründen der Zeit begegnet war, hatte er keine Angst vor ihm. Im Gegenteil – es war absurd, und es war auf seine eigene Art ebenso grausam wie das, was er dem Quorrl angetan hatte – aber das Erscheinen des *Daij-Djan erleichterte* ihn.

Es war nicht so, daß er sich an den Anblick des Ungeheuers gewöhnt hatte, denn er war etwas, woran man sich nicht gewöhnen *konnte*, und das beim tausendsten Mal so entsetzlich und furchteinflößend war wie beim allerersten, und der Teil von Skar, der noch Mensch war, krümmte sich unter seiner bloßen Anwesenheit zusammen wie ein getretener Wurm – aber er ließ ihn auch gleichzeitig begreifen, daß nicht *er* es gewesen war, der den Quorrl auf so furchtbare Weise getötet *(getötet? Er hatte ihn geschlachtet!)* hatte, sondern der *Daij-Djan*, seine furchtbare, finstere Macht, die Skars Hand gelenkt hatte wie die einer Marionette.

Aber das stimmt doch gar nicht, Bruder, sagte der *Daij-Djan*, der seine Gedanken las. *Du hast es genossen.*

»Das ist nicht wahr«, sagte Skar. Seine Stimme zitterte. Plötzlich hatte er kaum noch die Energie, das Schwert zu halten. Abermals ließ er sich gegen das Metallgitter sinken, legte den Kopf in den Nacken und preßte den Schädel so fest gegen die eisernen Stäbe, bis ihm der Schmerz die Tränen in die Augen trieb.

Der *Daij-Djan* lachte, ein lautloses, unglaublich *böses* Geräusch, das stärker und stärker anschwoll, bis es Skars Schädel ausfüllte wie das Heulen eines Höllensturms, ihn fast zum Bersten zu bringen schien. Skar stöhnte. Seine Hand zitterte, und sein Herz hämmerte so schnell und ungleichmäßig wie eine defekte Maschine, die aus dem Takt gekommen war.

Und dann hörte er etwas. Ein Geräusch, so leise, daß er es mehr spürte als wirklich wahrnahm, und das doch irgendwie durch das brüllende Gelächter des *Daij-Djan* drang. Es war ein leises Wimmern, wie das Weinen eines Kindes.

Skar zwang sich, die Augen zu öffnen und den *Daij-Djan* anzusehen, ihn und das wimmernde Bündel aus Blut und zerschlagenen Schuppen auf dem Boden neben ihm, und plötzlich begriff er, daß es die Stimme des Quorrl war, die er hörte.

Er lebte noch.

Nach allem, was er ihm angetan hatte, lebte er immer noch. Und er litt. Skar konnte seinen Schmerz fühlen, die unbeschreibliche Qual, die jede Sekunde neu für ihn brachte, in der der Tod nicht zu ihm kam. Und er konnte ebenso deutlich fühlen, wie sich der *Daij-Djan* an seinem Schmerz labte, ihn in sich aufnahm wie ein saugendes Ungeheuer das Blut seines Opfers. Der *Daij-Djan* – und er selbst. Etwas in ihm hatte es *gewollt* und wollte es immer noch.

Mit einer Kraft, von der er selbst nicht mehr wußte, woher

er sie noch nahm, ergriff er sein Schwert neu und fester, wankte an dem *Daij-Djan* vorbei und stieß dem Quorrl die Klinge ins Herz. Das entsetzliche Wimmern erlosch, und wo bisher der Widerhall unbeschreiblicher Qual gewesen war, spürte Skar für einen unendlich kurzen Moment eine tiefe Erleichterung. Dann nichts mehr.

Wie edel, sagte der *Daij-Djan* spöttisch. *Du hast ihn von seinen Schmerzen erlöst. Nachdem du sie ihm zugefügt hast.*

Skar fuhr herum, riß mit einem Schrei das Schwert in die Höhe und ließ den Arm wieder sinken, als ihm klar wurde, wie sinnlos es war, die *Sternenbestie* mit dieser Waffe angreifen zu wollen.

»Ich ... war das nicht«, sagte er unbeholfen. »Ich habe es nie gewollt. *Nicht das!!*«

Bist du sicher? Der *Daij-Djan* starrte aus seinem schrecklich flachen Nicht-Gesicht zu ihm hoch und hob die Hand. Seine Klaue deutete auf den hinteren Teil des Verlieses, den Bereich hinter der Gitterwand, in dem Crons Gefangene untergebracht waren.

Sieh dorthin, Bruder, sagte er. *Sieh dorthin, und dann sag noch einmal, daß du es nicht wolltest.*

Fast gegen seinen Willen drehte Skar sich um und blickte in die Richtung, in die die Klaue des Ungeheuers wies.

Hinter den Gitterstäben rührte sich nichts.

Erst jetzt, als hätte sein Bewußtsein zwar alle Eindrücke aufgenommen und registriert, sie aber im Moment der unmittelbaren Gefahr als unwichtig eingestuft und unterdrückt, fiel ihm auf, wie still es trotz allem hier unten war. Er hatte selbst einen Tag und eine Nacht zwischen Crons Gefangenen verbracht, und er hatte mehr als einmal erlebt, wie sie jedesmal in Panik gerieten, wenn ein Quorrl das unterirdische Verlies betrat. Er begriff erst jetzt, daß er nicht den mindesten Laut gehört hatte, während er mit den Quorrl kämpfte, und etwas in ihm hatte auch die ganze Zeit über gespürt, was diese fürchterliche Stille zu bedeuten hatte, denn er fühlte nicht einmal Schrecken, sondern nur Entsetzen und Zorn und ein schmerzhaftes Akzeptieren dessen, was er längst gewußt hatte.

Die Gefangenen waren tot.

Die Quorrl, die er erschlagen hatte, waren keine Wächter gewesen, sondern das Exekutionskommando. Die zwei Dutzend Männer und Frauen, die zu befreien er zurückgekommen war, lagen enthauptet auf dem Boden ihres Gefängnisses, säuberlich in drei Reihen nebeneinander und an Händen und Füßen gefesselt. Sie mußten schon lange tot sein; vielleicht Stunden. Das Blut, das das faulige Stroh auf dem Boden schwarz gefärbt hatte, war schon trocken. Es war alles umsonst gewesen.

Und sinnlos, flüsterte der *Daij-Djan* in seinen Gedanken. *Sie waren schon tot, als ihr den Hof verlassen habt.*

Mühsam drehte sich Skar wieder zu der Bestie um und sah sie an.

»Was willst du?« fragte er.

Dich.

»Mich?« Skar lachte; im ersten Moment aus bloßem Spott, dann wirklich, als ihm klar wurde, welchen Anblick sie bieten mußten, der *Daij-Djan*, die blutgierigste Bestie, die die Schöpfung jemals hervorgebracht hatte, und er: ein verkrüppelter, alter, sterbenskranker Mann, der kaum noch die Kraft hatte, sich auf den Beinen zu halten.

Du kannst leben, flüsterte der *Daij-Djan. Unendlich leben. Unsterblichkeit. Und unbegrenzte Macht, Bruder. Die Macht eines Gottes. Es liegt in deiner Hand.*

»Nein«, stöhnte Skar. Wieder überkam ihn Schwäche, aber diesmal war es nur die Reaktion seines gemarterten Körpers, der die Kraftreserven, deren Skar sich bediente, längst nicht mehr hatte. »Ver ... schwinde«, murmelte er. »Du kannst mich haben, wenn ... wenn ich dich rufe. Nicht eher. Das war unsere Abmachung!«

Aber du hast *mich gerufen.*

»Das ist nicht wahr!«

Du tust es unentwegt, beharrte der *Daij-Djan*. Du wußtest, daß du keine Chance hattest, dies hier lebend zu überstehen, ohne meine Hilfe. Hör auf, dich selbst zu belügen, Bruder – und mich. Du sagst, du willst meine Unsterblichkeit nicht? Aber du bedienst dich ihrer. Du tust Dinge, die du nicht könntest ohne meine Hilfe. Nicht ich bin es, der unsere Abmachung bricht, Bruder. Du bist es. Du brichst sie unentwegt. Du sagst, du brauchst meine Hilfe nicht, aber du zwingst mich, sie dir zu gewähren.

Wieder spürte er, daß sich irgend etwas an dem *Daij-Djan* ... verändert hatte. Er hatte niemals Zeichen von Ungeduld oder gar Nervosität an seinem Dunklen Bruder bemerkt; ja, bisher geglaubt, daß der *Daij-Djan* zu solcherlei Empfindungen nicht einmal fähig war, denn er war eine Kreatur der Ewigkeit, ein Wesen, das nie gelebt hatte und somit auch nicht sterben konnte. Zeit war bedeutungslos für ihn. Er hatte eine Million Jahre auf diesen Tag gewartet.

»Vielleicht wollte ich sterben«, antwortete Skar.

Um mich zu vernichten. Der *Daij-Djan* nickte, auf eine beunruhigend menschliche, nachdenkliche Art. *Ich verstehe. Aber du täuschst dich. Dein Tod würde nichts ändern, und du weißt das, Bruder. Ich gewinne.*

»Bist du sicher?« fragte Skar.

Ich gewinne, wenn du lebst und tust, wozu du in dieses Land gekommen bist. Aber ich siege auch, wenn du stirbst. Es spielt keine Rolle. Ich kann nicht verlieren.

»Dann bring mich doch um!« brüllte Skar. »Mach endlich ein Ende!«

Ein Ende? Der *Daij-Djan* lachte leise. *Aber es fängt doch gerade erst an.* Seine schwarze, tödliche Klaue machte eine Bewegung zur Tür hin, und den schwarzen Schatten, die auf der Treppe lauerten.

Komm mit, Bruder, sagte er. *Komm und sieh, was ich für dich getan habe.*

Skar bewegte sich nicht. Der *Daij-Djan* wandte sich um und ging zur Tür, und für den Bruchteil einer Sekunde war es Skar, als glühe seine Gestalt unter einem unheimlichen inneren Feuer, verwandle sich in ein tobendes Inferno aus Milliarden und Abermilliarden winziger Funken, jeder so heiß wie die Hölle und jeder voller abgrundtiefer Bosheit und versengendem Haß. Dann begriff er, daß es nur eine Täuschung gewesen war, ein Lichtreflex der Fackeln auf seiner spiegelnden schwarzen Haut aus Horn.

»Warum hilfst du mir?« fragte er. »Warum tust du das alles, wenn mein Leben keine Rolle für dich spielt?«

Weil du mein Bruder bist, antwortete der *Daij-Djan, und ich dich liebe.*

Skar wollte es nicht. Er stemmte sich mit jedem bißchen Willenskraft, das er noch hatte, gegen das verlockende Wispern in seinem Kopf. Aber er war nicht stark genug. Nach ein paar Augenblicken löste er sich von seinem Platz und folgte dem schwarzen Schatten seines höllischen Bruders.

*

Der Himmel im Osten begann sich grau zu färben, als Titch und Kiina auf den Hof zurückkehrten. Es war noch immer dunkel, und es war noch immer still; stiller sogar noch als in der Nacht, als Skar gekommen war, denn mittlerweile war auch der Wind erloschen, und die einzigen Laute, die das unheimliche Schweigen durchbrachen, waren das dumpfe Erdbebengrollen Ningas und die Geräusche ihrer eigenen Schritte.

»Was ist hier geschehen?« fragte Titch. »Großer Gott, Skar – was hast du *getan?*«

Skar antwortete nicht. Er hatte seine Worte gehört, ohne sie zu verstehen, so wenig, wie er die beiden unterschiedlichen Gestalten, die durch das Tor getreten und sich ihm zögernd genähert hatten, wirklich als Titch und die junge *Errish* erkannt hatte. Er saß auf der Treppe zu Crons Wohnhaus, reglos, mit angezogenen Knien, über die er das Schwert gelegt hatte, und sah mit starrem Blick auf den Hof hinab; so, wie er seit mehr als einer Stunde dasaß, ohne zu denken, ohne das Verstreichen der Zeit zu spüren oder die Kälte oder den Wind oder irgend etwas anderes als Entsetzen.

Komm und sieh, was ich für dich getan habe, Bruder.

Titch bewegte sich, sagte etwas, dessen Sinn ihm entglitt, ehe er danach greifen konnte, und machte eine Bewegung mit den Händen, die seine Hilflosigkeit deutlicher als alles andere ausdrückte. Skar versuchte, seinen Blick vom Hof zu lösen und den Quorrl anzusehen, aber er konnte es nicht. Der Anblick hielt ihn gefangen, nicht nur, weil er ihn lähmte, sondern weil er ihn gleichzeitig auch mit einer schrecklich morbiden Faszination erfüllte, und *diese* war es, die ihn *wirklich* paralysierte; das Wissen, daß es etwas in ihm gab, einen bisher verborgenen, aber keineswegs *neuen* Teil seines Ichs, das genau das gewollt hatte, und es noch immer wollte, hundertmal schlimmer. Das Entsetzen, das er verspürte, galt viel mehr jenem dunklen Bereich seiner Seele, der plötzlich zu so fürchterlicher Macht erwacht war.

Komm und sieh, was ich für dich getan habe, Bruder.

Die Quorrl waren tot.

Alle.

Die Stille, die Skar auf dem Weg hierher aufgefallen war, war das Schweigen des Todes gewesen, das Geschenk seines dunklen Bruders, der ihm – wieder einmal – den Weg geebnet hatte.

Wenigstens war es das, was er sich einzureden versuchte.

Sicher war er nicht.

Eine zweite, sehr viel kleinere Gestalt im schwarzen Mantel trat neben die Titchs, und obwohl Kiina kein Wort sagte, sondern ihn nur voller stummem Schrecken und Bestürzung ansah, war es viel mehr sie, die ihm half, seine Lähmung allmählich zu überwinden, und nicht Titch. Vielleicht, weil er ein Quorrl war. Er erinnerte sich, daß auch Cron zu ihm gekommen war, im Laufe der Nacht, aber er erinnerte sich nicht, was er gesagt hatte, und wo er hingegangen war. Mühsam, als kämpfe er gegen eine Zentnerlast an, hob er den Blick und sah in Kiinas Gesicht. Das Mondlicht verwandelte ihre Haut in blasses Porzellan. Ihre Augen waren groß vor Schrecken und fast so schwarz wie die Titchs. Als sie die Hand hob und zitternd nach ihm ausstreckte, sah Skar, daß ihre Finger voller Blut waren; Blut, das dunkler als das eines Menschen war, von der gleichen, fast schwarzen Farbe wie die häßlichen Flecken, die sein Schwert besudelten, seine Knie und seinen Mantel und seine Hand, die sich noch immer so fest um den Griff der Waffe spannte wie im allerersten Moment.

Sie führte die Bewegung nicht zu Ende, sondern trat an Titch vorbei und ließ sich in die Hocke sinken, so daß sich ihre Gesichter auf gleicher Höhe befanden. »Was ist passiert?« fragte sie.

Er wollte sagen: *Ich weiß es nicht.*

Er wollte sagen: *Das ist nicht mein Werk. Das war das Ungeheuer. Die Bestie. Der Daij-Djan.*

Aber er tat es nicht. Es wäre keine Entschuldigung gewesen, nicht Titch und schon gar nicht sich selbst gegenüber. Der *Daij-Djan* war kein Alibi, kein Schuldiger, den er an seiner Stelle anprangern konnte, denn er war ein Teil von ihm selbst. Und er war ihm nicht halb so fremd, wie er sich bisher einzureden versucht hatte.

Statt dessen schüttelte er nur müde den Kopf und verzog die Lippen zu einem bitteren, kalten Lächeln, das die Bestürzung in Kiinas Blick für einen Moment in Furcht verwandelte; eine Furcht, die eindeutig *ihm* galt, nicht dem Anblick der drei Dutzend erschlagener Quorrl auf dem Hof.

»Skar«, sagte Kiina. »Hörst du mich? Verstehst du, was ich sage?«

Er nickte. Sein Lächeln wurde eine Spur wärmer, aber die Furcht in Kiinas Blick ließ nicht nach.

»Was ist passiert? Bist du ... verletzt?«

»Nein«, flüsterte er, beinahe selbst ein wenig erstaunt, wieder reden zu können. »Ich bin ... unverletzt. Mir fehlt nichts.« Er atmete tief ein, so schwer, daß es sich fast wie ein Seufzen anhörte, löste endlich die Hand vom Griff des *Tschekal* und versuchte ungeschickt, die Waffe in ihre Umhüllung zurückzuschieben. Es gelang ihm nicht. Seine Finger waren verkrampft und nutzlos wie hölzerne Stöcke, von der Stunde, die sie vergeblich versucht hatten, den Griff des *Tschekal* zu zerbrechen; die Waffe entglitt ihm und fiel klirrend auf den Boden.

Kiina beachtete sie nicht, aber Titch bückte sich rasch danach, wischte das Schwert an seinem Mantel sauber und half Skar, es in die Scheide zu schieben. Sein Blick begegnete dem Skars, ohne daß Kiina es bemerkte, und Skar las die unausgesprochene Frage darin, die Titch quälte: *Er?*

Er nickte, versuchte aufzustehen und spürte, daß er nicht mehr die Kraft dazu hatte. Nach dem Kampf gegen die Quorrl war er nur erschöpft gewesen, aber diese eine, endlose Stunde, die er hier gesessen und auf das Geschenk seines höllischen Bruders hinabgeblickt hatte, hatte ihn seiner letzten Kräfte beraubt. Erst mit Titchs Hilfe gelang es ihm, sich zu erheben.

»Sie sind alle tot«, murmelte Skar. Er sah Titch an, dessen Gesicht unter dem Schuppenpanzer ebenso bleich und fassungslos war wie das Kiinas, wenn auch aus völlig anderen Gründen. »Cron hat sie hinrichten lassen, noch ehe wir fort waren. Du hast das gewußt?«

»Ja«, gestand Titch.

»Warum hast du es mir nicht gesagt?« In seiner Stimme hatte Vorwurf liegen sollen, eine Anklage, etwas, das ihm die Mitschuld an alldem hier geben sollte. Aber sie klang nur müde.

»Es hätte nichts geändert.«

Aber das hätte es, dachte Skar matt. Es hätte *alles* geändert. Er hätte sich vielleicht geweigert, zu gehen, hätte er es gewußt, er hätte vielleicht etwas Unüberlegtes oder Törichtes getan, aber er wäre *ganz bestimmt nicht* zurückgekommen.

Er sprach nichts von alldem aus, aber Titch las die Worte überdeutlich in seinem Blick. Seine Miene verhärtete sich. »Ja, ich hatte Angst!« stieß er hervor. »Ich hatte Angst vor dem hier. Ich hatte Angst, daß *ganz genau das* passiert!«

»Daß *was* passiert?« fragte Kiina verwirrt. Skar riß seinen Blick mühsam von dem Titchs los und sah das Mädchen an. Natürlich, dachte er – sie wußte ja nichts von seinem Dunklen Bruder, dem *Ding*, das seit dem Tag seiner Geburt in ihm gewesen war und sein Leben bestimmt hatte, früher und viel mehr, als er bisher hatte wahrhaben wollen. Sie hatte die Toten gesehen und Skar, das blutige Schwert in seiner Hand und das Grauen auf seinen Zügen, aber sie konnte nicht wissen, was *wirklich* passiert war.

»Nichts«, sagte er müde. »Nicht das, was du glaubst, jedenfalls.« Er machte einen Schritt und spürte abermals, wie schwach er war. Seine Knie waren weich. Selbst das Gewicht des Mantels schien ihn zu Boden zerren zu wollen. Die Übelkeit stieg jetzt in Wellen aus seinem Magen hoch, und in seinem Mund war Blut; noch immer oder schon wieder, das wußte er nicht. Er taumelte, griff haltsuchend nach Titchs Schulter, verfehlte sie und wäre gestürzt, wenn der Quorrl ihn nicht wieder aufgefangen hätte. Alles drehte sich um ihn.

»Holt die ... Pferde«, murmelte er. »Wir müssen weg.«

»Weg?« Titch lachte. »Du träumst, Satai. Du wirst nirgends hingehen, ehe deine Wunden versorgt sind und du ausgeruht bist. Außer ins Land der Toten. Aber auf andere Art, als dir lieb ist.«

Skar versuchte seine Hand abzustreifen, aber Titch schien es nicht einmal zu bemerken. Mit schon etwas mehr als sanfter Gewalt drehte er ihn herum und schob ihn auf die Tür zu Crons Wohnhaus zu. Mit der anderen Hand hielt er Kiina zurück, die ihnen folgen wollte, und deutete gleichzeitig auf die Reihe niedriger Holzbauten am gegenüberliegenden Ende des Hofes. »Geh und schau nach, ob Scrat noch am Leben ist. Wenn nicht, bring ihre Kiste mit den Heilkräutern.«

Kiina antwortete irgend etwas, das Skar nicht verstand, und trotz seiner Schwäche und der Übelkeit, die jetzt immer schlimmer wurde, schoß ihm der Gedanke durch den Kopf, daß es Wahnsinn war, dieses halbe Kind loszuschicken. Der erste Quorrl, der ihr begegnete, würde sie töten. Aber er hatte nicht einmal mehr die Kraft, den Gedanken laut auszusprechen; und es hätte auch nicht viel genutzt, denn Kiina drehte sich unverzüglich um und verschwand mit raschen Schritten in der Dunkelheit; froh, eine Aufgabe zu haben und irgend etwas zu *tun*.

Sie betraten das Haus, das immer noch hell erleuchtet war, aber von der gleichen furchtbaren Stille erfüllt war wie der ganze Hof. Ein toter Quorrl in der Uniform der Tempelgarde lag auf den Stufen der Treppe, die ins obere Geschoß hinaufführte, und Skar fragte sich, ob auch hier alles Leben ausgelöscht war, oder ob die Bestie sich damit zufrieden gegeben hatte, nur die Krieger zu vernichten.

Titch stieß die erstbeste Tür auf, an der sie vorbeikamen, und schob Skar in den dahinterliegenden Raum. Es war ein kleines, fast leeres Zimmer, in dem nur einige Truhen und Kisten standen, auf deren größte der Quorrl ihn unsanft bugsierte, ihn aber festhielt, bis er sicher war, daß Skar aus eigener Kraft sitzen konnte.

»Was ist passiert?« fragte er.

Skar hob den Kopf. Er sah Titchs Gesicht nur wie durch einen Schleier aus Tränen und formlosen Nebelfetzen, aber er erkannte den Ausdruck darauf trotzdem. Er hatte ihn schon einmal gesehen; an dem Tag, als Titch das erste Mal dem *Daij-Djan* begegnete – und begriffen hatte, wer Skar *wirklich* war.

»Sag die Wahrheit!« verlangte Titch. »Wir sind allein. Das Mädchen hört uns nicht.«

»Du bringst sie um, du Idiot«, sagte Skar matt. »Der erste Quorrl, der ihr begegnet, wird sie töten.«

»Kaum«, antwortete Titch hart. »Der einzige Quorrl, der auf diesem Hof noch lebt, bin ich. Was ist hier passiert?« Er zögerte unmerklich, ehe er hinzufügte: *»Er?«*

Skar nickte. Er konnte nicht mehr sprechen. Aus der Übelkeit wurde Brechreiz, der durch den Geschmack des Blutes in seinem Mund nur noch verstärkt wurde. Erschöpft ließ er die Schultern nach vorne sinken, stützte die Ellbogen auf die Knie auf und kämpfte darum, nicht nach vorne zu fallen und das Bewußtsein zu verlieren.

»Er war die ganze Zeit über in unserer Nähe«, sagte Titch. »Du hast es gewußt. Immer. Er war ... immer bei uns. Bei *dir.*«

Und erst jetzt begriff Skar den *wirklichen* Grund für Titchs Entsetzen. Er hob abermals den Kopf, und als er jetzt in Titchs Gesicht blickte, sah er, daß aus dem Entsetzen in seinem Blick Zorn geworden war, ein wühlender, vernichtender Zorn, der an Haß grenzte. Es waren nicht die Toten. Titch war ein Krieger und zudem ein Quorrl, dessen Verhältnis zum Tod völlig anders war als das Skars oder irgendeines anderen Menschen, und dazu kam, daß er die Tempelgarde fast ebenso haßte wie ihre Feinde. Er hätte diese Männer dort draußen selbst getötet, wäre er dazu in der Lage gewesen.

»Du hast die ganze Zeit über nur mit mir gespielt, nicht wahr?« fragte er.

»Das ist ... nicht wahr«, widersprach Skar, aber er war zu schwach, um den Protest in seiner Stimme glaubhaft klingen zu lassen, und die Toten dort draußen auf dem Hof behaupteten zu laut das Gegenteil, als daß Titch ihm glauben konnte. Die Hände des Quorrl begannen zu zittern.

»Du warst nie in Gefahr«, fuhr er fort. »Er war immer da. Er hat immer auf dich acht gegeben. Was wolltest du? Herausfinden, wie weit die Freundschaft eines Quorrl geht? Oder hast du mich nur mitgenommen, damit dir die Zeit auf der Reise nicht zu lang wird?«

Titch wußte selbst, daß er Unsinn redete. Aber Skar verstand ihn trotzdem. Der *Daij-Djan* war sein schlimmster Alptraum, aber für den Quorrl war er mehr, tausendmal mehr. Er war sein Teufel, der Dämon, der nicht nur sein Leben, sondern die Existenz seines ganzen Volkes überschattete, und anders als die Dämonen der Menschen waren die der Quorrl höchst real. Was hätte er, Skar, umgekehrt gespürt, hätte er herausgefunden, daß der Mann, den er für seinen Freund gehalten hatte, mit dem Teufel im Bunde war?

Titch deutete sein Schweigen falsch. »Du hast es die ganze Zeit über gewußt«, sagte er noch einmal. »Von Anfang an. Du brauchtest mich nur, um hierherzukommen, und –«

»Das ist nicht wahr«, unterbrach ihn Skar. »Ich hasse ihn so sehr wie du. Und er ist alles andere als mein Verbündeter. Verdammt, sieh mich doch an! Ich sterbe!« Der Zorn gab ihm noch einmal neue Kraft. Er hob den Arm und streckte Titch seine Hand entgegen. Seine Finger waren voller Blut, aber die Haut darunter war bleich und eingerissen wie altes Pergament und hatte im gelben Schein der Öllaterne einen kränklichen, fast grauen Farbton angenommen. »Glaubst du, das wäre so, wenn ich ...« Er suchte nach Worten. »Wenn ich auf seiner Seite stünde?«

Titch antwortete nicht, aber die Art, auf die er ihn ansah, war beredter als alles, was er hätte sagen können. Vielleicht würde nie wieder Vertrauen zwischen ihnen sein, dachte Skar bitter. Aber auch das war nichts als ein weiterer Teil des bösen Geschenkes, das ihm die Götter in die Wiege gelegt hatten. Sein ganz persönlicher Fluch. Seine Freundschaft war wie Gift. Sie vernichtete die, denen er sie schenkte, und machte die, die sie nicht verderben konnte, unweigerlich zu seinen Feinden.

»Wer bist du wirklich?« fragte Titch. »Wer bist du, Satai? *Was* bist du?!«

Wie oft hatte er diese Frage schon gehört? Und wie oft hatte er sie sich selbst gestellt, in den letzten Jahren? Aber sie hatte niemals so weh getan wie jetzt, als er sie aus Titchs Mund hörte, der letzten Kreatur auf dieser Welt, die ihm noch vorbehaltlos vertraut hatte. Bisher.

Für einen Moment war er nahe daran, dem Quorrl alles zu erzählen. Aber statt dessen schüttelte er nach ein paar Augenblikken nur den Kopf und verbarg wieder das Gesicht zwischen den Fingern. »Ich wollte, ich wüßte es«, flüsterte er. »Bei Gott, Titch, ich wollte, ich wüßte es.«

*

Sein Zeitgefühl war so vollständig erloschen wie seine Fähigkeit, irgend etwas anderes zu empfinden als Furcht und Verbitterung. Er wußte nicht, ob Minuten oder Stunden vergangen waren, bis Kiina zurückkehrte. Titch hatte ihn für eine kurze Weile allein gelassen, um sich im Haus umzusehen und ihm etwas zu trinken zu bringen, und er mußte wohl eingeschlafen sein, denn das nächste, woran er sich klar erinnerte, waren Titchs schuppige Finger, die seinen Kopf hielten und ihn zwangen, die Lippen zu öffnen und zu trinken; eine bittere, scharf schmeckende Flüssigkeit, die zuerst einen leisen Schmerz und dann wohltuende Wärme in seiner Kehle und danach in seinem Magen auslöste. Und ein nicht minder schuppiges Gesicht, das neben dem Titchs auf ihn herabstarrte und mindestens dreimal so alt war wie das seine.

Skar war froh, Scrat zu sehen. Anders als Titch war er nicht davon überzeugt gewesen, daß der *Daij-Djan* alle Quorrl auf diesem Hof getötet hatte. Trotz ihrer unersättlichen Blutgier war die Bestie nicht dumm; wenn sie tötete, dann nur, wenn es Sinn hatte. Und er war doppelt erleichtert, die alte Quorrl-Heilerin unversehrt zu erblicken; nicht nur, weil er Hilfe jetzt vielleicht dringender benötigte als je zuvor. Den Gedanken, daß der *Daij-Djan* alles Leben auf diesem Hof ausgelöscht haben könnte, hätte er nicht ertragen.

Er wußte nicht, was Titch ihm da einflößte, aber es wirkte; und es wirkte überraschend schnell. Skar konnte regelrecht fühlen, wie sich nach der Wärme eine Woge neuer Kraft in seinem Körper ausbreitete, so schnell, daß er fühlen konnte, wie Schmerz und Übelkeit erloschen und eine neue, nervöse Energie seine Glieder durchströmte. Und es vertrieb nicht nur seine *körperlichen* Beschwerden. Mit der Mattigkeit und dem Schmerz aus seinen Gliedern wich auch gleichzeitig die Düsternis aus seinen Gedanken. Er hatte das Gefühl, daß er für diese – geliehene – Kraft bitter würde bezahlen müssen, aber das war ihm im Moment gleich. Was er jetzt brauchte, das war ein klarer Kopf und die Fähigkeit, aus eigener Kraft auf den Beinen stehen zu können, und zu beidem verhalf ihm Scrats Trank.

Trotzdem blieb er reglos sitzen, als die Quorrl Titch einfach beiseite schob und damit begann, seinen Körper in Augenschein zu nehmen, rasch und sehr kundig, aber nicht besonders behutsam. Titch und sie wechselten ein paar Worte, während Kiina einige Schritte abseits stand und dem Tun der alten Quorrl voller unverhohlenem Mißtrauen zusah.

Skar mußte ein paarmal die Zähne zusammenbeißen, um nicht vor Schmerz aufzustöhnen, als Scrat seine Wunden säuberte und frische Verbände anlegte, die sie mit einer übelriechenden, heftig brennenden Salbe bestrich. Sie arbeitete schnell und mit einer Präzision, die in krassem Gegensatz zu ihrem Alter und dem Zittern ihrer Hände stand, aber Skar registrierte auch, daß sie es ohne Anteilnahme tat. Sie behandelte ihn wie eine Ärztin, die sie war, aber sie tat es auf eine Art, als versorge sie ein kostbares Tier.

»Fühlst du dich kräftig genug, um zu gehen?« fragte Titch, als

Scrat sich ächzend aufgerichtet und einen Schritt zurückgetreten war.

»Das wird er«, antwortete die Quorrl an seiner Stelle. »Aber er ist es nicht.«

Titch fauchte ein einzelnes, zornig klingendes Wort in seiner Muttersprache, das Scrat mit einem trotzigen Blick quittierte, und wollte die Quorrl einfach aus dem Weg schieben, aber Kiina fiel ihm in den Arm.

»Was hat sie damit gemeint?« fragte sie mißtrauisch.

»Der Trank, den er ihm gegeben hat«, sagte Scrat, ohne Titchs warnenden Blick zu beachten. »Er macht ihn stark, Menschenkind. Aber er läßt ihn nur glauben, er wäre es. In Wahrheit nutzt er Kräfte, die er bräuchte, um zu leben, nicht um sich zu *bewegen.*«

Kiina sah den Quorrl gleichermaßen verärgert wie überrascht an, und Titch machte einen zornigen Schritt auf Scrat zu.

»Es ist gut«, mischte sich Skar in den beginnenden Streit ein. »Ich werde vorsichtig sein. Ich danke dir für deine Hilfe.« Er sah Titch fragend an. »Die anderen ...?«

»Leben alle noch«, sagte Titch. »Sie haben nicht einmal gemerkt, was passiert ist.« Er machte eine Geste zur Tür. »Cron will uns sehen.«

Obwohl er allen Grund dazu gehabt hätte, dachte Skar, klang er nicht erleichtert, sondern eher besorgt. Hätte er es nicht besser gewußt, wäre er angesichts Titchs sonderbarer Reaktion sicher gewesen, daß er auch Crons Familie und Gesinde lieber tot als lebendig gesehen hätte.

Er verscheuchte den Gedanken, streifte seinen Mantel wieder über und bedeutete Titch mit Gesten, voran zu gehen. Kiina wollte sich ihnen anschließen, aber Titch schüttelte den Kopf.

»Bleib zurück«, sagte er. »Ich traue Cron nicht.«

»Ich denke nicht daran, allein hier zu bleiben!« widersprach Kiina heftig. »Wie sicher, glaubst du wohl, wäre ich hier allein, wenn ihr nicht zurückkommt?«

»Titch hat recht«, mischt sich Scrat ein. »Besser, du bleibst hier. Ich will auch nach dir sehen.«

»Mir fehlt nichts!« sagte Kiina trotzig. *Und schon gar nichts, was eine* Quorrl *heilen könnte*, fügte ihr Blick hinzu. Aber wenn Scrat die unausgesprochene Beleidigung überhaupt bemerkte, dann schien sie sie nicht sonderlich zu stören. Mit der Selbstverständlichkeit, mit der das Alter über den Widerspruch der Jugend offensichtlich bei allen Völkern hinwegging, ergriff sie Kiinas Arm und zwang sie fast gewaltsam, auf der Truhe Platz zu nehmen, auf der Skar bisher gesessen hatte. Kiina protestierte lautstark und versuchte sich zu wehren, aber das eine war so sinnlos wie das andere: Scrat reagierte nicht auf ihren Protest und die Beschimpfungen, die sie hineinflocht, und sie war zwar alt, aber sie war eine *alte Quorrl*, und somit immer noch gut fünfmal so stark wie das Mädchen.

»Tu, was sie sagt«, sagte Titch ungeduldig. »Vielleicht ist sie der letzte Quorrl, der dir jemals helfen wird, nach dem, was heute passiert ist.« Er drehte sich um und öffnete die Tür, und sie verließen die Kammer, ehe Kiina abermals widersprechen und womöglich eines ihrer endlosen Streitgespräche vom Zaun brechen konnte.

Das Haus war noch immer so unheimlich still, als Skar dicht hinter dem Quorrl auf den Gang hinaustrat. Dann hörte er Geräusche: das Poltern von Schritten über ihren Köpfen und Stimmen, die durch eine nur halb geschlossene Tür drangen, aber all diese Laute klangen sonderbar unwirklich und düster, die Stille schien noch immer da zu sein, als wäre aus der bloßen Abwesenheit von Geräuschen etwas anderes geworden, das sich nicht mehr vertreiben ließ. Unbehaglich sah er sich um, und als sein Blick Titchs Gesicht streifte, wußte er, daß es keine Einbildung war. Auch der Quorrl spürte es.

Sie fanden Cron in der großen Kammer, in der er auch das erste Mal mit ihnen gesprochen hatte, sogar in der gleichen Haltung auf dem geschnitzten Thron hockend, die mächtigen Hände auf den Knien aufgestützt und die Schultern leicht nach vorne gebeugt, so daß er wie eine zu groß geratene, schuppige Kröte aussah.

Aber das war auch alles, was Skar an den Cron erinnerte, den er kennengelernt hatte.

Der Quorrl hatte sich völlig verändert, so radikal, daß Skar ihn wirklich nur noch an seiner hünenhaften Gestalt erkannte. Der Quorrl, den er als Herrn dieses Hofes kennengelernt hatte, war ein Gigant gewesen, nicht nur körperlich. Er hatte Kraft und Entschlossenheit verströmt wie einen spürbaren Geruch, und es war längst nicht nur seine imposante Erscheinung gewesen, die Skar sich in seiner Nähe wie einen Zwerg hatte fühlen lassen.

Nichts war davon geblieben. Was Titch und ihm jetzt gegenübersaß, das war ein gebrochener Mann, in dessen Augen sich Entsetzen breitgemacht hatte, das nie wieder völlig erlöschen sollte. Seine Bewegungen waren matt, und der Spott, der in seiner Stimme liegen sollte, klang einfach nur mitleiderregend.

»Laß deine Waffe stecken«, sagte Cron, als Titch in einer instinktiven Geste die Hand auf das Schwert in seinem Gürtel legte. »Du brauchst sie nicht.«

Titchs Hand löste sich tatsächlich wieder vom Schwert, aber seine Haltung blieb angespannt. Er trat einen halben Schritt zurück und machte mit der freien Hand eine Geste zu Skar, Cron nicht näher zu kommen. Der Quorrl bemerkte die Bewegung sehr wohl, aber er reagierte nicht darauf. Sein Blick war starr auf Skars Gesicht gerichtet, und es war ein Blick, unter dem Skar sich sofort unwohl zu fühlen begann, denn das Feuer darin, das Titch für Zorn oder gar Haß zu halten schien, war in Wirklichkeit Angst. Die Vorstellung, daß ein Wesen wie dieser gigantische Quorrl vor einem Menschen *Angst* haben sollte, erschien Skar im ersten Augenblick absurd. Aber es war so.

»Ihr müßt fort«, sagte Cron unvermittelt. »Ihr könnt nicht ... nicht hierbleiben.«

Skar tauschte einen überraschten Blick mit Titch. Cron sprach schleppend; mühsam und mit jener übertriebenen Betonung, die verriet, wie sehr er sich anstrengen mußte, um überhaupt zu reden. Seine gewaltigen Pranken spannten sich um die Lehnen seines Thronsessels, daß das steinharte Holz knirschte. Als sich sein Blick endlich von dem Skars löste und er wieder Titch ansah, wirkte er wie ein Mann, der versuchte, aus einem tiefen Schlaf zu erwachen, aber große Schwierigkeiten damit hatte.

»Hast du uns rufen lassen, um uns *das* zu sagen?« erkundigte sich Titch mißtrauisch.

Cron lachte: ein düsterer, klirrender Laut, der tief aus seiner Kehle kam und Skar erschaudern ließ. Ohne daß er sich der Bewegung im ersten Moment selbst bewußt wurde, kroch seine Hand wie die Titchs zuvor zum Gürtel und schmiegte sich um die Waffe, die darin steckte. Von Cron ging eine spürbare Bedrohung aus; aber er war nicht sicher, ob sie wirklich Titch und ihm galt.

»Ihr seid die, die sie suchen«, sagte Cron plötzlich.

»Wovon sprichst du?« sagte Titch. Er warf Skar einen warnenden Blick zu, nichts Unbedachtes zu sagen, und Cron registrierte auch dies. Skar nickte fast unmerklich, wobei er sich abermals der Tatsache bewußt war, daß keine noch so winzige Einzelheit ihres stummen Zwiegespräches Cron entgehen konnte.

»Spiel nicht mit mir«, sagte Cron ärgerlich.

Titch sah ihn fragend an, und Cron erwachte nun auch körperlich aus seiner Starre und beugte sich in seinem Stuhl vor. Obwohl er saß, war er noch immer einen guten Kopf größer als Skar und wirkte selbst jetzt noch beeindruckender als Titch, der selbst für einen Quorrl ein Gigant war. Skar mußte sich beherrschen, um nicht unwillkürlich einen Schritt vor Cron zurückzuweichen. Etwas sagte ihm, daß vielleicht ihrer beider Leben davon abhing, daß er jetzt keine Schwäche zeigte.

»Sie haben mir nicht gesagt, *warum* alle Gefangenen getötet werden sollten«, fuhr Cron fort, als weder Skar noch Titch auf seine Frage antworteten. »Aber jetzt weiß ich es. Sie suchen jemanden. Einen *Menschen*. Einen ganz bestimmten Menschen.« Sein Zeigefinger deutete anklagend auf Skar. *»Dich.«*

»Und wenn es so wäre?«

Titch fuhr unmerklich zusammen und warf Skar einen fast beschwörenden Blick zu, aber diesmal reagierte Skar nicht darauf. Cron hatte vollkommen recht: die Zeit, Katz und Maus miteinander zu spielen, war endgültig vorbei.

»Ich habe mich gefragt, warum«, fuhr Cron fort. Er sah Titch an, lachte wieder dieses rauhe, durch und durch humorlose Lachen und wandte sich wieder an Skar. »Ich habe mich gefragt, was an einem einzelnen Mann so gefährlich sein könnte, daß die gesamte Tempelgarde ausrückt, um ihn zu suchen. Ich habe mich gefragt, was ein einzelner Mensch wohl tun könnte, die Tempelpriester selbst zum Eingreifen zu zwingen. Jetzt weiß ich es.«

»Du redest Unsinn«, begann Titch. »Du –«

»Schweig!« donnerte Cron. Für einen Moment, nur für den Augenblick, den er brauchte, dieses eine Wort auszusprechen, war er wieder der alte Cron; ein Quorrl, in dessen Blick eine so zwingende Macht lag, daß selbst Titch nicht widersprach. Aber schon in der nächsten Sekunde sank der Quorrl wieder zurück. Er schloß die Augen.

»Ihr habt nichts von mir zu befürchten«, sagte er. »Wenn es das ist, was du hören willst. Ich kann euch helfen. Viel mehr, als du glaubst, Titch.«

»Ja«, grollte Titch. »Möglichst schnell nach Ninga zu kommen. Auf den Opferaltar. Oder in die Folterkammer der Tempelpriester.« Er machte ein abfälliges Geräusch und wollte sich umdrehen, aber Skar hielt ihn zurück.

»Warte«, sagte er. »Laß ihn reden.«

Titchs Augen blitzten zornig auf. »Reden?« schnappte er. »Worüber? Und wie lange vor allem? Bis Verstärkung aus Ninga hier ist und sie uns festnehmen können?«

»Du warst schon immer ein Narr, Titch«, sagte Cron ruhig. »Und du hast dich nicht verändert.«

Titch ignorierte ihn. »Wir sollten gehen, solange wir es noch können«, sagte er zornig. »Wir hätten gar nicht kommen sollen.«

»Das stimmt«, sagte Cron. »Ihr hättet nicht kommen sollen. Aber die Götter haben nun einmal bestimmt, daß ihr es tatet.«

»Die Götter?« Titch lachte leise. »Du weißt ja nicht, was du da redest, Cron.«

»Dann erkläre es mir«, verlangte der Quorrl. Er zeigte nicht die mindeste Spur von Überraschung. Er hatte Titchs Bemerkung über die Götter durchaus gehört und als das eingestuft, was sie war: nämlich sehr viel mehr als eine bloße *Redewendung*, aber er wirkte nicht erschrocken oder auch nur irritiert, sondern bloß neugierig. Auf eine Art, dachte Skar, als wisse er mehr, als er bisher zugegeben hatte.

Und auch Titch schien das zu spüren, denn er zögerte merklich. Dann aber schüttelte er erneut und noch heftiger den Kopf und machte eine Geste zur Tür hin. »Verschwinden wir.«

»Nein«, sagte Skar zögernd. »Warte. Vielleicht ... können wir ihm trauen.«

»Trauen?« Titch schrie fast. »Nach dem, was passiert ist?« Er warf Cron einen gleichermaßen verächtlichen wie mißtrauischen Blick zu. »Ich habe ihm nie wirklich getraut, Skar, so wenig wie er mir.«

»Warum seid ihr dann hier?« fragte Cron.

Titch fuhr herum. »Weil ich dich kenne, Cron«, sagte er. »Du haßt mich, fast so sehr wie ich dich. Aber noch mehr als mich haßt du die Herrscher in Ninga. Und du bist ein aufrechter Mann. Du würdest mir mit Freuden die Kehle durchschneiden – aber nicht, so lange du in meiner Schuld stehst. Und das tust du.«

»Vielleicht tue ich es immer noch.«

Titch lachte. »Nach dem, was heute nacht geschehen ist?« Er schüttelte heftig den Kopf. »Ich weiß nicht, warum Skar dir plötzlich traut – aber ich kenne dich besser.« Er wandte sich an Skar. Seine Stimme wurde fast beschwörend.

»Vielleicht ist dir nicht klar, was jetzt geschehen wird«, sagte er. »Aber sie werden den Tod dieser Krieger nicht hinnehmen. In drei Tagen, spätestens eine Woche, gibt es diesen Hof nicht mehr.«

»Ich weiß«, antwortete Skar. »Und es tut mir leid.«

»Das ist nicht nötig«, sagte Cron leise. Er deutete auf Skar. »Hätte er es nicht getan, dann hätte ich den *Bestimmer* erschlagen. Und die, die mit ihm gekommen sind.«

Skar wußte im ersten Moment nicht genau, was ihn mehr überraschte – das, was Crons Worte bedeuteten, oder der Umstand, daß der Quorrl wahrhaftig anzunehmen schien, *er allein* hätte dieses Massaker unter den Kriegern angerichtet.

Vielleicht hatte er es ja.

Er verscheuchte den Gedanken und wandte sich mit einem fragenden Blick an Cron. »Ich fürchte, ich ... verstehe nicht, was du meinst«, sagte er unsicher. »Ich habe –«

Cron unterbrach ihn mit einer abgehackt wirkenden Handbewegung. »Ich weiß nicht, wer du bist, Satai«, sagte er. »Ich weiß nicht, *was* du bist. Aber ich weiß, was du getan hast. Und du weißt, was es bedeutet. Spiel nicht mit mir. Ich bin es müde, zu lügen.« Wie um seine Worte zu unterstreichen, ließ er sich schwer gegen die geschnitzte Rückenlehne des Sessels fallen und seufzte; ein lang anhaltender, schmerzerfüllter Laut, der seine Erschöpfung deutlicher machte als alle Worte. »Ich habe gelogen, so lange ich denken kann, Satai«, flüsterte er, mit geschlossenen Augen und einer Stimme, die voller Bitterkeit und Schmerz war. »Mein ganzes Leben war eine Lüge. *Ich* bin eine Lüge.«

»Was soll das bedeuten?«

Cron öffnete mühsam die Augen und lachte. »Frag deinen Freund, Satai. Er kann es dir erklären. Er weiß es. Ich glaube, er weiß es schon lange. Nicht wahr, Titch?«

Titch nickte. »Schon als ich dich das erste Mal sah. Schon vorher.«

»Und trotzdem hast du geschwiegen?«

Titch wollte antworten, aber Cron machte eine Handbewegung, zu schweigen, und drehte sich wieder zu Skar um. »Die Zeit der Lügen ist vorbei, Satai. Sie werden kommen und mich töten, mich und alle anderen. Dein Freund hat recht – in ein paar Tagen wird es diesen Hof nicht mehr geben, und an Cron wird nur noch eine verbrannte Ruine erinnern; und vielleicht die Narben, die ich ihnen schlagen werde, ehe sie mich töten. Aber es spielt keine Rolle mehr. Es ist gut so, wie es gekommen ist. Vielleicht haben die Götter dich zu mir geschickt, vielleicht der Teufel. Du bist nun einmal da, und was du getan hast, ist getan worden. Vielleicht wurdest du gesandt, um das zu tun, wozu ich zu feige war.«

»*Was* zu tun?« fragte Titch betont.

»Ihn zu erschlagen!« antwortete Cron mit unerwarteter Heftigkeit. »Diesen verdammten Tyrannen in Ninga seinen Kopf zu schicken, als die Antwort, die ihnen gebührt.«

Skar sah überrascht zu Titch, aber auch dem Quorrl schien der Sinn dieser Worte nicht ganz klar. Er deutete ein Achselzukken an und machte eine fast hilflose Handbewegung, ehe er sich wieder an Cron wandte: »Du meinst den –«

»Den *Bestimmer!*« antwortete Cron heftig. Er spie das Wort aus wie eine Beschimpfung. »Dieser verdammte Tyrann, der sich als Gott dünkt. Mein Leben lang habe ich unter ihm gelitten, wie alle anderen. Aber ich war zu feige, mich zu wehren. Ihr glaubt, ihr hättet mein Leben zerstört? Das habt ihr nicht. Ihr habt nur getan, wozu ich nicht den Mut hatte. Wenn ich sterbe, dann ist es die gerechte Strafe der Götter für meine Feigheit.«

»Sie sind nicht gerecht«, sagte Skar. Titch fuhr abermals zusammen, und diesmal war in seinem Blick viel mehr Zorn als Warnung, aber Cron schien die Bemerkung überhört zu haben.

»Krieger!« stieß er hervor. »Weißt du, was er von mir verlangt hat? Er wollte *Krieger!* Die Brut eines Jahres, damit sie ihr verdammtes Heer auffrischen können. Wir brauchen Männer und Frauen, die auf den Feldern arbeiten. Die Häuser bauen und Krankheiten heilen und das Vieh hüten, und sie wollen Krieger. Immer nur Krieger!«

Skar verstand nicht ein Wort. Sein Blick irrte verstört zwischen Cron und Titchs Gesicht hin und her, und was er auf den Zügen des Quorrl-Kriegers las, steigerte seine Verwirrung noch mehr. Titch wirkte erschrocken, ja, fast entsetzt, und plötzlich erinnerte sich Skar wieder einer Bemerkung, die Titch irgendwann einmal gemacht hatte, ohne daß er ihren wahren Sinn – oder zumindest ihre Tragweite – wirklich begriffen hatte: *Wir werden als Krieger gezeugt, Skar.*

»Krieger!« sagte Cron noch einmal. »Unser Volk blutet aus. Unsere Kinder hungern, weil nicht genug Männer und Frauen da sind, um die Felder zu bestellen, und aus den eisigen Bergen des Nordens rücken die Ungeheuer näher, weil es keine Jäger mehr gibt, sie im Zaum zu halten. Krankheiten breiten sich aus, weil unsere Heiler sterben, aber es gibt keine neuen. Und sie wollen Krieger von mir!«

»Aber der *Bestimmer* –«, begann Titch, um sofort wieder von Cron unterbrochen zu werden.

»Der *Bestimmer*!« brüllte der Quorrl. »Ich habe gefleht, gebettelt, gedroht. Ich habe ihm den Hof gezeigt. Die Greise, die die Arbeit von Männern verrichten müssen. Die Felder, die veröden, und die Ernten, die das Ungeziefer auffrißt, weil keiner mehr da ist, sie einzubringen! Er hat nur gelacht.«

Skar erinnerte sich des heftigen Streites zwischen Cron und dem in dem buntbestickten Mantel. Jetzt wußte er wenigstens, worum es dabei gegangen war. Nur verstand er es nicht. Jedes Wort, das Cron sprach, steigerte seine Verwirrung eher noch.

Mit einer hilflosen Geste wandte er sich an Titch. »Wovon redet er?«

»Später«, sagte Cron rasch. »Er kann dir alles erklären. Der Weg, der vor euch liegt, ist weit genug, und ihr werdet froh sein, etwas zum Reden zu haben. Jetzt ist keine Zeit.«

»Welcher Weg?« fragte Titch.

Cron lachte leise. »In die Höhlen von Caran.«

Was immer sich hinter diesem Namen verbarg – es reichte aus, Titch unter seinem Schuppenpanzer erbleichen zu lassen. »Du –«

»Ich«, unterbrach ihn Cron mit erhobener Stimme und Hand, »bin vielleicht ein Feigling, Titch, aber ich bin nicht halb so dumm, wie du glaubst.« Er lachte hart. »Ich habe die Lügengeschichte, die du mir aufgetischt hast, keine Sekunde lang geglaubt. Ich bin selbst ein zu guter Lügner, um die Unwahrheit nicht zu erkennen, wenn ich sie höre. Vor allem, wenn sie von einem kommt, der das Lügen so wenig gewohnt ist wie du, Titch.« Er beugte sich leicht im Sessel vor und deutete mit der Hand auf Skar. »Ihr wollt nach Ninga, du und dieser Satai und das Menschenjunge, das euch begleitet. Ich weiß nicht, was ihr dort wollt, und ich denke, es ist vielleicht sogar besser, wenn ich es nicht weiß. Aber ich weiß, daß ihr ganz bestimmt nicht dorthin wollt, weil du deine Familie suchst, Titch. Und diese beiden sind nicht bei dir, weil du irgendein närrisches Gelübde

abgelegt hast.«

Skar sah Titch verwundert an. »Ist es das, was du ihm erzählt hast?«

»Und wenn?« knurrte Titch.

»Dann hat er recht«, antwortete Skar. »Jedes Kind hätte sich eine bessere Geschichte ausdenken können.«

»Ich kann euch helfen«, sagte Cron. »Es ist möglich, in den Tempel einzudringen. Es ist schwer, aber es ist möglich. Ich kann euch sagen, wie.«

»Wie kommst du auf die Idee, daß wir das wollen?« fragte Skar mißtrauisch.

»Weil du stirbst, Satai«, antwortete Cron. »Weil das Menschenjunge und du den Tod in euch tragt.«

»Unsinn«, sagte Titch.

»Ich habe mit Scrat gesprochen«, erwiderte Cron seufzend, in einem Ton, als rede er mit einem uneinsichtigen Kind. »Deine Freunde sterben. Das Weibchen irgendwann, er –« Er deutete wieder auf Skar. »– schon bald. In wenigen Wochen, vielleicht eher. Ihr wollt in den Tempel. Ihr wollt das Wasser des Lebens stehlen, um ihre Leben zu retten.« Er zögerte spürbar. »Aber ihr wollt noch mehr«, fuhr er fort. »Ich weiß nicht was. Ein Mann wie du würde nicht sein Leben und seine Ehre aufs Spiel setzen, um einen *Menschen* zu retten.«

»Du täuschst dich, Cron«, sagte Skar. Plötzlich hatte er das absurde Bedürfnis, Titch zu verteidigen. »Titch ist . . . nicht mehr der, als den du ihn kennengelernt hast. Er würde es tun. So wie ich für ihn«, fügte er hinzu.

»Und wenn!« erwiderte Cron hart. »Er ist ein Krieger, und Krieger ändern sich nicht. Nicht so. Aber es spielt keine Rolle mehr. Und es ist mir gleich. Von mir aus reißt diesen verdammten Tempel nieder. Ich schlage euch ein Geschäft vor, dir und deinem Krieger-Freund.«

»Was für ein Geschäft?« fragte Titch mißtrauisch.

»Den Weg nach Ninga gegen das Leben meiner Jungen«, antwortete Cron. »Ihr bekommt, was ihr braucht – Pferde, Nahrung und Waffen, und das geheime Wort, das euch den Weg in die Höhlen weist.«

Titchs Überraschung war nicht zu übersehen. »Du –?!«

»Ich kenne es, Titch«, bestätigte Cron mit einem leisen, fast spöttischen Lachen. »Oh, ich weiß, du hast mich immer verdächtigt, in Wahrheit zu ihnen zu gehören. Aber du hast es mir nie beweisen können, nicht? Ich weiß, daß du es versucht hast. Hättest du auch nur geahnt, wie sehr mich dein Herumspionieren und Forschen amüsiert hat, in all den Jahren, du hättest mich schon aus bloßem Zorn erschlagen.« Er schüttelte den Kopf, als Titch ihn unterbrechen wollte. »Du hattest recht, Titch. Ich gehöre zu ihnen. Ich *bin* einer von ihnen. Und ich bin nicht der einzige. Es gibt mehr von uns, als ihr ahnt.«

»Warum ... erzählst du mir das alles?« fragte Titch zögernd. Sein Mißtrauen hatte sich nicht gelegt; ganz im Gegenteil. Skar sah, daß seine Hand wieder begonnen hatte, am Griff des Schwertes zu spielen.

»Vielleicht, weil *er* dir vertraut«, antwortete Cron mit einer Kopfbewegung auf Skar. Mit hörbarem Spott fügte er hinzu: »Wie könnte ich einem Mann mißtrauen, der die Freundschaft des Todes genießt?«

»Also – was verlangst du?« fragte Skar rasch, ehe Titch reagieren konnte. Er hatte das Gefühl, daß zwischen diesen beiden ungleichen Quorrl mehr war, als er auch nur ahnte.

»Was ich gesagt habe«, antwortete Cron. »Ihr bringt die Eier nach Caran. Als Gegenleistung wird man euch den geheimen Weg nach Ninga verraten. Dein Leben und das des Weibchens gegen das meiner Jungen, das ist ein faires Geschäft, finde ich.«

»Warum tust du es nicht selbst?« fragte Titch mißtrauisch.

»Weil ich keine Chance hätte«, antwortete Cron. »Sie würden mich jagen. Sie würden mich stellen und töten, noch ehe ich den halben Weg geschafft hätte, und sie würden meine ungeborenen Kinder dazu verdammen, zu etwas wie du zu werden.«

Aber das war nicht die Wahrheit. Skar spürte es, und auch Titch schien zumindest zu ahnen, was in dem Quorrl wirklich vorging. Cron mochte durchaus die Wahrheit sagen, aber es war nicht die Angst vor Gefangenschaft oder Tod, aus der er beschlossen hatte, hierzubleiben, denn beides erwartete ihn hier hundertmal sicherer als auf dem Weg nach Caran. Cron hatte aufgegeben, und Skar hatte das bereits gespürt, als er dieses Zimmer betrat. Der Quorrl war innerlich bereits tot, und vielleicht nicht einmal erst seit heute. Wenn er hierblieb und auf seine Henker wartete, dann war das nur die konsequente Fortsetzung dieses lautlosen Sterbens. Für einen Moment verspürte Skar ein tiefes Mitgefühl mit dem Quorrl.

»Nehmt ihr an?« fragte Cron, als weder Titch noch Skar antworteten.

»Haben wir eine Wahl?« fragte Skar.

Cron lachte. »Nein. Es sei denn, ihr wollt hierbleiben und mir helfen, noch ein paar von diesen Hunden zu erschlagen.«

»Begleite uns«, sagte Skar plötzlich; und wider besseres Wissen. Er wußte, daß Cron es weder wollte noch konnte. »Du kannst –«

»Nehmt ihr an?« unterbrach ihn Cron.

Für die Dauer von fünf, zehn endlosen Atemzügen sagte niemand ein Wort, dann nickte Titch. »Ja. Das Leben deiner Kinder gegen unseres.«

Es war kein Zufall, dachte Skar, daß er das Wort *Kinder* benutzte, statt *Brut* oder *Junge* zu sagen, wie unter den Quorrl üblich, und auch Cron entging dieser Unterschied nicht. In seine Augen trat ein nachdenklicher, fast verwirrter Ausdruck. Aber er ging nicht darauf ein, sondern nickte nur. »Mein Wort gegen deines.« Er seufzte, schloß wieder die Augen und legte den Kopf gegen die Sessellehne. Für einen Moment sah er aus, als wäre er bereits tot.

Skar wollte noch etwas sagen, aber Titch bedeutete ihm mit einem wortlosen Kopfnicken, daß es jetzt besser war, zu schweigen. Ohne ein weiteres Wort drehten sie sich um und gingen zu Kiina und Scrat zurück.

*

Sie verließen den Hof noch in der gleichen Stunde. Kiina wirkte sonderbar bedrückt, als Skar und Titch zu ihr zurückkehrten, und sie sah ihn auf eine Art an, die ihm klar machte, daß Scrats Verschwiegenheit nicht so weit reichte, wie er gehofft hatte. Aber sie sagte kein Wort, erkundigte sich nicht einmal, was sie mit Cron gesprochen hatten, sondern folgte ihnen stumm, als sie das Haus verließen und zu den Ställen hinübergingen.

Die drei Pferde – Tiere, die weitaus kräftiger und zäher waren als die, die Cron ihnen am vergangenen Abend gegeben hatte – waren bereits gesattelt und bepackt, als wäre Cron schon vorher sicher gewesen, daß sie sein Angebot annehmen würden. Dazu kamen drei weitere Tiere, von denen eines mit den geschnitzten Truhen beladen war, die Skar schon in der Nacht aufgefallen waren. Er verbiß sich auch jetzt jede Frage nach ihrem Inhalt, aber nach dem Gespräch mit dem Quorrl war er nicht mehr besonders schwer zu erraten.

Erst, als sie den Hof bereits verlassen hatten, brach Kiina das lastende Schweigen und wandte sich mit der Frage an Titch, was jetzt weiter geschähe. Titch beantwortete sie, wenn auch sehr unwillig und mit nur knappen Worten. Kiina schwieg eine ganze Weile, dann fragte sie: »Und woher willst du wissen, daß sie die Wahrheit nicht aus Cron herauspressen?«

»Herauspressen? Aus einem Mann wie Cron?«

»Sie könnten ihn foltern«, gab Kiina zu bedenken.

Darauf antwortete Titch überhaupt nicht. Mit steinernem Gesicht drehte er sich wieder im Sattel um und trieb sein Pferd zu schnellerer Gangart an.

Aber weniger als eine halbe Stunde danach blickte Skar noch einmal in die Richtung zurück, in der Crons Hof lag, und sah den Widerschein von Flammen am Himmel.

*

Sie ritten ohne Pause bis spät in den Abend hinein, und wie auf der ersten Etappe ihres Weges durch das Land der Quorrl mieden sie bewohnte Gegenden und die Nähe von Dörfern. Ihr Weg führte sie jetzt nicht mehr direkt nach Norden, sondern mehr in östliche Richtung, und das Donnergrollen Ningas, von dem Skar noch immer nicht wußte, was es nun eigentlich bedeutete, wurde allmählich wieder leiser. Als sie am Abend, eine gute Stunde nach Sonnenuntergang, ihr Lager aufschlugen, war es nur noch zu erahnen, und vielleicht nicht einmal das. Vielleicht hörte Skar es nur noch, weil er wußte, daß es da war.

Während Titch das Lager aufzuschlagen begann, nahm Kiina einen Teil der Vorräte aus den Satteltaschen, die Cron ihnen mitgegeben hatte, und bereitete eine einfache Mahlzeit vor: leichten Wein und gesalzenes Fleisch, das sie roh hinunterschlingen mußten, denn sie wagten es nicht, ein Feuer zu entzünden.

Sie aßen schweigend, und auch hinterher sagte niemand ein Wort, bis Skar die Stille nicht mehr aushielt und er aufstand, um ein paar Schritte zu gehen. Titch sah ihm nach, reagierte aber nicht einmal auf seinen Blick, während Kiina fast krampfhaft versuchte, *nicht* in seine Richtung zu blicken und so zu tun, als wäre sie in Gedanken versunken; wobei Skar allerdings ganz genau bemerkte, daß sie ihn aus den Augenwinkeln heraus scharf beobachtete.

Er schluckte die Bemerkung hinunter, die ihm auf der Zunge lag, und ging scheinbar ungerührt weiter. In seinem Innern jedoch brodelte es. Kiina war den ganzen Tag über wortkarg gewesen und ihm ausgewichen, so gut dies möglich war. Und es war wirklich erstaunlich, welch einen großen Bogen man um einen anderen schlagen konnte, ohne sich weiter als zwei oder drei Schritte von ihm zu entfernen.

Sie hatten ihr Lager am Rande eines kleinen Waldfleckens aufgeschlagen, dessen drahtiges Unterholz ihnen wenigstens in der Nacht Schutz vor einer zufälligen Entdeckung gab und das nicht mehr als vierzig, allerhöchstens fünfzig Schritte durchmaß, so daß kaum die Gefahr bestand, daß er sich etwa verirrte. Trotzdem entfernte sich Skar nur so weit von Kiina und Titch, daß er ihre Gestalten noch als unscharfe Schatten erkennen konnte, ehe er stehenblieb und sich müde an einen Baum lehnte.

Für einen Moment spürte er nichts als den Wunsch, zu schlafen. Der Ritt war anstrengend gewesen, und Scrats Trank hatte längst seine Wirkung verloren. Er spürte jede Meile, die sie zurückgelegt hatten, wie eine unsichtbare Zentnerlast auf den

Schultern. Und gleichzeitig hatte er Angst davor, sich hinzulegen und die Augen zu schließen. Zeit war so kostbar geworden; viel zu kostbar, um sie mit Schlaf zu verschwenden.

Du stirbst, Satai. In einer Woche, längstens einem Monat.

Seltsam – er hatte sich immer eingeredet, keine Angst vor dem Tod zu haben. Jetzt, da der Tod zu etwas Realem, Näherkommenden geworden war, hatte er Angst vor ihm, ganz entsetzliche Angst sogar. Vielleicht, weil es sich um eine andere Art des Sterbens handelte als die, die über lange Jahre seines Lebens sein Weggefährte gewesen war. Der Tod auf dem Schlachtfeld war ihm bekannt und vertraut, fast so etwas wie ein alter Freund, auf dessen Ankunft er stets gefaßt gewesen war. Aber das hier war ... anders. Auf eine Art anders und schlimmer, die Skar nicht in Worte fassen konnte.

Er verscheuchte den Gedanken, öffnete mit einem Ruck wieder die Augen und atmete tief ein. Er war drauf und dran gewesen, im Stehen einzuschlafen. Er fühlte sich schlecht. In seinem Mund war schon wieder dieser bittere Kupfergeschmack – sein Zahnfleisch blutete jetzt fast immer – und seine tastende Zunge verriet ihm, daß einige seiner Zähne locker waren. Das Gift, das Kiina und er in Elay eingeatmet hatten, wirkte vielleicht langsam, aber unerbittlich.

Als wäre dieser Gedanke ein Stichwort gewesen, tauchte das Gesicht der *Margoi* vor seinem inneren Auge auf; die pergamentene Totenfratze, in die der graue Staub ihr Antlitz verwandelt hatte. Vielleicht war es das, was ihm solche Angst machte, dachte Skar. Er hatte seinen eigenen Tod gesehen, und was er in der Höhle unter Elay erblickt hatte, das war entsetzlich gewesen. Entsetzlich und eines Menschen unwürdig. Er wußte, daß er nicht *so* sterben würde.

Skar verscheuchte auch diesen Gedanken, löste sich endgültig von seinem Platz und ging zu den anderen zurück. Aber er setzte sich nicht wieder zu Kiina und dem Quorrl, sondern blieb abermals stehen und trat nach sekundenlangem Zögern zu den Pferden. Eines der Tiere reagierte mit einem verlangenden Schnauben auf seine Annäherung. Skar lächelte, hob die Hand und streichelte seine Blesse. Das Tier revanchierte sich mit einem freundschaftlichen Stupser seiner großen, feuchten Nase, der Skar fast aus dem Gleichgewicht gebracht hätte.

»Sei vorsichtig«, sagte Titch hinter ihm. »Sie sind Reiter gewöhnt, die zehnmal so stark sind wie du.«

Skar drehte sich überrascht zu dem Quorrl um. Er hatte nicht einmal gehört, daß Titch aufgestanden und näher gekommen war. Entweder hatte sich der Quorrl besonders leise bewegt, oder seine Sinne verloren allmählich ihre gewohnte Schärfe, dachte Skar beunruhigt.

»Jetzt übertreibst du«, sagte er, um seine Verlegenheit zu überspielen.

Titch zuckte mit den Achseln und begann seinerseits die Stirn des Tieres zu streicheln. »Meinetwegen auch nur dreimal.«

Skar sah zu der Stelle hinüber, an der er Titch und Kiina das letztemal gesehen hatte. Das Mädchen war nicht mehr da.

»Wo ist Kiina?« fragte er.

Titch zuckte abermals mit den Schultern. »Ich weiß es nicht. Sie geht ein wenig herum, denke ich.«

»Du meinst, sie geht mir aus dem Weg.«

»Hätte sie denn einen Grund dazu?« Titch sah ihn noch immer nicht an, sondern schien voll und ganz damit beschäftigt, das Pferd zu tätscheln, das seine rauhen Liebkosungen mit einem Geräusch quittierte, das fast an das Schnurren einer Katze erinnerte.

»Ich weiß es nicht«, antwortete Skar. »Vielleicht. Was hat Scrat ihr erzählt?«

»Die Wahrheit, denke ich«, antwortete Titch. »Ich habe so wenig mit ihr gesprochen wie du. Aber wenn Scrat es noch nicht getan hat, dann solltest du es tun – und zwar bald. Morgen abend werden wir Caran erreichen. Es kann sein, daß uns dann nicht mehr viel Zeit zu langen Erklärungen bleibt. Sie wird sich fragen, warum wir sie überhaupt mitnehmen, auf eine so gefährliche Mission.«

»Kaum«, antwortete Skar. »Sie ist ein Kind, und sie ist –«

»– nicht dumm«, fiel ihm Titch ins Wort. »Ich an ihrer Stelle hätte mir diese Frage längst gestellt, und du auch, Satai.«

»Ich habe ihr versprochen, sie mitzunehmen.«

»Unsinn«, sagte Titch überzeugt. »Versprechen hin oder her – du bist kein Mann, der dafür bekannt ist, unnötige Risiken einzugehen. Und *sie* ist ein Risiko. Ein größeres, als du wahrhaben willst.«

Skar sah ihn scharf an. Obwohl sie kaum anderthalb Meter auseinanderstanden, konnte er Titchs Gesicht nicht erkennen, denn die Nacht war sehr dunkel. Aber die Stimme des Quorrl klang nervös. Er war nicht nur aufgestanden, um mit ihm zu plaudern; nicht einmal, um über Kiina zu reden.

»Erzähl mir von Caran«, sagte er übergangslos. »Und –« Er deutete auf die beiden geschnitzten Truhen, die sie vom Sattelgurt des Packpferdes gelöst und in zwei Schritten Abstand am Waldrand deponiert hatten. »– davon.«

Titchs Blick folgte seiner Geste, und trotz der Dunkelheit konnte Skar den Schatten erkennen, der über seine Züge huschte.

»Caran«, murmelte er. »Ich fürchte, es gibt nicht viel, was ich dir darüber erzählen kann. Ich weiß, daß die Höhlen existieren, und ich weiß, wo sie sind, aber das ist auch alles. Sie sind das Versteck der Bastarde. Ihre ...« Er lächelte flüchtig. »... ihre Räuberhöhle, würdest du sagen. Sie leben dort, wenn sie nicht gerade auf Raubzug gehen oder eine Stadt niederbrennen.«

»Auf Raubzug?« Nach allem, was Skar während seines kurzen Aufenthaltes in diesem Land über das Volk der Quorrl und vor allem über ihre Art zu leben gelernt hatte, fiel es ihm schwer, die Vorstellung von Räuberbanden zu akzeptieren, und er sagte es Titch.

Der Quorrl nickte. »Oh, sie sind auch keine Räuber, wie du sie kennst«, sagte er. »Sie stehlen und rauben, um zu leben, das ist wahr, aber sie tun es nicht aus Überzeugung, oder weil es ihnen Freude bereitet. Sie haben keine andere Wahl.«

»Das klingt wie eine Verteidigung.«

»Das ist es auch«, bekannte Titch mit überraschender Offenheit. »Ich verstehe sie. Obgleich ich viele von ihnen erschlagen habe.«

»Dann ist es für dich nicht ungefährlich, zu ihnen zu gehen.«

»Es ist lange her«, antwortete Titch ausweichend. »Und du weißt doch, ein Quorrl sieht aus wie der andere. Ich glaube nicht, daß sie mich erkennen.«

Skar blieb ernst. Aber er ging nicht weiter auf das Thema ein – wenn Titch ihm sagen wollte, wer die Bastarde waren und was sie in Caran erwartete, dann würde er es tun, und wenn nicht, dann nutzte alles Fragen und Drängen nichts –, sondern kniete nach ein paar Augenblicken neben einer der Truhen nieder und versuchte den Deckel zu öffnen. Obwohl er nicht in seine Richtung sah, spürte Skar, daß Titch ihn aufmerksam beobachtete. Aber der Quorrl schien nichts dagegen zu haben, und so drückte und schob er so lange an dem primitiven Mechanismus des Schlosses herum, bis er mit einem Klicken aufsprang. Behutsam hob er den Deckel der Kiste an und sah hinein.

Obwohl er gewußt hatte, was er finden würde, war er überrascht.

Im Innern der Truhe befand sich ein hölzernes, mit weichem Stoff ausgeschlagenes Gestell, in dem zahllose, gelblichgrün schillernde Eier lagen. Jedes war so groß wie eine Kinderfaust, und obgleich ihre Oberflächen nicht glatt waren, sondern aus winzigen überlappenden Schuppen bestanden, machten sie auf Skar einen höchst zerbrechlichen Eindruck. Zögernd streckte er die Hand aus und hielt inne, als Titch eine Bewegung machte.

»Faß sie nicht an, bitte.« Titch trat neben ihn, blickte einen Moment mit undeutbarem Ausdruck in die Truhe und bat Skar dann mit einer Geste, den Deckel wieder zu schließen. Skar gehorchte.

»Was werden sie damit tun?« fragte Skar. »Sie ausbrüten?«

Titch lachte leise. »Das ist nicht nötig. Wir sind keine Vögel, Skar. Und auch keine Kröten, auch wenn wir so aussehen. In genau hundert Tagen werden die Jungen schlüpfen, und sie werden nichts mit ihnen tun. Und das ist genau das, was Cron wollte. Nichts.«

»Du meinst, sie werden nicht zu Kriegern heranwachsen«, vermutete Skar.

»Das werden sie sogar ganz bestimmt«, erwiderte Titch. »Zumindest einige von ihnen, denn die Bastarde sind Krieger.«

»War Crons Opfer dann nicht sinnlos?«

Titch schüttelte heftig den Kopf. »Es gibt einen Unterschied, Skar. Aber ich weiß nicht, ob du ihn verstehst.«

Ehe er antwortete, sah Skar sich noch einmal um. Von Kiina war nichts zu sehen. Die Nacht war zwar dunkel genug, daß sie in ein paar Schritten Entfernung stehen konnte, ohne daß er sie sah, aber er spürte, daß es nicht so war. Irgendwie hatte er stets gefühlt, wenn sie in seiner Nähe war. »Erkläre ihn mir.«

»Es sind die Bestimmer, die das Schicksal festlegen«, sagte Titch. »Sie und die Priester des heiligen Tempels in Ninga.« Er deutete auf die Truhen. »Sie bestimmen, was aus diesen Eiern schlüpfen wird.«

»Wie?« fragte Skar. Er war weder überrascht noch schockiert. Crons Worte waren zwar verwirrend gewesen, aber doch eindeutig, zusammen mit dem, was er schon vorher von Titch erfahren hatte. Es gab mehr Unterschiede zwischen seinem Volk und dem der Quorrl als das Aussehen.

»Das weiß niemand«, antwortete Titch. »Einmal im Jahr, wenn der Winter vorüber ist, ziehen die Bestimmer durch das Land und sammeln die Brut ein, um sie nach Ninga zu holen. Bringen sie sie zurück, so steht fest, ob es Krieger oder Handwerker, Bauern oder Kaufleute sein werden.«

»Und das glaubt ihr?« Skar schüttelte zweifelnd den Kopf.

»Es ist so«, sagte Titch überzeugt. »Oh, ich weiß, was du jetzt denkst, aber du täuschst dich. Es ist kein Trick. Kein Hokuspokus, um ein abergläubisches Volk im Zaum zu halten. Sie wissen vorher, was aus der Brut wird. Der Bestimmer erfragt die Wünsche der Ahnen und wägt ab, was gut für sie und was gut für unser Volk ist.«

»Das ist doch Unsinn!« protestierte Skar. »Du hast es selbst gesagt, Titch: sie schlüpfen so oder so, und –«

»Du verstehst immer noch nicht«, unterbrach ihn Titch. »Hast du schon vergessen, was Ennart dir erzählt hat? Wir sind nicht wie ihr. Wir wurden gemacht, Skar. Wir sind Werkzeuge. Das dort in den Kisten, das ist nur das Rohmaterial, der Stahl, der in Ninga geschmiedet wird. Und nur seine Herren bestimmen, zu welcher Form. Sieh mich an. Ich bin ein Krieger. Ich bin es immer gewesen, vom Tage meiner Geburt an, und ich werde es sein, solange ich lebe. Es spielt keine Rolle, ob ich es will oder nicht. Ich kann nicht anders. Etwas in mir ... etwas in diesen ungeborenen Quorrl dort, wird ... verändert.«

»Außer, sie werden nicht nach Ninga gebracht«, sagte Skar düster.

Titch antwortete nicht sofort. Seine Stimme war leiser geworden, während er sprach, und bitterer, und es war wieder derselbe, hilflose Zorn darin, den Skar schon einmal gehört hatte, als Titch über sein Volk sprach.

»Ja«, flüsterte er nach einer Weile. »Außer, sie werden zu Bastarden. Vielleicht werden auch sie eines Tages zu Kriegern werden, und vielleicht sogar zu wilderen und zornigeren Kriegern, als ich je einer war, oder irgendeiner meiner Männer. Aber es wird ihre Entscheidung sein, und das ist der Unterschied. Dafür hat Cron sein Leben gegeben. Nicht für dich oder mich.«

»Und dafür bist du bereit, deines zu opfern«, sagte Skar ernst.

»Vielleicht.«

»Aber begreifst du denn nicht?« sagte Skar. »Es ist nicht wahr, Titch. Ihr könnt aus eurem Schicksal ausbrechen! Das, was du tust, beweist es doch!«

»Was tue ich?«

»Du lehnst dich gegen sie auf. Du selbst bekämpfst sie, obwohl du behauptest, es nicht zu können.«

»Aber ich bleibe ein Krieger«, sagte Titch beinahe sanft. »Meine Feinde haben sich geändert, nicht ich. Ich wurde zum Kämpfen gemacht, und ich werde kämpfen. Ich kann nichts anderes. Sowenig wie du.« Er senkte müde das Haupt, und Skar spürte, daß der Quorrl jetzt nicht weiter reden würde, ganz gleich, was er sagte.

Und es war auch nicht nötig. Mit wenigen Sätzen hatte Titch ihm mehr über das Volk der Quorrl verraten, als wahrscheinlich jemals ein lebender Mensch gewußt hatte, mehr als irgendein

Mensch wissen durfte. Und er ahnte, daß dieses Geheimnis größer und schrecklicher war, als er jetzt schon begreifen mochte, der wahre Grund, aus dem das Schuppenvolk aus dem Norden so hart war, und so unbarmherzig jeden vernichtete, der den Grenzen seines Landes auch nur nahe kam, denn es würde untergehen, an gebrochener Selbstachtung sterben wie ein Mensch an gebrochenem Herzen, würde jemals bekannt, was sie wirklich waren.

Seltsam, dachte Skar. Die Dinge hatten sich verkehrt. Nichts war mehr so, wie es war. Aus den Menschen, dem Volk, das sich als die rechtmäßigen Herren Enwors dünkte, waren die Eroberer geworden, Diebe, die nicht weniger als eine ganze Welt gestohlen hatten, und das Volk, das als Inbegriff der Härte und des Schrekkens galt, der Quorrl, erschien ihm plötzlich empfindsamer und verwundbarer, als es die Menschen jemals gewesen waren.

Er sah auf, las die unausgesprochene Frage in Titchs Blick und nickte fast unmerklich. Ich werde schweigen. Und Titch seinerseits las die Antwort in seinen Augen.

»Was wirst du tun, wenn wir Ninga erreichen?« fragte er.

Und er las auch die Antwort auf diese Frage in Titchs Blick, ehe der Quorrl sie aussprach.

»Es zerstören«, antwortete Titch.

*

Er schlief ein, bevor Kiina zurückkehrte, und er träumte. *In seinem Traum stand er wenige Schritte neben ihrem improvisierten Nachtlager und blickte auf sich selbst und Kiina herab, die nebeneinander und in dünne Decken eingerollt schliefen, und auch auf Titch, der nicht schlief, sondern zusammengekauert dahockte und über sie beide wachte, seinen zweiten, unsichtbaren Traumkörper aber nicht bemerkte. So wenig wie den Daij-Djan, der hinter ihm stand und Skar spöttisch zuwinkte, ehe er sich – so langsam, als lege er besonderen Wert darauf, daß er jede seiner Bewegungen auch ja mitbekäme –, herumdrehte und zu den Pferden hinüberging.*

Skar folgte ihm, als er sich den Tieren näherte. Eines der Pferde hob den Kopf und begann unruhig mit den Hufen zu scharren, ein zweites schnaubte, als spüre es die Annäherung der Bestie, und wie in einer besonders sorgfältigen Choreografie seines Traumes sah auch Titch für einen Moment stirnrunzelnd auf und blickte zu den aneinandergebundenen Tieren hinüber.

Dann beruhigten sich die Pferde, als der Daij-Djan an ihnen vorüberging und sich Crons Truhe näherte. Seine Klaue berührte das Schloß und zerbrach es.

Was tust du da? fragte Skar.

Der Daij-Djan winkte ihm spöttisch zu, griff mit der anderen Hand in die Truhe und nahm eines der Eier hervor. In seiner Hand wirkte es größer, als es war, sonderbarerweise aber noch verletzlicher, und Skars Herz schien einen schmerzhaften Sprung zu machen, als er begriff, was die Sternenbestie vorhatte.

Halt! rief er. Tu es nicht!

Tatsächlich zögerte der Daij-Djan; aber nur für eine Sekunde. Dann schloß sich seine Kralle fester um das Ei und zermalmte es. Die grüne Schale zerbrach ohne einen Laut. Eine farblose Flüssigkeit quoll zwischen den Fingern des Daij-Djan hervor, und etwas, das in Skars Augen wie ein zappelnder winziger Körper aussah, obwohl er sich verzweifelt einzureden versuchte, daß das nicht möglich war, daß in diesen Hunderten und Aberhunderten von Eiern noch kein wirkliches Leben sein konnte, *denn sie waren erst wenige Tage alt.*

Er trat auf den Daij-Djan zu, senkte die Hand auf das Schwert und blieb abrupt stehen, als sich das Ungeheuer nach einem zweiten Ei bückte und es aus der Truhe nahm.

Nicht! flehte er. Ich bitte dich!

Wieder zögerte der Daij-Djan; und diesmal länger als das erste Mal. Seine Kralle schloß sich abermals um das Ei, aber er zerstörte es nicht, sondern blickte Skar nur durchdringend an. Du bittest mich, Bruder? flüsterte er. Worum? Um das Leben dieser Tiere, das noch nicht einmal eines ist?

Sie sind keine Tiere! protestierte Skar. Sie haben nichts mit dir und mir zu tun! Laß sie in Ruhe.

Aber du täuschst dich, sagte der Daij-Djan. Sie haben alles *mit dir und mir zu tun. Sie sind der Grund, aus dem ich erschaffen wurde. Aus dem* wir beide *erschaffen wurden, Bruder. Sie zu vernichten, existieren wir.*

Seine Hand schloß sich mit einem Ruck um das Ei und zerquetschte es wie das erste.

Skar schrie auf, riß sein Schwert aus dem Gürtel und warf sich mit einem zweiten, gellenden Schrei auf die Bestie.

Der Daij-Djan wich seinem Hieb aus wie ein Schatten. Die Klinge fuhr mit einem schmetternden Schlag in den offenstehenden Deckel der Truhe und spaltete ihn, und die Erschütterung ließ fast ein Dutzend der kostbaren Eier aus ihren Gestellen rutschen. Zwei oder drei von ihnen zerbrachen, als sie auf dem Boden der hölzernen Truhe aufschlugen.

Der Daij-Djan lachte böse, drehte sich fast gemächlich um und näherte sich der zweiten Kiste, und Skar schrie wie unter Schmerzen auf, setzte ihm nach und hob seine Waffe zu einem mit aller Macht geführten, beidhändigen Hieb.

Er hatte vergessen, daß er nur noch eine Hand hatte. Als er zuzugreifen versuchte, prallte sein Armstumpf mit aller Macht gegen den stählernen Griff des Schwertes, und diesmal schrie er vor Schmerz auf. Er taumelte, fühlte sich plötzlich von unmenschlich starken Händen gepackt und durch die Luft geschleudert. Der Aufprall hätte ihm alle Knochen im Leibe zerbrochen, wäre er wirklich und nicht nur im Traum angegriffen worden, und hätte nicht ein Busch dem Sturz die ärgste Wucht genommen.

Aber auch so schoß ein entsetzlicher Schmerz durch seinen Rücken und nahm ihm den Atem. Für Sekunden wogten rote und graue Nebel vor seinen Augen, und er kämpfte – absurd genug – gegen die Bewußtlosigkeit.

Als er wieder sehen konnte, packte die Klaue des Daij-Djan seine Brust und riß ihn mit brutaler Kraft in die Höhe. Das Gesicht der Sternenbestie schwebte dicht vor dem seinen, vor Haß und Wut zu einer Grimasse verzerrt, und seine Stimme kreischte etwas, das er nicht verstand.

Skar schrie auf, ballte die Hand zur Faust und schlug mit der furchtbaren Gewalt zu, die nur Todesangst oder absolute Wut hervorbrachte. Er spürte, daß er traf und irgend etwas in der schuppigen graugrünen Fratze vor ihm zerbrach, und begriff, daß er nicht mehr träumte.

Das Gesicht vor ihm gehörte nicht dem *Daij-Djan*, sondern Titch, und auch die Hand, die ihn in die Höhe gerissen hatte, war die des Quorrl. Sonderbarerweise lag er in dem gleichen, stacheligen Busch, in den ihn der *Daij-Djan* in seinem Traum geschleudert hatte, und auch das Schreien des Ungeheuers war noch immer in seinen Ohren, nur daß es jetzt Titchs Stimme war, die wie von Sinnen brüllte, und *seine* Faust, die ihn gepackt hatte und schüttelte. Skar versuchte sie beiseite zu schieben, aber das hätte er nicht einmal geschafft, wenn er im Vollbesitz seiner Kräfte gewesen wäre. Der Quorrl tobte wie ein Besessener. Sein Gesicht war aufgeplatzt und voller Blut, wo ihn Skars Faust getroffen hatte, und in seinen Augen loderte ein Ausdruck, der an Mordlust grenzte.

»Du!« brüllte er. *»Was hast du getan?! Warum hast du das getan?!«* Er schleuderte Skar zu Boden, riß ihn sofort wieder in die Höhe und warf ihn mit solcher Wucht gegen einen Baum, daß er vor Schmerz fast das Bewußtsein verlor. Wie durch einen Nebel aus Blut und treibenden schwarzen Schlieren sah Skar, wie er das Schwert aus dem Gürtel hob und in die Höhe riß.

Aber er schlug nicht zu. Plötzlich begannen seine Hände zu zittern. Er ließ die Waffe fallen, taumelte einen Schritt zurück und hob die Hände, in einer hilflosen, fast verzweifelt wirkenden Geste. »Warum?« wimmerte er.

Skar sank langsam in die Knie. Schmerz und Schwäche waren so schlimm, daß er abermals das Bewußtsein zu verlieren drohte, und er wußte, daß Titch ihn töten würde, wenn das geschah.

Und trotzdem war es nicht dieser Gedanke, der ihn in die Wirklichkeit zurückriß.

Es war der Anblick der Truhe hinter dem Quorrl.

Ihr Deckel stand offen und war fast auf ganzer Länge gespalten, und von ihrem Rand tropfte eine wasserklare, schleimige Flüssigkeit zu Boden. Neben ihr, im niedergetrampelten Gras, lagen die zerquetschten Überreste zweier grüngelber, kinderfaustgroßer Eier.

Er hatte nicht geträumt.

Er lag unweit der Stelle, bis zu der er dem *Daij-Djan* gefolgt war.

Nicht im Traum.

»Warum?« flüsterte Titch. »Ich habe dir vertraut, Satai. Ich habe dir vertraut wie nie zuvor einem anderen, und du –«

»Er war es nicht, Titch«, sagte Kiina.

Titch fuhr herum und starrte sie an, und auch Skar hob mühsam den Kopf und blinzelte zu dem Mädchen hinüber. Kiina war neben der aufgebrochenen Truhe auf die Knie gesunken und blickte aus ungläubig geweiteten Augen auf ihren Inhalt und das, was damit geschehen war. »Sieh doch!«

Der Quorrl zögerte, machte eine unschlüssige, halbe Bewegung, wie um sich umzudrehen und zu ihr zu gehen, und starrte dann wieder auf Skar hinab. Seine Lippen bewegten sich, ohne daß Skar den mindesten Laut hörte, und seine gewaltigen Pranken zuckten, als könne er sich kaum noch beherrschen, ihn nicht zu packen und zu zerreißen.

»Bitte, Titch«, sagte Kiina. »Komm hierher und sieh dir das an!«

Diesmal reagierte der Quorrl. Zögernd ging er zu ihr hinüber, blieb stehen und beugte sich vor, um die Stelle zu betrachten, auf die ihre ausgestreckte Hand deutete. Dann erstarrte er.

Skar stemmte sich hoch, machte einen Schritt und fiel wieder auf die Knie herab, ehe es ihm gelang, seinem geschundenen Körper so viel Kraft abzutrotzen, daß er sich die wenigen Schritte zu Kiina und dem Quorrl schleppen konnte – und vergaß zum zweiten Mal für Sekunden Schmerz und Schwäche, als er begriff, was Kiina entdeckt und Titch gezeigt hatte.

In dem niedergetrampelten Gras neben der Kiste waren Fußspuren: seine, die Kiinas und die größeren, viel tieferen Abdrücke Titchs eisenbeschlagener Stiefel.

Und eine vierte Spur.

Sie war kleiner als selbst die Kiinas, und das feuchte Gras begann sich bereits wieder aufzurichten, denn der Körper, der sie hinterlassen hatte, war kaum schwerer als ein Kind gewesen.

Und es war nicht die Spur eines Menschen, sondern der Abdruck eines kleinen, hornigen, harten Fußes mit nur drei Zehen, die in rasiermesserscharfen gebogenen Krallen endeten.

Die Spur des *Daij-Djan*.

*

»Also?«

Nur dieses eine Wort. Aber etwas in Titchs Stimme machte es zu mehr als einer Frage; selbst mehr als einem Befehl. Sie hatten kein Wort gesprochen, seit Kiina die Spur des *Daij-Djan* entdeckt hatte, sondern nur die Pferde gesattelt, ihr weniges Gepäck und die beiden kostbaren Truhen auf den Packtieren festgeschnallt und den improvisierten Lagerplatz verlassen, so schnell es nur ging; ein Ritt durch eine stockfinstere Nacht, den ihre Eile zu einer Flucht und das unwegsame Gelände zu einem halsbrecherischen Risiko gemacht hatten. Erst jetzt, als das kleine Waldstück meilenweit hinter ihnen lag und sie sich wenigstens der Illusion hingeben konnten, in Sicherheit zu sein, gestattete Titch ihnen, wieder langsamer zu reiten. Und erst jetzt stellte er die Frage, auf die Skar die ganze Zeit über mit klopfendem Herzen gewartet hatte.

Und es war mehr als eine bloße Frage. Von Skars Antwort würde alles abhängen: Titchs weiteres Verhalten, mit Sicherheit Skars und vielleicht sogar Kiinas Leben; und möglicherweise das Schicksal ganz Enwors.

Er antwortete nicht gleich, und Titch wiederholte seine Frage auch nicht, sondern sah ihn nur stumm und mit steinernem Gesicht an, aber in seinen Augen war eine Härte, die Skar niemals zuvor an ihm gesehen hatte. Zum allerersten Mal war er wirklich das, was die meisten Menschen unter dem Wort Quorrl verstanden: ein Killer. Ein Ding, noch nicht ganz Mensch, aber auch nicht mehr Tier, das nur aus Kraft und Zorn bestand und zu nichts anderem als zum Töten gemacht war. Plötzlich hatte Skar Angst vor ihm; vor der Veränderung, die mit ihm vonstatten gegangen war.

Und doch war dies nicht der Grund, aus dem er nicht sofort

antwortete. Er zögerte auch nicht etwa, um sich eine Ausrede einfallen zu lassen, obgleich er weiß Gott Zeit genug dazu gehabt hätte; und aus dem Stehgreif ein Dutzend Geschichten, die überzeugender waren als die Wahrheit. Aber er spürte einfach, daß Titch es wissen würde, wenn er ihn belog; und gleichzeitig hatte er Angst davor, sie auszusprechen, als ahne etwas in ihm, daß das *Ding*, das dort draußen in der Nacht umherschlich und ihn belauerte, mit jedem Male stärker wurde, wenn er seine Existenz bestätigte. Der *Daij-Djan* war wie eine Lüge: er wurde wirklicher, je öfter er über ihn sprach.

»Du hattest recht«, sagte er schließlich. »Er war die ganze Zeit über da.«

»Seit wann?« fragte Titch. Seine Stimme war kalt wie die einer Maschine, und vielleicht war es gerade das, was sie so drohend und furchteinflößend machte. »Seit Elay? Seit Drasks Burg? Oder schon vorher?«

»Seit mehr als zwanzig Jahren, Titch«, murmelte Skar. »Und ich glaube, schon länger. Vielleicht seit dem Tag meiner Geburt. Er ist ein Teil von mir.«

»Den du natürlich haßt.« Der Spott in Titchs Stimme tat weh.

»Ja. So wie du den Krieger in dir.«

Titch machte eine zornige Handbewegung. »Ich will nicht mit dir diskutieren, Satai. Behalte deine geschliffenen Worte für dich. Ich weiß, daß du besser reden kannst als ich. Ich will einfach nur die Wahrheit hören. Wer bist du? Was willst du wirklich, und wozu hast du mich gebraucht?«

Skar hielt sein Pferd mit einem so heftigen Ruck am Zaumzeug an, daß das Tier vor Schmerz schnaubte und auszubrechen versuchte. Er brachte es zur Räson, ohne die Bewegung auch nur bewußt zu registrieren. Plötzlich spürte er nichts anderes als Wut; einen Zorn, der aus Hilflosigkeit geboren war und fast körperlich weh tat. *»Verdammt!«* brüllte er. »Was willst du hören? Daß ich dich die ganze Zeit über angelogen habe? Ja, zum Teufel, ich habe es! Aber nicht, weil es mir Spaß macht, sondern weil ich dieses ... dieses *Ding* genauso fürchte wie du. Und ich hasse es, ja! Ich hasse es mehr, als du dir vorstellen kannst!«

Titch blieb ganz ruhig. Skars Zornesausbruch prallte von ihm ab, ohne daß sich auch nur etwas an seinem Blick änderte, geschweige denn an der eisigen Entschlossenheit, die Skar spürte. Dafür lenkte Kiina ihr Pferd mit einer heftigen Bewegung herum und versuchte das Tier zwischen Skars und Titchs Pferde zu drängen, was ihr aber nicht gelang.

»Wovon redet ihr?« fragte sie. Ihr Blick irrte haltlos zwischen Titchs und Skars Gesichtern hin und her, und was sie sah, ließ sie mit jeder Sekunde ängstlicher werden. »Was ... was bedeutet das alles. Titch! Was hat das zu bedeuten? Was waren das für Spuren? Was meint ihr? Skar!«

»Sag es ihr«, grollte Titch.

»Bitte, Titch, ich glaube nicht, daß das –«

»Sag es ihr!« verlangte Titch noch einmal, leise, scharf und im gleichen, keinen Widerspruch duldenden Ton wie zuvor. »Sag ihr alles, Satai. Ihr und mir. Jetzt! Oder ich schwöre dir, daß ich auf der Stelle kehrtmache und dich allein weiterreiten lasse. Nicht«, fügte er bitter und mit einem abfälligen Verziehen der Lippen hinzu, »daß ich noch glauben würde, daß das einen Unterschied macht.«

Kiina hob in einer hilflosen, flehend wirkenden Geste die Hände. »Was soll er mir sagen?«

»Die Wahrheit über den *Daij-Djan*«, flüsterte Skar. »Das Wesen, dessen Spuren du gefunden hast.« *Aber er war nur ein Schatten, der keine Spuren hinterließ.* »Das Ding, das die Krieger auf Crons Hof erschlagen hat.«

»Der *Daij-Djan*?« Kiinas Reaktion verriet deutlich, daß sie diesen Namen nicht zum ersten Mal hörte. »Aber ich dachte, er wäre ... vernichtet. Der *Dronte* ...«

»Deine Mutter hat dir von ihm erzählt«, vermutete Skar, ehe ihm einfiel, daß nicht nur Gowenna Kiina die Geschichte von ihrer ersten Begegnung mit der Sternenbestie erzählt hatte, sondern er selbst. Trotzdem verbesserte er sich nicht, sondern fuhr fort: »Aber sie hat dir nur erzählt, was sie *glaubte*.«

»Und was hat sie *geglaubt*?« fragte Titch auf eine Art, die Skar erneut zusammenfahren und den Quorrl fast verzweifelt anblikken ließ. Die Bitterkeit in Titchs Stimme tat ihm weh; mehr als je zuvor.

»Daß er nur ein Ungeheuer war«, sagte er zögernd. »Ein ... *Ding*. Ein Geschöpf der Sternengeborenen, wie der *Dronte* oder die *Ultha* – oder das *Netz*.« Er machte eine Handbewegung, die klar machte, daß er die Aufzählung beliebig fortsetzen konnte. »Aber das war er nicht. Er hat nur einen Körper bekommen, damals. Aber er war schon immer da. In mir.«

»In *dir*?« Kiina versuchte zu lachen, aber es gelang ihr nicht. In die verunglückte Mimik, zu der ihr Spott geriet, mischte sich eine erste Spur aufkeimenden Entsetzens, das sich nur noch einen Moment hinter Hysterie verbergen konnte.

»Was ... was meinst du ... damit?« stammelte sie.

»Nicht so wie in Helth«, sagte Skar rasch. »Er ... er gehört zu mir. Er ist ein Teil von mir, so wie ... wie ich ein Teil von ihm bin.«

Es war so schwer, es in Worte zu fassen; vielleicht, weil auch er selbst bis jetzt nicht *wirklich* begriffen hatte, wie viel seiner Seele seinem Dunklen Bruder gehörte, und wie wenig noch ihm. Vielleicht war es genau umgekehrt, und vielleicht war *er* der Schatten, ein lächerlich zappelndes Etwas, das sich einbildete, Herr über ein Leben zu sein, in dem es in Wahrheit nur geduldet gewesen war, von Anfang an. »Ich habe geglaubt, ich könnte ihn besiegen«, fuhr er fort. »Aber ich bin mir nicht mehr sicher.«

Titch starrte ihn an. Er schwieg, verzog nicht einmal eine Miene, aber Skar spürte genau, daß ihm diese Worte nicht reichten. Er hatte den Quorrl belogen, vielleicht nur einmal, aber es war einmal zu oft gewesen. Und plötzlich riß Titch sein Pferd herum, rammte ihm die Fersen in den Leib und sprengte davon, so schnell, daß Skar nicht einmal Zeit fand, einen Ruf auszustoßen, um ihn zurückzuhalten. Die Nacht verschluckte den Quorrl binnen Sekunden. Nur das dumpfe Dröhnen seiner Hufschläge war noch für eine Weile zu hören, bis auch dieses Geräusch leiser wurde und schließlich ganz verklang.

»Er wird wiederkommen«, sagte Skar leise, zu Kiina gewandt und ohne wirkliche Überzeugung. *Denn wenn nicht, dann ist das unser Todesurteil. Auch seines.* »Er kommt bestimmt zurück. Er ... braucht sicher einfach eine Weile für sich.«

Er drehte sich im Sattel um und sah Kiina an, aber das Mädchen schien seine Worte gar nicht gehört zu haben. Aus weit aufgerissenen Augen starrte es in die Nacht hinaus, in die Richtung, in der Titch verschwunden war; aber Skar war fast sicher, daß sie etwas ganz anderes sah.

»Kiina«, sagte er schleppend. »Ich –«

»Erzähl es mir«, unterbrach ihn Kiina. »Alles.«

Skar blickt sie an, schwieg, und sah schließlich zu Boden. Er wollte reden, endlich mit jemandem reden, der sein dunkles Geheimnis mit ihm teilte und es ihm somit ein wenig leichter machte, es zu ertragen; und gleichzeitig fürchtete er sich davor wie vor nichts anderem auf der Welt.

Aber dann sah er auf und glaubte einen Schatten zu sehen, ein flüchtiges schwarzes Huschen vor der noch dunkleren Farbe der Nacht, und mit dem Wind wehte ein unhörbares böses Lachen zu ihm heran, ein Geräusch, das voller Spott und Hohn war, aber auch das Versprechen auf kommenden, noch größeren Schrecken mit sich brachte, und etwas wie Trotz regte sich ihn ihm.

Skar begann zu reden.

*

Er sprach lange. Skar achtete nicht auf die Zeit, aber es mußte eine Stunde sein, in der er redete; langsam, leise und mit fast teilnahmsloser Stimme, und Kiina zuhörte; wortlos, starr und mit ausdruckslosem Gesicht. Er erzählte ihr alles; alles, woran er sich erinnerte und alles, was ihm während des Redens noch einfiel, und das war eine Menge. Sie war der erste Mensch in seinem Leben, der die Geschichte seines Dunklen Bruders von Anfang an hörte, und, ohne daß er irgend etwas wegließ oder beschönigte. Während er sprach, geschah etwas mit ihm; eine Art Läuterung, die es ihm ermöglichte, ehrlicher zu ihr zu sein, als er es jemals sich selbst gegenüber gewesen war. Sie erfuhr mehr von seinem Leben, als selbst Del jemals gewußt hatte, und irgendwie spürte er, daß sie es auch besser verstand als er; vielleicht, weil sie während all der Zeit kein Wort sagte, sondern nur zuhörte, ihm nicht einmal mit einem Lächeln oder einem Stirnrunzeln zu verstehen gab, daß sie etwas verstand oder mißbilligte, sondern einfach zuhörte. Aber als er zu Ende gekommen war und sich die Pause in seinen Worten lange genug ausdehnte, Kiina begreifen zu lassen, daß es nichts mehr zu erzählen gab, war sie es, die das Schweigen brach.

»Du tust mir so leid, Skar«, sagte sie. Worte, die pathetisch, vielleicht sogar albern geklungen hätten, bei jeder anderen denkbaren Gelegenheit. Aber jetzt spürte er, daß sie ehrlich gemeint waren, und sie schienen ihm das wertvollste Geschenk, das er jemals bekommen hatte. Er hob die Hand, um sie zu berühren, wagte es aber dann nicht, sondern lächelte nur dankbar und sah sie an.

Kiina hielt seinem Blick ruhig stand. In ihren Augen war keine Spur von Furcht, sondern nur genau das, was sie gerade mit Worten ausgedrückt hatte: ein tiefes, vollkommen ehrlich gemeintes Mitleid, das ihn mit einem Gefühl von Wärme und Dankbarkeit erfüllte. Zum ersten Mal in seinem Leben machte ihn Mitleid nicht zornig, und er spürte plötzlich, wie viel, wie unendlich viel er versäumt und verloren hatte, einfach dadurch, daß er ein Leben fast ohne Freundschaft und Gefühle gelebt hatte. Stärker als je zuvor fühlte er sich zu dem Mädchen hingezogen, und heftiger als je zuvor fragte er sich, ob sie das war, wofür er sie hielt. Aber er brachte nicht einmal jetzt den Mut auf, sie zu fragen. Er hatte Angst, alles zu zerstören, wenn er nicht die Antwort bekam, die er hören wollte. Und vielleicht, dachte er, wollte er sie gar nicht wissen. Es mochte sein, daß es Lügen gab, die gut waren.

Irgendwann, nach einer langen Zeit, in der sie einfach in vertrautem Schweigen nebeneinander gesessen hatten, ohne sich wirklich zu berühren und doch näher, als Skar jemals einem Menschen gewesen war, stiegen sie wieder auf ihre Pferde und ritten weiter, in die Richtung, die Titch ihnen bedeutet hatte.

*

Gegen Morgen kam Regen auf, der nicht lange anhielt, aber einen eisigen Hauch über dem Land zurückließ, Kälte jener besonders unangenehmen Art, die nicht einmal sehr heftig war, aber unerbittlich durch jedes Kleidungsstück und jeden Schutz kroch und Skar das Gefühl gab, in einen Mantel aus schneidendem Glas eingehüllt zu sein. Er hatte Schmerzen; viel heftigere, als er Kiina gegenüber zugab, und er fühlte sich schwach und krank, und die Kälte ließ ihn jede winzige Verletzung, jeden Schnitt und jeden Kratzer auf seiner Haut doppelt intensiv spüren.

Er begann Kiina auszuweichen, auf die gleiche Art, auf die sie ihm ausgewichen war, vorher – ohne sich wirklich weiter als zwei, drei Schritte von ihr zu entfernen, ohne auch nur ihrem Blick auszuweichen oder sich mit einer Miene anmerken zu lassen, was wirklich in ihm vorging, und doch spürbar. Kiina mußte die Mauer, die er zwischen ihr und sich selbst aufrichtete, so deutlich fühlen, wie er es umgekehrt getan hatte. Der Gedanke schmerzte ihn, um so mehr, als er völlig andere Gründe hatte als sie: sie wußte, daß er krank war, und sie wußte wohl auch, daß er sterben würde, aber er wollte nicht, daß sie sah, wie schlimm es wirklich war. Trotz allem war er noch immer – jetzt erst recht – der einzige Schutz, den sie hatte.

Aber das stimmt doch gar nicht, Bruder, wisperte die Stimme des Versuchers hinter seiner Stirn. *Ich bin bei euch. Ich kann auch ihr helfen. Wenn das alles ist, was du willst, dann schenke ich dem Mädchen dasselbe wie dir. Unsterblichkeit. Macht.*

Skar ignorierte das körperlose Wispern. Er war nicht einmal sicher, ob es wirklich dagewesen war, oder ob er es sich nur einbildete; ganz einfach, weil ein Teil von ihm diese Worte hören wollte, so sehr, wie der andere Teil sich davor fürchtete. Vielleicht war der *Daij-Djan* gar nicht da; vielleicht war er nie dagewesen. Vielleicht wurde er schlicht und einfach verrückt.

Trotzdem ertappte er sich dabei, ganz automatisch den Kopf zu heben und aus zusammengekniffenen Augen in den Regen hinauszublinzeln, der noch immer fiel. Aus den strömenden eisigen Fluten war ein kaum sichtbares Nieseln geworden, das aber fast noch kälter war. Die winzigen Tropfen stachen wie Nadeln in sein Gesicht und taten in den Augen weh. Skar ignorierte auch diesen neuerlichen Schmerz und versuchte, das allmählich aufweichende Grau der Dämmerung mit Blicken zu durchdringen.

Sie ritten weiter nach Norden, ohne im Grunde wirklich zu wissen, wohin, oder gar warum, denn wenn Titch nicht zurückkam, dann waren sie so gut wie tot.

Nein, verbesserte sich Skar in Gedanken. Dann waren sie nicht so gut wie tot, dann waren sie tot, zwei Verlorene in einem Land, das nicht nur voller Feinde, sondern selbst ihr Feind war. Irgend etwas sagte Skar, daß sie hier nicht leben konnten, selbst wenn es die Quorrl und die Ssirhaa und alle anderen Ungeheuer, die sich noch in Cants finsteren Wäldern verbergen mochten, nicht gegeben hätte. Er hatte Ennarts Worte keine Sekunde vergessen: Diese Welt wurde gemacht, Satai. Und mehr noch als für irgendeinen anderen Teil Enwors galt dies für Cant. Es war ein Land, das geschaffen worden war, von Wesen, die er sich nicht einmal vorzustellen vermochte, und für Wesen, die den Menschen so fremd und unverständlich waren wie sie umgekehrt ihnen. Es war das Land der Quorrl, ihre ureigendste Heimat, in der nur sie leben konnten, und niemand sonst. Mit einem Mal fielen ihm all die Geschichten und Legenden über die Quorrl wieder ein; Geschichten, an deren Verbreitung er selbst früher kräftig mitgewirkt hatte. Sie waren lächerlich, eine wie die andere. Selbst wenn die Quorrl gewollt hätten – sie konnten Enwor gar nicht erobern. Ganz einfach, weil sie auf Dauer so wenig in der Lage waren, dort zu leben, wie die Menschen Enwors in diesem Land.

Nicht die Quorrl, die du kennst, flüsterte der *Daij-Djan. Aber vielleicht die, die Ennart und seine Brüder noch erschaffen werden.*

Ennart ist tot! dachte Skar zornig.

Bist du sicher, Bruder?

Sei still, antwortete Skar in Gedanken.

Aber warum? Hast du immer noch Angst vor der Wahrheit, Bruder?

Vor dem, was du Wahrheit nennst, ja, antwortete Skar auf die gleiche, lautlose Weise. Trotzdem mußte etwas von seinem stummen Zwiegespräch mit jenem finsteren Teil seiner selbst spürbar sein, denn Kiina blickte plötzlich erschrocken hoch und sah ihn irritiert an. Skar wandte rasch den Blick und tat so, als konzentriere er sich völlig auf den aufgeweichten Weg. Sie bewegten sich dicht am Waldrand entlang, und auch das war etwas, was ihm Sorge machte – spätestens ihr letztes Gespräch mit Cron hatte ihm klargemacht, daß Cants Wälder nicht so leer und unbewohnt waren, wie es den Anschein hatte. Aber sie mußten jede Deckung ausnutzen, die sie bekommen konnten. Sie waren mehr als nur vogelfrei, ohne Titchs Begleitung, wie er sich in jeder Sekunde schmerzhaft vor Augen hielt. Wenn sie irgend jemand entdeckte – buchstäblich *irgend jemand* – waren sie tot.

Außer, du nimmst meine Hilfe an.

»Verschwinde endlich«, sagte Skar. Er sagte es laut, schrie es fast, und wieder sah Kiina auf und blickte ihn gleichermaßen fragend wie erschrocken an, sagte aber auch jetzt kein Wort. »Ich brauche dich nicht!«

Bist du sicher, Bruder? antwortete der *Daij-Djan* spöttisch. *Dann sieh nach Westen.*

Skar tat es – und fuhr erschrocken zusammen, obgleich er zumindest geahnt hatte, was er sehen würde. Der *Daij-Djan* tat niemals etwas durch Zufall oder ohne Grund. Er hatte auch den Moment, wieder mit ihm zu sprechen, sorgsam gewählt.

Vielleicht hatte er sogar dafür gesorgt, daß die Quorrl ausgerechnet jetzt auftauchten, dachte Skar verbittert. Mittlerweile traute er dem Monster alles zu. Es hatte die Macht eines Gottes, auch wenn er das bis jetzt nicht hatte wahrhaben wollen.

Es waren viele. Durch den nieselnden Regen und das blaßgraue Licht der Dämmerung fiel es Skar schwer, ihre Zahl zu schätzen, aber es mußten zwanzig sein, möglicherweise auch fünfzig oder zweihundert, das blieb sich gleich – es waren so oder so zu viele, um sich ihnen zu stellen.

Seine Hand glitt zum Schwert, verharrte einen Moment auf dem Griff der Waffe und löste sich wieder davon, ohne sie zu ziehen. Daß er die Quorrl gesehen hatte, bedeutete nicht, daß auch sie schon entdeckt worden waren. Sie waren nur zwei – vier, mit den Packpferden – aber sie hatten den Wald hinter sich, eine schwarze Mauer, die ihre Schatten verschlingen mußte.

»Was hast du?« fragte Kiina, die seinen Schrecken natürlich bemerkt hatte.

Skar deutete stumm nach Westen, und nach ein paar Augenblikken verriet ihm der Ausdruck auf Kiinas Gesicht, daß auch sie die näher kommenden Reiter bemerkt hatte. Zu Skars Überraschung zeigte sie keine Spur von Schrecken oder gar Panik, sondern biß sich nur nachdenklich auf die Lippen und deutete dann auf den Waldrand.

Skar nickte, hob aber fast im gleichen Moment abwehrend den Arm, als Kiina unverzüglich ihr Pferd wenden und ins Unterholz führen wollte.

»Unsere Spuren«, sagte er mit einer besorgten Geste zu Boden. »Sie reiten fast genau auf uns zu. Sie werden sie sehen.«

In dem aufgeweichten Morast, zu dem der Regen das Erdreich gemacht hatte, waren die Hufabdrücke ihrer Pferde tatsächlich kaum zu übersehen; nicht einmal für Wesen, die nicht über die scharfen Sinne eines Quorrl verfügten.

»Sie werden uns sehen, wenn wir noch lange hier herumstehen«, sagte Kiina betont. Sie machte eine ungeduldige Handbewegung. »Was hast du vor? Auf den Knien herumrutschen und die Spuren verwischen?«

»Nein«, antwortete Skar. »Aber ich ...« Er brach ab, warf einen sichernden Blick zu den Quorrl zurück – sie waren näher gekommen, aber noch nicht so weit, daß sie sie hätten sehen können – und zog schließlich doch sein Schwert. Mit der Spitze des Tschekal deutete er auf den Wald.

»Steig vom Pferd«, sagte er. »Aber paß auf. Du darfst keine Fußspuren hinterlassen. Versteck dich irgendwo.«

»Ja«, sagte Kiina sarkastisch. »Das beste wird sein, ich klettere auf einen Baum und sehe zu, wie sie dich abschlachten.«

»Ich habe nicht vor, mich umbringen zu lassen«, antwortete Skar ärgerlich. Das hatte er wirklich nicht. Er war sicher, daß es

Momente gab, in denen ein Opfer sinnvoll war, aber dieser gehörte ganz gewiß nicht dazu.

»Ich reite zwei-, dreihundert Schritte weiter und verstecke mich dann auch«, sagte er. »Vielleicht sehen sie unsere Spuren ja gar nicht. Und wenn doch, ist es ziemlich sinnlos, daß sie uns beide erwischen, oder?«

Er gab Kiina gar keine Gelegenheit, erneut zu widersprechen, sondern versetzte ihr einen Stoß, der sie halbwegs aus dem Sattel warf, so daß sie ganz instinktiv nach einem tiefhängenden Ast griff und sich daran festklammerte. Ehe sie auch nur begriff, was er tat, griff er nach den Zügeln ihres Pferdes und sprengte los. Kiina stürzte mit einem Wutschrei zu Boden, aber Skar wußte, daß der weiche Morast ihren Sturz dämpfte, und sprengte weiter, ohne sich auch nur noch einmal nicht ihr umzudrehen. Die beiden Packpferde folgten ihm ganz instinktiv.

Skar ritt wirklich nur eine kurze Strecke. Die zwei-, dreihundert Schritte, die er Kiina gegenüber zugegeben hatte, und dann noch einmal die gleiche Distanz, als Referenz an Kiinas Sturheit und die scharfen Sinne der Quorrl. Schließlich entdeckte er eine Lücke zwischen den Bäumen; keinen richtigen Weg oder gar eine Lichtung, aber eine schmale Bresche, die ihm und den Pferden Deckung gewährte und – mit ein bißchen Glück – von den Quorrl nicht gesehen wurde.

Aber es schien so, als wäre sein Vorrat an Glück endgültig aufgebraucht. Die Quorrl waren näher gekommen, und als sie nahe genug heran waren, daß Skar trotz des schlechten Lichtes Einzelheiten erkennen konnte, sah er seine Befürchtungen gleich in doppelter Hinsicht bestätigt: es waren weitaus mehr als zwanzig Reiter – mindestens fünfzig, schätzte er, wenn nicht hundert – und sie bewegten sich tatsächlich fast genau auf die Stelle am Waldrand zu, an der er sich von Kiina getrennt hatte.

Skar drängte Kiinas Pferd und die beiden Packtiere rücksichtslos in das dornige Unterholz des Waldrandes hinein, band ihre Zügel hastig aneinander und zwang dann sein eigenes Tier, ein paar Schritte rückwärts zu gehen, bis sich die Bresche wieder genug erweitert hatte, um es herumzudrehen. Dann band er es ebenfalls an einen Ast, stieg aus dem Sattel und näherte sich behutsam dem Waldrand.

Seine Vorsicht war keineswegs übertrieben.

Die Quorrl hatten den schmalen Saumpfad am Wald erreicht und haltgemacht. Ein paar der riesigen Schuppengestalten war aus den Sätteln gestiegen und schien den Boden zu untersuchen, die anderen bildeten einen weit geschwungenen, aber fast geschlossenen Dreiviertelkreis vor den Bäumen. Sie hatten ihre Spuren entdeckt, dachte Skar düster. Und sie brauchten nicht einmal einen besonders talentierten Fährtenleser, um zu erkennen, daß sie erst wenige Minuten alt waren.

Geduckt schlich er zu seinem Pferd zurück, stieg wieder in den Sattel und griff nach dem Zügel. Er war weniger besorgt, als er Kiina gegenüber den Anschein erweckt hatte. Sicher, er war nicht in seiner besten Form, aber er hatte ein Quorrl-Pferd, ein ausgesucht kräftiges Tier sogar, und er wog zweihundertfünfzig Pfund weniger als die schuppigen Kolosse, die eine halbe Meile hinter ihm Aufstellung genommen hatten. Skar glaubte nicht, daß es ihm besondere Schwierigkeiten bereiten würde, den Quorrl einfach davonzureiten.

Was ihm Unbehagen bereitete, war Kiina. Er war nicht sicher, daß es ihm gelang, alle Quorrl vom Waldrand fortzulocken. Und er war noch sehr viel weniger sicher, daß Kiina die Nerven behalten würde, falls die Quorrl etwa auf die Idee kamen, in unmittelbarer Nähe ihres Versteckes ein Lager aufzuschlagen.

Aber welche Wahl hatte er schon?

Skar zog abermals sein Schwert, ritt bis zum Waldrand und hielt wieder an. Sorgsam legte er die Waffe vor sich über den Sattel, wickelte den Zügel um den Stumpf seines linken Armes und zog zweimal prüfend daran, bis er sicher war, das Tier auf diese Weise wenigstens notdürftig dirigieren zu können.

Wie er erwartet hatte, hatte sich ein kleiner Trupp von der Hauptmacht der Quorrl gelöst und folgte seiner Spur, wobei sie sich erfreulich ungeschickt anstellten: tief über die Hälse ihrer Pferde gebeugt, entgingen ihre Gesichter zwar dem stechenden Regen, ihren Augen aber auch alles, was weiter als fünf oder sechs Schritte vor ihnen war.

Skar war nahe daran, den Quorrl einfach etwas zuzuschreien, damit sie ihn entdeckten, befürchtete dann aber, damit eher ihr Mißtrauen zu erwecken. Statt dessen stach er dem Pferd mit der Schwertspitze leicht in die Flanke.

Das Tier stieß ein schrilles Wiehern aus und machte einen Satz, und im gleichen Moment flogen die Köpfe der vordersten Quorrl in die Höhe. Eine Sekunde später drang ein vielstimmiger, gellender Schrei durch das Rauschen des Regens an Skars Ohr, und als er das Pferd wieder unter Kontrolle hatte und herumriß, begann der Boden hinter ihm unter dem Stampfen gleich mehrerer Dutzend eisenbeschlagener Hufe zu dröhnen.

Und fast in der gleichen Sekunde hörte er einen Schrei: dünn, voller Panik und Entsetzen und so weit entfernt, daß er fast im Gebrüll der Quorrl unterging – aber es war eindeutig Kiinas Stimme!

Skar fluchte, riß das Pferd in vollem Galopp herum und mußte abermals um sein Gleichgewicht kämpfen, als sich das Tier mit einem schmerzerfüllten Kreischen auf die Hinterläufe aufrichtete. Irgendwie gelang es ihm, das Tier wieder in seine Gewalt zu bringen – und dann war er unter den völlig verblüfften Quorrl wie ein schwarzer Racheengel, dessen Schwert gleich zwei, drei der schuppigen Gestalten auf einmal aus den Sätteln fegte.

Es war pures Glück, daß er die nächsten Augenblicke überlebte; und wahrscheinlich einzig der Fassungslosigkeit der Quorrl zu verdanken, die mit allem gerechnet haben mochten – nur nicht damit, von einem einzelnen Menschen *angegriffen* zu werden. Es war kein wirklicher Kampf – Skars mächtiges Schlachtroß ritt die Quorrl, die nicht schnell genug zur Seite sprangen, einfach über den Haufen, und dann war er auch schon hindurch und preschte auf die Hauptmacht der Reptilienkrieger zu, noch immer rasend schnell und mit hoch erhobenem Schwert, das Tod versprach.

Etwas stimmte nicht.

Skar spürte es, noch ehe er es sah, mit der Erfahrung des Kriegers, der zu viele Kämpfe hinter sich gebracht hatte, um noch von irgend etwas überrascht zu werden. Die Armee der Quorrl – ein unüberwindbarer Wall aus stahlgepanzerten Pferden und Leibern, an dem er einfach zerschmettern mußte, hielt ihn nicht auf, sondern teilte sich vor ihm, in einer blitzschnellen, fast eleganten Bewegung, die so fließend und leicht war, als wäre sie tausendfach geübt worden, und er hörte wieder Kiinas Schrei und sah sie dann auch, eine winzige, sich windende Gestalt im Brennpunkt des durchbrochenen Dreiviertelkreises, den die Quorrl bildeten, schreiend vor Furcht und gehalten von drei riesigen schuppigen Gestalten, von denen eine Skar den Eindruck vermittelte, sie kennen zu müssen, ohne daß er sie wirklich erkannte, während ihm zwei der Krieger (Großer Gott, es waren Krieger! dachte Skar entsetzt) mit gezückten Schwertern und hoch erhobenen Schilden entgegentraten, er spürte, daß die Quorrl nicht nur nicht richtig reagierten, sondern daß dies nichts anderes als eine Falle war, daß die Quorrl keine Sekunde auf sein Täuschungsmanöver hereingefallen waren, sondern wahrscheinlich schon gewußt hatten, wo Kiina war, ehe sie den Waldrand erreichten, und daß er ganz genau das tat, was sie von ihm erwarteten, alles in einer einzigen Sekunde und einem einzigen, ebenso lähmenden wie entsetzenden Gedanken.

Aber er war unfähig, zu reagieren. Wie eine Maschine, die diese Taktik des Flüchtens-Herumfahrens-Zuschlagens einmal zu oft ausgeführt hatte, sprengte er einfach weiter, gefangen in seinen eigenen Reflexen und Verhaltensweisen und unfähig, die Erkenntnis zu verarbeiten, daß er in den Tod raste.

Das Pferd prallte in vollem Galopp gegen den hochgerissenen Eichenschild des ersten Quorrl und schmetterte den Krieger zu Boden.

Ein weiterer Fehler, wie Skar wieder den Bruchteil einer Sekunde zu spät begriff. Der Quorrl war nicht von seinem Ansturm überrascht worden, er hatte ihn erwartet. Der Schild, nur lose an seinem Arm befestigt, zerbrach in drei Teile und flog davon, und der Quorrl stürzte zur Seite. Aber im gleichen Moment vollführte sein Schwert eine blitzartige, ungemein kraftvolle Bewegung, die die fürchterliche Wucht des Anpralles noch ausnutzte, und durchtrennte beide Vorderläufe des Pferdes. Skar wurde aus dem Sattel geschleudert, überschlug sich zwei-, dreimal in der Luft und noch zwei- oder dreimal am Boden, ehe er halb betäubt im Morast zum Liegen kam. Der schrille Schmerzensschrei des Pferdes ging im dumpfen Geräusch seines Zusammenbrechens und dem sonderbar weichen Laut unter, mit dem Skar selbst auf dem Boden aufschlug.

Er hätte das Bewußtsein verlieren müssen, aber er tat es nicht. Dieselben Reflexe, die ihm zum Verhängnis geworden waren, mobilisierten Kraftreserven in seinem geschundenen Körper, die ihn noch immer zum Berserker machen konnten. Er sprang auf, hieb mit dem Schwert zwei-, dreimal in die leere Luft vor sich und begriff erst dann, daß niemand da war, der ihn angriff. Schweratmend, den linken, verkrüppelten Arm schützend vor den Körper gehalten, das Schwert in der Rechten, während die Spitze des *Tschekal* kreisende, acht-förmige Bewegungen in die Luft schnitt, stand er da und sah sich um.

Sein Sturz hatte ihn wieder ein Stück von Kiina und ihrem Bewacher weggetragen. Er erhaschte einen flüchtigen Blick auf das Gesicht des Mädchens, das die Angst zu einer Grimasse gemacht hatte, und den wuchtigen Helm des riesigen Quorrl hinter ihm, der es mit brutalem Griff hielt, dann konzentrierte er sich wieder auf den anderen Krieger.

Der Quorrl war näher gekommen, aber auf halber Strecke stehengeblieben, und Skar begriff, daß er ihm nicht den Gefallen tun und selbst angreifen würde. Den Schild hatte er halb erhoben, so daß nur noch sein gepanzerter Schädel und ein Stück der rechten Schulter über seinen Rand hervorragten, und sein Schwert bewegte sich auf ähnliche Weise wie das Skars; vielleicht nicht ganz so elegant, dafür aber ungleich kraftvoller.

Er hatte keine Chance. Das hier waren keine Bauern, auch keine unerfahrenen Schläger, wie die Mitglieder der Tempelgarde, die Titch und er besiegt hatten, sondern Krieger, jeder einzelne so gut ausgebildet wie er und zehnmal so stark. Die berittenen Quorrl schienen nicht in den Kampf eingreifen zu wollen, sondern bildeten eine lebende Arena, aber selbst, wenn er diesen einen besiegte ...

Es war vorbei, dachte er. Er konnte genausogut das Schwert fortwerfen und auf einen gnädigen raschen Tod hoffen.

»Laßt das Mädchen in Ruhe!« rief er, wider besseres Wissen und mit einer Stimme, die vor Hilflosigkeit und Zorn zitterte. »Laßt sie gehen, und ihr könnt mich haben!«

Der Quorrl, der Kiina festhielt, verstärkte seinen Griff, und aus ihren panikerfüllten Schreien wurde ein erstickendes Keuchen.

Skar riß sein Schwert in die Höhe und stürzte sich auf den Krieger.

Der Quorrl parierte seinen ersten Hieb mit dem Schild, was ein Fehler war. Skars Klinge aus *Sternenstahl* zerschnitt das fingerdicke Eichenholz wie Pergament und hinterließ eine blutige Wunde in dem Arm, der es hielt. Der Quorrl prallte zurück und hieb kraftvoll nach Skar, ein Schlag, der ungezielt war, Skar aber trotzdem zwang, seinen Angriff abzubrechen und sich hastig in Sicherheit zu bringen. Sofort setzte er nach, duckte sich unter einem weiteren Schwertstreich des Quorrl weg und schlug wuchtig nach dessen Klinge. Sein *Tschekal* traf das Breitschwert des Quorrl dicht über dem Griff und zerbrach es. Der Quorrl wankte, und zum ersten Mal glaubte Skar so etwas wie Furcht in seinen dunklen Augen aufblitzen zu sehen.

Aber er hatte die Fairneß der Quorrl überschätzt. Er kam nicht dazu, seinem Gegner nachzusetzen und den Kampf zu beenden. Hinter ihm stampften schwere Hufe auf den Boden, dann traf ihn etwas mit fürchterlicher Wucht genau zwischen die Schulterblätter und ließ ihn auf die Knie fallen.

Diesmal raubte ihm der Schmerz wirklich die Sinne. Er verlor nicht das Bewußtsein, aber er spürte, wie das Schwert seinen plötzlich kraftlosen Fingern entglitt und er nach vorne kippte. Sein Gesicht tauchte in den Morast ein. Kälte und klebrige Feuchtigkeit füllten seinen Mund und seine Nase, und er spürte, wie er zu ersticken begann.

Eine Hand packte ihn, riß ihn in die Höhe und wirbelte ihn herum, dann fuhren grobe, in Eisen gehüllte Finger durch sein

Gesicht und ließen ihn wieder atmen. Skar riß sich instinktiv los, torkelte einen Schritt zurück und hob schützend die Arme über den Kopf.

Er war von einem Dutzend Quorrl umgeben. Jeder der Krieger trug einen schweren Eichenschild, aber keine Waffe, und es dauerte trotz allem noch immer Sekunden, bis Skar begriff, was sie taten, und warum.

Ein harter Stoß traf seinen Rücken. Er taumelte, kämpfte vergeblich um seine Balance und stürzte, fiel aber nicht wirklich, denn fast im gleichen Moment traf ihn der Stoß eines anderen Schildes vor die Brust und schleuderte ihn wieder zurück. Er schrie, schlug blindlings mit beiden Armen um sich und wurde abermals von einem Schildstoß getroffen, der ihm die Luft aus den Lungen trieb. Sein Blick suchte Kiina, aber er fand sie nicht, denn die Welt hatte sich in ein irrsinniges auf und ab aus tanzenden Farben und vorstoßenden und zurückprallenden Schilden verwandelt, die ihm das Leben aus dem Leib prügelten. Wieder fiel er auf die Knie, und wieder wurde er in die Höhe gerissen. Die Quorrl stießen ihn zwischen sich hin und her wie ein Spielball, und ihr rauhes Lachen mischte sich mit dem pfeifenden Geräusch seines Atems und Kiinas Schreien, die immer gellender und verzweifelter wurden.

Dann bekam er einen der Schilde zu fassen. Ohne wirklich zu wissen, was er tat, zerrte er daran, warf sich einen Sekundenbruchteil später mit aller Macht gegen den Krieger und spürte, wie dieser unter seinem plötzlichen Ansturm den Halt verlor.

Der Quorrl stürzte und riß Skar mit sich, aber der Kreis war durchbrochen, und Todesangst und Verzweiflung gaben Skar übermenschliche Kräfte. Er sprang auf, schmetterte einem zweiten Quorrl die Faust ins Gesicht und riß die Waffe des zusammenbrechenden Kriegers an sich. Sein wütender Hieb prallte an dem hastig hochgerissenen Schild eines weiteren Quorrl ab, aber allein die schiere Wucht des Schlages reichte, den Krieger zurückweichen zu lassen und Skar für einen Moment Luft zu verschaffen.

Aber es war nur eine Atempause, und er hatte nichts erreicht.

Kiina schrie noch immer, aber ihre Schreie waren leiser geworden, fast nur noch ein Wimmern, und ihre Bewegungen langsamer. Skar begriff voller Entsetzen, daß der Quorrl, der sie hielt, damit begonnen hatte, sie zu erwürgen, ganz langsam, so daß er es sehen mußte, und sich vielleicht in die verzweifelte Hoffnung hineinsteigerte, noch rechtzeitig zu kommen, um sie zu retten.

Obwohl er wußte, wie sinnlos es war, rannte er los.

Er kam genau vier Schritte weit.

Ein berittener Quorrl versperrte ihm den Weg. Skar täuschte einen Stich gegen seine Beine an, warf sich im letzten Moment vor und rollte unter dem scheuenden Pferdeleib hindurch, aber der Quorrl reagierte mit unglaublicher Schnelligkeit: als Skar auf die Füße federte, traf ihn ein Fußtritt gegen die Schulter. Aus seinem Sprung wurde ein ungeschicktes Stolpern, er fiel, stemmte sich wieder hoch und stürzte ein zweites Mal, als der Quorrl sein Pferd herumriß und ihn einfach niederritt. Es glich einem Wunder, daß er den wirbelnden Pferdehufen entkam und seine Waffe behielt.

Er kam noch einmal auf die Füße, aber er spürte, wie seine Kräfte endgültig versiegten. Er machte einen Schritt, taumelte und ließ das Schwert fallen. Er war kein Satai mehr, begriff er voller Entsetzen. Er hatte noch das Wissen eines Satai, seine Erfahrung und Reflexe, aber die geheimen Kräfte der Kriegerkaste standen ihm nicht mehr zur Verfügung. Das Reservoir an scheinbar unerschöpflichen Kräften in seinem Inneren war versiegt. Er hatte es einmal zu oft angezapft.

Skar fiel. Er hatte nicht mehr die Kraft, den Sturz abzufangen, sondern konnte sich gerade noch zur Seite kippen lassen, um nicht abermals mit dem Gesicht in den Morast zu stürzen und diesmal wirklich zu ersticken; obgleich dies wahrscheinlich eine Gnade gewesen wäre, gegen das, was ihn erwartete.

Er versuchte, Kiina zu entdecken. Wie er war sie auf die Knie gesunken, aber der Quorrl, der sie niederdrückte, hielt sie auch gleichzeitig fest. Seine gewaltigen Pranken hatten sich um ihre Kehle gelegt und drückten unbarmherzig zu.

»Laßt sie ... in Ruhe ... ihr ... verdammten ... Tiere«, stöhnte

Skar. Er wußte nicht, ob die Quorrl seine Worte überhaupt hörten. Seine Stimme war nicht mehr als ein kraftloses Flüstern. Tränen füllten seine Augen. Er wollte nicht, daß sie starb. Nicht *so*.

Ein Wort, Bruder, flüsterte der Versucher hinter seiner Stirn. *Ein Gedanke, und sie lebt.*

Sie lebt.

Die beiden Worte schienen millionenfach gebrochen in Skars Kopf nachzuhallen, wie ein höllisches, nicht enden wollendes Echo. *Sie lebt. Lebt. Lebt. Lebt*... Er konnte ihr Leben retten.

Aber um welchen Preis.

»Nein«, flüsterte er. »So nicht.«

Etwas ... löste sich von ihm; ein entsetzlicher Druck, der die ganze Zeit auf seiner Seele – und seinem Körper! – gelastet hatte, den er aber erst jetzt überhaupt bemerkte, als er nicht mehr da war, und plötzlich hatte er wieder Kraft; nicht viel, aber genug, sich in die Höhe zu stemmen und das Schwert zu ergreifen.

Er taumelte auf den Quorrl zu, der Kiina erwürgte.

Ein Fußtritt traf seine Kniekehle und schleuderte ihn abermals zu Boden.

Skar schlug ungeschickt mit dem Schwert nach dem Quorrl, verfehlte ihn und stemmte sich abermals hoch. Vor seinen Augen wirbelten Farben, aber auch Schlieren grauen Nebels, die dichter wurden, die Welt langsam, aber unbarmherzig verschlangen.

»Laßt sie in Ruhe!« stöhnte er. »Tötet ... mich, aber laßt sie gehen!«

Etwas traf ihn und schleuderte ihn wieder zu Boden. Er hatte nicht die Kraft, noch einmal aufzustehen. Er dachte an Kiina, und er glaubte, den Druck dieser entsetzlichen geschuppten Pranken an seinem eigenen Hals zu spüren, bis er begriff, daß es Tränen waren, die ihm den Hals zuschnürten. Mit einer Kraft, die er gar nicht mehr haben durfte, schleppte er sich weiter, krallte die Finger seiner rechten Hand in den morastigen Boden und zog sich mit nur einem Arm auf Kiina zu, und den Quorrl, der sie umbrachte.

»Laß sie ... gehen, du Bestie«, stöhnte er. »Töte mich. Mach mit mir, was du willst, aber laß … laß sie gehen!«

Der Quorrl verstand seine Worte, und tatsächlich löste er seinen Griff; aber nicht ganz, und auch nur für einen winzigen Augenblick. Er lachte.

»Das werde ich, Mensch«, sagte er. »Oh, das werde ich, keine Sorge. Wir werden dich töten, wie jeden, der hierher kommt. Aber erst sie. Erst das Menschenjunge, dann dich!«

Skar schrie auf, taumelte auf die Knie und brach sofort wieder zusammen. Die Hände des Quorrl schlossen sich um Kiinas Hals und drückten zu.

»Erst sie!« brüllte der Quorrl. »Und dann dich! Sieh zu, wie sie stirbt! Sieh es dir an, Mensch!«

Skar hob die Arme. Er wollte aufspringen, sich auf den Quorrl stürzen, aber er konnte es nicht. Seine Kraft reichte nicht einmal mehr, sich aufzurichten. Hilflos, schluchzend vor Zorn und Schmerz lag er da und sah zu, wie der Quorrl Kiina tötete.

Und dann lösten sich die Pranken des Quorrl von Kiinas Hals. Langsam, ja, fast behutsam, ließ er das Mädchen zu Boden sinken, richtete sich wieder auf und kam auf Skar zu. Seine Gestalt überragte die Skars wie die eines zornigen Gottes, als er neben ihm stehenblieb und durch die dünnen Sehschlitze seines Helmes auf ihn herabsah.

»Warum wehrst du dich nicht, Satai?« fragte er.

»Ungeheuer«, flüsterte Skar. »Du verdammtes … Tier.«

»Bin ich das?« fragte der Quorrl. »Sind wir das für euch, Mensch?«

»Du … Bestie«, stöhnte Skar. »Mach mit mir, was du willst. Laß das Mädchen in Ruhe und mach mit mir, was du willst.«

»Das werde ich, Satai«, sagte der Quorrl und hob die Hände an den Helm, um ihn abzusetzen. Und eine Sekunde, ehe Skar endgültig das Bewußtsein verlor, sagte Titch noch einmal:

»Das werden wir, Satai.«

*

Wie zuvor gewann er das Bewußtsein nach Sekunden zurück. Seine Ohnmacht war tief und wäre zu der absoluten Hilflosigkeit vollkommener Erschöpfung geworden, aber das Entsetzen über den Anblick des Gesichtes unter dem Helm war zu groß. Sein Geist und sein Körper schrien nach der Ruhe, die er ihnen viel zu lange verweigert hatte, aber da war noch etwas in ihm, etwas das stärker war und ihn zwang, wieder wach zu werden und sich dem Unvorstellbaren zu stellen.

Er schlug die Augen auf, als zwei von Titchs Kriegern ihn hochhoben und damit begannen, sein Gesicht von Schlamm zu reinigen; mit einem Tuch, das nicht sehr viel weicher war als die Kettenhandschuhe, die sie trugen. Skar schlug die Hände der Quorrl beiseite und versuchte sich vollends aus ihrem Griff loszumachen; mit dem Erfolg, daß er um ein Haar schon wieder zu Boden gestürzt wäre, hätte nicht eine der Riesengestalten blitzschnell zugegriffen und ihn gestützt.

Skar spürte allein an der Berührung, daß es Titch war. Aus einem ebenso absurden wie schädlichen Gefühl von Trotz heraus riß Skar sich abermals los, und der gleiche Zorn gab ihm auch die Kraft, auf seinen eigenen Beinen zu stehen, wenn auch schwankend.

»Rühr mich nicht an, du Mistkerl!« fauchte er.

Titch, der schon wieder die Hand ausgestreckt hatte, um ihn zu stützen. Sein Blick war ausdruckslos. Skar suchte vergebens nach irgendeinem Gefühl in den dunklen, pupillenlosen Fischaugen des Quorrl. Titch sah ihn nur prüfend an; auf eine angespannte, aber keineswegs feindselige Art.

»Rühr mich nie wieder an«, sagte Skar noch einmal; aber in einem Ton, bei dem er sich selbst fast lächerlich vorkam.

Mit einem Ruck drehte er sich um und humpelte zu Kiina hinüber. Die Quorrl, mit denen er Augenblicke zuvor noch um sein Leben gekämpft hatte, wichen jetzt respektvoll vor ihm zurück, und als er Kiina erreichte und neben ihr niederkniete, sah er, daß Titch einen zusammengerollten Mantel unter ihren Kopf geschoben hatte, so daß sie wenigstens nicht im Schlamm lag. Sie war blaß und zitterte, ihre Augen waren weit und dunkel vor Furcht, und an ihrem Hals waren rote Würgemale, die sich bald blau verfärben würden. Aber sie war bei Bewußtsein, und ihr Blick verriet, daß sie Skar erkannte. Sie versuchte zu sprechen, brachte aber nur ein hilfloses Krächzen zustande.

»Nicht reden«, sagte Skar. »Das tut dir nur unnötig weh. Der Schmerz läßt bald nach«, fügte er hinzu, was eine glatte Lüge war – so, wie Kiinas Hals aussah, würde sie tagelang nicht richtig reden oder schlucken können und wahrscheinlich selbst beim Atemholen Schmerzen haben. Er haßte Titch für das, was er getan hatte; obwohl er seine Gründe – fast – zu verstehen glaubte. Wenigstens *hoffte* er das.

Nur, um seine Hände zu beschäftigen und überhaupt etwas zu tun, rückte er das improvisierte Kissen unter ihrem Kopf zurecht und schlüpfte auch aus seinem eigenen Mantel, um ihn wie eine Decke über ihr auszubreiten.

Er spürte, wie Titch hinter ihn trat, noch ehe er seine Schritte hörte. Weniger zornig, als er selbst wollte, richtete er sich auf und starrte den Quorrl an.

»Du widerliche Bestie«, murmelte er. In seiner Stimme war kein wirklicher Zorn. Sie klang nur so, wie er sich fühlte: unendlich müde.

»Ich mußte sicher sein«, antwortete Titch, ganz eindeutig *nicht* im Tonfall einer Entschuldigung. Skar war sicher, daß er es nicht genossen hatte, Kiina Schmerzen zuzufügen. Aber es schien ihm auch nicht sehr viel auszumachen.

»Sicher?« Skar gab ein Geräusch von sich, von dem er selbst nicht genau wußte, was es bedeutete.

»So eine Art Test, wie?« fragte er bitter.

»Wenn du es so nennen willst.«

»Du bist ein Narr, Titch.« Skar machte eine weit ausholende Geste, die nicht nur Kiina und Titch, sondern auch die gut fünfzig Quorrl-Krieger vor dem Waldrand einschloß. »Wenn ich wirklich der wäre, für den du mich hältst, dann wärst du jetzt tot. Und sie auch.« *Und wenn du wüßtest, wie nahe er dir war, wärst du nicht halb so gelassen,* fügte er in Gedanken hinzu.

Und Titch schien zumindest zu spüren, was in Skar vorging, denn sein Achselzucken fiel nicht ganz so gleichgültig aus, wie es wohl beabsichtigt gewesen war. »Möglicherweise«, sagte er.

»Aber ich hatte keine Wahl.« Er machte eine zornige Handbewegung. »Wärst du der, für den ...«

Er stockte.

»Für den du mich gehalten hast?« schlug Skar vor.

»Ich wäre sowieso gestorben, oder?« schnappte Titch. »Besser früher und in einem ehrenvollen Kampf, als später und ...«

Wieder führte er den Satz nicht zu Ende, sondern sah Skar mit plötzlicher Betroffenheit an.

»Und was hat es dir genutzt?« fragte Skar leise. »Du unterschätzt den *Daij-Djan*, Titch. Wäre ich wirklich die Bestie, hätte ich dich längst getötet. Oder zugesehen, wie du Kiina umbringst, um dich zu täuschen.« Er schnaubte ärgerlich. »Du hast nichts bewiesen.«

»Vielleicht«, gestand Titch. Er wurde immer unsicherer. »Vielleicht auch nicht. Ich mußte etwas tun.«

»Etwas so Überflüssiges?« Skar wußte, wie unfair er dem Quorrl gegenüber war. Titch hatte gar nicht anders gekonnt; der Quorrl konnte so wenig aus seiner Haut hinaus wie er selbst, und schließlich konnte jeder nur im Rahmen seiner Möglichkeiten handeln. Mit dem *Daij-Djan* stand Titch einem Gegner gegenüber, dem er einfach nicht gewachsen war, weder an Kraft oder Schläue; und schon gar nicht an Bosheit.

»Es ist nichts geschehen, oder?« schnappte Titch.

»Ja«, antwortete Skar bissig. »Und wie viele deiner Männer sind verletzt?« *Oder tot*? fügte er in Gedanken hinzu. Er hatte nicht zugeschlagen, um zu töten, aber er wußte, welche furchtbare Gewalt in den Hieben des Satai-Schwertes steckte. Selbst einen Quorrl konnte man damit ganz unabsichtlich in zwei Teile schneiden, ohne es auch nur zu merken.

»Wo kommen sie überhaupt her?« fügte er hinzu, als Titch nicht antwortete, und eigentlich auch nur, um überhaupt etwas zu sagen und die Situation so – vielleicht – ein wenig zu entspannen. Es war ein Teufelskreis, dachte er matt, ein Teufelskreis aus Furcht und Schrecken und gegenseitigem Mißtrauen und Belauern, in dem Kiina und er und Titch vom ersten Moment an gefangen gewesen waren. Und jeder Versuch, ihn zu durchbrechen, schien sie immer nur noch tiefer hineinzuziehen.

Wie zur Antwort auf diesen Gedanken glaubte er ein leises, unendlich böses Lachen zu hören. *Ich gewinne, Satai. Gleich, was du tust. Ich gewinne.*

»Die Krieger?« Titch versuchte zu lächeln. »Sie waren schon eine ganze Weile in unserer Nähe. Aber sie waren nicht sicher.«

»Wessen?«

»Wer wir sind.«

»Wer du bist.« Skar verstand. Natürlich – es war nicht nur die einleuchtendste, es war die einzige Erklärung. »Es sind Deserteure. Sie gehören zu deinem Heer.«

»Meinem *ehemaligen* Heer«, verbesserte ihn Titch, auf eine so erschrockene, nachdrückliche Art, daß Skar ihn irritiert ansah, aber nicht weiter nachhakte.

»Viele von ihnen kennen dich«, fuhr Titch fort.

»Und dich.« Skar warf einen neuerlichen, diesmal sehr viel aufmerksameren Blick in die Runde. Keines der schuppigen Gesichter kam ihm bekannt vor, aber das überraschte ihn nicht weiter – schon *menschliche* Soldaten waren schwer zu unterscheiden, wenn sie Uniformen trugen. Und diese Krieger hier waren Quorrl, die selbst für Skars Augen fast alle gleich aussahen.

Seltsam, dachte er – jetzt, wo er wußte, wer diese Quorrl waren, sollte er sich eigentlich sicherer fühlen, wenn schon nicht beschützt, so doch wenigstens nicht mehr *bedroht*. Aber das Gegenteil war der Fall. Hatte Titch vielleicht recht? dachte er bestürzt. Fühlte er sich am Ende in der Nähe dieses riesenhaften Quorrl nur dann sicher, wenn er glaubte, der Stärkere zu sein?

Skar begann sich unter dem Blick der gepanzerten Riesenkrieger unwohl zu fühlen. Er versuchte sich vorzustellen, wie es sein mußte, diesen Kriegern sein Leben anzuvertrauen – nach dem, was geschehen war. Er konnte es nicht.

»Ich muß mich um Kiina kümmern«, sagte er ausweichend.

»Die Männer haben einen Heilkundigen bei sich«, sagte Titch. »Er ist nicht so gut wie Scrat, aber er kann sich besser um sie kümmern als du oder ich. Wir«, fügte er mit leicht erhobener Stimme hinzu, als Skar widersprechen wollte, »haben zu reden.«

»Worüber?«

Titch machte eine Handbewegung, von der Skar im ersten Moment annahm, sie deutete nach Norden. Dann begriff er, daß er nur nicht in Kiinas Nähe reden wollte. Er warf einen letzten Blick auf das reglos daliegende Mädchen, ehe er sich widerwillig in Bewegung setzte und Titch ein gutes Dutzend Schritte weit bis zum Waldrand folgte.

»Also?«

Titch wiederholte seine Handbewegung, die aber diesmal den Kriegern galt. »Was mit Kiina geschehen ist, tut mir leid«, sagte er. »Wir haben ein Problem, Skar.«

»Ach?« Skar lachte spöttisch. »Tatsächlich? Und welches?«

Titch deutete abermals auf die Krieger. »*Sie* sind unser Problem.«

Skar blickte fragend.

»Sie sind nicht allein«, fuhr Titch fort. »Das da ist nur die Vorhut. Ein kleiner Trupp, der das Gelände erkundete. Sie haben unsere Spuren gesehen und uns beobachtet, bis sie sicher waren. Die anderen werden in zwei –« Er warf einen Blick in den Himmel, in dem der Anteil an Grau das Schwarz der Nacht bereits überwog. »– in weniger als zwei Stunden hier sein«, verbesserte er sich.

»Wie viele?«

Titch hob die Schultern. »Vier-, vielleicht fünfhundert. Und es kommen noch mehr, fürchte ich.«

»Sie wollen nach Caran«, vermutete Skar.

»Manche, ja«, bestätigte Titch. »Einige wollen wohl versuchen, bei den Bastarden Unterschlupf zu finden. Die meisten wollen einfach in die Berge.«

»Und was hat das mit uns zu tun?« fragte Skar. »Ich meine – außer der Tatsache, daß wir jetzt nicht mehr ganz allein sind?«

»Und Schutz haben?« fügte Titch hinzu. Er schüttelte den Kopf. »Du täuschst dich, Satai. Wenn es stimmt, was ich heute nacht erfahren habe, sind es mehr als zweitausend, die der Tempelgarde entkommen sind.«

Skar verstand. »Du meinst, sie werden verfolgt.«

»Von der Garde?« Titch lachte abfällig. »Du unterschätzt uns schon wieder, Mensch«, sagte er. »Die Garde war nie sehr zahlreich. Und selbst wenn – zweitausend *dieser* Krieger wiegen zehntausend von ihnen auf. *Sie* machen mir keine Angst.«

Skar war überrascht. War das Stolz in Titchs Worten? »Was dann?«

»Andere werden sie verfolgen«, sagte Titch. »Ennarts Brüder oder Ian und seine Männer. Wir bringen den Tod nach Caran, Skar.«

»Dann trennen wir uns von ihnen«, sagte Skar. »Wir –«

»Das ist unmöglich«, unterbrach ihn Titch. »Sie haben mich erkannt, Skar. Sie bestehen darauf, daß ich sie führe. Und selbst, wenn es nicht so wäre, täte ich es.«

»Du hast sie von ihrem Eid entbunden, oder?«

»Ich sie«, nickte Titch. »Aber nicht sie mich. Und selbst wenn – ich bin für diese Männer verantwortlich. Sie haben mir ihr Leben anvertraut, noch ehe wir Cant verließen. Was soll ich jetzt tun? Sie wegschicken und ihnen erklären, daß mich das alles nichts mehr angeht?«

Nein, natürlich konnte er das nicht. Skar seufzte. »Dann haben wir jetzt also eine Armee.«

»Groß genug, Ninga im Sturm zu nehmen«, sagte Titch ernst. »Aber nicht, gegen die Ssirhaa anzutreten.«

Skar schwieg einen Moment. Er empfand eine tiefe Verwirrung – und so etwas wie Zorn auf das Schicksal. Sie hatten – praktisch von einem Augenblick auf den anderen – nicht nur unerwartete Hilfe bekommen, sondern plötzliche Macht. Und doch verstand er Titchs Besorgnis nur zu gut, denn es war eine Macht, die ihnen rein gar nichts nutzte; ganz im Gegenteil. Jeder einzelne dieser Männer war eine Gefahr, denn sie wurden von einem Gegner gejagt, dem es gleich war, ob sie zu dritt, dreitausend oder drei Millionen waren. Wenn diese Quorrl bei ihnen blieben – und es gab nicht den mindesten Grund, dachte Skar bitter, etwa anzunehmen, daß das nicht der Fall sein würde – war der einzige Vorteil verspielt, den sie – vielleicht – je gehabt hatten. An ein Verstecken war nicht mehr zu denken.

»Wir müssen uns von ihnen trennen«, sagte er noch einmal.

»Ja«, antwortete Titch. »Das müssen wir wohl. Aber ich kann es nicht. Du und das Mädchen, ihr solltet gehen.«

Skar funkelte den Quorrl an. »Bei Gott, Titch, manchmal wünsche ich mir fast, daß du wirklich das Monstrum wärst, das du so gerne spielst. Es würde mir erheblich leichter fallen, dir die Kehle durchzuschneiden.«

»Du bleibst also?« fragte Titch ungerührt.

»Habe ich eine Wahl?«

»Kaum«, gestand Titch. »Ich halte dich nicht. Ich rate es dir nicht einmal – aber ich glaube auch nicht, daß du länger als einen Tag überlebst, wenn du allein versuchst, die Höhlen zu erreichen.«

»Bestimmt nicht«, schnappte Skar, so feindselig er konnte. »Ich kenne nicht einmal die Parole.«

»Ich verrate dir das Wort gerne«, erwiderte Titch. »Allerdings macht es nur den Unterschied, ob du getötet wirst, *bevor* oder *nachdem* du die Höhlen betreten hast.«

»Habe ich dir schon gesagt, daß ich dich manchmal für einen echten Mistkerl halte?« fragte Skar.

Titch nickte ungerührt. »Mehrmals – also?«

»Du meinst das ernst, nicht?« murmelte Skar. »Ich meine – du würdest uns gehen lassen. Auch auf die Gefahr hin, daß wir alles verderben.«

»Ich glaube nicht, daß es irgend etwas gibt, woran ich dich hindern könnte«, erwiderte Titch. Seine Stimme klang hörbar ungeduldiger als bisher. Er spürte, daß Skar eigentlich nur noch redete, um Zeit zu gewinnen.

Aber wieder antwortete Skar nicht direkt, sondern drehte sich erneut um und sah zu Kiina zurück. Sie waren zu weit von ihr entfernt, als daß er erkennen konnte, ob sie noch bei Bewußtsein war oder schlief. Einer von Titchs Quorrl war neben ihr in die Hocke gegangen und tat etwas an ihrem Hals. Der Anblick beunruhigte Skar mehr, als er sich erklären konnte. »Und was hat das alles mit ihr zu tun?«

»Eigentlich nichts«, antwortete Titch. »Aber vielleicht alles.

Ich weiß, wie viel dir an ihr liegt. Du hältst sie für deine Tochter, richtig?«

Skar zögerte. Für einen winzigen Moment haßte er Titch fast dafür, die Frage laut ausgesprochen zu haben. Dann zuckte er mit den Schultern. Vielleicht war sie es, vielleicht nicht – welche Rolle spielte das? Sie war auf jeden Fall das Kind, das er sich immer gewünscht hatte, ohne es auch nur zu wissen. »Und wenn?«

»Ich kann sie wegbringen lassen«, fuhr Titch fort. »Weg von hier, weg von Cant.«

»Und wohin?«

»Irgendwohin«, erwiderte Titch. »An einen Ort, an dem sie in Sicherheit wäre, bis die Entscheidung gefallen ist.«

»Du weißt genau, daß das nicht geht. Sie muß nach Ninga. Wozu, zum Teufel, glaubst du wohl, tue ich das alles?«

»Das weiß ich nicht«, antwortete Titch. »Auf keinen Fall nur, um Kiina zum Wasser des Lebens zu bringen. Sie ist krank, ich weiß, aber nicht so krank, daß ein paar Wochen oder auch Monate einen Unterschied machen würden. Wenn wir gewinnen, kannst du sie immer noch holen lassen. Wenn nicht ...« Er zuckte mit den Schultern. »... dann spielt es keine Rolle mehr, ob sie noch zehn oder fünfzig Jahre zu leben hat.«

Für einen Moment war die Verlockung fast übermächtig, Titchs Vorschlag nachzugeben. Seine Worte klangen so logisch, so zwingend einleuchtend, daß Skar für Sekunden kein Argument einfiel, sie zu entkräften. Dann schüttelte er den Kopf, einfach aus dem Gefühl heraus, daß es richtig war.

Titch seufzte. »Du –«

»Woher kommt diese plötzliche Sorge um das Mädchen?« unterbrach ihn Skar.

»Das Mädchen?« Titch lachte hart. »Das Mädchen interessiert mich nicht«, behauptete er, obwohl er selbst wissen mußte, wie durchsichtig diese Lüge war. »Du bist es, der mir Sorgen bereitet, du Starrkopf. Seit dieses Menschenjunge in deiner Nähe ist, bist du nicht mehr du selbst. Du wirst eine Dummheit begehen, wenn sie in Gefahr gerät. Und sie *wird* in Gefahr kommen, wenn wir sie mitnehmen, das verspreche ich dir.« Er deutete erregt nach Norden, wo sich die Umrisse der Berge bereits als mächtige schwarze Schatten aus der Dämmerung herausgeschält hatten.

»Wir reiten geradewegs in eine Falle. Vor uns die Bastarde, hinter uns die Ssirhaa ...« Er sprach nicht weiter, aber Skars Phantasie reichte durchaus, sich den Rest vorzustellen.

Trotzdem.

»Sie bleibt«, sagte er bestimmt.

*

»Es war richtig, daß du es nicht zugelassen hast«, sagte Kiina später, als er ihr von seinem Gespräch mit Titch erzählte. »Ich hätte diesem Fischgesicht die Augen ausgekratzt, wenn es mich weggeschickt hätte. Und dir auch«, fügte sie hinzu.

Sie wandte den Blick und sah Skar auf eine Art an, die Antwort erwartete; oder wenigstens ein Lächeln oder ein Verziehen der Lippen der Zustimmung, vielleicht auch nur ein Blick.

Skar tat nichts von alledem; zum einen aus Müdigkeit – es war jetzt fast Mittag, und sie ritten ununterbrochen, und in scharfem Tempo –, zum anderen, weil er Kiina nicht das Gefühl geben wollte, er hätte es um ihretwillen getan. In dem Moment, in dem er sich Titch gegenüber geweigert hatte, Kiina fortzuschicken, hatte er dies vielleicht sogar geglaubt, aber es war nicht die Wahrheit. Hätte er auch nur eine Sekunde an *sie* gedacht, hätte er getan, was Titch vorschlug, und sie weggeschickt, so schnell und so weit er konnte. Aber ihre Handlungen wurden schon lange nicht mehr von *Vernunft* gelenkt.

Er straffte die Schultern und sah mit einer demonstrativen Bewegung weg, um Kiina zu sagen, daß er nicht antworten würde. Er hatte keine Lust zu reden, weder mit ihr noch mit sonst irgend jemandem; vielleicht am *allerwenigsten* mit ihr.

Skar ritt ein wenig schneller, um an Titchs Seite zu gelangen, und deutete nach Norden, als er sein Pferd neben dem Quorrl zügelte und Titch aufsah. Der Quorrl trug wieder seine goldene Prachtrüstung, hatte aber den Helm nicht aufgesetzt. Er sah besorgt aus. Während Skar an Kiinas Seite geritten war, war ihm aufgefallen, daß Titch sich immer wieder im Sattel umgedreht und in die Richtung geblickt hatte, aus der sie gekommen waren.

»Wie weit ist es noch?«

»Bis zu den Höhlen?« Titch zuckte mit den Schultern. »Einen halben Tagesritt. Vielleicht weniger. Wenn die Sonne untergeht, sind wir da.«

Wenn die Sonne untergeht – großer Gott, wie hatte sich alles geändert! Skar war nicht sicher, ob er noch so lange durchhalten würde. Er war so müde. So unendlich müde.

»Wir wären schneller, wenn wir allein reiten würden.«

Titch reagierte nicht einmal mit einem Blick auf seine Worte, und Skar beeilte sich, hinzuzufügen: »Nur als Kundschafter, meine ich. Ich verlange nicht von dir, deine Männer zurückzulassen.

Die Bastarde werden nicht begeistert sein, wenn wir mit einem Heer vor ihrer Bergfestung erscheinen«, fügte er nach einer neuerlichen Pause hinzu, als Titch immer noch nicht antwortete.

»Es ist keine Festung«, antwortete der Quorrl. »Und sie wissen längst, daß wir kommen.« Er rang sich ein flüchtiges Lächeln ab. »Sie wären vielleicht noch weniger begeistert, wenn sie annehmen müßten, daß wir ein falsches Spiel spielen. Und das würden sie, wenn sie sähen, daß wir fünfhundert Krieger zurücklassen und allein weiterreiten.«

Er hob die Hand und deutete nach Norden. »Siehst du den Berg dort – zwischen den beiden schneebedeckten Gipfeln, den kleinen, dunkleren?«

Auch Skar hob die Hand über das Gesicht und schützte seine Augen vor dem noch immer beständig nieselnden Regen. Nach einem Moment sah er, was Titch meinte.

Er war nicht ganz sicher, ob es wirklich ein Berg war – seine Flanken waren zu glatt und zu ebenmäßig, und seine Form erinnerte an eine gigantische, zu einem knappen Drittel abgeflachte Pyramide. Aber er verscheuchte den Gedanken, daß es sich bei diesem Berg um ein künstliches Gebilde handeln konnte, fast so schnell, wie er ihm gekommen war. Der Berg mußte zwei Meilen hoch sein, wenn nicht mehr. Er nickte.

»Caran«, erklärte Titch. »In seinem Fels befinden sich die Höhlen, in denen die Bastarde leben. Und ich glaube, auch noch ein gutes Stück darunter. Was schätzt du, wie weit man von seinem Gipfel aus sehen kann?«

»Keine Ahnung«, murmelte Skar. »Aber auf jeden Fall weit genug. Du hast recht.« Er seufzte. »Du warst schon einmal hier?«

»Mehr als einmal. Und auch nicht allein. Ich spreche aus Erfahrung, weißt du? Es gibt keine Möglichkeit, sich Caran unbemerkt zu nähern. Eine Menge guter Männer haben ihr Leben gegeben, um das herauszufinden.«

Skar sah überrascht auf. Er kannte Titch mittlerweile gut genug, um diese Bemerkung als das zu deuten, was sie war: als Einladung zu einem Gespräch. Titch sagte niemals etwas *nur so*. Soviel er wußte, gab es das Wort *Konversation* in der Sprache der Quorrl nicht einmal.

»Ich kam als Feind damals«, fuhr Titch fort, ohne Skar anzusehen und mit sonderbarer Betonung. Skar spürte, daß er lächelte, obwohl auch er nicht aufsah, sondern die Kapuze wieder weit ins Gesicht gezogen hatte, um sich vor dem Regen zu schützen. »Um sie zu vernichten. Heute komme ich als Flüchtling zu ihnen. Als Bittsteller. Ich hoffe, sie lassen mir Zeit, zu sagen, was ich von ihnen will.«

»Sie werden wissen, was hier vor sich geht«, vermutete Skar.

»Und? Sie sind uns nichts schuldig.«

»Worauf willst du hinaus?« Skar sah nun doch auf und blickte den Quorrl scharf an. Er spürte, daß Titch ihm nicht alles gesagt hatte, was es über Caran zu wissen gab.

»Darauf, daß es vielleicht doch besser ist, wenn du dich von uns trennst«, antwortete Titch nach kurzem Zögern. »Noch ist Zeit dazu.«

»Und wie weit würde ich ohne dich kommen?« fragte Skar.

»Vielleicht weiter als *mit* mir«, antwortete Titch mit großem Ernst. »Jetzt gerade. Die Tempelgarde hat alle Hände voll damit zu tun, mich und meine Männer zu jagen. Sie werden kaum Ausschau nach einem einzelnen Mann und einem Kind halten. Dort vorne –« Er deutete wieder auf die Berge. »– gibt es kein

Zurück mehr. Hör auf mich, Skar. Nimm Kiina und gehe nach Ninga. Ich gebe dir zwei Krieger mit, die euch den Weg zeigen.«

Skar zügelte sein Pferd, und auch Titch verhielt sein Tier. Die hinter ihnen reitenden Quorrl wichen nach rechts und links aus, und die Lücke blieb auch vor ihnen erhalten, als wollten sie ihnen Gelegenheit geben, in Ruhe zu reden und sich dann wieder an die Spitze des kleinen Heereszuges zu setzen.

»Du willst nicht, daß ich mitkomme«, sagte Skar ernst. »Nicht wahr? Es ist nicht nur deine Sorge um mich oder das Mädchen. Du willst nicht, daß wir nach Caran gehen.«

Titch schwieg, aber er tat es auf eine Art und Weise, die Skar begreifen ließ, daß er der Wahrheit sehr, sehr nahe gekommen war, mit seiner Vermutung. Und ganz plötzlich wußte er auch, warum: Caran war vielleicht das letzte Bollwerk der Freiheit in ganz Cant: vielleicht das einzige, das es jemals wirklich gegeben hatte.

»Du traust mir immer noch nicht«, sagte er leise.

»Doch«, antwortete Titch. »Dir schon, Skar.« Er lächelte traurig, sagte noch einmal: »*Dir* schon, Satai«, und ließ sein Pferd weitertraben.

Skar wußte, daß es ein Fehler war – aber seine Hand reagierte fast ohne sein Zutun. Blitzschnell beugte er sich vor, ergriff den Quorrl am Arm und riß ihn mit solcher Macht herum, daß selbst Titch für einen Augenblick im Sattel wankte.

»Was willst du damit sagen?« schnappte er mit einer Stimme, die vor Wut zitterte – seltsam, dabei *empfand* er gar keinen Zorn, sondern nur einen tiefen, wühlenden Schmerz, wie von einer offenen Wunde, in die Titchs Worte Säure gegossen hatten. »Du glaubst, ich –«

Titch riß sich los. Zwei, drei der Krieger, die an ihnen vorüberritten, bewegten sich plötzlich langsamer, und Skar spürte die aufmerksamen Blicke, die Titch und ihn trafen. Aber er war nicht sicher, ob sich diese Männer wirklich einmischen würden, wenn es zwischen Titch und ihm zum Streit kam.

Plötzlich war aller Zorn verraucht. Er seufzte, sah Titch einen Moment lang fast bittend an und senkte dann den Blick. »Sprich es doch wenigstens aus«, sagte er.

»Was?« Titchs Stimme war hart, schneidend wie Glas. »Daß ich Angst vor dir habe? Ja. Jeder hier fürchtet dich, Satai; das, was du bist. Daß ich Angst habe, daß du auch noch Caran zerstörst? Ja, das habe ich! Und ich weiß nicht, was ich dagegen tun soll.«

»Aber das werde ich nicht«, sagte Skar. »Ich will doch nur –«

»Ich bin mit einem Heer zu dir gekommen, um dein Volk zu retten«, sagte Titch. »Du hast es zerstört. Wir sind nach Elay gegangen, um die *Ehrwürdigen Frauen* zu befreien, aber Elay ist in Flammen aufgegangen. Wir sind zu den letzten Errish geflüchtet. Sie wurden vernichtet. Wir haben die Ssirhaa getroffen, Skar – und du weißt, was mit ihnen geschehen ist.«

»Und jetzt kommen wir hierher und finden dein Volk sterbend vor«, flüsterte Skar. »Ich verstehe.«

In Titchs Augen blitzte es auf. »So, tust du das? Ich bin nicht sicher. O nein, ich bin ganz und gar nicht sicher. Vielleicht sollte ich dich umbringen, Satai, solange noch Zeit ist. Vielleicht sollte ich in Kauf nehmen, daß ich und alle meine Männer sterben, ehe ich zulasse, daß du diesem Berg auch nur *nahe* kommst. Vielleicht –«

Er sprach nicht weiter, aber Skar sah einen tiefen, quälenden Schmerz in seinen Augen, eine Pein, die mit Worten nicht zu beschreiben war, und er verstand nur zu gut, was der Quorrl in diesem Moment durchmachte. Was er am Morgen getan hatte, hatte nichts geändert: seine Zweifel waren da wie eh und je, vielleicht sogar stärker als zuvor.

Und er hatte recht, dachte Skar bitter. Vielleicht – nein, ganz bestimmt – *waren* sie Freunde, wenn auch auf eine Art, die schwer zu begreifen war und nichts mit den Gefühlen gemein hatte, die er Del oder Kiina entgegenbrachte – aber es war eine Freundschaft, die vom ersten Tag an unter einem blutigen Vorzeichen gestanden hatte, in der öfter das Schwert als das Wort gesprochen und die weniger von Vertrauen als nicht eingelöstem *Mißtrauen* geprägt worden war. Und Skar hätte Titchs Aufzählung noch nach Belieben fortsetzen können: *er* war es gewesen, der Titchs Vater erschlug, es war das Ding gewesen, von dem noch immer ein Teil in *ihm* war, das fast die Hälfte seines Heeres vernichtet hatte, und es war die gleiche, finstere Macht, die ganz Enwor verwüstete, die auch ihn erschaffen hatte. Ja – er *war* in Titchs Leben eingebrochen wie ein schwarzer Engel der Vernichtung. Wäre Titch ein Mensch gewesen, hätte er gar nicht anders gekonnt, als ihn zu hassen.

Aber nichts von alledem ist meine Schuld, Freund, dachte er.

Er wollte es laut aussprechen, aber ein weiterer Blick in Titchs Augen hinderte ihn daran. Es wäre sinnlos gewesen. Der Quorrl wußte so gut wie er, daß er nichts von alledem gewollt, geschweige denn *herbeigeführt* hatte. Und trotzdem.

»Wenn du willst, dann gehe ich«, sagte er. »Sofort. Ohne ein weiteres Wort. Ohne eine Frage. Willst du es?«

Titch zögerte. Skars Worte irritierten ihn sichtlich. Einen Moment lang irrte sein Blick über Skars Gesicht und dann ins Nirgendwo, als hätte er völlig das Konzept verloren, dann schüttelte er abgehackt den Kopf.

»Nein«, sagte er. »Ich ... verdammt, ich glaube, ich weiß selbst nicht mehr, was ich will.«

»Keiner von uns weiß das noch«, flüsterte Skar.

»Aber ich verspreche dir eines«, fuhr Titch fort, und plötzlich klang seine Stimme wieder hart und befehlend. »Wenn ich glaube, daß es in Caran wieder geschieht ... wenn ich auch nur *denke*, daß du den Tod auch dorthin bringst, Skar, dann werde ich dich töten. Dich und das Mädchen. Ohne Gnade.« Er nickte heftig, um seine Worte zu bekräftigen, und legte die Hand auf das Schwert; eine Geste, die aus seiner Drohung ein feierliches Versprechen machte. »Willst du jetzt immer noch bleiben?«

Skar nickte. Er fragte sich, ob Titch wohl ahnen mochte, daß er ihn um genau dieses Versprechen gebeten hätte, hätte er es nicht von sich aus gegeben?

Titch starrte ihn noch für die Dauer eines Atemzuges lang an, dann riß er sein Pferd mit einer unnötig groben Bewegung herum und sprengte los, wieder zurück zur Spitze des Heeres. Hinter ihm schloß sich die Lücke in den Reihen der Quorrl wieder, so daß Skar ihm gar nicht hätte folgen können, selbst, wenn er gewollt hätte.

Aber er machte nicht einmal den Versuch. Niedergeschlagen, verkrampft und vielleicht zum ersten Mal im Leben aus Schmerz den Tränen nahe, sah er dem Quorrl nach, bis seine Gestalt zu einem goldenen Blitz im niederströmenden Grau geworden war, ehe er sein Pferd herumdrehte und langsam an Kiinas Seite zurückritt. *Ist das deine Rache, Bruder?* dachte er. *Zerstörst du jetzt das einzige, was mir bisher noch die Kraft gegeben hat, dir zu widerstehen?*

Die Stimme in seinem Inneren schwieg.

*

Irgendwie schaffte er es, bis zum Abend durchzuhalten. Skar wußte nicht wie – wenn er versuchte, sich an den Tag zurückzuerinnern, dann war in seinen Gedanken nur ein wüstes Durcheinander von Schmerz und Fieber und Durst und Alpträumen, die ihn plagten, obwohl er nicht einmal schlief. Einmal hatte er geglaubt, den *Daij-Djan* zu sehen – er war neben Kiina geritten und hatte irgend etwas zu ihr gesagt, woraufhin sie sich zu ihm herumdrehte und antwortete, aber unter der schwarzen Kapuze des Quorrl-Mantels war nicht Kiinas Gesicht gewesen, sondern die grinsende Fratze der Sternenbestie, und um ein Haar hätte er sie geschlagen. Er bemerkte seinen Irrtum rechtzeitig, aber von diesem Moment an mied auch sie seine unmittelbare Nähe.

Sie rasteten nicht unmittelbar am Fuß der Berge, wie Skar gehofft hatte, sondern ritten noch fast eine Stunde weiter, obwohl das Licht bald so schwach wurde, daß jeder Schritt auf dem rissigen, geröllübersäten Boden zu einem lebensgefährlichen Risiko wurde. Titch ließ eine kleine Anzahl seiner Krieger zurück, um ihren Rücken zu decken, aber die Hauptmacht des Heeres – während des ganzen Tages waren mehr oder weniger große Gruppen von Deserteuren zu ihnen gestoßen, so daß ihre Zahl nun auf über siebenhundert angewachsen war – quälte sich weiter, bis Caran zu einem gigantischen Schatten vor ihnen geworden war, der fast den gesamten Horizont ausfüllte, wie ein dreieckiges schwarzes Loch, das aus der Nacht ausgestanzt worden war.

Schließlich erreichten sie ein kleines Felsplateau, und Titch gab das Zeichen zum Anhalten. Die Krieger stiegen aus den Sätteln und begannen unverzüglich ein Lager aufzuschlagen – die Skar schon sattsam bekannten kleinen, schmuddeligweißen Zelte und zu seiner Überraschung auch eine große Anzahl mit Stein eingefaßter Feuerstellen. Aber er begriff auch fast im gleichen Moment, wie lächerlich seine Befürchtungen waren. Die Nacht würde kalt werden, und sie waren einfach zu viele, um auch nur den Versuch zu unternehmen, sich zu verstecken. Ganz davon abgesehen, daß es zum Caran hin so gut wie keine Deckung gab, mußten auch ihre Verfolger ganz genau wissen, wo sie zu finden waren. Titch hatte ihm erklärt, daß es nur diesen einen Weg zum Berg hinauf gab.

Müde und so ungeschickt, daß er fast stürzte, kletterte er vom Pferd und ließ sich schwer auf einen Felsen sinken. Seine Schultern schienen Zentner zu wiegen, und das Schwert zerrte wie eine Tonnenlast an seiner Hüfte. Ihm war übel.

»Hier«, sagte eine Stimme neben ihm. »Trink das.«

Skar sah auf und blinzelte wie durch einen Nebel aus Schwäche in Titchs Gesicht. Der Quorrl hatte wenig mit ihm geredet, seit ihrem Gespräch vom Mittag, aber er war ihm auch nicht direkt ausgewichen, wie Kiina es getan hatte. Mit zitternden Händen griff Skar nach der Schale, die der Quorrl ihm hinhielt, setzte sie an und stellte erleichtert fest, daß sie keine von Titchs Zaubertränken enthielt, sondern ganz ordinäres, aber eiskaltes Wasser. Er leerte sie mit großen, fast gierigen Schlucken.

»Hast du Hunger?« erkundigte sich Titch.

Skar *hatte* Hunger – er hatte seit zwei Tagen so gut wie nichts mehr gegessen, und wo sein Magen sein sollte, befand sich ein harter Klumpen, der im Rhythmus seines Herzschlages pulsierte. Aber allein der Gedanke an Essen machte ihn gleichzeitig fast krank.

»Ja«, antwortete er. »Aber ich kann nichts essen.«

Die Besorgnis in Titchs Blick wurde ein ganz kleines bißchen tiefer. Aber er ging mit keinem Wort auf Skars Antwort ein, sondern trat einen Schritt zurück und streckte die Hand aus, um ihm aufzuhelfen.

Skar schwindelte. Titch mußte fester zugreifen, um ein abermaliges Straucheln zu verhindern. »Bist du sicher, daß du gehen kannst?« fragte er.

»Gehen?« Alles in Skars Kopf drehte sich. Er hatte Mühe, den Sinn von Titchs Worten zu begreifen.

»Die Höhlen«, erinnerte Titch geduldig. »Es ist nicht mehr weit bis zum Eingang. Aber uns bleibt auch nicht mehr viel Zeit. Du solltest hierbleiben«, fügte er nach einem unmerklichen Zögern hinzu. »Der Weg ist nicht sehr weit, aber anstrengend. Ich bin nicht sicher, daß du es schaffst. Aber ich gebe dir mein Ehrenwort, daß ich zurückkomme.«

Auf eine absurde, völlig unlogische Weise erfüllten Skar diese Worte mit Trotz; einem Trotz, der ihm die Kraft gab sich loszureißen und auf eigenen Füßen zu stehen; und ohne daß der Quorrl ihn stützen mußte. »Ich komme mit«, sagte er. »Und wenn es das letzte ist, was ich tue.«

»Gib nur acht, daß es nicht wirklich das letzte ist«, murmelte Titch. Aber er versuchte nicht mehr, Skar zurückzuhalten, sondern wartete geduldig, bis dieser sich wieder weit genug in der Gewalt hatte, aufrecht zu stehen und zwar langsam, aber ohne zu taumeln, neben ihm herzugehen.

Seltsam – er hatte den Eindruck gehabt, daß sie erst seit wenigen Augenblicken auf dem von Felsen übersäten Plateau waren. Aber die Quorrl hatten das Lager bereits für die Nacht vorbereitet – rings um die nahezu kreisrunde Steinplatte waren Posten aufgestellt, die trotz der zahlreich brennenden Feuer beinahe vollständig mit der Nacht verschmolzen, und neben den zahlreichen kleinen Zelten waren überall Lager aus Fellen, Dekken, Sätteln oder einfach nur Stoffetzen ausgerollt worden. Vielfältige Geräusche drangen durch die Nacht: Atmen und Reden, Schleifen und Rascheln, das Klirren von Metall und Glas, das Knarzen von altem Leder, Eß- und Trinkgeräusche, der Hufschlag von Pferden ...

Er blieb stehen, lauschte. Es war ... beunruhigend; auf eine Art und Weise, die er nicht völlig verstand, und die ihm vielleicht gerade deshalb um so mehr angst machte. Es war, als kröche eine unsichtbare Linie einer zweiten, dunkleren Finsternis aus der Nacht heran, ein unheimliches Schweigen, in dem alle Geräusche doppelt intensiv, aber isoliert wirkten. Eine ungeheure Einsamkeit ergriff von ihm Besitz.

»Was hast du?« fragte Titch, der sein Zögern bemerkt hatte. Seine Stimme klang aufmerksam, fast erschrocken. Aber Skar reagierte nicht darauf. Er lauschte; nach außen und in sich hinein.

Es war keine Einbildung. Seine Wahrnehmungen waren ganz plötzlich von phantastischer Klarheit; so, als sorge irgendeine übergeordnete Macht dafür, daß seine Sinne um so schärfer arbeiteten, je weiter sein Körper verfiel.

»Ich weiß es nicht«, beantwortete er Titchs Frage. »Irgend etwas ... passiert.« *War das der Tod?* Plötzlich bekam er Angst. Sein Herz jagte. Kalter Schweiß bedeckte seine Stirn und seinen Nacken. Er hatte davon gehört, unzählige Male: daß alles viel klarer und einfacher erschien, in den letzten Momenten, daß man Dinge sah und hörte und fühlte und roch, an denen man sein ganzes Leben lang vorübergegangen war, ohne sie auch nur zu registrieren. Daß man ...

Er zwang sich mit Gewalt, den Gedanken nicht zu Ende zu denken, beantwortete Titchs besorgten Blick mit einem ebenso breiten wie falschen Lächeln und ging übertrieben schnell weiter. Seine eigenen Schritte dröhnten wie schwerer Hufschlag in seinen Ohren. Titch folgte ihm in zwei Schritten Abstand, ohne den Blick auch nur eine Sekunde von ihm zu nehmen. Skar spürte es, obwohl er sich nicht erlaubte, auch nur aus den Augenwinkeln in Titchs Richtung zu sehen.

Sie durchquerten das Lager, ohne auch noch mit einem einzigen Quorrl zu reden.

Skar nahm an, daß Titch bereits alles geklärt hatte: Anweisungen für die Dauer ihrer Abwesenheit, sicher auch für den Fall, daß sie *nicht* zurückkamen – die Chancen dafür standen weitaus besser als dafür, *daß* sie wiederkamen – für das, was mit Kiina zu geschehen hatte, in einem der beiden Fälle.

Kiina …

Gegen seinen Willen sah Skar auf und suchte nach ihr, ohne sie zu sehen. Wieder gestand er sich ein, daß er all dies hier letztendlich nur ihretwegen tat. Vielleicht um ihrer Mutter willen, der er ein Versprechen gegeben hatte, daß er niemals hatte einlösen können. Er –

prallte so wuchtig gegen einen Felsen, daß er vor Schmerz und Überraschung aufschrie und beinahe gestrauchelt wäre. Titch streckte rasch die Hand nach ihm aus und hielt seinen Arm, auch, als längst klar war, daß er sein Gleichgewicht wiedergefunden hatte. Skar wollte sich instinktiv losreißen, unterdrückte den Impuls aber im letzten Moment. Ganz anders als sonst hatte die Berührung des Quorrl plötzlich etwas ungemein Beruhigendes. Für einen Moment glaubte er die Kraft des Quorrl zu fühlen wie einen ruhigen, mächtigen Strom reiner Stärke, von dem ein ganz kleines bißchen auch in ihn floß, ganz einfach, indem er Titch gestattete, seinen Arm zu halten.

»Was hast du?« fragte Titch noch einmal.

Skar löste seine Hand mit sanfter Gewalt aus der des Quorrl und zuckte mit den Schultern. Er wußte es nicht. Vielleicht wurde er verrückt. Vielleicht starb er. Er mußte fast all seine Kraft aufwenden, um in der Wirklichkeit zu bleiben. Dem, was er für die Wirklichkeit hielt. Er *glaubte für einen moment aufzuwachen, zum zweiten mal in kurzer zeit aus seinem millenienwährenden traum in die wirklichkeit zurückzugleiten, eine von mehreren (zahllosen?) wirklichkeiten, aber der bann des traumes war zu mächtig, der schlaf zu tief. Für den bruchteil einer sekunde war er wieder er selbst, aber der träumer war stärker – er spürte, wie er wieder hinabgezogen wurde in den schwarzen wirbel des traumes und* schüttelte mühsam den Kopf, in einer Bewegung wie unter Schmerzen. Die Bilder, die für Bruchteile von Sekunden vor seinen Augen gewesen waren, verschwanden, aber sie ließen etwas zurück: ein Gefühl von Bitterkeit, das Gefühl – nein, das Wissen – etwas verloren zu haben, das er nie wirklich besessen hatte.

Wieder hob Titch die Hand, um ihn zu berühren, aber diesmal wich Skar ihm aus. Erfüllt von einem grundlosen, entsetzlichen Schrecken sah er sich um. Alles wirkte ... falsch. Die wenigen Farben, die die Nacht übriggelassen hatte, waren falsch, die Geräusche noch immer überlaut und -deutlich, aber zu schrill, in einer Tonart, die unmöglich war, Titchs Bewegungen und die der schwarzen Schatten in der Nacht hinter ihm abgehackt und unecht, das ruckhafte Armheben einer Marionette. Etwas ... geschah. Mit ihm.

Titchs Gesicht verfinsterte sich. »Zum Teufel, Skar, was –«

»Nichts«, unterbrach ihn Skar. »Ich war nur einen Moment ... verwirrt.«

Titchs Gesichtsausdruck machte sehr deutlich, was er von dieser Antwort hielt. Für die Dauer eines kurzen Atemzuges war Skar sicher, daß er ihn zurückschicken würde. Aber der Moment verging, ohne daß Titch etwas sagte, und schließlich drehte sich Skar demonstrativ um und ging weiter; so schnell, daß sich plötzlich Titch anstrengen mußte, um mit ihm Schritt zu halten.

»Es war wirklich so«, sagte er noch einmal – und mehr, um sich selbst zu beruhigen, als den Quorrl. »Beeilen wir uns lieber. Wir haben nicht mehr viel Zeit.«

Sie verließen das Plateau und gingen noch ein Stück weit den gewundenen Saumpfad hinauf, blieben dann aber wieder stehen, als Titch den Arm hob und nach links deutete. Skar strengte sich an, um in der Dunkelheit irgend etwas sehen zu können, das mehr als Schwärze und noch dunklere Schatten war. Nach einer Weile glaubte er, so etwas wie einen Riß im Berg wahrzunehmen, einen dreieckigen, niedrigen Spalt, der schon für einen Mann seiner Statur *schmal* schien. Wie Titch sich hindurchzwängen wollte, war ihm ein Rätsel.

Aber er tat es. Mit einer Geschicklichkeit, die selbst Skar dem Quorrl nicht zugetraut hätte, schlängelte und drängte sich Titch so lange hin und her, bis seine Gestalt nach und nach im Berg verschwand. Skar stand dabei und sah ihm zu, und allein das Bild erfüllte ihn schon wieder mit Furcht; einem an Panik grenzenden Grauen, das er nur noch mühsam unter Kontrolle halten konnte. Seine Phantasie, einmal außer Rand und Band geraten, gaukelte ihm ein anderes Bild vor: für ihn sah es aus, als verschläge der Berg den Quorrl, aus den Riß im Felsen wurde ein dreieckiges steinernes Drachenmaul, in dem sich Titchs Gestalt unter unerträglichen Qualen wand, während er tiefer und tiefer in den Schlund des Ungeheuers gesogen wurde. Ein Omen? *Eine Warnung, diesen Ort nicht zu betreten, die er ernst nehmen sollte?* Unsinn. Und doch ... Er hatte ein ähnliches Gefühl schon einmal gehabt, plötzlich erinnerte er sich wieder: auf Crons Hof. Er *mußte aufwachen. Der traum begann ihm zu entgleiten, der träumer verlor die kontrolle darüber, und der geträumte drohte vom spieler zum regisseur zu werden. Er war zu lange in jener fremden, armen welt gewesen, um –*

Skar ballte die Hand so heftig zur Faust, bis ihm der Schmerz die Tränen in die Augen trieb. Die fremden Gedanken und Bilder vergingen, aber das Gefühl blieb. *Er durfte nicht in diesen Berg.* Etwas Unvorstellbares würde geschehen, wenn er es tat, etwas, das tausendmal schlimmer war als das, was auf Crons Hof passiert war, etwas –

Hör auf! dachte Skar. *Ich weiß, daß du es bist! HÖR AUF!*

Er fuhr herum, starrte in die Dunkelheit und versuchte, die schlanke Gestalt seines höllischen Bruders zwischen den Felsen zu erkennen. Aber wenn er da war, so hielt er sich geschickt verborgen, ein Schatten zwischen den Klumpen geronnener Finsternis, in die die Nacht die Felsen verwandelt hatte. Nur seine Gedanken waren da, das tödliche Flüstern in Skars Kopf, und –

Skar stöhnte. Wellen von wechselnder Kälte und Hitze durchfluteten seinen Körper. Seine Schläfen begannen zu pochen. Er hatte Schmerzen.

Du stirbst, Bruder. Betrete diesen Ort, und du stirbst.

Er starrte den *Daij-Djan* an, der nun doch gekommen war, ein schlankes tödliches Nichts, vielleicht wirklich, vielleicht nur in seiner Vorstellung real, das blieb sich gleich, und es waren gerade seine Worte, gerade diese Warnung, von der Skar wußte, daß er besser daran täte, sie ernst zu nehmen, die ihn schließlich dazu brachten, sich herumzudrehen und Titch zu folgen.

Der Quorrl hatte sich mittlerweile völlig durch den Felsspalt gezwängt und winkte Skar ungeduldig, ihm zu folgen. Skar ließ sich ungeschickt auf Knie und Ellbogen sinken, zog die Schultern zusammen und begann in die Höhle zu kriechen. Scharfkantiges Felsgestein schrammte über seine Schultern und an seinem Rükken entlang, und er fragte sich erneut, wie um alles in der Welt Titch es geschafft hatte, seine Titanengestalt durch den schmalen Spalt zu zwängen.

Eine schuppige Hand griff nach ihm und zog ihn auf die Füße, kaum daß der Druck des Felsens auf seine Schultern verschwand. Halb von Titch gezogen, halb aus eigener Kraft, stand Skar auf und sah sich um.

Es war nicht dunkel, wie er erwartet hatte. Sie befanden sich am Eingang eines gewaltigen Felsendomes, dessen Wände und Decke zerborsten und von Rissen und Schründen überzogen waren, der Skar aber trotzdem fast zu gleichmäßig und eben geformt vorkam, um natürlichen Ursprunges zu sein. Ein rötlicher Schein, der aus dem Nichts kam, erhellte die Luft. Auf dem Boden lagen unförmige rote und braune und schwarze Brocken, Felsen, die aus der Decke gebrochen waren. Und unweit des Einganges ein toter Quorrl.

Skar fuhr überrascht zusammen, als er die verkrümmte Gestalt sah. Der Blick, mit dem Titch ihn maß, verriet ihm, daß der Anblick des Leichnames für ihn keine Überraschung darstellte. Titch war schon einmal hiergewesen. Und er war offensichtlich weiter vorgedrungen, als er bisher zugegeben hatte.

Angewidert und fasziniert zugleich trat Skar näher und musterte den Leichnam.

Daß es ein Quorrl-Krieger gewesen war, erkannte er nur noch an der schuppigen Rüstung und dem gewaltigen Breitschwert, das eine der mumifizierten Krallenhände noch umklammerte. Der Körper mußte seit mindestens zehn Jahren hier liegen, dachte Skar. Fragend sah er Titch an, aber der Quorrl wandte sich rasch ab und ging weiter, so daß Skar ihm folgen mußte.

Die Höhle war weitaus größer, als Skar angenommen hatte. Sie gingen gute zehn Minuten über den mit Trümmern übersäten

Boden, ohne daß die jenseitige Wand auch nur einen Deut näher zu kommen schien, und sie fanden mehr tote Quorrl, mal einzeln, wie der Krieger am Höhleneingang, mal in ganzen Gruppen über- und nebeneinandergestürzt, und fast durchweg in dem gleichen fortgeschrittenen Stadium der Verwesung wie die erste Leiche.

Skar fror. Obwohl sie sich bereits tief im Inneren des Berges befinden mußten, war es hier drinnen merklich kälter als draußen. Ihr Atem zauberte kleine graue Wölkchen vor ihre Gesichter, wie Nebel, und ihre Schritte schlugen sonderbar widerhallende Echos aus dem zerborstenen Boden, und das Licht, dieses seltsame, fast unheimliche rote Licht, schien die Gestalt des vorausgehenden Quorrl zu umfließen wie leuchtendes Wasser.

Unwirklich, dachte Skar. Das war das Wort, nach dem er die ganze Zeit über gesucht hatte. *Unwirklich*. Nicht falsch oder fremdartig; es war, als bewegten sie sich Schritt für Schritt in eine Welt hinein, die sich von der ihren so völlig unterschied, daß es einfach keine Bezugspunkte mehr gab. Keine andere Welt, sondern eine andere *Wirklichkeit*, als gäbe es neben ihr noch eine andere Realität. Aber wenn es so war, dachte er, welche war dann die *wirkliche* Welt?

Skar spürte, wie sich seine Gedanken zu verwirren begannen, aber er fühlte auch, daß er diesmal nicht mehr genug Kraft hatte, den Teufelskreis zu durchbrechen, in den ihn Furcht und Todesnähe hineingeschleudert hatten. Er wankte. Sein Fuß stieß gegen einen kopfgroßen Stein und ließ ihn davonrollen, aber Titch sah nicht einmal auf, obwohl das Geräusch lang anhaltend und hundertfach gebrochen durch den unterirdischen Dom hallte.

Wieder stießen sie auf Tote; Männer diesmal, die nicht so friedlich oder wenigstens schnell gestorben waren wie die, die sie bisher gefunden hatten. Obwohl ihre Körper fast bis zur Unkenntlichkeit mumifiziert waren; papierdünne, eingeschrumpfte Karikaturen der kraftstrotzenden Geschöpfe, die sie einmal gewesen waren, sah Skar noch immer die Spuren unerträglicher Pein auf den ausgezehrten Gesichtern. Ihre Glieder waren verkrümmt; manche gebrochen, und Skar sah einen Quorrl, dessen Kehle von seiner eigenen Hand aufgerissen war.

»Was ist hier passiert?« fragte er.

Titch antwortete nicht, und als Skar hochblickte, sah er, daß der Quorrl einfach weitergegangen war. Verärgert lief er ihm nach, holte ihn ein und zog ihn grob am Arm herum.

»Warum antwortest du nicht?« fragte er. »Du –«

Skar verstummte abrupt, als er in Titchs Gesicht blickte. Der Quorrl wirkte eindeutig erschrocken; aber auch verwirrt. Ohne daß Titch auch nur ein Wort sagen mußte, wußte Skar, daß er seine Frage gar nicht verstanden hatte.

»Entschuldige«, sagte er, während er Titchs Arm losließ.

»Entschuldige – *was?*« Titch blickte auf seine Hand herab, als hätte Skar sie beschmutzt, mit seiner groben Berührung. Dann starrte er Skar an. »Ich glaube nicht, daß du –«

Skar trat einen halben Schritt zur Seite, und Titchs Worte verstummten. Die Lippen des Quorrl bewegten sich weiter, aber Skar hörte nichts mehr, und nach ein paar weiteren Sekunden brach Titch ab und blickte ihn mit einer Mischung aus Schrecken und Ärger an.

Skar schauderte. Er kannte diesen unheimlichen Effekt, diese böse Magie der Laute, die gesprochene Worte nur noch dann hörbar bleiben ließ, wenn sich Sprecher und Angesprochener direkt ansahen. Er hatte ihn bereits zweimal erlebt.

»Ich habe gefragt, was das hier ist«, sagte er, nachdem er sich wieder so postiert hatte, daß Titch seine Worte hören konnte. Er machte eine weit ausholende Geste. »Die Toten – das waren *deine* Männer.«

»Und?« fragte Titch.

Skar verstand. Titch *wollte* nicht darüber reden. Und er respektierte dies. Zumindest im Moment.

Er wollte weitergehen, aber jetzt hielt ihn Titch am Arm zurück. Er sagte etwas, was Skar nicht verstand. Skar riß seinen Arm los und drehte den Kopf, und Titch wiederholte seine Frage: »Dieses ... Schweigen, Skar. Du weißt, was es bedeutet.«

»Stimmt«, antwortete Skar und ging weiter. Titch starrte ihn sekundenlang beinahe feindselig an, zuckte dann in einer bedrükkend menschlichen, trotzig-resignierenden Geste die Achseln und folgte ihm.

Aber Skars Antwort war nicht nur eine billige Retourkutsche. Er wußte, was dieser unheimliche ... Wortzauber zu bedeuten hatte, und gleichzeitig wußte er es nicht. Er wußte nicht, was ihn *bewirkte*, und noch viel weniger, wozu er gut sein mochte. Was er wußte war, *wieso* sie ihn fühlten. Es gab nur diese eine Erklärung: Caran, was immer sich hinter diesem Wort verbergen mochte, war ein Ort der *Alten*.

Lange Zeit gingen sie einfach schweigend nebeneinander her. Skar fiel auf, daß Titch immer nervöser wurde, auch wenn der Quorrl sich alle Mühe gab, äußerlich gelassen zu erscheinen. Und auch er selbst fühlte sich ... unbehaglich, auf eine schwer greifbare Weise. Fast ohne daß er sich dessen bisher bewußt geworden wäre, hatte sich sein Körper ein wenig erholt: die Schmerzen waren auf ein erträgliches Maß zurückgegangen, und das Gehen fiel ihm beinahe *leicht*, als schöpfe er aus jedem Schritt Kraft, statt daß es umgekehrt war. Vielleicht war es wirklich Titchs Berührung gewesen, die ihm ein wenig von seiner alten Stärke zurückgegeben hatte, vielleicht war es auch dieser Ort, von dem er ein Teil war, der ihm neue Kraft einflößte. Und gleichzeitig fühlte er immer stärker, daß er nicht hier sein sollte. Die Warnung des *Daij-Djan* war ernst gemeint gewesen. Und ehrlich.

Nach einer Weile begann der Boden vor ihnen sanft anzusteigen, und schließlich – waren es Minuten, oder wirklich Stunden gewesen, wie Skar sich einbildete? – näherten sie sich dem jenseitigen Rand des Felsendomes. Der Boden wurde steiler, und die Risse, die ihn durchzogen, breiter. Titch gab ihm mit einer Geste zu verstehen, daß er zurückbleiben sollte, und Skar gehorchte, wenn auch nicht ganz. Statt stehenzubleiben, verlangsamte er nur seine Schritte, so daß der Abstand zwischen Titch und ihm allmählich größer wurde.

Der Quorrl war vielleicht zwanzig Meter von ihm entfernt, als er die Wand erreichte und stehenblieb. Auch Skar verhielt mitten im Schritt. Seine Hand sank auf das Schwert herab und fingerte nervös am Griff der nutzlosen Waffe. Titch tat etwas an der Wand, was er nicht erkennen konnte; wahrscheinlich suchte er nach einem Durchgang, einer verborgenen Tür oder einer weiteren, getarnten Spalte.

Skar besah sich die Felswand genauer. So weit er sie in dem düsterroten Schein überhaupt erkennen konnte, schien sie so zerrissen und schrundig wie das ganze Innere dieses unheimlichen Berges. Es gab handbreite, klaffende Spalten, die wie erstarrte schwarze Blitze durch den Fels liefen und ihn in ein Mosaik aus Millionen und Abermillionen unregelmäßiger Einzelteile zerrissen, aber auch große, wie in den Stein gebrannt wirkende Löcher, in deren Tiefe es hier und da funkelte; Kristall- oder Erzeinschlüsse, wie Skar vermutete. Aber keine dieser gewaltsam oder einfach von der Zeit geschaffenen Lücken war auch nur annähernd groß genug, Titch oder ihn hindurchzulassen.

Schließlich trat Skar neben den Quorrl und tippte ihm mit dem Zeigefinger auf die Schulter, damit er den Kopf wandte und seine Worte verstand.

»Was tust du?« fragte er.

Statt zu antworten, streifte Titch seine Hand ab und wandte sich wieder der Felswand zu. Seine Finger glitten scharrend über den Fels, tasteten hierhin und dorthin, drückten auf Vorsprünge und in Vertiefungen – Skar verstand, auch ohne daß Titch antworten mußte. Der Quorrl suchte nach einem geheimen Mechanismus, der einen Durchgang in dieser massiv erscheinenden Felswand öffnete.

»Woher weißt du, wo der Eingang ist?« fragte er. Die Höhle war gewaltig.

»Weil Cron es mir verraten hat«, antwortete Titch.

Und weil du schon einmal hier warst, fügte Skar in Gedanken hinzu. *Und ihn schon einmal gefunden hast.* Aber er sprach es nicht laut aus, sondern sah schweigend zu, wie Titch die rotbraune Wand vor sich Handbreit um Handbreit abtastete, mit fast geschlossenen Augen und so konzentriert, wie Skar den Quorrl noch niemals zuvor erlebt hatte.

Plötzlich erstarrte Titch. Auf seinen Zügen erschien ein Ausdruck, der beinahe an Angst grenzte. Seine Hand hatte irgend etwas in einer der Spalten ertastet. Skar sah, wie sein Arm sich vor Anstrengung spannte. Aber irgend etwas sagte ihm, daß Titch keine Kraft brauchte, um den Hebel oder was immer er gefunden hatte, zu betätigen.

Titch sah hoch. In seinen dunklen Tieraugen loderte eine Angst, die Skar einen eisigen Schauer über den Rücken laufen ließ. »Du kannst ... es dir noch überlegen«, sagte er stockend.

»Was?«

Titch machte eine Kopfbewegung in die Richtung, aus der sie gekommen waren. »Du kannst noch gehen, Satai. Ich gebe dir Zeit, den Berg zu verlassen.« *Wovor hatte Titch Angst?*

Er antwortete nicht, und der Quorrl wertete sein Schweigen als das, was es war. Sein Arm spannte sich mit einem kurzen, heftigen Ruck, und aus der Wand vor ihnen antwortete ein ebenso kurzes, hart-metallisches Geräusch auf die Bewegung; wie ein Peitschenhieb, nur lauter, und der Hieb einer Peitsche aus Stahl.

Titch sprang zurück. Jeder Muskel in seinem gewaltigen Körper war gespannt. Sein Blick irrte fast gehetzt hin und her, tastete über den zerrissenen Fels, flackerte. Seine Finger bewegten sich, schlossen sich zu Krallen und öffneten sich wieder; schnell und mehrmals hintereinander und mit einer Kraft, die seine Schuppen knistern ließ wie trockenes Papier. Der Quorrl war halb wahnsinnig vor Angst.

»Was –?« begann Skar.

Titch hob die Hand, um ihn zum Schweigen zu bringen. Und im gleichen Moment, wie zur Antwort auf seine Bewegung, klappte ein Teil der Felswand wie ein Paar steinerner Insektenflügel zur Seite.

Skar erstarrte.

Er hatte einen Durchgang erwartet, ein Tor, das sich öffnete, vielleicht auch einfach nur ein Loch im Boden, aber ein Teil der Felswand vor ihnen, den Titchs Tasten aus seinem vielleicht jahrelangen Schlaf geweckt hatte, war nicht größer als der Deckel einer kleinen Seekiste.

Und dahinter loderte die Hölle.

Skar starrte in ein rubinrotes, flackerndes Auge aus Glas oder Kristall, in dessen Tiefe ein düsteres Feuer brannte. Ein unheimlicher Hauch wehte ihm entgegen, etwas, was vielmehr seine Seele als seinen Körper streifte und ihn schaudern ließ; ein fast körperliches Empfinden von Gefahr, eine Drohung von so unvorstellbarer Natur, daß sich sein Verstand einfach weigerte, sie zu begreifen. Er wußte nur eines, aber das mit absoluter Gewißheit: daß er etwas gegenüberstand, das schlimmer, tausendfach schlimmer als der Tod war.

Das Licht im Inneren des Teufelsauges begann zu pulsieren; zuerst langsam, wie im Rhythmus eines gewaltigen bösen Herzens, dann immer schneller und schneller, wobei es allmählich an Leuchtkraft zunahm.

Und dann ertönte die *Stimme*.

Skar fuhr zusammen wie unter einem Hieb. Er verstand die Worte nicht, die plötzlich aus dem Nichts auf Titch und ihn einhämmerten, denn es waren Worte *(Laute, entsetzliche, grauenerregende Laute)* einer Sprache, die vor einer Million Jahre untergegangen war, zusammen mit den Wesen, die sie sprachen. Aber allein ihr bloßer Klang ließ ihn sich krümmen wie unter Schmerzen, denn es waren Worte, die die gleiche fürchterliche Drohung enthielten wie das rote Licht und das Feuer im Inneren des Höllenauges.

Und dann hörte er, wie Titch antwortete.

Es war nur ein Wort. Ein kurzer, bellender Laut, der Skar die Stimmbänder zerrissen hätte, hätte er auch nur *versucht*, ihn auszusprechen, und der ihn für die gleiche Zeitspanne, die er brauchte, um ihn hervorzubringen, in etwas unsagbar Fremdes, Fürchterliches verwandelte.

Der Quorrl taumelte. Langsam, als kämpfe er gegen einen unsichtbaren Widerstand an, sank er auf die Knie, hob die Hände vor das Gesicht und verbarg seine Augen vor dem lodernden, bösen Licht, mit dem das Dämonenauge in der Wand sie überschüttete.

Das rote Pulsieren verlor ganz allmählich an Heftigkeit. Das Auge starrte sie noch immer an, und in seinem Licht war noch immer die gleiche, fürchterliche Drohung, aber sein Flackern wurde allmählich langsamer. Und dann, ebenso langsam und lautlos, wie sie sich geöffnet hatten, schlossen sich die steinernen Käferflügel in der Wand wieder. Die Stille, die folgte, war beinahe schlimmer als alles andere zuvor. Und es dauerte lange, sehr lange, bis Skar die Kraft fand, sich an Titch zu wenden und die Hand zu heben, um seine Aufmerksamkeit zu erregen.

Das Gesicht des Quorrl war grau vor Anstrengung und Furcht, als er den Kopf wandte und ihn ansah. Skar suchte vergeblich nach Erleichterung in seinem Blick. Die Furcht war aus seinen Augen verschwunden – aber das Entsetzen war geblieben.

»Und ... jetzt?« fragte er zögernd.

Titch wollte antworten, aber er kam nicht dazu. Ein dunkles, mahlendes Geräusch erscholl, und direkt hinter dem Quorrl spaltete sich der Fels; diesmal auf mehr als Manneslänge. Fassungslos und alarmiert zugleich beobachtete Skar, wie der Spalt breiter wurde, als sich der scheinbar massive Stein teilte. Ein Spalt entstand, wurde zu einer erst hand-, dann armbreiten Öffnung und schließlich zu einer quadratischen, gut zwei Meter messenden Öffnung, hinter der der Beginn eines halbrunden Stollens zu sehen war, der tiefer in den Berg hineinführte. Dasselbe rote Licht, das auch den Felsendom erhellte, füllte auch ihn aus. Trotzdem konnten sie nur wenige Schritte weit sehen, denn die Luft war seltsam unklar; als hinge Nebel oder feiner Staub in ihr, dachte Skar.

Titch machte eine abwehrende Geste, als Skar den Stollen betreten wollte. »Nein.«

Skar war fast erleichtert. Sie waren hierhergekommen, um diesen Stollen zu finden. Und trotzdem erfüllte ihn die bloße Vorstellung, ihn zu betreten, mit Furcht.

»Wir warten.« Titch atmete so schwer und tief ein, daß es sich fast wie ein Keuchen anhörte. Das Sprechen schien seine ganze Kraft zu erfordern. »Ich weiß nicht, was weiter geschieht. Cron hat es mir nicht gesagt.«

»Und vorher ...«

»Ich wußte es nicht«, murmelte Titch. Er sah weiter in Skars

Richtung, damit er seine Worte verstand, aber sein Blick war leer; ins Nirgendwo gerichtet. Und gleichzeitig direkt in die Hölle. Seine Hände zitterten. »Ich wußte das geheime Wort nicht. Keiner von uns wußte es.«

Das geheime Wort ...

Skar verstand erst jetzt *wirklich*, was mit diesem so täuschend harmlosen Begriff gemeint gewesen war. Keine Parole, wie er angenommen hatte, nichts, was Titch oder er irgendeinem Wächter sagte, damit ihnen Durchlaß gewährt wurde. *Das geheime Wort, das euch den Weg in die Höhlen von Caran öffnet ...*

Es war unvorstellbar. Allein die Vorstellung erschütterte Skar bis ins Innerste. Es war *der Berg selbst, der ihnen Einlaß gewährte oder nicht. Nicht die, die in ihm lebten.* Er starrte den Tunnel hinter dem getarnten Tor an, und wieder erfüllte ihn sein bloßer Anblick mit Grauen.

»Keiner von uns wußte es«, sagte Titch noch einmal. Etwas in seiner Stimme ließ Skar aufhorchen; ein Klang, ein Zittern, das vorher nicht darin gewesen war, etwas Neues, das er noch nie an dem Quorrl gehört hatte. Er sprach, aber er sprach nicht mit Skar. Er sprach *zu* ihm, aber nicht, um ihm etwas zu erzählen, sondern nur, um zu reden, und mit ihm nur aus dem einzigen Grund, weil es leichter war, mit einem Zuhörer zu sprechen als mit einem Stein.

»Keiner wußte es«, sagte er noch einmal. Es klang wie ein Schrei. »Wir ... wußten nicht einmal, daß es existiert. Niemand war hiergewesen, vor uns.« Er hob in einer hilflosen Bewegung die Hände und starrte Skar an, und wieder war in seinen Augen dieses unbeschreibliche Entsetzen, das Skar verriet, daß er nicht ihn sah, sondern in seine eigene, ganz private Hölle blickte; die Hölle der Erinnerungen, die er seit jenem entsetzlichen Tag mit sich trug und der er niemals ganz würde entkommen können.

»Wir waren fünfhundert, Satai. Die Besten. Nicht viele, aber ein Heer, wie dieses Land noch keines gesehen hat. Ich habe jeden einzelnen Mann selbst ausgesucht. Viele von ihnen waren meine Freunde.«

»Sie hatten euch geschickt, um Caran zu erobern?« fragte Skar leise den Quorrl.

Titch nickte. »Die Bastarde hatten einen *Bestimmer* getötet«, antwortete er. »Nur einen, und es war noch dazu umsonst. Sie schlugen zu früh zu. Die Brut, die er nach Ninga bringen sollte, befand sich noch im Dorf ihres Vaters. Aber sie töteten ihn und alle, die bei ihm waren.

Ich war jung damals, Satai. Ein Krieger, aber ohne Erfahrung. Trash suchte mich aus, um das Heer zu führen, denn er selbst hatte Cant bereits verlassen und Blut gekostet, so daß er nie mehr zurückkehren durfte. Wir sollten sie auslöschen, ein für allemal. Der Befehl kam direkt aus dem Goldenen Tempel in Ninga.«

Wieder schwieg der Quorrl für endlose, quälende Sekunden. Er schloß die Augen. Sein Gesicht arbeitete, als wären die Muskeln unter seiner grüngrauen Schuppenhaut lebendig geworden; winzige zuckende Würmer, die sich hin und her warfen und aus ihrem Gefängnis zu entkommen versuchten.

»Wir hatten einen von ihnen gefangengenommen«, fuhr er fort. »Die Tempelpriester brachten ihn zum Reden, so daß wir von diesem Eingang wußten. Ich führte das Heer zum Berg. Es ... es war ein Tag wie heute, Satai. Ein Abend im Winter. Die Nacht kam, und wir lagerten auf dem gleichen Plateau, auf dem die Männer auch jetzt sind. Wir rechneten mit einem Angriff. Ich ließ das Lager befestigen und dreifache Wachen aufstellen. Aber nichts geschah. Wir fühlten uns sicher. *Stark.*« Er stieß das Wort hervor wie einen Schrei.

»Als die Sonne aufging, drangen wir in den Berg ein, durch den Eingang dort vorne. Wir sahen niemanden, aber ich war närrisch genug, nicht auf diese Warnung zu achten. Ich glaubte mich schon am Ziel. Niemand war dem Berg vor uns so nahe gekommen, und keiner hatte ihn je betreten.«

Er lachte hart. Seine Stimme wurde bitter, als er nach einer sekundenlangen Pause weitersprach. »Keiner, von dem man je wieder gehört hätte. Wir ... wir kamen hierher und durchsuchten die Höhle, auf eine Falle gefaßt oder einen Hinterhalt.«

»Es *war* eine Falle«, vermutete Skar.

Titch nickte. »Und wir waren schon mittendrin. Später habe ich erfahren, daß sie uns zehnmal hätten vernichten können, schon lange, ehe wir dem Berg auch nur nahe waren. Sie sind *viele*, Skar, viel mehr, als ich damals ahnte. Aber wozu sollten sie kämpfen? Wir Narren haben uns selbst umgebracht. *Ich* habe sie umgebracht. Alle.«

»Wie?« fragte Skar einfach.

»Ich brachte sie hierher. An genau diese Stelle. Der ... der Gefangene war bei uns. Er zeigte uns den Eingang. Das Tor, das ins Innere des Berges führt. Es liegt irgendwo hinter diesen Felsen, aber du kannst ein Leben lang vergeblich danach suchen, wenn du nicht genau weißt, wo es ist. Er ... er zeigte es mir. Er führte mich und das Heer hierher und zeigte mir den geheimen Mechanismus, der den Wächter aktiviert. Keiner von uns wußte, daß es ihn gab. Keiner wußte, *was* er war.«

»Dieses ... Auge?« Skar deutete mit einer Kopfbewegung auf die Stelle über Titchs Kopf, an der der Felsen auseinandergeklappt war. Sein Blick streifte den offenstehenden Eingang des Felstunnels und saugte sich an der lastenden Schwärze dahinter fest, und seine überreizten Nerven gaukelten ihm Schatten und Bewegungen vor, die nicht da waren. Es kostete ihn Mühe, sich von dem unheimlichen Anblick loszureißen und sich erneut Titch zuzuwenden.

»Es war genau wie heute«, sagte der Quorrl. »Der ... der Fels spaltete sich, und dann hörten wir die *Stimme*. Großer Gott, diese *Stimme*, Skar. Ich habe sie nie wieder vergessen. Niemals.«

»Aber damals hast du nicht geantwortet«, sagte Skar. Er sprach schnell, fast hastig. Titchs Blick flackerte. Er spürte, daß der Quorrl die Beherrschung zu verlieren drohte. Die Erinnerungen wurden übermächtig. Titch zitterte am ganzen Leib, gemartert von einem Entsetzen, das aus sorgsam zugeschütteten Abgründen seiner Erinnerungen wieder hervorbrach.

»Ich wußte nicht, daß es eine Antwort gab«, murmelte der Quorrl. »Wir ... wir hörten die Stimme, und ich spürte, daß etwas geschah. Das Licht. Ich ... ich hatte Angst. Alle fühlten es. Ein paar Männer flohen. Auch ich wollte fort, aber ich konnte es nicht. Ich war wie ... wie gelähmt. Sie sprach, aber ich ... ich konnte nicht antworten, Skar. *Ich wußte die Antwort doch nicht!*«

Skar berührte Titchs Hand. Die Schuppenhaut des Quorrl fühlte sich eiskalt an, und er spürte, wie Titchs Puls jagte.

»Und weiter?« fragte er. Titch würde den Verstand verlieren, wenn er es nicht aussprach. Er mußte es tun, jetzt. Die Erinnerungen waren wie ein vergifteter Pfeil, der in seiner Seele steckte. Sie würden ihn umbringen, wenn er ihn nicht herauszog; ganz gleich, wie weh es tat. Skar spannte sich insgeheim. Er wäre nicht überrascht gewesen, hätte Titch ihn angegriffen.

Aber die Spannung fiel so schnell von dem Quorrl ab, wie sie gekommen war. Seine Glieder zitterten weiter, aber der gefährliche Moment war vorüber. Titchs Stimme brach fast, als er weitersprach.

»Sie starben alle«, flüsterte er. »Der Wächter ... Caran tötete sie.«

»Aber *wie*?« fragte Skar. »Was hat sie umgebracht, Titch?«

Titch machte eine Handbewegung ins Nirgendwo. »Der Berg. Angst. Ich weiß es nicht. Du hast es gefühlt, Skar. Du ... du mußt es gespürt haben. So wie ich. Wie alle, damals.«

Skar nickte zögernd. Er *glaubte* zumindest zu verstehen, was der Quorrl meinte. Es waren keine *körperlichen* Gegner gewesen, die Titch und seine Männer angriffen; keine Monster wie der *Daij-Djan* oder die *Ultha*, und auch nicht die Wirkung irgendeiner unvorstellbaren Götterwaffe wie der Scanner der *Errish* oder des grünen Feuers der Ssirhaa. Es war der Atem dieses Höllenauges gewesen, das kalte tödliche Feuer, das in seiner Tiefe glomm.

»Es wurde stärker«, fuhr Titch fort. »Es ... es wurde einfach stärker. Er stellte die Frage, aber ich wußte die Antwort nicht. Die Männer begannen zu fliehen, einer nach dem anderen, und schließlich lief auch ich davon. Aber es ... es war zu spät. Es war überall, nicht nur hier. In der Luft. Im Fels. In ... in *uns*.«

Und da war es von Anfang an, dachte Skar. *Schon lange, bevor ihr hierhergekommen seid. Es war eure eigene Angst, die euch umbrachte, mein Freund.*

Titch sprach nicht weiter, sondern senkte den Blick und verbarg das Gesicht hinter den Händen, aber Skar wußte auch so, was geschehen war. Er hatte den Haß und die Furcht gespürt, die das Dämonenauge im Fels verströmte wie ein unsichtbares Gift, den Atem der *Sternengeborenen*. Den Haß, den es in die Seelen seiner Opfer säte und das Grauen, von dem es sich nährte. Es war das gleiche, alles Lebende und Denkende verspottende Prinzip, auf dem die fürchterliche Macht der Netzkreatur beruht hatte: indem es seine Opfer mit Haß nährte, züchtete es sich seine eigene Nahrung. Angst, aus der es neue Kraft gewann, um neue Opfer zu vernichten.

»Es war nicht deine Schuld, Titch«, sagte er leise. Er war nicht sicher, ob Titch ihn gehört hatte, denn der Quorrl sah ihn nicht an, aber nach ein paar Sekunden fügte er hinzu: »Du wußtest nichts von dieser Falle. Du konntest es nicht wissen.«

Aber Titch hatte seine Worte gehört. »Ich habe sie hierhergebracht, Satai. Fragt ihr einen General *eures* Volkes, ob er von einer Falle *gewußt* hat, wenn er seine Armee verliert?« Er nahm die Hände herunter und sah Skar wieder direkt an, und plötzlich wurde sein Blick hart. »Damals habe ich mir geschworen, sie zu vernichten, Skar. Ich wußte nicht wen. Ich dachte, es wären die Bastarde, die diese teuflische Falle errichtet hatten, und ich schwor mir, daß sie eines Tages dafür bezahlen würden. Später begriff ich dann, daß sie nicht mehr waren als wir. Werkzeuge. Sie *benutzen* diese Dinge nur, aber sie wissen nicht einmal wirklich, was sie tun. Sowenig wie alle anderen. Wie du oder ich, oder die Tempelpriester in Ninga. *Das* war der Grund, aus dem ich meinem Vater folgte und das Heer anführte. Ich wollte euch niemals helfen, Skar. Die Menschen sind mir gleich. Ich hasse sie nicht, aber ich empfinde auch keine Freundschaft für sie.«

»Aber das stimmt doch gar nicht«, sagte Skar beinahe sanft.

Titchs Augen flammten auf. »O doch!« antwortete er heftig. »Als der Hilferuf der Hohen Satai kam, Skar, weißt du, was ich da getan habe? Ich habe gelacht! Ich hätte ihre Boten getötet, hätte ich es gekonnt.«

»Aber du hast es nicht«, antwortete Skar. »Was zählt ist, was man tut. Nicht was man *will*.«

»Sie waren mir gleich, und sie sind es noch«, behauptete Titch. »Aber dann habe ich begriffen, wer es wirklich ist, den sie bekämpfen, und *das* war der Grund, aus dem ich mit meinen Männern Cant verließ und mich Trash und Del anschloß. Ich wollte sie, Skar. Ich wollte die *Sternengeborenen*, und ich will sie noch.« Er ballte die Faust und schlug damit so wuchtig auf den Boden, daß Skar seine Knochen knirschen hörte.

»Sie werden bezahlen, Skar«, sagte er im Tonfall eines Verzweifelten, aber auch gleichzeitig eines feierlichen Versprechens. »Hundertfach bezahlen. Für das Leben dieser Männer hier und das derer, die draußen in eurer Welt gestorben sind. Und derer, die noch sterben werden.«

»Eine eindrucksvolle Rede«, sagte eine Stimme hinter ihnen. »Aber du hast vergessen, dein eigenes Leben auf deine Liste zu setzen, du Narr.«

Skar fuhr herum und in die Höhe, gleichzeitig fiel seine Hand auf den Schwertgriff herab und zerrte die Waffe aus dem Gürtel. Aber er wußte, daß er nicht schnell genug sein würde.

*

»Der einzige Grund, aus dem du noch am Leben bist, ist, weil ich wissen will, wer dir das Wort verraten hat!« Die Stimme des Quorrl bebte vor Zorn. Sie waren sechs – fünf riesige, bis an die Zähne bewaffnete Krieger und dieser Quorrl, der seiner Kleidung und seinem Auftreten nach wohl ihr Anführer war. Es war das dritte Mal, daß er diese Frage stellte, aber Titch antwortete auch diesmal nicht. Wie Skar wurde er von zwei hinter ihm stehenden Kriegern gehalten, allerdings mit sehr viel mehr Kraft; auch sehr viel mehr, als nötig gewesen wäre, selbst einen Koloß wie ihn zu bändigen.

»Woher kennst du das Wort?« brüllte der Quorrl. »Wer hat es dir gesagt? Wer ist der Verräter?!« Wütend holte er aus und schlug Titch mit dem Handrücken so wuchtig über den Mund, daß sein Kopf in den Nacken flog und seine Oberlippe aufplatzte. Titch stöhnte, gab aber ansonsten keinen Laut von sich.

»Du wirst nicht besonders viel von ihm erfahren, wenn du ihn totschlägst«, sagte Skar, als der Quorrl abermals die Faust hob.

Der schuppige Riese fuhr mit einem zischenden Laut herum und trat nun auf Skar zu, mit Augen voller brodelndem Haß und immer noch erhobener Faust. Im ersten Augenblick rechnete Skar fast damit, daß er ihn kurzerhand erschlagen würde. Aber dann erstarrte der Quorrl im letzten Moment. Aus der lodernden Mordlust in seinen Augen wurde ein tückisches Funkeln.

»O nein, *Mensch*«, sagte er betont. »So leicht mache ich es dir nicht. Was hast du gesucht, als du hierhergekommen bist? Ein Abenteuer?« Er lachte, ein schriller, kichernder Laut, wie das Lachen eines Wahnsinnigen. »Das wirst du bekommen – aber anders, als du glaubst. Du wirst eine große Erfahrung machen, Mensch. Du wirst herausfinden, welches Maß an Schmerzen ein menschlicher Körper ertragen kann, ehe er zerbricht.« Er unterstrich seine Worte nun wirklich mit einem Schlag gegen Skars Brust; allerdings einem, in den er nur einen Bruchteil seiner Kraft legte. Trotzdem reichte der Schmerz, Skar aufschreien zu lassen und ihn für Sekunden in bedrohliche Nähe einer Ohnmacht zu schleudern. Er wäre zusammengebrochen, hätten ihn nicht die beiden Quorrl festgehalten, die ihn auch überwältigt hatten.

»Du Narr«, stöhnte Skar mit zusammengebissenen Zähnen, als er wieder genug Luft bekam, um reden zu können. Zu all den kleinen und großen Schmerzen in seinem Körper gesellte sich nun auch noch ein heftiges Stechen in seiner linken Seite. Der Schlag des Quorrl mußte eine seiner Rippen angebrochen haben. Jeder Atemzug tat weh. »Wenn du uns totprügelst, erfährst du nie, wie wir hierhergekommen sind.«

»Wer sagt dir, daß ich es will?« fragte der Quorrl lauernd. »Vielleicht reicht es mir, euch zu töten.«

Skar hob mühsam den Kopf und blickte den Quorrl mit einem Ausdruck an, von dem er wenigstens *hoffte*, daß er verächtlich aussah. »Und wer sagt dir, du Narr, daß wir die einzigen sind, die das geheime Wort kennen?« fragte er.

In den Augen des Quorrl glomm schon wieder dieses gefährliche Feuer auf, und Skar sah, wie sich seine mächtigen Hände zu Fäusten ballten. Plötzlich war er fast sicher, daß der Quorrl wahnsinnig war; auf eine gefährliche, gewalttätige Art, die ihn noch unberechenbarer werden ließ, als es Quorrl ohnehin waren.

Der Quorrl fuhr herum, wandte sich wieder an Titch und schlug ihm die Faust in den Leib. »Rede!« fauchte er. »Woher wißt ihr das Wort? Wer hat es euch verraten?«

»Cron«, sagte Skar.

Die Hand des Quorrl, schon wieder zur Faust geballt und zu einem weiteren Schlag gegen Titchs Gesicht erhoben, erstarrte mitten in der Bewegung. Sekundenlang stand er einfach da und starrte Titch an, dann drehte er sich ganz langsam wieder zu Skar herum und ließ den Arm sinken.

»Du lügst!« behauptete er. »Cron verrät uns nicht.«

»Das hat er auch nicht«, antwortete Skar. »Er hat uns zu euch geschickt.«

»Zu uns – *geschickt?*« wiederholte der Quorrl ungläubig. »Du willst mir allen Ernstes glauben machen, daß Cron einen Mann wie *Titch* zu uns *schickt*? Titch, den Schlächter?«

Der *Schlächter*? Diese Bezeichnung war Skar neu – aber irgendwie paßte das, was sie vermuten ließ, zu dem fast irrationalen Verhalten des Quorrl. Skar zuckte mit den Achseln und hoffte, daß der Quorrl nicht gut genug im Gesicht eines Menschen lesen konnte, um seine Verwirrung zu bemerken.

»Er hat uns gesagt, wie wir den Wächter überwinden können«, wiederholte er. »Freiwillig. Es war sein Wunsch, daß wir zu euch gehen.«

»Mit einem *Heer*?«

Skar schüttelte den Kopf, so weit dies die schuppigen Krallen zuließen, die ihn hielten. »Die Krieger sind erst später zu uns gestoßen«, sagte er. »Aber das ist eine andere Geschichte.« Er deutete mit einer Kopfbewegung auf Titch, der halb bewußtlos in den Armen seiner beiden Bewacher hing. »Laßt ihn los, und ich erzähle euch alles.«

Der Quorrl lachte bloß. »Ich erfahre auch so, was ich wissen will.«

»So?« antwortete Skar. »Wenn du weißt, wer dieser Mann ist,

dann solltest du auch wissen, daß es wenig Sinn hat, irgend etwas mit *Gewalt* aus ihm herauspressen zu wollen.«

Der Quorrl zögerte. Einen Moment lang irrte sein Blick unentschlossen zwischen Titchs und Skars Gesicht hin und her, dann machte er eine Quorrl-Geste, deren Bedeutung Skar nicht verstand. »Vielleicht hast du recht«, sagte er. Dann flog ein rasches, böses Lächeln über die nur angedeuteten Züge in dem flachen Fischgesicht. »Aber wir haben ja noch dich, nicht wahr, *Mensch*?«

»Satai«, verbesserte ihn Skar, so ruhig er konnte.

Die Überraschung des Quorrl war nicht gespielt. Sekundenlang starrte er Skar verblüfft und mit wachsendem Unglauben an, dann trat er näher, legte die Hand unter sein Kinn und zwang seinen Kopf in den Nacken, um ihn genauer zu betrachten. Sein Griff tat weh. Skar hatte das Gefühl, sein Kiefer würde zerquetscht.

»Du siehst nicht aus wie ein Satai«, sagte er.

»Natürlich nicht«, preßte Skar mühsam hervor. Unter dem unbarmherzigen Druck der Quorrl-Pranke begannen seine Zähne wieder zu bluten. »Ich habe mich verkleidet, damit mich niemand erkennt. Du weißt doch, daß Satai in Wahrheit zwölf Fuß groß sind und Messer anstelle von Fingern an den Händen tragen.«

Der Quorrl schlug ihn. Skar sah den Hieb kommen und spannte sich, aber diesmal verlor er wirklich das Bewußtsein; wenn auch wieder nur für Sekunden. Als sich die schwarzen Schleier von seinen Gedanken hoben, hockte er auf den Knien und spuckte Blut. Die beiden Quorrl hatten ihn losgelassen, standen aber unmittelbar neben ihm, um ihn bei der geringsten verdächtigen Bewegung zu packen.

»Ein Satai, so?« Der Quorrl blickte mißtrauisch – aber auch fast ein wenig respektvoll, dachte Skar erstaunt – auf ihn herab, machte einen Schritt zurück und winkte dem Krieger, der Skar die Waffe entrissen hatte. Der Quorrl trat gehorsam herbei und reichte ihm das *Tschekal* mit der linken Hand. Seine Rechte blutete noch immer heftig, denn er hatte sich nicht darauf beschränkt, Skar die Waffe zu entreißen, sondern auch, sie in der gleichen Bewegung zu zerbrechen.

Nachdenklich drehte der Quorrl das Satai-Schwert in den Händen, blickte wieder auf Skar, dann auf Titch und erneut auf Skar herab und schob die Waffe schließlich scheinbar achtlos in seinen Gürtel. »Es ist ein Satai-Schwert«, sagte er. »Und? Was beweist das? Du kannst es gestohlen haben. Oder gefunden.«

»Niemand, der nicht zu Recht den Mantel eines Satai trägt, würde es wagen, ein *Tschekal* auch nur anzurühren«, sagte Skar. »Das solltest selbst du wissen.«

»Die Dinge haben sich geändert«, antwortete der Quorrl achselzuckend. »Wer bist du? Wie ist dein Name?«

Skar zögerte einen unmerklichen Augenblick. Dann sagte er: »Skar.« Es hatte keinen Zweck, alles mit einer überflüssigen Lüge aufs Spiel zu setzen.

»Skar?« Der Quorrl legte den Kopf schräg. Seine Augen wurden schmal, wodurch er vollends wie ein Reptil aussah. Offensichtlich, dachte Skar, war der Name Skar selbst hier, im hohen Norden Cants, nicht gänzlich unbekannt. Skar war nur nicht sicher, ob das nun unbedingt ein Vorteil war ...

»*Du* bist Skar?«

»Irgendeiner muß es sein, oder?«

»Man hat mir Skar anders beschrieben.«

»Nicht nur die Dinge ändern sich«, antwortete Skar. »Auch Menschen. Selbst Satai werden älter.«

»Und verlieren Glieder?«

»Manchmal«, antwortete Skar leichthin. Er setzte dazu an, aufzustehen, zögerte eine halbe Sekunde und führte sie schließlich zu Ende, als seine beiden Bewacher keinen Versuch unternahmen, ihn daran zu hindern.

»Wie ist das passiert?« fragte der Quorrl mit einer Geste auf Skars Armstumpf.

»Auf dem Weg hierher«, antwortete Skar. »Jemand ... wollte meinen Kopf. Aber ich konnte ihn überzeugen, mit meiner Hand Vorlieb zu nehmen.« Er machte eine unwillige Armbewegung, als der Quorrl ihn unterbrechen wollte. »Also, was willst du jetzt tun? Titch und mich töten, über meine Hand sprechen oder hören, warum wir hier sind?«

Noch vor zwei Minuten hätte der Quorrl ihn einfach erschlagen, wegen dieser unverschämten Worte. Jetzt starrte er ihn einfach nur an, noch immer zornig, aber auch verwirrt, und eigentlich viel mehr verwirrt als wirklich wütend.

»Also gut. Dann sprich, Satai.«

»Nein.«

Der Kopf des Quorrl ruckte mit einer reptilienhaft schnellen Bewegung herum, und auch Skar sah überrascht auf, als er Titchs Stimme hörte. Er hatte Titch für bewußtlos gehalten, aber der Quorrl stand hoch aufgerichtet zwischen den beiden Kriegern, die ihn hielten, mit blutüberströmtem Gesicht, aber ohne das mindeste Zeichen von Schwäche.

»Was soll das heißen?«

»Wir reden mit Rowl«, antwortete Titch. »Nicht mit dir. Crons Nachricht ist zu wichtig, um sie einem Verrückten anzuvertrauen.«

Die Augen des Quorrl blitzten tückisch. »Wer sagt dir, daß ich dich nicht auf der Stelle umbringe?«

»Niemand«, antwortete Titch gelassen. »Warum tust du es nicht?«

Die Blicke der beiden ungleichen Männer kreuzten sich. Titch wirkte mit einem Male herablassend, so kalt und hochmütig, daß es trotz allem mit einem Male der andere zu sein schien, der als Gefangener vor ihm stand.

»Also gut«, sagte der Quorrl schließlich. »Aber wenn das alles nur ein Trick war, dann wirst *du* herausfinden, was ich deinem Freund versprochen habe. Du wirst sehr lange sterben.«

Titch machte sich nicht einmal die Mühe, zu antworten.

*

Der Raum war klein, vollkommen finster und so kalt, daß Skars Rücken schmerzte, wo er die Wand berührte. Skar wußte nicht, wie lange sie schon hier waren, aber es mußte lange sein. Sein Magen meldete sich ab und zu mit einem grollenden Geräusch, und zu dem Hunger hatte sich schon vor einer geraumen Weile

Durst gesellt; ein untrügliches Anzeichen, daß sie seit Stunden in diesem schwarzen Loch saßen und darauf warteten, daß etwas geschah.

Sie waren getrennt worden, wie er erwartet hatte, aber seine Bewacher hatten sich nicht einmal die Mühe gemacht, ihn zu fesseln. Es war auch nicht nötig. Die Wände der würfelförmigen, acht Schritte messenden Kammer bestanden aus massivem Fels, und Skars tastende Finger hatten nicht die mindeste Unebenheit darauf gefunden. Selbst die Tür war spurlos verschwunden, kaum daß sie sich geschlossen hatte. Skar hatte den Gedanken an Flucht fast ebenso schnell wieder aufgegeben, wie er ihm gekommen war. Außerdem waren sie nicht hierhergekommen, um zu *fliehen*.

Trotzdem machte sich Skar Sorgen; mehr, als er sich eingestand. Er wußte nicht genau, was er erwartet hatte, aber nach Titchs Erzählungen und dem, was auf Crons Hof geschehen war, mußte es wohl so etwas wie eine Gemeinschaft edler Räuber sein; Verfemte, die sich in ihre uneinnehmbare Festung in den Bergen zurückgezogen hatten und von dort aus gegen Ungerechtigkeit und Terror kämpften. Aber nachdem er den Wahnsinn in den Augen des Quorrl gesehen hatte, war er nicht mehr völlig sicher, daß es wirklich so war. Vielleicht waren die Bastarde nicht mehr als ganz gewöhnliche Verbrecher, und vielleicht hatten sie sich selbst der Gnade (oder wohl eher *Ungnade*) einer Bande halb verrückter Meuchelmörder und Strauchdiebe ausgeliefert.

Und er machte sich Sorgen um das, was außerhalb des Lagers geschehen mochte. Wenn ihm sein Zeitgefühl nicht völlig abhanden gekommen war, dann mußte es draußen schon längst wieder Tag geworden sein. Vielleicht wurden Titchs Krieger nervös, wenn sie nicht zurückkamen. Oder sie –

Ein schleifender Laut und rotgelber Lichtschein, der durch einen rasch breiter werdenden Spalt in der Wand vor ihm drang, rissen ihn aus seinen Überlegungen. Skar sah auf, blinzelte in das sanfte, aber seinen an stundenlange Dunkelheit gewöhnten Augen trotzdem unangenehme Licht und hob schützend die Hand vor das Gesicht. Ein riesiger Schatten erschien in der Tür, trat einen Schritt auf ihn zu und machte eine befehlende Geste. Skar richtete sich hastig auf, damit der Quorrl nicht auf die Idee kam, seiner Aufforderung mit einem Hieb Nachdruck zu verleihen, und trat an ihm vorbei aus der Tür. Zwei weitere Schuppenkrieger erwarteten ihn. Sie sprachen kein Wort, aber die Bewegung, mit der sie ihn in die Mitte nahmen, war eindeutig genug.

Auf dem Weg hierher hatte Skar kaum Gelegenheit gefunden, sich in Ruhe umzusehen, was er nun nachzuholen versuchte. Aber eigentlich gab es gar nicht viel zu entdecken. Der Tunnel, durch den sie gingen, war von halbrunder Form und maß gute zehn Fuß an der höchsten Stelle, und wie die Höhle draußen bestanden auch seine Wände aus rotbraunem, rissigem Fels, der manchmal glatt und wie poliert aussah, an anderen Stellen zerborsten wie von gewaltigen Hammerschlägen, manchmal auch wie geschmolzene Lava zu bizarr gerundeten Formen erstarrt. In unregelmäßigen Abständen unterbrachen Türen die Wände, durch die er einen Blick in die dahinterliegenden Räume werfen konnte. Allerdings waren die meisten vollkommen leer. Bis auf das unheimliche rötliche Leuchten, das auch hier überall die Luft erfüllte, schien es an den Höhlen von Caran absolut nichts Geheimnisvolles zu geben.

Schließlich wurde er in einen halbrunden, ebenfalls vollkommen leeren Raum gebracht, in dem ihn Titch und zwei weitere Krieger erwarteten. Skar warf einen raschen, besorgten Blick in Titchs Gesicht. Die Oberlippe des Quorrl hatte aufgehört zu bluten, und es waren keine neuen Verletzungen hinzugekommen. Zumindest schien Titch nicht mißhandelt worden zu sein.

»Fahs hat mich nicht angerührt«, sagte Titch. Es war wohl nicht sehr schwer gewesen, in Skars Gesicht zu lesen. »Er ist verrückt, und es macht ihm Freude, zu quälen. Aber er ist auch ein Feigling.«

»Der Quorrl, der uns ... empfangen hat?«

Titch grinste schief und rieb sich mit Daumen und Zeigefinger über die aufgeplatzte Lippe. »Wenn du es so nennen willst ...«

»Ihr scheint alte Freunde zu sein«, sagte Skar.

»Wir kennen uns«, gestand Titch. Er grinste noch immer, aber etwas in seinem Lächeln warnte Skar, nicht danach zu fragen, was der Quorrl gemeint hatte, als er Titch als *Schlächter* bezeichnete. Es war verrückt – aber je länger er den Quorrl kannte, desto weniger schien er über ihn zu wissen.

»Was haben sie mit dir gemacht?«

»Gemacht?« Skar zuckte mit den Schultern. »Nichts. In ein eiskaltes dunkles Loch geworfen und mich hungern lassen, aber sonst nichts. Ihr Quorrl scheint eine sonderbare Auffassung von Gastfreundschaft zu haben.«

»Manche von uns, ja«, sagte Titch. »Sei froh, daß du noch lebst. Ich habe nicht damit gerechnet, so weit zu kommen. Wäre es nach Fahs gegangen, wären wir draußen geblieben. Aber verteilt über die ganze Höhle.«

Skar lächelte flüchtig, aber er antwortete nicht mehr. Die vier Quorrl, die sie bewachten, mußten sie ohnehin für verrückt halten, wenn sie der Sprache mächtig waren, in der sie sich unterhielten. Aber Skar ließ sich von Titchs scheinbar lockerem Ton nicht eine Sekunde täuschen. Der Quorrl war so nervös wie er, wahrscheinlich mehr, denn er wußte sehr viel besser, mit *wem* sie es zu tun hatten. Sie versuchten beide nur, sich einzureden, daß es keinen Grund gab, Angst zu haben.

»Wer ist Rowl?« fragte er.

»Ihr Anführer«, antwortete Titch. »Du würdest ihn einen Räuberhauptmann nennen.«

»Und du?«

Titch überlegte einen Moment. »Einen Rebellen«, sagte er. »Aber auch einen Mörder. Er ist gefährlich, Skar. Laß dich nicht von seinem Äußeren täuschen, oder von seiner Art, sich zu geben. Nur ein Ungeheuer kann ein Heer von Ungeheuern führen.«

Das klang nicht besonders ermutigend, fand Skar. Aber was hatte er erwartet? Daß Fahs sie am Leben gelassen hatte, bedeutete nicht, daß sie es auch *bleiben* würden.

Das Geräusch der Tür und ein warnender Blick Titchs ließen ihn verstummen. Skar drehte sich bewußt langsam herum, sah aber im ersten Moment nichts, denn die Wächter versperrten ihm die Sicht. Erst, als die beiden Krieger respektvoll zur Seite traten, sah er Rowl.

Er begriff fast augenblicklich, was Titch gemeint hatte, als er ihn vor Rowl warnte.

Der Anführer der Bastarde sah absolut normal aus – für einen Quorrl: ein sieben Fuß hoher Gigant mit schuppiger grüner Panzerhaut und Schultern, hinter denen sich ein Mann von Skars Statur bequem zweimal verstecken konnte. Sein Gesicht war flach und reptilienhaft, gleichzeitig aber auch mit der Andeutung menschlicher Züge, und selbst seine Kleidung unterschied sich kaum von der der Krieger, die sie hierhergebracht hatten. Er trug keine Waffen. Nichts an diesem Quorrl wirkte irgendwie gefährlich oder auch nur ungewöhnlich.

Nichts – außer seinen Augen, dachte Skar.

Es waren die kalten, pupillenlosen Fischaugen eines Quorrl, die ihm aus dem flachen Echsengesicht entgegenstarrten, aber es waren auch die Augen eines Mannes, der die *Macht* kennengelernt hatte; nicht die Augen eines Wahnsinnigen, wie Fahs, oder eines Fanatikers, wie es Ian gewesen war. Rowls Blick war der eines Herrschers. Skar hatte Augen wie diese schon gesehen; in den Gesichtern unterschiedlichster Wesen aus verschiedenen Völkern und Kulturen, und doch waren sie irgendwie alle gleich gewesen: Es war der Blick eines Mannes, der vielleicht keine Willkür oder Ungerechtigkeit, aber auch ganz bestimmt keine Gnade kannte.

Aus den Augenwinkeln fing er einen warnenden Blick Titchs auf und trat zur Seite, als Rowl näher kam; aber er tat es absichtlich langsam, ohne eine Spur von Furcht oder gar Unterwürfigkeit, und die Reaktion in Rowls Blick sagte ihm, daß er auf die einzig richtige Art gehandelt hatte.

»Du bist also Skar«, sagte der Quorrl, nachdem er stehengeblieben und Titch und ihn einige Sekunden lang abwechselnd angesehen hatte. *»Der* Skar?«

Skar nickte. Bei jedem anderen hätte er versucht, die gewichtige Betonung des ersten Wortes durch eine lässige Bemerkung oder einen Scherz zu entschärfen. Bei Rowl wäre dies ein Fehler gewesen. Wenn es überhaupt etwas gab, was dieser Quorrl respektierte, dann war es Stärke.

»Und du Titch?«

»*Der* Titch«, fügte Titch kalt hinzu. »Ehe du fragst, Bastard.«

Rowl lächelte flüchtig. »Ich hätte nicht gefragt«, sagte er. »Vielleicht kennst du *mich* nicht, Titch. Ich dich dafür um so besser.« Er wandte sich wieder an Skar, blickte ihn sekundenlang durchdringend und mit leicht gerunzelter Stirn an und trat dann einen Schritt zurück, um mit ihnen beiden zugleich reden zu können, ohne ständig den Kopf zu drehen.

»Jetzt, nachdem ich mich davon überzeugt habe, daß ihr wirklich die seid, von denen Fahs behauptete, daß sie es sind«, begann er umständlich *(Um Zeit zu gewinnen?* dachte Skar. *Und wenn ja, warum?),* »frage ich mich um so mehr, *warum* ihr gekommen seid. Ihr müßt entweder besonders dumm sein – oder besonders verzweifelt. Ihr seid auf der Flucht vor dem Heer aus Ninga?«

»Auf der Flucht ja«, antwortete Titch. »Aber nicht vor diesen Tölpeln, die kaum wissen, an welcher Seite sie ein Schwert anfassen müssen.«

»Oh, ganz so dumm sind sie leider nicht«, antwortete Rowl betrübt. »Du bist nicht der einzige Krieger, den dieses Land jemals hervorgebracht hat, Titch. Aber wenn ihr nicht vor ihnen flieht, warum sind all diese Krieger dann draußen auf dem Plateau? Und die gut tausend anderen, die ihnen noch folgen?«

»Wenn du alles so genau weißt«, mischte sich Skar ein, »dann weißt du auch, warum die Krieger gekommen sind. Sie suchen Schutz, Rowl. Sie wollen sich deinen Männern anschließen. Dir.«

»Mir?« Rowl lachte leise, aber es klang nur kalt. »Du scherzt, Satai. Was bringt dich auf die Idee, daß ich auch nur so viel für sie tun würde?« Er schnippte mit den Fingern. »Hältst du mich wirklich für so dumm, dem gleichen Heer Unterschlupf zu gewähren, das noch vor zwei Jahren dort draußen lag, um Caran zu überrennen?«

»Es ist nicht mehr das gleiche Heer«, antwortete Skar.

»Und wenn.« Rowl machte eine wegwerfende Handbewegung. »Sie waren meine Feinde. Und jetzt sind sie die Feinde derer, die noch meine Feinde sind. Sie interessieren mich nicht.« Er schnitt

Skar mit einer herrischen Geste das Wort ab, als er widersprechen wollte, und fuhr fort: »Aber *ihr* interessiert mich. Fahs sagt, ihr hättet eine Nachricht von Cron für mich?«

»Keine Nachricht«, antwortete Titch.

»Was dann?«

»Sein Wort, Rowl. Das du einlösen wirst. Cron und ich schlossen einen Handel, bevor er starb.«

»Er ... *starb?*« Rowl schüttelte verwirrt den Kopf. »Cron ist tot, sagst du?«

»Ja. Und ich fürchte, auch alle, die auf seinem Hof gelebt haben.«

»Habt ihr es gesehen?« fragte Rowl mißtrauisch. Die Nachricht von Crons Tod hatte ihn sichtlich erschüttert. »Wart ihr dabei?«

»Nicht direkt«, antwortete Skar. »Aber wir sahen den Hof brennen. Und es sah nicht so aus, als wäre irgend jemand entkommen.«

Rowl starrte ihn an. Seine mächtigen Kiefer mahlten, und zum ersten Mal bemerkte Skar so etwas wie ein Gefühl in dem Gesicht des Quorrl. Die Nachricht von Crons Tod ging ihm sichtbar nahe. Aber er fand seine Fassung auch ebenso schnell wieder, wie er sie verloren hatte.

»Was ist passiert?« fragte er. »Wer war es? Die Garde?«

»Das wissen wir nicht«, antwortete Titch. »Er schickte uns fort, ehe sie kamen. Aber es muß die Garde gewesen sein – oder andere von Ningas Schergen. Cron hat einen *Bestimmer* getötet.«

Rowl blickte Titch zweifelnd an, sagte aber nichts, sondern gab ihm nach einem Augenblick mit einer Geste zu verstehen, weiterzureden. Und Titch tat es.

Natürlich erzählte er nicht die Wahrheit. Damit hatte Skar nicht gerechnet. Titch konnte unmöglich erzählen, was *wirklich* passiert war – selbst, wenn Rowl ihm geglaubt hätte, wäre das einzige Ergebnis wohl gewesen, daß er ihn und Skar auf der Stelle hätte töten lassen.

Und trotzdem war er überrascht, *wie* überzeugend und vor allem phantasievoll Titch lügen konnte. Die Geschichte, die er

Rowl erzählte, hatte mit der Wahrheit nur insofern zu tun, daß er von Crons Auseinandersetzung mit dem *Bestimmer* und ihrer abschließenden Flucht vom Hof sprach, aber sie hätte selbst Skar überzeugt, hätte er die Wahrheit nicht gekannt.

»Er ist tot«, schloß Titch. »Wir haben seinen Tod nicht miterlebt, aber du kennst Cron so gut wie ich – er war kein Mann, der davongelaufen wäre.«

»Das bist du auch nicht«, antwortete Rowl. Skar suchte vergeblich nach irgendeiner Reaktion in seinem Gesicht. Rowls Züge waren wie aus Stein. Es war nicht zu erkennen, ob er Titchs Geschichte glaubte oder nicht. »Trotzdem bist du geflohen. Warum?«

»Weil wir nicht nach Cant gekommen sind, um in einem sinnlosen Kampf zu sterben«, antwortete Titch.

»Dann war es doppelt dumm, zu mir zu kommen«, sagte Rowl hart. »Wenn du glaubst, ich lasse dich am Leben, nur weil du mir die Nachricht vom Tod meines Bruders –«

»Wir bringen dir seinen letzten Wunsch«, unterbrach ihn Titch. »Und sein Erbe.«

Rowls Augen wurden schmal. »Sein Erbe?«

»Der Grund, aus dem er den *Bestimmer* tötete.« Er legte eine lange, genau bemessene Pause ein und fuhr mit veränderter Stimme fort: »Cron und ich schlossen einen Handel, ehe er starb, Rowl.«

»Und was habe ich damit zu tun?«

»Skar, ich und ein Menschenjunges, das draußen bei meinen Kriegern zurückgeblieben ist, sind auf dem Weg nach Ninga«, antwortete Titch. »Wir müssen in den Goldenen Tempel. Und du bist der einzige, der uns den Weg dorthin zeigen kann.«

Für eine einzelne Sekunde verlor Rowl seine scheinbar so unerschütterliche Haltung. Fassungslos starrte er Titch an. »Du ... du denkst ...«

»Ich habe das, was der *Bestimmer* wollte, Rowl«, unterbrach ihn Titch. »Crons Brut. Fünfhundert befruchtete Eier, die niemals in Ninga waren. Ich versprach Cron, sie zu dir zu bringen. Das war unser Handel, Rowl – fünfhundert neue Leben gegen den Weg in den Goldenen Tempel.«

»Du lügst!« behauptete Rowl impulsiv. »Cron hätte sie niemals *dir* anvertraut.«

»Das stimmt«, antwortete Titch unbeeindruckt. »Er vertraute sie Skar an. Du kennst seinen Ruf, Rowl. Er ist ein erbarmungsloser Krieger, aber er hat noch nie sein Wort gebrochen. Cron wußte, daß er sterben würde, und er wußte, daß Ninga Truppen schicken würde, um sich zu holen, was er ihnen freiwillig niemals gegeben hätte. Er hatte nur die Wahl, die Brut zu vernichten – oder zu euch zu bringen.«

»Selbst, wenn es so wäre«, antwortete Rowl unsicher. »Was sollte mich daran hindern, hinauszugehen und sie mir einfach zu nehmen?«

»Crons Wort.«

»Crons Wort!« Rowl lachte, aber es klang nicht einmal halb so kalt und abfällig, wie es sollte. »Crons Wort!« sagte er noch einmal. »Es war *sein* Wort, nicht das meine.«

»Cron war dein Bruder.«

»Und?« schnappte Rowl. »Das sind eure Gesetze, nicht unsere. Ihr wollt nach Ninga? Dann geht. Ich werde euch nicht aufhalten. Geht und versucht, wie weit ihr kommt, ihr Narren. Ich werde hinausgehen und mir nehmen, was mir zusteht.«

»Das dürfte dir schwerfallen«, sagte Skar ruhig. »Ich habe dafür gesorgt, daß die Eier vernichtet werden, wenn irgendein anderer als Titch oder ich ihnen auch nur *nahe* kommen.«

Es war ein Bluff, und es war ein Fehler, das spürte er schon, während er die Worte aussprach. Rowls Gesicht erstarrte wieder zu Stein, während in Titchs Augen ein jäher Schrecken aufglomm.

»Vernichtet?« vergewisserte sich Rowl. »Bist du sicher?«

»Probier es aus.«

»Das werde ich, Satai«, antwortete Rowl. »Ich weiß jetzt, daß du lügst. Nicht einmal Titchs Mörderbande würde sich an der ungeschlüpften Brut vergreifen, Mensch.«

»Sie vielleicht nicht«, antwortete Skar gelassen. »Aber Kiina.«

»Kiina? Wer soll das sein?«

»Das Mädchen«, sagte Skar. »Das ... *Menschenjunge,* von dem

Titch dir erzählt hat. Ich glaube nicht, daß *sie* sonderliche Hemmungen hat, ein paar hundert Quorrl-Eier zu verbrennen. Sie hält nicht sehr viel von den Quorrl, glaube ich.«

Rowl starrte ihn an; eine Sekunde, zwei, drei, vier. Es fiel Skar mit jedem Herzschlag schwerer, dem durchdringenden Blick seiner Augen standzuhalten, aber irgendwoher nahm er die Kraft, es dennoch zu tun – vielleicht aus dem sicheren Wissen heraus, daß es sein und Titchs Tod war, wenn er es nicht schaffte. Und schließlich erlosch das drohende Funkeln in Rowls Augen und machte hilflosem Zorn Platz. »Also gut«, sagte er gepreßt. »Was verlangt ihr?«

»Dein Wort«, sagte Skar. »Freies Geleit für Titchs Männer und einen Führer, der Kiina, Titch und mich nach Ninga bringt.«

»Der Weg auf die verbotenen Inseln ist gefährlich«, antwortete Rowl. »Selbst der, den ich euch zeigen kann. Die Männer werden nicht zurückkommen. Ich schicke sie in den sicheren Tod, Satai. Du verlangst viel.«

»Ich *biete* viel.«

Wieder vergingen Sekunden, in denen Rowl ihn nur anstarrte. Dann, ganz plötzlich, fiel die Spannung von ihm ab. Er lachte leise. »Du wärst ein guter Händler geworden, Satai«, sagte er. »Weißt du das?«

»Ich *bin* es«, antwortete Skar.

Rowl lachte erneut, und jetzt hörte es sich fast echt an. »Kommt«, sagte er. »Laßt uns gehen und Crons Eier holen. Und dieses Menschenweibchen, das so gut darauf aufpaßt.«

*

Sein Zeitgefühl hatte ihn nicht getrogen. Es war wieder Tag geworden, als sie den Berg verließen und den schmalen Saumpfad hinuntergingen, der zum Felsplateau und den wartenden Kriegern führte. Skar hatte damit gerechnet, daß Rowl eine kleine Armee zu seinem Schutz mitnehmen würde, aber der Führer der Bastarde hatte nur vier Krieger ausgewählt, ihn zu begleiten. Und die – wenigstens vermutete Skar das – wahrscheinlich auch eher, um Titch und ihn zu bewachen statt Rowl zu beschützen.

Aber je weiter sie sich dem Lager näherten, desto klarer wurde Skar auch, warum Rowl auf jeglichen Schutz verzichtet hatte. Es spielte keine Rolle, ob er vier oder vierzig Männer mitnahm; oder vierhundert. Die Anzahl der Krieger, die auf der kreisrunden Felsplatte lagerten, hatte sich beinahe verdoppelt: es mußten weit über tausend Quorrl sein, die sich auf dem steinernen Plateau drängten. Zelte und Lagerstätten und Feuer waren verschwunden, denn der vorhandene Platz reichte nicht einmal ganz aus, um jedem der Krieger ein Fleckchen zum Sitzen zu gewähren. Die Kette grünbraun geschuppter, dicht an dicht stehender Körper reichte noch weit den Weg hinab, der zum Plateau führte. Der Anblick beunruhigte Skar, denn es machte auch den Quorrl sicherlich keinen Spaß, dichtgedrängt wie eine Schafherde auf einer zu kleinen Koppel dazustehen. Wenn sie es trotzdem taten, konnte es eigentlich nur einen Grund dafür geben: in der einzigen Richtung, in der Platz zum Ausweichen gewesen wäre – nämlich *hinter* ihnen, war etwas, was sie daran hinderte.

Eine Anzahl Quorrl kamen ihnen entgegen, als sie sich dem Plateau näherten, aber Titch machte eine rasche, abwehrende Handbewegung, der die Krieger veranlaßte, stehenzubleiben und beiseite zu treten, um ihm und seinen Begleitern auf dem schmalen Saumpfad Durchlaß zu gewähren. Skar beobachtete die Quorrl genau, als er an ihnen vorüberging. Die meisten starrten demutsvoll zu Boden, aber zwei, drei Krieger sahen Titch – und vor allem seinen Begleiter – auch sehr aufmerksam an, und der Ausdruck auf ihren Gesichtern sprach Bände. Es war nicht sehr wahrscheinlich, daß auch nur einer von ihnen Rowl *kannte*; aber sie alle hatten von ihm gehört, und sie mußten zumindest *ahnen*, wer der hochgewachsene Quorrl mit den brennenden Augen neben ihrem Anführer war. Es war erstaunlich, dachte Skar, wie sehr sich Titchs Krieger verändert hatten, seit er sich von ihnen getrennt hatte: aus der stumpfen Masse grauer Kampfmaschinen waren Individuen geworden. Dann, fast im gleichen Moment, in den er den Gedanken dachte, begriff er, daß es nicht die Quorrl waren, die sich verändert hatten. *Er* war es. Zum ersten Mal im Leben sah er die Quorrl so, wie sie wirklich waren.

»Wo?« fragte Rowl knapp, als sie den Rand des Lagerplatzes erreicht hatten und stehenblieben. Die Krieger wichen auch hier vor ihnen zurück und versuchten, eine Gasse für sie zu bilden, aber es gab einfach keinen Platz mehr, um rasch auszuweichen. Sie mußten notgedrungen stehenbleiben und warten, bis sich in der Masse aus über tausend Quorrl schubsend und drängelnd ein schmaler Pfad gebildet hatte, durch den sie nur hintereinander gehen konnten.

Titch sah sich einen Moment suchend um, dann deutete er nach vorne; völlig willkürlich, wie Skar annahm. Selbst für die scharfen Augen eines Quorrl mußte es unmöglich sein, Kiina inmitten dieses unüberschaubaren Durcheinanders zu entdecken.

Rowl schien zu dem gleichen Schluß zu gelangen wie er, denn er runzelte vielsagend die Stirn und sah Titch einen Moment lang voller unverhohlenem Mißtrauen an. Aber dann zuckte er nur die Schultern und folgte dem Quorrl in der goldenen Rüstung. Erneut mußte Skar den Mut dieses Quorrl bewundern. Wenn auch nur die Hälfte dessen stimmte, was er gehört hatte und nur ein Bruchteil von dem, was er aus Rowls und Fahs Worten geschlossen hatte! – konnte Rowl absolut nicht sicher sein, das Plateau jemals wieder zu verlassen. Trotzdem zögerte er keine Sekunde. Seine Haltung war noch immer so selbstbewußt und gelassen wie zuvor; er kam Skar eher vor wie ein Mann, der sich inmitten seines *eigenen* Heeres bewegte, nicht zwischen den Kriegern eines Mannes, den er noch vor Stundenfrist für seinen Todfeind gehalten hatte.

Wahrscheinlich war es purer Zufall: Trotz des ungeheuerlichen Gedränges auf der Felsenplatte gab es genau in ihrem Zentrum einen kleinen, fast freien Fleck, auf dem sie Kiina fanden, eingerollt in eine Decke aus Fell und mit Kopf und Schultern gegen eine der beiden verzierten Truhen gelehnt; so wie sie eingeschlafen war. Die Quorrl umgaben sie und die beiden Truhen wie eine lebende Schutzmauer. Aber es gehörte nicht besonders viel Phantasie dazu, sich auszurechnen, *wem* dieser Schutz galt. Nicht dem Mädchen, sondern dem Inhalt der beiden Kisten. Der Anblick war so bizarr, daß nicht nur Skar, sondern auch Titch und der Bastard verblüfft stehenblieben und auf das schlafende Mädchen herabblickten; wenngleich die Reaktionen auf ihren Gesichtern völlig unterschiedlich waren. Titch wirkte betroffen, während in Rowls Augen für Bruchteile von Sekunden fast so etwas wie Zorn aufflammte. Skar fühlte, wie sein Herz einen raschen, erschrockenen Schlag machte und schneller weiterhämmerte. Rowl mußte schon mehr als begriffsstutzig sein, um nicht sofort zu wissen, was das absurde Bild bedeutete.

Skar trat mit einem raschen Schritt an ihm und Titch vorbei, beugte sich vor und zerrte grob die Felldecke herunter, in der Kiina sich eingedreht hatte. »Verdammt noch mal!« brüllte er. »Gehorchst du so den Befehlen, die ich dir gebe?«

Kiina blinzelte. Durch den plötzlichen Ruck hatte sie das Gleichgewicht verloren und war auf den linken Arm herabgefallen, der zu schmerzen schien. Verschlafen rieb sie sich den Ellbogen und blickte aus geschwollenen, aber bereits wieder von Zorn erfüllten Augen zu Skar hoch. »Was für –?«

»Du weißt genau, wovon ich rede!« unterbrach sie Skar mit perfekt geschauspielerter Wut. Gleichzeitig versuchte er, Kiina mit Blicken zu signalisieren, daß sie mitspielen sollte. Aber *so* wach schien das Mädchen nun doch noch nicht zu sein – das oder Skars Worte hatten sie so wütend gemacht, daß sie ihn einfach nicht verstehen wollte.

Mit einem Ruck richtete sie sich auf, preßte den schmerzenden Ellbogen gegen den Leib und funkelte ihn an. »Wovon, zum Teufel, sprichst du überhaupt?« fauchte sie. »Du verschwindest, ohne ein Wort zu sagen, bleibst eine ganze Nacht fort und läßt mich mit diesen Ungeheuern hier allein, und dann –«

»Gebt euch keine Mühe«, sagte Rowl.

Kiina verstummte mitten im Wort und sah den Quorrl überrascht und neugierig zugleich an, und auch Skar drehte sich langsam herum und forschte in Rowls Augen. Zu seiner eigenen Überraschung fand er nichts von dem Zorn darin, den er erwartet hatte. Im Gegenteil – Rowl wirkte eher amüsiert als wütend.

»Man sollte sich nicht auf *Kinder* verlassen, wenn es um das eigene Leben geht«, sagte Skar. Er kam sich selbst albern vor bei diesen Worten. Rowl hatte ihn längst durchschaut. Trotzdem – er wäre sich noch hilfloser vorgekommen, hätte er nicht versucht, die Geschichte wenigstens noch einen Augenblick aufrechtzuerhalten. »Sie ist –«

»Du hast mich belogen, Satai«, unterbrach ihn Rowl.

Skar schwieg. Rowl sah Titch an. Sein Blick forderte eine Antwort, aber auch der Quorrl sah weg. Schließlich wandte sich Rowl wieder zu den beiden Truhen um und machte eine fordernde Handbewegung. »Öffnet sie.«

Kiina wollte sich herumdrehen und seinem Befehl nachkommen, aber Titch hielt sie hastig am Arm zurück und schob sie mit sanfter Gewalt ein Stück zur Seite. Dann ließ er sich – so langsam, daß es fast wie eine zeremonielle Handlung aussah – in die Hocke sinken, streckte beide Hände nach dem Deckel der ersten Kiste aus und hob ihn vorsichtig an. Rowl trat neben ihn und blickte auf den kostbaren Inhalt der Truhe hinab; lange.

Was er sah, schien ihn zufriedenzustellen. Er winkte Titch, die Truhe wieder zu schließen, und deutete auf die zweite Kiste. Diesmal zögerte Titch eine Spur zu lange, um Rowl nicht spüren zu lassen, daß es kein Zufall gewesen war, daß er ausgerechnet *diese* Truhe nicht zuerst geöffnet hatte.

Rowl bemerkte die fehlenden Eier sofort. Er fuhr hoch, starrte Titch und Skar abwechselnd und voller Mißtrauen an und fragte in herrischem Ton: »Was ist passiert?«

»Der *Bestimmer*«, antwortete Titch. »Er hat –«

»Du lügst!« unterbrach ihn Rowl. Seine Stimme war ganz kalt, aber es war eine Kälte, die Skar nur zu gut kannte. Sie enthielt eine unüberhörbare Drohung.

»Er sagt die Wahrheit«, sagte Skar. »Cron und dieser andere Quorrl aus Ninga hatten Streit. Der *Bestimmer* hat nach ihm geschlagen. Cron wehrte sich, und der andere stürzte. Dabei ist es passiert.«

»Und aus diesem Grund hat Cron ihn auch getötet«, fügte Titch hinzu. »Ich glaube, er wollte es nicht einmal. Es ging alles sehr schnell.«

Rowl starrte ihn an. Sein Gesichtsausdruck verriet, daß er Skar und Titch kein Wort glaubte.

Aber dann geschah etwas Seltsames: Mißtrauen und Zorn verschwanden wie weggezaubert aus seinem Blick. Er beugte sich zu Titch herab, nahm ihm den Deckel der Truhe aus der Hand und ließ ihn unendlich behutsam wieder einrasten. Mit einer kraftvollen Bewegung richtete er sich wieder auf, scheuchte Titch ein Stück zurück und winkte die vier Krieger herbei, die ihn begleitet hatten. Die Quorrl postierten sich rechts und links der beiden Truhen und streckten die Hände nach den Tragegriffen aus.

»Einen Augenblick«, sagte Titch.

Rowls Kopf flog mit einem Ruck in die Höhe.

»Du hast bekommen, was du wolltest«, sagte Titch. »Was ist mit uns?«

»Warum fragst du?« fragte Rowl. »Reicht dir mein Wort nicht? Die beiden Menschen und du –«

»Davon rede ich nicht«, unterbrach ihn Titch. Er wies mit den gespreizten Fingern der linken Hand auf die Krieger, die hinter Rowl und seinen vier Begleitern eine dicht geschlossene Mauer bildeten. »Ich spreche von ihnen, Rowl.«

»Du kennst die Antwort auf diese Frage ebenfalls«, antwortete Rowl. Er zog eine Grimasse. »Ich muß verrückt geworden sein, dir und diesem Satai Zuflucht in Caran zu gewähren. Aber so verrückt, dich mit einem *Heer* einzulassen, bin ich nun wieder nicht.«

»Hast du Angst?« fragte Skar.

»Vielleicht«, sagte Rowl gleichmütig. »Ich möchte nicht als der Mann in die Geschichte Cants eingehen, der Caran verlor – durch Dummheit.«

»Es wäre dümmer, sie nicht einzulassen«, antwortete Skar. »Diese Männer stehen auf *deiner* Seite, du Narr. Begreif das endlich. Sie haben nichts mehr mit den Herrschern von Ninga zu tun!«

»Ich weiß«, sagte Rowl. »Wenn ich es nicht wüßte, wäre keiner von ihnen noch am Leben. Niemand kommt Caran auch nur auf drei Meilen nahe, ohne daß ich es will.«

»Dann laß sie ein!« verlangte Skar noch einmal. »Verdammt, Rowl, sieh dich doch um! Diese Krieger sind auf der Flucht! Auf der Flucht vor einem Feind, der auch dich angreifen wird, wenn er sie vernichtet hat!«

»Wenn das stimmt, ist es nur um so klüger, sie hierzulassen, Satai«, antwortete Rowl kalt. »Denn wenn es diesen Feind wirklich gibt, von dem du sprichst, dann wird er erst einmal *sie* überwinden müssen, nicht wahr?«

Die eiskalte Verachtung, die aus den Worten des Quorrl sprach, erfüllte Skar mit plötzlicher, kalter Wut. Er ballte die Faust, trat auf den Quorrl zu und beherrschte sich im letzten Moment. Rowl betrachtete ihn aufmerksam, völlig ohne Furcht, aber mit fast wissenschaftlichem Interesse.

»Du wirst jeden einzelnen dieser Männer noch bitter nötig haben«, sagte Skar. »Vielleicht stehst du schon morgen wieder hier und *bittest* sie, dir zu helfen. Ich hoffe, sie sagen nein.«

»Das hoffst du nicht wirklich«, antwortete Rowl spöttisch. »Doch ich weiß, was du meinst, Satai. Aber du täuschst dich. Die Tempelgarde –«

»Ich spreche nicht von der Garde, du Narr!« unterbrach ihn Skar. Aufgebracht deutete er nach Süden. »Irgend etwas kommt auf uns zu. Spürst du es nicht? Und es sind nicht nur diese paar Krieger aus Ninga.«

Rowl machte ein abfälliges Geräusch. »Selbst wenn du recht hättest, Satai, würde das nichts an meinem Entschluß ändern. Sie bleiben hier. Sie können bleiben, so lange sie wollen. Ich gewähre ihnen freien Unterschlupf in den Bergen. Nicht in Caran.«

»Du fühlst dich sicher, nicht?« sagte Skar. »Du glaubst, nichts könnte dir in deiner verdammten Höhlenfestung dort oben gefährlich werden. Aber du täuschst dich, Rowl. Die Macht, die jetzt in Ninga herrscht, wird nicht einmal euer *Wächter* aufhalten.«

»Was soll das heißen?« fragte Rowl lauernd. *»Die Macht, die jetzt in Ninga herrscht?«*

»Es sind längst nicht mehr die Tempelpriester, Rowl«, sagte

Titch. Er sprach leise, aber in fast beschwörendem Tonfall, der Rowl sichtbar aufhorchen ließ. »Skar sagt die Wahrheit. In Ninga herrschen längst nicht mehr die Tempelpriester.«

»Ach?« sagte Rowl spöttisch. Das hieß – er *versuchte* spöttisch zu klingen, aber seine Stimme war hörbar unsicherer geworden. »Hat es eine Revolution gegeben, von der wir gar nichts gemerkt haben sollten?«

»Dein Spott wird dir im Hals steckenbleiben, wenn du ihnen gegenüberstehst«, sagte Skar ernst.

»So?« Rowl hatte Mühe, weiterhin gelassen zu erscheinen. »Und woher weißt du das, Satai? Hast du sie etwa gesehen, diese Feinde, vor denen selbst Titchs unbesiegbare Krieger zittern?«

»Ja«, antwortete Skar. »Das habe ich. Und Titch und Kiina hier auch.«

»Und wer sind sie?« fragte Rowl.

Skar sagte es ihm.

*

Der gleiche Tag, aber später, und wieder im Inneren des Berges: sie befanden sich in Rowls Gemach, einem riesigen, halbrunden Raum, dessen Decke sich gute dreißig Fuß über ihren Köpfen spannte. Es war ein wenig heller hier drinnen als in den düsterroten Gängen und Katakomben Carans, denn Rowl hatte zusätzlich fast ein Dutzend Fackeln entzündet, deren knisterndes Feuer nicht nur das bedrückende Höllenlicht der Katakombenwelt vertrieb, sondern auch die klamme Feuchtigkeit, die in den endlosen Gängen und Treppenfluchten nistete. Trotzdem fühlte sich Skar so unbehaglich wie in dem lichtlosen Gefängnis, in dem er seine ersten Stunden in Caran verbracht hatte. Es war nicht immer gut, zu *sehen*, wo man sich befand. Und diese Kammer ...

Sein Verdacht, daß Caran weder ein Berg noch natürlichen Ursprungs war, war fast zur Gewißheit geworden, schon auf dem Weg hier herauf. Es war schwer, sich ohne Anhaltspunkte und im Innern eines zyklopischen ... *Gebildes* wie Caran zu orientieren, aber Skar war ziemlich sicher, daß sie sich dicht unterhalb der abgeflachten Spitze des Pyramidenberges befinden mußten. Rowl hatte sie durch Stollen und Gänge geführt, die scheinbar meilenlang gewesen waren: endlose Treppenfluchten hatten sich mit niedrigen, vollkommen leeren Gängen und schrägen Rampen abgelöst, und ein paarmal hatten sie klettern müssen; nicht, weil es die Erbauer Carans so vorgesehen hatten, sondern weil Teile der chtonischen Anlage zusammengebrochen waren – manchmal über primitive Treppen und Leitergerüste aus Holz, manchmal über steile Halden aus Trümmern und scharfkantigem Schutt. Caran war ein Alptraum; ein Alptraum aus Stahl und Rost, denn nichts hier war natürlichen Ursprungs. Der Berg war kein Berg, sondern ein *Gebäude*, ein tief in die Erde gerammtes Gegenstück zum flüsternden Turm im Herzen des Drachenlandes, nur größer; und unendlich viel älter. Auf dem Weg hier herauf hatte Skar die Last der Jahrhunderttausende gespürt, die an diesen Mauern vorübergegangen waren wie Stunden im Leben eines Menschen.

Seltsamerweise half ihm diese Erkenntnis nicht, mit dem Unwohlsein fertig zu werden, das Caran ihm einflößte. Das Wissen, daß dies ganz und gar kein magischer Ort war, sondern nur ein weiteres Überbleibsel aus der phantastischen Welt der *Alten* hätte ihn beruhigen müssen, aber das genaue Gegenteil war der Fall. Skar kam sich eingesperrt vor, lebendig begraben in einer riesigen Falle aus Metall und erstarrter Zeit.

Caran war nicht tot, das fühlte er. Die titanischen Wände aus Stahl, von Jahrhunderttausenden oder auch -millionen in zusammengebackene Gebilde aus scharfkantigem Rost verwandelt, die uralte, verbrauchte Luft, die zum Husten reizte und ihm trotz der allgegenwärtigen Feuchtigkeit immer das Gefühl gab, Durst zu haben, die toten Dinge, unverständliche Hinterlassenschaften einer Kultur, deren Denken so fremd wie ihre Architektur unangenehm gewesen war, das alles suggerierte dem Betrachter das Gefühl von Verfall und Tod. Aber es war falsch. So zerfallen und leer dieses Gebilde auch sein mochte, etwas war hier, etwas, das lebte, oder zumindest *existierte*. Es hatte nicht einmal lange gedauert, bis Skar begriffen hatte, woher dieses Gefühl kam: obwohl äußerlich vollkommen verschieden, erinnerte ihn Caran doch an Ennarts Turm im Tal der Drachen. Es war das gleiche Gefühl des ständig Belauertwerdens, das gleiche Empfinden unsichtbarer böser Augen, die ihn aus Ecken und Winkeln heraus anzustarren schienen, gesichtslose Dämonenfratzen, die ihn von den Wänden herab angrinsten und blitzartig verschwanden, wenn er versuchte, genauer hinzusehen.

Skar verscheuchte den Gedanken und sah wieder zu Rowl auf, der am anderen Ende des wuchtigen Metalltisches Platz genommen hatte, der wie ein Pilz aus Rost aus dem Boden wuchs. Titch hatte länger als eine Stunde geredet, und Rowl hatte sich verändert in dieser Zeit. Nicht äußerlich. Sein Gesicht war noch immer so unbewegt wie vorher, und seine Haltung noch immer die eines Herrschers, obwohl er sich lässig auf eines der sonderbaren Sitzmöbel gelümmelt hatte, die wie der Tisch und die übrigen Möbelstücke (?) direkt aus dem Boden hervorwuchsen. Trotzdem spürte nicht nur Skar, wie erschüttert der Quorrl war; erschüttert und auf eine Art und Weise getroffen, die ihn an die schreckliche Veränderung erinnerte, die mit Cron vor sich gegangen war, kurz vor seinem Tod. Skar hatte versucht, sich in Titchs Erzählung einzumischen, aber der Bastard hatte ihn so rüde unterbrochen, daß er es kein zweites Mal versuchte. Was Titch erzählte, war eine Sache der Quorrl, und *nur* der Quorrl. Daß Skar – selbst als Akteur – in die Geschehnisse um die Ssirhaa hineingezogen worden war, änderte daran gar nichts.

»Und was erwartet ihr jetzt von mir?« fragte Rowl. Er klang müde; *erschüttert*. Sein Gesicht, seine Haltung und selbst seinen Blick hatte Rowl noch immer unter Kontrolle. Seine Stimme nicht. Sie zitterte. Aus jedem einzelnen Wort sprach Angst.

Und etwas hier fing diese Angst auf, griff mit gierigen, unsichtbaren Klauen danach und saugte sich voll damit, wie ein Schwamm, der nach Äonen wieder mit Wasser in Berührung kam. Skar spürte es; so deutlich, daß er fast glaubte, ein widerliches Schmatzen und Schlürfen zu hören, die ersten mühsamen Lebensäußerungen der Bestie, die aus ihrem ewigen Schlaf erwachte.

Es beginnt auch hier, dachte er. Nicht so schnell wie im schwarzen Turm Ennarts, und nicht mit so entsetzlicher Zielbewußtheit wie in Drasks Burg, die ihnen um ein Haar alle zum Grab geworden wäre, aber es begann. Er wußte es. Auch Caran war ein Vermächtnis der *Alten,* und es begann zu erwachen, kaum, daß er auch nur in seine Nähe gekommen war. Und er wußte noch etwas mit unerschütterlicher Sicherheit: daß Caran ebenso untergehen würde wie diese beiden Orte. Wie vielleicht ganz Enwor.

»Die Ssirhaa«, flüsterte Rowl. Er schüttelte den Kopf, sah abwechselnd Skar und Titch an und spannte die Hände um die Armlehnen seines Sessels; so kraftvoll, daß das rostzerfressene Metall bedrohlich knirschte. »Soll ich dir glauben, Titch?«

Anders als bisher antwortete Titch nicht mit einer scharfen Bemerkung oder auch nur mit Spott. Er nickte einfach. »Du weißt es doch längst«, sagte er, nach einer ebenso langen, nachdenklichen Pause wie der, die Rowl vorher gemacht hatte. »Du weißt besser als ich, was in Ninga vorgeht. Und nicht erst seit heute.«

»Weiß ich das?«

»Die Frage ist eher, ob du es wissen *willst*«, antwortete Titch. Er machte eine komplizierte Quorrl-Geste, deren Sinn Skar verschlossen blieb, die Rowl aber zu einem fast ärgerlichen Stirnrunzeln veranlaßte. »Du kannst mir nichts vormachen, Rowl«, fuhr er fort. »Ich kenne dich. Dich und deine Bastarde. Vergiß nicht, daß wir einmal Feinde waren. Und ich weiß alles über meine Feinde.«

Rowl lächelte. Schwieg. Zum ersten Mal, seit sie hier heraufgekommen waren, suchte sein Blick bewußt den Skars.

»Und du, Satai?« fragte er. »Glaubst du auch, wir sollten uns gegen unsere eigenen Götter auflehnen?«

Skar antwortete nicht sofort. Titch hatte Rowl beinahe alles erzählt, was seit ihrer ersten Begegnung vor den Toren der Trutzburg der Zauberpriester geschehen war. *Beinahe* – nicht vollkommen. Von seiner – Skars – wirklichen Rolle hatte er kein Sterbenswörtchen verlauten lassen. Skar fragte sich, wie lange es noch dauern mochte, bis sie selbst in dem Gespinst aus Lügen und Halbwahrheiten die Orientierung verlieren würden, das

Titch in den vergangenen Stunden gesponnen hatte. In seiner Geschichte waren zu viele Lücken; zu vieles, was Rowl mißtrauisch oder zumindest nachdenklich machen mußte, sobald er Gelegenheit fand, in Ruhe über das nachzudenken, was Titch ihm erzählt hatte. Er mußte aufpassen.

»Sie sind nicht eure Götter«, sagte er zögernd.

»Sie haben uns erschaffen«, sagte Rowl.

»Und?« Skar machte eine wegwerfende Geste. »Deine Männer haben ihre Kleider und Waffen selbst erschaffen. Sind sie deshalb *Götter?*«

»Das ist ein Unterschied.«

»Das ist es nicht«, behauptete Skar verärgert. »Es ist eine Frage des *Wissens*, nicht göttlicher Macht.«

Er beobachtete Rowl genau, und er überlegte sich jedes Wort zweimal, ehe er es aussprach. Ohne daß er selbst es auch nur gemerkt hätte, war seine Art zu reden so langsam und betont geworden wie die, in der sich Rowl und Titch unterhalten hatten. Skar war nicht halb so sicher wie Titch, daß sie Rowl *wirklich* trauen konnten. Daß die Bastarde sich gegen die Herrscher in Ninga auflehnten, bedeutete keineswegs automatisch, daß sie sich auch gegen ihre *Götter* auflehnen mußten. Ganz im Gegenteil – Skar war nicht überzeugt davon, daß er sich nicht um den Hals redete mit dem, was er sagte. Trotzdem fuhr er fort: »Ich habe Ennart gegenübergestanden, Rowl. Er war kein Gott.«

»Woher willst du das wissen?« fragte Rowl. »Bist du schon so vielen Göttern begegnet, daß du sie erkennst, wenn du einen siehst?«

»Nein«, antwortete Skar. »Aber ich erkenne einen Betrüger, wenn ich einen sehe. Und um auf die Frage zurückzukommen, Rowl – es ist völlig gleich, ob ihr euch gegen die Ssirhaa auflehnen *wollt* oder nicht. Es ist nicht eure Entscheidung. Ennart und die anderen Ssirhaa haben längst entschieden.«

»Unseren Tod?« Rowl bemühte sich, spöttisch zu klingen, aber es mißlang. Und Skar antwortete auch nicht, sondern sah ihn nur weiter schweigend und durchdringend an, bis es plötzlich *Rowl* war, der unter seinem Blick immer nervöser wurde und schließlich wegsah.

»Ihr verlangt zu viel von mir«, sagte er.

»Zu viel? Was, Rowl? Daß du um dein Leben kämpfst? Und wenn schon nicht um deines, dann um das der Männer, die dir ihre Leben anvertraut haben?«

Rowl wirkte irritiert. »Was soll ich tun?« fragte er. »Meine Männer bewaffnen und Ninga stürmen? Wenn du die Wahrheit sagst, Satai, dann würde ich sie damit in den Tod schicken.« Er schüttelte den Kopf, noch immer verstört und unsicher, aber zugleich auch entschlossen. »Ich brauche Zeit«, sagte er.

»Zeit ist genau das, was wir nicht haben, Rowl. Ich bin ziemlich sicher, daß sie *wissen*, wo Titch und ich sind. Laß dir genug Zeit, und du brauchst nicht mehr nach Ninga zu gehen, um dich davon zu überzeugen, daß wir die Wahrheit sagen!« Er sprach lauter weiter, schrie fast: »Verdammt, Rowl, sie sind bereits auf dem Weg hierher! Titchs Männer fliehen nicht vor der Garde!«

»Caran ist sicher«, beharrte Rowl. Die Worte klangen hohl wie das bedeutungslose Plappern eines Kindes, das sich selbst Mut zu machen versucht. »Keine Macht dieser Welt kann den *Wächter* überwinden«, fuhr er fort. »Frag Titch – er hat es versucht. Er und viele andere.«

»Die Ssirhaa haben den *Wächter erschaffen*, du Narr«, sagte Titch leise.

»Und selbst, wenn es nicht so wäre«, fügte Skar hinzu. »Was glaubst du, wie lange es dauert, bis sie das *Wort* in Erfahrung bringen? Einen Tag? Zwei? Sie sind Götter.«

»Hast du nicht gerade behauptet, genau das wären sie nicht?«

»Für mich. Für Titch. Vielleicht für dich. Für viele deiner Männer werden sie es sein, wenn sie ihnen gegenüberstehen, Rowl. War Cron der einzige Quorrl außerhalb Carans, der das geheime Wort kannte?«

»Nein«, gestand Rowl widerstrebend. »Aber es gibt nicht viele. Nur eine Handvoll, und die –«

»Einer reicht«, unterbrach ihn Skar. »Du kennst die Macht der Ssirhaa nicht.«

»Ich brauche Zeit«, beharrte Rowl. »Ich ... kann das nicht

entscheiden. Nicht so schnell, und nicht allein. Ich muß ... Erkundigungen einziehen. Mit ein paar Leuten sprechen. Und mit meinen Männern.«

»Bist du ihr Führer oder nicht?« fragte Skar.

»Das bin ich«, sagte Rowl. »Ihr *Führer*, Satai. Nicht ihr Herrscher. Ich befehlige sie nur so lange, wie *sie* es wollen. Ich kann ihnen nicht befehlen, ihre Götter zu verleugnen.«

»Dann mach ihnen klar, daß alles, was sie von ihren Göttern zu erwarten haben, der Tod ist«, erwiderte Skar. Verzweiflung begann sich in ihm breitzumachen. Er spürte, daß Rowls Selbstsicherheit gründlich ins Wanken geraten war, aber er spürte auch ebenso deutlich, daß der Bastard keinen Schritt mehr nachgeben würde. Nicht jetzt. Und wahrscheinlich hätte er umgekehrt kaum anders reagiert, wäre er an Rowls Stelle gewesen. Der Quorrl brauchte einfach Zeit, um all das zu verarbeiten, was er innerhalb der letzten Stunden gehört hatte.

Aber Zeit war genau das, was sie am allerwenigsten hatten. *Er* vor allem.

Als hätte er seine Gedanken gelesen, sagte Rowl noch einmal: »Ich brauche Zeit. Zwei Tage, vielleicht drei.«

»So viel Zeit haben wir nicht«, sagte Titch.

»O doch, die habt ihr«, widersprach Rowl, plötzlich wieder hart, in befehlendem, herrischem Ton. »Ihr habt nichts zu befürchten. Bis ich mich entschieden habe, steht ihr unter meinem persönlichen Schutz.«

»Du hast uns dein Wort gegeben –«

»Euch am Leben zu lassen und nach Ninga zu bringen, ja«, fiel ihm Rowl ins Wort. »Ich habe nicht gesagt, *wann* ich euch dorthin bringe.«

»Skar stirbt«, sagte Titch ernst. »Und das Mädchen auch.«

»So schnell stirbt es sich nicht«, erwiderte Rowl gereizt. Er stand auf. »Kein Wort mehr jetzt! Ich werde euch meine Entscheidung wissen lassen, sobald ich sie gefällt habe. Geht jetzt!«

Skar erhob sich niedergeschlagen, während sich Titch nicht von seinem Platz rührte. »Hältst du so dein Wort, Bastard?« fragte er bitter.

Rowl starrte ihn an. Seine Augen blitzten zornig. »Du hast die Wahl, *Krieger*«, sagte er betont. »Du kannst aus freien Stücken in dein Gemach gehen, oder als Gefangener. Aber gehen wirst du. Jetzt.«

Titch hielt seinem Blick noch eine weitere Sekunde lang stand, ehe er mit einem Ruck von seinem Stuhl aufsprang und sich zum Ausgang wandte. Als Skar ihm folgen wollte, rief ihn Rowl noch einmal zurück: »Satai!«

Skar blieb stehen, und auch Titch verharrte mitten im Schritt und drehte sich mit mißtrauisch gerunzelter Stirn zu Rowl um. Der Bastard starrte ihn an, und es war etwas in seinem Blick, was Titch bewog, nur noch eine Sekunde stehenzubleiben, ehe er abermals herumfuhr und davonstürmte.

»Auf ein Wort, Satai«, sagte Rowl, als sie allein waren.

»Was willst du wissen?« fragte Skar grob. »Ob Titch die Wahrheit sagt?«

»Nein.« Rowl schüttelte heftig den Kopf, setzte sich wieder und ließ schwer die Arme auf die Lehnen seines Sessels fallen. »Ich weiß, daß er mich belügt.« Er lächelte flüchtig, als Skar antworten wollte, und hob abwehrend die Hand. »Gib dir keine Mühe, Satai. Ihr belügt mich. Beide. Zumindest verschweigt ihr mir etwas.«

Fast zu seiner eigenen Überraschung fühlte Skar sich nicken. »Das stimmt«, sagte er. »Aber es ist nichts, was dich anginge. Es hat mit ... mit mir zu tun. Nur mit mir. Was Titch über die *Sternengeborenen* und die Ssirhaa erzählt hat, ist die Wahrheit.«

»Ich weiß«, sagte Rowl.

Skar sah überrascht auf. »Du weißt, was –«

»Ich wußte, daß *etwas* passiert«, sagte Rowl. »Nicht *was*. Aber eure Geschichte paßt zu gut zu dem, was hier geschieht, als daß sie völlig erlogen sein könnte. Trotzdem: ich habe dich nicht zurückgerufen, um *darüber* mit dir zu reden.«

»Sondern?«

Rowl zögerte. Sein Blick blieb weiter auf Skar gerichtet, und trotzdem brachte er irgendwie das Kunststück fertig, ihm auszuweichen. Skar hatte das Gefühl, daß es ihm schwer fiel, weiter zu reden.

»Über dich, Satai«, sagte er schließlich.

Skar schwieg.

»Du bist mehr, als du zugibst, Satai«, fuhr Rowl fort, als die erhoffte Reaktion ausblieb. »Ich sehe dich an, und ich sehe einen alten Mann. Einen Satai, der von sich behauptet, nur noch wenige Tage zu leben zu haben, und der ganz so aussieht, als wäre das die Wahrheit. Einen Krüppel. Aber da ist noch mehr. Etwas an dir macht mir angst, Satai, und das verstehe ich nicht. Warum habe ich *Angst* vor dir?«

»Vielleicht, weil ich schlechte Nachrichten bringe«, sagte Skar ausweichend. Er begann sich immer unbehaglicher zu fühlen. Er hatte das Gefühl, aus Glas zu sein. Rowl mußte ihn einfach durchschauen, so mühelos, wie er Titch durchschaut hatte.

»Schlechte Nachrichten sind nichts Besonderes für einen Mann wie mich«, antwortete Rowl.

»*So* schlechte Nachrichten?«

»Du bist nicht der erste, der das Ende der Welt prophezeit.« Rowl beugte sich in seinem bizarren Sessel vor, legte die Handflächen flach auf den Tisch und starrte Skar durchdringend an. »Es ist nicht das, was du tust oder sagst, Satai. Es ist das, was du *bist*.«

Skar schwieg weiter, denn er spürte, daß es nichts gab, was er sagen konnte. Jedes Wort, gleich welches, hätte Rowls Mißtrauen mehr geschürt. Und Rowl schien auch nicht wirklich mit einer Antwort gerechnet zu haben, denn nach einigen Sekunden ließ er sich im Sessel zurücksinken, legte den Kopf gegen die wuchtige Lehne aus rissigem Metall und schloß die Augen. Er seufzte tief.

»Weißt du, was das hier ist?« fragte er plötzlich.

»Was?«

Rowl machte eine weit ausholende Armbewegung, ohne die Augen zu öffnen. »Dies alles hier. Caran.«

»Nein«, antwortete Skar. »Woher sollte ich? Ich war niemals zuvor hier.«

»Aber du weißt, was es nicht ist.«

»Wofür es die meisten halten«, sagte Skar nickend. »Ein Berg. Höhlen.«

»Ja.« Rowl seufzte, öffnete endlich die Augen und stand wieder auf. Als er an Skars Seite trat, überragte er ihn wieder um mehr als eine Haupteslänge. Und trotzdem schien er etwas von seiner Größe eingebüßt zu haben, auf eine schwer in Worte zu fassende Weise *müder* geworden zu sein. Voller Schrecken begriff Skar, daß es die gleiche, unheimliche Veränderung war, die auch mit Cron vonstatten gegangen war, kurz vor seinem Tod. Längst nicht so heftig, aber spürbar.

Es beginnt auch hier, Bruder. Du bringst den Tod, egal, wo du hingehst.

»Es *ist* ein Berg, Satai«, murmelte Rowl. »Aber er wurde gemacht. Jemand hat ihn gebaut. Jemand hat dieses ungeheuerliche ... *Ding* erschaffen, so mühelos, wie wir eine Burg bauen, oder eine Stadt. Ein Ding von der Größe eines Berges, mit Tausenden von Räumen und Meilen über Meilen von Gängen und Fluren. Wir sind viele, Skar. Tausende. Und doch bewohnen wir nur einen kleinen Teil der Höhlen. Weißt du, warum?«

Skar schüttelte stumm den Kopf.

»Weil sie uns angst machen«, sagte Rowl. »Sie schützen uns, aber wir bezahlen einen hohen Preis für diesen Schutz. Höher, als sich die anderen dort draußen vorstellen können. Und es gibt Dinge in diesen Höhlen, die ...« Er unterbrach sich, schwieg eine Sekunde und wechselte abrupt das Thema.

»Dieser Turm, in dem ihr auf den Ssirhaa gestoßen seid, Skar – war er wie dieser?«

Skar wollte antworten, aber plötzlich wurde ihm klar, daß er die Antwort nicht wußte. Er hatte darüber nachgedacht, von dem Moment an, in dem ihm klargeworden war, was Caran *wirklich* war, aber nicht sehr lange und nicht sehr intensiv. Es war, als hätte ihn etwas daran gehindert, länger als einen Augenblick über diese Frage nachzudenken.

Er wußte sogar, warum dies so war. Sich mit diesem absurden Titanengebilde zu beschäftigen, hieße, seinem bösen Flüstern Einlaß in seine Gedanken zu gewähren. Jetzt mußte er es.

Sein Blick glitt über die bizarre, zum größten Teil unverständliche Einrichtung, die zu groß für einen Menschen und gerade eine Spur zu klein für quorrlsche Bewohner war, tastete über den Boden, rostig und rot wie alles hier drinnen, aber von Millionen von Füßen so glatt wie ein Spiegel poliert, die Wände mit ihren sonderbar geformten Türen und den Dingen, die darin eingelassen waren: an zwei der vier Wände befanden sich matte Spiegel von rechteckiger Form und mehr als Manneslänge, die meisten blind geworden, einige zerbrochen, so daß sein Blick in dunkle Höhlen dahinter fiel, in denen es unheilvoll glitzerte, und andere, völlig fremdartige Dinge, die an und in den Wänden aus zusammengebackenem Rost befestigt waren. Von vielen waren nur noch Umrisse zu gewahren: rechteckig oder rund, manche auch von Formen, die einfach zu bizarr waren, um sie zu beschreiben, aber eindeutig *geschaffen*, nicht durch Zufall entstanden.

Schließlich schüttelte er den Kopf. »Nein. Caran ist ... anders.« *Schlimmer*, fügte er in Gedanken hinzu. Trotz allem hatte er in Ennarts Turm im Drachenland noch Vertrautes entdecken können: Türen, die auch wie Türen aussahen, auch wenn sich die Räume dahinter von Etage zu Etage bewegten und für Riesen gemacht zu sein schienen, Möbel, die nicht aus dem Boden wuchsen und wie gestaltgewordene Fieberphantasien aussahen, und Fenster, durch die man nach draußen sehen konnte.

Seine Antwort schien Rowl zu erleichtern. Trotzdem zitterte seine Stimme noch immer, als er weitersprach.

»Ich versuche oft, mir vorzustellen, was für ein Volk es wohl gewesen sein mag, das *solche* Macht hatte. Aber ich kann es nicht.«

»Niemand kann das«, sagte Skar.

Rowl sah ihn auf eine Art an, die Skar schaudern ließ. Aber er ging nicht auf seine Antwort ein, sondern fuhr mit leiser, beinahe abwesender Stimme fort: »Ich denke darüber nach, seit ich das erste Mal herkam. Ich frage mich, welche Welt es gewesen sein mag, in der Wesen von solcher Macht gelebt haben. Manchmal träume ich davon. Und manchmal träume ich, daß sie wiederkommen. Daß sie jemanden schicken, ihr Eigentum zurückzufordern.« Er legte eine winzige Pause ein. »Bist du dieser Mann, Satai?«

Skar erschrak. War es so leicht, seine Gedanken zu lesen?

»Nein«, sagte er. Unsicher und mit einem nur halb geglückten Lächeln fügte er hinzu: »Wie kommst du auf diese Idee?«

Statt direkt zu antworten, ging Rowl zu einer der Seitenwände und winkte ihm, nachzukommen. Skar setzte sich zögernd in Bewegung, blieb aber in sicherem Abstand zu dem Quorrl stehen.

»Gib acht, Satai«, sagte Rowl. »Ich will dir etwas zeigen.« Seine Hand berührte eine Vertiefung auf einer der metallenen Truhen, die die Wände flankierten, und plötzlich glomm inmitten des rostroten Chaos unter seinen Fingern ein winziges, rotes Auge auf. Skar fuhr überrascht zusammen. Aber das war es nicht, was Rowl ihm zeigen wollte. Seine Hand wies auf eine Stelle hinter Skars Rücken. Er nickte auffordernd, während sein Blick wie gebannt an Skars Gesicht hing.

Skar drehte sich herum und sah in die angegebene Richtung – und schrie überrascht auf.

Einer der großen, blinden Spiegel war nicht mehr blind.

Es war auch kein Spiegel mehr.

Statt rostrotem Widerschein und flackernden Lichtreflexen zeigte die gläserne Fläche ein naturgetreues Bild der Felsebene vor dem Eingang Carans, und nicht nur das: auf dem Plateau am Ende des Saumpfades waren Titchs Quorrl zu erkennen, eine quirlende grüngraue Masse, die sich *bewegte!*

Skar keuchte. »Aber das ist –«

»Zwei der kleineren Spiegel haben das schon immer getan«, sagte Rowl hinter ihm. »Sie sind der Grund, aus dem es nie jemandem gelungen ist, uns zu überraschen, Satai. Du kannst alles auf ihnen sehen, was im Umkreis von fünf Meilen geschieht. Und manchmal andere Dinge, die wir nicht verstehen.«

Skar hörte kaum hin. Sein Blick hing wie gebannt an dem sich *bewegenden* Bild. Er redete sich ein, daß dies nichts als ein weiterer Trick der *Sternengeborenen* war, ein weiteres Vermächtnis ihrer ungeheuerlichen Macht und ihres unvorstellbaren Könnens, aber das nutzte nichts. Der Anblick erschlug ihn fast. Er glich nichts, was er jemals gesehen hatte; nichts, was er sich jemals *vorgestellt* hatte. Ein Bild, das sich bewegte, war ... war *unmöglich*.

Unsicher trat er näher, brachte es aber nach ein paar Schritten einfach nicht fertig, weiter zu gehen, und blieb wieder stehen. Sein Blick saugte sich an der leicht nach außen gekrümmten Scheibe und den daumennagelgroßen Quorrl-Gestalten darauf fest. Wenn er aufmerksam genug hinsah, konnte er sogar die Wolken erkennen, die über den Himmel zogen.

»Was ... was ist das?« fragte er stockend.

»Nur eines von vielen Geheimnissen, die Caran birgt«, antwortete Rowl. Er trat neben Skar und blickte abwechselnd ihn und die auf Spielzeuggröße zusammengeschrumpfte Quorrl-Armee auf dem Spiegel an. »Etwas, das so alt ist wie Caran. Ein Vermächtnis der Wesen, von denen du behauptest, sie wären keine Götter, Satai. Was draußen geschieht, siehst du hier, obwohl eine halbe Meile Stahl zwischen uns und ihnen ist. Wir werden auch das Heer aus Ninga rechtzeitig sehen, auf einem der anderen Zauberspiegel.«

»Ich glaube nicht an Zauberei«, sagte Skar. Es war fast nur ein Reflex; ein Satz, den er einfach ein paarmal zu oft gesagt hatte, bei ähnlichen – wenn auch weniger dramatischen – Begebenheiten wie jetzt, als daß er ihn zurückhalten konnte.

Rowl lächelte. »Ich auch nicht«, sagte er. »Aber das Wort ist so gut wie jedes andere.«

»Und du sagst, es gibt ... noch mehr davon?« murmelte Skar. Er wollte Rowl ansehen, aber er konnte es nicht. Der Spiegel hielt seinen Blick gefangen. Es war ihm unmöglich, wegzusehen. Rowls Nicken bemerkte er nur aus den Augenwinkeln.

»Drei«, antwortete Rowl. »Zwei von ihnen haben das schon immer getan. Dieser da erst seit wenigen Monaten.« Er seufzte. »Das ist es, was mir angst macht, Satai.«

»Seit ... wenigen Monaten?« Skar erschrak; so heftig, als wüßte er, was Rowls Worte bedeuteten. *Etwas* in ihm wußte es.

»Seit zwei Monaten – vielleicht schon länger, aber vor zwei

Monaten habe ich es bemerkt. Und das ist nicht alles, Satai. Es gibt ... andere Dinge, die plötzlich erwachen. Räume, die ewig im Dunkel lagen, sind wieder hell erleuchtet, und manchmal hört man ... Geräusche.« Plötzlich war die Furcht wieder in seiner Stimme. »Manchmal gehe ich hinunter, Satai, in die Katakomben unter dem Berg, und ich habe Dinge dort gesehen, die ... fürchterlich waren. Caran erwacht, Satai. Er hat geschlafen, vielleicht seit dem Tag, an dem seine Erbauer weggegangen sind, aber er erwacht wieder. Jemand ... hat ihn geweckt.« *Du?* fügte sein Blick hinzu.

»Dann solltet ihr ... nicht mehr hierbleiben«, sagte Skar mühsam. Es fiel ihm schwer, zu sprechen; nicht die Tätigkeit des Redens selbst, sondern das Formulieren der Worte. Nicht nur sein Blick, auch sein Geist war gelähmt von dem, was er sah. Der Anblick des magischen Spiegels füllte ihn so vollkommen aus, daß in seinem Kopf einfach kein Platz für irgendeinen anderen Gedanken war.

»Vielleicht«, sagte Rowl. »Aber vielleicht auch nicht. Vielleicht wird alles ein wenig besser.«

»Ennarts Turm brach zusammen, als er versuchte, ihn zu erwecken.«

»Ennart war ein Narr, nach allem, was ihr mir erzählt habt«, antwortete Rowl. »Er mag die Macht eines Gottes gehabt haben, aber er war dumm.«

»Ihr müßt weg!« sagte Skar. Plötzlich wußte er, daß ihn sein Gefühl nicht getäuscht hatte – etwas *war* hier, eine ungeheuerliche Gefahr, die nicht einmal halb so verborgen war, wie er bisher geglaubt hatte, sondern sich ganz offen zeigte. Sie alle – ihn eingeschlossen – waren noch nicht in der Lage, sie zu erkennen, aber er wußte auch, daß es zu spät sein würde, wenn es ihnen gelang. Es war wie Drasks Turm – die Falle war vielleicht einfach *zu* offensichtlich, um sie zu sehen.

»Das können wir nicht, Satai«, antwortete Rowl.

»Aber ihr könnt nicht hierbleiben!«

»Und wir können auch nirgendwo hingehen.« Rowl seufzte und drehte sich herum. Skar hörte, wie er wieder zur gegenüberliegenden Wand zurückging. Sekunden später erlosch das Bild an der Wand.

Trotzdem dauerte es noch lange, ehe er sich vom Anblick des wieder matt gewordenen Zauberspiegels losreißen und zu Rowl umdrehen konnte.

»Es gibt keinen Ort, an den wir gehen könnten«, sagte Rowl noch einmal. »Ich weiß es, und Titch weiß es ebenso. Und auch du solltest es wissen, wenn du wirklich der Mann bist, für den ich dich halte.«

»Das ist Unsinn!« widersprach Skar. »Ninga –«

»Ninga!« Rowl machte eine wegwerfende Handbewegung. »Oh, ich weiß – wir könnten uns Titchs Heer anschließen und Ninga im Sturm nehmen. Wir könnten es sogar *ohne* Titchs Hilfe tun. Wir hätten Ninga auch schon vor einem Jahr erobern können, oder vor hundert. Aber was hätte das geändert?«

»Ich ... verstehe nicht ...«, sagte Skar hilflos.

»O doch, Satai, das tust du«, sagte Rowl. »Was würde es nutzen? Wir könnten die Herrscher in Ninga besiegen. Wir könnten Cant mit Gewalt erobern. Das hätten wir schon immer gekonnt. Caran ist nicht leer, Satai. Es gibt Waffen hier. Waffen wie die der *Ehrwürdigen Frauen,* und schlimmere. Niemand könnte uns widerstehen. Aber was haben wir zu gewinnen?«

»Die Freiheit«, sagte Skar.

»Freiheit?« Rowl lachte über das Wort wie über einen schlechten Scherz. »Welche Freiheit, Satai? Die Tyrannenherrschaft der Tempelpriester durch eine andere Tyrannenherrschaft zu ersetzen? Zu tyrannisieren, statt tyrannisiert zu werden? Zu verfolgen, statt verfolgt zu werden? Denk nach, Satai! Bist du mit allen Herrschern einverstanden, draußen, in eurem Teil der Welt?«

»Natürlich nicht«, antwortete Skar.

»Und gibt es ein Land in eurer Welt, das den Satai hätte widerstehen können, hätten sie sich zusammengeschlossen und es angegriffen?« Er beantwortete seine eigene Frage mit einem Kopfschütteln, bevor Skar auch nur reagieren konnte. »Natürlich nicht. Warum also sollten wir es tun? Es gibt dort draußen nichts für uns zu gewinnen, Satai. Wir leben, es gibt niemanden, der über uns bestimmt. Hier sind wir frei. Dort draußen blieben wir ewig Gejagte, auch als Herren.«

»Wenn es Ninga nicht mehr gibt –«

»Es sind nicht die Priester im Goldenen Tempel«, unterbrach ihn Rowl. »Es ist das Volk der Quorrl selbst, das uns nicht will, begreif das doch. Wir wären ewig ausgestoßen; Verfemte, selbst auf dem Thron Cants. Sollen wir *das* gegen unsere Freiheit eintauschen?«

Freiheit? dachte Skar. Die Freiheit, lebendig in einem berggroßen Sarg aus Stahl eingeschlossen zu sein, der langsam, aber unerbittlich, ihre Seelen vergiftete? Wenn das Freiheit war, war er nicht sicher, daß es sich lohnte, dafür zu kämpfen.

Aber er sprach nichts von alledem aus. Rowl hatte ihn nicht zurückgehalten, um Antworten zu bekommen, das begriff er plötzlich. Er hatte nur jemanden gebraucht, der zuhörte.

»Bitte laß dir nicht zu viel Zeit«, sagte er.

»Natürlich nicht«, antwortete Rowl. »Aber deine Sorgen sind unbegründet. Du wirst nicht sterben, solange du in Caran bist. Niemand hier wird krank oder altert.«

Das hatte Skar gar nicht gemeint. Die Sorge um sein eigenes Leben war sein geringstes Problem. Die Dinge hatten sich längst zu schnell und zu gewaltig entwickelt, als daß die Mächte, die sie lenkten, es zulassen würden, daß er einfach starb und damit vielleicht den Lauf der Geschichte änderte. Trotzdem sah er Rowl verwirrt und zweifelnd an. »Was meinst du damit?«

»Das, was ich sage«, antwortete Rowl, plötzlich wieder lächelnd. »Es ist so. Niemand weiß, warum, aber es ist die Wahrheit. Und nun geh – bitte. Geh zu Titch und sag ihm, daß ihr meine Entscheidung binnen zweier Tage bekommt.«

*

Rowl hatte Titch, Kiina und ihm drei nebeneinanderliegende Kammern zugewiesen, aber Skar fand die beiden anderen zu seiner Überraschung zusammen, und als wäre das allein noch nicht genug, fand er sie in einem vertrauten Gespräch; Kiina lächelte sogar, als er eintrat, wurde aber sofort ernst, kaum daß sie ihn erkannte. Ihre Hand hatte in der des Quorrl gelegen. Jetzt zog sie die Finger auf eine fast schuldbewußte Art wieder zurück.

Der Anblick erfüllte Skar mit einem absurden Gefühl von Eifersucht, das wiederum Zorn nach sich zog – Zorn auf sich selbst und seine völlig widersinnige Art, zu reagieren. Er hätte froh sein müssen, die beiden so zu sehen. Nach dem, was Titch vor zwei Tagen mit Kiina und ihm getan hatte, hatte er mit allem gerechnet; einschließlich eines Messers, das Kiina dem Quorrl zwischen die Schulterblätter stieß. Nur nicht damit, die beiden wie alte Freunde nebeneinander sitzen zu sehen.

Er verscheuchte den Gedanken, schloß die Tür hinter sich und ließ sich auf eines der sonderbaren Sitzmöbel sinken, ehe er auf Titchs fragenden Blick reagierte.

»Was hat er gewollt?« fragte der Quorrl.

»Rowl?« Skar machte eine nichtssagende Handbewegung, um Zeit zu gewinnen. »Nichts Besonderes«, sagte er. »Wissen, ob du die Wahrheit sagst. Er war wohl der Meinung, einen menschlichen Lügner leichter zu durchschauen als einen aus seinem eigenen Volk.«

Das war nicht die Antwort, die Titch hatte hören wollen. Seine Miene verfinsterte sich. Aber er ging mit keinem weiteren Wort darauf ein, sondern drehte sich brüsk weg und starrte die Wände an. Skar spürte, daß die Kluft zwischen ihnen wieder um eine Winzigkeit breiter geworden war. Er fragte sich für einen Moment selbst, warum er Titch belogen hatte. Vielleicht war es nur ein Gefühl gewesen, die Ahnung, daß es besser war, wenn Titch nicht *alles* über Rowl wußte. In letzter Zeit ließ er sich ohnehin mehr von Ahnungen und Gefühlen leiten als von seinem Verstand.

»Zwei Tage«, fügte er nach einer Pause hinzu. »Er hat mir versprochen, sich binnen zwei Tagen zu entscheiden. Immerhin.«

»Dann müssen wir fliehen.«

Die Entschlossenheit in Kiinas Stimme ließ Skar verwundert aufsehen. »Warum?«

»Weil wir keine zwei Tage mehr haben«, antwortete Kiina.

»Die Reise bis Ninga dauert fünf Tage. Zusammen mit den zweien, die dieser idiotische Quorrl braucht, um sich zwischen Überleben oder Sterben zu entscheiden, macht das sieben.«

»Wie hast du das so schnell ausgerechnet?« fragte Skar lächelnd.

Sein Spott prallte von Kiina ab. »So viel Zeit bleibt uns nicht«, sagte sie noch einmal. »In sieben Tagen –«

»– bin ich tot?«

Kiina senkte betreten den Blick. Ihre Hände begannen an den Falten ihres Mantels zu zupfen, und plötzlich schien sie nicht mehr zu wissen, wohin damit. Sie war nervös, und in ihrem Gesicht arbeitete es, obgleich sie sich alle Mühe gab, sich zu beherrschen. Skar glaubte plötzlich zu wissen, worüber Titch und sie geredet hatten, als er hereinkam.

»Das bin ich nicht«, sagte er, als weder Kiina noch Titch auf seinen Einwurf antwortete, der ihm im übrigen bereits selbst schon wieder leid tat. Er zögerte einen Moment, dann erzählte er, was Rowl ihm über Carans unheimliche Macht berichtet hatte.

»Was für ein Unsinn!« schnappte Kiina, kaum daß er zu Ende geredet hatte. »Und das glaubst du?«

»Warum nicht?«

»Warum nicht, warum nicht!« äffte Kiina seine Stimme nach; aus dem sanften Spott in seinen Worten wurde dabei böser Hohn. »Weil ich die Tochter einer *Errish* bin, Skar, darum nicht! Und weil ich alles weiß, was es über die Krankheiten eines menschlichen Körpers zu wissen gibt. Meine Mutter hat mich vielleicht nicht alles gelehrt, aber sie hat mir beigebracht, den Tod zu erkennen, wenn ich ihn sehe.« Sie machte eine herrische Geste, als Skar sie unterbrechen wollte. »So etwas ist unmöglich. Es hieße, die Zeit anzuhalten. Er sagt das nur, um dich zu beruhigen und zum Bleiben zu bewegen. Wir müssen weg hier, Skar!« Sie deutete heftig auf Titch. »Titch und ich haben bereits einen Plan.«

Skar sah den Quorrl an und las in seinem Blick, daß sie *keinen* Plan hatten. Keinen, der Erfolg haben konnte. Der Quorrl hatte die Ausweglosigkeit ihrer Situation längst erkannt. Caran war nicht nur eine Festung, es war auch eine Falle, wie es keine zweite auf dieser Welt gab. Wenn er mit Kiina über irgendwelche Fluchtpläne gesprochen hatte, dann nur, um sie zu beruhigen; ihr etwas zu geben, worüber sie nachdenken konnte, ehe sie ins Grübeln geriet und vielleicht erkannte, wie gering ihre Chancen wirklich waren.

»Es ... könnte stimmen«, sagte Titch plötzlich.

Kiina richtete sich kerzengerade auf und starrte ihn an. »Was?«

»Es gibt ... Geschichten«, antwortete Titch unsicher. »Manche behaupten, daß sie unverletzlich sind. Es gab ... Gerüchte. Gerüchte von Bastarden, die mehr als hundert Jahre alt sein sollen. Aber es sind nur *Gerüchte*«, fügte er betont und an Skar gewandt hinzu.

Skar antwortete nicht, sondern betrachtete seine rechte Hand. Die Haut war grau geworden und rissig und erinnerte mehr an zwanzig Jahre altes Pergament als an menschliche Haut, und wenn er versuchte, sie zu bewegen, kostete es ihn Mühe; tat manchmal sogar weh. Er hatte lange nicht mehr über sich selbst nachgedacht, aber das bedeutete nicht, daß es ihm besser ging. Vielleicht hatte er sich schon so sehr daran gewöhnt, sich schlecht zu fühlen, daß es ihm höchstens aufgefallen wäre, wenn es ihm plötzlich *besser*gegangen wäre. Aber Rowl hatte nicht behauptet, daß Caran Krankheiten *heilte*. Trotzdem behauptete er: »Ich fühle mich bereits besser.«

Kiina verzog verächtlich die Lippen. »O ja, das sieht man dir direkt an, Skar. Soll ich dir einen Spiegel bringen, du verdammter Idiot?«

Ihre Wut war nur Furcht. Sie hatte Angst; Angst vor Rowl, Angst vor diesem vermeintlichen Berg und vor allem Angst um ihn. Skar, der den Gedanken an seinen eigenen Tod längst akzeptiet hatte und den Moment nur noch hinauszögerte, weil es vorher noch etwas zu *tun* galt, nicht weil er Angst davor hatte, vergaß manchmal, daß nicht jeder so gelassen über sein eigenes Ende nachzudenken vermochte wie er.

»Vielleicht glaube ich es auch nur«, sagte er. »Spielt das eine Rolle?«

»Noch nicht«, sagte Kiina wütend. »Aber bald. Morgen oder

in drei Tagen.«

»Dann warten wir bis morgen oder in drei Tagen«, antwortete er. »Wir haben sowieso keine andere Wahl – nicht wahr, Titch? Oder hast du *wirklich* einen Plan, wie wir hier herauskommen?«

Titch sah weg.

*

Aber es dauerte keine drei Tage, sondern nur eine Nacht und ein paar Stunden. Sie hatten nicht mehr lange geredet; danach. Titch hatte sich nach einer Weile unter einem fadenscheinigen Vorwand zurückgezogen, und als er gegangen und Skar mit Kiina allein war, spürte er plötzlich, wie sehr ihn die Ereignisse der vergangenen Tage angestrengt hatten. Die Zeit auf Crons Hof und die Pflege der alten Quorrl hatten seine Kräfte ein wenig regeneriert, aber schon der Ritt nach Caran hatte diese neugewonnene Stärke wieder aufgebraucht. Und alles, was danach gekommen war, zehrte von seiner Substanz; dem letzten bißchen Lebenskraft, das noch in ihm brannte – ein Vorrat für drei Tage, allerhöchstens vier oder fünf, wenn er Scrat glauben konnte.

Er schickte Kiina fort und streckte sich auf dem unbequemen Bett aus Metall und zerschlissenen Decken aus, und trotz allem fiel er fast sofort in einen tiefen, traumlosen Schlaf, aus dem er erst am nächsten Morgen erwachen sollte.

Dem Morgen des Tages, an dem alles zu Ende ging.

*

Er erwachte, und er wußte, daß es früher Morgen war. Es gab hier drinnen keinen Unterschied zwischen Tag und Nacht; das düsterrote Licht aus dem Nirgendwo leuchtete ununterbrochen, und auch die Bastarde schienen ihren eigenen Lebensrhythmus gefunden zu haben, der mit dem der Welt draußen nicht mehr viel gemein hatte. Aber seine innere Uhr arbeitete jetzt wieder so präzise und verläßlich wie früher, und als er die Augen aufschlug und die Beine von seinem unbequemen Nachtlager schwang, wußte er, daß jetzt auch draußen über den Bergen die Sonne aufging.

Und noch etwas hatte sich verändert: Skar fühlte sich besser.

Es war keine Einbildung; auch nicht der berühmte Glaube, der Berge versetzen und sogar Krankheiten heilen konnte, wenn er nur fest genug war – es war eine *spürbare* Besserung. Sein Rücken schmerzte und fühlte sich taub an, aber das lag nur an dem unbequemen Bett, auf dem er geschlafen hatte. Zum ersten Mal seit Wochen erwachte er nicht mit Übelkeit und quälendem Durst in der Kehle, und zum ersten Mal seit ebenso langer Zeit kostete es ihn kaum Mühe, aufzustehen und sich anzukleiden. Und wie lange es her war, daß er sich – wie jetzt – frisch und *wirklich* ausgeruht vom Schlaf erhoben hatte, wußte er schon gar nicht mehr zu sagen.

Als er sein Zimmer verlassen wollte, fiel sein Blick auf den rechteckigen blinden Spiegel, der neben der Tür in die Wand eingelassen war (Skar wußte, daß es alles andere als ein *Spiegel* war, aber solange seine unheimliche Macht nicht erwachte, erfüllte das mattrosa Glas diesen Zweck hervorragend), und was er sah, ließ ihn mitten im Schritt stocken und sein Spiegelbild betrachten. Es war ein Anblick, der ihn zugleich entsetzte und mit einer fast verzweifelten Hoffnung erfüllte.

Was ihn entsetzte, war sein eigenes Aussehen: er hatte mindestens dreißig Pfund an Gewicht verloren. Seine Wangen waren hohl und fleckig, graue Schatten, die sich auch auf seinem übrigen Gesicht, seinem Hals und den Armen fanden. Sein Zahnfleisch war zurückgegangen, so daß sein Lächeln etwas vom Grinsen eines Totenkopfes haben mußte, und er hatte in den letzten Tagen einen Großteil seiner Haare verloren, ohne es auch nur selbst zu merken: aus der beginnenden Stirnglatze, über die er sich seit zwanzig Jahren ärgerte, war Kahlheit geworden, die fast bis zum Scheitel hinaufreichte. Seine Augen waren tief in die Höhlen zurückgekrochen und mit dunklen Ringen unterlegt.

Und trotzdem: als er das letzte Mal bewußt in einen Spiegel gesehen hatte, war es *schlimmer* gewesen. Rowl hatte die Wahrheit gesagt. Caran schützte ihn. Die stählernen Mauern dieser uralten Ruine hielten selbst dem Ansturm des Todes stand.

Er hob die Hand und streckte zitternd die Finger nach seinem

Spiegelbild aus. Das Gespenst im Spiegel vollzog die Bewegung getreulich nach, und Skar führte sie nicht zu Ende; seine Finger verharrten zitternd Millimeter über dem geborstenen Glas, als hätte er Angst, das Bild darin könne ebenso zerspringen, wenn er es berührte. *Sah er es wirklich, oder wollte er es nur sehen? Und was war das da hinter ihm, dieser Schatten, klein und schlank und insektenhaft und –*

Skar schloß die Augen, ballte die Hand zur Faust und zwang sich, an nichts zu denken. Das Bild des *Daij-Djan* verschwand aus seinem Kopf, und als er die Augen wieder öffnete, war es auch aus dem Spiegel verschwunden. Alles, was er sah, war gerissenes Glas und sein eigenes Spiegelbild, das durch die Sprünge in der reflektierenden Fläche gleichsam in mehrere Teile zerschnitten schien, die nicht ganz genau aufeinanderpaßten.

Skar blieb lange Zeit so stehen und betrachtete den grauen Totenkopf, der ihm aus der spiegelnden Fläche entgegengrinste. Er suchte nach neuen Zeichen des Todes, neuen Spuren, die vielleicht das Gegenteil dessen bewiesen, was ihm dieses Bild sagen wollte. Diese eine Nacht bewies nichts, dachte er. Es konnte Zufall sein; vielleicht nur ein letztes Aufflackern seiner schwindenden Kräfte, dem der endgültige Zusammenbruch folgte. Oder vielleicht doch nichts als die Kraft seiner eigenen Einbildung.

Aber irgend etwas sagte ihm, daß es nicht so war.

Er beschloß, Kiina und Titch gegenüber zumindest vorerst nichts von dieser Veränderung zu erwähnen: Titch hätte es beunruhigt, und Kiina garantiert zu neuen bissigen Bemerkungen provoziert. Und er hatte weder Lust, Titchs Nervosität zu schüren, noch Kiinas Streitlust. Er lächelte seinem eigenen Spiegelbild zum Abschied zu – die Wirkung war so erschreckend, daß er sich fest vornahm, in Zukunft nicht mehr zu lächeln, wenn er nicht allein war – nahm seinen Mantel vom Stuhl und verließ die Kammer. Statt des schweren groben Quorrl-Mantels trug er jetzt wieder den schwarzen Umhang eines Hohen Satai; ein Kleidungsstück, das für die feuchte Kälte hier drinnen fast zu dünn war, ihm aber angemessen schien, um Rowl gegenüberzutreten.

Zum ersten Mal seit langer Zeit fühlte er sich wieder als der, der er war: nicht einfach nur ein Satai, sondern der *Herrscher* der Satai. Nur das vertraute Gewicht des *Tschekal* an seiner Seite fehlte. Er würde Rowl bitten, ihm die Waffe zurückzugeben, sobald sie Caran verließen.

Der halbtote Herrscher über ein nicht mehr existierendes Volk, Bruder, flüsterte eine Stimme in seinen Gedanken. *Hast du Dels Worte schon vergessen? ›Es gibt nicht mehr viele Satai. Vielleicht sind wir beiden die letzten, die überlebt haben.‹*

Aber nicht einmal dieser Gedanke vermochte seine Hochstimmung zu zerstören. Und er hatte sich eingebildet, den Tod nicht zu fürchten? Lächerlich. Jetzt, als ihm eine neue Gnadenfrist geschenkt worden war, begriff er, daß er sich die ganze Zeit über selbst belogen hatte. Auch ein Satai war nicht vor der Angst gefeit.

Auch nicht davor, sich zu verlaufen.

Skar passierte die zweite Gangkreuzung, als ihm klar wurde, daß er nicht mehr genau wußte, wo er war. Er blieb stehen, sah sich um und drehte sich schließlich einmal um seine Achse. Sein Blick tastete die zerborstenen Wände ab, suchte nach etwas Vertrautem und fand nichts. Die halbrunden, von flüssigem rotem Licht erfüllten Gänge waren alle gleich; es gab nichts, woran er sich orientieren konnte. Bisher war das auch nicht nötig gewesen, denn Skar war niemals *allein* durch einen der Stollen gegangen. Aber Rowl hatte darauf verzichtet, eine Wache vor ihren Türen zu postieren, wohl, um ihnen zu beweisen, daß sie wirklich seine Gäste waren, und nicht seine Gefangenen – eine großmütige Geste, die Skar zum Verhängnis hätte werden können, hätte er seinen Irrtum nur ein wenig später bemerkt. *Meilen über Meilen von Gängen, Satai. Und ich habe Dinge dort gesehen, die schrecklich waren.*

Gottlob hatte er nicht den Fehler begangen, irgendwo abzubiegen. Er mußte einfach nur den Weg zurückgehen, den er gekommen war, um sein Quartier wiederzufinden. Schlimmstenfalls würde er zu Titch oder Kiina gehen und bei ihnen warten, bis Rowl jemanden schickte, um sie zu holen.

So weit die Theorie.

In der Praxis fand er auch sein eigenes Zimmer nicht wieder.

Die Tür war verschwunden. Skar war vollkommen sicher, sie nicht hinter sich geschlossen zu haben, aber jetzt war sie fort, und schlimmer noch: er sah auch keine *geschlossenen* Türen mehr. Skar marschierte gute zehn Minuten – viel länger, als er zuvor gegangen war – in die entgegengesetzte Richtung, aber er sah nichts außer gekrümmten roten Gängen und den bizarren Mustern, die Rost und Verfall in den Stahl der Wände gefressen hatten.

Aber das war unmöglich! Er war nirgends abgebogen, hatte keine Tür geöffnet, keine Abzweigung gewählt ...

Er blieb wieder stehen, drehte sich abermals herum und ging wieder in die entgegengesetzte Richtung. Diesmal zählte er seine Schritte, und als er bei tausend angekommen war, blieb er erneut stehen. Eine gute halbe Meile ...

Hätte er nicht gewußt, daß es völlig unmöglich war, hätte er geschworen, sich in einem anderen Gang zu befinden als dem, in dem seine Unterkunft lag. Furcht mischte sich in seine Verwirrung. Was hatte Rowl gesagt? *Es geschehen ... Dinge. Dinge, die mir angst machen.*

Er überlegte, abermals kehrt zu machen und den Weg noch einmal zurückzugehen, und vielleicht noch einmal und noch einmal, bis sich dieses unheimliche Rätsel irgendwie löste, und in Gedanken sah er sich schon wieder und wieder den Gang hinauf und hinab laufen, so lange, bis er entweder vor Erschöpfung zusammenbrach oder ihn ein Quorrl fand, der zufällig hier herunter kam. Die Vorstellung war so lächerlich, daß sie für einen Moment sogar seine Furcht vertrieb.

Aber wirklich nur für einen Moment.

Dann hörte er das Geräusch, ein Kratzen und Schleifen und Schaben wie von harten Krallen, die über den Boden fuhren, und als er sich herumdrehte und sah, was es verursachte, erstarrte er für eine Sekunde vor Entsetzen.

Hinter ihm kroch ein schwarzes mißgestaltetes Ding den Gang entlang, ein Monster wie eine übermannsgroße Spinne mit zu vielen Beinen und einem dreieckigen Insektenschädel, in dem ein einzelnes rotes Auge blitzte, das die Form eines Sehschlitzes in einem Helmvisier hatte. Skar starrte die unheimliche Kreatur fassungslos an und fragte sich, ob er all dies wirklich erlebte oder ob er träumte. Das Ding war größer als er, und seine schwarzen kantigen Beine – Skar zählte insgesamt vierzehn Stück – waren so weit gespannt, daß es den Gang fast auf voller Breite ausfüllte. Es bewegte sich nicht sehr rasch, kam aber dank seiner enormen Größe trotzdem bedrohlich schnell auf ihn zu, und seine Bewegungen waren sonderbar *falsch* – eckig und ruckhaft, als wäre es nicht lebendig, sondern nur eine Puppe. Aus dem vorderen Drittel seines Schädels wuchsen zwei handlange, aufwärts gekrümmte Sicheln, die sich im Takt seiner marschierenden Beine bewegten.

»Geh zur Seite, du Narr!« sagte eine Stimme hinter ihm.

Skar gehorchte, ohne auch nur eine Sekunde nachzudenken. Blitzartig wich er vor der stählernen Spinne zurück, preßte sich gegen die Wand und hielt instinktiv den Atem an, als das Ungeheuer näher kam. Der Blick des flimmernden roten Auges blieb starr geradeaus gerichtet. Obwohl das *Ding* ihn einfach sehen mußte, reagierte es nicht; weder auf seinen Anblick, noch auf seine Bewegung.

Als es an Skar vorüberging, sah er, daß es nicht lebte.

Sein Körper bestand aus unzähligen, ineinandergreifenden Ringen aus schwarzem Stahl, der sich an vielen Stellen schon mit der Krankheit Carans infiziert hatte: Rost. Dünne schwarze Drähte woben ein engmaschiges Netz um das hintere Drittel seines Leibes, und die scharrenden Geräusche, die Skar gehört hatte, wurden nicht von seinen Beinen verursacht, sondern von den eisernen Gelenken, die ihm diese spinnenhaften Bewegungen verliehen. Eines der Beine war beschädigt – es bewegte sich noch im Takt der anderen, aber viel ruckhafter, und aus einer zerbrochenen Stelle im mittleren Glied quoll ein Gewirr zerrissener Drähte, wie Adern und Nerven aus Eisen.

Als das Metalltier Skar fast passiert hatte, berührte das beschädigte Bein seine Hand. Der Stahl war kalt – so unglaublich *kalt*, daß Skar vor Schmerz aufschrie und Fetzen seiner Haut am Körper der Eisenspinne hängen blieben, als er die Hand zurückriß. Fluchend vor Schmerz taumelte er zurück und preßte die blutende Hand gegen den Leib. Sein Arm prickelte vor Kälte und war taub.

Das Metalltier marschierte indessen unberührt weiter. Skar erkannte eine schemenhafte Gestalt ein paar Schritte vor sich, die sich hastig in eine Nische in der Wand zurückzog.

Es dauerte mehrere Minuten, bis das Eisentier weit genug gelaufen war, daß Rowl sein Versteck verlassen und zu ihm kommen konnte. Auf dem Gesicht des Quorrl mischte sich Ärger mit Erleichterung, als er sah, daß Skar nicht schwer verletzt war.

»Was sollte das?« fauchte er zornig. »Wolltest du dich umbringen lassen? Wenn du lebensmüde bist, nimm ein Messer, das geht schneller und ist nicht so schmerzhaft!«

»Ich hatte keine Ahnung –«, begann Skar, wurde aber sofort wieder von Rowl unterbrochen:

»Was, zum Teufel, tust du überhaupt hier?«

»Das erkläre ich dir, wenn du mir sagst, wo ich überhaupt bin«, antwortete Skar. »Ich wollte zu dir, und –«

»Zu mir?« Rowl zog eine Grimasse. Seine Hand deutete auf die Gangdecke, und sein Blick funkelte mißtrauisch. »Mein Quartier liegt *oben*, Satai. Wieso gehst du Treppen *hinab*, wenn du *hinauf* willst?«

»Treppen?« wiederholte Skar verständnislos. »Ich bin keine Treppen ...« Er brach ab, blickte den Quorrl verwirrt an und rettete sich in ein Achselzucken. *Es geschehen sonderbare Dinge hier, Satai. Dinge, die mir angst machen ...* »Ich muß mich wohl verlaufen haben«, sagte er. »Caran ist ziemlich groß. Vor allem für jemanden, der sich hier nicht auskennt.«

»Und ziemlich tödlich«, fügte Rowl finster hinzu. »Vor allem für jemanden, der zu neugierig ist.«

Skar war nicht sicher, wie diese Worte gemeint waren – ob als Drohung oder Warnung. Er versuchte auch nicht, es herauszufinden, sondern deutete auf das Metalltier, das schon fast im rötlichen Dunst des Ganges verschwunden war. »Was ist das?«

Rowl zuckte unwillig mit den Schultern. »Ich weiß es nicht«, antwortete er. »Es gibt viele von ihnen hier unten. Niemand weiß, was sie sind. Sie waren schon hier, als wir kamen. Vielleicht von Anfang an.«

Skar schauderte. »Du meinst, sie gehören ... hierher?« fragte er stockend. »Sie laufen *(seit einer Million Jahren)* die ganze Zeit hier herum?«

»Manche bewegen sich durch die Gänge, andere tun andere Dinge«, antwortete Rowl in einer Art, die Skar klar machte, wie wenig Lust er hatte, über dieses Thema zu reden. »Einige sehen aus wie das da, andere sind kleiner oder größer. Aber alle sind tödlich. Du stirbst, wenn du sie berührst, Satai. Du hast Glück gehabt.«

Skar blickte auf seine blutende Hand herab. Er dachte an die grausame Kälte, die er gefühlt hatte. Dabei hatte er die Spinnen nur flüchtig berührt; kaum mehr als ein Hauch. Und trotzdem hätte dieses flüchtige Streifen beinahe ausgereicht, ihn auch seine andere Hand verlieren zu lassen. »Es ist die Kälte, die sie nicht altern läßt«, sagte er unvermittelt.

Rowl starrte ihn an. »Was?«

»Die –« Skar brach ab und blickte verwirrt in das Gesicht des Quorrl hinauf. *Was waren das für Worte?* Er wußte, daß es so war, daß aus irgendeinem Grund Teile dieses unglaublichen Gebildes noch immer ihren Dienst taten, weil sie *kalt* waren, weil Kälte das Gegenteil von Wärme und Wärme Bewegung und damit Leben war, aber er vermochte nicht zu sagen, woher dieses Wissen kam. Es war einfach da; als hätte etwas in diesen rostroten Wänden einen verschütteten Teil seiner Erinnerungen zum Leben erweckt. Erinnerungen an Dinge, die er nie erlebt hatte.

»Ich glaube, ich muß mich bei dir bedanken«, sagte er hastig.

Rowl grunzte ärgerlich. »Bedank dich bei dem Mann, der gesehen hat, in welche Richtung du gegangen bist«, sagte er. »Aber tu es später. Jetzt ist keine Zeit dafür. Komm.«

Er wollte nach Skars Hand greifen und ihn einfach mit sich ziehen, aber Skar wich seiner Berührung aus und brachte schnell zwei Schritte Distanz zwischen sich und den riesigen Quorrl.

»Wieso hast du überhaupt nach mir gesucht?« fragte er. »Ist etwas passiert?«

»Noch nicht«, antwortete Rowl. »Aber es wird etwas geschehen, wenn wir noch lange hier herumstehen und reden. Vor der Burg sind Truppen aufgetaucht. Tempelkrieger aus Ninga. Und irgend etwas ... ist bei ihnen. Ich weiß nicht, was. Und jetzt komm.«

*

Wie um den Wahnsinn auf die Spitze zu treiben, brauchten sie eine gute halbe Stunde, um die Ebene Carans zu erreichen, auf der Rowls Quartier lag; für eine Strecke, für die Skar Minuten benötigt hatte; und noch dazu, ohne eine einzige der zahllosen Treppen und Leitern hinabzusteigen, über die Rowl ihn jetzt zurückführte. Aber er weigerte sich einfach, über diese neuerliche Unmöglichkeit nachzudenken.

Außerdem brauchte er all seine Kraft, um mit Rowl mitzuhalten, denn der Quorrl rannte mit Riesenschritten vor ihm durch die verlassenen Korridore, so daß Skar mehr als einmal befürchtete, den Anschluß zu verlieren und sich erneut zu verirren.

Rowls Gemach hatte sich vollkommen verändert, als sie es erreichten. Aus dem großen, von schon fast unheimlicher Stille erfüllten stählernen Dom war ein Hexenkessel geworden. Mindestens drei, wenn nicht vier Dutzend Bastarde drängelten sich zwischen den rostigen Möbelstücken, und einer der magischen Spiegel Rowls war in Betrieb: er zeigte wieder das Felsplateau mit Titchs Kriegern, aber das war auch schon alles, was das Bild mit dem von gestern gemein hatte. Wo Skar am Tag zuvor ein zwar eng zusammengepferchtes Heer erblickt hatte, tobte jetzt ein Chaos aus durcheinanderstürzenden, flüchtenden Leibern. Hunderte von Kriegern hatten den Saumpfad erklommen, der weiter an Carans Flanken emporführte, und vor dem Riß im Fels herrschte ein heilloses Chaos. Offensichtlich versuchten die Krieger, ins Innere Carans zu fliehen.

Rowl schrie einem seiner Männer etwas zu und ließ ihn einfach stehen, und Skar ging zu Titch und Kiina, die er inmitten des Durcheinanders entdeckte. Der Blick des Quorrl war gebannt auf den Zauberspiegel gerichtet, während Kiina offensichtlich schon Zeit gefunden hatte, ihr Staunen zu überwinden. Als sie die blutende Stelle an seiner Hand entdeckte, trat eine stumme Frage in ihre Augen. Skar ignorierte sie.

»Was ist passiert?«

Titch hörte seine Worte gar nicht, sondern starrte weiter auf den Spiegel. Es war nicht die Unmöglichkeit der sich bewegenden Bilder, die ihn bannte, begriff Skar. Die Männer dort draußen waren *seine* Männer, und er war für das Leben jedes einzelnen verantwortlich. Was er für Faszination gehalten hatte, war Entsetzen.

Schließlich beantwortete Kiina seine Frage. »Ich weiß es nicht. Niemand weiß es. Rowl ließ uns vor einer Stunde rufen. Die Krieger aus Ninga sind da. Aber da ist ... noch mehr.«

Skar versuchte, mehr Einzelheiten zu erkennen, aber es gelang ihm nicht. Das Bild war seltsam unscharf, wie von einer dünnen Staubschicht überzogen. »Was ist das?« flüsterte er.

Die Frage galt niemand besonderem, aber Titch antwortete trotzdem: »Etwas ... ist dort draußen, Skar. Nicht die Garde. Die Männer sind in Panik. Ich ... ich muß zu ihnen!« Den letzten Satz hatte er geschrien. Plötzlich fuhr er herum, stieß Kiina und Skar grob beiseite und lief zum Ausgang. Aber er kam nur wenige Schritte weit, ehe ihm zwei von Rowls Bastarden den Weg vertraten. Titch versuchte auch diese Männer zur Seite zu drängen, aber die beiden Quorrl hielten ihn – vorsichtig, aber trotzdem sehr entschlossen – zurück. Schließlich gab Titch es auf und wandte sich mit zornbebender Stimme an Rowl.

»Sah ihnen, daß sie mich durchlassen sollen!«

»Das werde ich bestimmt nicht tun, Titch«, antwortete er ruhig. »Es gibt nichts, was du für deine Männer dort draußen tun könntest.«

»Du –!«

»Wir können mehr von hier aus tun«, unterbrach ihn Rowl. Er wandte sich brüsk ab und gab Skar einen Wink, näher zu kommen. Kiina schloß sich ihm wortlos an, als Skar gehorchte, und nach ein paar Sekunden gesellte sich auch Titch zu ihnen. Die beiden Krieger, die ihn am Verlassen des Raumes gehindert hatten, folgten ihm in geringem Abstand; schweigend und mit steinernen Gesichtern, aber jederzeit bereit, zuzugreifen.

»Wofür hältst du das, Satai?« fragte Rowl und deutete auf den Spiegel. Er war nervös; noch erschrockener als vorhin, als er Skar vor der Metallspinne gewarnt hatte.

Skar zuckte hilflos die Schultern. Er wußte, was Rowl meinte – der Spiegel war lang nicht mehr so klar wie gestern. Graue Schlieren und treibende Fetzen wie schlieriger Nebel glitten über das Bild, und manchmal meinte man, Bewegung wahrzunehmen, die anders war als die der flüchtenden Quorrl, sich aber nicht greifen ließ.

»Irgend etwas scheint deinen Zauber zu stören«, sagte er schließlich.

»Zauber?« Kiina runzelte die Stirn, während es in Titchs Augen abermals zornig aufblitzte. Rowl starrte ihn durchdringend an, und Skar spürte die Drohung, die in diesem Blick lag. Er erinnerte sich gut seines gestrigen Gesprächs mit Rowl. An jedes Wort. Auch an die, die der Bastard nicht ausgesprochen hatte.

»Wir –«

»Herr!« Einer der Quorrl begann wild zu gestikulieren und deutete auf einen zweiten, kleineren Zauberspiegel, der an der anderen Wand hing. Skar hatte ihn bisher gar nicht beachtet, und er sah auch jetzt nichts als ein wildes Durcheinander von Farben und Bewegung. Aber Rowl zog erschrocken die Luft zwischen die Zähne ein, und Titch fuhr wie unter einem Hieb zusammen.

Rowl machte eine befehlende Geste. Einer seiner Quorrl tat etwas an der metallenen Truhe, die Rowl auch schon gestern berührt hatte, als er Skar das Geheimnis des Zauberspiegels zeigte, und plötzlich verschwand das Bild von Titchs Armee von der großen Glasfläche. Statt dessen zeigte sie nun plötzlich einen Ausschnitt des Berghanges, zwei, vielleicht drei Meilen weiter südwärts, die Stelle, an der der geröllübersäte Trümmerhang allmählich in den schmalen Saumpfad überging, der zum Plateau und später zum Eingang Carans hinaufführte. Zwei, drei Quorrl schrien erschrocken auf, und Kiina schlug mit einem keuchenden Laut die Hand vor den Mund.

Auch dort unten lagerten Quorrl; Nachzügler des Heeres, vielleicht auch Wachen, die Titch dort zurückgelassen hatte, um ihren Rücken zu decken. Ihnen gegenüber, vielleicht noch durch eine halbe Meile zerklüfteten Gebietes getrennt, hatten gute drei-, vierhundert Krieger Aufstellung genommen; Männer in den glitzernden Rüstungen der Tempelgarde, wie sie Skar schon mehrmals begegnet waren.

Aber das war es nicht, was Skar erstarren ließ.

Zwischen den Kriegern aus Ninga und den angstvoll zusammengedrängten Quorrl aus Titchs Heer war noch etwas.

Umrisse. Drei kolossale, schattenhafte Dinger, fünfzig oder mehr Fuß hoch und von ständig wechselnder Form, wie graubrauner Nebel, der sich zu einem Körper zusammenballen wollte, ohne daß es ihm jemals wirklich gelang. Aber was immer sich in diesem schattenhaften Etwas verbarg, es wurde deutlicher. Nach Sekunden glaubte Skar schuppige Panzerplatten zu erkennen, etwas wie eine riesige Kralle, Zähne von der Länge eines Armes und kleine, tückische Augen, die voller unersättlicher Gier auf die Quorrl herabstarrten.

»Was ist das?!« brüllte Rowl. »Wieso hat es keiner gesehen?«

»Das ... das war vorhin noch nicht da«, antwortete der Quorrl, der die Zauberspiegel bediente. »Ich schwöre es, Herr, ich habe ununterbrochen hingesehen, und –«

»Lüg nicht, Kerl!« unterbrach ihn Rowl brüllend. Er hob die Faust, wie um den Mann zu schlagen.

»Laß ihn, Rowl«, sagte Skar leise und ohne den Blick vom Spiegel zu nehmen. »Er sagt die Wahrheit. Das da draußen sind die Wesen, die Caran geschaffen haben.«

Rowl starrte ihn an. Seine Kiefer mahlten.

»Vielleicht solltest du jetzt anfangen, darüber nachzudenken, wie lange ihnen dein famoser *Wächter* Widerstand leisten wird«, fügte Kiina spöttisch hinzu.

Skar warf ihr einen warnenden Blick zu und trat näher an den Zauberspiegel heran, um mehr Einzelheiten zu erkennen.

Sein Herz begann zu jagen. Er hörte, wie Kiina etwas sagte, aber er war unfähig, darauf zu reagieren oder das Gesagte auch nur zu *verstehen*. Er hatte Angst. Was dort unten, am Fuße des Berges, geschah, ging ihn an, und nur ihn. Die Schatten waren seinetwegen gekommen.

Er war nicht einmal überrascht, als sich in den wogenden Nebelschleiern Körper zu bilden begannen; einer, zwei, schließlich drei titanische dunkelgrüne Drachenkreaturen, ins Absurde vergrößerte Brüder der Tyrr, auf der Anschis *Errish* geritten waren, Monstren mit Köpfen so groß wie Droschken und Gehirnen klein wie Kinderfäusten. Er spürte kaum, wie die Unruhe unter Rowls Quorrls fast zur Panik wurde. Kiina berührte seinen Arm, nicht mehr um ihn zurückzuhalten, sondern um Schutz zu suchen. Ihre Finger krallten sich tief in seine Muskeln, aber auch der Schmerz drang nicht wirklich bis an sein Bewußtsein vor.

Auf den Rücken der drei riesigen Drachen saßen Gestalten: schwarz, gewaltig und klobig wie die Tiere, die sie ritten, gepanzerte Riesen mit absurd großen Köpfen. Und im gleichen Moment, in dem Skar vollends vor den Zauberspiegel trat und stehenblieb, hob eine der schwarzen Riesengestalten die Hände und nahm ihren Helm ab.

Titch schrie auf. Unter Rowls Männern brach vollends eine Panik aus; manche versuchten, aus der Kammer zu rennen, andere begannen schreiend durcheinanderzulaufen oder fielen auf die Knie und verbargen die Gesichter zwischen den Armen, andere standen wie gelähmt und blickten das goldene, edel geschnittene Gesicht an, das unter dem schwarzen Riesenhelm zum Vorschein gekommen war.

Skar war nicht einmal überrascht. Vielleicht war seine Fähigkeit, zu erschrecken, einfach erschöpft; vielleicht hatte er es sogar gewußt, zumindest *geahnt*.

Es war das Gesicht eines Ssirhaa.

Nicht *irgendeines* Ssirhaa. O nein, ganz bestimmt nicht.

Es war Ennart.

Der Gott der Quorrl, den Skar und Titch eigenhändig getötet hatten.

»Aber das ist... unmöglich«, stammelte Titch. »Das kann nicht sein! Sag, daß es nicht wahr ist, Skar!«

Skar reagierte nicht, aber Rowl wandte sich mit einer zornigen Bewegung um und blickte abwechselnd Skar und Titch an. »*Was* ist unmöglich, Titch?« fragte er. »Hast du mir nicht selbst erzählt, daß sie es sind, die jetzt in Ninga herrschen?«

»Aber nicht er!« keuchte Titch. Seine Stimme klang fast hysterisch. Er zitterte am ganzen Leib. »Nicht er, Rowl! Er ist tot! Wir... wir haben ihn getötet! *Ich habe ihn umgebracht, Rowl, mit meinen eigenen Händen!*«

Rowls Augen weiteten sich, als er begriff, daß Titch die Wahrheit sprach. Der hysterische Klang in seiner Stimme bewies das hundertmal mehr als seine Worte.

»Das kann nicht sein!« stammelte Titch. »Das... das ist Zauberei! Es ist unmöglich!«

Rowl tat etwas an seiner Truhe, und das Bild änderte sich erneut: statt der beiden sich gegenüberstehenden Quorrl-Heere und der drei Drachengestalten waren jetzt nur noch Kopf und Schultern des Ssirhaa zu erkennen. Und als hätte der nur darauf gewartet, hob Ennart in diesem Moment den Kopf, so daß seine dunkelgoldenen Augen, durch die Macht des Zauberspiegels dutzendfach vergrößert und lodernd wie erstarrtes Feuer, direkt auf Skar und die anderen hinabzublicken schienen. Für einen entsetzlichen Augenblick war Skar fast sicher, daß es so war: daß nicht nur er Ennart, sondern der Ssirhaa umgekehrt auch *ihn* sah. Aber das war natürlich unmöglich. Er mußte seine Angst beherrschen, dachte er. Wenn er anfing, Ennart *wirklich* göttliche Macht zuzubilligen, dann hatte er diesen Kampf verloren, bevor er noch richtig begonnen hatte.

»Satai!« Die Stimme des Ssirhaa schien direkt aus dem Bild zu dringen, und sie war wie das Dröhnen zusammenstürzender Berge. Es war keine Einbildung: obwohl Skar noch immer wie erstarrt dastand und das goldene Gesicht auf dem Zauberspiegel

ansah, hätte er sich vor Schmerzen gekrümmt, hätte er es gekonnt. Rechts und links von ihm schlugen die Quorrl gequält die Hände vor die Ohren, aber das nutzte ihnen nichts, denn die Stimme des Ssirhaa erklang direkt in ihren Köpfen. Vielleicht hören sie es alle, dachte Skar. Vielleicht gab es niemanden in diesem stählernen Berg, der die Stimme des zornigen Gottes nicht hörte.

»Satai!« rief Ennart noch einmal, und fast noch lauter und mit vernichtenderer Kraft als das erste Mal. *»Ich weiß, daß du mich hörst! Ich weiß, daß du dort bist! Komm heraus! Komm hierher, oder alle, die bei dir sind, werden sterben!«*

Der Blick der riesigen goldenen Augen saugte sich an Skars Gesicht fest, und plötzlich war Skar sicher, daß Ennart ihn sah. Er wußte nicht wie, und er wußte nicht, woher dieses Wissen kam, aber es gab keinen Zweifel daran. Vielleicht war er doch ein Gott.

»Ich bin nicht gekommen, um zu töten, Satai«, fuhr Ennart fort. *»Ich will dich, Satai – nicht Titch oder Rowl oder die Bastarde. Nur dich. Das Mädchen und die anderen sind frei, wenn du zu uns kommst.«*

»Tu es nicht, Skar«, sagte Kiina mit zitternder Stimme. »Das ist eine Falle!«

»Caran ist eine Festung!« fuhr Ennart fort. *»Ich weiß das. Und ich weiß auch, wie stark sie ist. Nicht einmal mir würde es leichtfallen, sie zu erobern – aber ich werde es tun, wenn du mich dazu zwingst. Viele gute Männer werden dabei sterben – auf beiden Seiten. Willst du das, Satai?«*

»Nein«, murmelte Skar. »Ich komme, Ennart.« Seine Hand glitt zum Gürtel, fand die leere Schwerthülle und schloß sich darum. Er hatte gewußt, daß er sein *Tschekal* noch einmal brauchen würde, aber er hatte nicht gewußt, daß es so bald sein würde, und *so*.

»Er kann dich nicht hören«, sagte Rowl.

»Ich gebe dir eine Stunde«, sagte Ennart. *»Bist du bis dahin nicht hier, greifen wir an.«*

»Das ist nicht nötig, Ennart«, antwortete Skar. »Ich werde da sein. Du hast gewonnen.« Er drehte sich um, blickte in Rowls Gesicht und hob die Hand. »Mein Schwert.«

»Du … du willst doch nicht wirklich dort hinausgehen?« murmelte Rowl. Er sprach schleppend. Seine Stimme klang belegt und war von der gleichen Mischung aus Schrecken, Faszination und Lähmung erfüllt wie sein Blick.

»Mein Schwert«, wiederholte Skar.

Rowl hob den Arm und gab einem seiner Krieger einen Wink. Der Quorrl entfernte sich mit schnellen Schritten, um Skars Waffe zu holen. Keiner von ihnen sprach ein Wort, bis er zurückkam und Skar das *Tschekal* überreichte. Skar schob die Waffe in seinen Gürtel, wandte sich ohne ein weiteres Wort um und ging. Aber dann streifte sein Blick Titchs Gesicht, und er zögerte noch einmal. Er wußte selbst nicht genau, warum. Titch war vielleicht von allen hier der einzige, der wirklich *wußte*, warum er ging. Nicht aus Angst vor dem Ssirhaa oder aus Sorge um Rowl und seine Bande von Halsabschneidern und Mördern. Der wahre Grund war, daß er Titch sein Wort gegeben hatte. *Es wird sich nicht wiederholen.* Caran würde frei bleiben; selbst um den Preis seines eigenen Lebens. Vielleicht wartete er darauf, daß Titch ihn von seinem Wort entband, für den Bruchteil einer Sekunde.

Dann, ehe Titch es vielleicht *wirklich* tun oder einer der anderen etwas sagen konnte, was ihn womöglich doch noch zurückhielt, wandte er sich brüsk um und ging zur Tür.

*

Er brauchte viel länger als die vereinbarte Stunde, um den Fuß des Bergmassivs zu erreichen, in das Caran hineingebaut war: die Höhle und das Felsplateau waren voller flüchtender Quorrl gewesen, die ihm entgegenkamen und es ihm fast unmöglich machten, auch nur von der Stelle zu kommen. Die Frist, die Ennart ihm gegeben hatte, war längst abgelaufen, ehe er auch nur aus dem Berg heraus war, und sie verstrich ein weiteres Mal, bis es ihm gelang, das Felsplateau zu überwinden und den eigentlichen Abstieg zu beginnen.

Aber Ennart griff nicht an. So, wie er Skar durch den magischen Spiegel hindurch *gesehen* hatte, schien er auch jetzt zu wissen, daß er auf dem Wege zu ihm war. Vielleicht las er ja seine Gedanken. Drask hatte es gekonnt – wieso sollten die, die die Zauberpriester geschickt hatten, nicht über die gleiche Macht verfügen?

Aber Skar gestattete sich auch diesmal nicht, diesen Gedanken weiter zu verfolgen. Wenn es so war, dann wäre es ohnehin müßig, noch irgend etwas tun zu wollen – welche Chance hatte er gegen einen Gegner, der seine geheimsten Wünsche und Pläne kannte, im gleichen Moment, in dem sie in seinem Kopf entstanden ...

Oder der unsterblich ist, Bruder?

... und wenn es nicht so war – nun, er hatte Ennart schon einmal getötet, unter Voraussetzungen, die nicht viel besser gewesen waren als heute. Und er hatte nicht vor, sein Leben zu verschenken.

Sein Blick suchte die Schatten zwischen den Felsen ab, die den Weg flankierten. Hier und da glaubte er eine Bewegung wahrzunehmen, aber es war jedes Mal nur ein Schatten oder eine Sinnestäuschung, wenn er genauer hinsah. Ennart schien Wort gehalten zu haben: die Garde hatte die flüchtenden Quorrl nicht verfolgt.

Dann begriff er, daß es gar nicht die Quorrl aus Ninga waren, nach denen er suchte. Wonach er mit klopfendem Herzen Ausschau hielt, das war ein dürres schwarzes Ding ohne Gesicht und mit tödlichen Klauen, sein schwarzer Schutzengel, von dem er sich vergeblich einzureden versuchte, daß er Angst vor seinem Anblick hätte. Das hatte er längst nicht mehr – ganz im Gegenteil. Er sehnte ihn fast herbei. Und nicht erst seit heute. Vielleicht hatte es erst dieser dramatischen Entwicklung bedurft, damit er bereit war, sich selbst gegenüber die Wahrheit einzugestehen: er hatte längst damit angefangen, mit der Kraft des *Daij-Djan* zu kalkulieren. *Du brichst unser Abkommen, Bruder. Du tust es unentwegt, denn du zwingst mich, dich zu beschützen, ohne den Preis zu bezahlen.*

Aber irgendwie wußte er, daß es jetzt soweit war. Der *Daij-*

Djan war da. Er war ganz nahe, so nahe bei ihm wie vielleicht nie zuvor. Skar spürte sein Dasein, und er spürte die entsetzliche Kraft, die ihn begleitete, bereit, auf ein Wort, einen Gedanken hin auf ihn überzugehen. *Noch nicht, Bruder,* dachte er. *Noch nicht. Aber bald.*

Bald.

Der *Daij-Djan* flüsterte lautlos seine Zustimmung, und die Schatten rings um Skar wurden wieder ein wenig heller. Er fühlte sich stark. Allein das Wissen, selbst Ennart überlegen zu sein, wenn er es nur *wollte*, verlieh ihm neue Kräfte.

Der Ssirhaa erwartete ihn allein. Seine beiden Begleiter und er waren von den Rücken ihrer zyklopischen Reittiere gestiegen, aber es war nur Ennart, der ihm entgegenkam. Die beiden anderen Riesengestalten hatten sich ein Stück zurückgezogen; ebenso wie ihre Tiere. Zusammen mit den Quorrl, die sich in respektvollem Abstand zu den riesigen Drachenwesen versammelt hatten, bildeten sie fast so etwas wie eine lebende Arena, als wären sie bemüht, einen würdigen Rahmen für das Zusammentreffen zwischen Skar und ihrem Herrn zu schaffen.

Skars Blick glitt flüchtig über die Gesichter der Quorrl-Soldaten. Nur wenige blickten in seine Richtung. Die meisten starrten die beiden schwarzgepanzerten Riesen und ihre entsetzlichen Reittiere an, und plötzlich begriff Skar, daß auch diese Krieger vor Angst halb wahnsinnig waren. Ihre Furcht vor Ennart und seinen Begleitern war kein bißchen kleiner als die der Quorrl in Caran oder die von Titchs Kriegern.

Das war es, was sie erwartete, dachte er. *Angst.* Das Lebenselixier der *Sternengeborenen,* die Energie, die ihre furchtbare Vernichtungsmaschinerie antrieb. Die Quorrl würden vielleicht etwas erleben, was keinem anderen Volk auf dieser Welt je widerfahren war – von ihren eigenen Göttern beherrscht zu werden, nicht im übertragenen Sinne, sondern wortwörtlich. Aber sie würden einen entsetzlichen Preis dafür zahlen. Und er glaubte zu spüren, daß manche von ihnen es bereits wußten.

Langsam trat er auf Ennart zu. Der Ssirhaa hatte seine schwarze Rüstung abgelegt und trug jetzt wieder die Kleider, in denen Skar ihn im Turm kennengelernt hatte: eine knöchellange Toga aus fließendem Gold unter einem lose fallenden, bestickten Umhang der gleichen Farbe, und wieder hatte Skar dasselbe irrationale Gefühl, lachen zu müssen, das ihn schon einmal überkommen hatte bei Ennarts Anblick. Die Kleider unterstrichen die ehrfurchtgebietende Gestalt des Ssirhaa noch, aber alles an ihm schien eine Spur *zu* machtvoll, eine Winzigkeit übertrieben, um wirklich noch göttlich zu sein.

Er näherte sich dem Ssirhaa bis auf drei Schritte und blieb stehen. Seine Hand griff nach dem Schwert im Gürtel, strich fast liebevoll über seinen Griff und verharrte darauf. Ennarts Blick folgte der Bewegung. Er lächelte, aber seine Augen blieben kalt.

»Es hat lange gedauert, bis wir uns wiedersehen«, sagte er, und auch dieser Satz war etwas, das Skars Mißtrauen eher noch stärkte.

»Ja«, sagte er. Seine Hand schloß sich fester um das Schwert. Er beobachtete Ennart genau, und das sonderbare Gefühl wurde immer stärker. Etwas an Ennart war ... *falsch*. »Was willst du?«

»Dasselbe, was ich schon einmal von dir wollte, Satai«, antwortete Ennart.

»Den Tod?« Skar zog das Schwert eine Handspanne weit aus der Scheide und ließ die Klinge mit einem hörbaren Geräusch wieder zurückfallen. »Vielleicht waren Titch und ich das letzte Mal nicht gründlich genug«, sagte er böse. »Aber ich kann versuchen, es besser zu machen.«

Für Bruchteile von Sekunden blitzte es in Ennarts Augen böse auf, und für die gleiche Zeitspanne verlor der Ssirhaa auch die Kontrolle über seine Züge. Wut verzerrte das goldene Antlitz des Quorrl-Gottes, schien es zu etwas anderem zu machen, etwas, das nicht Quorrl oder Mensch war, eine Maske hinter einer Maske, und auch dahinter nicht sein wirkliches Antlitz, sondern das Gesicht eines Wesens, das kein Gesicht hatte, und ...

Ein stählerner Besen schien durch Skars Kopf zu fahren und den Gedanken davonzuwirbeln. Das Gefühl, zu wissen, was sich hinter Ennarts Maske verbarg, verging, aber etwas blieb: das Wissen, daß da etwas war.

Es ist alles gelogen, Bruder. Sie sind Meister der Lüge.

Dann gewann der Ssirhaa seine Fassung zurück, und mit der Wut auf seinem Gesicht verschwand auch das Flüstern seines Dunklen Bruders aus Skars Gedanken. Skar löste die Hand vom Schwert, zog sie aber nicht sehr weit zurück. Seine Finger blieben in Griffweite der Waffe, und Ennart registrierte auch das; und auch das nicht ganz so unbeeindruckt, wie Skar erwartet hatte.

»Ich wiederhole mein Angebot, Skar«, sagte Ennart. »Ich bin gekommen, um dich zu holen. Du hast keine Wahl. Nur die, als Gefangener oder als freier Mann mit uns zu kommen.«

»Das hatten wir schon einmal, nicht?« fragte Skar bissig. Ennart schwieg. Nur in seinen Augen regte sich etwas. Etwas Böses, Lauerndes.

»Du kannst mich nicht zwingen, Ssirhaa«, fuhr er fort. »Du hast es schon einmal versucht. Es ist dir nicht gelungen, und es wird dir auch jetzt nicht gelingen. Ist *ein* Tod nicht genug, um daraus zu lernen?«

»Die gleiche Frage könnte ich dir stellen, Satai«, antwortete Ennart mit großem Ernst. »Ich habe den höchsten Preis bezahlt, den du dir denken kannst. Das Leben.«

»Eigentlich siehst du ganz munter aus«, sagte Skar. Er spürte, daß er den Boden unter den Füßen zu verlieren begann. Ennart hatte sich verändert, aber etwas war gleich geblieben: die Unmöglichkeit, ihn mit Worten zu besiegen. *Sie sind Meister der Lüge.*

»Ihr habt mich getötet, Titch und du«, antwortete Ennart. »Ich bin ein Gott, Satai, und für mich und meine Brüder gelten andere Gesetze als für dich oder die Quorrl. Aber dieser Körper ist sterblich, und er kann Schmerzen verspüren. Ihr *habt* mir Schmerz zugefügt, schlimmer, als du dir vorstellen kannst, und ich habe den Tod kennengelernt, durch euch. Und trotzdem bin ich bereit, dir zu vergeben. Was soll ich noch tun, um dein Vertrauen zu erringen?«

»Wie wäre es, wenn du dein Schwert nimmst und dir die Kehle durchschneidest?« schlug Skar vor.

»Du kannst nicht gewinnen, Skar«, sagte Ennart ernst.

»Das will ich auch nicht«, antwortete Skar. »Es reicht mir

völlig, wenn ich verhindere, daß *ihr* gewinnt.«

Ennart seufzte. Seine Stimme nahm den Ausdruck an, den man einem uneinsichtigen Kind gegenüber anschlägt. »Was muß noch geschehen, damit du einsiehst, wie sinnlos dein Kampf ist, Satai?« fragte er. »Wie viele Leben willst du noch vernichten? Wie viel Unglück willst du noch verbreiten, du und das *Ding*, das in dir steckt?«

Skar erschrak. »Du ... *weißt* –?«

»Ich bin ein Gott«, wiederholte Ennart mit einem milden Lächeln. Er streckte die Hand aus. Skar machte einen raschen Schritt zurück und griff wieder nach seiner Waffe, und Ennart zog den Arm mit einem bedauernden Seufzen wieder zurück. Skar machte einen weiteren Schritt nach hinten und zog die Waffe vollends aus dem Gürtel.

Ennart hob die Hand, und hinter ihm erklang ein Skar wohlvertrautes, warnendes Geräusch: der Laut, mit dem Dutzende von Pfeilen auf Bögen gelegt und die Sehnen straffgezogen wurden.

»Versuch es nicht, Satai«, sagte Ennart. »Ich fürchte den Tod dieses Körpers nicht, aber er wäre sinnlos. Es würde Zeit kosten, ihn neu zu schaffen. Und wir haben nicht mehr viel Zeit, du und ich.«

»Dann zaubere dir doch welche«, knurrte Skar.

»Selbst uns sind Grenzen gesetzt«, sagte Ennart lächelnd. »Nicht einmal ein Gott kann die Zeit besiegen. Steck das Schwert ein – ich bitte dich. Ich bin nicht hier, um zu kämpfen. Ich will nur reden.«

»Was willst du von mir?« fragte Skar. Ennart antwortete nicht, und das Scharren und Schleifen hinter Skar wiederholte sich. Widerstrebend ließ er die Klinge wieder in die lederne Hülle an seinem Gürtel gleiten. »Du willst mich? Dann komm und hole mich! Oder gib deinen Kriegern ein Zeichen, mich zu erschießen.« *Würde er schnell genug sein? Er wollte nicht sterben, selbst jetzt noch nicht. Skar fragte sich, ob die unendlich kurze Zeitspanne, die ein Pfeil brauchte, um von der Sehne zu schnellen und sein Ziel zu treffen ausreichte, seinen dunklen Bruder um Hilfe zu rufen.*

»Ich will nicht deinen Tod, Satai«, sagte Ennart geduldig. »Wir brauchen dich. *Enwor* braucht dich. Deine Macht.«

»Ihr braucht mich, um zu gewinnen.«

»Nein«, antwortete Ennart, und trotz allem spürte Skar, daß der Ssirhaa die Wahrheit sagte. »Es gibt keinen Zweifel mehr an unserem Sieg. Die Frage ist nur, *wie* wir gewinnen – ob Enwor uns kampflos zurückgegeben wird oder sein Widerstand in einem Meer von Blut ertrinkt. Diese Welt gehört uns. Sie hat uns immer gehört, und wir werden sie zurückbekommen. Aber es ist *deine* Entscheidung, wie.«

»Enwor gehört euch nicht«, antwortete Skar. »Vielleicht hat es euch einmal gehört. Aber wenn, dann habt ihr diesen Anspruch verspielt, indem ihr es zerstört habt.«

Ennart seufzte. Er wirkte ... traurig. Nicht zornig oder aufgebracht, sondern eher enttäuscht, ein Mann, der eine Antwort bekommen hatte, die er vorher kannte.

»Es ist zu spät, Skar«, sagte er. »Die *Sternenkreatur* ist bereits zu stark. Sie wird erwachen, so oder so. Bald!«

»Und du fürchtest, daß ihr ihrer nicht mehr Herr werdet«, vermutete Skar. »Ist es so?«

»Vielleicht«, gestand Ennart mit überraschender Offenheit ein. »Ja, vielleicht hattest du recht mit dem, was du mir im Tal der Drachen prophezeit hast. Die Kreatur ist stark, viel stärker, als wir glaubten. Die Zerstörung des Turmes kam zu spät. Vielleicht verlieren wir die Kontrolle über sie, wenn sie erst einmal wirklich erwacht ist. Was nicht heißt«, fügte er etwas lauter und mit deutlich veränderter, jetzt wieder durch und durch hochmütiger Stimme hinzu, »daß wir sie fürchteten. Wir haben sie erweckt, und wir können sie auch wieder zerstören. Jederzeit.«

»Und euch damit eure einzige Waffe nehmen?« fragte Skar spöttisch.

»Das ist sie nicht«, antwortete Ennart, und wieder wußte Skar mit unerschütterlicher Gewißheit, daß der Ssirhaa die Wahrheit sagte. »Es ist unsere einzige Waffe, euch zu *besiegen*, Mensch. Die anderen würden euch *vernichten*. Willst du das?«

»Ich will wissen, warum du hier bist!« sagte Skar, ohne direkt auf Ennarts Frage zu antworten. Seine Stimme zitterte. Die Berge schienen sich um ihn zu drehen. Alles wurde unwirklich. Etwas … nagte an seinen Gedanken. Da war ein Wissen, ein unerschütterliches, uraltes Wissen, tief in ihm, das ihm sagte, daß Ennart nicht log. Daß er nur die Wahl hatte, diesen Bestien Enwor kampflos zu übergeben, oder zuzusehen, wie sie es zerstörten. *War denn alles, was er tat, falsch?!*

»Um dir eine letzte Chance zu geben, Skar«, antwortete Ennart. »Dir und dieser ganzen Welt. Enwor wird uns gehören. Wir werden es neu schaffen, so wie es war, ehe deine Vorfahren kamen und es uns wegzunehmen versuchten. Es spielt keine Rolle, ob es eine tote oder eine lebende Welt ist, die wir neu formen. Aber wir wollen euren Tod nicht.«

»*Unseren* Tod. Du meinst –«

»Was Elay vernichtete«, unterbrach ihn Ennart leise, »könnte auch anderen Städten widerfahren. Ikne. Ninga. Oder Caran, in dem ihr euch sicher fühlt. Das *Sternenfeuer* ist keine Legende, Skar. Es existiert, und es liegt in unserer Macht, es zu entfesseln. Willst du das? Willst du, daß ganz Enwor verbrennt?«

Skar schauderte. Er dachte an eine Stadt voller toter *Errish,* eine Stadt voller grauem Staub, der tötete, sofort und barmherzig wie Kiinas Schwestern, oder langsam und qualvoll, wie die *Margoi.* Und ihn. »Das … das würdet ihr nicht tun«, sagte er.

»Wir haben keine andere Wahl mehr, Skar«, sagte Ennart traurig. »Die Kreatur ist bereits zu stark. Wir können ihr Erwachen nicht mehr verhindern, selbst, wenn wir es wollten.«

»Ich dachte, ihr wärt allmächtige Götter«, sagte Skar voller bösem Hohn.

»Wir waren es, und wir werden es wieder sein«, antwortete Ennart. »Aber die, die die *Sternenkreatur* erschaffen haben, waren ebenso mächtig wie wir. Sie ist stark. Unendlich stark und voller Bosheit und Haß auf alles Leben. Und wenn sie den Zauber bricht, den wir um ihren Geist gewoben haben …«

Er brach ab, sah Skar sekundenlang durchdringend und stumm an und machte eine komplizierte Bewegung mit der linken Hand, die zugleich Skar als auch den Kriegern hinter ihm galten. Skar hörte, wie sich die Quorrl wieder zurückzogen.

»Nun?« Ennart machte eine weitere Handbewegung, die diesmal ihm galt.

»Du ... läßt mir keine große Wahl, wie?« fragte Skar; eigentlich nur, um Zeit zu gewinnen. Er war verwirrt, verstört und erschrocken wie niemals zuvor im Leben. *Was Elay vernichtet hat, könnte auch andere Städte treffen.* Die Drohung war ernst gemeint. Sie würden tun, was Ennart ihm prophezeite, wenn er nicht ...

... die verriet, die ihm vertrauten? Er dachte an das Versprechen, das er Titch gegeben hatte, und das zweite, gewichtigere, das er sich selbst gegenüber abgelegt hatte.

»Nein«, sagte er. Seine Hand sank wieder auf das Schwert, und als er zu Ennart aufsah, war etwas in seinem Blick, das dem Ssirhaa klarmachte, wie ernst er seine Worte meinte. »Du kannst mich zwingen, dich zu begleiten, aber du kannst mich nicht zwingen, euch zu *helfen.* Töte mich, oder laß mich gehen.«

Der Ausdruck von Trauer in Ennarts Blick vertiefte sich, und für eine Sekunde fragte sich Skar, ob nicht *er* es war, der sich irrte. Er hatte die Unfehlbarkeit nicht gepachtet. Vielleicht hatte er von Anfang an auf der falschen Seite gestanden, und es waren die Ssirhaa, die im Recht waren; ganz einfach, weil man eine Welt nicht stehlen konnte wie einen Edelstein oder ein Stück Land.

»Das ist dein letztes Wort?« vergewisserte sich Ennart.

Und vielleicht war es das, diese ... ja: beinahe *Verzweiflung*, die aus Ennarts Worten sprach, die Skar endgültig überzeugte, daß das Wesen mit der goldenen Haut kein Gott war. Ein Gott bat nicht, wo es nichts mehr zu bitten gab.

Ohne zu antworten, drehte sich Skar herum und ging langsam den Weg zurück, den er gekommen war; angespannt, gefaßt auf das Peitschen von Bogensehnen und den heißen Schmerz, der Sekundenbruchteile danach kommen mußte. Ein unsichtbarer Schatten schien sich zu ihm zu gesellen, aber der *Daij-Djan* schwieg, als wisse er, daß auch er verloren hatte, daß Skar sich nicht mehr wehren würde, wenn Ennart jetzt den Befehl gab, ihn zu töten.

Aber der tödliche Pfeil kam nicht. Ungehindert erreichte Skar den ersten Felsen und ging weiter.

»Satai!«

Er hatte sich vorgenommen, sich nicht noch einmal umzudrehen, ganz gleich, was geschah, aber in Ennarts Stimme war eine so zwingende Macht, daß er doch stehenblieb und zu dem Ssirhaa zurücksah. Ennarts Gestalt hatte nichts Göttliches mehr, aus zwanzig Schritten Entfernung betrachtet. Er wirkte nur klein und verloren und so hilflos, wie sich seine Stimme angehört hatte.

Was Skar schaudern ließ, das war nur noch die Erinnerung an das, was er gesagt hatte: *Was Elay zerstört hat, kann auch andere Städte treffen.* Für einen kurzen, entsetzlichen Moment glaubte er, eine furchtbare Veränderung an dem Ssirhaa zu sehen: sein Körper schien sich aufzulösen, zu einem tobenden Chaos aus Millionen und Abermillionen winziger wirbelnder Funken zu werden, ein lodernder Dämon aus Feuer, der die Welt in Brand stecken würde.

Hatte er es wirklich gesehen? Skar zweifelte jetzt daran. Er war nicht mehr sicher, ob es den Flammendämon in Ennarts Turm wirklich gegeben hatte, oder ob es nur eine Warnung gewesen war, eine verschlüsselte Vision dessen, was kommen würde.

»Satai!« rief der Ssirhaa noch einmal, und seine Stimme zerbrach den Bann. »Du hast dich entschieden! Was ab jetzt geschieht, ist allein dein Werk!«

Skar starrte den Ssirhaa sekundenlang wortlos an. Er fühlte nichts mehr als Verachtung. Dann hob er die Hand, wie zu einem spöttischen Gruß, und ging weiter.

*

Titch erwartete ihn neben dem Spalt, der ins Innere des Berges führte. Irgendwie hatte er das Kunststück fertiggebracht, die Panik unter seinen Kriegern zu besiegen: aus der kopflosen Flucht der Quorrl war ein disziplinierter, wenn auch *langsamer*

Rückzug geworden. Skar registrierte mit einem leichten Gefühl von Verwunderung, daß sich die Quorrl ins Innere des Berges zurückzogen, flankiert und angeleitet von Männern, die die zerfetzten Phantasie-Uniformen der Bastarde und ihre wilden Gesichtszüge trugen. Offensichtlich hatte sich Rowl doch noch bereit erklärt, Titchs Heer Zuflucht in seiner Festung zu gewähren.

Titch wirkte viel mehr überrascht als erleichtert, Skar unverletzt und frei zurückkehren zu sehen. Aber er stellte keine Frage *daran*, sondern trat ihm mit einem ungeduldigen Schritt entgegen und deutete talwärts. »Was hat er gewollt?«

»Ennart?« Skar blickte in die Richtung, in die Titchs Hand wies. Er seufzte tief. »Du wirst es mir wahrscheinlich nicht glauben«, sagte er, leise und im Tonfall tiefster Verwirrung. »Aber er hat mich um Hilfe gebeten.«

Der Quorrl war nicht einmal sehr überrascht. »Sie fürchten die Kreatur, die sie selbst erweckt haben«, sagte er. Mit einem verächtlichen Verziehen der Lippen fügte er hinzu: »Und sie nennen sich *Götter*!«

Sie gingen zurück ins Innere Carans. Auch der stählerne Dom hinter dem Felsspalt hatte sich mit Quorrl gefüllt, aber Skar wußte nur zu gut, wie trügerisch der Schutz der stählernen Kuppel war; und Titch mußte es auch wissen. Sein Gesicht zeigte nicht die mindeste Regung, während sie die Kuppel durchquerten und sich dem eigentlichen Eingang Carans näherten. Skar verspürte ein plötzliches, heftiges Mitleid mit dem Quorrl. Vielleicht würde keiner dieser Krieger am nächsten Morgen noch leben, und vielleicht würde Titch sein Heer ein zweites Mal verlieren.

Die Stille kam Skar doppelt unheimlich vor, nach dem Lärm und den Schreien und dem Chaos flüchtender und durcheinanderstürzender Quorrl in der gewaltigen Höhle. Zwei von Rowls Männern erwarteten sie, um sie sicher weiter ins Innere des Berges zu begleiten, aber ihre Nähe vermittelte Skar nicht das Gefühl von Sicherheit; ganz im Gegenteil – der Anblick der beiden breitschultrigen Kolosse schien die Fremdartigkeit Carans noch zu betonen. Wie beruhigend, überlegte Skar, wirkte ein Beschützer, der selbst Angst hatte?

»Was wird Rowl tun?« fragte er. Seine Worte rief unheimliche hallende Echos in dem halbrunden Gang aus Metall hervor. Die Schatten schienen sich zu bewegen, als hätte der Klang seiner Stimme sie aus ihrem äonenlangen Schlaf gerissen, so daß sie sich nun formierten, um ihn für diesen Frevel zu bestrafen.

Titch zuckte mit den Schultern und sah zu ihren Begleitern zurück, ehe er antwortete. Auf den Gesichtern der beiden Quorrl war nicht zu erkennen, ob sie Skars Worte verstanden hatten oder nicht. »Ich weiß es nicht«, gestand er. »Frage mich, wie jemand reagieren wird, der völlig unberechenbar ist. Ich glaube, er selbst hat nicht viel mit den Ssirhaa im Sinn. Warum sollte jemand, der die Gesetze der Götter haßt, sie selbst verehren? Was seine Männer allerdings tun werden ...«

Er sprach noch weiter, aber mit einem Male gelang es Skar nicht mehr, sich auf seine Worte zu konzentrieren. Ein unwirkliches Gefühl ergriff von ihm Besitz. Titchs Stimme schien zu zerbröckeln, Trümmer aus Schall, die an ihm vorüberglitten, ohne daß er sie greifen und in die richtige Reihenfolge bringen konnte.

Die Schatten wogten heftiger, und Skar spürte mit fast körperlicher Intensität, wie *etwas* geschah. Es war ein Hauch jener anderen, unendlich fremden und feindseligen Welt, von der ein Teil in ihm schlummerte, der plötzlich in die Wirklichkeit hinüberzugreifen schien.

Auch Titch und die beiden anderen Quorrl spürten es. Sie blieben stehen. Titch sah auf, sah sich zuerst verwirrt und dann erschrocken um und machte eine hilflose Geste; begleitet von Worten, die Skar so wenig verstand wie die zuvor. Er versuchte nicht, zu antworten, sondern gab Titch nur mit einer Geste zu verstehen, daß er schneller gehen sollte. Und plötzlich war die Angst da, die er in Ennarts Gegenwart vermißt hatte.

Nach einer Weile begann er zu laufen, schließlich zu rennen, und er verfiel erst wieder in einen etwas langsameren Trab, als ihn sein jagender Herzschlag und dünne Schmerzpfeile in seinen

Lungen dazu zwangen. Skar war völlig erschöpft, als sie endlich in die oberen, bewohnten Etagen Carans zurückkehrten.

Auch hier war es still, aber das war es schon immer gewesen; trotz der unheimlichen Akustik im Inneren des stählernen Berges, die alle Laute zu verstärken und verzerren schien, herrschte eine fast unheimliche Ruhe, in der jeder menschliche Laut isoliert und fehl am Platze schien, und so dauerte es eine Weile, bis Skar die Veränderung überhaupt auffiel: das fast magische Schweigen Carans war noch da, aber alle anderen Geräusche waren verschwunden.

Er blieb stehen, hob die Hand und machte eine rasche, abwehrende Geste, als Titch den Mund öffnete. Der Quorrl runzelte die Stirn, legte den Kopf schräg, lauschte – und erschrak ebenfalls.

»Irgend etwas stimmt hier nicht«, flüsterte er. Er zog sein Schwert, gab den beiden Quorrl neben ihm einen Wink, sich ebenfalls zu bewaffnen, und trat mit einem geschmeidigen Schritt an Skar vorbei. Auch Skar zog seine Waffe. Aufmerksam sah er sich um, während er dem Quorrl in drei Schritten Abstand folgte. Narrten ihn nur seine überreizten Nerven, oder war das blutige Licht Carans dunkler geworden, seine Farbe etwas mehr ins Rot verschoben und düsterer?

Nach ein paar Schritten blieb Titch stehen, hob warnend die Hand und deutete mit der anderen auf eine Tür, nur wenige Schritte entfernt und auf der anderen Seite des Ganges. Skar nickte. Mit einer wortlosen Geste wies er die beiden Bastarde an, zurückzubleiben und ihren Rücken zu decken, überquerte den Gang und preßte sich dicht neben der offenstehenden Tür gegen den rostigen Stahl der Wand. Titch vollzog die Bewegung auf der anderen Seite der Tür nach, wechselte das Schwert von der rechten Faust in die linke – und bewegte sich plötzlich rasend schnell. Mit einem einzigen, geschmeidigen Satz sprang er durch die Tür und nach links, und Skar folgte ihm, ebenso schnell und bereit, sich bei der geringsten verdächtigen Bewegung zur Seite zu werfen und gleichzeitig zuzuschlagen.

Aber ihre Vorsicht war unbegründet.

Das Zimmer war leer. Düsterrotes Licht und ein fremdartiger, stechender Geruch hingen in der Luft, auf dem pilzförmigen Tisch aus verrostetem Eisen standen Teller und Schalen mit den Resten einer Mahlzeit, und direkt neben der Tür lag ein achtlos fallen gelassenes Kleidungsstück, aber von seinem Bewohner war keine Spur zu sehen.

Skar tauschte einen raschen, fragenden Blick mit Titch und schob sein Schwert in die Scheide zurück. Während der Quorrl mit gezückter Waffe neben der Tür stehenblieb, um ihn und den Gang gleichzeitig im Auge behalten zu können, durchsuchte er die Kammer in aller Eile.

Er wußte selbst nicht genau, warum er es tat – an einem leeren Zimmer war nun wirklich nichts Besonderes, schon gar nicht in einem Gebilde wie Caran, das im Grunde aus nichts anderem als leeren Zimmern bestand – *sehr vielen* leeren Zimmern sogar – aber er spürte, daß er sich nicht täuschte: und daß es Titch genauso erging wie ihm: das Gefühl von Gefahr war nicht kleiner geworden; im Gegenteil. Es war nicht mehr nur ein *Gefühl* – es war Gefahr, eine mörderische Drohung, die greifbar in der Luft lag.

Der Anblick des Zimmers jedenfalls erbrachte nichts. Skar durchsuchte es so gründlich, wie dies in aller Hast möglich war, aber alles, was er fand, waren weitere Beweise dafür, daß der Raum von seinem Bewohner in aller Hast verlassen worden war. Und daß –

Draußen auf dem Gang erscholl ein gellender Schrei.

Titch wirbelte herum und stürzte mit einem einzigen Satz aus der Tür, und Skar flankte kurzerhand über den Tisch und raste hinter ihm her. Das *Tschekal* glitt wie von selbst aus dem Gürtel und sprang in seine Hand. Mit zwei, drei gewaltigen Schritten stürmte er aus der Kammer, sprang an Titchs Seite und drehte sich erst dann herum, bereit, sich zu verteidigen oder auch anzugreifen, je nachdem.

Der Korridor hinter ihnen war leer. Nur rotes Licht und Schatten wogten zwischen den rostzerfressenen Wänden.

Aber das stimmte nicht. Da war noch etwas. Etwas, das unsicht-

bar und drohend in der Welt zwischen den Dingen lauerte, und das er kannte ...

Verwirrt sah er sich um, schob schließlich sein Schwert wieder in den Gürtel und wandte sich an den Quorrl, der geschrien hatte. »Was war los?«

»Ich ... ich weiß es nicht«, stammelte der Quorrl. Sein Gesicht war bleich, soweit Skar dies in der unsicheren Beleuchtung erkennen konnte, und seine Hände hielten das Schwert viel fester, als nötig gewesen wäre. Sie zitterten. Der Blick seiner dunklen, schreckgeweiteten Augen tastete unstet in der roten Dunkelheit hinter Skar.

»Du weißt es nicht? Soll das heißen, du hast einfach *nur* so geschrien?«

»Ich ... ich dachte, ich hätte etwas gesehen, Herr«, antwortete der Quorrl. Es kostete ihn Mühe, seinen Blick vom anderen Ende des Ganges zu lösen; und es gelang ihm nicht vollständig. Der Quorrl war halb wahnsinnig vor Angst. »Einen ... Schatten«, fügte er unsicher hinzu.

Ein Quorrl, der schrie, weil er sich vor einem *Schatten* erschreckt hatte? dachte Skar. Lächerlich. Aber er sah die Warnung in Titchs Blick und drang nicht weiter in den Bastard, sondern wandte sich an den zweiten Quorrl.

»Und du?«

»Ich habe nichts gesehen, Herr«, antwortete der Quorrl. »Ich habe in die andere Richtung geschaut.«

Skar setzte zu einer zornigen Entgegnung an, aber Titch kam ihm zuvor. »Und du hast auch nichts gespürt?«

»*Gespürt?* Ich verstehe nicht, was Ihr meint ...«

»Verdammt noch mal, du –« Titch schluckte den Rest seiner wütenden Entgegnung hinunter und ballte hilflos die Faust. »Irgend etwas ist hier«, sagte er, wieder an Skar gewandt. »Ich weiß es.«

Er spürte es also auch, dachte Skar. Und er spürte wahrscheinlich auch, daß es etwas war, was ihnen nicht fremd war, sondern ...

Er wußte es nicht. Die Antwort war da, so sicher und zweifelsfrei wie der Schatz an niemals gelerntem Wissen, der tief in ihm schlummerte, aber seinem Zugriff ebenso entzogen. Er wußte nur, daß es etwas war, dem sie schon einmal begegnet waren.

Lautlos bewegten sie sich weiter, bis sie die erste Gangkreuzung erreichten und Titch stehenblieb und sich mit einer fragenden Geste an einen ihrer Begleiter wandte. »In welcher Richtung liegt Rowls Kammer?« fragte er.

Der Quorrl deutete nach rechts.

»Und dort?« Titch wies mit einer Kopfbewegung nach vorne, dann nach links.

»Nichts. Nur ein paar Räume. Die meisten sind leer.«

»Und in denen, die *nicht* leer sind?« beharrte Titch.

»Unterkünfte«, sagte der Quorrl. »Kammern für die Jungen. Waffen. Alles mögliche eben.«

Titch überlegte sekundenlang. Die Worte des Kriegers klangen nicht ehrlich. Auch Skar spürte, daß der Quorrl ihnen etwas verschwieg. Aber Titch ging nicht weiter darauf ein, sondern richtete sich wieder auf und deutete mit einem lautlosen Seufzen nach rechts.

Sie gingen weiter, dicht hintereinander und ganz instinktiv so, daß sie sich gegenseitig Deckung geben konnten, ganz gleich, aus welcher Richtung ein Angriff erfolgen mochte. Kurz bevor sie in den Seitengang einbogen, warf Skar noch einen Blick über die Schulter zurück.

Und sah das Gespenst.

Natürlich war es nicht *wirklich* ein Gespenst. Er sah es nur für den Bruchteil einer Sekunde, und er begriff in der gleichen, unendlich kurzen Zeitspanne, daß er das gleiche sah, was den Quorrl hatte aufschreien lassen: Es war eine Gestalt; groß und mit den buckelig-breiten Proportionen eines Quorrl, aber gleichzeitig anders; mißgestaltet, wie eine Wachsfigur, die in heißes Wasser gefallen und aufgequollen war. Das Schemen verschwand zu schnell wieder, als daß Skar Einzelheiten erkennen konnte, aber er hatte einen Eindruck von etwas Schwarzem, Brodelndem, das gleichsam aus dem Quorrl herauszuwachsen schien, ihn dabei aber zugleich auch auffraß, und –

Das Ding war fort, noch ehe Skar Gelegenheit fand, einen Schrei auszustoßen, aber was zurückblieb, war ein klebriges Gefühl von Angst, und wieder und ungleich heftiger das Wissen, einer Bedrohung gegenüberzustehen, die nicht neu war. »Worauf wartest du?«

Skar schrak hoch und herum und registrierte erst jetzt, daß Titch und die beiden Quorrl gute zehn Schritte weitergegangen waren.

»Nichts«, sagte er unsicher. »Es war ...«

»Nur ein Schatten?« schlug Titch vor.

»Ja«, murmelte Skar. »Das war es wohl.« Er lächelte, ein wenig *zu* überzeugend, wie er selbst spürte. »Geht weiter. Rowl wartet sicher schon auf uns.«

Er – oder jemand anderes. Etwas anderes, wisperte eine Stimme hinter seiner Stirn. Für einen Moment sah er ihn: die dürre, zerbrechlich wirkende Kindergestalt seines Dunklen Bruders, die aus den Schatten herausgetreten war und ihm spöttisch *(oder auffordernd?)* zuwinkte und wieder verschwand, ehe Titch oder die beiden anderen ihn sehen konnten.

Sie fanden weitere, offenstehende Türen, und untersuchten auch die dahinterliegenden Räume; die ersten zwei oder drei so gründlich wie den, auf den sie in dem anderen Gang gestoßen waren, dann nur noch mit einem flüchtigen Blick. Das Ergebnis war überall das gleiche. Alle Räume waren leer. Hätte Skar es nicht besser gewußt, hätte er geschworen, daß ganz Caran verlassen war.

Er ging unwillkürlich langsamer, als sie sich Rowls Kammer näherten, und auch Titch wurde sichtbar nervöser. Etwas war ... hier. Es war kein Gefühl mehr, es war *Wissen*; als könne er mit einem neuen, zusätzlich erworbenen Sinn plötzlich durch die Wand sehen und die Gefahr erkennen, die dort drinnen auf sie lauerte; dasselbe unsichtbare Ding, das schon alles Leben hier drinnen verschlungen hatte und nun auf seine letzten Opfer wartete.

Dicht vor Titch und mit klopfendem Herzen betrat er den

Raum. Niemals zuvor im Leben hatte er eine solche *Angst* verspürt wie jetzt.

Nichts.

Der Raum war leer und kühl und von rotem Licht erfüllt wie immer. Die drei Zauberspiegel an der Wand waren erloschen, und in der Luft hing der gleiche, durchdringend-stechende Geruch wie in jenem ersten leeren Zimmer, das sie durchsucht hatten.

»Verdammt. Wo, zum Teufel, sind sie alle?« Wo war Kiina?

»Aber das ist doch unmöglich«, murmelte Titch, der dicht hinter ihm durch die Tür getreten war. »Wir waren keine zwei Stunden fort! Sie können nicht alle …«

Tot sein? O doch, das können sie, Bruder. Erinnere dich an Ennarts Worte. Was jetzt geschieht, ist allein deine Schuld. Und er ist kein Mann leerer Drohungen.

Es dauerte Sekunden, bis Skar begriff, daß Titch den Satz nicht zu Ende gesprochen hatte; und daß an dem nachfolgenden Schweigen etwas Erschrockenes, Ungutes war. Mit klopfendem Herzen drehte er sich herum.

Er war auf Schlimmes gefaßt gewesen, aber die Wirklichkeit übertraf seine Erwartungen.

Neben der Tür lag ein toter Quorrl. Er lag auf dem Rücken, die Beine angezogen, den rechten Arm noch im Tod erhoben und die Finger in die Wand gekrallt, und aus seiner Brust ragte der Griff eines Dolches. Aber es war nicht diese Waffe, die ihn umgebracht hatte.

Seine linke Körperhälfte war skelettiert. Aus dem Ärmel seines zerschlissenen Wamses ragte eine zerbrochene Skelettklaue; die Knochen lagen so da, wie der Quorrl gestürzt war, aber auseinandergefallen, denn selbst die Sehnen und Bänder, die ihnen Halt gegeben hatten *(noch vor zwei Stunden, Bruder!)*, waren verschwunden. Seine Kleider waren eingesunken, das linke Hosenbein und der Stiefel scheinbar leer, und die grausame Elimination des Lebens hatte auch vor seinem Gesicht nicht haltgemacht: die linke Hälfte seines Kopfes war ein grinsender, ausgehöhlter Totenschädel. Hinter der leeren Augenhöhle war nichts mehr. Was immer seinem Körper dies angetan hatte, hatte auch vor seinem Inneren nicht haltgemacht.

Für Bruchteile von Sekunden glaubte Skar noch einmal das Gespenst zu sehen, diese böse verquollene Karikatur eines Quorrl, von etwas Großem, Verquollenem befallen, das wie rasend schnell wuchernder Krebs aus seinem Körper hervorgekrochen war.

Skar versuchte, seinen Widerwillen zu überwinden und sich den Leichnam des Quorrl genauer anzusehen, aber es fiel ihm sehr schwer. Obwohl es ein Quorrl und kein Mensch war, erschütterte ihn der Anblick mehr, als irgend etwas zuvor. Vielleicht war es die entsetzliche Vereinigung von Leben und Tod, das schreckliche Totenkopfgrinsen auf der einen und der fassungslose, abgrundtief entsetzte Ausdruck auf der anderen Seite des zweigeteilten Quorrl-Gesichtes.

Er bewegte die Schwertspitze zum Gürtel, wie um die Waffe wieder in ihre Hülle zu schieben, führte die Bewegung dann aber nicht zu Ende, sondern behielt das *Tschekal* in der Hand, als er neben dem Toten niederkniete. Titch und die beiden Quorrl rührten sich nicht, sondern starrten voller Unglauben und Entsetzen auf den toten Krieger herab, so daß es an Skar war, den Leichnam genauer zu untersuchen. Skar begriff den Grund für Titchs Entsetzen. Wahrscheinlich hätte er es umgekehrt auch Titch überlassen, wäre dieser Tote ein *Mensch* gewesen. »Was hat ihn umgebracht, Skar?« fragte Titch. Seine Stimme war nur noch ein Hauch, ein entsetztes Flüstern, erfüllt von abgrundtiefem Grauen. »Was war es?«

Statt zu antworten, beugte sich Skar weiter vor und betrachtete den Toten genauer. Der Quorrl lag in einer bereits halb erstarrten Lache dunkler Flüssigkeit, die Skar im ersten Moment für Blut gehalten hatte. Jetzt sah er, daß das nicht stimmte: die Pfütze war zu groß, und der Geruch stimmte nicht – es war der gleiche, fremdartig-vertraute Geruch, der ihm schon vorher aufgefallen war. Skar bewegte sich in der Hocke einen halben Schritt zurück, um der schwarzen Flüssigkeit nicht zu nahe zu kommen; er hatte das Gefühl, daß es besser war, wenn er sie *nicht* berührte.

Skar schluckte den bitteren Klumpen hinunter, der in seiner Kehle saß, hob das Schwert und berührte mit der Spitze die Schläfe des Totenschädels. Der Knochen zerbröckelte wie eine dünne Schicht aus Gips, eine leere Schale, unter der nichts mehr war. Was immer ihn angegriffen hatte *(Was immer? Aber du weißt doch ganz genau, was es war, Bruder. Du hast es GESEHEN!)*, hatte sein Fleisch, seine Muskeln und seine Organe verzehrt und auch dem Knochen seine Festigkeit genommen, ehe es zu dieser glitzernden schwarzen Pfütze geworden war; wahrscheinlich im gleichen Augenblick, in dem der Quorrl starb. Skar betrachtete nachdenklich den Dolch, der den Quorrl und das, was ihn befiel, getötet hatte – und dann wußte er es. Die Antwort war so klar, daß er sich sekundenlang fragte, wieso er es nicht sofort gemerkt hatte.

»Es ist die Kreatur, Titch«, murmelte er. Er sah auf, begegnete dem Blick des Quorrl und sah das gleiche Begreifen und Erschrecken darin wie in sich selbst.

»Sie ist hier! Die gleiche Kreatur wie in Drasks Burg!« Vielleicht war sie die ganze Zeit über hiergewesen, ein unvermeidbarer Teil von allem, was die *Sternengeborenen* erschaffen und hinterlassen hatten. Vielleicht hatte er sie *mitgebracht*.

»Aber du hast sie vernichtet!« sagte Titch. »Sie ist tot, Skar!«

Das stimmte. Aber wer hatte je gesagt, daß es nur diese *eine* Kreatur gab? Sie hatten ein Wesen geschaffen, das eine ganze *Welt* erobern sollte!

Er stand auf und entfernte sich ein paar Schritte von dem Toten, und auch Titch und die beiden anderen Quorrl wichen jetzt fast hastig aus seiner unmittelbaren Nähe zurück, als fürchteten sie, sich zu besudeln oder anzustecken, wenn sie ihm zu nahe kamen.

»Wo sind die anderen?« fragte Titch. »Rowl und die Krieger?« *(Und Kiina?)* »Sie können nicht alle –«

»Nein«, unterbrach ihn Skar; so hastig, daß er selbst begriff, wie groß seine Angst war, Titch könnte recht haben mit dem, was er sagen wollte. »Nein. Wir hätten Spuren finden müssen.« Skelette. *Kiinas skelettierter Leichnam, verkrümmt und in einer*

Pfütze aus schwarzem brodelndem Schleim liegend, der... Es kostete Skars gesamte Kraft, das Bild aus seinem Kopf zu verscheuchen und sich wieder an Titch zu wenden.

»Wir hätten Spuren gefunden«, sagte er noch einmal. »Sie müssen geflohen sein. Rowl ist ein intelligenter Mann – er wird die Gefahr erkannt haben und geflohen sein.« Er muß es sein. Er *muß* einfach, weil dies die einzige Chance für Kiina war, noch am Leben zu sein.

Er wandte sich an einen der beiden Bastarde: »Gibt es einen ... eine Zuflucht?« fragte er. »Einen Ort, an den ihr euch zurückzieht, falls ... falls Caran angegriffen wird?«

»Nein, Herr«, antwortete der Quorrl. »Das ist nicht vorgesehen. Niemand ... Caran ist unangreifbar. Rowl hat uns immer gesagt, daß nichts hier eindringen kann. Er hat gesagt, wir wären sicher.«

Ja, dachte Skar düster. Vor jedem Feind, der von *außen* kam. Nicht vor einem, der schon auf sie gewartet hatte, lange, ehe sie überhaupt kamen.

»Wir müssen sie finden«, sagte er bestimmt. »Sie müssen hier sein. Irgendwo. Es muß einen Ort geben, an den ...« Er stockte, starrte eine Sekunde lang an Titch vorbei ins Nichts und setzte dann neu an. »Wo ist Rowls Quartier?«

Einer der beiden Quorrl sah weg. Der andere hielt seinem Blick stand, wurde aber zunehmend nervöser. »Ich ... verstehe nicht. Das hier –«

»Du verstehst verdammt gut!« unterbrach ihn Skar. »Ich rede nicht von dem hier. Das ist euer Thronsaal, euer ...« Er suchte nach Worten. »Nenn es, wie du willst, aber es ist nicht Rowls Schlafraum, oder?«

»Nein«, gestand der Quorrl.

»Dann bring uns dorthin«, verlangte Titch.

Der Quorrl zögerte, und Titch ergriff ihn wütend an der Schulter und zwang ihn, sich herumzudrehen und den Toten neben der Tür anzusehen. »Es sei denn, du willst sein Schicksal teilen. Willst du das?«

Das wirkte. Der Quorrl schüttelte erschrocken den Kopf, löste

Titchs Hand von seiner Schulter und deutete auf die Tür. Sie verließen den Raum und gingen zurück in die Richtung, aus der sie gekommen waren.

Titch fiel ein paar Schritte zurück und signalisierte Skar mit Blicken, es ihm gleich zu tun. »Was, zum Teufel, macht dich so sicher, daß sie dort sind?« fragte er im Flüsterton.

»Nichts«, antwortete Skar. Er sah sich nervös um. Der Gang war leer wie vorhin, aber der Anblick des toten Quorrl machte es ihm unmöglich, auf seine innere Stimme zu hören. Er war halb wahnsinnig vor Angst, und er sah unentwegt den Leichnam des Quorrl vor sich; aber er trug Kiinas Gesicht. »Aber Rowl ist ein vorsichtiger Mann. Hättest du dich allein auf diese Mauern verlassen?«

»Ich wäre erst gar nicht hierhergekommen«, grollte Titch. Aber er wußte, was Skar meinte, und nickte gleichzeitig.

»Wenn es einen Ausgang aus dieser Falle gibt, dann dort«, behauptete Skar mit sehr viel mehr Überzeugung in der Stimme, als er wirklich empfand. Er klammerte sich einfach verzweifelt an die Hoffnung, daß es so war.

Sie fanden noch mehr tote Quorrl, nachdem sie die Gangkreuzung wieder erreicht hatten und nach rechts abgebogen waren: zwei, drei Krieger, die ebenso grausam oder schlimmer verstümmelt schienen wie der, den sie als ersten gefunden hatten, aber auch einige, die fast unversehrt schienen; zumindest auf den ersten Blick.

Dann sah Skar etwas, das ihn unvermittelt stehenbleiben und neben einem der Toten in die Hocke sinken ließ.

Der Quorrl wies – von dem Schwerthieb, der ihn getötet hatte abgesehen – keine sichtbaren Verletzungen auf, aber über der Brust war sein Hemd eingesunken, und auch unter seinem Leib glitzerte eine Lache dieser dunklen, schlierigen Flüssigkeit, die verriet, was *wirklich* für seinen Tod verantwortlich gewesen war. Und seine rechte Faust umklammerte etwas. Etwas Kleines, Gelblichgrünes, von der Größe einer Kinderfaust ...

Skar wollte die Hand danach ausstrecken, aber einer der Quorrl kam ihm zuvor. Er schrie auf, stieß Skar brutal von den

Füßen und zur Seite und bückte sich blitzschnell nach dem Toten. Skars warnender Schrei kam zu spät.

Es ging rasend schnell, und trotzdem sah Skar alles fast übernatürlich klar und deutlich, denn seine Sinne arbeiteten mit jener phantastischen Schärfe, die sich nur in Momenten absoluter Gefahr einstellte: der Quorrl riß das Ei an sich und fuhr in der gleichen Bewegung herum und zurück, Crons Brut wie einen kostbaren Schatz gegen die Brust gedrückt und die linke Hand mit dem Schwert drohend erhoben.

Und fast in der gleichen Sekunde zerplatzte das Ei. Etwas Kleines, sich Windendes mit einem dünnen peitschenden Schwanz und zu vielen Beinen kroch heraus, bohrte sich durch die Panzerschuppen des Quorrl und verschwand in seinem Arm.

Der Krieger stieß einen keuchenden, halberstickten Schrei aus, taumelte zurück und gegen die Wand und ließ sein Schwert fallen. Sein Gesicht verzerrte sich vor Qual, während er den Arm in die Höhe riß und aus hervorquellenden Augen auf seine Hand starrte. Etwas *bewegte sich unter seinen Schuppen*, kroch, wand und schlängelte sich in seinem Arm nach oben und dehnte sich dabei rasend schnell aus.

Titch schrie auf, warf sich mit einem gewaltigen Satz nach vorne und stieß ihm das Schwert ins Herz.

Der Krieger starb ohne einen Laut. Er stürzte, rollte in einer letzten, zuckenden Bewegung auf den Rücken und lag dann still. Sein aufgeblähter Arm sank in sich zusammen wie eine mit Luft aufgeblasene Tierhaut, in die jemand ein Loch gestoßen hatte. Eine schwarze Flüssigkeit quoll zwischen seinen Schuppen hervor und sammelte sich zu einer übelriechenden Pfütze.

Skar wandte angeekelt den Blick ab und stemmte sich hoch.

»Großer Gott, Skar, wir ... wir haben es *mitgebracht*!« stammelte Titch. Er fuhr herum. Seine Hand krallte sich in das Gewand des überlebenden Bastards und riß ihn so heftig herum, daß der Quorrl vor Schmerz aufstöhnte.

»Die Brut!« schrie er. »Die Truhen mit Crons Gelege! Wo sind sie?!«

»In ... in Rowls Privatgemach«, stammelte der Krieger, ohne

den Blick von seinem toten Kameraden zu lösen. »Rowl hat sie in seine Räume bringen lassen, und –«

Titch unterbrach ihn mit einem Stoß, der ihn gegen die Wand schleuderte. »Zeig uns den Weg!« schrie er. »Sofort!«

Der Krieger reagierte nicht. Sein Blick saugte sich am Arm seines toten Kameraden fest, und der aufgebrochenen grünlichen Eihülle, von der noch Fetzen zwischen seinen Fingern klebten. Seine Lippen bewegten sich, aber anstelle von Worten kamen nur hilflose, wimmernde kleine Schreie darüber.

Titch knurrte und hob die Faust, um ihn zu schlagen, aber Skar fiel ihm in den Arm, schob ihn mit schon etwas mehr als sanfter Gewalt ein Stück zur Seite und wandte sich mit einem besorgten Blick an den Bastard. Der Quorrl stand kurz davor, nicht nur die Beherrschung, sondern gänzlich den Verstand zu verlieren. Er schien gar nicht bemerkt zu haben, was Skar und Titch taten. Sein Blick irrte wie hypnotisiert zwischen den beiden toten Quorrl hin und her. Er zitterte am ganzen Leib.

»Bitte«, sagte Skar leise, aber so eindringlich, wie er konnte. »Zeig uns den Weg. Du mußt nicht mitkommen, wenn du nicht willst.«

Der Quorrl schien wie aus einem Traum zu erwachen. Mühsam hob er den Kopf, starrte auf Skar herab und blickte dann erneut seinen toten Kameraden an. Für ihn mußte der Anblick hundertfach schlimmer sein als für Skar. Skar war erschrocken und angeekelt gewesen, aber für den Quorrl bedeutete das Geschehen mehr; ungleich mehr. Skar versuchte sich vorzustellen, was *er* empfunden hätte, wäre diese Scheußlichkeit aus einem *menschlichen* Kind hervorgekrochen. Er verfolgte den Gedanken vorsichtshalber nicht sehr weit.

»Bitte«, sagte er noch einmal.

Der Quorrl hob unsicher die Hand. »Dort ... vorne«, flüsterte er. »Die vierte Tür.«

Skar drehte sich herum, hob sein Schwert auf und ging in die angegebene Richtung. Nach einer Sekunde folgte ihm Titch, und nach einigen weiteren Augenblicken hörten sie, wie sich auch der Quorrl von seinem Platz löste und mit schnellen Schritten hinter ihnen herlief. Wahrscheinlich war für ihn nichts was sie erwarten konnte so schlimm, wie die Vorstellung, allein mit seinen beiden toten Kameraden zurückzubleiben; jetzt, wo er *wußte*, was sie umgebracht hatte.

Sie rannten jetzt beinahe, aber auf den letzten Schritten zu Rowls Tür wurden sie langsamer, bis der Quorrl schließlich stehenblieb und sich auch Skar nur noch auf Zehenspitzen bewegte; was an sich völlig unsinnig war, denn welcher Gegner auch immer auf der anderen Seite der Tür warten mochte, er *wußte*, daß sie kamen.

Skars Herz hämmerte zum Zerspringen, als er das Schwert hob und die Tür damit aufstieß.

Es war wie ein Blick in einen Alptraum.

Früher einmal mußte dieser Raum behaglich – oder wenigstens halbwegs *wohnlich* – eingerichtet gewesen sein, aber daran erinnerten jetzt nur noch Schemen: ein Bild, das von der Wand gefallen und auf die bemalte Seite gestürzt war, ein umgestürzter Stuhl mit zersplittertem Bein, bunte Stoffetzen, die einmal als Vorhänge das allgegenwärtige Rostrot der Wände zu kaschieren versucht hatten ... dies alles war vernichtet und zerbrochen, zerstört wie in einem Anfall rasender Wut, aber auch diese Zerstörung war noch einmal zerstört worden, von etwas, das danach gekommen war, und gründlicher.

Der Boden glänzte unter einer feuchten, schlierig-klaren Schicht. Die Luft stank so durchdringend, daß das Atmen zur Qual wurde. Die skelettierten Reste von sieben, acht Quorrl lagen auf dem Boden oder zerbrochen über Stühlen und dem breiten Bett, dessen Seidenbezug schwer und dunkel vom Blut der *Sternenbestie* geworden war.

Skar machte einen unsicheren Schritt in den Raum hinein, trat ein Stück zur Seite und sah sich aufmerksam um. Hinter ihm schoben sich Titch und der Quorrl durch die Tür und blieben ebenfalls stehen.

Die beiden Truhen standen aufgebrochen direkt neben der Tür. Sie waren leer. Ihre Schlösser waren aufgebrochen, die Deckel zerborsten wie von Axtschlägen, und der rotviolette Samt, mit dem sie ausgeschlagen gewesen waren, zerfetzt und zum Teil herausgerissen. Die Eier waren verschwunden; nur einige leere Schalen zeugten von dem, was geschehen war.

»Sei vorsichtig«, flüsterte Titch, als Skar sein Schwert einsteckte und behutsam näher an die Kisten herantrat. Skar nickte, wußte aber gleichzeitig, daß er nichts zu befürchten hatte. Die Truhen waren jetzt nichts mehr als leere, nutzlose Behälter, deren tödliche Fracht längst ausgeschlüpft oder an einen anderen Ort gebracht worden war.

Er blieb wieder stehen, starrte in die Truhe hinab und ballte in hilflosem Entsetzen die Hand zur Faust. Es gehörte nicht viel Phantasie dazu, sich auszumalen, was geschehen war. Die Toten hier im Zimmer mußten die Wachen sein, die Rowl sicherlich bei seinem kostbaren Besitz zurückgelassen hatte, vielleicht auch Bedienstete, die die Brut pflegen und über ihre Sicherheit wachen sollten. Skar wußte nicht, was sie getötet hatte – vielleicht ein Fehler der Bestie, die zu schnell und zu brutal zuschlug, ehe sie lernte, daß lebende Wesen sterben konnten, wenn man ihnen ihre Körper zu schnell nahm, vielleicht waren auch andere Quorrl hereingekommen, und es hatte einen Kampf gegeben. Es spielte keine Rolle – am Ende hatten sie gesiegt und den Tod hinaus in die Gänge Carans getragen. Zu Rowl. Zu Kiina.

Und sie hatten ihn hierhergebracht!

Als hätte er seine Gedanken gelesen, sagte Titch in diesem Moment: »Was haben wir getan, Skar?«

»Nichts«, antwortete Skar automatisch. »*Wir* haben nichts getan, Titch. Das ist Ennarts Werk. Und vielleicht meines«, fügte er leiser hinzu. »Er hat ... mich gewarnt. Ich hätte nicht zurückkommen dürfen.«

»Haben ... *sie* das getan?« stammelte der Bastard. »Die Ssirhaa?«

»Vielleicht«, antwortete Skar. Aber vielleicht auch nicht, fügte er in Gedanken hinzu. Vielleicht hatte der *Bestimmer* auf Crons Hof diesmal etwas anderes getan, als sich die Eier nur *anzusehen*, und vielleicht waren diese beiden Truhen von Anfang an nicht für Ninga, sondern für Caran bestimmt gewesen.

Aber wenn es so war, dann bedeutete das ...

Er weigerte sich, den Gedanken zu Ende zu denken und drehte sich wieder zu Titch und dem zweiten Quorrl um. Er wollte es nicht, aber seine Zunge gehorchte ihm nicht mehr. Gegen seinen Willen hörte er sich selbst fragen: »Wie viele seid ihr?«

Der Quorrl zögerte. Sein Gesicht war grau vor Schrecken, und er sah Skar auch jetzt nicht an. Sein Blick irrte unstet durch den Raum. »Ich ... darf euch das nicht sagen«, antwortete er schließlich.

Titch fuhr herum und funkelte ihn an, aber wieder hielt Skar ihn mit einem warnenden Blick zurück.

»Ihr seid fünfhundert, nicht wahr?«

Der Quorrl starrte ihn an, schwieg. In seinem Gesicht arbeitete es.

»Es ist so«, behauptete Skar. »Ihr seid viele; vielleicht Tausende, wie Titch glaubt, aber hier drinnen seid ihr nur fünfhundert.«

»Ungefähr«, gestand der Quorrl widerwillig.

Titch keuchte, als er begriff, was Skar mit seinen Worten sagen wollte. »Fünfhundert –«

»Fünfhundert Eier für fünfhundert Quorrl«, sagte Skar grimmig. »Cron hat es gewußt, Titch. Diese Kisten waren niemals für den Goldenen Tempel in Ninga bestimmt.«

»Niemals!« behauptete Titch. »Das ist unmöglich, Skar! Er konnte nicht wissen, daß wir nach Ninga gehen!«

»Er hat uns selbst hierher geschickt!«

»Cron war kein Verräter!« beharrte Titch.

»Cron vielleicht nicht«, sagte Skar. »Aber möglicherweise der, den wir für Cron gehalten haben.«

Titchs Augen wurden weit. »Weißt du, was du da sagst?«

Sie sind Meister der Lüge, Bruder. Und eine Lüge muß nicht immer *gesprochen* sein. Skar nickte. »Ja. Cron war nicht Cron.« *Sowenig wie Ennart Ennart war. Oder Ian Ian. Oder ...*

Aber das war nicht alles. Das schlimmste, erschütterndste Wissen, das diese Erkenntnis mit sich brachte, sprach er nicht laut aus. Wenn es wirklich so war, dachte er, dann bedeutete es nichts anderes, als daß der *Daij-Djan versucht hatte, sie zu schüt-*

zen, als er in jener Nacht die Kisten aufbrach, um die Eier zu vernichten.

»Nein«, flüsterte Skar. »Das ... das kann nicht sein.« Es war unvorstellbar. Unmöglich.

»Was?« fragte Titch.

Skar sah auf und begriff erst jetzt, daß er den Gedanken laut ausgesprochen hatte. Er wollte antworten, irgend etwas sagen, aber er konnte es nicht. Seine Kehle war wie zugeschnürt. Sein Blick glitt an Titchs Gesicht ab und suchte die Tür, und er erblickte einen schwarzen tiefenlosen Umriß in der roten Dämmerung des Ganges.

Der *Daij-Djan* sah ihn an, und der böse Hohn in seinen gar nicht vorhandenen Augen war erloschen und hatte einem Ausdruck tiefer, ehrlich empfundener Trauer Platz gemacht. *Ich konnte es dir nicht sagen, Bruder. Du hättest mir nicht geglaubt. Es gibt Dinge, die lernt man nur durch Schmerz.*

Titch drehte sich langsam zur Tür; folgte seinem Blick. Aber sein Gesicht blieb starr. Er sah den *Daij-Djan* nicht; so wenig wie vorher. Das *Ding* von den Sternen war Skars ganz persönliche Hölle, sein privater Dämon, der nun in ihm und nur für ihn existierte und den andere nur sehen konnten, wenn er es *wollte*. Und was jetzt und hier geschah, das ging nur sie an. Skar begriff mit einem Male, warum der *Daij-Djan* vorhin so widerstandslos nachgegeben hatte, als er Ennart gegenüberstand. Er hatte da schon gewußt, daß er am Ziel war. Er hatte gesiegt; es spielte keine Rolle, ob Skar sich noch einmal der Illusion hingab, ihm entkommen zu sein oder nicht.

Der *Daij-Djan* hob die Hand. *Komm zu mir, Bruder. Nimm meine Hand, und das Leiden hat ein Ende. Für uns beide.*

Skar begann zu zittern. Langsam, unsicher, wie von einer Macht gelenkt, die stärker war als sein eigener Wille, wandte er sich vollkommen um und trat zwischen Titch und dem Bastard hindurch, der ausgestreckten Hand des *Daij-Djan* entgegen; und der Erlösung, die sie versprach.

Titchs Pranke fiel schwer wie ein Stein auf seine Schulter herab, und die ungeheure Kraft der Berührung und der Schmerz, den sie mit sich brachte, riß ihn in die Wirklichkeit zurück. Für Bruchteile von Sekunden hatte die Gestalt der *Sternenbestie* noch Substanz, dann wurde sie völlig zu einem Schatten und verschmolz schließlich mit der roten Dämmerung des Ganges.

Skar schloß die Augen, blieb sekundenlang reglos und zitternd stehen und atmete hörbar aus. Titch sagte nichts, aber er sah ihn auf eine Art an, die Skar begreifen ließ, daß er *wußte*.

»Danke«, flüsterte er.

Titch lächelte; flüchtig und ganz kurz nur, aber in einer Art so ehrlicher, tief empfundener Freundschaft, wie Skar sie niemals zuvor verspürt hatte, während der Blick des Quorrl irritiert zwischen seinem und Titchs Gesicht hin und her irrte. Aber auch der Bastard wagte es nicht, etwas zu sagen, als spürte er, daß zwischen den beiden ungleichen Wesen etwas vorging. Und es war Titchs Berührung, die Last seiner starken hornigen Pranke auf Skars Arm, der das Etwas in Skar noch einmal – vielleicht zum letzten Mal – am Erwachen hinderte. Für einen kurzen Moment bekam der Schläfer noch einmal die Oberhand, und der ewige Traum ging weiter.

Aber schon der flüchtige Hauch der Wahrheit, der Skars Bewußtsein gestreift hatte, erfüllte ihn mit neuem Wissen. Zweierlei: Er spürte, daß es zu Ende ging – seine Zeit lief jetzt ab, unwiederbringlich und schnell. Und er wußte, wo Rowl und Kiina waren, wenn sie noch lebten. Es gab nur einen einzigen Ort in diesem Labyrinth aus Stahl und roter Dunkelheit, an dem sie sicher waren.

Fast behutsam löste er Titchs Hand von seiner Schulter und wandte sich wieder an den Quorrl. »Die Katakomben«, sagte er. »Die Höhlen unter Caran – gibt es noch einen anderen Weg dorthin?«

Wieder zögerte der Quorrl, und wieder tat er es auf jene ganz bestimmte Art und Weise, die Skar erkennen ließ, daß er ihnen etwas verschwieg.

»Wie kommst du darauf, daß sie dort sind?« fragte Titch.

»Rowl hat davon gesprochen«, antwortete Skar. »Mehrmals. Ich an seiner Stelle hätte versucht, dorthin zu kommen.« *Weil es der einzige Ort in dieser Festung ist, wo sie – vielleicht – sicher sind. Der einzige Ort, bis zu dem Ennarts Macht nicht reicht. Und weißt du auch, warum? Weil dort etwas anderes, Schlimmeres regiert.*

Er ignorierte das Flüstern des *Daij-Djan*, so gut er konnte, und machte eine fast flehende Geste zu dem Bastard. »Bitte! Willst du hier oben sterben?«

»Wie sie?« fügte Titch mit einer Geste auf die toten Quorrl im Raum hinzu.

Der Bastard deutete ein Kopfschütteln an. »Nein«, murmelte er. Sein Blick suchte den Skars, und für einen zeitlosen Moment waren es nicht seine Augen, sondern die des *Daij-Djan*, in die Skar sah. *Auch er wird sterben, Bruder. Ein weiterer Toter mehr auf deinem Weg zu mir.*

»Es gibt ... einen geheimen Fluchtweg, Herr. Niemand ... weiß davon. Nur Rowl und ein paar Eingeweihte.«

»Und du gehörst dazu?«

Statt direkt zu antworten, wandte sich der Quorrl um und ging zur jenseitigen Wand, wobei er einen gewaltigen Bogen um die beiden aufgebrochenen Kisten schlug. Er bewegte sich langsam; Skar spürte, wie schwer es ihm fiel, zu tun, was sie von ihm verlangten. Es war das letzte, vielleicht bestgehütetste Geheimnis Carans, das sie ihn preiszugeben zwangen, und Skar war nicht einmal sicher, daß er es wirklich aus Angst tat; oder gar, weil sie ihn überzeugt hatten. Vielleicht war das *Ding* in ihm einfach schon zu stark, als daß er ihm widersprechen konnte.

Der Quorrl hob die Hand und berührte eine Stelle an der Wand. Ein helles, durchdringendes Klacken erscholl. In der rotbraunen Canyonlandschaft aus Rost und Rissen erschien ein mannshoher Kreis, als sich ein tonnenschweres Segment der Wand wie von Geisterhand zu bewegen begann; langsam, mit drehenden, schraubenden Bewegungen, wie der Deckel eines übergroßen metallenen Behältnisses. Ein Schwall eisiger Luft schlug ihnen entgegen, die gleiche, furchtbare Kälte, die Skar schon bei seinem ersten Ausflug in die verbotenen Katakomben unter dem Berg gespürt hatte.

Skar und Titch traten näher, zögerten aber beide noch, den zum Vorschein gekommenen Gang zu betreten – vor allem, weil es kein Gang war: hinter dem stählernen Deckel lag eine schräg in die Tiefe führende, spiegelglatte Fläche, die sich in einer engen Spirale nach unten schraubte. Der Stollen war selbst für Skar nicht hoch genug. Titch und der Quorrl würden kriechen müssen; und Skar war nicht sicher, daß sie auf dem glatten Boden nicht den Halt verlieren würden.

»Wohin führt das?« fragte Titch.

»In die Katakomben, Herr«, antwortete der Quorrl. »Es gibt einen Tunnel, der aus Caran herausführt – zwei, drei Meilen weiter westlich in den Bergen.« Er sprach unsicher, stockend und mit großen Pausen zwischen den einzelnen Worten. »Vielleicht haben sie es geschafft.«

Titch machte eine auffordernde Handbewegung. »Dann geh. Wir folgen dir.«

Der Quorrl rührte sich nicht.

»Worauf wartest du?« fragte Titch ungeduldig. Ein mißtrauisches Funkeln glomm in seinen Augen auf. »Wenn dieser Weg sicher ist, dann geh ihn als erster.«

»Einer ... muß zurückbleiben, Herr«, antwortete der Quorrl. Sein Blick wich dem Titchs aus und saugte sich an den Toten auf dem Boden fest. »Die Tür läßt sich nur von hier aus schließen.«

Titch schwieg betroffen, und auch Skar hatte für Augenblicke Mühe, sich seinen Schrecken nicht zu deutlich anmerken zu lassen. Er glaubte plötzlich zu wissen, was all die Toten auf dem Weg hierher und hier drinnen zu bedeuten hatten. Er sah den Quorrl an, aber diesmal wich der Krieger seinem Blick nicht aus. Erstaunlicherweise entdeckte Skar in seinen Augen aber auch keine Spur von Angst.

»Gibt es ... keinen anderen Weg?« fragte er.

Titch blickte überrascht, und der Quorrl deutete ein Kopfschütteln an. »Geht«, sagte er. »Erschlagt ein paar von ihnen für mich.«

Und genau das ist der Grund, aus dem wir hier sind, dachte Skar bitter. *Weil zu viele so gedacht haben wie du, mein Freund.*

Weil sie alle und immer so gedacht haben. Das ist der Grund, aus dem aus Enwor eine Hölle geworden ist. Aus dem alles, was von seiner Größe geblieben ist, Waffen und die namenlosen Schrecken der Vergangenheit sind.

Und aus dem es uns gibt, Bruder, fügte eine flüsternde schwarze Stimme in seinem Kopf hinzu.

Trotzdem sagte er: »Ich verspreche es.«

*

Tageslicht, drei oder vielleicht auch vier Stunden später: ein winziger Fleck, scheinbar noch Meilen entfernt, wie eine zerbrochene Münze, die im Sonnenlicht glänzte. Skar wußte kaum noch, woher er die Kraft nahm, zu gehen. Seine Glieder schienen Zentner zu wiegen, und sein Rücken schmerzte, als hätte jemand einen Dolch hineingestoßen. Er hatte sich verletzt, auf dem Weg nach unten, und er hatte Titch verletzt; vermutlich sehr viel schwerer als sich selbst. Was sie für einen Gang gehalten hatten, war eine Röhre aus spiegelglattem Metall gewesen, die in immer enger werdenden Windungen nach unten führte, ein Fluchtweg im wahrsten Sinne des Wortes, auf dem es kein Zurück mehr gab. Was ihm vermutlich das Leben gerettet hatte, war der simple Zufall gewesen, daß Titch als erster durch die verborgene Tür getreten war: sie hatten beide den Halt verloren, kaum daß sie ein paar Schritte gemacht hatten, und waren in immer enger – und schneller! – werdenden Spiralen nahezu senkrecht nach unten gerast. Wäre der Quorrl *hinter* ihm gewesen, hätte er Skar mit seinem Körpergewicht wahrscheinlich zermalmt, als die Röhre sie nach endlosen Minuten in den finsteren Kellergewölben Carans ausspie.

So war es Skar gewesen, der mit der Wucht eines lebenden Geschosses in den Rücken des Quorrl traf. Er hatte sich das rechte Knie geprellt, und sein Armstumpf war aufgebrochen und hatte wieder zu bluten begonnen, denn er hatte ganz instinktiv versucht, den Sturz mit den Händen aufzufangen; Verletzungen, die schmerzhaft und hinderlich, aber nicht besonders gefährlich schienen. Was mit Titch war, wußte er nicht. Wie es seine Art war, hatte der Quorrl kein Wort darüber verloren, aber er bewegte sich mühsam und blieb in immer kürzeren Abständen stehen – angeblich, um sich zu *orientieren* – und manchmal, wenn er glaubte, Skar sehe es nicht, zuckte sein Gesicht vor Schmerz. Skar hatte den dumpfen Laut und das Knirschen in Titchs Rükken sehr wohl gehört, als er gegen ihn prallte. Er mußte dem Quorrl mehrere Rippen gebrochen haben; wenn nicht schlimmeres. Was danach kam ...

Selbst Skar war sich nicht sicher, was von dem, woran er sich erinnerte, wirklich geschehen und was bloße Einbildung gewesen war. War ihm der obere, bewohnte Teil Carans unheimlich und fremd vorgekommen, so kam in diesen unterirdischen Gängen noch eine spürbare Feindseligkeit hinzu; ein Gefühl, als begingen sie einen Frevel, allein dadurch, daß sie hier waren. Dieser Ort war nicht von Menschen und nicht für Menschen gemacht; und auch nicht für Quorrl. Skar wußte jetzt, was Rowl gemeint hatte, als er davon sprach, daß es nicht gut war, hier herunter zu kommen.

Sie hatten auch hier unten Skelette gefunden; acht, vielleicht zehn Quorrl, die im Tod übereinandergestürzt waren, so daß ihre Zahl nur noch zu schätzen war, und einen Bastard-Krieger, der scheinbar unversehrt schien. Und einmal hatte Skar geglaubt, am Ende des Stollens, durch den sie gingen, einen mißgestalteten Schatten zu sehen, war aber nicht sicher gewesen, so daß er es vorzog, Titch nichts von seiner Beobachtung zu erzählen.

Zumindest waren sie nicht angegriffen worden. Die einzige konkrete Gefahr, der sie begegneten, waren zwei der eisernen Spinnentiere gewesen, die ihren ruhelosen Weg durch die Keller Carans zogen. Sie waren ihnen ausgewichen; einmal leicht, das zweite Mal nur, indem sie so lange rannten, bis sich der Gang teilte und im letzten Moment eine andere Abzweigung nahmen als das Eisentier. Titch hatte auch den Umstand, daß Skar die alptraumhafte Kreatur kannte, ohne ein Wort hingenommen. Vielleicht begriff auch er, daß mit Skar etwas geschah; vielleicht war er auch nur einfach zu sehr verletzt, um sich auf mehr als das absolut Notwendige zu konzentrieren.

Skar hoffte, daß es nicht so war. Seine eigenen Kräfte ließen jetzt so rasch nach, daß er manchmal zu spüren glaubte, wie das Leben aus ihm herausfloß, ein dunkel pulsierender Strom, der aus unsichtbaren Wunden in seiner Seele rann und ihn schwächer und schwächer werden ließ, mit jedem Schritt. Er war nicht mehr in der Lage, zu kämpfen. Titch war endgültig zu seinem Schwert und seiner Faust geworden.

Als hätte der Quorrl seine Gedanken gelesen, blieb er in diesem Augenblick wieder stehen und lehnte sich schweratmend gegen die Wand. Als er Skars besorgten Blick bemerkte, zwang er sich zu einem Lächeln und deutete auf die zerbrochene Münze am Ende des Ganges. »Das dort vorne muß der Ausgang sein, von dem der Krieger gesprochen hat«, sagte er.

Skar nickte mühsam. Auch er wankte vor Schwäche. Sie mußten Meilen gelaufen sein, aber das war es nicht allein.

Wie lange noch? dachte er. *Eine Stunde? Zwei? Wie lange noch, bis das Gift, das er in Elay eingeatmet hatte, seinen Körper endgültig verbrannte?*

Instinktiv streckte er die Hand aus, um gleich dem Quorrl irgendwo Halt zu finden, aber er war zu weit von der gegenüberliegenden Wand entfernt, und selbst die Anstrengung, die beiden Schritte dorthin zu tun, erschien ihm zu groß. Ohne direkt auf Titchs Bemerkung zu antworten, ging er weiter, und nach Sekunden hörte er, wie sich der Quorrl von der Wand abstieß und ihm mit schleifenden, ungleichmäßigen Schritten folgte.

Der Weg schien kein Ende zu nehmen. Der winzige Fleck aus flackernder gelber Helligkeit schien sich von ihnen zu *entfernen*, statt näher zu kommen, und Skar war auf diesem letzten Stück des Weges mehr als einmal nahe daran, einfach aufzugeben. Die Verlockung war groß: einfach aufgeben, sich auf den kalten Boden zu legen und die Augen zu schließen, ein vielleicht langsamer, aber sanfter Tod.

Aber dann würde er Kiina niemals wiedersehen, und das allein war der Grund, aus dem er sich zwang, weiterzugehen, wie eine Maschine, die zu nichts anderem gemacht war als dazu, einen Fuß vor den anderen zu setzen, und nichts anderes konnte.

Schließlich blieb Titch wieder stehen und sagte etwas, aber Skar war so erschöpft, daß er einfach weiterging, bis der Quorrl ihn am Arm zurückhielt.

»Hör«, sagte er warnend.

Skar lauschte. Zuerst hörte er nichts außer dem Rauschen seines eigenen Blutes und dem Wispern Carans, das nur in seinem Kopf Realität war, aber nach einer Weile vernahm er ein anderes Geräusch – eine Mischung aus Lauten, einzeln nicht zu identifizieren, die in ihrer Gesamtheit aber etwas ergaben, was er nur zu gut kannte: Schreie, das Klirren von Metall, Schritte, das Kreischen sterbender Pferde und Quorrl ...

»Sie kämpfen«, sagte Titch.

Skar war zu müde, um ihn zu fragen, wer da gegen wen kämpfte, oder gar warum. Er blickte den Quorrl an, und es fiel ihm schwer, sich zu besinnen, wer er war. Warum sie in diesem kalten, roten Gang waren, *wo* sie waren. Er nickte, machte einen weiteren Schritt – und taumelte mit einem Schrei gegen die Wand, als Titch ihm so wuchtig die Hände in den Rücken stieß, daß er glaubte, seine Rippen müßten brechen. Ungeschickt fing er die ärgste Wucht des Anpralles mit den Unterarmen auf und fuhr zornig herum.

Er sah die Bewegung aus den Augenwinkeln und zog instinktiv den Kopf zwischen die Schultern. Ebenso instinktiv und ohne zu denken hob er die Arme in die Höhe, um sein Gesicht zu schützen. Etwas klatschte weich und widerlich feucht gegen seine hochgerissenen Unterarme und schleuderte ihn ein zweites Mal gegen die Wand.

Erst dann erkannte er seinen Gegner.

Es war ein Quorrl – und doch wieder nicht. Seine Beine und die untere Hälfte des Körpers waren normal, aber was darüber lag, war ein Alptraum aus zerfetztem Stoff und aufgedunsenem, brodelndem schwarzen Gewebe, das zum Doppelten seiner normalen Größe angeschwollen schien, kaum mehr ein erkennbarer Körper, sondern eine formlose, zuckende Masse aus pulsierender Schwärze, aus deren oberem Teil Skar ein einzelnes, mißgestaltetes Auge anstarrte.

Skar versuchte sein Schwert zu ziehen, aber das grauenerregende Etwas, in das der Parasit den Quorrl verwandelt hatte, ließ ihm keine Chance. Sein verkrüppelter Körper suggerierte eine Plumpheit, die ganz und gar nicht da war. Das Ungeheuer sprang vor, packte ihn und schleuderte ihn mit fürchterlicher Wucht zu Boden. Eine riesige, feuchte Hand, schwammig und aufgedunsen, aber noch immer von unmenschlicher Stärke, preßte Skar zu Boden, während sich die andere Pranke seinem Gesicht näherte. Zwischen den halb zusammengewachsenen Fingern glitzerte etwas Kleines, Gelblichgrünes.

Der Anblick ließ Skar aufschreien. Mit einer verzweifelten Anstrengung riß er sich los, versuchte zur Seite und aus der Reichweite des mutierten Quorrl zu gelangen und gleichzeitig sein Schwert zu ziehen. Es gelang ihm, aber die Waffe behinderte ihn mehr, als sie nutzte. Er stolperte über seine eigene Klinge, taumelte ein zweites Mal gegen die Wand und stieß blindlings zu. Das *Tschekal* glitt scheinbar widerstandslos in das aufgeblähte Fleisch der Quorrl-Brust und tötete den Angreifer auf der Stelle, aber im gleichen Moment berührte dessen Pranke Skars Hüfte und zerbrach die Eihülle. Ein kleines, schwarzes Etwas mit haarigen Beinen und dünnen scharfen Zähnen wirbelte heraus und bohrte sich in Skars Haut.

Skar erstarrte. Wie in Trance sah er zu, wie sich die rasiermesserscharfen Zähne des winzigen Monsters in seine Haut gruben und rissen, seine Beine rasend schnell zu arbeiten begannen, wie kleine scharfkantige Scheren, die die gewaltsam geschaffene Öffnung vergrößerten und –

erstarrten.

Für eine Sekunde hockte die schwarze Scheußlichkeit einfach reglos da, jetzt wirklich wie eine fette schwarze Spinne, die sich in Skars Hüfte verbissen hatte, dann begann sie plötzlich zu zittern, versuchte rückwärts zu kriechen, ihre Fänge aus Skars Bein zu ziehen.

Und starb.

Skar sah es nicht nur – er *fühlte* es. Für die gleiche, winzige Zeitspanne, in der sich die Zähne der Kreatur in sein Fleisch gebohrt hatten, hatten sich auch andere, unsichtbare Fänge in seinen Geist gewühlt, weißglühende Ströme aus Schmerz und unvorstellbarem Haß, der jedes bißchen Menschlichkeit in ihm auszulöschen drohte. Aber plötzlich war der Druck fort. Für den Bruchteil einer Sekunde glaubte Skar einen lautlos gellenden Schrei zu hören, den Todesschrei einer Kreatur, die bisher nicht einmal gewußt hatte, daß es so etwas wie den Tod überhaupt gab, dann verhallte auch er, und im gleichen Moment fiel das kleine Ungeheuer von seinem Bein. Sein Körper begann sich aufzulösen, kaum daß es den Boden berührt hatte.

Skar taumelte. Der Tunnel schwankte vor seinen Augen wie das Deck eines Schiffes im Sturm. Übelkeit breitete sich in seinem Leib aus, gefolgt von Schwäche und ein heftiges Schwindelgefühl.

»Skar!« Titch sprang vor und fing ihn auf, als er zusammenbrach. Der Quorrl schrie etwas, aber Skar verstand ihn nicht, denn er verlor für Sekunden das Bewußtsein.

Als er die Augen wieder aufschlug, lag er auf dem Boden, der linke Arm des Quorrl stützte seinen Kopf, und Titchs Gesicht hing nur einen Fingerbreit über dem seinen. Der Quorrl hatte auf seinen Pulsschlag gelauscht.

Skar richtete sich stöhnend in eine halb sitzende Position auf, versuchte Titchs Arm beiseite zu schieben und registrierte mit einem Gefühl von Resignation und Bitterkeit, daß ihm selbst dazu die Kraft fehlte. Irgendwie brachte er das Kunststück fertig, nach Titchs Arm zu greifen und sich daran in die Höhe zu ziehen. Er stand, aber er wankte. Die Wunde an seinem Bein brannte wie Feuer.

Titchs Hände hielten ihn immer noch, und der Quorrl ließ auch nicht los, als Skar versuchte, seinen Arm beiseite zu schieben. Sein Blick glitt besorgt über Skars Gesicht. »Großer Gott, ich dachte, es wäre vorbei«, sagte er.

»Wo ist er ... so plötzlich hergekommen?« murmelte Skar. Er sah Titch an, aber die Gestalt des Quorrl wankte und verbog sich immer wieder vor seinem Blick, als betrachte er sie durch einen Zerrspiegel.

»Er muß hier gewartet haben. Wahrscheinlich wimmelt es hier unten von diesen ... diesen ...« Er suchte sekundenlang vergeblich nach Worten, zuckte schließlich mit den Schultern und lehnte Skar wie ein krankes Kind gegen die Wand. Pedantisch überzeugte er sich davon, daß er aus eigener Kraft stehen konnte, ehe er sich umdrehte und in die Hocke ging, um den Quorrl zu untersuchen, der Skar angegriffen hatte.

Skar sah bewußt in eine andere Richtung. Der Quorrl war tot, und das, was immer in ihm gewesen war, auch; gestorben im gleichen Augenblick, in dem sein Wirt starb. Ein Parasit, dachte Skar. Sie waren nichts anderes als Parasiten, winzige, mörderische Monstren, die in die Körper ihrer Opfer eindrangen und ihr Fleisch in ... etwas *anderes* verwandelten. Aber sie töteten sie nicht, sowenig wie das Netz seine Opfer getötet hatte. Was sie taten, war tausendmal schlimmer.

»Sie müssen Rowl und die anderen verfolgt haben«, sagte Titch, als er sich nach einer flüchtigen Untersuchung des toten Quorrl wieder aufrichtete. »Wahrscheinlich haben wir nur Glück gehabt, bisher auf keinen von ihnen zu stoßen. *Du* hast Glück gehabt«, fügte er betont hinzu. »Eine halbe Sekunde später, und du hät ...«

Er brach mitten im Wort ab. Seine Augen weiteten sich, als sein Blick auf die heftig blutende, daumentiefe Wunde in Skars Hüfte fiel.

»Du ... du hast es nicht getötet«, flüsterte er. In seiner Stimme war ein Entsetzen, das Skar im ersten Moment nicht einmal verstand. »Du hast –«

»Es ist gestorben, als es mich gebissen hat, ja«, sagte Skar. Er sah, wie Titch noch einmal und nicht weniger heftig erschrak, und plötzlich war im Blick des Quorrl etwas Neues, Ungutes, das Skar schaudern ließ. Er versuchte zu lächeln und einen Scherz zu machen, um die Situation zu entspannen. »Kiina behauptet ja schon lange, daß ich manchmal ungenießbar bin.«

Aber Titch blieb ernst. Das Entsetzen in seinen Augen wurde eher noch tiefer. »Es ... es tut dir nichts«, flüsterte er.

Skar hielt seinem Blick stand, aber es fiel ihm schwer, unendlich schwer. Der Quorrl schien innerlich zu Eis zu erstarren, und Skar spürte, wie sich etwas zwischen ihnen änderte. Ein falsches Wort, vielleicht nur eine falsche Betonung – oder auch etwas, das er *nicht* sagte – und alles wäre zu Ende.

»Vielleicht tötet es nur Quorrl«, sagte er vorsichtig. »Crons Geschenk war für Rowl und seine Bastarde gedacht, nicht für mich.«

Titch antwortete nicht, aber Skar spürte auch so, daß es die falschen Worte gewesen waren. »Titch«, sagte er. »Bitte! Zieh jetzt keine falschen Schlüsse. Ich bin so überrascht wie du.«

Titch schwieg weitere fünf, dann zehn Sekunden – und plötzlich lächelte er, nervös und gezwungen und nicht sehr überzeugend. »Schon gut«, sagte er. »Es ... tut mir leid, Skar. Wieso werfe ich dir eigentlich vor, noch am Leben zu sein. Gehen wir weiter, ehe noch mehr von diesen Biestern hier auftauchen.« Er gab Skar keine Gelegenheit, zu antworten. So hastig, daß es fast einer Flucht gleichkam, drehte er sich herum und ging dem Ende des Tunnels entgegen.

Auf den letzten Metern wurde der Weg schwierig. Der Boden stieg plötzlich steil an und war mit scharfkantigen Trümmern übersät oder von Rissen durchzogen, so daß Skar seine ganze Konzentration aufwenden mußte, um keinen Fehltritt zu tun. Seine Hüfte tat sehr weh, und er hatte Schwierigkeiten, das Bein zu bewegen. Die Wunde hatte aufgehört zu bluten, aber ringsum war das Fleisch taub und hart geworden. Es fiel ihm sehr schwer, zu gehen. Selbst, wenn er gewollt hätte, hätte er Titch kaum einholen können, auf den letzten Metern.

Aber schließlich hielt Titch von selbst an und wartete auf ihn. Schwer gegen die Wand gelehnt blieb Skar stehen und blinzelte in das ungewohnt grelle Licht der Sonne hinaus.

Unter ihnen lag ein gewaltiger, mit hausgroßen Trümmern und Felsbrocken übersäter Krater. Es war kein Ausgang aus der stählernen Festung, sondern das zerborstene Ende eines Stollens, der früher einmal viel weiter geführt haben mußte. Jemand hatte ihn genommen und wie ein dünnes Schilfrohr einfach entzweigebrochen, und die gleiche, unvorstellbare Kraft hatte auch den

Rest des Berges hinweggefegt. Obwohl seine Schwäche ein Maß erreicht hatte, die ihn selbst so einfache Dinge wie das Atemholen mühsam werden ließ, spürte Skar einen Schauer von Entsetzen, als ihm klar wurde, welch unvorstellbare Gewalten hier vor Äonen am Werk gewesen waren; Gewalten, die einfach ein Stück aus der stählernen Festung herausgerissen hatten. Caran setzte sich fort, auf der anderen Seite des gut zwei Meilen messenden Kraters, in dessen Hang sie standen. Skar konnte die gähnenden Löcher der Tunnelöffnungen und Gänge auf der anderen Seite erkennen, zusammengedrückte Säle und stählerne Kammern, von den Hammerschlägen zorniger Götter getroffen und zermalmt wie dünnes Goldblech. Was er für Felstrümmer gehalten hatte, waren Brocken aus geschmolzenem Stahl.

Titch hob die Hand und deutete schräg nach unten. In der bizarren Trümmerlandschaft bewegten sich ... Punkte. Ameisen zwischen kopfgroßen Felsen, deren hektisches Hin und Her Skar die Größe dieses Kraters und damit das Ausmaß der Zerstörung erst wirklich klar machten. Großer Gott, welche Gewalten hatten sie herausgefordert?

»Der Hang ist nicht sehr steil«, sagte Titch nachdenklich. Er sah Skar besorgt an. »Schaffst du es?«

Vor zwei Tagen hätte Skar nicht einmal über die Frage nachgedacht. Jetzt wußte er die Antwort im ersten Moment wirklich nicht. Der Hang war wirklich nicht besonders steil, dafür aber sicherlich eine Meile lang, und die Götter allein wußten, was sie dort unten erwarten mochte. Die Gestalten dort unten waren zu weit entfernt, und Skars Sehvermögen nach der stundenlangen Wanderung durch das rote Licht Carans zu sehr getrübt, als daß er sie unterscheiden konnte, aber der Lärm, den sie hörten, sprach eine deutliche Sprache. Er würde jedes bißchen Kraft bitter nötig haben, dort unten. Vielleicht sollte er sich von Titch helfen lassen. Der Quorrl war stark genug, ihn die ganze Strecke zu tragen, ohne auch nur außer Atem zu geraten. Aber dann dachte er an den knirschenden Laut, den er gehört hatte, als seine Knie Titchs Rücken trafen, und schüttelte den Kopf. »Es ... geht schon wieder.«

Titch sah ihn zweifelnd an, sagte aber nichts mehr, sondern begann schweigend mit dem Abstieg.

Es war leichter, als Skar befürchtet hatte. Der Boden war abschüssig und mit zahllosen Trümmern übersät, aber eine Million Jahre Rost und Erosion hatten ihn porös werden lassen, so daß ihre Füße festen Halt fanden. Dann und wann lösten sich kleine Trümmerlawinen und Wolken von rostrotem Staub unter ihren Schritten, und einmal stürzte Titch und blieb sekundenlang benommen liegen.

Der Kampflärm nahm allmählich zu. Nach und nach konnte Skar Einzelheiten erkennen, obwohl ihnen titanische Stahlfetzen und bis zur Unkenntlichkeit vom Rost zusammengebackene Trümmer mehr und mehr die Sicht nahmen: es waren Quorrl, die dort unten kämpften, Rowls Bastarde auf der einen und Ennarts Tempelgarde aus Ninga auf der anderen Seite; soweit es in dem verzweifelten Handgemenge, dem sie sich näherten, irgend etwas wie erkennbare *Seiten* gab. Skar hielt nach dem Ssirhaa und seinen beiden Begleitern selbst Ausschau, konnte sie aber nirgends entdecken. Er sah auch Kiina und Rowl nirgends, gestattete sich aber nicht, deswegen zu erschrecken. Der Krater war gewaltig, und zwischen den Riesentrümmern auf seinem Grund konnte sich eine ganze Armee verstecken, ohne daß er auch nur eine Spur von ihr sah. Er zog sein Schwert, obwohl er sich dabei fast selbst lächerlich vorkam – die Waffe lag so schwer und klobig in seiner Hand, daß er Mühe hatte, unter ihrem Gewicht nicht die Balance zu verlieren. Er würde einfach zusammenbrechen, wenn er versuchte, damit zuzuschlagen; oder auch nur einen Hieb abzuwehren. Er würde –

»Das ist Rowl!«

Titchs Schrei riß ihn zurück in die Wirklichkeit. Sein Blick folgte Titchs ausgestreckter Hand und fand eine winzige, in schreiendes Rot gekleidete Gestalt auf der anderen Seite des Kraterbodens. Der Quorrl kämpfte inmitten einer kleinen Schar Bastarde gegen eine erdrückende Übermacht von Ningas Gardesoldaten. Trotzdem schien der Ausgang des Kampfes noch keineswegs festzustehen: Rowls Männer befanden sich in einer leicht zu verteidigenden Position, und sie kämpften mit der verbissenen Wut von Wesen, die nichts mehr zu verlieren hatten. Die meisten Gestalten, die reglos auf dem Boden lagen, trugen die schreiend bunten Paraderüstungen der Tempelgarde, nicht die schmuddeligen Fetzen der Bastarde.

»Wo ist ... Kiina?« murmelte er.

»Sie muß bei ihm sein«, antwortete Titch; eine Spur zu hastig. Er sah Skar an und zog seine Waffe. Sein Gesicht zuckte vor Schmerz, als er die linke Schulter bewegte. »Rowl hat mir versprochen, auf sie acht zu geben. Wenn sie noch lebt, ist sie bei ihm.« Sein Blick wurde durchdringend; und sehr besorgt. »Schaffst du es wirklich?«

Statt zu antworten, lief Skar los.

Sie wurden angegriffen, als sie die Hälfte der Distanz zwischen sich und den Bastarden zurückgelegt hatten; von einem halben Dutzend Gardesoldaten zugleich. Unter normalen Umständen hätte Skar die Falle bemerkt, aber er war zu schwach und Titch zu schwer verletzt, als daß sie Energie darauf verschwenden konnten, auf ihre Umgebung zu achten. Sie stürmten zwischen zwei gewaltigen eisernen Trümmerbrocken hindurch und sahen sich urplötzlich einer Wand aus drohend erhobenen Speeren und Schwertern gegenüber.

Titch rannte den ersten Krieger einfach über den Haufen, aber dann war der Schwung seines Aufpralles aufgebraucht, und Skar sah, wie er sich unter einem Hieb krümmte, den er normalerweise aufgefangen hätte, ohne auch nur mit der Wimper zu zucken. Eine Speerspitze züngelte nach seinem Gesicht und verfehlte es um Haaresbreite, dann traf ein Keulenhieb sein rechtes Knie und ließ ihn mit einem Schmerzensschrei zusammenbrechen.

Skar war mit einem Satz bei ihm und schlug die Lanze beiseite, die ein zweites Mal nach Titchs Kehle stach. Sein *Tschekal* zerschnitt den Speerschaft wie dünnes Stroh, aber schon dieser eine, fast kraftlose Hieb kostete ihn das letzte bißchen Kraft. Er taumelte, fiel selbst neben dem Quorrl auf die Knie und versuchte vergeblich, die Arme zu heben, um den erwarteten Angriff abzuwehren.

Der tödliche Hieb kam nicht. Gleich drei Krieger aus Ninga waren auf ihn zugesprungen, aber sie zögerten. Ihre Waffen waren drohend erhoben, und Skar wußte, daß er nicht mehr die mindeste Chance hatte, auch nur einen von ihnen abzuwehren, aber er sah auch die Unentschlossenheit auf ihren Gesichtern – und begriff, was sie bedeutete.

Taumelnd stemmte er sich wieder in die Höhe, schwang seine Klinge und hieb ungeschickt nach dem Krieger, der ihm am nächsten stand. Der Quorrl wich dem Schwertstreich fast spielerisch aus. Aber er machte keine Bewegung zurückzuschlagen oder den Hieb auch nur abzublocken, womit er Skar zweifellos die Waffe aus der Hand geprellt hätte.

Und dann zogen sich die Krieger zurück; so schnell, wie sie aufgetaucht waren. Skar sank mühsam um Atem ringend gegen einen Trümmerbrocken, während Titch den flüchtenden Gardesoldaten fassungslos nachblickte. »Was –?«

»Sie wollen mich lebend, Titch«, flüsterte Skar. Übelkeit stieg in seiner Kehle empor und machte das Sprechen zur Qual. Unter seiner Zunge sammelte sich bittere Galle. Sein Herz schlug plötzlich ganz langsam; aber so schwer, daß er jeden Pulsschlag bis in die Fingerspitzen fühlte. Er versuchte, sich von seinem Halt zu lösen und auf Titch zuzutaumeln, aber seine Kräfte versagten.

»Hilf mir, Titch», stöhnte er.

Der Quorrl stemmte sich ächzend in die Höhe und kam auf ihn zu, ein riesiger, verzerrter Schatten, dessen Umrisse sich vor Skars Augen aufzulösen schienen wie ein Spiegelbild auf klarem Wasser, in das jemand einen Stein geworfen hatte. Dahinter kam etwas anderes zum Vorschein, etwas dunkles, spinnengliedriges, dürres, das Skar spöttisch zuwinkte. *Jetzt, Bruder. Jetzt. Ich habe dir gesagt, daß ich gewinne, so oder so.*

Der *Daij-Djan* verschwand und wurde wieder zu Titch, und aus der dürren Insektenklaue wurden die starken Hände eines Quorrl, der ihn hielt. Skars Knie gaben unter seinem Körpergewicht nach. Er fiel, spürte, wie Titch ihn auffing und ihn stützte, als ihm die Kraft fehlte, zu gehen.

Der nächste Eindruck, den er bewußt wahrnahm, war der zahlloser schwerer Körper, die sich um ihn drängten und einen lebenden Schutzwall für Titch und ihn bildeten, eine Gasse aus Quorrl-Kriegern, an deren Ende eine hünenhafte geschuppte Gestalt in einem flammendroten Mantel stand, die Titch mit einer Mischung aus Erleichterung und Entsetzen entgegensah. Er erinnerte sich nicht, gelaufen zu sein. Sein Körper hatte einfach weiter einen Fuß vor den anderen gesetzt, aber ohne Titchs Hilfe hätte er es niemals geschafft. Rings um ihn herum tobte ein Chaos aus Lauten und Bewegungen, die keinen Sinn mehr zu ergeben schienen. Die Quorrl hatten sich in einer Felsspalte aus rotem Stahl verschanzt, und er glaubte zu spüren, daß der Kampf ein wenig an Heftigkeit eingebüßt hatte, aber er hatte nicht einmal mehr die Energie, sich darauf zu konzentrieren. Kraftlos sank er auf die Knie herab, ließ sich gegen den kalten Stahl sinken und schloß die Augen. Schmerzen pulsierten durch seinen Körper, in immer schnelleren, immer heißeren Wogen. Er hatte das Gefühl, innerlich zu verbrennen.

»Was ist hier los?« fragte Titch, an Rowl gewandt. »Wo sind deine Männer?«

Rowl antwortete nicht sofort, sondern beugte sich über Skar und blickte ihn sekundenlang mit steinernem Gesicht an, ehe er sich mit einem Ruck umwandte und zu Titch aufsah. »Tot.« Er machte eine knappe, wedelnde Handbewegung. »Das hier sind alle, die noch leben. Aber warum«, fügte er mit veränderter, zischender Stimme hinzu, »fragst du nicht, wo *deine* Krieger sind, Titch?«

»Meine ...?« Titch blinzelte irritiert. »Was ... soll das heißen?«

Rowl deutete mit einer zornigen Geste auf den gegenüberliegenden Rand des Kraterwalles. Skar glaubte Gestalten dort oben zu erkennen, Reihen um Reihen gedrungener schuppiger Gestalten in den graubraunen Lederharnischen quorrlscher Krieger, aber das war lächerlich, es waren Titchs Soldaten, die Krieger, die er nach Enwor gebracht hatte, um gegen die *Sternengeborenen* zu kämpfen, Männer, die ...

Seine Gedanken begannen sich zu verwirren. Jetzt, als die

unmittelbare Gefahr überstanden war, schlugen Erschöpfung und Schmerzen mit aller Wucht zu. Etwas Großes, Dunkles schob sich in sein Bewußtsein und begann sein Denken einzuweben. Das letzte bißchen Kraft versiegte, und ein Gefühl von Wärme und Schwere machte sich in ihm breit: Eine Erschöpfung, die noch tiefer war als die, die er bisher verspürt hatte, aber von völlig anderer, beinahe wohltuender Art.

War das der Tod? dachte er. Aber wenn ja, dann war er anders, als er immer geglaubt hatte, denn der Friede, den der Tod doch angeblich bringen sollte, kam nicht. Trotz der wohltuenden Mattigkeit in seinen Gliedern wurden die Schmerzen in seinem Körper schlimmer. Skar hatte das Gefühl, innerlich zu verbrennen, von einem inneren, lodernden Fieber aufgezehrt zu werden. Er glaubte zu spüren, wie sich das Fleisch von seinen Knochen löste, wie er zerfiel, bei lebendigem Leibe verbrannte von dem kalten Feuer, das er in Elay eingeatmet hatte. *Und das auch Kiina töten würde, denn auch sie hatte der Hauch des Sternenfeuers gestreift.*

Der Gedanke gab ihm die Kraft, der Verlockung jener großen Ruhe hinter seinen Gedanken zu widerstehen und nach den beiden Quorrl zu sehen. Titch bemerkte die Bewegung aus den Augenwinkeln und hörte unvermittelt auf, mit Rowl zu streiten. Aber als er in Skars Gesicht sah, erschrak er zutiefst. Seine Augen weiteten sich in plötzlichem, entsetzten Begreifen. Mit einer rüden, befehlenden Geste brachte er Rowl vollends zum Verstummen, kniete neben Skar nieder und streckte die Hand aus, wie um ihn zu berühren, schrak aber dann im letzten Moment wieder zurück. Seine Finger begannen zu zittern.

»Skar! Du –«

»Spar dir deinen Atem, wenn du mir sagen willst, daß ich sterbe«, murmelte Skar. »Das weiß ich selbst. Aber gib mir noch ein paar Minuten, ja? So schnell wirst du mich nicht los.« Der scherzhafte Tonfall, in den er die Worte aussprechen wollte, mißlang kläglich. Er griff nach Titchs Hand, um sich daran in die Höhe zu ziehen, aber der Quorrl reagierte nicht auf die Geste, sondern starrte ihn weiter an. Titch lächelte sogar, aber der Schrecken in seinen Augen vertiefte sich eher noch. *Hatte er sich so verändert, in diesen wenigen Augenblicken?*

Beinahe nur noch, um Titch zu beweisen, daß er nicht übertrieben hatte, streckte Skar abermals und fordernder die Hand aus und ließ sich von dem Quorrl auf die Beine helfen, als er endlich reagierte und seine ausgestreckte Hand ergriff. Er wankte. Hitze und Kälte jagten sich in rasend schnellen, peinigenden Wogen durch seinen Leib, und der bittere Geschmack in seinem Mund wurde unerträglich.

Abermals hatte Skar das Gefühl, daß der Kampflärm nachgelassen hatte, aber die dichtgeschlossene Verteidigungslinie der Quorrl, eine wogende Mauer aus Fleisch und blitzendem Metall, verwehrte ihm den Blick. Nur ein kleiner Teil der Bastarde kämpfte wirklich – der stählerne Spalt, in den sich Rowls Männer verschanzt hatten, war zu schmal, um mehr als vier oder fünf der riesigen Schuppenkrieger nebeneinander Platz zu bieten. Aber was auf den ersten Blick eine hervorragende Verteidigungsposition schien, konnte nur zu schnell zur Falle werden, wie Skar mit dem geübten Blick des Kriegers erkannte. Wenn die Übermacht der Feinde zu groß wurde, gab es nichts, wohin sich die Quorrl zurückziehen konnten. Ganz abgesehen davon, daß sie Pfeilen oder Speeren und anderen Wurfgeschossen praktisch schutzlos ausgeliefert waren.

Er verscheuchte den Gedanken und hielt nach Kiina Ausschau. Zwischen den Dutzenden riesiger Gestalten, die sich in dem schmalen Spalt drängten, war es schwer, überhaupt etwas zu erkennen. Aber er sah, daß Kiina nicht hier war.

Statt dessen sah er sich urplötzlich wieder Rowl gegenüber, der Titch und ihn mit unverhohlener Feindschaft entgegenstarrte. Der Quorrl war verletzt, wie fast alle hier. Das Blut auf seinen Kleidern und der Klinge des mächtigen Breitschwertes stammte nicht nur von den Gegnern, die er erschlagen hatte, aber der Ausdruck auf seinem breiten Barbarengesicht war nicht der von Schmerz, sondern von Zorn. »Ihr –«

»Wo ist Kiina?« unterbrach ihn Skar.

Im ersten Moment sah es so aus, als würde Rowl überhaupt

nicht antworten. Dann machte er eine abgehackte, irgendwie zornige Bewegung zum Rand des Kraters hinauf. »Bei deinen *Freunden*, Satai.«

Wieder sah Skar nach oben. Seine Augen begannen zu tränen, denn er blickte direkt in die Sonne, so daß die gezackte Linie des Kraterwalles zu einem tiefschwarzen Scherenschnitt vor einem blendendhellen Hintergrund wurde, über dem sich die Gestalt der Quorrl-Krieger nur als daumengroße Schatten abhoben. Es war unmöglich, irgend etwas dort oben zu unterscheiden. Trotzdem glaubte er für einen Moment, Ennart selbst zu erkennen, der zwischen den Kriegern stand und voller Verachtung und Zorn auf sie herabblickte. Erst dann begriff er, was Rowl *wirklich* gesagt hatte.

»Sie –«

»Wir wurden angegriffen«, fiel ihm Rowl grob ins Wort. Er wirkte unsicher, trotz seines Zornes. Skars Frage hatte ihn von einem Augenblick auf den anderen in die Defensive gedrängt; eine Rolle, in der er augenscheinlich nicht sehr viel Erfahrung hatte; und in der er sich auch nicht sehr wohl zu fühlen schien. »Ein halbes Hundert dieser Hunde haben uns aufgelauert, auf halbem Weg hierher. Sie haben das Menschenjunge mitgenommen. Aber ich glaube, es war noch am Leben.«

Skar war nicht einmal sehr erschrocken, sondern empfand ganz im Gegenteil eine fast absurde Erleichterung. Ennart hatte den vielleicht einzigen schwachen Punkt erkannt, den er hatte. Aber solange er glaubte, Skar mit dem Mädchen erpressen zu können, würde er Kiina wenigstens nicht umbringen. »Konntest du es nicht verhindern?« fragte Skar müde.

In seiner Stimme war kein Vorwurf, aber Rowl faßte die Worte so auf. Zornig antwortete er: »Verhindern?« schnappte er. »Verdammt, wir sind froh, daß wir noch am Leben sind, Satai! Sie haben uns –«

»Es ist gut, Rowl«, unterbrach ihn Titch. »Skar hat es nicht so gemeint.« Er machte eine besänftigende Handbewegung und warf Skar einen fast beschwörenden Blick zu, ehe er sich wieder an Rowl wandte und mit bewußt ruhiger, sachlicher Stimme fortfuhr: »Was ist geschehen, Rowl?«

Der Bastard starrte ihn nur an. Aber eine Antwort war auch nicht nötig – was sie gesehen hatten, oben und auf dem Weg hierher, war mehr als ausreichend. Nach einer Weile wandte sich Skar müde um und humpelte zum vorderen Ende des Spaltes, in dem Rowls Krieger sich verschanzt hatten.

Der flüchtige Eindruck, den er auf dem Weg hierher gehabt hatte, hatte ihn nicht getäuscht: der Kampf war tatsächlich fast zum Erliegen gekommen. Eine Anzahl Gardekrieger bildete noch immer eine drohende Schlachtreihe, kaum zwanzig Schritte vom Versteck der Bastarde entfernt, und dann und wann flog ein Stein oder ein verirrter Speer in ihre Richtung. Aber es war kein Angriff mehr, sondern nur eine Drohung, ihnen zu sagen, daß sie bleiben sollten, wo sie waren. Er hörte, wie Titch und Rowl näher kamen und hinter ihm stehenblieben.

»Was tun sie?« murmelte Titch verwirrt.

»Was sie die ganze Zeit über getan haben«, grollte Rowl. »Sie spielen mit uns.« Hilflos ballte er die Fäuste. »Sie hätten uns längst vernichten können. Zehnmal, allein auf dem Weg hierher.«

Skars Blick glitt wieder zum Kraterrand hinauf. Er war nicht sicher – aber es schien, als wäre die Reihe stumm dastehender Krieger in Bewegung geraten.

»Sie warten«, flüsterte er. »Sie haben auf uns gewartet, Titch. Auf mich.«

Eine Sekunde später bestätigte Rowl seinen Verdacht. »Sie kommen.« Er lachte, ein bitterer Laut, der sich fast wie ein Schrei anhörte. »Jetzt wird sich herausstellen, ob deine legendären Krieger wirklich so gut sind, wie man behauptet.«

»Es ist nicht Titchs Schuld«, sagte Skar. »Sie können nicht anders, Rowl. Sie gehorchen ihren Göttern.«

»Götter?« Rowl lachte böse. »Götter, Satai? Hast du gesehen, was uns dieser *Gott* angetan hat?«

»Ja«, antwortete Skar mit einer Geste auf die langsam näher kommenden Krieger. »Aber sie nicht.«

Rowl machte eine Bewegung, als fege er seine Worte beiseite. »Warum seid ihr gekommen?« fragte er, zitternd, mit einer

Stimme, die fast nur ein Flüstern war, und trotzdem wie ein Schrei klang. »Warum seid ihr hierhergekommen, du und dieser ... *Krieger!*« Das Wort wurde zu einer Beschimpfung, so wie er es aussprach. »Alles war gut, bevor ihr gekommen seid.«

»Nein«, antwortete Titch. »Bevor *sie* gekommen sind, Rowl. Bevor Ennart und seine Brüder auftauchten.«

Die du geweckt hast, Bruder, fügte die wispernde Stimme des *Daij-Djan* in Skars Gedanken hinzu.

»Alles war gut«, flüsterte Rowl noch einmal. Er hatte Titchs Worte gar nicht gehört. »Ich hätte euch getötet, Satai. Ich habe mir geschworen, euch zu töten, in jeder Sekunde, seit es begann. Aber ich werde es nicht tun. Ich will sehen, wie ihr unter den Schwertern eurer eigenen Krieger sterbt.«

»Das werden wir nicht«, sagte Skar. »Keiner wird mehr sterben.«

Rowl wirkte nur irritiert, aber in Titchs Blick machte sich neuer Schrecken breit, als er begriff, was Skars Worte bedeuteten.

»Es ist sinnlos, Titch«, fuhr Skar fort. »Sie wollen nur mich.« *Und sie haben Kiina.* »Ich hätte gleich mit ihnen gehen sollen. Dann wäre das alles vielleicht nicht passiert.«

»Was für ein Unsinn!« Titch begann wütend mit beiden Händen zu gestikulieren; gleichzeitig warf er Skar einen fast beschwörenden Blick zu. In der Verfassung, in der Rowl war, mochten schon diese wenigen Worte reichen, daß sich Skar um seinen Kopf redete. Und um den Titchs gleich mit. »Diese ... *Dinger* waren in Crons Gelege, oder? Sie waren für Caran bestimmt, von Anfang an. Keiner von uns konnte das wissen.«

Aber Skar hätte es wissen müssen. Der *Daij-Djan* hatte ihn gewarnt, mehr als einmal, und es war so, wie Titch behauptet hatte: er brachte Unglück, den Tod, gleich, wohin er kam, und warum. Er hätte nicht nach Caran kommen dürfen.

»Wer bist du, Satai?« fragte Rowl. »Der Teufel?«

Vielleicht, dachte Skar bitter. Laut sagte er: »Ich bin sowenig der Teufel, wie Ennart ein Gott ist, Rowl. Wenn wir anfangen, so zu denken, dann haben sie gewonnen.«

»Aber das haben sie doch schon«, murmelte Rowl.

Und vielleicht hatte er recht, dachte Skar. Vielleicht hatten sie schon gewonnen, noch bevor dieser Kampf begann, und vielleicht hatte er ihnen nicht nur die Freiheit, sondern auch den Sieg geschenkt, damals, an jenem Tag vor langer Zeit in der Brennenden Stadt Combat, als er den Stein der Macht von seinem Platz entfernte und damit das Siegel erbrach, das sie so lange Zeit in ihrem Gefängnis gehalten hatte. Vielleicht.

Der Gedanke weckte die Erinnerungen, und obwohl er es nicht wollte – denn es waren größtenteils keine guten Erinnerungen, sondern Momente der Enttäuschung, der Schmerzen und der Angst gewesen – glaubte er alles noch einmal zu erleben. Ihr Weg zur Brennenden Stadt, die verzweifelte Flucht vor den Mächten, die sie geweckt hatten, Velas Triumph und Niederlage, schließlich ihr Tod, und –

»Sie kommen.«

Rowls Stimme riß ihn abrupt ins Hier und Jetzt zurück. Skar sah hoch, blinzelte einen Moment verständnislos in Titchs steinernes Gesicht und erkannte voller Schrecken, daß die Krieger weit mehr als die Hälfte der Strecke zurückgelegt hatten. Was war mit der Zeit geschehen? Es mußte fast eine Stunde vergangen sein; und als er in Titchs Gesicht blickte, begriff er, daß es wirklich so war: daß er die ganze Zeit über reglos und mit leerem Blick dagestanden und ins Nichts gestarrt hatte. Für ihn war es, als wären nur Sekunden verstrichen.

Rings um ihn herum griffen die Bastarde nach ihren Waffen und bereiteten sich auf ihren letzten Kampf vor, und auch Skar zog ganz instinktiv das *Tschekal* aus dem Gürtel und lehnte die Waffe griffbereit neben sich an die Wand. Titchs Krieger waren trotz allem noch zu weit entfernt, um sie anzugreifen, aber Rowls Worte bezogen sich auch nicht auf sie – Skar registrierte mit einer Mischung aus Schrecken und Verblüffung, daß es die Gardesoldaten aus Ninga waren, die sich nur einen Steinwurf entfernt erneut zum Angriff formierten. Was hatte Ennart vor? Wenn diese Krieger der zu allem entschlossenen Bastarde wirklich angriffen, würden sie vielleicht siegen, aber nur sehr wenige würden sich dieses Sieges noch erfreuen können.

Titchs Gedanken schienen sich in eine ähnliche Richtung zu bewegen, denn er runzelte ungläubig die Stirn und sah erst Rowl, dann Skar an. »Will er seine eigenen Leute in den Tod hetzen, dieser Narr?« murmelte er. »Das ... ergibt keinen ...« Er stockte, sah abermals nacheinander Skar und den Bastard an und begann plötzlich heftig zu gestikulieren.

»Es ergibt doch einen Sinn, Rowl!«

»Ach?« machte Rowl. »Und welchen?«

»Er hat Angst vor uns, Rowl!« antwortete Titch erregt. »Begreif doch! Er hat Angst, daß die Krieger ihm nicht mehr gehorchen, wenn sie mich sehen!«

»Wieso?« fragte Rowl und zog eine Grimasse. Sein Ton wurde abfällig. »Hältst du dich jetzt auch für einen Gott?«

»Nein«, antwortete Skar an Titchs Stelle. »Aber sie.« Er deutete auf das näher kommende Heer. »Titch hat recht – es ist die einzige Erklärung. Ennart ist nicht sicher, daß die Krieger uns wirklich angreifen, wenn sie Titch bei uns sehen. Versteh doch!«

Rowl verstand ganz offensichtlich *nicht* – wie konnte er auch?

»Das sind Titchs Krieger!« fuhr Skar aufgeregt fort. »Es ist *sein* Heer, Rowl! Es sind die Krieger, die den Treueschwur ihrem eigenen Volk gegenüber gebrochen haben, um zu Titch zurückzukehren! Sie werden nicht angreifen!«

»Sie tun es bereits, Satai.«

»Das tun sie nicht! Sie denken, sie greifen *euch* an. Dich. Die Bastarde. Sie ... oder können nicht ahnen, daß Titch bei uns ist. Wenn wir durchhalten, bis das Heer nahe genug heran ist ...«

»... haben wir eine Chance«, führte Rowl den Satz zu Ende. Für die Dauer von zwei, drei Atemzügen machte sich eine verzweifelte Hoffnung auf seinen Zügen breit. Dann erlosch der Ausdruck so übergangslos, wie er gekommen war.

»Es ist sinnlos, Satai«, sagte er. »Selbst, wenn du recht hast und sie uns nicht töten, werden sie es tun.« Er wies mit einer Kopfbewegung auf die Tempelgarde. »Oder Ennart selbst. Er wird nicht zulassen, daß Titch ihm den Rang streitig macht.«

Natürlich hatte er recht, dachte Skar bitter. Der Umstand, daß Ennart die Männer aus Ninga in den sicheren Tod schickte, bewies ja schon, daß Titchs Hoffnung nicht unbegründet war – für seine Männer *war* er so etwas wie ein Gott, und im Gegensatz zu Ennart ein Gott, der Gnade und *Menschlichkeit* kannte und für den diese Krieger nicht nur Schwerter und Speere waren, an denen eher zufällig lebende Wesen hingen. Selbst, wenn es ihnen gelang, dem Ansturm der Garde lange genug standzuhalten, daß das Heer auf Sichtweite herankam, würde er verhindern, daß die Krieger Titch erkannten. Er war vielleicht kein wirklicher Gott, aber er verfügte zweifellos über die *Macht* eines Gottes.

Er blickte über die Köpfe der Krieger hinweg zu den Gardesoldaten. Die Männer hatten sich zum Angriff formiert – in einer Aufstellung, die Skar bei Quorrl noch nie gesehen hatte, wohl aber in zahllosen Schlachten und Scharmützeln mit anderen Völkern. Und er hatte sie fürchten gelernt: Die Krieger hatten mannsgroße Schilde vor die Körper gehoben, zwischen denen gerade genug Platz war, einen Speer oder eine Pfeilspitze hindurchzuschieben. Sie würden Rowls Bastarde einfach niederrennen.

Nachdenklich sah er Titch an. »Hast du noch Kraft?«

Titch blinzelte. »Das fragst du *mich*? Wozu?«

»Ja, wozu, Satai?« fragte Rowl mißtrauisch.

Skar nahm sein Schwert wieder in die Hand. »Wenn du an seiner Stelle wärst, Rowl – würdest du damit rechnen, daß wir dich angreifen?«

»Angreifen?« ächzte Rowl. »Ihr wollt –«

»Es ist die einzige Chance«, fiel ihm Titch ins Wort. Er hatte begriffen, was Skar meinte. »Ich muß versuchen, durchzubrechen. Wenn ich das Heer erreiche und die Männer überzeugen kann, haben wir eine Chance. Auch ein Ssirhaa kann nicht gegen tausend meiner Krieger kämpfen.«

»Ihr –«

»Wir haben keine andere Wahl«, unterbrach ihn nun Skar. Erregung hatte ihn ergriffen. Er sah in Titchs Augen, und für einen winzigen Moment war es wieder da, das alte, allzulang vermißte Gefühl, an der Seite eines Freundes zu stehen, Schulter an Schulter neben einem Mann zu kämpfen, auf den er sich hundertprozentig verlassen konnte. Es war albern und pathetisch, aber er spürte, daß es Titch in diesem Moment ebenso erging. Und er wußte, daß es mehr als ein *Gefühl* war. Mit Del hatte er es oft erlebt – und sie hatten oft genug Kämpfe gewonnen, die sie eigentlich gar nicht gewinnen konnten.

»Vielleicht greifen sie uns nicht an«, sagte er, wieder an Rowl gewandt. »Sie müssen sich nicht gegen den Ssirhaa stellen. Es reicht, wenn sie Titch und mich nicht aufhalten. Wenn wir Ennart töten, haben wir eine Chance.«

»Ennart ... *töten?*« krächzte Rowl.

Titch grinste. »Wir haben Übung darin, weißt du?«

»Ihr kommt keine fünfzig Schritte weit«, sagte Rowl unsicher.

»Nicht ohne deine Hilfe«, sagte Titch. »Aber wenn wir diese Barrikade dort durchbrechen ...« Er machte eine wedelnde Handbewegung. »Sie wollen Skar, Rowl. Keiner von ihnen wird es wagen, ihn zu töten.«

Rowl war irritiert, verunsichert, und für einen Moment tat er Skar beinahe leid. Der Bastard hatte keine Chance gehabt. Titch und er hatten sich so geschickt die Bälle zugeworfen, als wären sie ein eingespieltes Team, das seit Jahren nichts anderes tat. Vielleicht war es die Angst, die ihnen die Fähigkeit dazu gegeben hatte.

Schließlich nickte Rowl. »Was haben wir schon zu verlieren – außer unserem Leben?« Er lachte, leise und hart und auf eine Weise, die Skar schaudern ließ, drehte sich wieder zu seinen Kriegern um und rief ein einzelnes, weit schallendes Wort.

Die Bastarde griffen an, so schnell und mit solcher Wut, daß selbst Skar für einen Sekundenbruchteil vor Überraschung erstarrte. Es gab kein Zögern, keine Verwirrung oder gar Furcht – die drei Dutzend Krieger stürmten wie ein Mann aus ihrer Deckung hervor und warfen sich auf den Schildwall der Gardisten, so schnell und mit solcher Wucht, daß selbst dieses Hindernis ihrem Ansturm nur Augenblicke standhielt. Skar beobachtete voller Entsetzen, wie sich ein halbes Dutzend von Rowls Männern an den Speeren der Gardesoldaten selbst aufspießte, zu schnell und von den hinter ihnen heranstürmenden Kriegern zu sehr bedrängt, als daß sie noch ausweichen konnten. Aber schon die zweite Welle der Bastarde spaltete den Schildwall – und ohne ihren Schutz waren die Krieger Rowls Männern nicht gewachsen. Die Schlachtreihe wankte, zerbrach binnen weniger Sekunden in zwei ungleiche Hälften und löste sich in schierem Chaos auf, als die Bastarde mit der Rücksichtslosigkeit von Berserkern unter den Kriegern zu wüten begannen.

Und dann waren sie plötzlich mitten drin.

Skar erinnerte sich nicht einmal, überhaupt losgelaufen zu sein; vielleicht war er es auch nicht, vielleicht hatte Titch ihn einfach mitgerissen, oder ein Leben lang antrainierte Reflexe und Verhaltensweisen hatten einfach das Kommando über seinen Körper übernommen, so schnell und gründlich, daß sein Bewußtsein es nicht einmal mehr gemerkt hatte: von einer Sekunde auf die andere fand er sich inmitten eines wütenden Handgemenges, das nur aus ineinander verschlungenen Leibern, Bewegung, blitzenden Schwerten, Schreien und Blut zu bestehen schien. Quorrl kämpften gegen Quorrl, Giganten gegen Giganten, und es war ihm unmöglich, Freund und Feind auseinanderzuhalten. Alles wurde unwirklich. Schwäche und Erschöpfung waren vergessen, aber auch der Grund, aus dem sie diesen Ausbruch versucht hatten. Er wußte nicht einmal mehr, warum er überhaupt hier war, gegen wen er kämpfte, oder warum. Er hatte den Vergleich selbst oft benutzt, aber nun war es wirklich so – er war zu einer Maschine geworden, einem Ding, das einfach kämpfte, ganz gleich gegen wen oder aus welchem Grund. Sein Schwert bewegte sich vor und zurück, parierte Hiebe, blockte Angriffe ab und griff selbst an, traf und wurde getroffen ...

Es war die Hölle. Skar fiel und wurde von einem Quorrl wieder auf die Füße gezerrt, der eine Sekunde später von einem anderen Quorrl niedergestochen wurde. Skar hieb blindlings nach dem Angreifer, verfehlte ihn und stolperte weiter. Wieder wurde er getroffen, und wieder fiel er auf die Knie herab, sprang wieder hoch und taumelte weiter.

Es war wie ein Rausch. Es war sein letzter Kampf, und etwas in ihm schien dies zu wissen und verlieh ihm die volle Kraft eines Berserkers, jedes bißchen Energie, das in seinem Körper war, einschließlich jener ungreifbaren Mächte, die das Leben in Gang hielten. Er würde sterben, selbst wenn er diesen Kampf gewann, das wußte er, denn die Kraft, die seinen Arm führte, war die Flamme des Lebens selbst, aber er war unfähig, darauf zu reagieren; nicht einmal mit Angst. Er stürmte weiter, ein Zwerg inmitten eines tobenden Heeres aus Giganten, der trotzdem von allen am schlimmsten wütete. Ohne daß er selbst es auch nur spürte, war plötzlich *er* es, der Rowls Bastarde anführte, und ebenso unmerklich begannen die Krieger aus Ninga vor ihm zurückzuweichen. Statt vor der geballten Macht der Quorrl spaltete sich die Schlachtreihe der Tempelkrieger mit einem Male vor ihm, und mehr als ein Quorrl warf seine Waffe fort und ergriff schreiend die Flucht, als er ihn erblickte, schreiend, einem Dämon gleich, scheinbar unaufhaltsam und unverwundbar, über und über mit Blut besudelt, seinem eigenen und dem der Quorrl, die er erschlagen hatte, blindlings mit seiner tödlichen Klinge um sich schlagend, deren jeden Widerstand durchdringender *Sternenstahl* längst sein Geschick ersetzt hatte.

Die Krieger aus Ninga wichen immer schneller zurück; aus den Angreifern waren längst Verteidiger geworden, die Jäger selbst zu Gejagten. Der gesamte Trupp wankte wie ein einzelner Mann, der schwer getroffen worden war – und dann zerbrach die Schar der Angreifer endgültig in zwei Teile, bildete eine Gasse, durch die Skar und die Bastarde fast ungehindert hindurchstürmten. Wie von weit, weit her hörte Skar Titch etwas schreien, wandte sich im Laufen um und hielt nach dem Quorrl Ausschau. Er verstand nicht, was Titch rief, aber der Quorrl gestikulierte wild, deutete auf etwas, das vor Skar lag – und prallte plötzlich in vollem Lauf zurück, so heftig, als wäre er gegen ein unsichtbares Hindernis gerannt.

Und mit ihm die anderen Bastarde.

Ihr Vormarsch kam so abrupt zum Stehen, daß Skar sich in gut zehn Schritten Abstand von ihnen fand, ehe auch er stehenblieb und sich in die Richtung drehte, in die Titchs ausgestreckter Arm noch immer deutete.

Fünfzig Schritte vor ihm, auf einem mannsgroßen Felsen stehend, groß und golden und hoch aufgerichtet, ein grausames Lächeln auf den Lippen, stand Ennart.

Er war nicht allein. Am Fuße des Felsens, den er erklommen hatte, stand eine dicht an dicht geschlossene Reihe aus gut fünfzig Quorrl, und aus Rissen und Felsspalten, aus Schatten und Winkeln, aus Schluchten und Löchern krochen ... Wesen.

Sie hatten sich weiter verwandelt. Die beiden veränderten Quorrl, auf die sie in den Stollen Carans gestoßen waren, waren noch immer als Quorrl zu erkennen gewesen, wenn auch auf entsetzliche Weise entstellt. An den Kreaturen, die sich jetzt um Ennart scharten, erinnerte kaum mehr etwas an die riesigen, stolzen Krieger, die sie einmal gewesen waren. Was auf Skar und die anderen zutaumelte, langsam, schwerfällig, mit torkelnden, trunkenen Schritten, das waren lebende Alpträume aus feuchtem, blasigem Fleisch, brodelnde Klumpen aus schwarzem Schleim, ohne Sinnesorgane, ohne Glieder oder erkennbare Form, riesigen amorphen Schnecken gleich, deren Leiber Mühe hatten, nicht auseinanderzufließen.

Einige taten es. Skars Entsetzen war noch viel zu groß, als daß er der Beobachtung Bedeutung zumaß, aber er sah sehr genau, daß sich mehrere der absurden Kreaturen kaum mehr zu bewegen imstande waren; ihre Deformation hatte ein Maß erreicht, in dem es keine Muskeln oder auch Knochen mehr in ihrem Körper zu geben schien; manche waren einfach nur noch Klumpen aus brodelnder schwärzlicher Masse, die pulsierend dalagen.

Hinter ihm erscholl ein gellender Schrei, und Skar fuhr herum.

Auch hinter ihnen waren diese fürchterlichen Wesen aufgetaucht, alptraumhafte Kreaturen, die vor wenigen Stunden noch Rowls Brüder und Freunde gewesen waren, ein großer, sich langsam und unerbittlich zusammenziehender Kreis aus fleischgewordenem Wahnsinn, dessen rückwärtige Hälfte jäh zwischen den Tempelkriegern und Rowls Männern aufgetaucht war.

Langsam, rückwärts gehend und ohne Ennart auch nur eine Sekunde aus den Augen zu lassen, wich Skar zurück, bis er wieder neben Titch stand. Der Quorrl hatte sein Schwert mit beiden Händen gepackt und sah sich wild um, aber in seinen Augen flackerte Panik.

»Eine Falle!« sagte er. »Das war eine Falle.«

Natürlich war es das, dachte Skar bitter. Der ganze Angriff der Garde hatte keinem anderen Zweck gedient als dem, sie aus ihrem Verstecke herauszulocken, und hierher.

Schwäche machte sich wie eine warme Flüssigkeit in seinem Körper breit. Mühsam drehte er sich wieder herum, blickte zu Ennart zurück und versuchte einen Schritt zu machen. Er taumelte. Titch hielt ihn fest. Skar schüttelte seine Hand ab, zwang sich zu einem weiteren Schritt und blieb schwankend stehen. Der Krater begann vor seinen Augen zu verschwimmen, was er sah, war nur noch eine Masse aus grauer und schwarzer Bewegung, in deren Zentrum ein goldenes Funkeln zitterte.

»Ennart!« Er hatte schreien wollen, aber seine Kehle brachte nur noch ein Flüstern hervor. Trotzdem war er sicher, daß der Ssirhaa ihn hörte. Er spürte, wie die riesigen goldenen Augen dieses gottgleichen Wesens sich an ihm festsaugten.

Etwas Großes, Schwarzes bewegte sich auf ihn zu. Skar hieb blindlings mit dem Schwert danach, spürte, wie das *Tschekal* etwas traf und zerschnitt, das sich wie feuchter Schwamm anfühlte, machte einen weiteren Schritt, fiel wieder auf die Knie herab und stemmte sich abermals hoch, das Schwert als Krücke benutzend, weil er nicht mehr die Kraft hatte, es zu heben.

»Komm her!« flüsterte er. »Komm hierher, du ... Ungeheuer. Kämpfe mit mir!«

Irgendwoher nahm er die Kraft, noch einmal das Schwert zu heben und zwei, drei Schritte weiter zu torkeln, ehe er abermals auf die Knie fiel. Und für Sekunden klärte sich sein Blick, vielleicht beeinflußt durch Ennarts magische Kraft, der seinen Triumph bis zur letzten Sekunde auskosten wollte.

»Ich habe dich überschätzt, Satai«, sagte der Ssirhaa. »Ein Mann sollte auch wissen, wann er verloren hat.«

Skar torkelte weiter. Fiel wieder hin. Quälte sich noch einmal auf die Füße und stürzte erneut. Er fühlte sein Herz nicht mehr schlagen. Eine unglaubliche Kälte machte sich in seinem Körper breit. Er wollte aufstehen, erhob sich taumelnd auf die Knie und stürzte schwer zur Seite. Der Schmerz, mit dem er auf dem Boden aus gerissenem Stahl aufschlug, war seltsam isoliert, wie eine glühende Nadel, die durch die allumfassende Schwärze in seinen Gedanken stach, ohne ihm wirklich weh zu tun. Dunkelrote Nebel breiteten sich in seinem Blickfeld aus. Er konnte noch sehen, aber alle Bewegungen waren mit einem Male sonderbar schnell und abgehackt, gleichzeitig aber auch fast lächerlich langsam, als wäre die Zeit zerbrochen, in eine viel zu schnelle und eine viel zu langsame Hälfte. Titch rief ihm irgend etwas zu, aber die Worte verwandelten sich auf dem Weg zu ihm in klickende, schrille Geräusche, die keinen Sinn mehr ergaben.

Nach einer Ewigkeit hörte er Schritte. Ein breites, goldfarbenes Gesicht, das zugleich einem Quorrl wie einem Menschen zu gehören schien, beugte sich über ihn, und Augen voller unstillbarer Gier blickten auf Skar herab. Er sah den Triumph darin, den er erwartet hatte, das Wissen um den sicheren Sieg – aber auch noch etwas anderes. Bedauern. Ein Bedauern, das Skar galt, aber nicht seinem Leben, sondern Enttäuschung jener Art war, auf die man ein unersetzliches Werkzeug betrachten mochte, das zerbrochen war.

»Du bist ein Narr, Skar«, sagte Ennart. »Warum hast du mich gezwungen, dich zu töten?«

»Du kannst ... mich haben«, flüsterte Skar. Sein Blick suchte Titch und die anderen, aber er sah sie nicht mehr. Der Ring der Ungeheuer hatte sich geschlossen. »Versprich mir ... Kiina freizulassen und schenke ihnen das Leben«, flüsterte er. »Und du kannst ... mich haben.«

Der Ssirhaa seufzte. »Es ist zu spät, Satai«, sagte er. »Dem Mädchen wird nichts geschehen, aber sie ...« Er schüttelte bedauernd den Kopf. Er konnte Titch und die Bastarde nicht am Leben lassen. Nicht nach dem, was sie gesehen hatten.

»Dann gewähre ihnen ... wenigstens einen ... ehrenhaften Tod«, flüsterte Skar. Er konnte kaum noch reden. Blut füllte seinen Mund. Er begann daran zu ersticken.

»Selbst dein letzter Atemzug gilt einem anderen«, sagte Ennart lächelnd. »Welch eine Schande, dich so sinnlos zu töten. Was für eine Verschwendung.«

Er zog sein Schwert. Skars Blick glitt ohne Furcht über die Klinge der gewaltigen Waffe, suchte noch einmal Titch und fand ihn diesmal: Der Quorrl stand Rücken an Rücken mit Rowl, mit gleich zwei Schwertern bewaffnet, bleich vor Entsetzen, aber reglos und ohne eine Spur von Furcht. Zwischen ihm und der Front von Ennarts Ungeheuern war weniger als ein Meter.

Nicht so, dachte Skar. *Laß ihn nicht so sterben.* Er hatte nicht mehr die Kraft, zu sprechen, aber Ennarts hoch erhobene Klinge verharrte für einen Moment, als hätte er seine Gedanken gelesen. Ihre Blicke trafen sich. Ennart lächelte.

Und Skar dachte:

Jetzt, Bruder. Wenn du mich noch haben willst, dann komm.

Und der *Daij-Djan* kam.

*

Der Fluß war so breit wie ein kleines Meer, mit einer Strömung, die so reißend war, daß Skar selbst aus zwei-, oder dreihundert Metern Höhe noch die kleinen Wirbel und Strudel erkennen konnte, die die Wucht des dahinschießenden Wassers in seine Oberfläche rissen, wie kleine wirbelnde Gespenster aus purer Bewegung, in unablässigem Werden und Vergehen. Die Felswand auf der anderen Seite des Canyons schien Meilen entfernt und kaum höher als zwei übereinandergelegte Finger; dabei war sie ein nicht enden wollender Sturz ins Nichts, eine viertel Meile hoch wie die Wand, auf deren Krone er stand, und von einem seit Äonen tobenden Sturmwind zu einem Spiegel aus reflektierendem grauen Gestein poliert.

Skar schloß den Kragen seines schwarzen Satai-Mantels fester, um vor dem Sprühwasser geschützt zu sein, das selbst hier oben wie feiner alles durchdringender Nebel in der Luft hing. Es war kalt; auf den Wipfeln der Bäume im Norden lag noch Schnee, und die allgegenwärtige Feuchtigkeit machte alles noch schlimmer. Sein eigener Atem hing wie grauer Dampf vor seinem Gesicht und vermischte sich mit dem Sprühregen des Sturzes, und seine Finger prickelten vor Kälte. Vor seinen Stiefelspitzen, nicht einmal eine Handbreit entfernt, endete der Fels. Hinter der vor Feuchtigkeit glänzenden, tückisch-glatten Kante war das Nichts, ein dreihundert Meter tiefer Fall, dessen bloßer Anblick ihm noch vor wenigen Tagen den Magen herumgedreht hätte. Jetzt empfand er ... nichts. Er hätte einen Schritt machen und in das tobende weiße Chaos dort unten eintauchen können, nur um eine halbe Stunde – oder auch fünf – später naß und frierend, aber unverletzt, irgendwo Meilen entfernt ans Ufer des Ningara zu kriechen und sich für seine eigene Dummheit zu verfluchen.

Für einen Moment war er fast versucht, es zu tun; einfach nur, um sich selbst zu beweisen, daß er es *konnte*.

Skar lächelte. Der Gedanke war verrückt, aber er war nicht der erste seiner Art. In den letzten Tagen überkamen ihn die sonderbarsten Anwandlungen, und manchmal fiel es ihm schwer, ihnen zu widerstehen. Vielleicht war die Unsterblichkeit etwas, mit dem Menschen einfach nicht fertig werden konnten.

Er verscheuchte auch diesen Gedanken, machte – sich selbst mißtrauend – einen Schritt zurück und wandte sich erst dann vollends nach Norden. Ninga, die Verbotenen Inseln und der Goldene Tempel lagen wie eine Spielzeuglandschaft unter ihm, ein blitzendes Schmuckstück in einem Diorama aus fleckigem Grün und Weiß und dem allgegenwärtigen Donnern des Sturzes, einem Laut, der jedes andere Geräusch verschluckte und es hier, weniger als eine Meile von seinem Ursprung entfernt, unmöglich machte, sich zu unterhalten, ohne zu schreien. Es war wie das Brüllen eines Drachen, ein Schrei unstillbarer Wut, der seit einer oder vielleicht auch zehn Millionen Jahren anhielt und niemals enden würde, so lange sich diese Welt drehte. Ja, er konnte verstehen, warum die Quorrl ihr größtes Heiligtum ausgerechnet *hier* errichtet hatten. Sie waren ein wildes Volk, trotz allem, und wenn es einen Ort gab, der dem Wort *Zorn* Gestalt verlieh, so war es der Sturz.

Skar rief sich in Gedanken zur Ordnung und besann sich auf den Grund, aus dem er hergekommen war. Gleichzeitig gestand er sich ein, daß er auf Titch hören und sich die mühsame Kletterei hätte ersparen können. Der Goldene Tempel war ein phantastisches Bauwerk – aber als Festung nicht das Pergament wert, auf dem seine Grundrisse gezeichnet worden waren. Es gab keine Mauern oder Wälle; keine nennenswerten Verteidigungsanlagen; nicht einmal eine Möglichkeit, Schiffe oder Flöße am Anlegen auf den meilenlangen, vollkommen ebenen Stränden der Insel zu hindern. Heute abend, wenn die Sonne unterging, würden sie angreifen, und zwei Stunden später waren die Inseln in ihrer Hand – Skar war nicht nur sicher, daß es so kam: er *wußte* es. Auch das war etwas, was neu war: manchmal *wußte* er Dinge einfach. Und das war lange nicht alles. Er hatte das sichere Gefühl, daß er seine Kräfte gerade erst zu entdecken begonnen hatte.

Es war so anders gewesen, so völlig anders, als er erwartet hatte. Der Daij-Djan, sein Dunkler Bruder, war nichts als…

»Skar!«

Durch das Dröhnen des Sturzes hindurch ahnte er den Ruf mehr, als er ihn hörte. Trotzdem sah er auf, hob die Hand über die Augen, um sie vor dem Sprühregen aus nadelspitzen Wassertropfen zu schützen, und sah in die Richtung zurück, aus der er gekommen war. Titchs Ruf hatte sich angehört, als komme er aus meilenweiter Entfernung, aber der Quorrl befand sich keine dreißig Schritte hinter ihm. Seine goldene Rüstung glänzte vor Nässe, und die Art, in der er das Bein nachzog, verriet Skar, daß er noch immer Schmerzen hatte. Anders als er brauchte der Quorrl Zeit, um die Verletzungen auszukurieren, die er in Caran davongetragen hatte.

Skar ging ihm entgegen; weniger, um Titch den mühsamen Weg zu ersparen, als vielmehr, weil es unmittelbar am Rand der Schlucht unmöglich war, miteinander zu reden. Titch blieb stehen, schweratmend, taumelnd vor Erschöpfung und mit schmerzverzerrtem Gesicht. Für den Weg, den Skar in einer guten Stunde zurückgelegt hatte, mußte er kaum die halbe Zeit gebraucht haben. Skar hob die Hand und berührte den Quorrl flüchtig an der Schulter. Kraft floß wie ein unsichtbarer Strom aus seinen Fingern in den Körper des Quorrl; er spürte, wie

Titchs Erschöpfung einer wohligen Mattigkeit wich und seine Schmerzen auf ein erträgliches Maß schwanden. Er hätte die Wunden des Quorrl auch heilen und ihn fast so stark und unverwundbar wie sich selbst machen können – aber das Entsetzen, mit dem Titch diesen Vorschlag abgelehnt hatte, hatte ihn daran gehindert, ihn ein zweites Mal zu machen. Der Quorrl wich auch jetzt fast erschrocken vor ihm zurück, kaum daß seine Finger ihn berührt hatten. Aber er protestierte nicht, sondern starrte ihn nur eine halbe Sekunde lang fast feindselig an, ehe er sich mit einem Ruck herumdrehte und auf das bunte Flickenmuster aus Zelten hinabdeutete, zwei Meilen unter ihnen im Tal.

»Die Späher melden Reiter«, sagte er knapp. »Männer aus Ninga. Du solltest im Lager sein, wenn sie kommen.«

Sein Blick wich dem Skars aus; wie stets seit *(waren es wirklich erst sieben Tage? Skar kam es länger vor)* sie Caran verlassen und sich auf den Weg hierher gemacht hatten, und wie immer in diesen endlosen Tagen und Nächten *(die Nächte waren das Schlimmste, er brauchte keinen Schlaf mehr, und in den endlosen Stunden, die er wach dalag und darauf wartete, daß es wieder Tag wurde, spürte er die Einsamkeit am stärksten),* versetzte es seither Skar einen dünnen, tiefgehenden Stich. Wie immer setzte er dazu an, etwas zu sagen, und wie stets konnte er es nicht. Es war absurd: er hatte die Macht eines Gottes, eine Macht, von der Kreaturen wie Ennart nur geträumt hätten, aber all diese ungeheuerliche Macht reichte nicht aus, Titchs Freundschaft zurückzugewinnen. Dabei war es so leicht. Vielleicht noch leichter, als er glaubte. Vielleicht hätte er nur darum zu bitten brauchen. Aber er konnte es nicht. Das war etwas, was ihm verwehrt war, für immer. Skar war endgültig von der Seite derer, die *baten*, auf die Seite der *Fordernden* getreten.

Er spürte, daß er mit seiner Antwort ein wenig zu lange gezögert hatte. Titch begann nervös zu werden. Hastig sagte er: »Es ist gut. Ich komme.« Und ebenso hastig wandte sich Titch um und lief zum Lager zurück.

Skar blickte ihm traurig nach. Es gab keinen Grund für diese Eile. Sie hätten den Weg ebensogut gemeinsam zurückgehen können. Aber Titch mied seine Nähe, wo es nur ging. Langsamer als nötig, nur um Titch nicht in die Verlegenheit zu bringen, laufen zu müssen, folgte er dem Quorrl.

Es war so anders, so völlig anders, als er erwartet hatte. Aber auch der Preis, den er bezahlt hatte, war anders gewesen. Viel höher. So viel höher. Warum hast du mir das verschwiegen, Bruder? dachte er.

Für Sekunden lauschte er in sich hinein, aber die Stimme des *Daij-Djan* schwieg. Sie war für immer erloschen, in dem Moment, in dem sie eins wurden, und er würde sie nie wieder hören, weil der *Daij-Djan* jetzt *er* war, so wie er zu der *Sternenbestie* geworden war.

Obwohl er sich nicht bemühte, sonderlich schnell zu gehen, erreichte er das Lager nur wenig nach Titch, denn der Quorrl hatte seine alte Behendigkeit längst noch nicht zurückgewonnen. Das Heerlager war in konzentrischen Kreisen errichtet worden, wie alle Quorrl-Lager: ein Wall aus Schilden und hastig gebauten, nichtsdestoweniger aber sehr massiven hölzernen Barrikaden außen, hinter denen die Krieger in sorgsam überlegten Stellungen lagerten – die stärksten und am besten bewaffneten Männer außen, ganz innen die Wagen mit den mitgebrachten Vorräten und die Zelte mit den Verwundeten und Kranken. Seine eigene Unterkunft befand sich genau im Zentrum dieses Systems aus überlappenden Ringen und Kreisen, wie es dem Führer eines Heeres zukam, so daß er gezwungen war, jedesmal die Hälfte des Lagers zu durchqueren, wenn er es verlassen oder betreten wollte. Am ersten Tag hatte ihm dies nichts ausgemacht; jetzt litt er darunter. Trotz des Respekts und der Ehrerbietung, die ihm die Quorrl entgegenbrachten, war es ein Spießrutenlauf. Auch das war etwas, was ihm der *Daij-Djan* verschwiegen hatte – daß er noch immer darunter litt, jetzt vielleicht mehr als zuvor.

Er verscheuchte auch diesen Gedanken, ging nun doch schneller und betrat das Zelt nur wenige Augenblicke nach Titch. Der Quorrl hatte an einem großen, hölzernen Tisch Platz genommen, auf dem sich eine zweifarbige Karte Ningas und der Heiligen Inseln befand. Ihre Ränder waren mit Nadeln im Holz befestigt, um zu verhindern, daß sie sich aufrollte; kleine, buntfarbene Steinchen markierten die Lage ihres Heeres und das der Verteidiger. Die roten Steine, die die Tempelgarde und die hastig zusammengetrommelten Truppen aus Bauern und Handwerkern markierten, die die Tempelpriester zu Hilfe gerufen hatten, waren in der Überzahl. Aber Skar wußte, wie wenig *Zahlen* in diesem Kampf bedeuteten.

Titch wollte aufstehen, als er das Zelt betrat, aber Skar winkte hastig ab und wandte sich an Rowl, ohne sich mit einer Begrüßung aufzuhalten. »Sie kommen also.«

Der Bastard nickte nervös. »Etwa zwanzig. Ein Priester ist bei ihnen.«

Skar war nicht überrascht; wenn, dann allenfalls darüber, daß es erst jetzt geschah. Sie waren am vergangenen Abend hierhergekommen, und im Grunde hatte er schon im Laufe der Nacht damit gerechnet, daß ein Abgesandter aus Ninga erschien. Das Heer hatte sich sehr schnell bewegt, für ein Heer dieser Größe, aber auch ein sich schnell bewegendes Heer war noch immer *langsam*. Ihr Auftauchen konnte niemanden auf den Verbotenen Inseln überrascht haben.

»Was befehlt Ihr, Herr?«

»Nichts«, antwortete Skar nach kurzem Überlegen. »Laß sie herkommen. Ich will den Priester sehen, sobald er eingetroffen ist.«

»Und die Krieger?«

Skar zuckte scheinbar gleichgültig mit den Schultern. Er verstand die Frage nicht ganz – die Männer waren Parlamentäre, und als solche genossen sie freies Geleit; soviel er wußte, selbst bei den Quorrl. »Sie kommen nicht als Angreifer«, erinnerte er Rowl. »Nehmt ihnen ihre Waffen ab und laßt sie in Frieden, solange sie ihn nicht selbst brechen. Behandelt sie, wie Quorrl Unterhändler behandeln.«

Rowl nickte und entfernte sich, rückwärts gehend und so schnell, daß er fast über seine eigenen Beine gestolpert wäre. Unter anderen Umständen hätte Skar ein Lachen unterdrücken müssen bei diesem Anblick. Jetzt trug er eher dazu bei, seine

Verbitterung noch zu vertiefen.

Auch Titch wollte sich erheben und gehen, aber Skar hielt ihn mit einer Handbewegung zurück. »Warte«, bat er. »Ich möchte mit dir reden.«

Titch blieb. Aber er erhob sich und blieb auf der anderen Seite des Tisches stehen; eine Haltung, die Respekt, aber auch Distanz ausdrückte. »Ja?«

»Dieser Priester ...«, begann Skar unsicher. »Was will er?«

»Um Gnade bitten. An deine Vernunft appellieren. Dir drohen – was weiß ich?«

»Du bist ein Quorrl«, erinnerte ihn Skar überflüssigerweise und in schärferem Ton, als er gewollt hatte. Aber Titch reagierte nicht mehr darauf. Skar hatte ein einziges Mal Schrecken in seinen Augen gesehen, im ersten Moment, als der Quorrl *begriff*, und dann nicht mehr. Vielleicht hatte er es von Anfang an gewußt, tief in sich drinnen. Vielleicht war es ihm auch gleich.

»Du bist ein Quorrl!«, sagte er noch einmal, und in – wenigstens versuchte er es – versöhnlicherem Ton als das erste Mal. Er widerstand der Versuchung, vielleicht zu lächeln. Er hatte in einen Spiegel gesehen, vor drei oder vier Tagen, und er wußte, wie sein Lächeln wirkte. Seither versuchte er, es zu vermeiden.

»Er wird dir drohen«, sagte Titch nach einer Weile. »Wenigstens wird er es versuchen.«

»Drohen? Er müßte ein Narr sein, wenn er das täte. Wir sind dreimal so viele wie sie.«

»Hat das Männer, die glauben, Gott auf ihrer Seite zu haben, jemals beeindruckt?« sagte Titch. »Aber du hast natürlich recht. Er wird es versuchen, aber er wird selbst nicht daran glauben, daß wir nachgeben. Wir haben gewonnen, Skar. Die Verbotenen Inseln gehören dir.«

Er sagte: *dir.* Nicht *uns*. Skar hörte diesen Unterschied sehr wohl. Und es tat ihm weh. Seltsam – er hatte nicht geglaubt, daß er überhaupt noch Schmerz empfinden konnte.

»Und dann?«

»Wird er dich töten«, sagte Titch ruhig. »Oder es wenigstens versuchen.«

»Bist du sicher?«

»Nein«, antwortete Titch. »Aber das ist es, was ich täte, an seiner Stelle.« Er wartete, daß Skar eine weitere Frage stellte. Als diese nicht kam, drehte der Quorrl sich mit einem angedeuteten Nicken herum und ging zum Ausgang des Zeltes, blieb aber dann noch einmal stehen.

»Du hättest Ennart nicht töten sollen, Skar«, sagte er leise.

»Ich weiß.« Skar seufzte. *Er hätte so vieles nicht tun sollen. Er hätte so viele nicht töten sollen.* »Aber es ist nun einmal geschehen. Es war ein Fehler. Aber wir alle machen Fehler.«

»Auch –«

»Auch *ich*«, sagte Skar heftig. Titch hatte etwas anderes sagen wollen, und für einen Moment, einen kurzen, schmerzhaften Moment voller fast wahnwitziger Hoffnung, glaubte Skar beinahe, er würde es noch immer tun, seine Angst einfach überwinden und sagen, was er dachte, wie der Quorrl, den er kannte. Aber dann nickte Titch nur, drehte sich mit einem Ruck herum und verließ mit schnellen Schritten das Zelt.

Skar war allein. Er war fast immer allein in diesem Zelt, das viel zu groß für einen einzelnen Mann war. Er fühlte sich einsam. Und wie immer, wenn ihn dieses Gefühl *bewußt* überkam – es war ständig da, aber manchmal vergaß er es einfach, wie einen Schmerz, an den man sich im Laufe der Zeit einfach gewöhnte – schien es ihm ein wenig schlimmer als vorher. Wenn es überhaupt noch etwas gab, das ihn umbringen konnte, dann war es diese Einsamkeit. Selbst das Flüstern seines Dunklen Bruders war verstummt. Der *Daij-Djan* existierte nicht mehr. Er hatte ihn besiegt, für alle Zeiten vertrieben, im gleichen Moment, in dem er ihn endgültig zum Leben erweckte.

Skar ging zu dem großen, an einen Thron erinnernden Sessel im Zentrum des Prunkzeltes, ließ sich schwer auf die Sitzfläche fallen und schloß die Augen.

Beinahe sofort kamen die Erinnerungen.

Es war so anders gewesen, so völlig, so grauenhaft anders.

Was hatte er erwartet? Daß der Daij-Djan wie eine Chimäre aus den Schatten hervortreten und mit Feuer und Schwert gegen den

Ssirhaa und seine Krieger antreten würde? Lächerlich.

Aber das hatte er auch wirklich gar nicht geglaubt. Oh, es war genau das gewesen, was er sich eingeredet *hatte, zu glauben. Was er hatte glauben* wollen. *Aber die Wahrheit war so einfach wie brutal, und es war diese: der Daij-Djan hatte niemals existiert. Es hatte immer nur ihn gegeben, es war stets er gewesen, Skar, Skar und noch einmal Skar, Skar, der tötete, Skar, der log, Skar, der verriet, um an sein Ziel zu kommen. O ja, die Bestie war schlau, ein Meister der Tarnung, sie hatte sie alle getäuscht, Titch, Kiina, Anschi, selbst Del, und doch war es so. Skar hatte nicht einmal versucht, eine Antwort auf die Frage zu finden,* wie *sie es bewerkstelligt hatte, denn er wußte, daß er es nicht konnte – der Daij-Djan war ein Wesen aus einer anderen Welt, Kreatur eines Kosmos, der völlig anderen Gesetzmäßigkeiten gehorchte als der der Menschen, und die zu verstehen er einfach nicht in der Lage war. Aber er hatte endgültig begriffen, daß immer er es gewesen war.* Seine *Hand hatte das Schwert geführt, und er hatte den Daij-Djan nur gesehen, weil er es wollte, genau wie die anderen.*

Aber die Zeit der Lügen war vorbei. Der Daij-Djan war vernichtet, so gründlich, wie der Satai vernichtet worden war, der Skar hieß. Die beiden Teile des Ganzen waren wieder zusammengefügt, der Schläfer erwacht.

Ein Geräusch drang in seine Gedanken und riß ihn abrupt in die Wirklichkeit zurück. Skar öffnete die Augen, blinzelte einen Moment in das plötzlich ungewohnt grelle Tageslicht, das durch den Eingang fiel, und erkannte dann Rowl; hinter ihm ein anderer, prachtvoll gekleideter Quorrl, der von zwei schwerbewaffneten Kriegern flankiert wurde. Obwohl die beiden Soldaten ihre Schwerter gezogen und auf den Priester gerichtet hatten, sah man ihnen ihre Angst überdeutlich an. Skar war ein wenig überrascht, wie lange er dagesessen und mit seinen Erinnerungen gerungen hatte.

»Herr?« sagte Rowl leise.

Skar hob die Hand; winkte Rowl und den anderen, näher zu kommen. Die Quorrl gehorchten.

»Der Bote aus Ninga«, sagte Rowl.

»Ich weiß.«

Skar hob die Hand und winkte den beiden Quorrl, die den Priester bewachten, zurückzubleiben. Rowl runzelte die Stirn, wie um anzudeuten, was er von diesem Befehl hielt, während die beiden Krieger sich mit eindeutiger Erleichterung zurückzogen und rechts und links des Zelteingangs Stellung bezogen. Skar zögerte nur einen Moment, dann gab er ihnen einen neuerlichen Wink, vollends zu gehen. Eine Sekunde später machte er die gleiche Handbewegung in Rowls Richtung.

»Laß uns allein.«

Es war das erste Mal, seit Caran – aber Rowl zögerte, seinem Befehl nachzukommen. »Wir haben ihn durchsucht, Herr«, sagte er. Seine Hand glitt unter den Mantel und kam mit einem kleinen, beidseitig geschliffenen Dolch wieder zum Vorschein. »Dies hatte er bei sich. Ihr solltet vielleicht –«

»Laß uns allein, Rowl«, sagte Skar noch einmal.

Rowl ging – wenn auch nicht, ohne dem Priester noch einen letzten, drohenden Blick zuzuwerfen. Skar und der Quorrl aus Ninga blieben allein zurück.

Eine Weile schwiegen sie beide. Skar sah den Quorrl an, und der Quorrl sah ihn an. Dann sagte der Quorrl: »Was ist das – Dummheit oder Mut?«

»Daß ich Rowl weggeschickt habe?« Skar lächelte matt; diesmal ganz bewußt auf die schreckliche Wirkung dieses Lächelns bedacht. Und sie verfing auch bei dem Quorrl – sein Gesicht blieb unbewegt, aber in den lodernden Haß in seinen Augen (dem Haß eines Fanatikers, dachte Skar alarmiert, dem Haß eines Wesens, dem sein eigenes Leben nichts galt, das vielleicht seit dem Tag seiner Geburt nur nach einem Grund *gesucht* hatte, es seinem Glauben zu opfern – er mußte vorsichtig sein), in diesen unstillbaren Haß mischte sich jetzt nicht nur Verachtung, sondern auch Schrecken; vielleicht die ersten Vorboten der Furcht.

»Ich habe keine Angst vor dir, Priester«, sagte Skar, als der Quorrl auch nach Sekunden nicht antwortete. »Wenn du gekommen bist, um mich zu töten, hast du dir den Weg umsonst gemacht.«

»Hältst du dich für unsterblich, du Narr?«

Ich bin es, dachte Skar. Laut sagte er: »Tut das nicht jeder – irgendwie?«

Zorn verdunkelte das Gesicht des Quorrl. Er machte einen Schritt auf Skar zu und blieb wieder stehen. »Ich bin nicht gekommen, um mit dir zu *philosophieren,* Satai!«

»Ich weiß.« Skar seufzte. »Du bist gekommen, um mir zu drohen. Mir zu sagen, daß die Welt untergehen wird, wenn ich die Verbotenen Inseln auch nur betrete. Und wenn das alles nichts nutzt, mich zu töten.« Er machte eine wedelnde Handbewegung, wie um die Worte zu verscheuchen, lästigen Insekten gleich. »Gut, du hast es gesagt – oder ich habe es für dich getan. Aber wir werden die Inseln nehmen, ganz gleich, was du sagst. Die Welt wird nicht untergehen, und wenn doch, dann werde ich der erste sein, der es merkt. Und wenn du mich tötest, wird Titch an meine Stelle treten, oder Rowl.«

Er bewegte sich unruhig auf der unbequemen Sitzfläche des Thrones, weniger, um nach neuen Worten zu suchen, als mehr, um dem Quorrl Gelegenheit zu geben, das Gehörte zu verarbeiten. Dann lächelte er erneut und fuhr fort: »Tötet ihr noch immer Gefangene?« Die Frage war überflüssig. Der Ningara war noch immer voller Blut, und durch den weißen Schaum des Sturzes konnte man dann und wann fallende Körper erkennen, die Meilen weiter südlich an die Oberfläche steigen und den Fluß in ein Totenbett verwandeln würden.

»Ihr opfert die Männer, die ihr gefangengenommen habt«, fuhr er fort, als der Quorrl nicht reagierte. »Aber es ist sinnlos, glaube mir. Ihr Blut wird eure Götter nicht stärker machen. Hört auf damit!«

Der Quorrl reagierte immer noch nicht, und Skar fügte hinzu: »Du siehst, es ist alles gesagt, was gesagt werden muß. Du kannst also wieder gehen.«

Der Quorrl starrte ihn an. »Du –«

»Ich gebe euch Zeit bis Sonnenaufgang«, unterbrach ihn Skar kalt. »Kapituliert ihr bis dahin, schenke ich euch das Leben. Ihr habt mein Wort, daß ihr Cant unbehelligt verlassen dürft. Übergebt ihr uns die Inseln nicht, sterbt ihr.« Er hob die Hand. »Du kannst gehen. Die Audienz ist beendet.«

»Du bist wahnsinnig, Satai!« keuchte der Quorrl.

»Vermutlich«, antwortete Skar gelassen. »Noch etwas?«

Natürlich war ihr Gespräch *nicht* beendet – der Quorrl wußte es, und Skar wußte es. Es war nur ein Spiel, ein Spiel, das Skar sehr gut kannte, und das er oft gespielt hatte – wenn auch meistens auf der anderen Seite. Nun, dachte er zornig, es machte sehr viel mehr Spaß, der zu sein, der herumstieß, als der Gestoßene.

»Du ... du zerstörst unser Volk«, stieß der Quorrl schließlich hervor. Seine Stimme klang nicht mehr halb so selbstsicher wie noch vor Augenblicken. Er war fassungslos; vielleicht zum ersten Mal in seinem ganzen Leben wirklich in die Defensive gedrängt und ungeübt in *dieser* Art des Kampfes.

»Nein«, antwortete Skar ruhig. »Das tue ich nicht, Quorrl. Ich führe nur aus, was getan werden muß. Seid ihr Quorrl es nicht, die glauben, daß alles vom Schicksal vorbestimmt ist?«

»Du hast kein Recht dazu«, sagte der Quorrl. »Du vernichtest unser Volk. Du zerstörst Werte, die seit Äonen gelten.«

»Vielleicht sind sie falsch«, sagte Skar.

»Und wenn!« In den Augen des Quorrl blitzte neuer Zorn. »Und wenn, Satai – oder was immer du sein magst. Wenn, dann sind es *unsere* Fehler.«

»Ihr versklavt euer Volk«, antwortete Skar.

»So wie ihr das eure?«

Skar lachte leise. »Ich sehe ein, es hat wenig Sinn, mit dir diskutieren zu wollen, Priester. Ich konnte nie gut reden, weißt du? Also – beginnen wir noch einmal. Ich gebe dir eine zweite Chance. Vielleicht gelingt es ja *dir, mich* zu überzeugen.«

Der Quorrl war mehr als irritiert. Für einen Moment ruderte er wirklich mit den Armen, wie ein Eisläufer, der verzweifelt versucht, die Balance wiederzufinden, die er auf dem schlüpfrigen Untergrund verloren hatte. Spätestens jetzt hatte er begriffen, daß Skar die ganze Zeit über nur mit ihm gespielt hatte, und dieses Wissen mußte ihn mit einer ohnmächtigen Wut erfüllen.

Skar genoß den Anblick, rief sich aber gleichzeitig in Gedanken zur Ordnung. Er nutzte niemandem, wenn er den gesammelten Zorn seines Lebens an diesem Quorrl ausließ. Und ihr Gespräch war wichtiger, als der Priester ahnen mochte. Skar war ziemlich sicher, daß der Quorrl es selbst *nicht* wußte – aber es war gut möglich, daß die Existenz Enwors *wirklich* vom Ausgang dieser Unterredung abhing.

»Sprich«, sagte er in einem Ton, der viel versöhnlicher klang als bisher.

Der Quorrl fand mühsam seine Fassung wieder. »Ich sollte dich töten«, sagte er. »Du hast recht, Satai – ich bin tatsächlich gekommen, um dich zu töten, sollten Worte versagen. Aber etwas sagt mir, daß ich das nicht kann.« Verwirrt und noch immer mißtrauisch, vielleicht noch immer eine Falle witternd, blickte der Quorrl sich in dem großen, fast leeren Zelt um. »Wir sind allein?«

»Vollkommen«, antwortete Skar. »Du kannst offen reden. Niemand hört uns zu.«

»Ihr *dürft* die Verbotenen Inseln nicht angreifen«, sagte der Quorrl. »Du bist ehrlich, Satai. Du bist vielleicht der Mann, der unserem Volk den Untergang bringt, und ich hasse dich, wie ich nie jemanden gehaßt habe, aber du bist ehrlich, und deshalb will auch ich ehrlich sein.«

»Bevor du mich umbringst?« Skar lächelte wieder, aber der Quorrl blieb ernst. Als er weitersprach, wurden seine Stimme und die begleitenden Gesten fast theatralisch, aber Skar spürte trotzdem, daß der Quorrl vielleicht nie zuvor etwas so ernst gemeint hatte wie diese Worte.

»Ich weiß nicht, wer du bist, Satai«, begann er. »Manche glauben, daß du der Teufel bist. Andere sagen, du wärst nichts als ein wahnsinniger Satai. Ich weiß es nicht, und ich will es auch gar nicht wissen. Du bist aus dem Nichts gekommen und hast unser Land verwüstet. In nur sieben Tagen hast du mehr Unheil angerichtet als dein ganzes Volk in siebentausend Jahren.«

Er schwieg, wartete auf eine Antwort, aber Skar blickte ihn nur an. Der Quorrl hatte recht – in den letzten sieben Tagen, seit ihr Heer Caran verlassen hatte, hatten sie eine Spur der Verwüstung durch Cant gezogen, eine immer breiter werdende Narbe, die nie wieder vollständig heilen würde.

»Und doch ist das nichts gegen das, was geschehen wird, wenn du den Goldenen Tempel betrittst.«

»So?« sagte Skar spöttisch.

Der Quorrl nickte mit großem Ernst. »Enwor wird untergehen«, sagte er. »Diese Welt wird sterben, Satai. Es steht geschrieben, daß Enwor stirbt, wenn der Fuß eines Menschen den Boden der Heiligen Inseln berührt.« Seine Stimme änderte sich, wurde zu einem deklarierenden, gleichzeitig monotonen wie fast angstmachend eindringlichen Singsang, der etwas in Skar berührte und zu Eis erstarren ließ. »Der Himmel wird bersten, und Feuer wird die Städte der Menschen und Quorrl verzehren. Die Erde selbst wird brennen und die Meere kochen, und sieben mal sieben mal sieben Jahre Dunkelheit wird sich über die senken, die die Vernichtung überleben. So steht es geschrieben, und so wird es geschehen.«

Skar wollte lachen, aber plötzlich konnte er es nicht mehr. Für Sekunden war er versucht, dem Quorrl die Wahrheit zu sagen – nämlich daß er sich irrte, auf unsagbar schrecklichere Weise, als er auch nur ahnte. Die Worte aus seiner heiligen Schrift, die er gerade zitiert hatte, waren keine Prophezeiung – es war das, was geschehen *war,* vor unendlich langer Zeit. Und die Dunkelheit hatte nicht sieben mal sieben mal sieben Jahre gedauert, sondern *eine Million* Jahre. Sie dauerte noch immer an.

»Du glaubst das wirklich«, sagte er leise.

»Ich *weiß* es«, antwortete der Quorrl heftig. »Titch und Rowl und seinen Bastarden kannst du vielleicht weismachen, daß du der Befreier bist, aber ich kenne die Wahrheit. Du bist gekommen, um uns zu vernichten.«

»Nicht euch«, antwortete Skar. »Die, die euch mißbrauchen.«

»Du kannst nicht gewinnen, Satai«, sagte der Quorrl fast verzweifelt. »Wenn schon nicht an uns, dann denk an die, die dir ihre Leben anvertraut haben. All die Krieger dort draußen werden sterben, wenn ihr die Inseln angreift. Mächte, die stärker sind als ihr, beschützen die Heiligen Inseln.«

»Euer Gott, ich weiß«, sagte Skar leise. »Ich habe ihn getötet.«

Der Quorrl lachte. »Narr! Niemand tötet einen Gott! Du hast einen Körper vernichtet, aber das zählt nicht. Er wird wiederkommen. Er wird kommen und euch vernichten!«

»Was denn nun?« fuhr ihm Skar ins Wort, in bewußt grobem, verletzendem Tonfall. »Werde ich Enwor vernichten oder Ennart uns?«

»Spotte ruhig«, sagte der Quorrl zornig. »Du –«

»Soll ich dir sagen, warum du *wirklich* hier bist, Quorrl?« unterbrach ihn Skar. Er beugte sich im Sessel vor und starrte auf den buntgekleideten Quorrl herab, obgleich er dadurch vollends in die Reichweite seiner Hände geriet. »Du hast Angst!« behauptete er. »Du bist nicht hier, weil deine Götter es dir befohlen haben, oder weil irgend etwas geschrieben steht. Du hast Angst. Deine Welt ist zerbrochen, Quorrl. Du weißt nicht mehr, was Wahrheit ist und was nicht. Du hast Angst, zugeben zu müssen, daß du dich geirrt hast. Daß ihr belogen worden seid, all die Jahre und Jahre und Jahre über. Daß eure Götter sterbliche Wesen waren wie ihr! Du hast Angst, morgen früh dazustehen und zu sehen, wie ich deine Verbotenen Inseln betrete, ohne daß sich der Himmel auftut und der Zorn Gottes sich über uns ergießt! *Deshalb* bist du hier, und aus keinem anderen Grund.«

»Unsere Götter –«

»Eure Götter sind tot!« schrie Skar. »So wie unsere. Sie waren niemals Götter!« Sein Zorn verrauchte so schnell, wie er gekommen war. Erschöpft ließ sich Skar zurücksinken und schloß die Augen. »Es gibt keinen Gott«, murmelte er, fast nur zu sich selbst, aber doch so laut, daß der Quorrl es hören mußte. »Und wenn, so hat er sich einen schlechten Scherz erlaubt, als er uns erschaffen hat.«

Er hörte, wie der Quorrl sich bewegte, und öffnete wieder die Augen. Der Priester war näher gekommen und stand nun direkt vor ihm. Seine Hände waren leicht geöffnet; Krallen, die einen Mann wie Skar mühelos zerquetschen konnten. Aber er wußte, daß er es nicht tun würde.

»Du glaubst es wirklich«, flüsterte der Quorrl. »Das ... das war die Wahrheit, nicht?«

»Und wenn?«

»Dann ist alles verloren«, flüsterte der Quorrl. »Enwor wird untergehen.«

Was mit Elay geschehen ist, könnte ganz Enwor passieren, flüsterte die Stimme eines toten Quorrl-Gottes hinter Skars Stirn. Er schauderte. Vielleicht war die *Sternenkreatur* das kleinere Übel. Trotz seines Erwachens wußte er längst nicht alles, längst nicht. Er hatte einen kleinen Zipfel der Wahrheit erkannt, aber er war nicht allwissend. Hinter dem Tor, das er aufgestoßen hatte, lag nur ein weiteres Tor, und danach noch eines und noch eines. *Was mit Elay geschehen ist ...*

Er verscheuchte den Gedanken.

»Geh«, sagte er sanft. »Geh in Frieden, Priester, und sprich mit deinen Göttern, falls es sie denn wirklich gibt. Geh und sage ihnen, daß ich komme – und daß ich weiß, wer sie sind.«

Verwirrung trat in die Augen des Quorrl.

Skar zögerte. Er sagte Dinge, die er nicht hatte sagen wollen. Aber der Quorrl tat ihm mit einem Male leid. Er war ein Tyrann, ein Wesen, das vermutlich Hunderte, wenn nicht Tausende von Leben ausgelöscht hatte, ohne auch nur darüber nachzudenken. – aber konnte er ihn verurteilen? Plötzlich hatte er das Gefühl, ihm diese letzte Chance einfach schuldig zu sein. Auch wenn er ganz genau wußte, daß es umsonst war.

»Sprich mit ihnen«, sagte er noch einmal. »Geh und sage Ennart, daß ich weiß, wer sie sind. Ich habe es niemandem gesagt, und ich werde es niemandem sagen – wenn sie aufgeben. Sie haben es versucht, und sie haben versagt. Sie können gehen oder sterben.«

»Du drohst unseren *Göttern?*« keuchte der Quorrl. »Du bist –«

»Wahnsinnig, das sagtest du schon«, unterbrach ihn Skar. »Aber vielleicht braucht es einen Wahnsinnigen, um Wahnsinnige aufzuhalten.«

Der Quorrl schwieg. Sein Blick ging ins Leere, aber Skar spürte, wie sich etwas in ihm änderte, etwas zerbrach. Seine

Hand glitt unter den Umhang, löste die silberne Spange, die ihn hielt, und streifte ihn ab. Skar wußte, was geschehen würde, aber er rührte nicht einmal einen Finger, um es zu verhindern.

»Du läßt mir keine andere Wahl, Satai.«

Skar verfolgte mit fast wissenschaftlichem Interesse, wie die Hand des Quorrl an seiner Schulter emporkroch, wie eine kleine, fünfbeinige Spinne mit messerscharfen Krallen, wie sich diese Krallen in seine Haut gruben und die Schuppen aufrissen, so mühelos, wie ein Mensch Papier zerreißt, weiter wühlten, sich in das weiche, blutende Fleisch darunter gruben und schließlich auf Metall stießen. Alles schien mit geradezu lächerlicher Langsamkeit abzulaufen. Selbst ohne die unheimliche Macht des *Schläfers* hätte Skar dem Quorrl spielend ausweichen, ihn vermutlich sogar überwältigen können, noch ehe seine Finger den winzigen Dolch fanden und aus seinem Fleisch rissen.

Aber er tat es nicht. Der Quorrl brüllte vor Schmerz, als die Klinge aus seinem Arm glitt, in den sie vielleicht vor dreißig, vielleicht auch schon vor hundert Jahren versenkt worden war, um auf diesen Moment zu warten, und er büllte noch einmal und noch gellender, als er sich vorwarf und Skar die handlange Schneide des Dolches mit aller Kraft ins Herz stieß.

Der Schmerz war entsetzlich. Unvorstellbar. Skar war unsterblich, aber nicht unverwundbar, und er spürte, wie der rasiermesserscharfe Stahl sein Fleisch teilte, eine seiner Rippen zerbrach und sein Herz durchbohrte, wie Blut aus seinem Körper und *in* seinen Körper rann und wie sein eigener Schmerzensschrei zu einem erstickten Keuchen wurde und dann abbrach.

Er starb, schnell und im letzten Moment fast schmerzlos.

Und wurde wiedergeboren.

Die eiskalte Hand des Todes ergriff seine Seele und zuckte zurück, schnell und fast entsetzt, als sie auf etwas traf, das vielleicht nicht stärker war als sie, ihr zumindest aber ebenbürtig und auf jeden Fall unendlich *böser.* Skar starb und öffnete einen zeitlosen Augenblick später wieder die Augen, stöhnend vor Schmerz, aber von einem rasenden, wilden Triumph erfüllt, als er das Entsetzen in den Augen des Quorrl sah.

Der Priester taumelte zurück, das Gesicht eine Maske aus Pein und unsagbarem Grauen, selbst eine Gestalt wie aus einem bösen Traum: sein Oberkörper war blutüberströmt, und wo sein linker Bizeps gewesen war, hing ein blutiger Hautfetzen herab. Die Schmerzen mußten unvorstellbar sein. Schlimmer als das, was Skar erlebt hatte. Und doch schien er sie nicht einmal zu spüren. Seine Augen quollen vor Entsetzen aus den Höhlen, als er sah, wie Skar sich stöhnend in seinem Thron aufrichtete, mit der Hand nach dem Messer in seiner Brust griff und es herauszog. Die Wunde hörte auf zu bluten, kaum daß die Klinge aus seinem Körper geglitten war. Der Schmerz verebbte, dann das Wimmern des Priesters. Für Sekunden durchdrang nur das helle Klirren die Stille, mit dem Skar dem Priester die Waffe vor die Füße warf.

Dann wurde der Eingang aufgestoßen, und fast ein Dutzend Quorrl quollen wie eine braungrüne Lawine ins Zelt, angeführt von Rowl, der eine gewaltige Streitaxt schwang. Als er Skar blutüberströmt dastehen sah, schrie er auf und holte mit seiner Waffe aus.

»Nicht!«

Rowl erstarrte mitten in der Bewegung, und irgendwie brachte er es sogar fertig, die Waffe zurückzureißen. Die zwanzig Zentimeter lange Schneide der Axt stoppte eine Handbreit vor dem Nacken des Priesters.

»Tut ihm nichts«, sagte Skar noch einmal.

Rowl ließ widerstrebend die Waffe sinken, gab aber den Kriegern in seiner Begleitung einen Wink, auf den hin zwei von ihnen den Priester ergriffen und mit brutaler Kraft zu Boden stießen.

»Laßt ihn los«, befahl Skar. »Und holt Verbandszeug. Er verblutet.«

»Er hat versucht, Euch zu töten, Herr!« protestierte Rowl.

»Mich kann man nicht töten«, antwortete Skar. »Und ich glaube, er weiß es jetzt. Geht. Geht und holt Verbandszeug und dann laßt uns allein.«

Tatsächlich verließen die Krieger das Zelt wieder. Aber Rowl blieb. Und ein Blick in seine Augen sagte Skar, daß er auch weiter bleiben würde. Er sagte nichts mehr. Er war es müde, zu streiten.

Vor allem mit denen, die eigentlich seine Verbündeten sein sollten. Aber immerhin schwang Rowl seine Axt wieder über die Schulter und zog sich bis zum Ausgang zurück, so daß seine Anwesenheit jetzt nur mehr symbolischen Charakter hatte. Der Priester war Skar immer noch nahe genug, um ihn mit einem Sprung zu erreichen, lange ehe Rowl auch nur irgend etwas dagegen tun konnte.

Allmählich schien der Schmerz nun doch an das Bewußtsein des Priesters zu dringen. Er krümmte sich, preßte die Hand auf die blutende Wunde in seinem Arm und versuchte etwas zu sagen, brachte aber nur ein unverständliches Keuchen zustande. Seine Augen waren voller Angst und wirkten wie Löcher in seinem Schädel, als er den Kopf hob und Skar ansah.

»Wer ... wer bist du, Satai?« stöhnte er.

Skar antwortete nicht direkt, sondern stieg mit langsamen Bewegungen von seinem Thron herab, ging auf den knieenden Quorrl zu und streckte die Hand aus, wie um ihm auf die Füße zu helfen. Aber er führte die Bewegung nicht zu Ende, als er das Entsetzen in den Augen des Priesters sah, ein Entsetzen, das ihn töten würde, wenn er ihn auch nur *berührte.*

Mein bloßer Anblick tötet, dachte er bitter. *Schon jetzt. Schon nach nur sieben Tagen. Was würde nach sieben Jahren sein – oder nach siebenhunderttausend? Was hast du mir angetan, Bruder?*

Einer der Krieger kam zurück, begleitet von einem kleinwüchsigen, hellgrün geschuppten Quorrl, der nur einen raschen Blick auf den zerfetzten Arm des Priesters warf und sich dann stumm und geschickt daran machte, die Wunde zu verbinden. Skar trat ein paar Schritte zurück und wartete. Der Quorrl schien große Schmerzen zu haben, aber er ertrug sie auf die Art seines Volkes: lautlos und ohne auch nur mit dem Augenlid zu zucken.

Als der Verband angelegt war, wollte der Heilkundige sich Skar zuwenden, denn auch seine Kleidung war voller Blut. Aber Skar schüttelte nur den Kopf und machte eine Geste, er solle gehen. Mochte der Quorrl glauben, er wäre nur leicht verletzt. Es wurde genug über ihn geredet, und er hatte es nicht mehr nötig, seinen Status als Gott *(oder Teufel)* zu beweisen.

Schließlich waren sie wieder allein; nur Rowl verharrte stur an seinem Platz neben dem Eingang.

»Warum hast du das getan?« flüsterte der Quorrl. »Um mir meine Machtlosigkeit zu beweisen?« Er lachte bitter. Etwas geschah mit seinen Augen, und plötzlich begriff Skar, daß er zum ersten Mal im Leben einen Quorrl weinen sah. Vielleicht war er der erste Mensch, der diesen Anblick erlebte. »Um mir zu zeigen, wie machtlos unsere Götter sind?«

Skar schüttelte den Kopf. »Um dir zu zeigen, daß sie lügen«, sagte er. »Sie behaupten, Götter zu sein, und sie beweisen es, indem sie *euch* ihre Unsterblichkeit demonstrieren.« Er schlug die geballte Faust auf die blutige Stelle seiner Brust, an der der Dolch eingedrungen war. »Auch ich bin unverwundbar. Hältst du mich deshalb für einen Gott?«

»Aber das ist unmöglich«, wimmerte der Quorrl. Er stand kurz davor, zusammenzubrechen. »Du kannst nicht –«

»Nichts ist unmöglich«, sagte Skar. »Nenne es Zauberei, wenn du willst – aber das ist es nicht.«

»Du bist ein Dämon«, flüsterte der Quorrl. »Du bist der, von dem geschrieben steht, daß er kommen und Enwor vernichten wird! Die Prophezeiung wird sich erfüllen!«

»Geh«, sagte Skar einfach. Er spürte, wie sinnlos es war, jetzt weiter zu reden. »Geh in Frieden, Priester, und rede mit ihnen. Sprich mit deinen Brüdern, und sprich mit deinen Göttern. Und dann entscheide, was dir wichtiger ist – dein Glaube oder das Leben deines Volkes.«

»Mein Volk!?« Der Quorrl gab einen Laut von sich, der wie ein kleiner Todesschrei klang. »Mein Volk, Satai? Du hast es bereits zerstört. Es gibt nichts mehr, was zu verteidigen sich lohnen würde. Cant wird niemals mehr sein, was es war, bevor du kamst.« Er zitterte. Unsicher drehte er den Kopf und starrte Rowl an, der noch immer reglos neben der Tür stand. »Du hast Cant vernichtet«, sagte er noch einmal. »Du hast die Zukunft unseres Volkes den *Bastarden* geschenkt.«

»Ja«, sagte Skar.

*

Und wieder war er allein. Es war Nacht geworden, schon vor Stunden, und vom Fluß drang das unermüdliche Hämmern und Sägen der Quorrl herauf, die mit Einbruch der Dämmerung mit dem Bau der Flöße begonnen hatten. Der Priester und seine Begleiter waren vor Stunden gegangen, und kurz darauf war Titch noch einmal zu ihm gekommen, mit irgendwelchen Fragen, an die er sich nicht mehr erinnerte; sowenig wie an seine Antworten.

Seither war er allein. Und er würde es bleiben, bis die Sonne wieder aufging und der Angriff auf die Verbotenen Inseln begann. Niemand hier – und Skar zuallerletzt – hatte wirklich geglaubt, daß die Priester auf sein Ultimatum eingehen und tatsächlich kapitulieren würden. Und trotzdem fieberte Skar vielleicht am meisten von allen dem Abend entgegen, und als das geschah, womit er im Grunde gerechnet hatte – nämlich nichts – war er vielleicht von allen am tiefsten enttäuscht. Wider jede Logik hatte er sich eingeredet, daß sie es vielleicht noch verhindern konnten; daß am Ende vielleicht doch noch die Vernunft über den Haß siegen und der Krieg Quorrl gegen Quorrl nicht stattfinden würde.

Aber hatte die Vernunft eigentlich jemals gesiegt?

Skar kannte die Antwort, so, wie er – fast – alle Antworten auf – fast – alle Fragen kannte. Enwor wäre nicht, was es war, hätte sie gesiegt, damals, in jener unvorstellbar alten Welt. Der Welt, deren Bote er war. Ein letzter Gruß ihrer Urahnen, um zu vollenden, was sie begonnen hatten. Er würde es tun. Das Wissen war schon lange in ihm gewesen, vielleicht seit Jahren, ganz bestimmt aber seit jenem schrecklichen Moment vor sieben – jetzt fast acht – Tagen, in dem er seinem Dunklen Bruder endgültig erlaubt hatte, Gewalt über ihn zu erlangen; aber es hatte erst der Worte des Predigers bedurft, ihm die Kraft zu geben, es sich einzugestehen: *Du bist der Mann, von dem geschrieben steht, daß er Enwor vernichten wird.*

Es war die Wahrheit. Er war nicht als Befreier gekommen.

Er war der Zerstörer.

Skars Augen füllten sich mit brennenden Tränen, als jener winzige Teil in ihm, der noch Mensch war, die endgültige Wahrheit akzeptierte. Der *Schläfer* war niemals ein Beschützer gewesen. Kein unsichtbarer, allmächtiger Cherub, sondern der *Vollender* im bösesten, negativsten Sinne des Wortes. Wie die *Sternenkreatur* war auch er nichts als eine Waffe, ein brodelndes finsteres Ding aus den tiefsten Abgründen der menschlichen Seele, geschaffen zum Vernichten, und sonst nichts. Eine Waffe wie die *Sternenkreatur.* Ein *Teil* der *Sternenkreatur,* nur böser, gnadenloser, denn sie war nicht aus Fleisch und Blut, sondern aus der letzten und unwiderstehlichsten Kraft der Schöpfung geschmiedet – der Seele.

Diesmal hatte er nicht mehr die Kraft, die Erinnerungen zurückzudrängen.

Es war so anders gewesen. So entsetzlich *anders, als er erwartet hatte.*

Wenn du mich noch willst, dann komm, Bruder, hatte er gedacht.

Und der Daij-Djan war gekommen, ein schwarzer Sturm aus dem Nichts, ein Orkan aus Haß und unwiderstehlicher Kraft, der mit der Schnelligkeit und Gewalt eines Blitzes in seinen Leib und sein Bewußtsein gefahren war, ein finsterer Tornado, der die Zeit zum erstarren brachte und die Schwärze zwischen seinen Gedanken zum Leben erweckte. Er hatte ihn nicht unterworfen, *sondern war an* seinen Platz zurückgekehrt wie die verloren geglaubte Hälfte eines Talismanes, und aus Skar, dem Satai, und dem *Daij-Djan, der Sternenbestie, war wieder geworden, was es vor Äonen gewesen war, ein Ganzes, das millionenfach mächtiger war als die Summe seiner einzelnen Teile. Er hatte seine Persönlichkeit nicht verloren, nicht einmal seine Erinnerungen oder sein Selbst, sondern etwas* hinzugewonnen. *Es war wie in jenem schrecklichen Moment in Drasks Burg gewesen – für Bruchteile von Sekunden, nicht einmal die Zeit, die der Gedanke brauchte, sich zu bilden, war er wieder in die entsetzliche Welt des Alptraumes hinabgetaucht, hatte die Stimmen der Alten gehört, und* Wissen *war in ihn geflossen, Wissen von ungeheurer, beinahe allumfassender Größe: Macht in seiner reinsten, erbarmungslosesten Form. Aber anders, als er geglaubt hatte, hatte sich sein Ich nicht in diesen Strudel fremder Empfindungen und Gedanken aufgelöst, sondern im Gegenteil* ihn *in sich aufgesogen, und aus Skar war wieder Skar geworden, gleichzeitig aber auch der Daij-Djan, und der Schläfer, der endlich erwacht war, um seinen uralten Auftrag zu erfüllen.*

Die Kraft und Unsterblichkeit, die der Daij-Djan ihm versprochen hatte, kamen – aber sie waren nebensächlich. Den wirklichen, wahren Preis hatte ihm sein Dunkler Bruder verschwiegen; vielleicht, weil er ihn selbst nicht gekannt hatte. Er war aufgestanden, hatte Ennarts Schwert und fast in der gleichen Sekunde seinen Leib zerbrochen, und gleich seinem Dunklen Bruder zuvor war er für Minuten in Raserei verfallen, einem tobenden Blutrausch, dem letzten Aufschrei des Daij-Djan in sich, der zu spät begriff, daß auch er getäuscht worden und nicht Skar, sondern er *das Opfer war. Er hatte Dutzende von Quorrl getötet, aber das alles war nebensächlich, fast unwirklich. Es war das Wissen gewesen, was ihn erschütterte. Das Wissen, wer er war.* Warum *er geschickt worden war.*

»Einen *Dime* für deine Gedanken, Hoher Satai«, sagte eine leise Stimme vom Eingang her.

Skar sah auf, versuchte die lastenden Schatten am anderen Ende des Zeltes mit Blicken zu durchdringen und erkannte einen schlanken, in fließendes Schwarz gekleideten Schemen. Kiina. Mit Ausnahme Titchs und Rowls war sie die einzige, die sein Zelt ohne Anmeldung betreten durfte; vielleicht sogar die einzige, die es aus freien Stücken betreten *wollte*.

»Meine Gedanken?« Skar lächelte matt. Kiina war zu weit entfernt, um sein Gesicht zu erkennen, denn mit Einbruch der Dämmerung hatte die Dunkelheit auch Besitz von seinem Zelt genommen, und die einzelne Kerze, die er entzündet hatte, schuf mehr Schatten als Helligkeit. So konnte er es sich leisten, einfach noch ein paar Sekunden dazusitzen und nicht einmal die Hand zu heben, um die Tränen von seinem Gesicht zu wischen. Dann, als Kiina sich doch bewegte und mit einem leisen Rascheln von Seide und dem Klirren von Metall auf ihn zukam, tat er es natürlich doch. Trotz allem war er noch immer zu sehr Mensch, um nicht noch die Scham zu kennen.

»Ich könnte mein Angebot erhöhen«, sagte Kiina, als er nicht antwortete. »Zwei *Dime?*« Sie lächelte entschuldigend. »Mehr habe ich nicht. Ich bin die Tochter eines armen Satai.«

»Ich würde sie dir schenken«, antwortete Skar. »Aber ich bin sicher, du willst sie nicht wissen.«

Kiina kam abermals näher und blieb wieder stehen; zwei Schritte vor seinem Thronsessel, in der Distanz, die sie stets einhielt, als wäre da eine unsichtbare, aber unüberwindliche Wand, eine Mauer aus Glas und Furcht, die kein lebendes Wesen durchdringen konnte, ohne Schaden zu nehmen.

Er verscheuchte den Gedanken. Vielleicht war es das letzte Mal, daß er Kiina sah, und er opferte weitere zehn dieser unendlich kostbaren Sekunden damit, sie anzublicken. Er war nicht der einzige, der sich verändert hatte, in den letzten sieben Tagen.

Zum ersten Mal seit langer, langer Zeit sah Kiina nicht krank und verängstigt aus. Ihr Gesicht hatte seine jugendliche Frische zurückgewonnen, und in die dunklen aufmerksamen Augen, die sie mehr als alles andere von ihrer Mutter geerbt hatte, war das Leben zurückgekehrt, jener nie ganz erlöschende Trotz, der bereit war, selbst Götter herauszufordern – und gute Chancen hatte, ihnen zu widerstehen. Sie trug einen langen, mit goldenen und silbernen Linien bestickten Mantel aus schwarzer Seide, der an seinen eigenen Zeremonienmantel erinnerte und den sie sich auch wahrscheinlich aus keinem anderen Grund ausgesucht hatte, und darunter eine Rüstung aus winzigen Metallschuppen und -pailletten. Es war die Rüstung eines Quorrl, aber aus irgendeinem Grund paßte sie Kiina so perfekt, als wäre sie eigens für sie angefertigt worden. An ihrer rechten Seite hing ein zweischneidiges Kurzschwert, von dem der ahnungslose Quorrl-Schmied, der es angefertigt hatte, geglaubt haben mochte, es wäre ein Dolch, an der anderen Seite des breiten Schuppengürtels die Scannerwaffe einer *Errish.* Jedes andere Mädchen ihres Alters, dachte Skar, hätte in diesem Aufzug zumindest ein Lächeln hervorgerufen. Kiina nicht. Vielleicht war es ihr Blick und der unbeugsame Wille darin, vielleicht die selbstverständliche Gelassenheit, mit der sie Mantel, Rüstung und Waffen trug, oder einfach die Art, in der sie sich bewegte, die der übertrieben amazonenhaften Verkleidung alles Lächerliche nahm.

Aber die Veränderung, die mit Kiina vonstatten gegangen war, beschränkte sich nicht nur auf ihre Kleidung. Ganz und gar nicht.

Kiina war eine schöne Frau geworden. Vielleicht war sie es immer gewesen, aber die Umstände hatten es nicht gewollt, daß er sie so sah wie jetzt: ein Mädchen, das ganz bestimmt nicht mehr Kind, nicht mehr ganz Mädchen und auch noch nicht ganz Frau war, sondern irgendwo auf jenem haarscharfen Grat dazwischen balancierte, einem zeitlosen Moment, den manche – nur ganz wenige – Frauen zeit ihres Lebens beibehalten konnten. Ihre Mutter hatte zu diesen Frauen gehört, erinnerte sich Skar. Gowenna, die einzige Frau, die er jemals *wirklich* geliebt hatte. Und vielleicht, gestand sich Skar in Gedanken ein, sah er Kiina auch einfach nur so, weil er sie so sehen *wollte*.

»Sagst du mir jetzt, was du denkst?« fragte Kiina.

»Daß du eine sehr schöne Frau geworden bist«, antwortete Skar. Er hob die Hand und ließ sie sofort wieder sinken. Er hatte Kiina nicht mehr berührt seit Caran, und er tat es auch jetzt nicht. Vielleicht war sie die einzige – selbst Titch eingeschlossen –, die keine Angst vor ihm hatte, aber es war dieses eine winzige Wort, das Skar den Mut nahm, sie zu berühren: vielleicht. Er hätte es nicht ertragen, in ihren Augen das gleiche Entsetzen aufblitzen zu sehen wie in denen des Quorrl.

»Das weiß ich«, sagte Kiina. Und dann tat sie etwas, das *Skar* überrascht zusammenfahren ließ – mit einem einzigen Schritt durchbrach sie die unsichtbare Mauer und trat neben ihn. Ihre Hand senkte sich auf seinen Unterarm und hielt ihn fest, und in ihrem Blick war nicht eine Spur von Angst oder gar Abscheu. Und nach einer weiteren Sekunde streckte auch Skar zögernd die Hand aus und berührte ihre Finger. Sie fühlten sich kalt an. So glatt wie Porzellan und ebenso kalt, und der Puls darunter schlug schnell und verriet, daß sie *doch* Angst hatte. Aber nicht vor ihm, dachte er beruhigt. Nicht vor ihm.

Und plötzlich war es, als lese *Kiina* seine Gedanken. »Wovor hast du Angst?« fragte sie.

Er versuchte nicht einmal, es zu leugnen. Der Moment war zu kostbar, um ihn mit einer Lüge zu vergiften.

»Vor Morgen«, sagte er.

Kiina nickte, als hätte sie genau diese Antwort erwartet. »Es ist nur eine dumme Prophezeiung, Skar«, sagte sie. »Die Worte eines verzweifelten alten Mannes, der seine Welt zerbrechen sieht.«

»Nein«, antwortete er. »Das ist es nicht. Der Priester hatte recht, Kiina. Etwas ... Furchtbares wird geschehen, wenn wir die Verbotenen Inseln betreten. Ich weiß es.«

»Dann tu es nicht«, schlug Kiina mit fast kindlicher Unbefangenheit vor. »Hungert sie aus. Belagert diese lächerliche Festung, bis sie aufgeben oder verhungern. Wir haben gesiegt, so oder so.«

Sie löste ihre Hand aus seinem Griff, richtete sich auf und wich wieder hinter die unsichtbare Wand zurück. Der Zauber des Augenblicks war dahin, und Skar versuchte nicht einmal, ihn zurückzuhalten. Was zwischen ihnen gewesen war, vielleicht nur für die Dauer eines Atemzuges, das war mehr als Liebe gewesen, mehr als Freundschaft und Vertrauen, sondern etwas, das auf seine Art so tief und allumfassend gewesen war wie der unstillbare Haß, der in seiner Seele brodelte. Der *Daij-Djan,* der nach Hause zurückgekehrt war.

Der Gedanke irritierte ihn, aber er beruhigte ihn auch, denn er bewies, daß irgendwo in ihm noch etwas Menschliches war. Der *Schläfer* war erwacht, aber der Traum hatte zu lange gewährt, um sich nicht ein winziges Stückchen weit in die Wirklichkeit hinübergerettet zu haben.

Kiina deutete sein Schweigen falsch und versuchte, ihre Behauptung zu untermauern. »Vor einer Stunde sind schon wieder Boten gekommen«, sagte sie. »Es ist überall dasselbe, Skar, in ganz Cant. Die Quorrl stehen gegen die Tyrannei Ningas auf und wehren sich. Und es sind nicht nur Bastarde. Sie töten *Bestimmer* und Prediger, wo immer sie auftauchen. Es wird nicht mehr lange dauern. Ninga ist schon gefallen. Diese närrischen

Priester wissen es nur noch nicht.«

»O doch, sie wissen es«, antwortete Skar. »Sie *wollen* es nicht wissen – das ist der Unterschied.«

Noch bevor Kiina antwortete, wußte er, daß ihr Gespräch auf eine rein pragmatische Ebene zurückfallen würde; Dinge, die er ebensogut – und besser und vor allem *produktiver* – mit Titch oder Rowl hätte bereden können. Enttäuschung machte sich in ihm breit, ein kurzes, aber heftiges Hadern mit einem Schicksal, das ihm noch einmal einen Schatten niemals gehabten Glücks gezeigt hatte, nur um es ihm sofort wieder zu entziehen.

»Glaubst du wirklich, die Erde wird sich auftun und uns alle verschlingen, wenn wir diese alberne Insel betreten?« fragte Kiina.

»Nein«, antwortete Skar lächelnd. »Aber vielleicht der Himmel.«

Kiina seufzte. Sie war nicht dabei gewesen, als Skar mit dem Priester gesprochen hatte, aber es gab niemanden im Lager, der nicht den genauen Wortlaut ihrer Unterredung kannte. Rowl, dachte Skar, halb amüsiert, halb verärgert. Verschwiegenheit schien nicht unbedingt zu den Tugenden des Bastards zu gehören.

»Worte«, sagte sie. »Nichts als –«

»Denk an Elay«, unterbrach sie Skar.

Kiina verstummte abrupt. Sie starrte ihn an, und zum ersten Mal, seit sie hereingekommen war, machte sich Unsicherheit auf ihrem Gesicht breit. »Was ... meinst du?«

»Ich weiß es nicht«, gestand Skar. »Ennart hat versucht, mich zu warnen, und Yul auch – erinnerst du dich?«

Kiina nickte abgehackt. »Das Sternenfeuer?« Sie versuchte zu lachen, aber es klang wenig überzeugend. Das Bild der verwüsteten Stadt hatte sich in ihr Gedächtnis so unauslöschlich eingegraben wie in das Skars. »Der Staub –«

»Nicht der Staub.« Skar sprach langsam, beinahe schleppend. Wie alles war auch das Wissen um dieses Geheimnis da, aber seinem gewollten Zugriff noch entzogen. Die Türen hinter der Tür öffneten sich nur langsam. Der *Schläfer* wachte eifersüchtig über jedes Schloß, das er aufzubrechen versuchte; vor allem in

Momenten wie jetzt, in denen Skar wieder ein wenig mehr Skar war. »Das, was ihn ausgelöst hat.« *Was Elay getroffen hat, könnte auch anderen Städten geschehen...*

Und für einen kurzen Moment hatte er eine Vision. Er wußte hinterher selbst nicht zu sagen, ob die Worte des Quorrl-Priesters sie ausgelöst hatten oder seine eigene überreizte Phantasie – oder ob der unsichtbare Wächter in seinem Kopf vielleicht nur für einen Moment unaufmerksam war, so daß er einen Blick hinter eine der verschlossenen Türen tun konnte. Was er sah, war

... ein berstender Himmel, aus dem Flammen auf die Erde fielen und Mensch und Tier versengten.

... Städte, die zu Fackeln geworden waren, gigantischen Scheiterhaufen, deren Bewohner schneller starben, als sie das Unheil überhaupt begriffen, das über sie kam.

... Wälder und Ebenen, zu einer schwarzverkohlten Schlackemasse verbrannt.

... kochende Seen und Flüsse, und Feuer, das aus der Erde brach, eine lodernde Antwort auf die Flammen, mit denen der Himmel den Angriff begonnen hatte.

Die Vision verging so schnell, wie sie gekommen war, aber nicht vollständig. Etwas blieb zurück, etwas wie ein übler Geschmack, die düstere Ahnung, daß das, was er gesehen hatte, mehr war als eine Vision, daß es geschehen *war* und wieder geschehen *würde*, wenn nicht...

– ja, wenn was nicht?

Für eine Sekunde überlegte er ernsthaft, Kiinas Rat zu folgen – aufzustehen und sich das erste erreichbare Pferd zu nehmen, um zu reiten, so weit und so lange, wie das Tier durchhielt. Die Idee war schlicht und einfach kindisch, aber vielleicht war eine kindische Reaktion in einer Welt voller Wahnsinniger das einzige, was Sinn machte.

»Was hast du?« fragte Kiina. Sie sah ein wenig erschrocken aus, und Skar begriff, daß sich seine Empfindungen deutlich auf seinem Gesicht widergespiegelt haben mußten. Er schüttelte den Kopf, stand mit einer ruckhaften Bewegung auf und ging zu einer der schweren hölzernen Truhen, in denen seine Kleider verwahrt waren. Sie hatten noch viele Stunden, aber er streifte trotzdem den Mantel ab, öffnete die Truhe und begann seinen Harnisch anzulegen. Nicht die prachtvolle Rüstung, die Rowl aus den unergründlichen Waffenkammern Carans für ihn geholt hatte, sondern den alten, zerschrammten Brustharnisch aus Leder; mit Ausnahme des Schwertes das einzige, was ihm von seiner alten Satai-Kleidung geblieben war.

Mit nur einer Hand war es nicht leicht, die Schnallen und Klemmen zu schließen. Kiina sah ihm eine Weile wortlos und kopfschüttelnd dabei zu, dann trat sie hinter ihn, stieß seine ungeschickt tastenden Finger einfach beiseite und half ihm. Wieder wurde ihm mit schmerzhafter Deutlichkeit bewußt, daß sie vielleicht das letzte lebende Wesen auf der Welt war, das seine Berührung nicht fürchtete, und absurderweise war es gerade dieses Wissen, das *ihre* Berührung unangenehm werden ließ. Skar beschimpfte sich in Gedanken für diese idiotische Reaktion, aber er wußte gleichzeitig, daß er diese Furcht nie wieder loswerden würde – die Angst, eines Tages in Kiinas Augen zu blicken und darin die gleiche Furcht zu sehen, wie sie in Titchs und Rowls Augen stand.

Als Kiina zurücktrat und sich herumdrehte, stieß ihr Fuß gegen etwas, das klappernd davonflog – der kleine Dolch, mit dem der Quorrl-Priester Skar zu töten versucht hatte. Instinktiv bückte sie sich, um ihn aufzuheben, aber Skar hielt sie mit einer fast erschrockenen Handbewegung zurück.

»Laß ihn liegen«, sagte er.

Kiina sah verwirrt auf, verbiß sich aber jede Frage. Sie schien zu begreifen, warum Skar befohlen hatte, daß die Waffe dort liegenbleiben sollte.

»Warum hat er das getan?« fragte sie nachdenklich.

»Er mußte versuchen, mich zu töten. Ich an seiner Stelle –«

»Das meine ich nicht.« Kiina deutete auf die winzige Waffe und machte eine Bewegung, als wolle sie sie mit dem Fuß anstoßen. »Ich frage mich, warum er es *so* getan hat. Er hätte dir mit einer Hand das Genick brechen können – ohne sich selbst zu verstümmeln.«

»Vielleicht mußte er es«, antwortete Skar. Er hatte lange über diese Frage nachgedacht, aber zu einer befriedigenden Antwort war er nicht gekommen.

»Du meinst, es war kein einfacher Meuchelmord, sondern etwas wie eine zeremonielle Tötung.«

Aus Gründen, die ihm im allerersten Moment selbst nicht völlig klar waren, erfüllten diese Worte Skar mit Zorn. Aber er beherrschte sich; statt Kiina anzufahren, was sein erster Impuls war, nickte er nur und wandte sich rasch ab, damit sie sein Gesicht nicht sah. Kiina war der Wahrheit vermutlich sehr nahe. Was ihn zornig machte, das war nur die Wahl ihrer Worte. Obwohl der Quorrl gekommen war, um ihn zu töten, war es Skar unmöglich, Feindschaft für ihn zu empfinden. Der Priester tat, was er glaubte, tun zu müssen. Wie sie alle.

Er bückte sich nach seinem Mantel, streifte ihn wieder über und schloß ungeschickt die silberne Schnalle. Während er dies tat, wurde ihm klar, was für einen Kontrast das Kleidungsstück bilden mußte: der prachtvolle Zeremonienmantel des Kriegsherrn aller Satai über dem zerschrammten Lederharnisch eines einfachen Kriegers. Aber vielleicht, dachte er, auf eine hysterische Art belustigt, war er das ja jetzt auch: der Kriegsherr *aller* Satai, – und sei es nur, weil er vielleicht der *letzte* Satai war. Er hatte nichts mehr von Del und dem Heer gehört, seit sie die Ruinen Elays verlassen hatten. Aber alles, was seither geschehen war, hatte bewiesen, daß sie ihre Gegner nicht unterschätzen durften. Ihr beinahe totaler Sieg hier in Cant bedeutete nicht, daß auch Del und seine Begleiter ihr Ziel erreicht hatten.

»Ich frage mich, ob sie angekommen ist«, murmelte er.

»Wer?«

Er drehte sich zu Kiina um. »Das Mädchen«, sagte er. »Die junge *Errish,* die ich zu Del geschickt habe – ich habe ihren Namen vergessen.«

»Ich auch«, antwortete Kiina. »Aber ich weiß, was du meinst. Sie wird angekommen sein. Daktylen sind schnell.«

»Schneller als ein Pfeil? Oder ein Scannerblitz?«

Kiina machte eine wegwerfende Bewegung. »Du denkst zu

viel, Hoher Herr«, sagte sie spöttisch. »Glaubst du wirklich, Ennart hätte es dir nicht gesagt, wenn es ihnen gelungen wäre, Dels Heer zu schlagen?«

Das war etwas, woran Skar noch gar nicht gedacht hatte. Aber er mußte Kiina recht geben. Der angebliche *Gott* war viel zu sehr von sich und seiner Allmacht überzeugt gewesen, um eine *solche* Nachricht für sich zu behalten.

Außerdem, flüsterte eine Stimme in seinen Gedanken, *spielt es überhaupt keine Rolle, ob Del siegt oder nicht, ob Ikne befreit wird oder untergeht. Das Schicksal Enwors wird sich hier entscheiden. Hier und jetzt.*

Er legte seinen Waffengurt um, zog das Schwert halb aus der zerschrammten ledernen Umhüllung und ließ es übertrieben wuchtig zurückfallen, ehe er sich wieder über die Truhe beugte. Sorgsam wählte er vier *Shuriken* aus, kleine, fünfzackige Wurfsterne mit rasiermesserscharfen Schneiden, befestigte sie in den dafür vorgesehenen Schlaufen seines Gürtels und nahm schließlich noch einen Dolch an sich. Die mattsilberne Scannerwaffe – eine von Tausenden, die sie aus den Waffenkammern Carans mitgenommen hatten, ließ er unberührt – wie die meisten. Skar hatte keinen entsprechenden Befehl gegeben, aber nur sehr wenige Quorrl hatten sich mit diesen fürchterlichen Waffen ausgerüstet. Wenn er es recht bedachte, dann war der Scanner an Kiinas Seite eigentlich der einzige, der ihm bewußt aufgefallen war. Es war gut so. Carans finstere Katakomben bargen noch andere Geheimnisse; Dinge (Waffen), die so fürchterlich waren, daß die Scanner der *Ehrwürdigen Frauen* dagegen wirken mußten wie eine Kerze gegen einen Waldbrand. Sie hatten – fast nur auf Kiinas Drängen hin – einiges davon mitgenommen, aber niemand machte Anstalten, es zu benutzen. Und Skar wußte auch, warum das so war. Wenn sie diesen Kampf gewinnen wollten, dann mit der Kraft ihrer Herzen und ihren Schwertern, nicht mit der gleichen Macht, der sie gegenüberstanden.

Sie verließen das Zelt und gingen zum Fluß hinunter; ein Weg von einer halben Stunde, den sie wortlos zurücklegten, und jetzt wieder in zwei Schritten Abstand. Trotzdem schien etwas Neues zwischen ihnen zu sein; eine Art von Vertrautheit, die Skar nicht zum ersten Mal in Kiinas Nähe spürte, aber sehr lange vermißt hatte. Und es war nicht nur Einbildung, nichts, was er sich nur selbst einzureden versuchte, denn als sie das Ufer des Ningara erreichten und Titch zu ihnen trat, zögerte der Quorrl den Bruchteil eines Atemzuges, und sein Blick wanderte fragend zwischen Skars und Kiinas Gesichtern hin und her. Dann, wie um eine Frage zu beantworten, die Skar noch gar nicht gestellt hatte, schüttelte er den Kopf und deutete gleich darauf ein Nicken an, ein Zeichen der Ehrerbietung, das Skar mehr schmerzte, als dem Quorrl klar sein mochte. Er wollte nicht Titchs *Herr* sein, sondern sein *Freund*. Aber vielleicht hatte er seinen Anspruch auf das Wort *Freundschaft* verwirkt, vor sieben Tagen.

»Wie kommt ihr voran?« fragte er – sinnlose Worte, die einzig dem Zweck dienten, das Schweigen zu brechen. Er hatte selbst Augen, um zu sehen.

Trotzdem antwortete Titch: »Nicht so gut, wie ich es mir wünschte. Aber es wird reichen.«

Skar konnte Titchs Besorgnis nur zu gut verstehen. Er zweifelte nicht an ihrem Sieg, aber was er sah, machte ihm abermals und mit schmerzhafter Deutlichkeit klar, wie hoch die Opfer sein würden, die er verlangte. Möglicherweise gab es kaum ernstzunehmenden Widerstand von Priestern und den wenigen Gardesoldaten, die noch nicht geflohen, erschlagen oder kurzerhand zu ihrem Heer übergelaufen waren – aber die Verbotenen Inseln brauchten auch keine klug ausgedachte Verteidigung – sie selbst waren ihr bester Schutz. Inmitten des fast zwei Meilen breiten Ningara gelegen, war es beinahe unmöglich, sie zu erreichen. Die Hälfte ihrer Flöße würde von der Strömung zerbrochen oder über den Sturz gerissen werden, ehe sie den Inseln auch nur nahe kamen. Und *ganz* so naiv, wie Skar es sich gewünscht hatte, waren die Baumeister des Goldenen Tempels leider doch nicht gewesen: Zumindest schienen sie die Möglichkeit eines Angriffes bedacht zu haben, und selbst ein Narr konnte sich an zwei Fingern abzählen, aus welcher Richtung ein eventueller Feind kommen mußte. Es gab eine einzige, schmale Brücke, die über die reißenden Fluten führte, aber die begann auf der *anderen* Seite, dem nördlichen Ufer des Ningara.

Trotzdem hatten sie Holz genug – während der vergangenen vierundzwanzig Stunden hatten die Krieger die spärlichen Wälder auf dieser Seite des Flusses fast völlig abgeholzt und nicht einmal vor den Dach- und Stützbalken der wenigen Häuser haltgemacht, auf die sie stießen. Längs der glattgeschliffenen Kieselstein-Ufer des Ningara war eine mächtige Barriere aus Baumstämmen und Balken entstanden, aus der jetzt eine mächtige Flotte roher, aber äußerst massiv wirkender Flöße entstand. Das unablässige Hämmern, Sägen und Nageln mußte selbst über das Tosen des Sturzes hinweg zum Goldenen Tempel dringen, wie eine düstere Todesmelodie, die für die Verteidiger dort drüben den Untergang ihrer Welt einläutete.

»Das ist Wahnsinn«, murmelte er. »Die Hälfte der Krieger wird ertrinken.«

»Vielleicht gibt es einen anderen Weg«, sagte Titch. Skar sah ihn fragend an, und der Quorrl machte eine vage Handbewegung nach Westen. »Wir versuchen, ein Haltetau hinüber zu bringen«, erklärte er. »Rowl hat ein Dutzend seiner besten Männer ausgesucht, die mit einem Boot übersetzen werden. Wenn es ihnen gelingt, können wir versuchen, eine Kette zu spannen.«

»Über *eine Meile*?« fragte Kiina zweifelnd.

Titch zuckte mit den Schultern. »Hast du eine bessere Idee, Menschenjunges? Skar hat recht – die Strömung wird die Hälfte unserer Flöße in den Sturz reißen. Wenn nicht alle.«

»Es gibt eine Brücke«, erinnerte ihn Kiina.

»Auf der anderen Seite des Flusses«, entgegnete Titch gereizt. »Und selbst, wenn wir zwanzig Meilen flußaufwärts marschieren und an einer ungefährlichen Stelle übersetzen – ich kenne diese verdammte Brücke. Sie ist nicht mehr als ein Steg. Was sollte die Priester daran hindern, sie niederzubrennen – selbstverständlich erst, wenn unsere Krieger versuchen, sie zu benutzen?«

Kiina und Titch fuhren fort, so heftig aufeinander einzureden, daß zu einem richtigen Streit nicht mehr viel fehlte – aber Skar hörte kaum mehr hin. Sie hatten all diese Argumente – und

Dutzende anderer – immer und immer wieder durchdiskutiert. Er hatte sogar mit dem Gedanken gespielt, es selbst zu versuchen. Er war vielleicht der einzige, der eine Chance hatte, den Ningara lebend zu durchschwimmen – aber das Risiko war zu hoch. Die Chancen, daß er abgetrieben und über den Sturz gerissen wurde, standen unangenehm hoch. Und selbst, wenn er es unbeschadet überstand – sie würden Zeit verlieren. Zeit, die sie nicht hatten.

»Wann?« fragte er knapp, als Kiina und Titch endlich aufhörten, sich gegenseitig mit Argumenten zu beschimpfen, die der eine so gut kannte wie der andere.

»Wann was?« Titch blinzelte irritiert, dann begriff er. »Oh, das Boot.« Er überlegte einen Moment. »Sie sind vor einer Stunde aufgebrochen, aber sie müssen weit nach Westen. Die Strömung ist auf Meilen hin unüberwindlich. Zwei, drei Stunden, schätze ich. Ich lasse dich rufen, wenn es soweit ist.«

Weil du nicht willst, daß ich hier bleibe, dachte Skar bitter. *Weil die Krieger Angst vor mir haben, und ich sie nervös mache.* Er sprach das nicht aus, aber seine Gedanken mußten überdeutlich auf seinem Gesicht zu lesen sein, denn Kiinas Antlitz verdunkelte sich plötzlich vor Zorn, während Titch fast hastig wegsah und so tat, als beobachte er gebannt die Bauarbeiten an einem der zahllosen Flöße.

*

Skar blieb, und es dauerte keine drei oder vier Stunden, bis das Boot auftauchte, sondern weniger als eine.

Mit allem anderen schien sich auch sein Sehvermögen gebessert zu haben, denn Skar war der erste, der den winzigen, wild auf und ab hüpfenden Punkt auf den tobenden Fluten des Ningara sah, wenn auch nur Augenblicke, bevor sich Unruhe unter den Quorrl breit machte und mehr und mehr Krieger ihre Arbeit unterbrachen und aufgeregt nach Westen zu deuten begannen. Schließlich löste sich auch Skar von dem Platz im Schatten, wohin er sich zurückgezogen hatte, um die Arbeiten durch seine Anwesenheit nicht mehr als nötig zu behindern, und trat zum zweiten Mal durch eine Lücke in der Barriere aus Baumstämmen und Balken ans Ufer. Und diesmal war die Spannung unter den Quorrl größer als ihre Furcht, denn niemand wich vor ihm zurück oder floh gar aus seiner Nähe. Selbst Titch warf ihm nur einen flüchtigen Blick zu und starrte dann wieder gebannt nach Westen.

War der Plan Skar vorhin schon verrückt vorgekommen, so begriff er beim Anblick des winzigen Bootes erst richtig, wie *aberwitzig* er war. Die Strömung des Ningara war selbst hier, noch eine halbe Meile vom Sturz entfernt, schon so gewaltig, daß sich das Wasser in eine Fläche aus Glas verwandelt zu haben schien; Steine, die man hineinwarf, erzeugten keine Wellen, sondern verschwanden einfach unter der Oberfläche, und die armdicken Taue, mit denen die bereits fertiggestellten Flöße befestigt waren, waren zum Zerreißen gespannt; einige *hatten* bereits nachgegeben, und allein in der Stunde, die Skar hier unten gestanden hatte, hatten sich drei oder vier Flöße losgerissen und waren im Sturz verschwunden, gottlob ohne Besatzung.

Das Boot hatte keine Chance, dachte Skar. Er zweifelte nicht daran, daß Rowl seine besten Männer ausgesucht hatte; aber Quorrl *waren* nun einmal keine Seefahrer, und auch ein *guter* Quorrl war noch immer ein *miserabler* Matrose. Außerdem hätte der genialste Seemann der Welt keine Chance gehabt, gegen das Toben dieses Flusses.

Sie mußten das Boot Meilen weiter im Westen zu Wasser gelassen haben, um sich dann einfach der Strömung anzuvertrauen und wie mit einem Pfeil auf die Inseln zu zielen: ein Vorhaben, das schon unter normalen Umständen an Wahnsinn gegrenzt hätte. In diesem Fluß mit seiner unglaublichen Strömung, seinen tückischen Untiefen und Strudeln und Riffen und den Sandbänken, die fast stündlich ihre Lage und damit das Strömungsverhalten des gesamten Flusses änderten, grenzte es an Selbstmord.

Dabei sah es für Minuten fast so aus, als würde es gelingen: das Boot tauchte als winziger Punkt über dem Fluß auf, der stumpfe Bug deutete genau auf das Westufer der größten der drei Inseln, und irgendwie (Skar versuchte nicht einmal, sich vorzustellen, *wie* sie es bewerkstelligten) gelang es den Quorrl sogar, das Schiffchen zu steuern und halbwegs auf Kurs zu halten.

Aber nicht sehr lange.

Skar war nicht der einzige, der das Unglück kommen sah. Vielleicht gab es eine Unterströmung, vielleicht lauerten Riffe wie eine unsichtbare Barriere vor den Inseln, oder die riesige Felsmasse verursachte unter der Wasseroberfläche Strudel, die sie besser schützten als jede Mauer – aber was immer es war, es vernichtete das Boot. Eine halbe Meile vor dem Ufer bäumte sich das winzige Schiffchen plötzlich auf. Skar sah, wie einer der Quorrl über Bord stürzte und im Wasser versank, dann verwandelte sich das Boot in einen sich immer schneller und schneller drehenden Kreisel, rotierte acht-, neun-, zehnmal um seine eigene Achse – und wurde wie von einer Riesenfaust gepackt und meterweit in die Luft geschleudert.

Es zerbrach, ehe es wieder auf der Wasseroberfläche aufprallte.

Skar wandte sich mit einem lautlosen Stöhnen ab. *Wahnsinn,* dachte er. *Das ist heller Wahnsinn. Sie werden alle ertrinken!*

»Bist du jetzt zufrieden, Quorrl?« fragte Kiina hinter ihm. Skar drehte sich widerstrebend um und sah, daß sie auf Titch zugetreten war und herausfordernd die Fäuste in die Hüften gestemmt hatte. Ihr Gesicht flammte vor Zorn. »Und das gleiche wird euren närrischen Flößen passieren! Ihr werdet –«

»Sei still!« unterbrach sie Titch. »Es gibt keinen anderen Weg – oder weißt du einen?«

Kiina ignorierte seine Frage. Statt zu antworten, schlug sie ihren Mantel zurück und zerrte die silberne Scannerwaffe aus dem Gürtel. »Und wenn!« sagte sie. »Zehn Männer mit *diesen* Waffen dort drüben auf den Mauern, und *keines* deiner Flöße erreicht auch nur die Flußmitte, mein Wort darauf.« Sie begann zu schreien und erinnerte Skar nun vollends an ein hysterisches Kind. *»Warum benutzt ihr sie nicht? Ihr* habt *diese Waffen – nehmt sie und brennt diese verfluchte Insel aus dem Fluß!«*

Ihr Zornesausbruch bewirkte das Gegenteil dessen, was er sollte – Titch beruhigte sich von einer Sekunde auf die andere, und aus dem Zorn in seinem Blick wurde ein sanfter, fast väterlicher Tadel. Vorsichtig hob er die Hand, nahm Kiina den Scanner aus den Fingern und schob ihn behutsam in ihren Gürtel zurück. »Das geht nicht, Kind«, sagte er.

»Nenn mich nicht so!« Kiina schlug wütend seine Hand beiseite und funkelte ihn an. »Und wieso geht es nicht?«

»Frag Skar«, antwortete Titch. »Er wird es dir erklären.« Und ließ Kiina einfach stehen.

Sekundenlang blickte sie ihm wutschnaubend nach, dann fuhr sie auf der Stelle herum und starrte Skar an, ganz offensichtlich einfach auf der Suche nach einem anderen Opfer, an dem sie ihren Ärger auslassen konnte.

»Glaubst du das auch?« schnappte sie.

»Was?«

»Was dieses närrische Fischgesicht von Quorrl zu glauben scheint!« fauchte Kiina. »Daß wir die Hälfte der Männer sinnlos opfern und mit Pfeil und Bogen gegen die *Scanner* anrennen sollen?!«

»Das werden wir nicht«, antwortete Skar ruhig. »Titch hat recht. Es wäre falsch, sie mit diesen Waffen angreifen zu wollen. Wir würden den Sieg verschenken.« Er wußte nicht, woher dieses Wissen kam, aber es war so. Dies hier war nicht einfach nur ein weiterer Krieg. Es war so etwas wie die finale Auseinandersetzung, die vielleicht endgültige Entscheidung, welche Welt überleben würde – die der Menschen und Quorrl, oder die der *Alten* und der *Sternengeborenen*.

Kiina gestikulierte aufgeregt zur Flußmitte hin. »Was für ein Sieg?« fragte sie höhnisch. »Ich frage mich allmählich, ob auch nur einer von uns die Inseln jemals erreichen wird. Und selbst, wenn diese Flöße nicht zerbrechen – dort drüben werden Ssirhaa auf uns warten, Skar!«

»Es gibt keine Ssirhaa. Schon lange nicht mehr.«

»Dann eben Ians Brüder«, antwortete Kiina erregt. »Und *sie* werden keine Hemmungen haben, sich mit allem zur Wehr zu setzen, was sie haben. Hast du vergessen, was uns Ennart in seinem Turm gezeigt hat?«

Aber Skar wußte, daß es nicht so war. Es war kein Zufall, daß ihre Gegner bisher darauf verzichtet hatten, die fürchterliche Macht ihrer Waffen gegen sie einzusetzen. Etwas war dort drüben, auf diesen Inseln, hier, am Ufer, vielleicht in diesem ganzen Land, das stärker war als die vergessene Technik der *Alten*. Kiina irrte sich – dieser Kampf würde genau so entschieden werden: Mann gegen Mann, und allenfalls Willen gegen Willen. Nicht *Technik* gegen Fleisch.

Skar antwortete nicht mehr, denn ihm war klar, daß Kiina ganz bestimmt nicht nachgeben würde, sondern drehte sich mit einem wortlosen Achselzucken um und folgte Titch.

Er fand ihn nur wenige Schritte flußabwärts, wo er in eine erregte Diskussion mit einigen anderen Quorrl verwickelt war. Als die Krieger Skar näher kommen sahen, brachen sie mitten im Wort ab und zogen sich zurück, was Titchs Zorn noch mehr zu schüren schien. Aber der Quorrl war nicht der einzige, der wütend war. Die Stimmung näherte sich allgemein dem Siedepunkt, und Skar fragte sich nicht zum ersten Mal, ob dies vielleicht einfach die Art der Quorrl war, Angst zu zeigen.

»Hat sie dich überzeugt?« fragte Titch gereizt, als er näher kam.

Skar lächelte. »Nein – wenn sie auch in einem Punkt recht hat. Es wird schreckliche Opfer kosten, diese Inseln zu nehmen.«

»Es hat schreckliche Opfer gekostet, sie jahrtausendelang unberührt zu lassen«, knurrte Titch. Er schnitt Skar mit einer Geste das Wort ab, als er zu einer Antwort ansetzte. »Zerbrich dir nicht unseren Kopf, Satai. Es spielt keine Rolle, ob hundert sterben oder tausend oder fünftausend. Sie haben ebenso viele getötet, mit einer Handbewegung. Jede Woche, jeden Monat, jedes Jahr. Solange dieses Land besteht.«

Und vielleicht war es das erste Mal, daß Skar *wirklich* begriff, warum Titch und Rowl und all diese Quorrl bei ihm waren, warum ihr Heer kaum auf Widerstand stieß, sondern im Gegenteil immer mehr und mehr Quorrl zu ihnen überliefen. Dieser Krieg, der Aufstand der Quorrl und der Sturm auf die Verbotenen Inseln waren nichts, was spontan geschehen wäre. Möglicherweise hatte er es *ausgelöst* mit seinem Kommen, aber er war höchstens der Funke gewesen, der eine längst vorhandene Zündschnur in Brand setzte. Ein *wichtiger* Funke, ohne den es vielleicht noch einmal hundert oder auch hunderttausend Jahre gedauert hätte, ehe sich Titchs Volk gegen die Tyrannnei der Priesterkönige zur Wehr setzte, aber doch nicht mehr. Der Wille dazu war schon lange in ihren Herzen gewesen. Er erinnerte sich plötzlich der ohnmächtigen Wut, die er in Crons Augen gesehen hatte, der Verbitterung in Titchs Stimme, als er das erste Mal von den *Bestimmern* sprach, und tausend anderen Kleinigkeiten, die er kaum beachtet hatte, die aber mit einem Male Sinn ergaben.

Es war, als hätte Titch seine Gedanken gelesen. »Hast du das wirklich geglaubt?« fragte er leise. »Hast du wirklich geglaubt, *wir* helfen dir, *deinen* Krieg zu gewinnen, Satai?« Er schüttelte den Kopf, und für einen Moment, einen winzigen, unendlich kostbaren Moment, sprach er wieder mit Skar, nicht mit dem *Ding,* in das er sich verwandelt hatte, und für die gleiche Zeitspanne war er wieder Titch, sein Freund, nicht Titch, der Führer des Quorrl-Heeres, der nur Skars Befehlen gehorchte. »Das Schicksal hat es so gewollt, daß unsere beiden Kämpfe zu einem wurden«, sagte er, »aber das ist Zufall, nicht mehr und nicht weniger. Wir werden zusammen siegen oder zusammen untergehen, aber wir kämpfen aus verschiedenen Gründen, Satai.«

»Und ich dachte –«

»Daß wir *dir* folgen?« Titch lachte. »Das ganze Volk der Quorrl für einen Menschen? Sei kein Narr, Skar. Ich weiß nicht, was du bist, aber ich weiß, was du *nicht* bist – nämlich ein Gott. So wenig wie Ennart und die anderen.«

Etwas ... geschah. In Skars Seele und drüben, auf den Inseln. Skar spürte es, wenn auch nur auf einer tieferen, seinem direkten Begreifen nicht zugänglichen Ebene seines Bewußtseins, aber er spürte zumindest, daß sich etwas ändert – im gleichen Moment, in dem ihm klar wurde, wie sehr er sich getäuscht hatte.

Es war so etwas wie der letzte Schritt, der sich in seinem Innern vollzog. Bei Titch – und in gewissem Maße auch bei Rowl – hatte dieser Prozeß schon stattgefunden, aber nun vollzog er sich bei jedem einzelnen dieser über dreitausend Quorrl-Krieger in seiner Nähe: er akzeptierte endgültig, daß die Quorrl keine Werkzeuge waren, keine ... *Dinge*, die er nach Belieben einsetzen und wie Figuren auf einem Brett herumschieben konnte, sondern lebende, denkende, *fühlende* Wesen, jedes einzelne dieser wandelden Gebirge aus Schuppen und Muskeln und Knochen ein lebendes Wesen wie er, mit einem Schicksal, mit Gedanken, Gefühlen, Zorn und Haß, so wichtig oder unwichtig wie er selbst, wie Kiina und Titch und alle anderen, denen er bisher Menschlichkeit zugebilligt hatte. Er hatte die Quorrl benutzt, um sich den Weg zu ebnen, aber Titch hatte recht – es war niemals *ihr* Kampf gewesen. Er hatte kein Recht, auch nur ein einziges weiteres Leben zu opfern, um an sein Ziel zu gelangen.

Und es war, als würde etwas tief, tief drinnen in seinem Innern auf diese Erkenntnis reagieren. Er hatte kein Recht, auch nur noch ein einziges Leben von Titch zu fordern. Er hatte es nie gehabt.

»Was hast du?« fragte Titch. Es klang alarmiert; erschrocken.

Skar fuhr zusammen. Für die Dauer eines Herzschlages blickte er den Quorrl irritiert an, erst dann wurde ihm klar, daß seine Gedanken Besitz von seinem Gesicht ergriffen und es zur Grimasse hatten werden lassen.

»Nichts«, sagte er hastig. »Ich ... irgend etwas geschieht.«

»Etwas?« Titchs Augen wurden schmal.

Skar drehte sich abrupt um und sah zum Fluß hinüber. Die Inseln lagen wie eine schwarze Masse aus geronnener Nacht in der Mitte des zwei Meilen breiten Bandes, fast unsichtbar, wären die Kuppeln und Dächer aus Gold nicht gewesen, auf denen sich dann und wann ein verräterischer Lichtstrahl brach.

»Dort drüben?« Titch trat neben ihn. »Glaubst du, sie werden –«

Der Fluß bewegte sich.

Skar spürte es, den Bruchteil einer Sekunde vor Titch, aber der Quorrl *sah* es früher als er, denn er brach mit einem erschrokkenen Laut mitten im Wort ab und hob die Hand.

Es war keine Täuschung: der Fluß *bewegte* sich – genauer gesagt: *etwas* im Fluß bewegte sich, wenn auch nichts Konkretes,

Faßbares. Skar spürte es, und Titch *sah* es, aber weder er noch der Quorrl konnten wirklich erkennen, was es war. Es war, als ... als wäre ein Teil des Wassers zu ... etwas anderem geworden, etwas zugleich Körperlosem wie ungeheuer Mächtigem, das einen Teil der schäumenden, dahinschießenden Fluten in Bewegung brachte.

Und sie waren nicht die einzigen, die es merkten: mehr und mehr Quorrl hielten in ihrer Arbeit inne, starrten auf den Fluß hinaus oder begannen sich unruhig zu bewegen; einige Krieger flohen vor dem Ufer, über dem plötzlich etwas Unheimliches, Drohendes zu hängen schien, andere standen wie gelähmt.

»Was ist das?« flüsterte Titch.

In das Tosen des Sturzes und das seidige Rauschen der Strömung mischte sich ein neuer Klang; ein Laut, den sie mehr mit den Körpern als mit dem Gehör aufnahmen; wie das Vibrieren eines Erdbebens, kurz, bevor der Schall sein Ziel erreichte. Der Boden zitterte *nicht,* aber es war ein Gefühl, als schüttelte sich die Wirklichkeit in Entsetzen vor dem, was der Fluß gebar. Etwas *kam.*

Dann sahen sie es. In der Oberfläche des Flusses entstanden neue Strudel und Wellen, winzige Spritzer und brüllend aufsteigende Schaumgeysire, wo sich das Wasser an dem neu aufgetauchten Hindernis unter seiner Oberfläche brach, und etwas Dunkles, ungeheuer *Großes* stieg vom Grund des Flußbettes empor; langsam, aber mit der unaufhaltsamen Kraft einer Naturgewalt.

Großer Gott! dachte Skar. *Habe ich das getan?*

Es konnte kein Zufall sein – aber der Gedanke, daß es nur geschehen war, weil er es *wollte,* war unvorstellbar.

Das Toben des Flusses wurde heftiger. Zwischen dem diesseitigen Ufer und den Verbotenen Inseln schien plötzlich ein Riff zu sein, eine Mauer dicht unter der Wasseroberfläche, an der sich die Strömung brüllend und in kochenden Schaumwolken brach, während es höher und höher stieg, jetzt schon fast sichtbar und nur noch von hochspritzendem Wasser und der Nacht verborgen.

Unter den Kriegern brach eine Panik aus. Auch die letzten zogen sich fluchtartig zurück, als der gewaltsam gestaute Fluß sich brüllend über seine Ufer ergoß. Ein paar Männer wurden ergriffen und ins Wasser zurückgezerrt, und dicht vor Skar und Titch zerbarst die Barriere aus Bauholz und Balken wie eine Spielzeugpalisade unter einem Hammerschlag.

Skar rührte sich nicht. Er hörte Titch aufschreien und in panischer Angst davonstürzen, aber er selbst bewegte sich nicht von der Stelle. Er wußte, daß ihm nichts geschehen würde. Er war sicher. Was immer dort kam, es kam, weil er es *gerufen* hatte; nicht, um ihn zu vernichten. Rings um ihn herum tobten die entfesselten Fluten des Ningara, aber keine der tödlichen Wogen kam ihm auch nur nahe.

Er wußte nicht, wie lange es dauerte; Sekunden, allerhöchstens Minuten, in denen sich der Fluß hin und her warf wie ein brüllendes Raubtier, das mit aller Macht an seinen Fesseln zerrte, ohne sie wirklich zerbrechen zu können. Die Verbotenen Inseln waren verschwunden, der Fluß zu einem Chaos aus weißem Schaum und brodelnder Bewegung geworden, und das Brüllen der Strömung übertönte für Minuten sogar das Dröhnen des Sturzes. Dann, so unmerklich und langsam, wie es begonnen hatte, beruhigte sich die Flut wieder, und Skar sah ...

Es war schwarz. Die Farbe des Dronte, die Farbe der Sternenkreatur, aber es war keines von beidem, und doch Teil der gleichen, unheiligen Schöpfung, ein monströser Strang aus pulsierendem schwarzem Fleisch, der sich wie ein verkrüppelter Gigantenarm über den Fluß spannte, zwanzig, dreißig Meter breit und eine Meile lang, eine lebende Brücke, die den tödlichen Fluß überwand.

Und die entstanden war, weil *er es gewollt hatte!*

Skar machte einen Schritt auf das Ufer zu und blieb wieder stehen. Langsam, eingehüllt in Schaum und spritzendes Wasser, stieg das ungeheuerliche *Etwas* weiter aus dem Fluß, wie ein Dämon, der aus den Abgründen der Zeit emporstieg, um zu vollenden, was seine Schöpfer vor einer Million Jahren begonnen hatten. Er hätte Angst haben sollen, oder zumindest so etwas wie Ehrfurcht fühlen, aber in ihm war nichts; Skar fühlte sich leer, und er kam sich winzig vor. Die lebende Brücke wuchs weiter, und löste sich schließlich ganz aus dem Fluß, nur auf einem kaum armbreiten Stück mit dem Ufer verbunden, ein kühner, über eine Meile frei tragender Bogen, der auf ihn und Titch und das Heer wartete.

KOMM!

Es war nicht wirklich eine Stimme; nicht wie das Flüstern seines Dunklen Bruders, sondern eine völlig neue, zugleich fremde und auf unheimliche Weise vertraute Art der Kommunikation, die weit über alles hinausging, was er je erlebt hatte. Etwas von ihm war dort drüben, in den riesigen Höhlen unter den Inseln, in denen das Herz der Kreatur schlug, so wie etwas von ihr stets in ihm gewesen war; es war kein *Austausch* von Gedanken, sondern das, was er selbst fühlte.

Er machte einen weiteren Schritt auf das Ufer und damit den Beginn der monströsen Brücke zu und blieb wieder stehen; zögerte, machte einen weiteren Schritt und drehte sich herum.

Die meisten Krieger waren geflohen, spätestens in dem Moment, in dem dieses monströse Etwas aus den Fluten des Ningara aufgetaucht war, aber hier und da standen auch noch kleine Gruppen von Quorrl, und dicht hinter ihm, so nahe, daß er sich fragte, wieso er seine Schritte nicht gehört hatte, war Titch wieder aufgetaucht. Sein Gesicht war grau vor Furcht. Er zitterte so heftig, daß die winzigen Metallschuppen seiner Rüstung klirrten.

»Komm ruhig näher«, sagte Skar. »Es wird dir nichts tun. Keinem von euch.«

Titch starrte ihn an, aber er rührte sich nicht von der Stelle. Sein Blick glitt über die schwarze, zuckende Masse aus lebendem Gewebe, dann wieder über Skars Gesicht und schließlich wieder über die Brücke. »Was ... was ist das, Skar?« stammelte er.

Skar antwortete nicht. Wie konnte er Titch erklären, was er selbst noch nicht verstand? Oh, er *wußte,* was es war – nichts anderes als der *Dronte,* nichts anderes als die *Ultha* und die zahllosen anderen Gestalten, die es angenommen haben mochte im Laufe der Äonen – aber das war es nicht, was Titch wissen wollte.

Mit klopfendem Herzen machte Skar den letzten Schritt und

setzte den Fuß auf die Brücke. Er hörte, wie Titch hinter ihm einen kleinen, entsetzten Schrei ausstieß, und plötzlich hatte auch er selbst Angst; und sei es nur, weil er jetzt vielleicht zum ersten Mal wirklich begriff, wie groß, wie ungeheuer *mächtig* die Kreatur war. Selbst diese monströse Nabelschnur war ein Nichts gegen ihre wirkliche Größe.

»Skar!«

Er blieb abermals stehen und drehte sich um, als Kiina mit einem Schrei zwischen den Quorrl auftauchte. »Skar, was –?!«

Wie Titch zuvor blieb sie mitten im Schritt stehen, und für Sekunden malte sich das gleiche, ungläubige Entsetzen auf ihren Zügen ab, das er auch im Gesicht des Quorrl gelesen hatte. Aber Kiina fand ihre Fassung weitaus rascher wieder als der Quorrl; vielleicht, weil sie weniger als er begriff, was sie *wirklich* sah.

»Großer Gott, was ist das?« flüsterte sie. Ihre Augen wurden groß. »Du ... du willst doch nicht wirklich über ... über dieses *Ding* gehen?«

»Ich muß es«, antwortete Skar traurig.

Kiina wollte weitergehen, aber Titch riß sie mit einer groben Bewegung zurück. »Keiner von uns wird auch nur einen Fuß darauf setzen!« sagte er.

»Dann wird Enwor untergehen«, sagte Skar.

Vielleicht war es die *Art*, in der er die Worte aussprach: ruhig, fast gelassen, aber ohne die Kälte, die in den letzten Tagen in seiner Stimme gewesen war. Sie hatten nichts von einer Drohung an sich, aber es gab auch keinen Zweifel daran, daß Skar die Wahrheit sprach.

»Die ... die Männer werden mir nicht folgen«, sagte Titch unsicher. »Sie haben Angst, Skar. Sie –«

Ein gellender Schrei übertönte das Rauschen der Strömung, ein Brüllen von solcher Urgewalt und Wildheit, daß selbst Skar im ersten Moment zusammenfuhr und sich erschrocken umsah. Dann, wie ein leiseres, entsetztes Echo, schrien auch zwei, drei von Titchs Kriegern auf und deuteten mit ausgestreckten Armen über den Fluß.

Die Brücke war nicht mehr leer.

An ihrem jenseitigen Ende war ein unheimliches, düster-rotes Licht aufgeflammt, das Skar die Tränen in die Augen trieb und ihn blinzeln ließ. Trotzdem erkannte er die titanischen Drachenkreaturen sofort.

Es waren nicht die Drachen, wie sie die *Errish* ritten, sondern die häßlichen, ins absurde vergrößerten Brüder der Tyrr, die Ennart und seinen Zauberpriestern als Reittiere dienten, und es war ein gutes Dutzend dieser Ungeheuer, das brüllend und mit gierig vorgestreckten Krallen über die Brücke herangetobt kam. Keines von ihnen trug einen Reiter, aber Skar glaubte eine winzige, schwebende Gestalt in der Luft über ihnen zu erkennen. Im ersten Moment hielt er diesen Eindruck für eine Täuschung; dann erinnerte er sich, auch Ian auf den Rücken seines Reittieres *hinaufschweben* gesehen zu haben, als er ihm das erste Mal begegnete.

»Zurück!« befahl Titch. Plötzlich war seine Stimme voller Kraft und hatte wieder den gewohnten, befehlenden Tonfall angenommen, und noch etwas geschah – etwas, das Skar im ersten Moment in Erstaunen versetzte, ehe er begriff, warum es so war: Der Anblick der heranrasenden Bestien hätte jeden *Menschen* vollends in Panik versetzt, aber auf die Quorrl schien er genau entgegengesetzt zu wirken: einige wenige Krieger ergriffen tatsächlich die Flucht, aber die meisten folgten einfach Titchs Befehl und zogen sich nur zwanzig, dreißig Schritte weit vom Ufer zurück, ehe sie stehenblieben und ihre Waffen zogen. Der Anblick der Schwerter und Bögen kam Skar im ersten Moment fast lächerlich vor, angesichts der fünfzig Fuß großen Kolosse über dem Fluß, und doch war in den Gesichtern der Quorrl keine Angst mehr. Die Drachen waren eine Gefahr, die sie verstanden, die vielleicht unüberwindlich, aber *greifbar* war, und Quorrl hatten sich niemals vor einem Feind gefürchtet, der einen *Körper* hatte. Skar lächelte stumm in sich hinein, als er begriff, daß die Ssirhaa jetzt vielleicht ihren letzten, entscheidenden Fehler begangen hatten.

Die Drachen näherten sich schnell. Die Brücke war eine Meile lang, aber die Ungeheuer legten mit jedem Schritt ein gutes

Dutzend Meter zurück, und was immer sie lenkte, schien sie regelrecht in Raserei zu versetzen. Zwei, allerhöchstens drei Minuten, dachte er, und die schuppigen Ungeheuer würden wie ein Orkan aus Fleisch und Panzerplatten unter Titchs Krieger fahren und sie einfach niederwalzen.

Er griff nach seinem Schwert, führte die Bewegung aber nicht einmal ganz zu Ende, sondern wandte sich um und winkte Kiina zu sich. Das Mädchen zögerte. Ihr Blick irrte nervös zwischen Skar und den heranrasenden Ungeheuern hin und her, ehe sie sich einen sichtbaren Ruck gab und näher kam.

Skar legte den linken Arm um ihre Schulter und deutete mit der anderen Hand schräg nach oben, zu der schattenhaften Gestalt, die über der Front der Drachen heranraste. »Siehst du ihn?« fragte er.

Kiina schüttelte den Kopf, sah ihn fragend an und verengte die Augen zu schmalen Schlitzen, als er auffordernd nickte und seine Handbewegung wiederholte. Dann nickte sie.

»Er ... schwebt!« flüsterte sie verblüfft. »Aber das ... das ist doch ... unmöglich.«

»Dann erkläre ihm das doch«, sagte Skar spöttisch.

Kiina verstand sofort, was er meinte – aber sie rührte keinen Finger, sondern blickte ihn nur ungläubig an. Skar nahm ihre Hand, führte sie zum Griff des Scanners in ihrem Gürtel und nickte auffordernd.

Kiina zögerte eine weitere Sekunde, zog dann ihre Waffe und trat einen halben Schritt zurück, um zu zielen. Sie ging sehr ruhig zu Werke, mit einer Kaltblütigkeit, die selbst Skar erstaunte. Ohne der Front der heranrasenden Drachen auch nur einen Blick zu gönnen, spreizte sie die Beine ein wenig, ergriff ihre Waffe mit beiden Händen und richtete den Lauf auf die schwebende Gestalt.

Sie schoß, als die Drachen noch hundert Schritte vom Ufer entfernt waren. Der Scanner spie eine dünne, grausam helle Nadel aus Licht aus, die den schwebenden Zauberpriester mit tödlicher Präzision traf und durchbohrte. Für den Bruchteil einer Sekunde schien sich seine Gestalt aufzublähen, wuchs auf das drei-, vier-, fünffache ihrer wirklichen Größe und begann gleichzeitig wie unter einem unheimlichen inneren Feuer zu glühen.

Dann explodierte er.

Die Nacht wurde für Sekunden zum Tag. Ein grellweißer Feuerball tauchte den Fluß in blendende Helligkeit, dehnte sich rasend schnell aus und färbte sich orange, dann dunkelrot, ehe er an den Rändern zu zerfasern begann und ganz allmählich verblaßte.

Und mit ihm verschwanden die Drachen.

Selbst Skar hielt es im ersten Moment für eine Täuschung; ein Trugbild, mit dem ihn seine geblendeten Augen narrten – die Drachenbestien stürmten weiter, und sie waren jetzt schon so nahe, daß er das Zittern der lebenden Brücke unter ihren Schritten zu hören glaubte. Aber im gleichen Moment, in dem der schwebende Zauberpriester verschwand, verloren ihre Körper Farbe und Substanz, verwandelten sich von fleischgewordenen Alpträumen in flackernde Schemen, halb transparent, so daß er durch die Körper der vordersten Tiere hindurch die hinter ihnen herstürmenden Ungeheuer sehen konnte – und vergingen ganz.

Kiinas Augen wurden groß. »Bei allen Göttern!« hauchte sie. »Was –?«

Skar zog sein Schwert. Sein Blick suchte den Titchs, und im gleichen Moment, in dem er in die Augen des Quorrl sah, wußte er, daß er gewonnen hatte. In Titchs Blick zeichnete sich dasselbe, ungläubige Staunen ab wie in dem Kiinas, aber nicht einmal mehr ein Schatten von Furcht. Nur noch Zorn.

»Lüge«, zischte der Quorrl. »Es war nichts als ein Trugbild! Es sind alles *Lügen!*«

»Ja«, antwortete Skar. Die Spitze seines Schwertes deutete über den Fluß, auf das lodernde rote Licht, in dem die Kuppeln und Türme der Tempelanlage zu verschwimmen schienen wie in einem Meer von Blut. »Erinnerst du dich, Titch? Sie sind Meister der Lüge. Das waren deine eigenen Worte.« Er zögerte einen ganz kurzen Moment, und obwohl er spürte, daß er schon gewonnen hatte, fügte er hinzu: »Und sie selbst, Titch, sind die größte Lüge.«

Titchs Gesicht war wie aus Stein, als er sein Schwert hob und eine befehlende Geste machte. Und als Skar sich Sekunden später abermals umwandte und zum zweiten Mal auf die Brücke aus schwarzem Fleisch hinaustrat, folgte er ihm.

*

Sie waren noch ungefähr dreihundert, als sie die Insel betraten. Die meisten Quorrl waren in Panik geflohen, als die Brücke auftauchte, und spätestens danach, als die Drachen erschienen; und von denen, die geblieben waren, hatten wiederum die meisten Titchs Befehl mißachtet, vielleicht gar nicht gehört, so daß sich in Skars Begleitung weniger als ein Zehntel des ursprünglichen Heeres befand.

Aber das war mehr als genug. Wahrscheinlich, dachte er, hätte es keines einzigen dieser Krieger bedurft, um es zu Ende zu bringen, und für einen ganz kurzen Moment war er sogar nahe daran gewesen, Titch zurückzuschicken.

Sie waren nicht noch einmal angegriffen worden. Hinter den Zinnen und Wehrgängen des festungsähnlichen Tempelkomplexes bewegten sich Schatten, und dann und wann huschten unheimliche Lichtreflexe über den Himmel. Manchmal hörten sie Geräusche: Laute, wie sie seit Äonen kein lebendes Wesen mehr gehört hatte, und die nicht nur Skar schaudern ließen. Das unheimliche rote Licht war nicht erloschen, sondern erhellte jetzt den gesamten Tempelkomplex, und ein paarmal hatten sie winzige schwebende Gestalten über den schimmernden Kuppeldächern gesehen.

Skar war der erste, der von der lebenden Brücke herunter- und rasch ein paar Schritte zur Seite trat, um Titch und seinen Quorrl Platz zu machen. Er fror. Es war kalt gewesen über dem Fluß. Ein eisiger Wind hatte an ihren Kleidern gezerrt und versucht, sie von der Brücke zu stoßen, und das Toben des Flusses hatte noch nicht ganz aufgehört; manchmal hatte die lebende Brücke unter ihren Füßen wie ein waidwundes Tier gezittert, und zwei- oder dreimal hatten sich gewaltige Wogen an ihren Flanken gebrochen und sie mit eisigem Wasser überschüttet. Er wußte nicht, wie lange sie gebraucht hatten, um die Insel zu erreichen, aber es mußte *lange* gewesen sein; trotz allem hatten sich die Quorrl nur sehr langsam bewegt, und mehr als einer war auf halber Strecke wieder umgekehrt, fast wahnsinnig vor Angst oder Entsetzen. Der Himmel im Osten färbte sich grau, und in einer Stunde würde der Tag heraufziehen.

Er winkte Kiina zu sich und wartete geduldig, bis auch der letzte Quorrl von der Brücke heruntergetreten war. Obwohl auf ein Zehntel seiner ursprünglichen Größe zusammengeschrumpft, war es noch immer ein mächtiges Heer, und doch schien es vor dem zyklopischen Tempelgebäude zu einem Nichts zusammenzuschrumpfen.

Erst jetzt, als sie ihm ganz nahe waren, sah Skar, *wie* gewaltig der Goldene Tempel der Quorrl wirklich war: die Insel war gut dreihundert Fuß breit und vielleicht fünfmal so lang, aber der Tempelkomplex bedeckte sie zur Gänze, ausgenommen des schmalen sandigen Streifens, auf dem sie standen. Das knappe Dutzend goldgedeckter Kuppeln und Dächer mußte sich eine halbe Meile über ihnen befinden, und wohin er auch blickte, sah er Gold und andere edle Metalle. Und nichts war so, wie er es sich vorgestellt hatte – der Tempel war von geometrischer Strenge, alle Linien klar und gerade und bar jedes barbarischen Zierrates und Schmuckwerks, wie er es unwillkürlich bei einem von Quorrl erschaffenen Heiligtumes angenommen hatte. Es gab nur ein einziges – allerdings *gigantisches* Tor, das die fugenlosen Mauern durchbrach. Zu Skars Erstaunen war es nicht einmal geschlossen. Die beiden dreißig Meter hohen Flügel aus goldbedecktem Holz standen weit offen und gaben den Blick auf einen weitläufigen, von einer verwirrenden Symmetrie kleiner ineinandergeschachtelter Gebäude umschlossenen Innenhof frei. Schatten bewegten sich darauf, und manchmal blitzte etwas im Widerschein des unheimlichen roten Lichtes und verriet, daß der Hof nicht ganz so leer war, wie es im ersten Moment den Anschein gehabt hatte.

Als sie sich langsam dem Tor näherten, schlugen Flammen aus

dem Boden.

Eine zehn Meter hohe Feuerwand brach aus dem Sand, grelles Licht und sengende Hitze ergoß sich wie der Atem eines zornigen Drachen über Skar und die vordersten Krieger. Einige der Quorrl schrien auf und ergriffen die Flucht, und auch Titch prallte entsetzt zurück und riß beide Arme in die Höhe, um sein Gesicht zu schützen.

Skar ging fast gelassen weiter. Er spürte die Hitze wie die Quorrl, und das Licht stach wie mit Dolchen in seine Augen. Er konnte nicht mehr atmen; als er es versuchte, schienen sich seine Lungen mit Flammen zu füllen. Und trotzdem wußte er, daß nichts davon real war. Es gab dieses Feuer sowenig, wie es die Drachen gegeben hatte. Mit zusammengebissenen Zähnen, um einen Schmerzensschrei zu unterdrücken, ging er weiter und trat mit einem entschlossenen Schritt in die Wand aus brodelnden Flammen hinein.

Das Feuer erlosch, und mit ihm Hitze und Licht. Im ersten Moment stöhnte Skar abermals, denn nach der eingebildeten Höllenglut war die Kälte der Nacht fast ebenso schmerzhaft, aber nach einer Sekunde verging auch dieser neue Schmerz. Er drehte sich herum und winkte den Quorrl. »Es war nur eine Illusion!« rief er. »Ihr habt nichts zu befürchten. Sie können euch nichts mehr tun!« Er ging weiter, ohne auf Titch und die Quorrl zu warten.

Und blieb abermals stehen, als er das Tor durchschritt und der Innenhof vor ihm lag. Jetzt, nicht mehr geblendet vom düsterroten Schein des unheimlichen Lichtes, sondern selbst darin eingeschlossen, konnte er fast so gut sehen wie bei Tage.

Und was er erblickte, das ließ ihn vor Zorn und Entsetzen aufstöhnen. Entsetzen, als er begriff, wie heimtückisch die Falle gewesen war, die Ennart und seine Brüder für sie aufgestellt hatten, und Zorn, als ihm ihre Sinnlosigkeit zu Bewußtsein kam.

Der Hof war voller *Ultha.* Wie schwarze Trümmer bedeckten sie die goldenen Fliesen, mit verrenkten Gliedern und zerbrochenen Panzern über- und nebeneinandergestürzt, so, wie sie der Tod getroffen hatte; Hunderte, wenn nicht Tausende der schlanken Insektenkreaturen, die auf Titch und ihn gewartet hatten.

Und ihr Anblick verfehlte nicht einmal jetzt seine Wirkung. Skar hörte, wie die ersten Quorrl hinter ihm auftauchten und entsetzt zurückprallten; und für Augenblicke brach endgültig Panik unter den Kriegern aus. Keiner der Dämonen war noch am Leben, aber ihr bloßer Anblick erschütterte die Quorrl bis ins Innerste

»Gütiger Gott!« flüsterte Titch neben ihm. »Was ist das?«

»Das Empfangskomitee«, antwortete Skar, ohne sich zu ihm herumzudrehen. Seine Stimme wurde bitter. »Eine kleine Überraschung, die sich Ennart zu unserer Begrüßung ausgedacht hat.«

»Was ... was hat sie umgebracht?« stammelte Titch. Selbst er kämpfte mit aller Macht um seine Selbstbeherrschung. Skar mußte ihn nicht einmal ansehen, um zu erkennen, daß auch Titch am liebsten seine Waffen fortgeworfen hätte und geflohen wäre.

»Nichts«, antwortete er. »Sie haben niemals gelebt, Titch.«

»Aber die Ssirhaa«, murmelte Titch. »Sie ... sie haben –«

»Es gehorcht ihnen nicht mehr«, unterbrach ihn Skar. »Verstehst du denn immer noch nicht? Sie haben die *Kreatur* erweckt, aber sie haben keine Macht mehr über sie!«

»Aber warum hier?« flüsterte Titch, der seine Worte gar nicht gehört zu haben schien. »Das ... das müssen Tausende sein! *Warum hier?*« Er schrie fast, und Skar begriff, daß er die Antwort auf seine eigene Frage so gut wußte wie er. »Sie hätten uns vernichten können! Sie hätten uns mit einer Handbewegung auslöschen können, die ganze Zeit über!«

Es war Kiina, die antwortete, nicht Skar. »Weil das nicht in ihre Pläne gepaßt hätte, Titch. Was hätte es genutzt, die Bastarde zu schlagen? Ein paar hätten überlebt, so oder so.« Sie lachte bitter. »Kannst du es dir wirklich nicht denken, Quorrl? Kannst du dir nicht vorstellen, was dein Volk empfunden hätte, wäre dein Heer in den Tempel einmarschiert und nicht wieder herausgekommen?«

Titch starrte sie an, und auch Skar spürte einen erneuten, eisigen Schauer von Zorn, als ihm die ganze Brutalität des Denkens klar wurde, das hinter diesem Plan stand.

»Dafür werden sie bezahlen«, murmelte Titch. »Ich werde diesen verdammten Tempel niederreißen, mit eigenen Händen. Sie werden –«

Ein Scannerblitz zuckte über den Hof, verfehlte ihn um weniger als eine Handbreit und tötete einen seiner Krieger.

Skar schrie auf, warf sich mit weit ausgebreiteten Armen auf Kiina und riß sie zu Boden, und hinter ihm barst die Front der Quorrl auseinander wie unter einer lautlosen Explosion.

Eine Sekunde später brach auf dem Hof die Hölle los.

Dutzende von grellen, stabdünnen Bändern aus Licht stachen nach den Quorrl, und plötzlich waren überall Gestalten; grotesk plumpe, hastende Schatten mit übergroßen Köpfen und in schwarzen Rüstungen, die jäh zwischen den gestürzten *Ultha* hervorwuchsen oder aus Türen und Fensteröffnungen herausstürmten.

Ein weiterer Scannerblitz schlug nach Skar. Er warf sich herum, rollte fünf-, sechsmal über den Boden und riß Kiina dabei einfach mit sich und kam endlich wieder auf die Beine. Kiina riß fluchend ihren Scanner aus dem Gürtel und schoß auf eine der schwarzgekleideten Gestalten, ohne sie zu treffen.

Skar opferte eine kostbare Sekunde dafür, sich umzusehen.

Der Hof hatte sich in ein Tollhaus verwandelt. Schon der erste Angriff der Zauberpriester hatte fast einem Viertel ihrer Krieger das Leben gekostet, und Ians Brüder schossen erbarmungslos und mit tödlicher Präzision auf die, die bisher überlebt hatten. Dutzende von Quorrl lagen bereits tot oder mit furchtbaren Brandverletzungen am Boden, und noch während sich Skar herumdrehte, fielen drei, vier weitere Schuppenkrieger unter den grellen Lichtblitzen der Zauberpriester.

Skar rannte los, stürmte im Zickzack auf eine der monströsen Gestalten zu und tötete sie mit einem Schwertstreich, ehe sie seine Annäherung auch nur bemerkte. Ein Scannerblitz züngelte nach ihm. Er ließ sich fallen, riß noch im Sturz einen *Shuriken* aus dem Gürtel und schleuderte die Waffe. Der winzige Metallstern bohrte sich in die Rüstung des Zauberpriesters, der auf ihn geschossen hatte. Der Wurf war nicht kräftig genug, den wuchtigen Panzer völlig zu durchdringen, aber die rasiermesserscharfen Klingen des *Shuriken* schienen irgend etwas im Inneren der Rüstung zerstört zu haben. Der Mann taumelte plötzlich, ließ seine Waffe fallen und griff sich an den Hals. Etwas zischte. Blaues Feuer brach aus den Sehschlitzen seines Helmes, hüllte den Zauberpriester in ein zischendes Netz dünner, weißblauer, wabernder Funken und tötete ihn, und fast in der gleichen Sekunde traf ein Blitz aus Kiinas Scanner einen weiteren Zauberpriester und ließ seine Rüstung explodieren.

Diesmal war die Wirkung ungleich schrecklicher als vorhin über dem Fluß. Ein rotoranger Feuerball breitete sich auf dem Hof aus, verschlang auf zwanzig, dreißig Meter alles, was sich ihm in den Weg stellte und fegte Menschen und Quorrl von den Füßen, und die kochende Hitzewelle, die Skars Rücken versengte, war dieses Mal *nicht* eingebildet, sondern grausame Wirklichkeit. Sekundenlang blieb er schweratmend und keuchend vor Schmerz liegen, ehe er mühsam den Kopf hob und halbblind nach seinem Schwert tastete.

Kiinas Schuß hatte den Kampf entschieden. Vielleicht hatte die Explosion den Quorrl einfach die Sekunden verschafft, die sie brauchten, vielleicht war es auch nur eine Laune des Zufalls, daß sich die meisten Zauberpriester in der Nähe des Mannes aufgehalten hatten, auf den Kiina zielte, und von der Druckwelle getötet oder ebenfalls von den Füßen gefegt worden waren, vielleicht war es auch einfach der Schock, einen der ihren von ihren eigenen Waffen getötet zu sehen – aber das mörderische Feuer hatte aufgehört. Und die Quorrl, die noch am Leben waren (nicht einmal die Hälfte ihrer ursprünglichen Zahl, dachte Skar schmerzhaft), griffen nun ihrerseits erbarmungslos an. Die Zauberpriester brauchten vielleicht nur Sekunden, um sich neu zu formieren, aber diese winzige Zeitspanne reichte: aus der massiven Wand aus Licht und Feuer, die den Schuppenkriegern entgegengeschlagen war, wurde ein chaotisches Durcheinander fast ungezielt abgegebener Schüsse, die nur noch selten ihr Ziel trafen. Und wo es den Quorrl gelang, die Zauberpriester zum Zweikampf zu stellen, stand der Sieger von vornherein fest. Es vergingen nur noch Sekunden, bis Ians Brüder die Sinnlosigkeit ihres Widerstandes einsahen und die Flucht antraten.

»Skar! Dort drüben!«

Skar wandte den Kopf, sah Titch wild mit den Armen zum gegenüberliegenden Ende des Hofes deuten und blickte in die gleiche Richtung.

In dem Durcheinander von Häusern, Türmchen und Erkern hatte sich ein Tor geöffnet, aus dem waberndes rotes Licht herausfiel, stechender und irgendwie ... *böser* als der Schein, der den Hof erfüllte. Die überlebenden Zauberpriester versuchten dieses Tor zu erreichen, aber gleichzeitig kam auch etwas daraus hervor, etwas Riesiges, Formloses, wie kriechende Schatten, die versuchten, Form und Gestalt anzunehmen.

Der Ansturm der Quorrl geriet abermals ins Stocken. Die Zauberpriester hatten vollends aufgehört zu schießen – nur noch sehr wenige waren am Leben –, aber nun war es das Tor und das, was aus ihm herauskam, das die Krieger innehalten ließ.

Es waren Drachen. Die gleichen häßlichen Bestien wie draußen auf der Brücke, aber diesmal nur drei – und diesmal waren sie *echt*.

Skar wußte es. Es gab keinen Unterschied zwischen ihnen und den Trugbildern, die ihnen der schwebende Zauberpriester vorgegaukelt hatte, aber er wußte einfach, daß er den Ungeheuern jetzt wirklich gegenüberstand; drei titanischen schuppengepanzerten Kolossen, deren Augen voller tückischer, böser Intelligenz auf ihn und die Quorrl herabstarrten und in deren Nacken drei gewaltige, goldschimmernde Gestalten saßen.

»Das ... das ist Ennart!« flüsterte Kiina fassungslos. Sie war neben ihn getreten, und Skar sah erst jetzt, daß sie verletzt war: quer über ihren Hals und die linke Wange zog sich eine dünne, aber tiefe und heftig blutende Wunde, und eine Strähne ihres blonden Haares war verkohlt, ihr Gewand voller Blut. Aber ihre rechte Hand hielt noch immer den Scanner. Skar hielt ihren Arm fest, als sie die Waffe heben und auf die vorderste Drachenbestie zielen wollte.

Über den drei Ungeheuern begannen sich Schatten zu bilden.

Wie Rauch, der aus dem Nichts kam, begannen wolkige dunkle Schemen über den Köpfen der drei Bestien und ihrer Reiter zu wogen, zogen sich zusammen, trieben wieder auseinander, ballten sich erneut zu vergänglichen Formen ...

Das Blitzen von Gold, der Farbe der Ssirhaa ... Ein riesiges, ins Ungeheuerliche vergrößertes Gesicht, halb Mensch, halb Quorrl, und gleichzeitig auch etwas anderes, etwas gleichermaßen Fremdes und Böses wie auch Edles und unbeschreiblich Schönes ...

Skar sah aus den Augenwinkeln, wie einer der Quorrl aufschrie und auf die Knie fiel. Andere schleuderten ihre Waffen fort und flohen oder erstarrten einfach zur Reglosigkeit, als sich die Gestalt eines Ssirhaa aus den Schatten bildete, ein fast absurd großer Koloß, halb so hoch wie der höchste Turm des Goldenen Tempels und mit Ennarts Gesicht.

Ihr Verfluchten! dröhnte eine Stimme über den Hof, die Stimme eines Gottes, eines *zornigen* Gottes, laut und mächtig genug, sich die Quorrl vor Schmerz krümmen zu lassen. *Ihr wagt es, unser Heiligtum zu schänden! Ihr werdet den Zorn der Götter spüren!*

Skar ließ das Schwert sinken. Rings um ihn herum fuhren die Quorrl fort, auf die Knie zu sinken oder einfach zu fliehen, aber er selbst spürte nichts als eine große, fast friedvolle Ruhe. Er begriff plötzlich, wie verzweifelt Ennart sein mußte, zu diesem letzten, fast schon lächerlichen Mittel zu greifen.

»Gib auf, Ennart«, sagte er. »Wir glauben deinen Lügen nicht mehr.«

Er hatte nicht einmal laut gesprochen. Trotzdem wandten sich die drei goldenen Gesichter über den Drachenköpfen in seine Richtung; und Augenblicke später auch das übermannsgroße Antlitz der Göttergestalt.

Du wagst es, dich den GÖTTERN in den Weg zu stellen? dröhnte die Stimme. *Dann wirst du sterben, so wie alle anderen!*

Die Riesengestalt beugte sich vor. Ihre Hand senkte sich, und der ausgestreckte Zeigefinger berührte einen Quorrl-Krieger, der dicht neben Titch auf die Knie gesunken war.

Der Quorrl starb.

Er mußte so gut wie Skar wissen, daß das Abbild des gigantischen Ssirhaa nichts als ein weiterer Trick war, eine Illusion wie die Drachen und das Feuer, aber dieses Wissen nutzte ihm nichts. Er stand seinem *Gott* gegenüber, dem Inbegriff all dessen, woran er je geglaubt – und was er je gefürchtet! – hatte, und er spürte seinen Zorn und dann seine Berührung, und sie tötete ihn.

Und dies war wirklich der letzte Fehler, den Ennart beging.

Titch schrie auf, als wäre *er* es gewesen, den die Hand des zornigen Gottes berührte, aber es war keine Furcht, sondern Zorn, alles hinwegfegender, kochender Zorn, der ihn aufbrüllen ließ. Seine Hand riß den Bogen vom Rücken und tastete nach einem Pfeil.

Aber Skar war schneller.

Sein Schwert klirrte zu Boden, als er zum Gürtel griff und einen weiteren *Shuriken* aus seiner Schlaufe löste. Einer der Ssirhaa vor ihm fuhr mit einem Mal herum und riß den Arm in die Höhe, etwas Kleines, Silbernes blitzte in seiner Hand, aber die Bewegung schien mit einem Mal lächerlich langsam zu sein, als hätte sich die Zeit geteilt, und Skar befände sich auf der anderen, schnelleren Seite: er riß den Arm in die Höhe, bewegte die Finger in schnellen, zahllose Male geübten Gesten – und schleuderte den Wurfstern.

Die fünfzackige Scheibe aus *Sternenstahl* traf den Hals des Drachenungeheuers und bohrte sich hinein. Ihre Wucht war kaum groß genug, die Hornplatten der Bestie zu durchdringen, und wahrscheinlich spürte das Tier nicht einmal Schmerz – aber es war auch nicht der *Shuriken*, der es tötete.

Es war Skar.

Etwas in ihm. Die ungeheure, finstere Macht, die sein Dunkler Bruder ihm geschenkt hatte, und die er jetzt zum ersten Mal bewußt entfesselte. Der Drache starb, nicht weil die lächerliche Waffe ihn getötet hätte, sondern einfach, weil Skar es *wollte.* Mit einem gellenden Schrei bäumte sich das Ungeheuer auf, brach wie vom Blitz getroffen zusammen und zermalmte seinen Reiter unter sich, und es riß noch im Zusammenbrechen das zweite

Monstrum mit sich. Der Drache schrie, strauchelte und warf seinen Reiter ab, drohte für Sekunden ebenfalls zu stürzen und fand im letzten Moment seine Balance wieder. Dann traf ihn ein Blitz aus Kiinas Scanner und verwandelte seinen Kopf in eine auseinanderspritzende Masse aus Fleisch und kochendem Blut. Das Ungeheuer torkelte noch ein paar Schritte weiter, vielleicht einfach zu dumm, um zu begreifen, daß es bereits tot war, ehe es sich mit einer grotesken Bewegung zur Seite neigte und endlich fiel. Im Zusammenbrechen begrub es drei oder vier Zauberpriester unter sich.

Kiina wollte auf den letzten Drachen anlegen, aber Skar hielt sie abermals zurück.

Die riesige Göttergestalt war verschwunden, im gleichen Moment, in dem der erste Drache und mit ihm sein Reiter gestorben war, und die wenigen überlebenden Zauberpriester hatten sich vollends hinter das Tor zurückgezogen – aber keiner der Quorrl machte Anstalten, sie zu verfolgen. Eine tiefe, fast unheimliche Stille hatte sich über dem Hof ausgebreitet, die selbst das Prasseln der Flammen und das Stöhnen der Verwundeten und Sterbenden zu übertönen schien.

Skar zog langsam sein Schwert – nicht mehr, um zu kämpfen, sondern einfach als Geste, nur, weil es dazugehörte – und trat dem letzten verbliebenen Drachen und seinem Reiter entgegen. Er war nicht einmal erstaunt, als er in sein Gesicht sah und erkannte, daß es Ennart war. Sie *alle* waren Ennart.

Minutenlang standen sie einfach da und sahen sich an, der Satai, der kein Satai mehr war, und der Gott, der nie einer gewesen war. Dann, nach einer Ewigkeit, wie es Skar vorkam, stieg Ennart mit den mühsamen Bewegungen eines unendlich alten, unendlich müden Mannes vom Rücken seines bizarren Reittieres herab. Er kam Skar kleiner vor, als er ihn in Erinnerung hatte. Müder.

Titch und Kiina kamen näher, aber Skar hielt sie mit einer raschen Bewegung zurück. Der Ssirhaa gehörte Titch, aber es war noch nicht vorbei. Skar hatte seine Worte nicht vergessen. *Was Elay widerfahren ist...*

»Du Narr«, flüsterte Ennart. »Du verdammter, träumerischer Narr«, flüsterte er. »Weißt du, was du getan hast?« Seine Stimme bebte. Er versuchte sogar, Zorn in seine Worte zu legen, aber es gelang ihm nicht. Er hob die Hand, und Skar sah, daß sie nicht leer war – aber was er im ersten Moment für eine Waffe hielt, das war in Wahrheit ein flacher, mit zahlreichen kleinen rechteckigen Knöpfen versehener Kasten, an dessen vorderer Schmalseite ein dunkelrotes Licht wie ein pulsierendes Auge flackerte.

»Ich sollte es tun«, flüsterte er. »Ich sollte euch alle zur Hölle jagen. Ihr ...«

»Gib endlich auf, Ennart«, sagte Skar leise. »Du hast verloren.«

»Ja«, flüsterte Ennart. »Aber ihr auch. Es wird euch vernichten, Satai. Dich und deine Quorrl-Freunde und alle anderen. Weißt du, was du getan hast?« Er lachte; das schrille, hysterische Lachen eines Wahnsinnigen. »Du wolltest nicht, daß Enwor uns gehört? Du hast es dieser Kreatur geschenkt! Sie gehorcht uns nicht mehr, Satai. Sie wird euch alle töten! Sie wird diese Welt auffressen, wie sie es schon einmal fast getan hat!«

»Nein«, antwortete Skar ruhig. »Das wird sie nicht, Ennart. Und jetzt –« Er streckte die Hand aus und deutete auf das Kästchen. »– gib es mir.«

Der Ssirhaa zögerte.

»Es ist schon einmal geschehen, Ennart«, sagte Skar leise. »Du hast mir erzählt, wie Enwor war. Und du selbst hast mir erzählt, warum unsere Welt heute so ist, wie sie ist. Du kannst nicht wollen, daß das noch einmal passiert.«

»Warum erschlägst du diesen Hund nicht einfach?« fragte Titch. Ohne auf Skars warnenden Blick zu achten, trat er näher und riß sein Schwert aus dem Gürtel. »Was hat er da? Was ist das schon? Eine weitere Teufelswaffe? Eine weitere Lüge?«

»Nein«, antwortete Skar leise. »Es ist das, was Elay vernichtet hat.«

Titch erbleichte, und Kiina hob erschrocken die Hand an den Mund, sagte aber nichts.

»Und es kann ganz Enwor vernichten, nicht wahr?« fuhr Skar fort. »Eine Bewegung deiner Hand, Ennart, und Enwor brennt.

Unsere Welt wird ein zweites Mal untergehen.«

Ennart lachte. Seine Finger glitten über das so harmlos aussehende Kästchen, senkten sich auf eine der kleinen Tasten – und zogen sich wieder zurück. Skar unterdrückte im letzten Moment einen erschrockenen Ausruf, als er das Gerät achtlos vor ihm zu Boden warf.

»Ihr Narren!« kicherte Ennart. »Ihr verdammten, blinden Narren! Ihr wißt ja nicht, was ihr getan habt! Ich wollte, ich könnte dabei sein, um eure Gesichter zu sehen! Bei Gott, ich wollte, ich könnte es.«

Skar bückte sich, hob das Kästchen vorsichtig auf und gab es Kiina, und Titch hob sein Schwert mit beiden Händen und enthauptete Ennart mit einem einzigen Hieb.

*

Der Raum lag tief unter dem Allerheiligsten des Tempels, ein Würfel von vielleicht dreißig Schritten Kantenlänge, der aus dem gewachsenen Fels unter dem Flußbett herausgemeißelt worden sein mußte, denn die gewendelte Treppe hatte sie Hunderte und Aberhunderte von Stufen weit in die Tiefe geführt.

Es war kalt hier unten. Kalt und feucht und düster. Das unheimliche rote Licht – die gleiche Art unheimlicher, aus dem Nichts kommender Helligkeit, wie sie sie auch in Elay und Caran erlebt hatten – regierte auch hier, aber es war matter, kaum mehr als ein Schimmer, der den Dingen sonderbar falsche Umrisse und ihren Bewegungen etwas Irreales gab. Und alles hier war alt.

Unglaublich *alt*.

Die verborgene Treppe, die sie hinter der Götterstatue im Allerheiligsten des Tempels gefunden hatten, bestand aus massivem Granit, aber ihre Stufen waren ausgetreten wie die einer Stiege aus weichem Holz; zum Teil nur noch so dünn, daß Skar fast in Sorge gewesen war, ob sie das Gewicht der beiden Quorrl tragen würden. Die Luft war so verbraucht, daß das Atemholen weh tat, und jedes noch so winzige Geräusch weckte unheimliche, verzerrte Echos in dem schier endlosen Treppenschacht hinter ihnen.

Skar sah sich mit klopfendem Herzen um. Er hatte keine Angst, aber er spürte eine Erregung, wie sie wohl nur Entdeckern vorbehalten war. Selbst er, der fast alle Geheimnisse dieser uralten Welt kannte, konnte ein Gefühl von Ehrfurcht nicht ganz unterdrücken, als er sich vor Augen führte, daß er vielleicht der erste Mensch in der Geschichte dieses Planeten war, der diesen Raum betrat. Das Herz des Tempels, das Allerheiligste, der größte Schatz – und zugleich der Fluch – des Volkes, dem diese Welt gehörte.

Titch berührte ihn an der Schulter und deutete mit der anderen Hand auf eine halbrunde Tür in der der Treppe gegenüberliegenden Wand. Er sagte nichts; so, wie er auch auf dem Weg hier herunter kein einziges Wort gesprochen, ja, sich fast angstvoll bemüht hatte, nicht das winzigste Geräusch zu machen.

Skar fragte sich, was in den beiden Quorrl vorgehen mochte. Ganz egal, wie gegensätzlich Titch und Rowl waren, sie waren Quorrl, und sie standen am Eingang eines Ortes, an dem seit einer Million Jahren das Schicksal ihres Volkes entschieden worden war.

Titch machte eine fragende Geste, die Skar mit einem Nicken beantwortete. Aus den Augenwinkeln sah er, daß Kiina einen Schritt machte und losgehen wollte, aber Skar hielt sie mit einer fast erschrockenen Bewegung zurück. Und selbst Kiina schien den Zauber dieses Ortes zu spüren, denn sie versuchte nicht, sich loszureißen, sondern trat fast ehrfürchtig beiseite, als Rowl und Titch sich der niedrigen Tür näherten. Was immer dahinter liegen mochte – es stand den beiden Quorrl zu, es als erste zu sehen. Und zu entscheiden, was damit zu geschehen hatte. Sie würden warten, bis Titch oder Rowl zurückkamen, um sie zu holen.

Die beiden Quorrl verschwanden in dem schimmernden roten Licht jenseits des Durchganges, und obwohl Skar sie noch für Augenblicke sah, verschluckte die Stille das Geräusch ihrer Schritte, als hätten sie eine unsichtbare Barriere durchbrochen, hinter der die Gesetze dieser Welt nicht mehr galten.

Trotzdem dauerte es noch lange, ehe Kiina das lastende

Schweigen brach.

»Was ist das hier?« fragte sie. Sie flüsterte; trotzdem hallten ihre Worte lange in der Felsenkammer wider, wispernden Echos gleich, die sich unmerklich veränderten, bis sie zu etwas anderem, Fremden wurden, das nichts mehr mit einer menschlichen Stimme zu tun hatte.

»Ich weiß es nicht«, antwortete Skar – und mehr, um das unheimliche Echo dieser Worte zu übertönen als aus irgendeinem anderen Grund fügte er hinzu: »Vielleicht sollten wir es auch nicht wissen.«

»Es gibt Dinge, die nicht für Menschen gedacht sind, wie?« Kiina versuchte spöttisch zu klingen, aber es gelang ihr nicht.

»Vielleicht«, antwortete Skar ernst.

»Du hättest sie nicht allein gehen lassen dürfen«, sagte Kiina nervös. »Sie werden –«

»Sie werden tun, was immer sie tun müssen«, unterbrach sie Skar. »Das hier geht uns nichts an, Kiina.« *Vielleicht müßten sie uns töten, wenn wir wüßten, was hinter dieser Tür ist,* dachte er. Vielleicht war es das letzte, schreckliche Geheimnis der Quorrl, das Geheimnis ihrer Existenz, und vielleicht bezahlten Titch und der Bastard dafür, ihr Volk befreit zu haben, jetzt mit einem Wissen, das so furchtbar war wie das seine, und unter dem sie so zerbrechen mußten wie er.

Kiina schloß die Augen, lehnte sich gegen die Wand und seufzte tief. »Ich kann es kaum glauben, Skar«, flüsterte sie. »Es ist vorbei. Wir haben gesiegt. Es ist unmöglich, aber wir haben sie geschlagen.«

Hatten sie das wirklich? Skar war nicht sicher. Es gab Dinge, die nicht einmal er wußte; und sei es nur, weil er sie nicht wissen *wollte*. Mit Ennarts Tod war der Widerstand der Zauberpriester endgültig zusammengebrochen. Die wenigen, die den Kampf im Hof überlebt hatten, hatten sich in das Labyrinth aus Hallen und Gängen zurückgezogen, aus dem der Tempel zum größten Teil bestand, verfolgt von Titchs Quorrl, deren Zahl im Laufe der letzten Stunde wieder auf mehr als tausend angewachsen war: mehr als die Hälfte des Heeres war geflohen und würde wahrscheinlich nie wieder zurückkehren, aber es waren vor allem Rowl und seine Bastarde, die ihre Furcht schließlich doch überwanden und ihnen folgten. Und sie waren es auch, die am schlimmsten unter Ians Brüdern wüteten, wo immer sie ihrer habhaft wurden. Als die Sonne aufgegangen war, brannte der Tempel der Verbotenen Inseln an zahllosen Stellen, und die heiligen Räume hallten wider von Waffengeklirr und den Schreien der Kämpfenden. Schwarze Rauchwolken verdunkelten den Himmel über dem Sturz, und mehr als einmal hatten gewaltige Explosionen die Tempelanlage erschüttert. Der Kampf würde vielleicht noch Stunden dauern, vielleicht auch den ganzen Tag oder noch länger, aber Kiina hatte trotzdem recht – es war vorbei. Aber er hatte auch Ennarts letzte Worte nicht vergessen.

Als hätte Kiina seine Gedanken erraten und reagierte darauf, zog sie den kleinen Metallkasten unter dem Gürtel hervor und drehte ihn fast ehrfürchtig in der Hand. Skar betrachtete sie aufmerksam. Er wußte, daß dieses Ding jetzt so harmlos war, wie es ein totes Stück Metall nur sein konnte, und trotzdem behagte es ihm nicht, Kiina damit spielen zu sehen. Allein sein Anblick bereitete ihm Unbehagen. Auf eine schwer in Worte zu fassende Art fand Skar den Gedanken fast obszön, daß ein so harmlos aussehendes kleines Etwas über den Untergang einer ganzen Welt entscheiden konnte.

»Ob er es getan hätte?« fragte Kiina nachdenklich.

Skar zuckte mit den Schultern und sah weg. Auch die Antwort auf diese Frage gehörte zu den Dingen, die er nicht wissen wollte. Er wartete darauf, daß Kiina das Kästchen wieder einsteckte, aber sie tat es nicht, sondern hielt es im Gegenteil dichter unter die Augen und fuhr mit den Fingern an seinen Kanten entlang, als betaste sie ein kostbares Schmuckstück, hütete sich aber, einem der kleinen Knöpfe auf seiner Oberseite auch nur nahe zu kommen.

»Wir sollten es zerstören«, sagte Kiina plötzlich.

Skar lächelte. Er wußte, daß das nicht ging, und Kiina wußte es ebenfalls. Das Kästchen war aus dem gleichen Metall gefertigt, aus dem sein Schwert bestand, aus dem gleichen Stahl, aus dem die Schiffe geschmiedet worden waren, mit denen ihre Vorfahren von den Sternen kamen; Eisen aus dem Herzen einer Sonne, das durch keine Gewalt des Universums zerstört werden konnte. Aber er begriff, warum Kiina dies gesagt hatte, und allein dieses Wissen stimmte ihn ein ganz kleines bißchen froher.

»Oder es an einen Ort bringen, an dem es nie wieder gefunden wird«, fuhr Kiina fort. »Gibt es einen solchen Ort?«

»Vielleicht«, antwortete Skar. »Warum suchst du nicht danach?«

»Warum suchen wir beide nicht danach?« Sie lächelte – oder *versuchte* es wenigstens –, steckte das Kästchen mit einer plötzlich hastigen Bewegung wieder ein und fragte noch einmal: »Warum bleiben wir nicht zusammen, Skar? Enwor ist groß, und wir werden einen Ort finden, an dem –«

»Du kannst nicht bei mir bleiben, Kiina«, unterbrach sie Skar sanft.

»Aber wieso denn nicht? Es ist vorbei, Skar! Die Quorrl brauchen dich nicht mehr, das hast du selbst gesagt. Sie ... sie ...« Sie begann zu stottern, verhaspelte sich und unterdrückte nur noch halb ein Schluchzen. »Wir ... wir werden zusammen bleiben, nicht wahr? Wir werden gemeinsam nach Ikne zurückgehen und Del helfen, alles wieder aufzubauen, und wir ... wir werden ...«

Aber er würde nie wieder hier weggehen. Die Treppe, die sie hier heruntergeführt hatte, endete nicht in dieser Felsenkammer, sondern ging weiter, vielleicht direkt hinab in die Hölle, vielleicht an einen Ort, der schlimmer war. Skar hatte Rowl und Titch erlaubt, ihn bis hierher zu begleiten, und er hatte es auch Kiina gestattet, gegen jede Logik und wahrscheinlich aus dem einzigen Grund, noch einige weitere kostbare Minuten in ihrer Nähe zu sein. Aber er würde niemandem gestatten, ihn weiter zu begleiten, denn dort unten wartete etwas auf ihn – auf ihn und jeden, der ihm folgte – das schlimmer war als der Tod.

Sie wußte es. Sie mußte es geahnt haben, schon ehe sie hier herunterkamen, aber sie war noch immer Kind genug, sich selbst belügen zu können. Sie versuchte es selbst jetzt noch.

»Es ist vorbei, Skar«, stammelte sie. »Es ... es ist doch vorbei, oder? Wir haben die Ssirhaa geschlagen, und ... und die Quorrl töten die Zauberpriester, wo immer sie sie sehen. *Es ist zu Ende, Skar!*«

Er hatte nicht die Kraft, ihr die Wahrheit zu sagen. Sie kannte sie so gut wie er, aber sie auszusprechen, würde sie vollends zur Wirklichkeit werden lassen. Statt zu antworten, trat er mit einem traurigen Lächeln auf sie zu und hob die Hand, um sie zu streicheln, aber Kiina schlug seinen Arm beiseite und wich rasch drei, vier Schritte vor ihm zurück.

»Es ist vorbei, Skar!« wiederholte sie wie ein Kind, das sich etwas immer und immer wieder selbst vorsagte und hoffte, daß es dadurch Wahrheit würde. »Alles wird wieder werden, wie es war. Du ... du wirst doch wieder anders! Es ist doch vorbei! Es gibt keinen Grund mehr für dich, so ... so ... so *anders* zu sein!«

Er hatte geglaubt, daß es nichts mehr gab, um ihn zu erschüttern, daß er den absoluten Höhepunkt des Schmerzes und der Angst kennengelernt hatte. Aber das stimmte nicht. Es gab nie ein *Endgültig*. Es gab kein Entsetzen, dem nicht noch ein größeres folgen konnte, keine Qual, die nicht noch verschlimmert werden konnte, kein Abgrund, unter dem nicht noch eine tiefere, bodenlosere Schlucht lauerte, und Kiinas Worte schleuderten ihn in diesen Abgrund, warnungslos und brutal und endgültig. *Es gibt keinen Grund mehr für dich, so zu sein ...*

Auch sie fürchtete ihn. Ihre Angst vor ihm war so groß wie die Titchs und der anderen, und was er für die Kraft einer Liebe gehalten hatte, die selbst diese Angst zu überwinden vermochte, das war nichts als ihre kindliche Vorstellung, er könne die furchtbare Veränderung, die mit ihm vorgegangen war, einfach wieder rückgängig machen, sie überwinden wie eine Krankheit.

Aber das konnte er nicht. Es würde schlimmer werden. Er würde auch den Rest seiner Menschlichkeit verlieren, nach und nach, im Laufe der Jahre, vielleicht auch nur Wochen, und irgendwann, das wußte er, würde sie ihre Angst nicht mehr beherrschen können. Er wußte, daß es so kommen mußte. Er war noch immer zum Teil Mensch, etwas von dem alten Skar war noch in ihm, in dieser Kreatur mit gottgleichen Kräften und einem unverwundbaren Körper, in die er sich verwandelt hatte, und er hatte sich an dieses winzige Etwas geklammert, in den letzten Tagen. Und es war nur dieser winzige Teil in ihm, der schwindende Rest seiner Seele, der noch Skar war, den Kiina in ihm sah. Aber er wurde bereits schwächer, und bald – entsetzlich *bald* – würde es ihn nicht mehr geben. Das, was Skar gewesen war, würde einfach aufgehen in der finsteren Macht des *Daij-Djan,* in der gottgleichen Gewalt des Schläfers und dem Wissen, das in ihm war. Er war Skar, aber er war auch der Mann, der vor ihm den Schläfer in sich getragen hatte, und der davor und davor und davor ... *fünftausend Generationen.* In seiner Seele schlummerte ein meßbares Stück Ewigkeit, und was immer es war, in das er sich verwandelte, wenn es endgültig erwachte – Kiina würde es fürchten, und irgendwann würde sie beginnen, es zu hassen.

Ohne ein Wort und sehr hastig, damit Kiina die Tränen in seinen Augen nicht sah, drehte er sich herum und folgte Titch und dem Bastard.

*

Der Raum war viel größer als die Felsenkammer am Fuße der Treppe, fast schon ein Saal, und hier sah er auch all die Pracht und den Zierat, den er bisher vermißt hatte – jedenfalls hielt er das Blitzen von Gold und Silber, das Funkeln von Edelsteinen und kostbaren Metallen im ersten Moment dafür. Bis er erkannte, was es wirklich war.

Er war nicht sicher, ob er wirklich verstand, was er da sah. Der Saal war voller großer, funkelnder Blöcke aus poliertem Metall, voller Rohre und Kessel, voller blinkender Lichter und anderer, verwirrender Dinge, deren wahre Natur er nicht einmal erraten konnte. In großen, mattsilbernen Schalen brodelte farblose Flüssigkeit, und die Luft war erfüllt vom Wispern äonenalter, metallener Stimmen.

Jemand hatte versucht, ihn in einen Tempel zu verwandeln – inmitten des verwirrenden Durcheinanders aus Maschinen und

Rohren stand ein Altar aus schwarzem Basalt, über und über bedeckt mit Schmuck und Opfergaben und sakralen Dingen, und an den Wänden – den wenigen Stellen, die freigeblieben waren – entdeckte er kunstvoll gewebte Teppiche, Bilder und Waffen. Aber das Ergebnis dieser Bemühungen war kein heiliger Ort, sondern ein Chaos, in dem der Blick kaum mehr Halt fand und sich zu verlieren drohte. Gleichzeitig wirkte der Anblick erschütternd, denn er machte klar, wie hoffnungslos die Bemühungen der Quorrl geblieben waren, diesem Ort auch nur einen Deut von seinem fremdartigen Wesen zu nehmen.

Er entdeckte Titch nur wenige Schritte neben dem Eingang. Der Quorrl stand hoch aufgerichtet und starr vor einer der flachen Schalen, die Skar auf den ersten Blick an ein Taufbecken erinnert hatten. Er hatte das Schwert gezogen, aber der Arm, der es hielt, hing nutzlos herab, und seine linke Hand umklammerte den Rand des Beckens. Im ersten Moment dachte Skar, daß er seine Schritte gar nicht gehört hatte; aber dann reagierte er doch und begann zu sprechen.

»Es ist eine Maschine, Skar.«

Auch dieser Raum gehörte zum Reich des roten Lichts und der unheimlichen Echos. Als die vier Worte zurückkehrten, gebrochen und verzerrt und um Tonlagen höher, wie die kichernden Stimmen unendlich böser Kinder, da bedeuteten sie etwas anderes. Skar hörte erst aus diesem Echo das wahre Entsetzen heraus, das die Erkenntnis für Titch bedeuten mußte.

»Nichts als eine verdammte alte Maschine. Wir ... wir haben einen Gott aus Stahl angebetet!«

»Niemand muß das erfahren, Titch«, antwortete Skar. Er kam sich lächerlich vor, bei diesen Worten, und dumm, und falls Titch sie überhaupt hörte, so reagierte er nicht darauf, sondern starrte nur weiter ins Leere. Für einen Moment fragte sich Skar voller Angst, ob Titch diesen Schock überwinden würde. Dies war der Ort, an dem seit Urzeiten das Schicksal seines Volkes entschieden worden war. Das Sanktuarium des Goldenen Tempels, der Quell des Wassers des Lebens. Hierher hatten die *Bestimmer* die ungeborenen Kinder der Quorrl gebracht, um ihr Leben festzulegen, hier war entschieden worden, ob die nächste Generation der Quorrl zu Kriegern oder Bauern, zu Ärzten oder Schlächtern, zu Geschöpfen wie Titch und Rowl oder zu Ungeheuern heranwachsen würde. Und es war nichts Göttliches an diesem Ort.

Es war so, wie Titch gesagt hatte: es war eine Maschine. Nicht mehr. *Großer Gott, was um alles in der Welt sollte er sagen, um ihn zu trösten?*

Nach einer Weile drehte Skar sich wortlos herum und ging zu Rowl hinüber. Der Bastard hockte vornübergebeugt neben dem Altarblock, und Skar sah erst jetzt die zweite, reglose Gestalt, die neben ihm lag: der Priester. Er erkannte sein Gesicht nicht wieder, aber es war der gleiche Quorrl, der am vergangenen Abend zu ihm gekommen war, um ihn zu töten. Sein Arm hing in einer Schlinge, und seine Schulter war unter einem dick und ungeschickt angelegten Verband verborgen, auf dem dunkle Flekken die wieder aufgebrochene Wunde verrieten. Sein Kopf lag in einer dunklen Lache, und sein Gesicht war blutverschmiert. Aber er lebte noch.

Und er war sogar bei Bewußtsein. Als er Skars Schritte hörte, flatterten seine Lider, und er versuchte kraftlos den Kopf zu heben. Rowl sah auf, und in den maßlosen Schmerz auf seinen Zügen mischte sich eine fast ebenso maßlose Wut. Er ballte die Faust, um den Priester abermals zu schlagen.

»Bitte nicht«, sagte Skar.

Rowls Kopf ruckte herum, und für einen winzigen Moment konzentrierte sich sein Zorn nun auf Skar. Aber er verrauchte, noch ehe er die Energie aufbrachte, hochzuspringen und sich auf ihn zu stürzen.

»Bitte töte ihn nicht«, sagte Skar noch einmal. »Es ist nicht mehr nötig.«

Er wartete sekundenlang auf eine Reaktion, die nicht kam, dann ging er neben dem Priester in die Hocke und versuchte ihn aufzurichten, aber der Quorrl war zu schwer. Immerhin gelang es ihm, ihn auf den Rücken zu wälzen, so daß sich ihre Blicke trafen.

»Du rettest mir das Leben?« murmelte der Priester. »Warum?«

»Das tue ich nicht«, erwiderte Skar. Er deutete auf Rowl, dann in die ungefähre Richtung, in der Titch zurückgeblieben war. »Vielleicht schenken sie dir das Leben, Priester«, sagte er. »Ich hoffe es. Aber ich kann es nicht.«

»Er wird sterben«, grollte Rowl. Seine Stimme klang flach, wie die eines Mannes, der im Schlaf redete, und Skar wunderte sich fast, daß er seine Worte überhaupt gehört hatte und darauf reagierte. »Er wird für das bezahlen, was sie unserem Volk angetan haben.«

»Du ... Narr«, stöhnte der Priester. »Du hast es immer noch nicht begriffen. Unser Volk?« Er lachte leise. »Es gibt kein *Volk* der Quorrl. Wir wurden erschaffen, Bastard! Wir wurden *gemacht,* wie diese Dinge hier. Wir sind nicht mehr als Maschinen, die nur zufällig aus Fleisch und Blut bestehen.«

»Bitte sei still«, sagte Skar ruhig. »Du weißt, daß das nicht stimmt. Nicht mehr.«

Der Priester wollte widersprechen, aber Skar spürte, daß seine Zeit verrann und daß sie vielleicht kostbarer war, als er bisher geglaubt hatte. »Vielleicht war es einmal so«, fuhr er fort. »Vielleicht hat das alles hier einmal einen Sinn gehabt. Aber es ist vorbei, Priester. Du hast mich gestern gefragt, ob ich die Zukunft deines Volkes den Bastarden schenken will, erinnerst du dich?«

Der Priester nickte.

»Das brauche ich gar nicht mehr«, fuhr Skar fort. »Sie gehört ihnen bereits. Das alles hier ist sinnlos geworden, schon vor langer Zeit. Die Quorrl haben gelernt, ihr Leben selbst zu bestimmen. Die Zukunft wird Männern wie Rowl gehören.«

»Es wird keine Zukunft geben, du Narr«, flüsterte der Priester. »Keine Ordnung mehr. Keine Regeln. Cant wird untergehen, und alles wird im Chaos versinken.«

Skar hörte das Schleifen von Metall und wußte, was er erblikken würde, noch ehe er sich herumdrehte und Titch erkannte. Der Quorrl hatte das Schwert gehoben. Seine Augen waren schwarz vor Haß.

»Geh mir aus dem Weg!« zischte er. »Geh zur Seite, damit ich diesen Hund erschlagen kann.«

Skar stand tatsächlich auf. Aber statt den Weg freizugeben, trat er Titch im Gegenteil entgegen und drückte seinen Waffenarm herunter.

»Was würde es nützen, ihn zu töten?« fragte er. »*Wem* würde es nützen? Er hat dasselbe getan wie wir; nur auf seiner Seite. Er hat getan, was er tun zu müssen glaubte.«

Titchs Arm zitterte. Aber Skar hielt ihn mit unerbittlicher Kraft fest. »Ihr braucht ihn, Titch«, sagte er beinahe beschwörend. »Ihr müßt eine neue Welt aufbauen, und ihr werdet jedes bißchen Hilfe brauchen, das ihr bekommen könnt.«

»Ihn?« Titch kreischte es fast. »O ja, sicher – wir brauchen Männer wie ihn. Sie werden uns helfen, nicht wahr? So lange, bis sie sich einen neuen Gott gebaut haben. Bis die Ssirhaa wiederkommen, oder andere.«

»Das werden sie nicht«, sagte Skar ruhig. »Nie wieder, Titch. Es gibt sie nicht mehr. Schon lange nicht mehr.«

»Vielleicht hat es sie nie gegeben«, flüsterte der Priester.

Skar und Titch sahen überrascht auf ihn herab. Der Quorrl hatte sich aufgerichtet und saß, Kopf und Oberkörper gegen den Altarstein gelehnt und mit schmerzverzerrtem Gesicht da, aber die Furcht in seinem Blick war etwas anderem, viel tiefer Reichendem gewichen.

»Was willst du damit sagen?« schnappte Titch. Sein Mißtrauen war keineswegs besänftigt, aber die Worte des Priesters hatten ihn verwirrt.

Statt zu antworten, hob der Quorrl müde die Hand und deutete auf einen dunkelroten Vorhang hinter Titch. »Zieh ihn auf.«

Titch zögerte. Sein Blick wanderte unsicher zwischen Skars und dem Gesicht des Priesters hin und her. Vielleicht vermutete er eine Falle, aber möglicherweise hatte er auch nur Angst vor dem, was ihn hinter dem dunkelroten Samt erwarten mochte. Dann, ganz plötzlich, drehte er sich mit einem Ruck herum und riß den Stoff mit einer einzigen Bewegung zur Seite.

Dahinter kam eine schmale, nicht ganz mannshohe Nische zum Vorschein, die früher vielleicht einmal Teile der verwirrenden Technik dieses Raumes beinhaltet hatte, denn aus ihren Seitenwänden ragten noch die Enden abgeschnittener oder herausgerissener Kabel und Geräte. Jetzt enthielt sie einen hohen Felssockel, auf dem eine weniger als anderthalb Meter hohe Statue aus grünlichem Stein stand.

Titch keuchte, und Rowls Augen weiteten sich in jähem Entsetzen, als er die steinerne Figur erblickte.

Skar trat neugierig näher. Er verstand den Grund für Titchs Schrecken nicht – die Skulptur zeigte keine der namenlosen Schrecken quorrlscher Dämonologie, keinen *Daij-Djan* oder *Ultha* oder andere Schreckensgestalten, sondern ein schlankes, echsenhaftes Wesen mit fein geschnittenen Zügen und fast zerbrechlichen Gliedern. Das Vorbild, nach dem es geschaffen worden war, konnte nicht viel größer als ein Kind gewesen sein, und auch nicht bedeutend kräftiger, wenn die nadelspitzen Fänge in dem halb geöffneten Maul und die schrecklichen Krallen an den Enden seiner Finger und Zehen auch seine Wehrhaftigkeit bewiesen. Es hatte einen Schwanz, wie die Reitechsen der *Errish,* und in den Augen, die kunstvoll aus rotem Kristall nachempfunden waren, stand eine große, noch nicht menschliche, aber auch ganz und gar nicht mehr tierische Klugheit.

»Was ist das?« murmelte Skar verwirrt.

»Wir«, antwortete der Priester. Skar hörte, wie er aufstand und sich stöhnend näherschleppte. Weder Titch noch der Bastard versuchten ihn daran zu hindern. »Das Volk, aus dem wir gemacht wurden, Satai. Unsere Vorfahren.«

Skar besah sich die Statue noch einmal und genauer, und nach ein paar Sekunden begriff er, daß der Priester die Wahrheit sprach. Das kleine Echsenwesen hatte kaum Ähnlichkeit mit einem Quorrl, und doch schien alles, was die großen Schuppenkrieger ausmachte, schon vorhanden zu sein, wie etwas, das unter der Oberfläche des Sichtbaren schlummerte und nur darauf wartete, hervorzubrechen.

»Ich habe ihn mir angesehen«, flüsterte der Priester. »Seit ich das erste Mal hier heruntergekommen bin, habe ich ihn betrachtet, Satai, Tag für Tag. Und ich habe getan, was ich tun mußte, damit wir nicht wieder zu *dem da* werden.« Plötzlich fuhr er herum, und Zorn flammte in seinen Augen auf, ein heiliger, lodernder Zorn, der selbst Titch einen halben Schritt zurückweichen ließ. »Du nennst es eine Maschine!« schrie er. »Und vielleicht ist sie das! Vielleicht hast du recht, und wir haben immer nur einen Gott aus Stahl angebetet! Aber er war das einzige, was zwischen uns und *ihm* stand!«

Titch antwortete nicht, aber etwas in seinem Blick schien zu zerbrechen, und plötzlich wußte Skar, daß sein Haß auf den Priester und seine Brüder erloschen war. Vielleicht – sicher – würde er dem Quorrl niemals trauen, und vielleicht würde er ihn trotz allem töten, aber er verstand jetzt seine Gründe. Es war diese Statue, die Mahnung an das, woraus die Quorrl erschaffen worden waren, die den Priester und seine Vorgänger Tag für Tag, Jahrhundert für Jahrhundert, Jahrtausend für Jahrtausend daran erinnert hatten, wie wichtig ihr Tun war.

»Wir werden wieder zu ihnen werden, wenn ihr die Maschine zerstört«, sagte der Priester. »Tötet mich. Vernichtet sie, und ohne das Wasser des Lebens wird *das da* aus euren Eiern schlüpfen!«

»Du irrst dich, Priester«, sagte Skar. Er deutete auf Rowl. »Sie sind der Beweis. Ihr braucht diese Maschine nicht mehr. Vielleicht war euer Tun nötig, vor langer Zeit. Vielleicht mußte diese Maschine einmal sein, aber das ist vorbei. Die Bastarde haben es bewiesen, und alle anderen Quorrl, die ihre Kinder vor euch versteckt haben. Die Natur hat längst übernommen, was diese Maschine begonnen hat.«

»Und die … die Ssirhaa?« flüsterte Rowl.

Skar deutete mit einer Kopfbewegung auf den Priester. »Er hat es selbst gesagt, Rowl. Wahrscheinlich hat es sie nie gegeben.«

»Aber wer waren sie dann?«

»Sterbliche Wesen wie wir«, antwortete Titch an Skars Stelle. Er lachte bitter, aber in seinen Augen schimmerten Tränen. »Ich hätte es wissen müssen. Ich hätte es erkennen müssen, als Ennart zum zweiten Mal erschien. Es gibt nur ein Volk auf unserer Welt, das seine Gestalt nach Belieben ändern kann, Rowl.«

Ja, dachte Skar bitter. *So wie es nur einen Mann auf ihrer Welt gab, der zu einem Plan wie* diesem *fähig war.* Er hätte es wissen müssen. Er betrachtete den Priester, Rowl und Titch mit einem langen, fast melancholischen Blick, dann lächelte er zum Abschied, wandte sich um und blieb dann noch einmal stehen, um sich ein letztes, ein unwiderruflich allerletztes Mal an Titch zu wenden.

»Versprichst du es mir?« fragte er.

Der Quorrl nickte. Er hatte verstanden, was Skar meinte. So, wie er ohne irgendeine Erklärung wußte, wohin er ging, und weshalb.

»Ich werde sie beschützen, Skar«, sagte er feierlich. »Du hast das Ehrenwort eines Quorrl, daß er sie mit seinem Leben beschützen wird, wann immer es nötig ist.«

*

Eine Stunde später und eine Meile näher an der Hölle sah Skar zum ersten Mal wieder Tageslicht. Die Treppe hatte ihn weiter in die Tiefe geführt, noch einmal hundert, vielleicht auch zwei- oder dreihundert Meter unter das Allerheiligste des Tempels, in die verbotenen Katakomben der Heiligen Insel, von deren Existenz vielleicht nicht einmal die Priester gewußt hatten. Niemand war je hier heruntergekommen; nicht seit Hunderttausenden von Jahren. Es gab keine Hindernisse, keine Fallen oder Sperren, nicht einmal eine einfache Tür, aber die Stufen, die Skar hinabgeschritten war, waren seit Urzeiten von keinen lebenden Wesen Fuß mehr berührt worden. Der Staub, der auch hier auf Wänden und Boden lag, war zu einer fingerdicken, granitharten Schicht geworden, bar jeder Spur, und darüber hinaus *wußte* Skar einfach, daß es so war. Und es bedurfte dazu nicht einmal seiner geliehenen Kräfte: er spürte, daß er das erste lebende Wesen war, das es seit undenklichen Zeiten wagte, die Stille hier unten zu durchbrechen. Selbst die Einsamkeit bekam Substanz, wenn sie nur lange genug andauerte.

Dabei war es hier unten keineswegs still oder gar leblos. In gewissem Sinne ähnelten die zyklopischen Höhlen und Gänge den Katakomben Carans, nur daß sie größer waren, besser erhalten und perfekter gestaltet, und unsagbar *älter.* Er war zahlreichen Dingen begegnet, die nicht einmal er verstand – den großen, metallenen Spinnen, wie sie auch durch die steinernen Eingeweide der Bergfestung gekrochen waren, aber auch anderen, die sich geschäftig hin und her bewegten, ohne von seinem Eindringen auch nur Notiz zu nehmen, und Dinge taten, die schon vor Jahrhunderttausenden sinnlos geworden sein mochten.

Jetzt war er seinem Ziel ganz nahe.

Es hatte irgend etwas mit diesem Licht dort vorne zu tun; Tageslicht, das es gar nicht geben durfte, eine viertel Meile unter der Erde. Es war ein Kreis aus weißem, sonderbar *weichem* Licht, noch winzig klein durch die große Entfernung, in der er sich vor ihm befand, und viel zu perfekt, um natürlichen Ursprungs zu sein. Aber war hier unten überhaupt *irgend etwas* natürlichen Ursprungs? Er versuchte, in Gedanken die Strecke zurückzuverfolgen, die er bis hierher gegangen war, und die Größe dieser ungeheuerlichen unterirdischen Festung zu erfassen, aber seine Phantasie kapitulierte vor dieser Aufgabe. Caran war groß gewesen, aber *das hier* war ... unvorstellbar. Eine Stadt unter der Erde, ein Durch- und In- und Nebeneinander von Sälen und Gängen und bodenlosen Schächten, das Platz für Millionen von Menschen bot.

Während er weiterging und sich dem Ring aus weißer Helligkeit näherte, fielen ihm Ennarts Worte ein: *Dieser Kontinent wurde gebaut, Skar.* Und vielleicht hatte er bis heute nicht wirklich begriffen, wie der angebliche Ssirhaa diese Worte gemeint hatte.

Er brauchte lange, um sich dem Licht so weit zu nähern, daß er erkannte, was es war: ein Ring aus schwarzem Stahl, der in den Fels getrieben worden war, doppelt so hoch wie ein Mann und zehn oder mehr Meter lang. Auf seiner anderen Seite schimmerte Tageslicht – aber er konnte den Himmel trotzdem nicht erkennen. Dicht hinter dem jenseitigen Ende der stählernen Röhre spannte sich etwas, das er im ersten Moment für eine Wand aus Glas hielt, ehe er sah, daß sie sich bewegte.

Dann wurde ihm klar, wo er sich befand.

Die schimmernde Wand war Wasser, Wasser, das mit ungeheurer Wucht eine viertel Meile über ihm über den Rand des Sturzes schoß und noch einmal die gleiche Distanz zurücklegte, ehe es zu einer gewaltigen Wolke aus Gischt und kochendem Schaum und dann, noch einmal Meilen um Meilen weiter, wieder zu dem wurde, was es war, ehe es seinen endlosen Fall begann: dem Ningara. Er befand sich auf der anderen Seite des Sturzes; hinter dem Wasserfall.

Ein passender Ort, um es zu Ende zu bringen, dachte er. Und – wenn es kein Zufall, sondern von den Schöpfern dieser chtonischen Welt so gewollt war, woran Skar kaum noch zweifelte – ein Akt abgrundtiefen schwarzen Humors, wie ihn wohl nur die Götter selbst zustandebringen konnten: es war *sein* Zuhause; der Ort, an dem die *Kreatur* geboren war und an den sie sich wieder zurückgezogen hatte, um ihren Jahrmillionen dauernden Schlaf zu schlafen. Das Wesen, das zu dem einzigen Zweck erschaffen worden war, das Volk der Quorrl auszulöschen, lebte unter dem Herzen dieses Volkes, in ebenjenen Felsen, auf denen das größte Heiligtum der Schuppenkrieger errichtet war.

Skar blieb eine Zeitlang reglos stehen und blickte in das rauschende Weiß jenseits der stählernen Röhre hinaus, und eine große Ruhe überkam ihn. Er hatte noch immer Angst, denn obwohl es die Ewigkeit war, die auf ihn wartete, die Unsterblichkeit und Macht der Götter, von der er trotz allem bisher nur einen winzigen Hauch in sich trug, war ein kleiner Teil von ihm noch immer menschlich; und dieser winzige verbliebene Rest war fast wahnsinnig vor Furcht.

Aber er hatte keine Wahl.

Er war das einzige, was noch zwischen dem Jetzt und dem endgültigen Untergang dieser Welt stand.

Skar drehte sich herum, um weiterzugehen, und blieb dann noch einmal stehen. Das weiche Licht, das durch den Sturz hereindrang, beleuchtete auch die gegenüberliegende Seite des Tunnels, der ihn hierhergeführt hatte, und Skar sah, daß sich die metallene Röhre dort fortsetzte. Der Fels, in den sie eingelassen war, war verbrannt; zum Teil geschmolzen und zu schwarzen Tränen auf dem Boden erstarrt. Und es konnte noch nicht sehr lange her sein, daß hier Gewalten getobt hatten, die ausreichten, Granit zu schmelzen.

Zögernd drehte er sich vollends herum, ging auf den stählernen Tunnel zu und spähte hinein. Er schien nicht besonders lang zu sein – das Tageslicht verlor sich nach ein paar Schritten auf dem makellosen Schwarz seiner Wand, aber auch an seinem jenseitigen Ende war Helligkeit; das gleiche, düsterrote Licht, das überall hier unten herrschte, nicht hell genug, Einzelheiten zu erkennen, aber ausreichend, um ihn sehen zu lassen, daß der Tunnel in einem Hohlraum gewaltigen Ausmaßes zu enden schien.

Skar blickte wieder den Gang hinab. Die *Kreatur* wartete auf ihn. Er spürte ihre Nähe, viel, viel deutlicher, als er sie oben gefühlt hatte, selbst deutlicher als in dem Moment, als er die Brücke und damit ihren Körper berührte, und er spürte ihre Ungeduld. Sie hatte eine Million Jahre auf ihn gewartet, und jede weitere Sekunde mußte unerträglich für sie sein.

Und trotzdem setzte er nach einer weiteren Sekunde den Fuß auf den schwarzen Stahl, nahm noch einmal all seine Kraft zusammen und trat in den schwarzen Tunnel. Hinter und *in* ihm schrie die *Kreatur* voller Enttäuschung und Ungeduld auf, aber irgendwoher nahm er die Kraft, ihrem Zorn noch einmal zu widerstehen und weiter zu gehen.

Die Röhre war nicht sehr lang. Skar ging ein Dutzend Schritte, in denen aus dem rötlichen Nebel vor ihm Schatten und die Umrisse gewaltiger, fremdartiger Dinge wurden, dann noch eines und noch eines – und blieb erschüttert stehen.

Unter ihm lag ein Schacht von wahrhaft ungeheuerlicher Größe. Seine gegenüberliegende Wand mußte eine Meile entfernt sein, vielleicht weiter, und in der Tiefe verlor sich sein Blick in grundloser Schwärze, die nur seine Phantasie mit Schatten und der dämonischen Bewegung der Hölle erfüllte, in die er hinabführen mochte.

Und da waren sie:

Eingesponnen in ein Netz titanischer metallener Verstrebungen und Träger, gefangen wie die Beute einer ungeheuerlichen Spinne und so tödlich wie der Zorn der Götter warteten sie auf ihn. Schimmernde schwarze Geschosse, schlanken, geflügelten Stahlpfeilen gleich, gefüllt mit der Urkraft der Schöpfung und zu keinem anderen Zweck erschaffen als der Vernichtung, und in ihrer Schlichtheit und Majestät trotzdem von einer fast morbiden Schönheit.

Es mußten Hunderte sein, wenn nicht Tausende, dachte Skar. Die Waffen der *Alten*. Das Sternenfeuer, das Enwor von einer blühenden Welt in eine Hölle verwandelt hatte, vor fünftausend Generationen von ihren Schöpfern in diesen bodenlosen Schacht im Schoß der Erde versenkt, aber noch immer da, noch immer tödlich, und noch immer bereit, zu vollenden, was ihre Erbauer begonnen hatten.

Eines der stählernen Spinnennetze war leer. *Elay.*

Und die anderen?

Er dachte an das so harmlos winzige Kästchen, das er Kiina gegeben hatte, und Bilder und die Namen von Städten zogen vor seinem inneren Auge vorbei. *Ikne. Bel-Ishtar. Denwar. Kohon. Malab. Orkala.*

Enwor.

Dutzende von Städten in Dutzenden von Ländern, deren Bewohner vielleicht nicht einmal gewußt hatten, daß dieser Krieg tobte, geschweige denn, *worum* er gefochten wurde, und mehr: die unbekannten Länder auf den anderen, unbekannten Kontinenten jenseits der Meere, die eisigen Inseln des Nordens, die fruchtbaren Ebenen des südlichen Kontinents und die Länder und Meere auf der anderen Seite der Welt, und selbst dann wäre dieses Waffenarsenal der Hölle nicht leer, sondern noch immer bereit, Enwor ein drittes und viertes und fünftes Mal zu verbrennen, immer und immer und immer wieder.

Wahnsinn, dachte er. *Wahnsinn, Wahnsinn, Wahnsinn!* Vielleicht *waren* die *Sternengeborenen* Götter gewesen, aber wenn, dann Götter aus einem Universum des Irrsinns, Götter, die nicht von den Sternen, sondern aus der Hölle herabgestiegen waren, und die gar keine andere Wahl gehabt hatten, als sich am Schluß selbst zu vernichten.

Welches Erbe habt ihr uns hinterlassen?

Plötzlich ertrug er den Anblick nicht mehr. Er fuhr herum, rannte den stählernen Tunnel zurück und floh aus seiner Nähe, rannte, so schnell er konnte, bis seine Beine sich einfach weigerten, ihn weiter zu tragen, und seine Lungen bei jeden Atemzug unerträglich schmerzten.

Keuchend sank er gegen die Wand, schloß die Augen und zwang sich, tief und gleichmäßig zu atmen. Das Zittern seiner Glieder beruhigte sich allmählich, aber die Bilder hinter seiner Stirn verblaßten nicht, sondern wurden immer schlimmer: er sah die geflügelten Todesboten, aber er sah auch Gesichter, das goldene Antlitz Ennarts, zu einem höhnischen, irren Lachen verzerrt, den Haß in Ians Augen, und den bösen Triumph darin, selbst im Moment seines Todes, und den funkensprühenden Feuerkörper des Dämonen, den er in Ennarts Turm im Tal der Drachen gesehen hatte, eine Warnung, die er zu spät, viel zu spät begriffen hatte. Und das Gesicht eines alten Mannes. Er hatte etwas zu ihm gesagt, etwas, das wichtig war, unglaublich wichtig, aber er hatte es ... vergessen. Er hatte es einfach vergessen.

Bis jetzt.

Als er die Augen öffnete, stand sie vor ihm.

Skar erschrak nicht. Er hatte gewußt, daß sie ihre Ungeduld nicht mehr länger zügeln und ihn *holen* würde, wenn er zu lange damit zögerte, zu ihr zu kommen, und sie hatte Erbarmen mit dem winzigen verbliebenen menschlichen Teil in ihm und hatte eine Gestalt angenommen, die ihn nicht erschreckte – schlank, kleiner als er selbst und von fast menschlichen Proportionen, wenn auch unfertig, wie eine Puppe aus schwarzem Lehm, deren Schöpfer sich nicht die Mühe gemacht hatte, ihr ein Gesicht oder Finger zu geben, erinnerte sie mehr an den *Daij-Djan* als wirklich an einen Menschen. Aus ihrem Rücken ragte ein fingerdicker Strang schwarzen, pulsierenden Fleisches, wie der Faden einer Marionette.

Das Geschöpf hatte keinen Mund, um mit ihm zu sprechen, und es machte auch keine Bewegung, sondern stand einfach nur da und schien ihn anzublicken, aber Skar wußte auch so, warum es gekommen war. Er dachte an Kiina, und eine tiefe Trauer überkam ihn, als er sich von der Wand abstieß und dem Boten der *Sternenkreatur* folgte.

Der Weg war nicht mehr sehr weit.

Der Gang endete nach knapp hundert Schritten vor einer runden Tür aus Stahl, die Tonnen wiegen mußte, sich aber lautlos und wie von Geisterhand bewegt öffnete, als Skar und sein dämonischer Führer sich ihr näherten. Und noch ehe er sie durchschritt, wußte er, daß er sich nun im Herzen dieser unterirdischen Welt befand, dem Ort, an dem schon einmal über das Schicksal der Welt entschieden worden war.

Der Raum war klein; verglichen mit dem, was er auf dem Weg hierher gesehen hatte. Blinkende Lichter und unverständliche Geräte und Apparaturen füllten die Wände, und genau gegenüber der Tür befand sich ein Tisch mit einer geneigten Platte, in die Schriftzeichen einer längst untergegangenen Sprache eingraviert waren.

Die *Sternenkreatur* erwartete ihn, und als Skar sie sah, war er im ersten Moment beinahe enttäuscht, denn auch sie ähnelte einem Menschen, wie das Geschöpf, das geschickt worden war, um ihn zu holen. Aber dann wurde ihm klar, wie unbedeutend ein *Körper* war. Sie konnte jedes beliebige Aussehen annehmen, sie war der *Dronte* gewesen, das gigantische schwarze Gespinst unter dem Wald von Cearn, und die Brücke, die Titchs Heer auf die Inseln gebracht hatte, und auch diese Gestalt hatte sie nur gewählt, um mit ihm zu reden, ihm in einem Aussehen gegenüberzutreten, das dem seinen entsprach. Sie hätte nicht einmal hier unten auf ihn warten müssen, dachte er. Sie hatte kein Herz, kein irgendwie geartetes Zentrum oder etwas, das einem menschlichen Gehirn entsprach. Sie war einfach eine ungeheuerliche Masse lebender Materie, ein Netz aus finsterem Protoplasma, das vielleicht nicht nur Cant, sondern diese ganze Welt durchdrang, und ihr kleinster Teil war so mächtig und unverwundbar wie ihre Gesamtheit. Sie alle – selbst Ennart – hatten geglaubt, sie wäre vernichtet, zerstört bis auf einen winzigen Rest, aus dem sie zu neuer Größe heranwachsen mußte, aber das stimmte nicht. Sie hatte immer existiert. Es hatte sie immer gegeben, wie die Quorrl, wie die Menschen, wie diese Welt. Vielleicht war sie das älteste lebende Ding auf diesem Planeten, und vielleicht war sie älter als diese Welt, älter als die Sonne, denn das, woraus sie entstanden war, war von den Sternen gekommen; zusammen mit ihren Schöpfern.

Die *Sternenkreatur* hob die Hand. Ein Schatten huschte über ihr nur angedeutetes Gesicht, und wenn sie überhaupt in der Lage war, so etwas wie Freude zu empfinden, dann war es genau das, was sie in diesem Moment spürte. Skar versuchte nachzuempfinden, was in einem Geschöpf vorgehen mußte, das unendlich *lange* auf seine Befreiung gewartet hatte, aber er konnte es nicht.

HERR

Wieder war es kein Wort, keine Telepathie, sondern eine Stimme, die aus *ihm selbst* kam, denn er war viel mehr Teil der *Kreatur,* als er bisher geahnt hatte. Es war nur Skars Bewußtsein, das unter dieser vollkommen fremden, allumfassenden Art der Kommunikation zerbrochen wäre, hätte es nicht versucht, es in Worte und für ihn begreifbare Empfindungen zu verwandeln.

»Ich bin gekommen«, sagte er.

Die schwarze Hand aus Fleisch, das kein Fleisch war, streckte sich weiter aus. *KOMM. ICH GEHÖRE DIR.*

Skar machte einen Schritt – und blieb wieder stehen.

Er konnte es nicht.

Er war hier heruntergekommen, um zu sterben, seine menschliche Existenz aufzugeben und Teil dieses ungeheuerlichen Wesens zu werden, *zu ihm* und gleichzeitig zu seinem *Herrscher* zu werden, aber plötzlich konnte er es nicht mehr. Er begann zu zittern.

WORAUF WARTEST DU? WIR GEHÖREN ZUSAMMEN, DU UND ICH. WIR SIND EINS. DU BIST DER WILLE, ICH DER KÖRPER.

Er konnte es nicht. Er wollte es, denn er wußte, daß etwas Unvorstellbares geschehen würde, wenn er sich weigerte, seinen Teil der Abmachung zu erfüllen. Enwor würde untergehen, nicht im Feuer der Sterne, sondern im Würgegriff der Bestie, die so oder so erwachen würde, unter seinem Willen und Lenkung, oder als reißende Bestie, die zu nichts anderem fähig war, als zu töten – aber er konnte es nicht.

Es war Kiina, die es verhinderte.

Er versuchte, an Enwor zu denken und daran, daß sein Leben ein winziges Opfer war, gegen das der ungezählten Millionen, das er damit rettete, aber er sah Kiinas Gesicht vor sich. Er versuchte, an Titch zu denken, und das Wort, das er ihm gegeben hatte, aber es war Kiinas Lächeln, das auf diesen Gedanken antwortete. Plötzlich begriff er, daß er es niemals für Enwor getan hatte. Nicht für Del oder Titch oder Gowenna oder irgendeinen anderen Menschen, der ihm etwas bedeutete oder je bedeutet hatte, nicht für diese Welt, von der er außer Schmerzen und Furcht wenig erhalten hatte, sondern nur für Kiina.

WIR WERDEN DIE WELT BEHERRSCHEN, SKAR. UND SPÄTER DAS UNIVERSUM. KOMM ZU MIR, UND ICH MACHE DICH ZU EINEM GOTT.

Aber das wollte er nicht. Oh, er *wollte* es – alles in ihm *schrie* danach, den letzten Schritt zu tun und zum Herrn der Ewigkeit zu werden, er *wollte* die Unsterblichkeit und die Macht über Welten, vielleicht Galaxien.

Aber er konnte es nicht. Der Gedanke an Kiina ließ es nicht zu.

Er hatte die Verlockung der Macht gespürt. Er würde ihr widerstehen, vielleicht ein Jahrhundert, vielleicht ein Jahrtausend. Er wußte, daß er das Wort, das er Titch gegeben hatte, halten konnte – er konnte seinen Körper und seine menschliche Existenz der *Sternenkreatur* opfern und damit ihr Herr werden; sie bändigen, vielleicht, solange es Leben auf dieser Welt gab, sicher aber, solange Titchs Volk existierte. Aber irgendwann, vielleicht erst in einer weiteren Million Jahre, würde er der Verlockung erliegen.

»Nein«, sagte er.

In seinem Innern schrie der *Daij-Djan* in rasendem Zorn auf, und auch die *Kreatur* bewegte sich unruhig. Aber weder sie noch sein Dunkler Bruder vermochten ihm noch etwas anzutun. Es war nicht die Zukunft seiner Welt, die ihm die Kraft gab, diesem ungeheuerlichen Geschöpf zu widerstehen, nicht Enwor und die Furcht um kommende Generationen, sondern eine Macht, die stärker war, die einzige Kraft der Schöpfung, der selbst das Feuer der Sterne nichts anzuhaben vermochten: die Liebe.

»Nein«, sagte er zum dritten Mal, und jetzt mit ruhiger, sehr entschlossener Stimme. »Ich werde es nicht tun. Aber ich gebe dich frei.«

Die *Sternenkreatur* erstarrte. Vielleicht spürte sie in diesem Moment zum ersten Mal in ihrem endlos langen Leben so etwas wie Verwirrung. *DU GIBST … MICH FREI?*

Geh zu ihnen, hatte Drask gesagt. *Geh zu ihnen und bitte sie um Frieden, Skar.* Es waren Drasks Worte, die Worte eines alten, halb verrückten Mannes, der sein Feind gewesen war. Kiinas Hand streckte sich aus und öffnete die letzte Tür in seiner Erinnerung, und jetzt, endlich, erfuhr Skar das allerletzte, endgültige Geheimnis des Schläfers, den wirklichen Grund, aus dem er erschaffen worden war.

»Ich habe die Macht dazu«, sagte er. »Ich kann es tun, und ich muß es tun. Du bist frei.«

DU SCHENKST MIR DEINE WELT, SATAI?

Skar lächelte, als ihm klar wurde, daß das fast dieselben Worte waren, die er selbst Drask geantwortet hatte.

DU WEISST, DASS ICH SIE ZERSTÖREN WERDE. ICH MUSS ES TUN.

»Das mußt du nicht«, antwortete Skar leise. »Sowenig wie ich dir unsere Welt schenke, denn du brauchst sie nicht.« Er atmete tief ein, um Kraft für die nächsten Worte zu haben; und gleichzeitig wußte er, daß sie im Grunde überflüssig waren, denn die *Kreatur* war in ihm, und er war in der *Kreatur,* war es immer gewesen. Trotzdem sprach er laut und mit fester Stimme weiter: »Die Zeit des Tötens ist vorbei, Bruder«, sagte er. »Wir haben den Krieg beendet. Jetzt tu du es auch.«

ICH BIN DER KRIEG.

»Das warst du«, antwortete Skar. »Du wurdest erschaffen, um zu töten.«

AUS KEINEM ANDEREN GRUND, UND ZU KEINEM ANDEREN ZWECK.

»Wie die Quorrl. Wie wir. Aber es ist Zeit vergangen, unendlich viel Zeit. Selbst für dich. Enwor ist groß genug für mehr als ein Volk, Bruder. Geh. Nimm dir die eisigen Inseln des Nordens. Nimm die Tiefen des Meeres und die brennenden Wüsten, nimm dir die Berge und die Höhlen unter der Erde. Nimm dir jeden Ort, an dem Menschen nicht existieren können, und lebe einfach. Ich gebe dich frei.«

ZÖGERN. VERWIRRUNG UND EIN GEFÜHL, DAS NEU UND UNENDLICH SÜSS WAR:

HOFFNUNG

Dann:

UND DU? DU WIRST STERBEN, MENSCH! ICH KÖNNTE DIR DIE EWIGKEIT SCHENKEN.

»Ein Menschenleben ist lange genug«, antwortete Skar.

DU GIBST MICH . . . WIRKLICH FREI?

»Deswegen bin ich hier«, antwortete Skar. »Ich war niemals dein Wächter, Bruder. So, wie du niemals mein Feind warst.«

ICH WEISS. UND ICH WEISS, DASS DU DIE MACHT HAST, ZU TUN, WAS DU SAGST. ABER WER BIST DU?

»Ich bin dein Schöpfer«, sagte Skar. »Und ich befehle dir: geh. Geh und laß den Menschen und Quorrl ihre Welt, so wie sie dir deine lassen werden.«

Und die *Sternenkreatur* ging.

Es geschah ganz undramatisch, von einer Sekunde auf die andere und fast lautlos: der schlanke Beinahe-Körper bewegte sich, machte einen raschen Schritt auf ihn zu und berührte seinen Arm, nur für den Bruchteil einer Sekunde und beinahe sanft, dann fiel er in sich zusammen, verlor seine Form und Größe und wurde zu einem Gespinst dünner, peitschender Fäden, die sich rasch und lautlos entfernten. Es gab keine Fragen mehr, kein Wenn und Aber und keine Antworten, denn der größte Teil ihres Gespräches hatte auf einer Ebene seines Bewußtseins stattgefunden, auf der es keine Lügen und Unklarheiten gab. Und mit ihr löste sich etwas aus Skar. Der körperlose Schatten, die Macht und Kälte eines Gottes, die ihm niemals geschenkt, sondern immer nur geliehen worden waren. Er hatte seinen Auftrag erfüllt. Er brauchte sie nicht mehr. Nie mehr.

Eine tiefe, unendlich tiefe Müdigkeit überkam Skar. Er wollte nichts als schlafen, sich auf dem harten Boden aus schwarzem Stahl ausstrecken und die Augen schließen, und sei es, um sie nicht wieder zu öffnen. Aber er konnte es nicht. Noch nicht.

Es gab noch etwas, was getan werden mußte, um es *wirklich* zu Ende zu bringen. Nicht für Enwor, nicht für Titch und seine Quorrl, sondern nur für sich.

Er spürte seine Nähe, noch ehe er die Schritte hörte und gleich darauf das Rascheln von Seide und das gedämpfte Klirren von Metall, aber er widerstand der Versuchung, sich herumzudrehen.

»Bravo«, sagte eine leise, entsetzlich *bekannte* Stimme hinter ihm. »Das war eine eindrucksvolle Rede. Eine der besten, die ich je gehört habe. Aber auch die dümmste.« Das helle Schleifen, mit dem ein Schwert aus der Scheide gezogen wurde. Schritte. Aber Skar drehte sich immer noch nicht herum. Seine Augen füllten sich mit Tränen.

»Wie lange weißt du es schon, Skar? Seit wann spielst du schon mit mir?«

Langsam, wie gegen einen fast unüberwindlichen Widerstand ankämpfend, drehte Skar sich herum und blickte in sein Gesicht. Tränen liefen über seine Wangen, aber er schämte sich ihrer nicht.

»Und wie lange gehörst du schon zu ihnen, Del?«

»Vom ersten Tag an, alter Mann«, antwortete Del.

Skar schloß die Augen. Die Worte taten weh, viel schlimmer, als Del sich vorstellen mochte. Er hätte es ertragen, wäre es Vela gewesen, deren magische Kraft Del verändert hatte. Er hätte es ertragen – er hatte *darum gefleht,* daß es so war, wären es die Sumpfleute gewesen, die Del in Cosh gesundgepflegt hatten, oder irgend etwas in der Zeit danach, in den Jahren, in denen sie sich nicht gesehen hatten.

Der Gedanke, daß der Mann, den er wie einen Sohn aufgenommen hatte und der zuerst zu seinem Schüler, dann zu seinem *Freund* geworden war, ihn sein Leben lang belogen hatte, brachte ihn fast um den Verstand.

»Warum, Del?« flüsterte er.

Der schwarzhaarige Riese schürzte die Lippen. »Warum? Soll ich all die Argumente wiederholen, die du kennst? Ennart hat die Wahrheit gesagt, Skar. Wir ... haben andere Vorstellungen von der Zukunft dieser Welt als ihr.«

»Ihr?«

»Es hat immer Menschen wie Vela gegeben, du Narr. Oder mich. Enwor wird wieder werden, was es war.«

Skar dachte an den Höllenschacht und an den Tod, der darin lauerte. Den Tod für mehr als eine Welt. Er schwieg.

»Du bist ein Narr, Skar«, sagte Del. »Du warst es immer, aber was du jetzt getan hast, das überrascht selbst mich. Du hast die Unsterblichkeit verschenkt.«

»Und was willst du jetzt tun?« fragte Skar leise. »Mich töten?«

Del zögerte einen winzigen Moment; dann zuckte er mit den Achseln. »Ich habe keine Wahl, Skar.«

»Es wird dir nichts mehr nutzen«, antwortete Skar. »Die Quorrl wissen, wer die angeblichen Ssirhaa waren. Sie werden die Sümpfe von Cosh niederbrennen und ihre Bewohner erschlagen. Ich könnte sie nicht einmal daran hindern, wenn ich es wollte. Ihr habt verloren.«

»Nein«, antwortete Del. »Diesmal bist *du* es, der sich irrt. Das hier ist nicht alles, was von der Welt der *Alten* geblieben ist, Skar. Und ich bin nicht der einzige, der Enwor wieder zu dem machen will, was es einmal war.« Er hob sein Schwert. »Ich gebe zu, daß du unsere Pläne gestört hast. Vielleicht wird es jetzt noch einmal tausend Jahre dauern, ehe diese Welt uns gehört, aber eines Tages wird es soweit sein. Wir haben trotzdem gewonnen, weißt du?« Das Schwert hob sich ein wenig höher, aber er griff noch nicht an. »Und soll ich dir verraten, warum?« fragte er. »Deinetwegen. Du hast uns den Sieg geschenkt, du alter Narr. Die *Sternenkreatur* und du, ihr wart das einzige, was uns wirklich im Weg stand. Und jetzt – wehr dich, alter Mann!«

Der Schlag kam so schnell, wie Skar erwartet hatte; sogar noch eine Winzigkeit schneller. Auch Del war älter geworden in den letzten zwanzig Jahren, aber er war noch immer ein Gigant, und er machte an Körperkraft und Erfahrung zehnmal wett, was er an Gewandtheit verloren hatte.

Und trotzdem war Skar schneller.

Als Dels Klinge niedersauste, tauchte er blitzschnell zur Seite weg, trat nach seinem Bein und riß sein eigenes Schwert aus dem Gürtel, führte die Klinge in einem blitzschnellen, aufwärts geführten Hieb unter Dels Armen hindurch und fügte ihm eine tiefe, blutende Schnittwunde in der Seite zu.

Del brüllte vor Schmerz und Wut, taumelte zurück – und griff sofort wieder an.

Diesmal blieb Skar keine Zeit, auszuweichen und zurückzuschlagen; Dels Hiebe prasselten mit solcher Kraft und Schnelligkeit auf ihn herab, daß er sie kaum abzublocken vermochte, und jeder einzelne Schlag vibrierte als dumpfer Schmerz durch seine Schultern und raubte ihm ein ganz kleines bißchen seine Kraft. Er versuchte zur Seite zu tänzeln, trat nach Del und verlor beinahe selbst das Gleichgewicht, als der Riese dem Tritt nicht auswich, sondern ihn mit zusammengebissenen Zähnen hinnahm und gleichzeitig mit der freien Hand nach seiner Brust schlug.

Dann durchbrach Dels Klinge seine Deckung, traf seinen linken Arm und spaltete das Fleisch bis auf die Knochen. Skar taumelte mit einem Schmerzensschrei zurück, prallte gegen die Wand und warf sich instinktiv zur Seite. Dels Schwertspitze bohrte sich knirschend neben ihm in den Stahl, zuckte wie eine angreifende Schlange zurück und fügte Skar noch in der Rückwärtsbewegung eine weitere, tiefe Wunde zu.

Im ersten Moment machte ihn der Schmerz fast wahnsinnig, aber dann gelang es ihm, ihn zu unterdrücken, ihn zu isolieren und auf einen winzigen, brennenden Punkt zu bannen, der außerhalb seines Körpers lag. Als Dels Klinge nach seinem Hals züngelte, wich er ihr mit einer fast spielerischen Bewegung aus, packte gleichzeitig sein Handgelenk und verdrehte es. Etwas knackte. Del brüllte vor Schmerz, torkelte zurück und wechselte sein Schwert von der rechten in die linke Hand. Auf seinem Gesicht mischten sich Zorn und Schmerz mit Überraschung.

Für einen Moment stockte der Kampf. Sie standen einfach da, Skar taumelnd vor Erschöpfung und aus zwei gefährlichen Wunden blutend, Del mit gebrochener Hand und ebenfalls blutbesudelt, wenn auch das wenigste davon sein eigenes war.

Dann verzogen sich seine Lippen zu einem halb höhnischen, halb aber auch anerkennenden Lächeln. »Du bist immer noch gut, alter Mann«, sagte er. »Aber nicht gut genug. Das warst du nie, weißt du?«

»Bisher hat es immer gereicht«, keuchte Skar. Seine Lungen brannten, und die Schwäche war wieder da, schlimmer als zuvor. Er würde diesen Kampf nicht mehr lange durchstehen. Aber vielleicht wollte er das auch gar nicht. »Ich kann mich jedenfalls nicht erinnern, daß du mich jemals besiegt hättest«, fügte er hinzu.

»Das ist lange her«, antwortete Del. »Ich habe dazugelernt, weißt du? Und ich hatte einen guten Lehrer.«

Er griff wieder an. Irgendwie gelang es Skar, seinen Hieben abermals zu entgehen und aus der Ecke zu entkommen, in die Del ihn getrieben hatte, aber er trug eine weitere, tiefe Stichwunde davon, aus der das Leben unbarmherzig aus ihm herausfloß.

Del lachte. Im gleichen Maße, in dem Skar schwächer wurde, schien er an Kraft zu gewinnen. Auch er war getroffen worden, aber der Schmerz schien nur seine Wut zu schüren, ihn nicht zu schwächen.

»Du hast verloren, Skar«, sagte er. »Die Unsterblichkeit hat nicht ganz so lang gedauert, wie du geglaubt hast. Du verlierst, und wir werden siegen. Nach dir wird es keinen *Wächter* mehr geben.«

Er hob sein Schwert, um zum letzten, entscheidenden Angriff anzusetzen, und Skar ließ sein Schwert und sich selbst fallen, riß noch im Sturz seinen letzten *Shuriken* aus dem Gürtel und schleuderte ihn nach Dels Gesicht.

Der Satai schrie vor Schrecken, und obwohl es unmöglich schien und der kleine Wurfstern nur den Bruchteil einer Sekunde brauchte, um sein Ziel zu erreichen, warf er sich im allerletzten

Moment noch herum und riß den Arm in die Höhe.

Er war schnell, unglaublich *schnell.* Aber er war nicht schnell *genug*. Der *Shuriken* traf sein linkes Auge und zerriß es, grub eine blutige Spur in seine Schläfe und den Schädel und prallte klirrend gegen die Wand hinter ihm. Del taumelte, kreischte in purer Agonie und schlug die Hand vor das Gesicht.

Skar warf sich mit einem verzweifelten Satz herum, packte sein Schwert und kam mit einer Rolle wieder auf die Füße. Noch einmal, ein allerletztes Mal, kämpfte er mit den übermenschlichen Kräften eines Satai, bewegte er sich so schnell, daß das Auge ihm kaum zu folgen vermochte, wurde zu einem huschenden, tödlichen Schatten. Del war gegen die Wand getaumelt. Er wimmerte. Zwischen seinen Fingern quoll dunkelrotes, zähflüssiges Blut hervor.

Skar erstarrte. Sein Schwert verharrte Zentimeter vor Dels Kehle, zitterte, bewegte sich weiter, berührte seine Haut und ritzte sie –

und sank kraftlos herab.

Er konnte es nicht. Er *wollte* es nicht. Er hatte allen Grund, Del zu hassen, aber er konnte es nicht. Er konnte nicht mehr töten.

Del ließ stöhnend die Hand sinken. Sein Gesicht war eine rote Maske aus Qual und Blut, in der sein unverletztes Auge wie ein schwarzer Krater wirkte, aber der Ausdruck darin war noch immer Haß. Und auch in seinem Innern schien etwas verletzt zu sein, denn als er sprach, kam auch über seine Lippen Blut. »Warum ... erschlägst du mich nicht?« stöhnte er. »Gib mir ... wenigstens einen ehrenvollen Tod.«

Skar lächelte traurig. »Es gibt keinen ehrenvollen Tod, Del«, sagte er. »Das habe ich dir immer gesagt. Aber du hast es nie begriffen. Nicht einmal jetzt.«

Del stöhnte. Er taumelte, drohte an der Wand zusammenzusacken und fand im letzten Moment wieder Halt. Seine blutige, linke Hand streckte sich nach Skars Schulter aus und krallte sich hinein.

»Und ich habe immer gesagt«, stöhnte er unter Schmerzen,

»daß du ein romantischer Narr bist, alter Mann.«

Und damit hob er sein Schwert und stieß es bis zum Heft in Skars Brust.

*

Die Schmerzen waren unvorstellbar. In seinem Kopf loderte eine Sonne, und das Blut in seinen Adern hatte sich in flüssige Lava verwandelt. Ihm wurde wechselweise übel, heiß und kalt und schwindlig, und ein paarmal griff schwarze Bewußtlosigkeit nach seinen Gedanken und drohte ihn zu überwältigen. Aber Del war so sehr Satai wie Skar, und wie er hatte er gelernt, den Schmerz zu besiegen oder sich wenigstens mit ihm zu arrangieren, wenn er ihn schon nicht ignorieren konnte.

Es dauerte Minuten, aber er verlor nicht das Bewußtsein, und nach einer Weile hatte er seinen Körper wieder so weit unter Kontrolle, daß er daran gehen konnte, die schlimmsten Wunden zu versorgen, so daß er wenigstens nicht verbluten würde.

Er wußte, daß er überleben würde. Sein Auge war zerstört, und die fürchterliche Narbe, die er zurückbehalten würde, würde ihn für den Rest seines Lebens daran erinnern, daß auch *er* nicht unbesiegbar war. Del war sich selbst gegenüber ehrlich genug, zuzugeben, daß er Skar nicht *besiegt* hatte. Es war Glück gewesen; eine Mischung aus Zufall und den romantischen Anwandlungen eines alten Narren. Skar hätte ihn töten können, hätte er es wirklich gewollt.

Zu seinem eigenen Erstaunen erfüllte ihn der Anblick des toten Satai nicht mit Triumph, sondern mit einem vagen Gefühl von Trauer. Er hatte ihn gehaßt, von dem Moment an, in dem er wie ein Gespenst aus einer längst vergessen geglaubten Vergangenheit aus dem Nichts wieder aufgetaucht war, und alles, was Skar seither getan hatte, hatte diesen Haß geschürt, denn er hatte sehr schnell begriffen, daß sein alter Lehrmeister vielleicht der einzige war, der ihre Pläne noch vereiteln konnte. Er hatte ihn gehaßt, und er haßte ihn noch, für das, was er getan hatte – und trotzdem empfand er keine Zufriedenheit bei dem Gedanken, ihn am Ende doch noch besiegt zu haben.

Sie waren einmal Freunde gewesen ...

Aber es ist zwanzig Jahre her! dachte er verwirrt. Und er hatte alles zerstört, worauf er sein Leben lang hingearbeitet hatte.

Und trotzdem ...

Del verscheuchte diesen Gedanken, hob sein Schwert auf und wandte sich um, um den Raum zu verlassen. Sein Blick streifte noch einmal den toten Satai und blieb auf etwas Schmalem, Silbernem haften, das an seiner rechten Hand glänzte.

Zögernd wandte er sich um, ging in die Hocke und hob Skars Hand an.

Es war ein Ring.

Nicht *irgendein* Ring. Del erkannte den schmucklosen Silberring mit dem Schlangenmotiv sofort, obwohl er ihn noch nie zuvor im Leben gesehen hatte.

Es war der Ring der *Margoi.* Der Ring, der seinem Besitzer Macht über das Volk der *Errish* und all ihrer Verbündeten gab. Das Volk der *Errish* existierte nicht mehr, auch wenn die Rakete, die *Elay* hatte treffen sollen, ihr Ziel verfehlt hatte und die Stadt der *Ehrwürdigen Frauen* nur für wenige Jahre verseucht war, statt in einem nuklearen Feuerball zu verglühen – aber dieser Ring war trotzdem ein Schatz. Es *gab* noch *Errish,* hier und da, und vor allem: sie hatten Verbündete. Und er würde Verbündete brauchen, dringender als alles, denn Skar hatte recht gehabt mit dem, was er ihm prophezeite. Die Quorrl würden Cosh vom Antlitz dieses Planeten tilgen.

Er bog Skars Finger auseinander, streifte den Ring ab und versuchte ihn sich selbst anzustecken. Er paßte nicht. Selbst für seinen kleinen Finger war er zu schmal, also schob er ihn in eine Tasche seines Gürtels, wollte aufstehen und zögerte noch einmal. Vielleicht würde er sich später dafür selbst in Gedanken einen närrischen Trottel schimpfen, aber plötzlich ertrug er es nicht mehr, in Skars gebrochene Augen zu blicken. Er streckte die Hand aus, um sie zu schließen.

Er sah die Bewegung in den erstarrten Augen des Toten, aber seine Reaktion kam zu spät.

Titch warf sich auf ihn, riß ihn wie ein Kind in die Höhe und brach ihm mit einer einzigen, kraftvollen Bewegung auch noch das unverletzte linke Handgelenk. Del brüllte vor Schmerz auf, dann wurden seine Schreie zu einem erstickten Keuchen, als der Quorrl ihn abermals in die Höhe und herumriß und ihn mit aller Kraft gegen die Wand schleuderte.

Del spürte, wie mehrere seiner Rippen unter dem Aufprall brachen. Er fiel zu Boden, krümmte sich und versuchte die Hände zu heben, als der Quorrl ihm mit einem Wutschrei nachsetzte, ein tobender Gigant, der die Fäuste geballt hatte und ihn mit einem einzigen Schlag zermalmen mußte.

»Halt!«

Titch erstarrte. Sein Gesicht loderte vor Haß, und seine Augen schienen zu brennen, aber er rührte sich nicht mehr von der Stelle, sondern stand einfach da, unglaublich groß, unglaublich mächtig, unglaublich *drohend.*

Eine zweite, sehr viel schmalere, kleinere Gestalt in einem zerfetzten schwarzen Mantel trat neben ihn. Ihre rechte Hand hielt ein Schwert, die linke den schlanken, silberfarbenen Zylinder mit der Scannerwaffe.

»Töte ihn nicht, Titch«, sagte Kiina. »Noch nicht.«

Del versuchte sich stöhnend aufzurichten, aber seine gebrochenen Handgelenke gaben unter dem Gewicht seines Körpers nach. Wimmernd wälzte er sich auf den Rücken, suchte mit den Füßen nach Halt und stemmte sich in einem fast unglaublichen Kraftakt in die Höhe, bis er gegen die Wand gelehnt dasaß.

Kiina starrte ihn an, und als Del in ihre Augen sah, vergaß er für einen Moment sogar die fürchterlichen Schmerzen und seine Angst. Kiinas Gesicht war leer, aber in ihren Augen war etwas auf entsetzliche Weise *Vertrautes,* das ihn innerlich zu Eis erfrieren ließ.

Und plötzlich begriff er, daß alles umsonst gewesen war.

»Nein, Titch«, sagte Kiina noch einmal. »Töte ihn nicht. Er gehört mir.«

Del schürzte trotzig die Lippen, als Kiina Schwert und Scanner einsteckte und statt dessen einen Dolch zog. Er verlor fast den Verstand vor Angst, während sie sich vorbeugte und gleichzeitig

Titch einen Wink gab, ihn festzuhalten, aber er schrie nicht einmal auf, als Titch bewußt viel heftiger als nötig zugriff und ihm auch noch das Schlüsselbein brach. Zumindest diese letzte Genugtuung würde er ihnen nicht gönnen. Trotzdem hatte er sich nicht gut genug in der Gewalt, der schmalen Klinge in Kiinas Händen nicht aus einem weit aufgerissenen Auge zu folgen.

Aber Kiinas Messer berührte nur seinen Gürtel und schnitt die kleine Tasche auf, in der er den Ring der *Margoi* verstaut hatte. Mit fast bedächtigen Bewegungen schob sie ihn auf ihre Hand, ballte die Faust und stand wieder auf. Dann ging sie zu Skar hinüber, kniete neben ihm nieder uand berührte zärtlich seine Stirn mit der Hand. Ihr Gesicht war noch immer starr. Del entdeckte nicht die mindeste Spur von Trauer oder gar Zorn auf ihren Zügen. Und als sie nach einer Ewigkeit aufsah und wieder ihn anblickte, da lächelte sie sogar.

Und wieder – und wieder mit dem gleichen, grenzenlosen Schrecken wie beim ersten Mal – gewahrte Del etwas Vertrautes in ihrem Blick. Etwas, das er kannte. Seit langer, langer Zeit kannte.

»Weißt du, Del«, sagte sie, »er hatte recht – ihr habt verloren. Ihr werdet immer verlieren, solange es Männer wie ihn gibt.«

»Ich habe ihn besiegt, oder?« antwortete Del trotzig.

»Besiegt?« Kiina schüttelte den Kopf. Das Lächeln in ihrem Blick erlosch. »O nein, Del. Das hast du nicht. Niemand konnte ihn besiegen. Du hast ihn getötet, aber selbst das nur, weil er es wollte.«

»Was für ein Unsinn«, sagte Del. »Sieh mich an. Er hat gekämpft wie nie zuvor, aber ich war besser.«

»Er hat jemanden gesucht, der ihn tötet«, sagte Kiina, als hätte sie seine Worte gar nicht gehört. »Und du warst der einzige, dem er es gestattet hätte.«

»Dann war er ein Narr!« sagte Del. »Wir werden gewinnen, du dummes Kind. Ihr könnt mich umbringen, aber nicht uns alle. Wir werden siegen. Es gibt keinen Wächter mehr.«

Kiina lächelte erneut. Sie stand auf. Ihre Hand glitt zum Gürtel und zog den Scanner. Titch richtete sich hastig auf und trat ein paar Schritte zurück, während sie die Waffe auf Del richtete.

Aber er sah den Scanner gar nicht. Er starrte entsetzt in Kiinas Augen, und jetzt, endlich, begriff er, was es war, das ihm darin so bekannt, auf so fürchterliche Weise *vertraut* vorgekommen war.

»O doch, Del, den gibt es«, sagte sie. »Es hat ihn immer gegeben, und es wird ihn immer geben. Ich bin seine Tochter.«

Del starrte sie an. Und Kiina gab ihm genügend Zeit, die ganze Tiefe seiner Niederlage zu begreifen, ehe sie ihn erschoß.

*

Das Wasser des Sturzes rauschte so unbeteiligt und kraftvoll nieder, wie es dies seit Millionen von Jahren tat, und wie es vermutlich auch noch in Millionen Jahren sein würde; eine gewaltige, schweigende Macht, die in ihrer ruhigen Majestät selbst die bizarre unterirdische Welt der *Alten* zu einem Nichts zu degradieren schien. Aus der Tiefe drang ein machtvolles dumpfes Dröhnen zu ihnen empor, und Kiina konnte die Kälte spüren, die wie ein eisiger Hauch der Ewigkeit von der Wand aus stürzenden Wassermassen ausging.

Wie viele Jahrmillionen hatte dieser Fluß gebraucht, sich eine halbe Meile tief in den Granit der Erde zu graben? Wie viele Königreiche hatte er entstehen und untergehen sehen? Wie viele Völker waren an seinen Ufern erwacht und wieder verschwunden?

Kiinas Gedanken begannen auf sonderbaren Pfaden zu wandeln, während sie dastand und den Wasserfall ansah. Aber vielleicht waren sie gar nicht so seltsam; vielleicht war das hier der einzige wirkliche Grund, aus dem Welten wie Enwor existierten; nicht das hektische, von Anfang an zum Scheitern verurteilte Streben der Menschen nach Macht und Ewigkeit, sondern die elementaren Gewalten der Schöpfung, deren Wirken ihnen nur ziellos und blind vorkommen mochte. Hatten Menschen jemals die Ewigkeit gesehen? Hatten denkende Wesen jemals das Verstreichen der Jahrhunderttausende gefühlt, wie Tage, die aufeinander folgten? Die Berge hatten es. Die Flüsse hatten es, und

Feuer und Sturm hatten es. Vielleicht war es gerade umgekehrt – vielleicht waren *sie* die Hüter *dieser* Dinge, nicht die Krone der Schöpfung, sondern vergängliche kleine Werkzeuge, deren einziger Daseinszweck es war, sich fortzupflanzen und eine kleine Strecke der Ewigkeit als Volk zu existieren, ehe sie wieder verschwanden, auf die eine oder andere Weise.

Sie mußte sich plötzlich beherrschen, um nicht die Hand auszustrecken und die gläserne Wand dicht vor sich zu berühren, obwohl sie wußte, daß es sie töten würde. Was aussah wie eine Wand aus mattem Glas, die sich in einem sanften Wind bog und verzerrte, das war ein Fallen und Reißen von so ungeheuerlicher Wucht, daß schon die flüchtigste Berührung ausreichen mußte, sie von den Füßen und in die Tiefe zu reißen.

Und vielleicht wäre dieser der beste Ausweg. Das einzige, was Sinn machte.

Sie vertrieb den Gedanken, trat langsam einen Schritt vom Ende der stählernen Röhre zurück und nickte den beiden Quorrl zu.

Sie hatten Skars Leichnam in den schwarzen Mantel eines Hohen Satai gewickelt und hierher zurückgetragen, an den einzigen Ort in dieser angstmachenden unterirdischen Welt aus rotem Licht und Furcht, an dem der Tag herrschte. Der einzige Ort, der eines Mannes wie Skar würdig war.

Seltsam – sie empfand beinahe keine Trauer. Trauer war etwas, das stets mit Hadern verbunden war – mit dem Verlust eines Menschen, der zu früh gegangen war, obwohl es nicht hätte geschehen dürfen.

Aber er hatte nicht anders enden können als so. Er hatte den Tod gesucht; vielleicht seit dem Tag seiner Geburt.

Titch und Rowl hoben den toten Körper gemeinsam hoch und traten an ihr vorbei. Sie zögerten einen Moment, und Titch sah sie an, als erwarte er, daß sie etwas sagte; irgend etwas von Gewicht, oder vielleicht auch nur ein Gebet.

Aber sie schwieg. Es war alles gesagt worden, was zu sagen war. Rowl hatte vorgeschlagen, Skars Leichnam mitzunehmen und ihn mit den Ehren eines Königs zu begraben, aber sowohl

Titch als auch sie hatten diesen Vorschlag abgelehnt. Er war hier heruntergekommen, um sein Leben für seine Welt zu geben, und es wäre ihnen beiden wie Verrat vorgekommen, hätten sie seinen toten Körper mit zurückgebracht, nach oben, in die Welt, für die er so viel geopfert und die ihm so wenig dafür zurückgegeben hatte. Er sollte gehen, wie er gekommen war – still und unbemerkt, ein Mann, der aus dem Nichts erschien und ins Nichts verschwand. Und gab es ein würdigeres Grab für ihn als *dies*?

Sie gab Titch einen Wink mit den Augen, und er und der Bastard warfen den toten Körper mit aller Macht in den Sturz hinein. Die gläserne Wand teilte sich, schien ihn für den Bruchteil einer Sekunde schwerelos zu halten – und schloß sich wie ein Vorhang aus kristallener Schwärze. Er würde auf ewig dort unten liegen, gehalten und behütet von der Urkraft der Schöpfung selbst.

»Eine Minute«, murmelte Rowl. »Wären wir nur eine Minute früher gekommen ...«

»Es hätte nichts geändert«, antwortete Kiina. »Ich glaube, er hat es so gewollt.«

»Niemand will sterben«, murmelte der Bastard.

»Er hat die Unsterblichkeit kennengelernt, Rowl. Nur für wenige Tage, aber er hatte die Macht und das Wissen eines Gottes. Welchen Sinn kann ein Leben haben, wenn man die Ewigkeit verloren hat?«

Titch und Rowl traten zurück, und Kiina nahm noch einmal ihren Platz ein und sah in die Tiefe. Unter ihr war nichts als schaumiges Weiß und kochende Bewegung, und doch war es ihr für einen Moment, als sehe sie ihn, eine kleine, unendlich verlorene Gestalt, die hoch aufgerichtet in den tobenden Gischtwolken stand und ihr zuwinkte. Es war nur eine Illusion, sie wußte es, aber sie hob trotzdem ihrerseits die Hand und erwiderte seinen Gruß, und sie wußte, daß sie ihn genauso in Erinnerung behalten würde.

Dann senkte sich ihre Hand auf den Gürtel, zog den Scanner hervor und warf auch ihn in das kochende Weiß hinab. Die Waffe war nutzlos geworden. Sie hatten Skars Körper aus der Kammer geschafft, und sie war noch einmal stehengeblieben und hatte den Scanner abgefeuert, immer und immer und immer wieder, bis das Herz der unterirdischen Stadt zu einer Hölle aus weißglühendem schmelzendem Stahl und explodierenden Flammen geworden war, und auch dann noch, so lange, bis aus dem Feuer der Sterne, das ihre Hand verschleuderte, ein matter Glanz wurde und der Scanner in ihren Fingern zu glühen begann.

Vielleicht würde er wieder funktionieren, wenn sie ihm Zeit gab, sich zu erholen. Aber sie wollte ihn nicht mehr. Nie mehr. Sie hatte erst jetzt begriffen, was Skar gemeint hatte, als er sagte, daß sie diesen Krieg verlieren mußten, bedienten sie sich der gleichen Waffen wie die, gegen die sie kämpften. Sie hatte es erst wirklich begriffen, als Rowl, Titch und sie den gleichen Weg gingen wie Skar vor ihnen, und als sie den geballten Tod in dem Schacht hinter sich sahen, den Tod für hundert Welten, der noch immer darauf wartete, entfesselt zu werden. Das Geschenk der Götter. Das einzige Erbe, das sie ihren Kindern für die Ewigkeit hinterlassen hatten.

Und nach einer weiteren Stunde zog sie auch den kleinen Kasten aus dem Gürtel, den Skar ihr anvertraut hatte, und schleuderte auch ihn den Wasserfall hinaus. Es war Skars Wille gewesen, daß sie einen Ort fand, an dem er nicht wieder gefunden wurde. Und sie hatte ihn gefunden. Einen Ort und einen Wächter, wie er besser nicht vorstellbar war.

Aber sie wandte sich auch jetzt noch nicht um, sondern zögerte noch einmal und hob die Hand vor das Gesicht. Ihr Blick glitt über das silberne Blitzen des Ringes an ihrem Mittelfinger, dem Symbol ihrer Macht, Skars allerletztem Geschenk an sie.

Langsam, aber mit ganz sicheren, ganz ruhigen Bewegungen, zog sie ihn vom Finger.

»Was tust du?« fragte Titch.

Kiina lächelte. »Was ich tun muß«, antwortete sie.

Der Quorrl hob den Arm, wie um sie zurückzuhalten, und ließ die Hand dann wieder sinken. Wortlos sah er zu, wie Kiina mit aller Kraft ausholte und den heiligen Ring der *Ehrwürdigen Frauen* so weit in den Sturz hinausschleuderte, wie sie konnte.

»Du hast soeben ein Königreich verschenkt«, sagte er. »Das war der Ring der *Margoi.* Wer ihn besitzt, wäre der Herrscher der *Errish* gewesen.«

»Es gibt sie nicht mehr«, sagte Kiina lächelnd. »Und wenn doch, so brauchen sie keinen Herrscher.« Sie wandte sich zu ihm um, sah erst ihn, dann Rowl und dann wieder ihn an. »Wir müssen aufhören, zu herrschen, Titch. Vielleicht war es das, wofür er wirklich gekämpft hat.« Sie würden lernen müssen, wie dieser Fluß zu werden, dachte sie. Wie die Berge, wie der Sturm. Sie würden lernen müssen, sich gegenseitig zu respektieren, statt sich zu beherrschen.

»Was wirst du jetzt tun?« fragte sie, an Titch gewandt.

»Das alles hier zerstören«, antwortete der Quorrl. »Und wenn ich es nicht kann, dann wenigstens dafür sorgen, daß es nie wieder gefunden wird. Ich weiß noch nicht, wie, aber irgendwie wird es mir gelingen.«

»Und dann?« Kiina deutete mit einer Kopfbewegung nach oben, wo über einer halben Meile Felsen und Ewigkeit die neue Welt der Menschen und Quorrl auf sie wartete.

Titch zuckte mit den Schultern. »Ich weiß es nicht«, sagte er. »Mein Volk braucht Männer, die es führen. Aber ich weiß nicht, ob ich es will. Ob ich es sollte.«

»Ohne dich wäre keiner von uns hier«, sagte Rowl. »Cant braucht einen neuen König.«

Titch sah ihn an, verzog das Gesicht. »Es *hat* einen neuen König, Rowl. Den besten, den es sich wünschen kann. Ich bin nur ein Krieger, nicht mehr.«

»Vielleicht stimmt das sogar«, antwortete Rowl. »Aber wer sagt, daß ein Land nur *einen* König haben kann? Cant ist ein großes Land, und es hat einen großen Thron.«

Und plötzlich verzog sich Titchs Gesicht zu einem Lächeln. »Das stimmt«, sagte er. »Aber dein Hintern ist breit genug, ihn allein auszufüllen, dreckiger Bastard.« Er schüttelte lachend den Kopf, als Rowl abermals widersprechen wollte, und deutete auf Kiina. »Sie hat recht, weißt du? Auch ich möchte lernen, wie es ist, zu *leben,* statt zu herrschen. Es tut mir leid, daß du es bist, der den schlechteren Teil erwischt hat – aber ich fürchte, du bist derjenige von uns, der König werden muß.

Pech für dich«, fügte er lachend hinzu.

Rowl antwortete mit Worten seiner Muttersprache, die Kiina nicht verstand, und zwischen den beiden Quorrl entbrannte eine Art freundschaftlicher Streit, dem Kiina eine Weile lächelnd zusah, ehe sie sich umdrehte, Skars Schwert aufhob und unter ihren Gürtel schob.

Als sie gehen wollte, rief Titch ihren Namen, und sie drehte sich noch einmal zu ihm um.

»Wo willst du hin, Menschenjunges?« fragte er.

Kiina zuckte mit den Schultern. »Enwor ist groß – Fischgesicht.« Sie lächelte, zuckte abermals mit den Schultern und machte eine vage Bewegung mit beiden Händen. »Irgendwohin.«

»Das trifft sich gut«, antwortete Titch und trat neben sie. »Dann haben wir denselben Weg.«